삼대록계 국문장편소설

임씨삼대록
1

역주자 김지영(金志暎)은 서강대학교 국문과를 졸업하고 동 대학원에서 석, 박사 학위를 받았다. 현재 서강대와 경기대 등에서 글쓰기 및 전공 강의를 하고 있다. 「근대적 글쓰기의 제도화 과정과 변환 양상 연구」로 박사 학위를 받았으며 저술한 논문으로는 「조선시대 애정소설에 나타난 사랑과 성」, 「홍대용의 『의산문답』을 통해 살펴본 한국 생태 사상의 가능성」, 「신소설을 둘러싼 담론적 논쟁들」이 있다.

이화한국문화연구총서 12

임씨삼대록 1

초판 인쇄 2010년 2월 20일 **초판 발행** 2010년 2월 25일
역주자 김지영 **펴낸이** 박성모 **펴낸곳** 소명출판 **출판등록** 제13-522호
주소 서울시 서초구 서초동 1621-18 란빌딩 1층
전화 02-585-7840 **팩스** 02-585-7848 **전자우편** somyong@korea.com **홈페이지** www.somyong.co.kr

값 24,000원

ISBN 978-89-5626-462-2 93810
ISBN 978-89-5626-445-5 (세트)

이 저서는 2005년 정부의 재원으로 한국연구재단의 지원을 받아 수행된 연구임(KRF-2005-078-AS0041)

이화한국문화연구총서 12

삼대록계 국문장편소설

임씨삼대록
1

김지영 역주

소명출판

가. 현대어역 및 주해

1. 현대어 번역문은 한글 맞춤법 체계에 의거해 자연스러운 현대 한국어 문장이 되도록 하였다.
2. 띄어쓰기와 관련해 한 인물에 대한 관직명이 연달아 나올 때는 붙여 썼다.
3. 띄어쓰기와 관련해 '공'이나 '부인'과 같은 호칭이 성(姓)과 연이어 나올 경우, 원래는 띄어 써야 하나 독서의 편의를 위해 예외적으로 붙여 썼다.
4. 현대어로 번역한 표현이 작품 원문의 형태와 많이 달라졌을 경우, 각주에서 원문의 표현을 밝혔다.
5. 현대어로 번역한 본문에서 어려운 한자어는 한자를 병기했다.
6. 판독(判讀)이 어려운 어휘나 문장은 이본을 참조하여 보완하고 주석을 달아 그 사실을 밝혔다.
7. 이본을 참조해도 판독이 어려울 경우 그 사실을 각주에서 밝혔다.
8. 면이 바뀔 때는 바뀐 부분의 첫 글자 위에 방점(˙)을 찍고 원문의 면수를 표시하였다.
9. 주해는 다음과 같은 경우에 하였다.
    1) 관직명, 인명과 같은 고유명사.
    2) 전고(典故)가 있는 한자어 및 지금은 사용하지 않는 한자어.
    3) 어학적 주석이 필요한 근대 국어 어휘나 표기 체계.
    4) 등장인물 및 그들 간의 관계, 앞 줄거리를 환기시킬 필요가 있을 경우.
10. 주석의 표제어는 현대어로 번역한 본문을 대상으로 하였다.
11. 문장 부호의 사용은 다음과 같다.
    1) 큰 따옴표(" ") : 직접 인용, 대화, 장명(章名).
    2) 작은 따옴표(' ') : 간접 인용, 인물의 생각, 독백.
    3) 『 』: 책명(冊名).
    4) 「 」: 편명(篇名)
    5) 〈 〉: 작품명
    6) ( ) : 한자어의 한자를 드러낼 경우.
    7) [ ] : 표제어와 그 한자어의 음이 같은 경우는 '( )'를, 음이 다른 경우는 '[ ]'를 사용함.
    8) { } : 원문 표현을 그대로 옮긴 경우.

나. 원문

1. 현대 맞춤법 체계에 의거해 띄어쓰기를 했다.
2. 한자는 병기하지 않았다.
3. 면이 바뀌는 곳은 면수 표시를 했다.
4. 판독이 불가능한 경우에는 □ 표시를 했다.

서문

1975년도에 경북 북부 지역에 사시던 할머님들을 대상으로 고전소설에 대한 독자 연구를 진행했던 논문이 있다. 그 조사 결과 중 흥미로웠던 점은 피조사자였던 할머니들께서 당신들은 전(傳) 계열 소설보다는 질(秩) 계열 혹은 록(錄) 계열 소설을 더 많이 읽으셨다고 한 내용이었다. 당시만 하더라도 고전소설은 '―전'으로 끝나는 작품이 다수를 차지하고 있었기에 그 조사 결과와 더불어 열거되었던 작품들이 낯설었던 기억이 있다. 그 후로 30여 년이 지난 지금, 당시 연구 결과에서 보고되었던 소위 '록 계열' 작품이란 임형택 선생님의 용어인 '규방소설'과도 통하며 또 이제는 상당한 연구 성과가 축적된 국문장편소설들 역시 이와 상통하는 작품들일 수 있다는 생각이 든다.

1960년대 중반 창덕궁 안에 있는 낙선재(樂善齋)에 소장되어 있던 다수의 서책들이 발견되었고 정부에서는 그 도서의 성격을 파악하기 위해 해당 분야의 전문가를 초빙하여 낙선재 문고를 정리하였다. 그때 낙선재에서는 기존에 알려졌던 조선시대의 소설과 비교해 볼 때 보기 드물 정도로 매우 긴 소설들이 발견되었는데 그 소설들을 일컬어 낙선재본 소설이라고 지칭하였다. 그 중에는 『홍루몽』과 같이 명백한 번역 작품들도 있었으나 국적을 판단하기 어려운 다수의 작품들이 있었다. 처음 발견되었을 때에는 이 작품들이 유례없는 대하 장편이라는 점과 매우 생소한 제목으로 인해 국내 창작인지 아니면 중국소설의 번역인지에 대한 논의가 필요했다. 그리고 어느 정도 연구가 진행된 결과 낙선재에 소장되어 있던 장편소설들은 조선의 창작 소설임이 확인되었다. 이 작품들은 주로 3, 4대에 이르는 두세 가문의 이야기를 다루고 있으며, 그런 까닭에 낙선재본 소설로 불리던 작품들은 가문소설이라는 호칭으로 더 자주 불리게 되었다.

1970년대 중반부터 가문소설에 대한 연구 성과가 제출되기 시작하였고 1990년대 이후 논의가 활발해졌으며 현재는 개별 작품론을 비롯하여 여러 방면에서 상당한 양의 연구 성과가 축적되고 있다. 연구가 진행되면서 이 장르의 명칭 역시 낙선재본 소설, 고전장편소설, 가문소설, 대하장편소설, 가족사소설, 국문장편소설 등 다양한 용어로 불렸다. 본 연구 팀이 2005년부터 시작하여 2년에 걸쳐 학술진흥재단 기초학문 토대연구 프로젝트를 수행하고 그 후 다년에 걸친 수정 및 교정 작업을 통해 이번에 소명출판에서 출판한 삼대록계 국문장편소설 역시 몇 대에 걸친 두세 가문 정도의 서사가 전개되는 작품들이다. 본 연구 팀은 장르를 지칭하는 용어 중 가장 객관적인 방식으로 조합된 '국문장편소설'이라는 용어를 선택하였으며, 번역 연구의 효율성을 높이기 위해 대상 범위를 삼대록계 국문장편소설로 한정하였다.

삼대록계 국문장편소설이란 국문장편소설 중에서도 삼대기(三代記)를 기술하면서 선행 작품과 후행 작품의 연작을 지닌 소설군을 지칭한다. 여기에는 『소현성록』본전과 『소씨삼대록』, 『유효공선행록』과 『유씨삼대록』, 『성현공숙렬기』와 『임씨삼대록』, 『현몽쌍룡기』와 『조씨삼대록』과 같은 연작형 작품들이 속한다. 본 연구 팀은 그 중 『소현성록』연작(15권 15책), 『유씨삼대록』(20권 20책), 『현몽쌍룡기』(18권 18책), 『조씨삼대록』(40 권 40책), 『임씨삼대록』(40권 40책) 5작품을 택하였다. 『유효공선행록』과 『성현공숙렬기』 두 작품은 이미 기존의 다른 연구 팀에서 선행 프로젝트 를 수행하여 결과를 제출한 작품들이므로 연구의 중복을 피하기 위해 이 두 작품을 제외한 5작품을 현대어 번역의 대상 작품으로 선정하였다.

작품을 선정한 후 작품별로 이본 상황을 살펴 번역의 대상으로 삼기에 가장 적합하다고 여겨지는 이본을 선택하여 현대어역하였다. 본 연구 팀 이 선택한 이본의 서지 사항은 각 작품의 해제에서 명시될 것이므로 여기 에서는 생략하도록 한다. 국문장편소설은 창작 연대를 추정하기가 용이하 지 않은데, 삼대록계 국문장편소설의 경우에는 연대 추정에서 의미 있는 작품이 포함되어 있다. 왜냐하면 이 장르의 효시로 논의되는 작품인 『소현 성록』연작이 여기에 들어 있기 때문이다. 『소현성록』의 창작 연대는 옥 소 권섭(1671~1759)이 남긴 서책 분배기를 근거로 하여 17세기 중후반으로 추정되었다. 박지원이 소설 구연 장면을 목격하면서 거론한 기록(1780)을 토대로 하여 『유씨삼대록』은 18세기 초반에, 그리고 그 선행작인 『유효공 선행록』은 그보다 앞선 시기에 창작되었을 것으로 추정되었다. 18세기 후 반 작품일 것으로 보이는 『옥원재합기연』소설 목록에 제목이 수록된 『임 씨삼대록』은 적어도 그보다는 앞서 창작되었을 것으로 보인다. 그리고 홍 희복이 남긴 『제일기언』(1848)에 제목이 보이는 『조씨삼대록』은 최소한

19세기 중반에는 창작되었을 것으로, 그 선행 작품인『현몽쌍룡기』는 이보다 앞선 18세기에 창작되었을 것으로 추정되는 작품이다. 창작 시기 추정이 17세기에서 19세기에 걸쳐 있는 만큼 내용 역시 변화를 보인다.『소현성록』과『유씨삼대록』이 진지한 자세로 시대와 가문에 대한 소설적 대응을 모색하는 국문장편소설의 초기적 형태를 보여준다면,『임씨삼대록』이나『조씨삼대록』은 훨씬 오락적인 흥미를 추구하는 쪽으로 서술자의 관심이 변했음을 알 수 있다.

고전소설 연구자를 제외한 일반 독자들에게 고전소설은 여전히『춘향전』,『홍길동전』,『구운몽』등 교과서 수록 작품에 한정되는 경우가 있다. 물론 판소리계 소설이나 방각본 소설은 한글 고전소설에서 중요한 작품군들임에 틀림없다. 그러나 국문장편소설의 서사 세계 또한 특징적이며, 작품 수 역시 상당하여 앞의 두 장르에 못지않은 역량을 함축하고 있는 장르이다. 즉 한글 고전소설의 서사 세계를 이해하기 위해서는 판소리계 소설, 방각본 소설 그리고 국문장편소설의 세 가지 범주를 제대로 파악해야 할 필요가 있다. 국문장편소설이라는 고전소설 하위 장르는 고전문학 연구자들에게는 익숙하지만 일반 독자들은 그 존재조차 잘 모르는 경우가 허다하며, 고전문학 전공자라 해도 워낙 방대한 분량의 서사인 데다가 궁체 필사본으로 영인된 형태라서 작품을 읽어 내기가 녹록하지 않다. 본 연구 팀의 작업은 삼대록계 국문장편소설의 현대어 번역 및 주해 작업으로는 첫 번 작업인 셈이다. 이와 비슷한 기존 작업들은 대개 필사본을 활자화하면서 한자 병기를 시도하거나 한자를 병기하고 간단한 주석을 다는 방식으로 수행되었다. 물론 그 정도도 도움이 되기는 하나, 가독성 있는 현대국어 문장으로 번역을 시도하고 정확한 주석을 달며 원문

입력까지 한 본 연구 팀의 작업은 기존 작업들과 차별화된다. 본 연구 팀의 작업은 국문장편소설의 효시인『소현성록』연작을 포함하고 있을 뿐 아니라 삼대록계 국문장편소설들의 초역이다. 자연스러운 현대 국어 문장으로 다듬는 노력에 더하여 정밀한 주석을 제공한 것은 독자들이 그 정황을 보다 정확하게 입체적으로 이해할 수 있기를 기대한 것이며, 번역의 정확성을 기하기 위해 입력한 원문을 제시한 것 역시 이 작업이 초역인 것과 유관하다.

1960년대 낙선재본 문고가 발견되었을 때 사람들은 이를 가리켜 '국문학 연구의 새로운 보고'라고 하였다. 국문장편소설은 이제 본격적인 연구 궤도에 진입한, 고전소설 연구의 새 영역이다. 장편소설은 시대와의 조우 속에서 삶의 총체성을 드러내며 서사 편폭의 방대함만큼 서사를 다룰 줄 아는 능력의 신장을 보여주는 장르라고 한다. 조선시대에 창작된 국문장편소설은 하나의 하위 장르를 구축할 만큼의 작품 수를 보유하고 있으며, 작품의 길이 또한 유례를 찾기 힘든 장편 대하에 속한다. 이 같은 국문장편소설은 여전히 더욱 활성화된 연구가 요청되는 장르이며, 더불어 단지 연구의 영역에만 머무르고 말 일이 아니다. 조선시대 소설 작품들은 우리의 문화유산이므로 국문장편소설 독서와 연구 결과는 일반 독자들과도 공유할 필요가 있기 때문이다. 자기 이야기를 지닌 이들은 자신들의 역사를 기억하기에, 그리고 잘 알려지지 않았던 조선의 대하 서사는 우리에게 또 다른 생명력의 원천이자 상상력의 보고일 수 있기에 이는 단지 연구자들의 연구 대상을 넘어서는 의미를 지니고 있다. 삼대록계 국문장편소설의 현대어역 출판은 연구자들에게는 연구의 편의를 제공하여 후속 연구를 촉진하는데 기여할 수 있을 것이며, 일반 독자들에게는 또 다른 조선시대의 이야기 공간을 열어 보일 것이며, 문화 콘텐츠를 생산하는 이들에게는 조선시대를 배경으로 한 스토리텔링을 위한 풍부한 원천소스를 제공할 수 있을 것이다.

이 책들은 번역문과 원문으로 구성되어 있다. 가능한 한 정확하고 읽기 쉽게 번역하려 노력했지만 막상 번역본을 내려니 마음이 편치만은 않다. 매번 검토할 때마다 계속 수정하고 싶은 부분들이 발견되기 때문이다. 이런 까닭에 번역 작업은 늘 어려우며, 겸손한 마음으로 다음 작업에서 보완될 수 있기를 기다리게 된다. 국문장편소설은 한글로 쓰여 있지만 원 상태로는 편안한 독서가 불가능할 정도로 독해가 만만치 않은 자료들이다. 프로젝트를 수행하는 기간 동안 매주 혹은 격주로 모여서 회의를 하면서 각자가 맡은 번역 분량에서 풀리지 않는 부분을 놓고 고민했던 시간들이 새삼스럽다. 이 번역 과정에는 한문 자료 번역이라면 없었을 과정이 한 단계 더 있었는데 그것은 바로 한글을 보면서 원래의 한자를 재구해 내는 것이었다. 더군다나 맞춤법이라는 개념이 아직 자리 잡히기 전인 조선시대의 한글 자료에는 수많은 개인어와 사투리가 섞여 있으며, 게다가 한문 교양의 인용이 각자의 발음과 교육 수준에 따라 다양하게 변주되어 표기되어 있다. 이런 어휘나 내용을 원래의 한자로 재구해 내는 작업은 생각보다 어려운 일이었다. 또 17세기 국어 사전류나 조선시대 어휘 사전에는 등록되어 있지 않은 표현들도 많았으며, 이 부분에 대해서는 중세국어문법 전공자인 정언학 선생님의 자문을 구하였다. 국문장편소설을 현대어역하면서 한문 자료만이 아니라 이 같은 한글 자료의 번역 역시 꾸준한 지원이 필요한 영역임을 절감하였다.

이 책을 내면서 많은 분들께 도움을 받았다. 우선 중요한 조선시대 한글 자료를 현대국어로 번역할 수 있도록 지원해 준 한국연구재단(구 학술진흥재단), 세미나 장소 제공뿐만 아니라 연구 진행 과정상 실제적인 도움을 주신 이화여대 한국문화연구원, 그리고 이같이 방대한 작업을 선뜻 출판해 주신 소명출판의 박성모 사장님과 엄청난 분량의 원고를 맡아 편집해 주신 이주혜 씨께 감사드린다.

소설을 읽을 때는 즐거우나 그것을 번역해서 책으로 내는 작업은 버겁다. 하지만 국문장편소설의 서사 세계를 몇몇 연구자만 알고 있다면, 그것은 더 안타깝다. 그 마음이 우리 번역 팀 모두에게 추동력이 되어 조선시대의 다섯 작품을 오늘날의 독자들 앞에 선보이게 되었다. 조심스럽지만 감사하고 보람된 작업이었다.

역자들을 대신하여 조혜란 씀

임씨삼대록 해제

『임씨삼대록』은 18, 19세기 조선에서 널리 읽힌 국문장편소설로서 『성현공숙렬기』의 후편이다. 『성현공숙렬기』가 성현공을 위시한 그 형제들의 이야기를 그린 작품이라면 『임씨삼대록』은 성현공 형제들의 여러 자녀를 주인공으로 하는 이야기를 그린 작품이다. 그래서 『임씨삼대록』은 성현공 세 형제 자녀들의 이야기 정도로 풀이할 수 있는 "성현공 삼곤계 자녀 별전"이라는 부제(副題)를 가지고 있기도 하다.

『임씨삼대록』은 현재 2종의 완질 이본이 전한다. 40권 40책본과 39권 39책본이 그것으로 모두 한국학중앙연구원 장서각에 소장되어 있다. 최근에 나온 『임씨삼대록』연구(최수현, 이화여자대학교 박사학위논문, 2010)에 의하면 두 이본의 이같은 분량 차이는 39권본의 경우 필사자의 일정한 관점에 따라 40권본의 일부 서사가 축약된 결과라고 한다. 이 책에서도 40권 40책본을 중심대상으로 하여 현대어 번역을 하였다.

『임씨삼대록』의 이본이 2종에 불과하므로 향유 당시 크게 인기가 없었던 작품인가 여길 수도 있겠다. 그러나 조선후기 국문장편소설 작품으로서 이처럼 완질의 이본을 남기고 있다는 점 자체만으로도 『임씨삼대록』은 당대 독자들로부터 상당한 인기와 관심을 끌었던 작품이라 할 수 있다. 왜냐하면 국문장편소설 작품들은 우선 작품 그 자체의 분량이 적지 않아 단편소설들이 무수한 이본을 지니고 있는 것과 단순 비교될 수 없다는 점, 더불어 국문장편소설 대부분이 전편에서 후편으로 이어지는 연작소설인데 특히 『임씨삼대록』처럼 어떤 선행 작품의 후편인 경우 그것이 이본을 산출하기 위해서는 그 작품 자체뿐만 아니라 전편에 대한 풍부한 독자층까지도 전제되어야 한다는 점 등을 고려할 필요가 있기 때문이다. 여기에 더하여 국문장편소설 관련 향유 기록들이 풍부하지 못한 상황임에도 불구하고 『임씨삼대록』의 향유 관련 기록이 적지 않다는 점도 당대 이 작품의 인기를 방증한다고 할 것이다.

　『임씨삼대록』은 18세기 국문장편소설의 전성기에 향유되었던 작품이다. 이 시기 국문장편소설은 『소현성록』처럼 국문장편소설 발흥 초기 작품들이 보여준, 시대에 대한 고심과 그 시대에 대한 인간적 대응이라는 진지한 소설적 모색을 넘어서서 훨씬 폭넓은 서사세계를 보여준다. 그래서 선악이 대결하는 가운데 절체절명의 위기와 그로부터의 구원이 가져다주는 전아한 미감에서부터 선악의 대결이 일상다반사(日常茶飯事)로 내려앉아 잔잔한 흥미와 이야깃거리로 자리 잡은 것까지 다양하다.

　『임씨삼대록』은 처첩갈등이나 부부갈등 중심의 혼사장애담을 주로 형상화하고 있다는 점에서 국문장편소설의 장르적 속성을 공유하고 있다. 그러나 『임씨삼대록』의 혼사장애담은 여타의 국문장편소설들과 변별되는 개성적 면모를 보인다. 일반적으로 혼사 장애 사건이 형상화될 경우 혼인 당사자 여성의 시련과 고난, 그리고 그 극복에 서술의 초점이 놓인다. 그런데 『임씨삼대록』은 가문의 어른들, 특히 여성들이 자녀세대 혼인 당사자 여성이 겪게 될 위기나 고난을 미연에 예측하고 이를 방비하는 과정에 서술의 초점을 맞추고 있다. 그래서 아찔한 위기감이 주는 긴장감이나 선악 대결의 결과에 독자의 관심을 모으기보다는 이기는 게임의 과정 자체를 느긋한 마음으로 즐기며 그러한 과정에서 구현되는 천의(天意)의 실현을 체감하게 한다. 더불어 이러한 서사적 특징은 여성의 활약이 특히 두드러진다는 개성적 면모로 귀결된다.

　『임씨삼대록』은 이같은 서사적 특징과 더불어 창작 배경에 있어서도 주목할 만한 작품이다. 연작 관계에 있으므로 『임씨삼대록』이 전편 『성현공숙렬기』의 서사적 설정을 수용한 것은 재론의 여지가 없다. 그런데 『임씨삼대록』은 『성현공숙렬기』외에도 『구운몽』이나 중국소설 『평요전』에 대한 독서 경험을 적극적으로 활용하여 작품을 그리고 있다. 국문장편소설의 중요한 장르적 특징 가운데 하나는 선행 작품의 설정을 작중에 활용하는 경우가 적지 않다는 것이다. 이런 점에서 『임씨삼대록』은 국문장편소설의 장르적 속성에 충실한 작품이라 할 수 있는데, 여기서 특히 주목할 것은 그것이 『구운몽』과 『평요전』이라는 점이다. 국문장편소설 대부분은 작자미상의 작품들이다. 따라서 그 창작 배경에 대한 직접적인 정보는 상당히 제한적이다. 이러한 상황 속에서 『임씨삼대록』의 작가가 국문장편소설은 물론이고 중국소설까지 섭렵하고 이를 소설 창작에 적극 활용하고 있다는 점은 국문장편소설 연구자들에게 여러 가지로 시사하는 바가 크다.

　『임씨삼대록』이 완질의 이본을 남기면서 당대 큰 인기와 관심을 끌 수 있었던 것은 이러한 개성적 서사와 특징적인 창작 배경을 가지고 있었기 때문은 아닐까 생각된다. 이러한 『임씨삼대록』의 의의가 이 책을 통해 현대 독자들에게도 온전히 전해지기를 바란다.

처음에 번역은 1권~10권 17면은 김지영, 10권 18면~19권 25면은 최수현, 19권 26면~28권 50면은 한길연, 28권 51면~ 37권은 서정민, 38권~39권은 조혜란, 40권은 정언학이 담당하였다. 이 과정에서 정기적인 회의를 통해 무수한 상호 검토와 교정이 있었다. 이후 이를 총 5책의 현대어본으로 출간할 계획을 세우면서 1책(1~8권)은 김지영, 2책(9~16권)은 최수현, 3책(17~24권)은 한길연, 4책(25~32권)은 서정민, 5책(33~40권)은 조혜란과 정언학이 다시 재검토를 하면서 수차례의 상호 교정 작업을 거쳐 현대어 번역을 마무리하였다.

앞으로의 해결 과제로 남긴 부분이 없지 않아 세상에 내어놓기 주저되는 마음 감출 수 없다. 하지만 본 작업의 결과물이 세상에 나아가 고전소설 연구자는 물론이고 오늘날 일반 독자들에게도 우리 고전소설의 정수를 체험하게 할 소중한 계기가 되기를 조심스레 소망한다.

2010년 1월
서정민

◎ 임씨삼대록 1

차례

현대어역

원문

임 씨 삼 대 록

1권

1 　명나라 성조(成祖) 문황제 영락(永樂)1) 21년간의 절충갈력보국(節忠竭力
輔國) 영사공신고현 금자광록태우(金紫光祿泰宇) 좌승상 겸 구석(九錫)2) 봉
초왕(封楚王) 임희린의 장자 창흥은 자(字)가 원백으로 정국효문(靖國孝門)
숙렬(淑烈) 주비가 낳은 아들이었다. 주비가 창흥을 임신했을 초기에 여러
재난이 바야흐로 거듭되었다. 주비는 밤낮으로 조심하고 단속하며 구함
전에서 죄를 청하였다. 그러나 여부인은 유달리 의문스럽게 보는 사람들
이 많은 것을 알고 좌우의 이목이 두려워 주비에게 돌아가라 명하였다.
그제야 주비가 침소로 돌아왔는데 문득 눈앞이 몽롱해지더니 심신이 혼
2 들리면서 천지가 환해지고 밝은 빛이 들어왔다. 그 곳에서 하늘의 문이
열리더니 한 신선이 머리에는 구름을 수놓은 관을 쓰고 몸에는 안개를 수
놓은 옷을 입고 내려와 주비께 절하며 말하였다.

　"저는 삼태(三台)3)의 정맥(正脈)입니다. 공과 부인의 충효가 천하를 밝
게 비추어 천존(天尊)4)과 남두수성(南斗壽星)5)에게 명하시어 세상과 인

---

*　임씨삼대록 1권 : 이 밑에 '성현공(聖賢公) 삼 형제 자녀 별전'이라는 부제가 붙어 있음. 『임씨삼
　대록』은 전편 『성현공숙렬기』의 후편으로 임씨 가문 3대를 중심으로 전편과 연계되어 이야기
　가 펼쳐짐.
1)　영락(永樂) : 명나라 제3대 황제(재위 1402~1424). 태조 홍무제(洪武帝)의 넷째 아들로 묘호 태
　종(太宗). 후에 성조(成祖)로 개칭하였으며, 연호에 따라 영락제라 일컬어짐. 처음에는 연왕(燕
　王)으로 베이징[北京]에 봉해졌으나, 홍무제가 죽은 뒤 적손(嫡孫)인 건문제(建文帝)가 즉위하
　여 삭봉책(削封策)을 취하자 1399년에 거병(擧兵)함. 3년의 격전 끝에 수도 남경(南京)을 쳐서
　건문제를 패사시키고, 제위에 오름. 여진부족을 통할하고, 타타르해협에서부터 남만주에 이르
　는 땅을 지배하였으며 아프리카 동해안에까지 세력을 확장하는 등 대규모 정벌로 명나라 국경
　을 확보함.
2)　구석(九錫) : 옛날 중국에서 특별히 임금의 총애를 받고 공로가 있는 신하에게 내리던 아홉 가
　지 은전(恩典). 곧 거마(車馬)・의복・악기・주호(朱戶)・납폐(納陛)・호분(虎賁)・궁시(弓矢)
　・도끼・거창(秬鬯 : 수수와 향초를 섞어 빚은 술)을 말함.
3)　삼태(三台) : 삼태성(三台星)을 가리킴. 대웅성좌(大熊星座)에 딸린 별. 자미성(紫微星)을 지킨
　다고 하는 세 별. 곧 각각 두 개의 별로 된 상태성(上台星)・중태성(中台星)・하태성(下台星)으
　로 이루어져 있음. 삼공(三公)의 지위를 일컫는 말로도 쓰임.
4)　천존(天尊) : 석가모니를 달리 이르는 말.
5)　남두수성(南斗壽星) : 남두괴성(南斗魁星)이라고도 함. 남방에 위치하는 별자리 이름으로 형태

18　임씨삼대록 1

연이 많은 별을 택하여 특별히 임씨 가문에 태어나 부인의 덕과 임씨 집안의 종사를 일어나게 하라 하셨습니다. 하여 부인께 의탁하오니 부인께서는 어여삐 여겨주십시오."

말을 마치고 부인을 받들어 집안으로 들어가니 다섯 개의 별이 방 안으로 떨어지며 광채가 비치었다. 그것이 곧 다섯 마리의 황룡으로 변하여 기세를 떨친 후 다섯 개의 여의주로 바뀌어 부인 품속에 들어오므로 부인이 몸을 굽혀 답례하고 놀라서 잠에서 깨니 모두 꿈이었다. 부인의 옷은 식은땀으로 젖어 있었다. 주비는 마음속으로 크게 놀랐으나 말없이 한참을 깊이 생각할 뿐이었다.

3

부인이 이달부터 아이를 임신하여 4, 5개월 전에 누명을 입고 본부에 갇힌 때로부터 14개월만인 봄 2월 보름, 뜰 안에 봉황이 세 번 울고 향기로운 구름이 가득한 가운데 아들을 순산하니 그 아이 울음소리가 큰 종을 울리듯 우렁차게 퍼졌다. 상국(相國)6)은 딸을 편히 눕히고 새로 낳은 아이를 강보에 싸서 안고는 무릎을 치며 탄복하고 임씨 부중에 아이가 탄생하였음을 알리고 기뻐하였다. 임씨 집안에서 태청선생7)이 이 소식을 듣고 크게 기뻐하며 하늘께서 조상이 쌓은 덕을 자손에게 갚으시어 훌륭한 손자를 주신 것을 하늘에 감사하였다. 그리고 이 기쁜 소식을 바삐 남경(南京)에 알리고 그 내용 중에 새로 태어난 손자가 용이나 기린처럼 빼어나다는 말을 함께 적었다. 그러나 아들을 낳은 지 삼칠일 만에 그 어미인 주

가 말(斗)과 비슷하여 남두(南斗)라 하였음. 6개의 별로 이루어져 남두육성(南斗六星)이라고도 하는데, 천자의 수명을 관장한다고 하며 재상의 작록의 지위라고도 함. 사람의 수명을 맡아보는 별이라 하여 이 별을 보면 오래 산다고 믿어짐.

6) 　상국(相國) : 주부인의 아버지인 상국 주담을 가리킴.
7) 　태청선생 : 임희린의 친부인 임한규를 가리킴.

비는 국가에 득죄하여 산동으로 유배를 가 환란 가운데 언제 죽을지 알 수 없게 되었고, 그 아비인 희린은 할머니 여부인의 시기심 때문에 함정에 밀어 넣어져 한왕(漢王)8)의 참모로 대량(大梁)9)으로 보내져 있었다. 그 후에도 여부인은 그 남은 기운으로 죽명공 창흥마저 죽이려고 사람의 힘으로 하늘의 뜻을 거스를 꾀를 궁리하고 있었다. 희린의 친부10)인 태청선생과 친모인 위부인은 며느리가 유배지에서 목숨을 보전하도록 돕지 못하는 것을 지극히 원통해하며 손자를 데려오니 이 아이는 갓 삼칠일을 지난 갓난아기였으나 그 용모가 빼어나고 깨끗하여 마치 문왕(文王)처럼 훌륭했다.11) 산천의 빼어난 기운과 해와 달의 정수를 거두어 오악(五嶽)의 뛰어남과 자기 이름을 스스로 말하던 고신씨(高辛氏)12)의 신묘함을 가

---

8) 한왕(漢王) : 원문에는 '한초'로 되어 있으나 이는 한왕 주고후(朱高煦)를 가리킴. 혹은 주고구라고도 함. 성조 영락제의 둘째 아들로 무예에 뛰어나 성조가 정난병(靖難兵)을 일으켜 즉위 할 때 공을 세움. 그러나 자신의 봉토에는 즐겨 가지 않고 태자(仁宗)를 모해하고 원망하다 조카인 선종(宣宗)이 즉위하자 병사를 일으키지만 결국 붙잡혀 처형됨.

9) 대량(大梁) : 중국 하남성(河南省) 개봉시(開封市)의 옛 이름. 춘추전국시대 위(魏), 5대 10국의 양(梁), 진(晉), 한(漢), 주(周) 및 북송(北宋), 금(金) 등의 왕조가 이곳에 수도를 건립하였음. 위의 혜왕(惠王)이 안읍(安邑)에서 이곳으로 도읍을 옮기고 대량이라 칭하면서 위가 부강해짐에 따라 이곳도 번영하였음. 당(唐)은 이곳에 변주(汴州)를 두어서 변량(汴梁)이라고도 함.

10) 희린의 친부 : 임희린은 임한규의 쌍둥이 아들 중 하나이나 임한규의 형인 임한주의 아들로 입적되어 임씨 가문의 적장자가 되었기에 이와 같이 말함.

11) 문왕(文王)처럼 훌륭했다 : {왕실(王室)이 여훼(如燬)ᄒ고 방에[魴魚] 격미[頳尾]라}. 『시경(詩經)』「주남(周南)」〈여분(汝墳)〉에 "방어 꼬리 붉고 왕실은 불타는 듯[魴魚頳尾, 王室如燬]. 비록 불타는 듯하나 부모가 매우 가까이 계시도다[雖則如燬, 父母孔邇]."라는 구가 있는데, 그 주(註)에 보면 "방어의 꼬리는 본래 흰데 이제 붉어졌으면 피로함이 심한 것이다."라고 되어 있음. 주나라 문왕(文王)이 천하의 삼분에 이를 소유하고도 주왕(紂王)을 섬기므로 여분의 사람들이 아직도 문왕의 명에 따라 주왕의 역사(役事)에 일하였음. 이 노래는 어느 부인이 부역 간 남편을 걱정하면서도 권도로 권면한 것으로 수고로움이 그치지 않더라도 문왕의 덕이 부모와 같아 바라보면 가까우니 그 수고로움을 잊을 수 있다는 뜻으로 노래 한 것임. 여기서는 창흥의 인물됨이 문왕처럼 빼어나다는 뜻으로 쓰임.

12) 자기 ~ 고신씨(高辛氏) : {소호(少昊)의 주언기명[自言其名]ᄒ던}. 소호는 중국 태고 때에 있었다는 전설상의 임금으로 황제(黃帝)의 큰아들이며 이름은 현효(玄囂)였고 천하를 다스리게 되었으므로 호를 금천씨(金天氏)라 부름. 『사기(史記)』「오제본기(五帝本紀)」에 보면, "고신(高辛)은 나면서부터 신령스러워서 스스로 자신의 이름을 말했다[高辛生而神靈, 自言其名]."는 구절이 있는데 고신은 금천씨의 손자임. 여기서는 고신을 금천씨와 혼동한 것으로 보임. 고신은

졌으며, 용꼬리 같은 눈썹과 봉황 같은 얼굴에는 아름다운 붉은 입술이 눈부시고 신이하게 빛나 명나라 조정을 보필할 훌륭한 인재요, 임씨 가문의 천리마라 할만 했다. 선생은 넓은 눈썹과 큰 이마에 기쁨과 걱정이 가득한 채 모부인께 하례하며 말하였다.

"이 아이는 우리 집안을 번창시키고 명나라 조정을 보필할 큰 그릇이 될 것이니 이는 모두 어머님과 돌아가신 아버님께서 쌓으신 덕이 후손 　　　5 에게까지 미친 덕분입니다."

태부인이 이 말을 듣고 기쁨으로 가득하여 손자의 기상을 아끼고 사랑하며 아들이 하례하는 말이 옳다 하였다.

8~9개월 만에 희린이 대량(大梁)으로 출병하게 되어 죽을지 살지 알 수 없게 되었으나 귀한 손자가 있어 종사의 중한 소임이 더욱 지중하므로 태부인은 아이를 무릎 위에 앉히고 보물처럼 아끼었다. 이 아이는 빼어나고 신이하며 헌원(軒轅)13)처럼 슬기로워 비록 어머니 얼굴은 몰라도 때때로 부왕을 생각하고 울면서 조모인 여부인이 머무는 경복루에는 절대 가지 않았다. 오직 태부인 슬하를 빠르게 왕래하며 꿋꿋하게 놀다가도 문득 아버지가 머물던 서재로 가자 보채니 태부인은 이 모습을 볼 때마다 두 눈에서 비 오듯 눈물을 흘리며 어린 공자의 다보록한 머리를 다 적시곤 하였다. 창흥은 영특하고 효성스러워 태부인이 슬피 눈물을 흘리시는 것을 　　6 보면 즉시 울기를 그치고 옥 같은 두 손을 할머니의 품속에 넣고 귀엽게 태부인을 달래며 밝게 웃고 장난을 치면서 첩첩이 쌓였던 근심을 풀게

황제의 손자이자 창의(昌意)의 아들인 전욱(顓頊) 고양(高陽)의 뒤를 이어 제위에 올라 제곡(帝嚳)이라 불림.

13) 헌원(軒轅) : 중국 전설 신화 상의 제왕인 황제(黃帝)를 가리킴. 『사기(史記)』에 의하면 황제는 이름을 헌원(軒轅)이라고 하며 당시의 천자 신농씨(神農氏)를 대신하여 염제(炎帝)·치우(蚩尤) 등과 싸워 이겨 천자가 되었다고 함.

하였다. 태부인은 창흥을 대단히 아끼고 사랑하며 어린아이가 이처럼 비범한 것을 기이하게 여겼다. 어느 날 창흥이 문득 이렇게 말하였다.

"저는 경복루 할머님께 가면 금방 죽을 것 같습니다."

이 말을 들은 태부인은 눈물을 흘리며 말하였다.

"경복루 조모는 네 아비의 어미이다."

창아는 어여쁜 두 눈썹을 찡그리고 옥 같은 두 손으로 가느다란 두 눈을 가로로 당기며 말하였다.

"경복루 조모는 저를 보시면 항상 눈을 이렇게 뜨고 보시니 저는 가기가 싫습니다."

말하는 것이 낭랑하여 우물진 두 뺨에 붉은 빛이 찬란하므로 태부인은 눈물을 뿌리며 생각하기를, 이렇듯 뛰어난 자손을 얻고도 풍파가 끊이지 않고 조손과 부자가 단합할 기약이 묘연함을 슬피 탄식하였다.

희린이 패군했다는 흉한 소식이 들려오자 관리들은 두려움에 떨었다. 이렇듯 국가에 큰 변이 일어나 온 가문이 위태롭고 집안은 어수선할 때 흉악한 사람이 창흥을 죽이려 하였다. 그러나 약이 엎질러지는 바람에 여러 사람들의 눈이 두려워 창흥을 궤 안에 넣고 잠가 남강에 띄워 보내고 집안에는 연못에 빠졌다고 거짓말을 하니 아, 슬프고 슬프도다! 악인의 독수(毒手)가 이러하구나. 비록 하늘이 침묵하고 계시나 세세히 살피고 계시니 성인[14]을 내시고 어찌 그를 환란에 빠뜨리시겠는가? 길한 사람은 온갖 신이 모두 호위하고 하늘이 도우시니 어찌 창흥을 구할 현자가 없겠는가? 다행히도 사람을 살리는 살아있는 부처 설연창을 만나 창흥의 목숨

---

14) 성인 : {천종지성[天縱之聖]}. 공자(孔子)의 도덕을 이르는 말, 혹은 제왕의 성덕을 칭송하는 말로 쓰임.

을 구하고 그 부인의 젖을 먹여 밤낮없이 지극정성으로 보호하였다.

일이 잘 풀리어 임씨 집안에서 일어난 분란은 진정되었다. 주숙렬이 왕각의 군대를 소멸시키고 그 남편 희린을 죽음 가운데서 구해내어 시집을 위급한 화에서 구하고 집안의 환란을 진정시켰던 것이다.[15] 왕부 임상국[16]이 남에서 돌아오고 창흥은 조부모와 부모의 사랑 가운데 날로 장성하여 5~6년을 보내고 나이 11세에 이르렀다. 문장이 드넓고 기세가 산악 같아 넓은 하늘을 다 삼킬 듯하므로 조모와 부왕은 흐뭇한 가운데서도 그 아이가 너무 뛰어난 것을 보면 해를 입을까 두려워 서재에 두고 절친한 친구에게도 보이지 않으며 규수 다루듯이 하였다.

• 부마[17]의 아들 천흥[18]과 초왕[19]의 둘째 재흥이 6, 7세가 되고 명흥, 성흥, 원흥,[20] 수흥, 몽흥, 계흥 등 여러 아이들이 차차 자라 아름다운 나무와 새벽달같이 뛰어남을 자랑하니 너른 방도 좁아 보였다. 소부인[21]의 장녀 월혜와 진씨[22]의 딸 미주는 각각 10세, 9세로 그 아름다움이 찬란하고도 깨끗하게 빛났으며 타고난 재주와 아리따움은 온 세상에 견줄 상대가 없었다. 마치 무릉의 삼색(三色) 복숭아[23]가 아침 이슬을 떨친 듯하므

9

---

15) 주숙렬이 ~ 것이다 : 『성현공숙렬기』에서 임희린이 한왕의 참모로 왕각의 모반을 저지하러 대량에 참전했을 때 위험에 빠져 포로로 투옥되었는데 주소저가 남복을 입고 전장에 참여하여 왕각을 저지하고 희린을 구출한 후 황제께 첩서를 보내어 희린의 누명을 신설(伸雪)하고 처사와 임부에 대한 처분을 해제한 일을 가리킴.

16) 임상국 : 임희린의 아버지인 임한주를 가리킴.

17) 부마 : 황제의 사위를 가리키는 말로 여기서는 효장공주와 혼인한 임세린을 가리킴. 태청선생 임한규의 둘째 아들.

18) 천흥 : 부마 임세린의 아들로 효장공주 소생.

19) 초왕 : 초왕에 봉해진 임희린을 가리킴.

20) 성흥, 원흥 : 임희린의 부인인 주비가 낳은 쌍둥이 아들임.

21) 소부인 : 부마 임세린의 둘째 부인.

22) 진씨 : 임한주가 남쪽을 진무할 때 얻은 부인.

23) 삼색(三色) 복숭아 : {삼식되[三色桃 1]}. 한 나무에서 세 가지 빛깔의 꽃이 피는 복숭아나무를 가리킴.

로 임상국은 두 손녀를 어루만지며 사랑하기가 비할 데 없었고 태부인의 사랑 또한 손자들에 대한 것에 못지않다. 죽명공 창흥은 사람됨이 뛰어나고 달처럼 환한 얼굴에 붉은 입술을 가지고 있었으며 효자의 도는 순임금과 증자(曾子)24)를 압도할 만하였다. 이러하니 상국이 손자를 귀하고 중히 여기기를 초왕이 어릴 때보다 여러 배 더하여 한 번 찌푸리고 한 번 웃는 것에도 무심히 넘어가는 적이 없었다. 초왕은 대아(大雅)25)의 뜻을 받들기에도 못 미칠 듯하므로 부족한 점이 있어도 아들을 나무라는 일이 없었으나 창흥의 타고난 효성과 뛰어난 자질은 날로 성장하고 발전하여 지덕이 뛰어난 집안의 혈통임을 알 수 있었다. 그러나 즐거워하다가도 한 번 눈을 크게 뜨면 용이 기세를 발하며 호랑이와 표범이 울부짖으니 온갖 짐승들이 두려워 떨 위엄이라 함께 놀던 서동들은 감히 눈을 들어 보지도 못하였다. 주숙렬이 그 너무 세차고 기운 부리는 것을 꾸짖으면 창흥은 일부러 어리석은 척하며 어머니의 젖을 어루만지고 기뻐하는 낯을 본 후에야 물러나니 임기응변하는 기술이 이렇듯 넉넉하였다. 주숙렬이 이 아들을 편애하는 것은 천륜이 아니라도 유난히 각별하였는데, 이는 아들을 낳은 지 삼칠일 만에 젖 먹는 어린 아기를 던지고 시집을 떠나 죽을 고생을 하다가 간신히 살아 돌아왔고 아들 또한 죽다 살아 돌아온 터라 모자

---

24) 순(舜) 임금과 증자(曾子) : 순임금은 중국의 전설적 임금으로 계모에 대한 효성이 지극했으며 증자는 공자의 고제(高弟)로서 효심이 두텁고 내성궁행(內省躬行)에 힘썼으며 효와 신을 도덕 행위의 근본으로 하였음.

25) 대아(大雅) : 『시경(詩經)』 육의(六義)의 하나로 큰 정치(政治)를 읊은 정악(正樂)의 노래를 말함. 「시대서(詩大序)」에는 "아란 바르다는 것으로 왕정의 폐한 바와 흥한 바를 말하고 있다(雅者, 正也, 言王政之所廢興也). 정치에는 작은 것과 큰 것이 있는 까닭에 「소아(小雅)」와 「대아(大雅)」가 있는 것이다(政有小大, 故有「小雅」焉, 有「大雅」焉)."라고 되어 있음. 「대아」에는 주 왕실의 귀족의 작품이 많이 있으며 중요한 노래들은 주왕실의 선조에서 무왕에 이르기까지의 선왕들의 공적을 송축하고 있으나 간혹 시편 중에는 여왕(厲王)이나 유왕(幽王)의 폭정과 혼란 때문에 그 통치가 위기에 처한 것을 말한 것도 있음.

가 천륜을 다시 합한 후에도 젖먹이 때의 북받치던 정이 때때로 꿈속에서도 정신을 놀라게 하여 자애가 남다를 수밖에 없었던 것이다.

이때 황제께서 옥체가 미령하시어 조정과 민간이 모두 어찌할 바를 몰라 허둥지둥하고 만조백관들은 조정에 모여 약을 쓸 일에 대해 논란이 분분하였다. 특히 임씨 집안은 다른 신하들과 달라 온 집안이 어수선하였다. 상국 부자는 밤낮으로 궐 안에서 명령을 기다리며 충성스런 마음이 괴이한 일에 놀라[26] 자기의 몸으로써 대신해주시기를 하늘에 기도하였고 초왕은 직접 명약을 지어 황제에게 바쳤다. 황제는 이 약을 4~5첩 먹은 후 병환이 적이 차도가 있어 미음을 스스로 먹고 부마를 돌아보며 말하였다.

"짐이 날로 쇠약해 가는데도 효장이 입궐하지 않으니 짐의 딸이 날 때부터 가지고 있던 지극한 효성도 이젠 완전히 글렀나 보구나."

부마는 황공하여 머리가 땅에 닿도록 조아리며 말하였다.

"옥주는 4~5일 전에 아기를 낳을 조짐이 계시어 출산을 하시고 아직 3일이 채 안 된지라 일주일이 지나기를 기다리는가 싶습니다."

황제는 이 말을 듣고 공주가 순산한 것을 기뻐하며 말하였다.

"경이 아들 많은 것은 기쁘나 효장이 약한 몸으로 다산하고 무사하기 어려우니 조심하여라."

부마는 엎드려 명을 받들면서도 만승의 지위로 딸에 대한 자애가 이토록 특별하신 데에 감동하지 않을 수 없었다.

12

---

26) 괴이한 ~ 놀라: {돌돌(咄咄) ᄒᆞ니}. '돌돌'은 '돌돌괴사(咄咄怪事)'의 준말로 혀 차는 소리를 표현한 것임. 뜻밖의 괴이한 일이라고 생각하여 놀라는 것을 말함. 『진서(晉書)』 「은호전(殷浩傳)」에 보면 "은호가 조정에서 쫓겨난 뒤 담소하고 음영(吟咏)하는 일을 끊지 않았으므로 자기 식구들도 쫓겨난 데 대한 유감의 기색을 전연 볼 수 없었는데, 온종일 허공에다 '돌돌괴사'라는 네 글자만 쓰고 있을 뿐이었다." 라고 되어 있는데 여기서 유래함.

초왕은 황제의 병환에 차도가 있음을 크게 기뻐하였다. 황제는 모든 신하들에게 각각 물러가 쉬라 하고 초왕을 용탑 아래로 나아오라 하여 한 집안 부자의 예로 친히 초왕의 흰 손을 어루만지며 말하였다.

13 "경의 고집과 겸손함이 유별하여 숙렬의 큰 공을 갚을 길이 없었다. 남편이 황실의 친척이니 짐이 효문공주라는 위호를 주어 윤리와 기강을 정하고 효장과 같이 초하루와 보름마다 조정에 들라 하였거늘 경이 궐 안 출입을 고집하고 들어와서 짐을 위로하는 일이 전혀 없으니 심히 무료하구나. 이번에는 효장과 함께 입궐하게 하겠느냐?"

초왕은 머리를 조아리고 절하며 명을 받들었다. 초왕은 황제가 환후가 있은 가운데 심지가 약해진 것에 감읍하여 좋든 싫든 거역할 수가 없는지라 명을 따르겠다고 아뢰었다.

다음날 부자와 숙질이 퇴궐하여 본부로 가 태부인께 배알하고 안부를 여쭈었다. 태부인이 날마다 황제의 환후를 걱정하던 바를 말하고 옥체가
14 훨씬 좋아지신 것을 크게 기뻐하니 상국이 부인께 아뢰었다.

"상의 병환이 처음엔 위중하시어 초조하고 다급한 탓에 걱정이 많았으나 다행히 하늘이 도우시어 병환에 차도가 있으시니 온 신하와 백성에게 천만 다행이옵니다."

태부인이 고개를 끄덕이며 근심스레 말하였다.

"내 나이가 너무 많고 상의 병환이 나아졌다 물러났다 하시어 어찌 될 줄 모르다 보니 이 늙은 어미는 근래 더욱 쇠잔해진 듯싶다. 창흥을 하루 바삐 혼례 시켰으면 좋겠으나 선대의 훈계를 너무 가볍게 여기는 것도 옳지 않으니 걱정이로구나."

상국 형제는 어머님의 말씀을 듣자 간담이 마르는 듯하고 넋이 몸을 떠

난 듯하여 선대의 훈계를 능히 지키지 못할 듯하였다. 그리하여 상국 형제는 초왕에게 이 연유를 설씨 부중에 알리고 두 아이가 비록 아직 어리나 택일하여 납빙(納聘)27)하고 성례나 먼저 하라고 명하였다. 초왕은 공손히 명을 받들고 다음날 아침에 궐 안에 문안을 올린 후 사마(駟馬)를 설씨 부중으로 돌렸다.

알지 못하겠구나! 이 혼인이 연고 없이 온전히 이루어져 설씨 부중에서는 천고에 다시없을 기이한 사위를 얻어 봉황이 쌍을 지어 함께 노니는 것을 보게 되며, 임초왕 또한 만고의 성녀 명완을 백대의 수레로 맞이하여28) 첫째 공자 죽명공이 요조숙녀를 얻게 될지29)는 다음 회를 분석하라.

설태사 연창은 개국 공신의 후손으로 그의 집안은 옛날부터 지체가 높은 벌열 가문이었다. 태사의 선조는 태조(太祖) 고황제(高皇帝)를 도와 진야선30)을 생포하고 공이 높았으므로 태조가 천하를 하나로 통일하여 평정케 한 후 설공을 대국에 봉하였으나 굳이 고사하였다. 예로부터 공신이 땅을 분할 받고 왕으로 봉해지면 지위가 높아 꺼리고 피해야 할 일이 많으므로 그릇될까 경계하여 연경(燕京)31)에 머물기를 간청하는 법이 많

---

27) 납빙(納聘) : 혼인 때 신랑 집에서 신부 집으로 보내는, 주로 푸른 비단과 붉은 비단 예물 또는, 그 예물을 보내는 일을 말함.
28) 백대의 ~ 맞이하여 : {빅냥우귀[百兩于歸] 후여}. '백량우귀'란 백 대의 수레로 성대하게 신부를 맞이하는 것을 말함.
29) 요조숙녀를 ~ 될지 : {좌유뉴지[左右流之]}. 『시경(詩經)』「주남(周南)」〈관저(關雎)〉 장에 나오는 구절로 원문은 '들쑥날쑥한 마름나물을 좌우로 물길따라 취하도다. 요조한 숙녀를 자나깨나 구하도다[參差荇菜, 左右流之, 窈窕淑女, 寤寐求之].' 임. 『집전(集傳)』에는 '유지(流之)'의 뜻을 "물의 흐름을 따라서 취하는 것이다."라고 해석함.
30) 진야선 : 원나라의 장수. 주원장에게 두 번 생포되었으나 그는 진야선을 두 번이나 용서하고 그에게 병력을 주어 자신에게 협력하게 함. 그러나 진야선은 끝끝내 그를 배반하고 홍건당을 공격하여 율양까지 이르렀을 때 민병들의 공격을 받아 죽음.
31) 연경(燕京) : {연곡(燕谷)}. 이는 명나라의 수도였던 연경을 가리킴.

왔다. 성의백(誠意伯) 유기(劉基)32)가 태조께 아뢰기를 그를 연경에 머물게 하고 열후 공신과 같이 조정에 두어 국사를 의논하게 하시라고 하니 상이 그 말을 옳게 여기시고 그에게 홍문관 태학사,33) 이부상서(吏部尙書),34) 추밀부사(樞密副使)35)를 겸하게 하셨다. 국정이 다 공의 손 안에서 좌우되어 태산(泰山)과 북두(北斗)같이 두터운 명망이 온 나라에 가득하였다.

간신 호유용(胡惟庸)36)이 권세를 얻자 성의백은 해골을 빌어37) 청주로 돌아갔다. 설총재도 선뜻 관직을 버리고38) 소매를 떨치면서 구름 낀 산봉우리와 파도치는 넓은 바다, 그리고 온 세계를 곁 보듯 왕래하여 그 자취가 이르지 않은 곳이 없었다. 하루는 말머리를 돌려 남악(南嶽) 형산(衡山)39)에 이르러서는 산천이 수려하고 깨끗한 것을 사랑하여 위진군(魏眞君)40)의 도관(道觀)에 머물렀다. 운몽(雲夢)41)에 겹겹이 쌓인 문장을 기울

17

---

32) 성의백(誠意伯) 유기(劉基) : 명초(明初)의 정치가·학자인 유기(劉基)를 말함. 자(字)가 백온(伯溫)이었음. 태조를 섬긴 공으로 성의백(誠意伯)에 책봉되었음. 저서에는 『성의백문집(誠意伯文集)』이 있음.

33) 홍문관(弘文館) 태학사(太學士) : 홍문관은 궁중의 경서, 문서 따위를 관리하고 임금의 자문에 응하는 일을 맡아보던 관아로 태학사는 홍문관의 으뜸 벼슬임.

34) 이부상서(吏部尙書) : 이부(吏部)의 으뜸 벼슬.

35) 추밀부사(樞密副使) : 추밀원(樞密院)에 속한 정삼품 벼슬로 추밀원은 왕명의 출납과 숙위(宿衛), 군기(軍機) 따위를 맡아보던 관아.

36) 호유용(胡惟庸) : 중국 명(明)나라 초기의 관리로 좌승상(左丞相)을 지내며 황제의 신임을 얻어 권세를 휘둘렀으나 승상 이선장(李善長)과 결탁하여 반란을 일으키려다 발각되어 처형됨.

37) 해골을 빌어 : '늙은 신하가 벼슬을 내놓고 물러나기를 임금에게 청원하다'라는 뜻으로, 걸해(乞骸)·걸해골(乞骸骨)·걸신(乞身) 등으로 쓰임.

38) 관직을 버리고 : {인슈印綬룰 동문(東門)의 걸고}. '인수'란 옛날 관인(官印)에 꼭지를 달아 몸에 찰 수 있도록 한 끈을 말함. 인(印)은 고위 관리가 직권을 행사하는 증명서로 절(節)을 동문 위에 걸어 관직을 그만두겠다는 것을 나타냈음.

39) 형산(衡山) : 중국의 오악(五岳)의 하나인 남악(南岳)을 말함. 호남성(湖南省) 형양시(衡陽市) 북쪽 40km 지점에 있음.

40) 위진군(魏眞君) : 도교에 나오는 선녀의 이름.

41) 운몽(雲夢) : 운몽(雲夢)은 초(楚)나라의 칠택(七澤)의 하나며 사방 9백리나 되는 큰 호수임. 『사기(史記)』의 저자인 사마천(司馬遷)은 젊은 시절에 많은 곳을 여행하였는데 특히 원수(沅水), 상수(湘水)를 따라 선상여행을 하면서 운몽 호수를 지나감. 이때 구의산(九疑山)에 있는 순(舜)임금의 묘(廟)와 이비묘(二妃廟) 등 많은 사적지(史蹟址)를 답사하였는데 사마천의 이런 여행이 있었기에 『사기(史記)』가 탄생할 수 있었다고 함. 여기에서 운몽을 다 기울인다는 것은 비유적

여 길을 가는 도중에 앞뒤로 진군의 청정한 도법을 기려 찬문(讚文)을 지어 붙이니, 글자마다 푸른 용이 뛰놀고 난새와 봉황이 춤추는 듯하였고 필획은 영롱하여 은하수가 굽이진 듯하였으며 먹의 빛깔은 찬란하고 말뜻은 청신하였다. 설공은 이렇게 글을 남기고 돌아왔다.

진군이 옥경(玉京)[42]에 조회하고 난 후 구름을 타고 도관에 돌아와 구름 병풍을 헤치고 좌우 벽 위를 보니 묵의 흔적이 찬란하고 상서로운 기운이 가득하였다. 자세히 보니 이는 곧 문곡성(文曲星)[43] 설청문이 자기의 맑은 도덕과 청정한 뜻과 기개를 칭찬한 찬문이었다. 진군이 한 번 보고 크게 기뻐 감탄한 후 말하였다.

"어질구나, 문곡이여! 선가(仙家)에 귀중한 보물을 남겼으니 반드시 그 후손에게 보답이 있을 것이다."

진군은 이렇듯 크게 탄복하였다.

설공은 채를 돌려 도처를 떠돌며 푸른 시내와 큰 파도에 발을 씻고 산수에 깃들어 살면서 세상의 염려를 모두 잊었다. 그 사이 호유용이 꾀했던 역모가 발각되고 상께서 다시 공신을 불러들여 쓰시면서 설공의 지위를 높여 좌승상(左丞相), 중서령(中書令)[44]으로 부르셨다. 그러나 공은 그것을 사양하고 고요히 집에 들어 앉아 마음대로 몸을 나라에 들이지 말라고 자손을 경계하였으며 세 아들 역시 모두 그 명을 받들었다. 공이 수명

18

인 표현으로, 사마천이 운몽 호수 근처의 사적들을 답사한 경험을 한껏 살려 명문을 쓴다는 의미임.
42) 옥경(玉京) : 하늘에 옥황상제가 산다는 서울.
43) 문곡성(文曲星) : 구성(九星) 가운데 넷째 별로 주로 글과 관련된 문운(文運)을 관장하며, 일명 문성(文星), 문창성(文昌星)이라고도 함.
44) 중서령(中書令) : 중서성(中書省)에 속한 종일품 벼슬. 중서성은 수(隋)·당(唐)·송(宋)·원(元)나라 등에서의 일반 행정을 심의하던 중앙 관청으로, 삼국(三國)의 위(魏)나라 때에 비롯되어 원(元)나라 때에는 상서성(尙書省)으로 바뀌고 명(明)나라 초기(初期)에 폐함.

을 다하고 죽으니 그 아들 천과 홍과 태 세 사람이 상을 지내러 태주로 내려가 삼년상을 마치고 계속 그 곳에 머물게 되었다.

태조께서 붕어하시고 건문(建文)45) 황제가 재위에 오른 지 7년이 되었으나 공신을 찾지 못하고 계셨다. 그러자 문황제가 건문을 폐하고 대위를 차지하여 선조의 공신과 개국공신들을 방방곡곡에서 불러들였다. 설천의 세 형제가 연경에 이르니 문황제께서 기뻐하시며 설천에게 그 아버지의 벼슬을 물려받게 하셨다. 두 아우 역시 과거에 좋은 성적으로 급제하여 높은 관직에 올라 그 부귀와 영화가 한 세상을 기울일 만하였다.

설천의 부인 화씨는 전망공신(戰亡功臣)46) 화운룡의 딸이었다. 함께 산지 10여 년이 되도록 대를 이을 아들이 일체 없으므로 부부가 서로 마주

대하면 말하기를 세상에서 후사 없는 것이 가장 큰 불효라 하며 슬퍼하였다. 그러다 부인이 홀연 곰 꿈을 꾸고47) 아들 하나를 낳고 다음 해에 딸을 또 낳으니 설천 부부는 천지신명께 감사하고 품안의 보배처럼 아끼며 사랑하였다. 그러나 불행히도 화부인이 일찍 세상을 떠나니 그때 공은 아직 청춘의 나이였다. 아내 자리가 비었으므로 마지못해 후취 목씨를 들였으나 이 사람은 사덕(四德)48)에서 멀기가 마치 진(秦)나라와 월(越)나라49)

---

45) 건문(建文) : 중국 명나라의 제2대 황제(재위 1398~1402). 휘 윤문(允炆), 시호 혜제(惠帝). 1392년 황태자였던 부친 의문태자(懿文太子)가 병사하여 황태손에 책봉되었음. 1398년 태조 홍무제(洪武帝)가 죽자 16세로 즉위, 건문(建文)이라는 연호를 사용함. 당시 태조의 여러 아들들은 각 지방의 왕으로 분봉(分封)되어 있었는데 건문제는 황자징(黃子澄)·방효유(方孝孺) 등의 획책에 따라 황제의 권위를 높이는 한편, 봉령을 삭감하여 그 세력의 약화를 도모하였음. 그 때문에 1399년 연왕(燕王)이 정난(靖難)의 변을 일으켜 1402년 경사(京師)를 함락하고 제위를 빼앗아 영락제(永樂帝)에 즉위하였음. 건문제는 이때 성안에서 불에 타 죽은 것으로 전해짐.
46) 전망공신(戰亡功臣) : 전쟁터에서 싸우다가 죽음으로써 공을 세운 신하를 말함.
47) 곰 ~ 꾸고 : {비웅(羆熊)을 꿈꾸어}. '비웅'은 아들 낳을 꿈을 말함. 『시경(詩經)』「소아(小雅)」〈사간(斯干)〉 편에 보면 "길몽이 무언가 하면 큰 곰과 작은 곰에다, 큰 뱀과 작은 뱀이로다. 태인이 꿈을 점치니, 큰 곰과 작은 곰은 남아를 낳을 상서요, 큰 뱀과 작은 뱀은 여아를 낳을 상서로다[吉夢維何, 維熊維羆, 維虺維蛇, 大人占之, 維熊維羆, 男子之祥, 維虺維蛇, 女子之祥]." 라는 말이 있는데 여기서 비롯되어 '곰 꿈'은 아들 낳을 꿈을 가리키는 말로 쓰임.

같고 겉으로는 달콤한 말을 하면서도 속에는 칼을 품고 있었다. 공의 사람 보는 안목으로 한 눈에 크게 놀라 안색을 거두고 이로부터 가까이 하지 않아 내당 왕래가 드물었으며 목씨의 행실 역시 아주 엄하게 단속하였다. 다만 두 아우와 함께 큰 이불을 함께 덮고 긴 베개를 함께 베고 자며50) 서로 사이좋게 지내는 정51)은 옛 사람의 나룻 그을리는 우애52)와 방불하였다. 또한 자녀를 여린 옥같이 보호하여 목씨의 독수를 모두 막으며 엄한 아버지의 지위로써 자애로운 어머니가 어린아이 품듯이 몸소 사랑하며 아끼었다.

세월이 홀홀 흘러 아들은 14세가 되고, 딸은 13세가 되었다. 아들을 태중태우 상경화의 큰딸과 혼인시키니 상공은 전망공신 상우춘의 후예였다. 상소저는 미색이 뛰어나고 사덕을 겸비하여 제사를 받들고 어버이를 모시는 효성이 공경스럽고 조심스러워 진정 한 쌍의 아름다운 배필이라 할 수 있었다. 공은 바라던 것 이상이라 대단히 기뻐하였고 공자는 금슬이 화락하여53) 국풍(國風)54)의 시를 노래하였다. 그간 공은 목씨가 원망스러운 마음을 품게 하지 않도록 간간이 부부간의 즐거움55)을 나누면서

---

48) 사덕(四德) : 여자로서 갖추어야 할 네 가지 덕. 마음씨(婦德), 말씨(婦言), 맵시(婦容), 솜씨(婦功)를 이름.
49) 진나라(秦)와 월(越)나라 : 원문에는 '진월(秦越)'로 되어 있음. 진나라와 월나라가 서로 멀리 떨어져 있는 데서 나온 말.
50) 큰 ~ 자며 : {광금댱침[廣衾長枕]의}. '광금장침'이란 한 형제간에 한 이불을 덮고 함께 자는 것을 의미하는 말로 형제간의 우애를 가리키는 말로 쓰임.
51) 서로 ~ 정 : {힝항지정[頡頏之情]}. '힝항지정'은 형제간에 서로 다정하게 지내는 정을 말함.
52) 옛 ~ 우애 : 옛사람이 형제의 악을 달이려다가 나룻을 그을리게 되었다는 고사가 있음.
53) 화락하여 : {관 〃(關關) 훈}. 『시경(詩經)』 「주남(周南)」편 〈관저(關雎)〉 장에서 유래한 말로 암수 한 쌍의 새가 서로 화답하면서 우는 소리를 가리킴. 부부가 화락하는 즐거움을 표현한 소리.
54) 국풍(國風) : 『시경(詩經)』 제1편으로 주남(周南)·소남(召南)·패풍(邶風)·용풍(鄘風)·위풍(衛風)·왕풍(王風)·정풍(鄭風)·제풍(齊風)·위풍(魏風)·당풍(唐風)·진풍(秦風)·진풍(陳風)·회풍(檜風)·조풍(曹風)·빈풍(豳風) 등 15개국의 국풍 160편이 실려 있음. 여기서는 부부의 화락을 노래한 「주남(周南)」편 〈관저(關雎)〉 장을 가리킴.
55) 부부간의 즐거움 : {의가지낙[宜家之樂]}. '실가지락(室家之樂)'과 같은 말로 부부 사이의 화목

도 그에게 가사를 맡기지 않고 화부인이 살아있을 때처럼 일에 익숙한 사환에게 가사를 이르고 경계하였다. 그러나 이렇듯 요조숙녀 며느리를 얻어 그 성품이 얌전한 것을 보고는 비로소 그에게 가사를 맡기고 자기 부부는 집안에 앉아 효도를 받았다. 목씨는 분한 마음이 가득하였으나 공의 위엄을 범접할 수 없어 감히 드러내놓고 못된 짓을 행하지는 못하였다.

다음 해 봄에 설공자가 과거에 높은 성적으로 급제하니 재물과 명망이 한 세상을 압두할 만하였다. 황제가 그 재주를 사랑하시어 한림학사(翰林學士)56)를 내리니 그 맑은 재주와 풍모는 사안(謝安)57)과 이백(李白), 두보(杜甫)를 깔 볼 정도였다. 태산처럼 높고 두터운 명망이 나라 안팎을 기울이고 조정과 민간에서 모두 공경하므로 황제의 총애가 날로 더해만 갔다.

하늘이 인재를 아끼시는 까닭에 불행히도 공이 충분한 수명을 누리지 못하고 병이 뼛속까지 침투하게 되었다. 스스로 다시 일어나지 못할 것을 알고 바삐 택일하여 딸아이를 굳게 혼약했던 여이랑 백달의 집과 혼례시키니 남자와 여자의 풍모가 가지런하여58) 한 쌍의 보옥 같았다. 공이 병중에 사위를 얻는 경사를 보고 병세가 조금 나아져 한림 부부는 천지신명께 감사할 따름이었다.

슬프구나! 몇 개월 후 설천은 다시 병이 나서 결국은 세상을 버리고 말았으니 하늘을 우러러 부르짖는 자녀들의 지극한 슬픔이 위로는 하늘을

한 즐거움을 말함.

56) 한림학사(翰林學士) : 임금의 명령을 받아 문서를 꾸미는 일을 맡아보던 한림원(翰林院)에 속한 정사품 벼슬로 임금의 조서를 짓는 일을 맡아봄.

57) 사안(謝安) : 중국 동진(東晉) 중기의 재상(宰相). 자는 안석(安石). 제위를 찬탈하려는 환온(桓溫)의 야망을 저지했고 재상 재직 시 전진(前秦) 왕 부견(符堅)의 남하를 막았으며 형의 아들 사현(謝玄)과 함께 부견의 군대를 비수(泌水)에서 격파함. 국초(國初)의 왕도(王導)와 함께 명재상으로 칭송이 높았고 행서(行書)를 잘 썼으며 당시의 손꼽는 문화인이기도 함.

58) 가지런하여 : {춤치[參差]ᄒᆞ여}. '참치(參差)'란 '참치부제(參差不齊)'의 준말로 가지런하지 못하다는 뜻이나 여기서는 문맥을 고려하여 이같이 번역함.

뚫고 아래로는 땅에 통하여 마치 쇠를 끊어내는 듯하였다. 조문하는 사람들도 소리 내어 슬피 울었으며 길 가던 사람들마다 걸음을 멈추고 슬퍼하지 않는 사람이 없었다. 장례일이 이르자 상주가 고향에 내려가 안장하고 이어 시묘를 사니 한림 부부는 슬픔이 뼛속까지 파고들어 몸을 보전하지 못할 지경에 이르렀다. 둘째와 막내 두 숙부59)가 밤낮으로 한림 부부를 붙들고 보호하기를 어린아이처럼 하여 한림이 힘을 다해 상을 마치니 온 집안의 비통함이 새로웠다. 한림 부부가 종일토록 통곡하며 그치지 않으므로 여러 종형제들이 달래고 위로하며 세월을 보내고 있었다.

이 때 상께서 한림이 삼년상을 마친 것을 들으시고 그를 어사태우로 부르셨으나 한림은 아버지를 여읜 후로 모든 일이 꿈만 같아서 벼슬살이할 뜻이 없었다. 그러나 어찌할 도리가 없어 고향 선산을 떠나 서울에 이르러 부중에 들어가 고요히 홀로 남으신 어머니를 봉양하며 증자(曾子)와 왕상(王祥)60)을 업신여길 만큼 효성을 다하였다. 하지만 목씨는 공의 삼상(三喪)을 지내고 고당(高堂)에 앉아 편히 지내며 아들 며느리의 효도를 받으니 뜻이 거만하고 방자해져서 이유 없이 아들 며느리를 괴롭히며 보채곤 하였다. 태우 부부가 민자건(閔子騫)처럼 추울 일61)이 잦음에도 불구하

----

59) 둘째와 ~ 숙부 : 설천의 두 아우인 설홍과 설태를 말함.
60) 왕상(王祥) : 중국 진(晉) 나라 때의 효자. 일찍이 어머니를 잃고 계모 밑에서 자랐는데 계모 주(朱)씨가 왕상을 미워하여 괴롭혔으나 그럴수록 왕상은 성의를 다하여 부모의 명에 따랐고 부모에게 병환이 있으면 옷을 벗지 않고 몸소 약을 달여 올리되 먼저 맛을 보았음. 어머니가 앓으면서 겨울에 잉어 먹고 싶다고 하자 왕상이 옷을 벗고 강의 얼음을 깨고 들어가려 하였더니 두 마리의 잉어가 뛰어나왔으며 황작(黃雀) 구이가 먹고 싶다고 하자 황작 수십 마리가 방으로 날아들었다고 함.
61) 민자건(閔子騫)처럼 ~ 일 : 민자건(閔子騫)은 공자의 제자이자 중국 춘추시대 노(魯)나라의 현인으로 계모에 대한 효성으로 유명함. 어릴 때 어머니를 여의고 계모 밑에서 자랐는데 계모는 자기가 난 아이들만 귀여워하고 민자건은 천대하였음. 추운 겨울날에도 민자건에게는 속이 짚으로 채워진 옷을 입게 하여 민자건이 추위에 떤 일이 많았는데 그의 아버지가 이 사실을 알고 크게 화를 내며 계모를 쫓아내려 하자 민자건이 나서 말렸고, 그의 말을 들은 아버지는 아들의 착한 마음씨에 탄복해 계모를 용서함. 계모 역시 자신의 잘못을 뉘우치고 그를 잘 보살폈다고 함.

고 조금도 원망하는 일이 없이 갈수록 효도를 다하자 목씨는 탈 잡을 조건이 없어 간간히 이상한 심술을 부리곤 할 뿐이었다.

이렇듯 여러 해를 보내는 중에 상께서 자주 부르시어 태자태사(太子太師)[62]를 내리시니 이는 그 아버지와 조부의 벼슬을 이어받게 하여 공로를 갚고자 하심이었다. 설태사가 슬하에 5남 1녀를 두었는데 위로 세 아들을 낳은 후 기이한 꿈을 꾸고 딸을 임신하여 14개월 만에 해산하였으니 이는 태음의 정기가 여자로 태어난 것이었다.[63] 태사가 크게 놀라고 기뻐하며 부인에게 말하였다.

"위로 세 아들이 있지만 이 아이는 왕비가 될 재목이니 조심하여 기르십시오."

이렇게 말하고 나서 뒤이어 이름을 성염이라 하고 자(字)를 혜벽이라 하였으며 유모를 특별히 택하여 손바닥 위의 보물 다루듯 보호하므로 사람들이 "딸에게 주접이 들었다."고 놀리며 웃곤 하였다. 1년 후 또 임신하여 귀한 아들을 얻게 되자 공은 너무 자식을 많이 낳는 건 아닌가 걱정하였다.

하루는 황혼 무렵에 제부인 여급사가 이르러 공을 청하였다. 설태사는 처남이 왔다는 말을 듣고 황급히 나와 말하였다.

"백달 아우가 무슨 일로 혼자 이렇게 왔는가?"

여공이 손을 내저으며 조용히 하라 하고 바삐 내당으로 들며 좌우를 물리치고 품속에서 어린아이 한 명을 내어 놓았다. 그 아이는 죽을 둥 말 둥 하였으나 하늘이 내린 성인처럼 빼어난 인물이라 평범한 아이와는 크

---

62) 태자태사(太子太師) : 동궁에 속하여 왕세자의 교육을 맡아보던 종일품 벼슬.
63) 여자로 ~ 것이었다 : {곤성[坤聖]의 쩌러진지라}. '곤성'은 왕후를 높여 부르는 말이나, 여기서는 뛰어난 사람이 여자로 태어난 것을 '곤성에 떨어졌다.'고 표현한 것으로 보임.

게 달렸다. 설태사가 크게 놀라 다급히 물으니 여급사가 한 번 크게 탄식
한 후 처음부터 끝까지 자세히 말하였다.

"지금 이 아이는 사방을 둘러보아도 도망할 곳이 없고 하늘과 땅을 둘
러보아도 피할 곳이 없네. 내 비록 어린 임금을 부탁받고 사방 백 리 되
는 나라를 맡은 것[64]은 아니지만 이 아이의 사람됨이 비상할 뿐 아니
라 현중[65]의 집안에 벌어진 일은 모두 내 집으로 말미암은 바이니 만
일 우리들이 이렇게 편안히 모른 척한다면 훗날 무슨 면목으로 계숙
씨[66]를 보겠는가? 실은 이 아이를 우리 가문에서 보호하여 나중에 누
이의 목숨을 살려 달라 빌었으면 좋겠으나 우리 집에는 반관옥이란 요
사스런 사람이 날마다 왕래하여 둘 수가 없네. 형네 집의 적선이 예로
부터 유명하니 말이 나지 않도록 조용히 이 아이를 길러 명나라 조정에
기둥이 될 인재를 잃지 않게 하고 임씨 가문의 종사를 빛내게 해주시
게."

태사는 이 말에 선뜻 허락하며 부인이 아이를 낳은 지 얼마 안 되어 젖
이 풍부하다는 말을 하였다. 여공은 기뻐하며 어서 아이를 데려가 젖을
먹여 기운을 회복하게 해주기를 부탁하였다. 태사가 아이를 데려다가 보
니 맥이 잡히기는 하나 정신이 흐릿하였다. 급히 아이를 품고 내당에 들
어가 이 일을 전하고 아이를 편히 눕힌 후 젖을 짜 입 안에 넣으니 젖이
목구멍과 혀로 부드럽게 넘어 갔다. 얼마 후 아이가 몸을 움직이며 증조

---

64) 어린 ~ 것 : {뉵척[六尺]의 괴[孤]로 빅니[百里]의 명을 받드미}. 이는 『논어(論語)』 「태백(泰伯)」
   편에 나오는 말로, "증자께서 말씀하시길, 어린 임금을 부탁할 수 있고 사방 백 리의 나라의 정
   치와 법령을 맡길 수 있으며, 나라의 큰 위기를 눈앞에 두고 있는데도 그 뜻을 뺏을 수 없다면
   군자다운 사람일까? 군자다운 사람일거야[曾子曰, 可以託六尺之孤, 可以寄百里之命, 臨大節而
   不可奪也, 君子人歟, 君子人也]."라고 한 데서 인용함.
65) 현중 : 창흥의 아버지 임희린의 자(字).
66) 계숙씨 : 임희린의 아버지 상국 임한주의 자(字).

할머니를 부르니 설태사가 기쁨을 이기지 못하여 이렇게 말하였다.

"할머니는 정당(正堂)에 계시니 어서 젖을 먹어라."

아이는 이 말을 듣고 기운을 차리고 점점 젖을 양껏 먹다가 잠시 후 젖을 밀어내고는 두 눈을 들어 좌우를 한참 둘러보더니 크게 울었다. 태사는 온 세계를 다 돌아보아도 이러한 성품과 기질을 갖춘 기린아(麒麟兒)는 없을 듯하여 아이를 무릎 위에 앉히고 달래며 말하였다.

"네 집에 환란이 예사롭지 않은 까닭에 너를 데려왔으니 아직 나와 함께 여기에 있자."

그러자 아이가 말을 알아듣는 듯 흐느껴 울며 부인 곁으로 가니 부인이 나오게 하여 젖을 물렸다. 아이는 물리는 족족 젖을 먹고 다시는 울지 않았다. 공이 외당으로 나와 여공에게 아이가 이제 다시 살아났음을 전하며 말하였다.

"임현중의 충성과 절개는 해와 달과도 빛을 다툴 만한데 어찌 흉악한 사람에게 해를 입겠는가? 이 아이는 이미 백달이 데려왔으니 소문나지 않게 보호하겠지만 백달의 생질인 유린67)을 어찌 한단 말인가?"

여공이 혀를 차며 탄식하고 말하였다.

"천 번 죽어도 아까울 것 없고 만 번 죽어도 오히려 가벼울 것이니 현중이 살아 돌아오면 살고 죽는 것을 함께 할 것이네. 허나 일마다 통탄스러운 것뿐일세."

설공 또한 그렇다 하고 그 밤을 함께 보낸 후 부중으로 돌아왔으나 집안에는 그런 기색을 전혀 나타내지 않았다. 오래지 않아 임참정이 돌아와 공자를 찾아갔는데 이때는 공자가 설씨 부중에 머문 지 3년째 되는 해였

---

67) 유린 : 여이공 백달의 누이인 여부인이 낳은 아들로 임한주의 친생.

다. 날이 갈수록 기이하고 신기로워져 후원과 전각의 섬돌을 두루 돌아다
니며 놀아, 만일 집안사람들이 이 아이를 보면 좋은 것은 뭐든 가져다주
고 좋아하며 함께 놀고 즐겼다. 태사와 상부인 또한 대단히 기이히 여기
며 친손 못지않게 사랑하였다. 목씨가 이 사실을 알고 그 유별나게 구는
것을 싫어하여 공과 부인을 꾸짖으며 말하였다.

"어디서 길에 버린 요물을 얻어다가 젖까지 먹여 기르느냐? 앞으로 분
명 흉악한 변을 볼 것이다."

이렇게 사악하게 욕을 하는데 말마다 패악하지 않은 것이 없었다.

이후 공자는 스스로 나다니지 않고 부인의 처소에서 설씨 아이들과 함
께 기이한 놀이를 할 뿐이었는데 그것이 모두 형세에 맞았다. 그뿐 아니
라 아이들과 함께 제갈량의 팔진도(八陣圖)[68]를 벌리고 동류배들을 지휘
하는데, 그 씩씩하고 왕성한 기질은 우주를 받들 듯하고 태악(太岳)을 옆
에 끼고 북해(北海)를 널뛸 듯하여[69] 설공자들 속에 들어가면 마치 까막
까치들 속에 봉황이 있는 것 같았다. 태사 부부의 지극한 자애는 친자식
과 다르지 않았으나 구태여 아들로 부르지는 않고 깊이 주의하며 귀중히
다룰 뿐이었다.

설소저 성염은 창흥 공자와 같은 해, 같은 달, 같은 날, 같은 시에 태어
났으나 임공자를 심하게 피하여 부인 처소에 오지 않았다. 태사가 이상하

---

68) 팔진도(八陣圖) : 종군을 가운데에 두고 여덟 가지 모양으로 진을 배치(配置)한 진법(陳法)의 그
림. 보통(普通) 천(天)·지(地)·풍(風)·운(雲)·용(龍)·호(虎)·조(鳥)·사(蛇)의 여덟 가지
로 나타내나, 병가(兵家)에 따라 그 형상(形狀)은 서로 같지 않음. 손자(孫子)는 방(方)·원(圓)
·빈(牝)·모(牡)·충방(衝方)·부저(罘罝)·거륜(車輪)·안항(雁行)이라 하였고, 제갈 공명
(諸葛孔明)은 동당(洞當)·중황(中黃)·용등(龍騰)·조비(鳥飛)·연횡(連衡)·악기(握奇)·호
익(虎翼)·절충(折衝)이라 하였고, 오자(吳子)는 거상(車箱)·거헌(車軒)·곡진(曲陣)·예진
(銳進)·직진(直陣)·괘진(卦陣)·충진(衝陣)·아관진(鵝鸛陣)이라 하였음.
69) 널뛸 듯하여 : {넉뛸 듯}. 문맥상 '널뛰다'의 오기로 보임.

게 여겨 유모에게 딸아이를 부인 침소로 데려오게 하여 넓은 소매를 벌려 딸을 안아 무릎 위에 앉히고 앵두 같은 붉은 입술에 뽀뽀하며 사랑이 끊이지 않았다. 어린 소저가 문득 새벽별 같은 두 눈을 들어 창흥이 어머니 가슴을 만지며 젖을 먹는 것을 보더니 복숭아꽃 같은 얼굴을 살짝 붉히며 눈썹을 낮추고 유모에게 안겨 침소로 돌아가려 하였다. 공이 딸을 안고 놓지 않으며 말하였다.

"저 아이가 비록 네 동생은 아니나 너와 동갑이고 아직 5세 어린아인데 무슨 내외할 게 있겠느냐?"

소저는 문득 검은 머리를 낮추며 낭랑하게 대답하였다.

"소녀가 비록 나이는 어리나 예의는 조금 아웁는데 어찌 다른 가문의 남자를 볼 수 있겠습니까?"

이 말에 공은 마치 몸에 뼈가 없기라도 한 듯 딸아이와 서로 얼굴과 뺨을 맞대고 부비면서 사랑이 지극하였다. 이 모습을 본 창흥은 홀연 부인의 무릎 아래로 내려앉으며 흥을 잃고 자연히 풀이 꺾이는 기색을 보였다. 창흥은 성염이 그 부친께 사랑 받는 것을 보고 슬픈 마음이 들어 눈물을 흘리고 흐느끼며 부인을 생각했던 것이다. 공이 두 아이를 비교해 보니 해와 달이 쌍으로 떨어져 만방을 맑게 하는 듯하여 공자의 훌륭한 풍채와 소저의 아름다운 기질은 한 쌍의 기이한 꽃이라 할만 했다. 부모는 이 두 아이가 서로 어울리는 한 쌍이 될 것을 알고 그 사랑이 지극하였다. 얼마 후 임참정이 돌아와 여씨의 열 가지 큰 죄70)를 밝히고 죽이려 하므로 여급사가 바삐 설씨 부중에 가서 공자를 데리고 임씨 부중에 가서 참

---

70) 열 ~ 죄 : {십악디죄(十惡大罪)}. 대명률(大明律)에 정한 열 가지 큰 죄로 모반(謀反), 모대역(謀大逆), 모반(謀叛), 악역(惡逆), 부도(不道), 대불경(大不敬), 불효(不孝), 불목(不睦), 불의(不義), 내란(內亂)을 이름.

정에게 맡기고 그 누이의 목숨을 살려 달라고 빌고 돌아왔다.

이때 설씨 부중에서는 임공자를 집으로 돌려보낸 후 갑자기 귀한 보물이라도 잃은 듯 여겼으며 상부인은 때때로 슬프게 탄식하곤 하였다. 목씨는 공의 부부를 괴롭히며 보채었으나 공의 부부가 지극한 효성으로 섬기므로 까탈을 부릴 핑계가 없었다.

목씨의 오라비인 목주사는 손자 손녀 남매를 두었는데 그 부모가 일찍 죽고 주사가 두 아이를 길렀으니 손녀는 이름이 지란이요, 손자는 지형이었다. 지란은 날 때부터 그 품성과 기질이 기이하고 음흉하여 음양이 나누일 때 한 뭉치 차갑고 더러운 기운을 모아 흉악한 모양의 괴물을 내놓은 상이었으니 이것은 자연의 섭리에 마땅하였다. 흉악하고 박색인 얼굴은 얽고 맺은데다 금방울 같은 두 눈은 모나고 흉하였으며 입술이 위로 들려 이가 다 드러나 보이고 어금니가 길게 돋아 마치 수정궁(水晶宮)71) 야차(夜叉)72)나 우두나찰(牛頭羅刹)73) 같았다. 사람이 바로 보기에는 놀라울 지경이었으며 숨소리도 이상하여 쟁기를 메 단 소 같고 형용이 헤아리기 어려워 한 마디로 말하기 어려웠다. 또한 속이 음흉하고 간특하기는 외모보다 더하였으나 주사는 손자가 이 남매뿐이라 만금보다 더 사랑하였다. 지형은 얼마간의 재주와 풍모가 있어 스스로 천하에 자기를 따라 36 올 자가 없으리라 자신하였다. 그러나 설씨 부중을 자주 왕래하며 목씨에게 설공자 등을 헐뜯고 일러바쳐 목씨에게 아첨을 하며 요령을 부리니74)

---

71) 수정궁(水晶宮) : 전설 속에 나오는 월궁(月宮) 혹은 수신이나 용왕이 사는 궁전을 가리킴.
72) 야차(夜叉) : 범어(梵語)의 한역음으로 모양이 추하고 괴이한 귀신을 가리킴. 하늘을 날아다니며 사람을 잡아먹고 상해를 입히는 잔인·혹독한 귀신.
73) 우두나찰(牛頭羅刹) : 쇠머리 모양을 한 악한 귀신.
74) 아첨하고 ~ 부리니 : {앙오첨녕ᄒ니}. 한국학중앙연구원 39권본을 참조하여 '아요첨령[阿要諂領]', 즉 '아첨'과 '요령'으로 풀이함.

목씨가 손자들을 만만하게 여겨 꾸짖는 소리가 잦았다. 이러므로 여러 공자들은 목생을 미워하며 삼킬 듯이 하였으나 할머니가 사랑하시는 아이라 어찌 할 도리가 없었다.

어느 날 지형이 그 누이에게 설씨 부중 종조모의 부귀와 호화로움을 자랑하면서 저희 남매가 종조모에게 의탁하여 부귀를 도모할 방법을 말하였다. 지란은 자기 집 재산이 끼니도 제 때 못 챙길 정도라 그 흉한 마음에 성이 차지 않다가 지형의 달콤한 말을 듣자 두 아귀에서 마른 침이 흘러내렸다. 설씨 부중에서는 밥이 흔하여 개도 아니 먹는 것을 자기가 홀로 빼앗아 먹을 욕심이 불 일 듯하여 좋아서 펄펄 뛰며 할아버지를 졸라 종조모께 의탁하게 해달라고 청하였다. 청을 받은 주사는 누이에게 편지를 보내어 누이가 전실 자식들이 정 없이 받드는 것을 받으며 긴 세월 동안 마음 나눌 곳도 없이 넓은 처소에서 홀로 적적하게 지내고 있으니, 만일 자기 손자 남매를 데려다가 기르면 가까운 친지의 정과 양육한 은혜를 겸하여 나중에는 편안히 누워 효도 받지 않겠느냐는 말을 전하였다. 목씨는 오라비의 편지를 보고 크게 기뻐하며 바삐 외당에 있던 태사를 불렀다. 공이 명을 받고 나아와 무슨 하교할 것이 있으신지 여쭈었다. 목씨는 평생 처음으로 공에게 온화한 기운을 거짓으로 꾸며서 은근한 목소리로 말하였다.

"우리 집안이 대대로 유별나게 청빈하여 끼니도 제대로 있지 못하는 것은 너도 알 것이다. 이런 이유로 오라버니의 손자 남매가 굶주림을 면치 못하니 그 사정이 딱하기 그지없구나. 그 아이들이 장성할 때까지 데려다 두는 것이 어떻겠느냐?"

태사는 그 일이 순조롭지 못할 것을 알았지만 거역할 수가 없었다. 온

37

38

화하고 부드러운 목소리로 순순히 명을 받들어 이 야차 같은 남매를 데려오니 그 행동거지와 외모, 성품은 만고에 다시없을 정도였다. 불행한 일이었으나 태사가 의복과 음식을 극진히 하므로 목씨가 대단히 기뻐하며 보석으로 의복을 입히고 고기반찬으로 배를 채우게 하였다.

두 남매는 평생 궁핍하게 지내다가 원하던 것을 이룬 듯하여 보석으로 장식한 붉은 치마를 입고 동서로 거칠 것 없이 동루에서 놀고 서루에서 즐겼다. 때때로 지형은 성염소저의 침소인 채월루에 가서 승냥이같이 굵직하고 쉰 목소리로 나오라고 소리치면서 못 볼 사이 아니니 사귀자고 자못 요란하게 떠들곤 하였다. 성염소저는 할머니가 목씨 남매를 집안에 두었다는 말을 듣고 몹시 놀라고 조심스러웠으나 뭐라 말할 수 있는 일이 아니라 그저 10여 명의 시녀와 유모와 함께 고요하게 지내며 여교(女敎)와 시서(詩書)에 힘쓰고 부모께 하루 세 번 문안하는 것 외에는 한 발자국도 문밖을 나서지 않았다. 이렇게 성염이 목씨 남매를 보지 않으려 하자 지란이 때때로 찾아와서 시끄럽게 떠들었다. 그 떠드는 소리가 해괴하고 놀라웠으나 성염소저는 그저 여교에 힘쓸 뿐 듣고도 못 들은 체할 뿐이었다.

성염의 시녀인 쌍앵 등은 성격이 강직하고 충성스런 마음이 해를 가릴 만하여 열사(烈士) 같은 풍모가 있었다. 이들이 소저를 좌우에서 모시고 있다가 문득 지란이 와서 지껄이는 것을 보고는 크게 화가 나서 창을 반쯤 열고 나비 눈썹을 찡그리며 지란을 내쫓고자 마루로 나왔다. 이것을 본 소저가 눈으로 유모를 보았다. 이 유모는 태사가 특별히 그 사람됨이 충성스럽고 부지런한 것을 보고 가려 뽑아 소저를 맡겨 기르게 한 사람으로 유식하고 지혜로우며 몸가짐과 언행을 삼가는 데 법도가 있어 영파랑이라 불렸다. 유모는 소저가 눈을 들어 자기를 보는 것을 보고 쌍앵의 비단 치마를 잡아 당겨 앉히며 꾸짖는 소리로 말하였다.

"이 남매는 태부인의 아이들이니 우리들이 경시하는 것은 옳지 않다. 더욱이 이들은 독사의 정령이자 이리의 후신(後身)인데, 어찌 풀을 쳐서 뱀을 놀라게 하여 화를 부르며 소저의 신상에 유익하지 않은 일을 한단 말이냐?"

쌍앵 또한 분별력과 이해력이 있고 지혜로운 까닭에 물러앉았고 화앵은 쌍앵이 가벼이 행동하는 것을 가리켜 조용히 있으라 하였다. 그러자 대열이 가지런하여져서 일개 아녀자의 방 안에 갑자기 궁중 관리들의 반열과 같은 예가 갖추어지니75) 소저가 아랫사람을 다루는 법도는 항상 이와 같았다.

지란은 먹는 것이나 입는 것이 분에 넘치게 과분해지자 어리석은 기질이 크게 나타나 이곳저곳을 두루 구경하며 다니었다. 채월루는 넓고 끝이 없어 구름 사이에 솟아 있는 듯하고 수놓은 문과 화려한 창에 옥 같은 기와와 붉은 용마루는 마치 신선세계 같았다. 눈부시게 빛나는 금자현판에는 설태사가 평생 딸의 처소로 삼는 뜻에서 '정심당(正心堂)'이라 하였으나 지란은 그 의미는 모르고 그저 구경하고자 이르렀다가 당 안에 아무 기척이 없고 말소리가 별로 들리지 않자 누각 아래에 멋쩍게 서있었다. 소저의 젖아우인 계앵은 또래들 가운데서도 유독 신선같이 시원스런 풍모가 있었는데, 그 맑은 눈을 들어 목지란의 흉한 몰골을 보고는 얼굴이 하얗게 변하여 지란을 마구 흔들며 말하였다.

---

75) 관리들의 ~ 갖추어지니 : {곡반(哭班)의 네[禮]를 잡으시니}. '곡반'이란 국상 때 궁중에 모여 우는 관리들의 반열로, 여기서는 시녀들이 궁중의 관리들처럼 반열이 가지런하다는 뜻으로 쓰임.

"우리 소저의 채월루 밖에 웬 야차가 서 있느냐?"

이렇게 말하며 지란을 밀치자 지란이 부끄러워하며 넘어졌다. 계앵은 태연히 누각 위로 올라가고 지란은 겨우 일어나 중얼거리며 목부인의 처소로 돌아와 말하였다.

"화원에 채월루가 있기에 구경하러 가니 성염이 시녀를 보내어 저를 때리고 욕하더라."

지란이 크게 화를 내며 낱낱이 일러바치니 지형이 놀라서 물었다.

"그 소저가 얼마나 크더냐?"

지란이 말하였다.

"그 요물은 보지도 못하고 시녀에게 욕만 먹고 왔다."

지형은 입을 다문 채 잠잠히 아무 말이 없었으나 목씨는 크게 화가 나 마구 소리를 지르며 욕을 하고는 지란에게 아직은 잠잠히 있으라고 하였다. 43

한편 설공은 목씨 남매를 집안에 들인 것을 불안하게 여겨 외당에서 정당으로 통하는 문을 잠그고 길을 빙 둘러 내어 그 길로 목생을 출입하게 하고 열쇠는 외당에 두어 자기에게 아뢴 후에야 내어 주게 하였다. 위로 세 아들을 혼인시켰는데 부부의 기질이 좋은 황금과 옥 같으므로 시부모는 기대 이상의 기쁨에 즐거워하였다. 목부인이 종손 남매와 함께 벌인 흉악한 일과 어지러움은 말로 표현할 수 없을 정도였으나 이 전(傳)은 구태여 설씨 부중의 본전(本傳)은 아니므로 다만 목씨 흉인들의 대강만을 간략하게 기록한다.

설태사가 여공을 만나 두 아이의 혼사를 매듭짓고자 하여 여씨 부중에 44 이르렀다. 이때는 임씨 집안의 분란이 진정되고 나라에서 자주 잔치를 베풀고 음악을 내려주어 황제의 지극한 사랑이 조정과 민간을 기울일 때였다. 여공이 임씨 집안의 잔치에서 돌아오자 설공이 여공을 맞아 침소에 이르렀다. 급사 부인이 그 오라비를 대하여 모친이 조용한 집안에 목씨 남매를 들인 것은 환란을 일으킬 강한 징조라며 탄식하자 태사가 말하였다.

"모든 일에 어머님 뜻을 받들 뿐, 구태여 집안에 분란이 일어날 징조이기야 하겠느냐?"

뒤이어 여공을 돌아보며 말하였다.

"근래는 임씨 부중의 분란이 평정되고 영화가 아름다우니 이제 창홍이와 내 딸아이의 혼사를 정하게 백달이 중매를 서게."

45

급사가 말하였다.[76]

"내 벌써 현중에게 두 아이가 이미 하늘이 정하신 짝임을 말하였네. 현중의 뜻 역시 내 뜻과 같았으나 두 아이가 아직 어리니 자라기를 기다려 혼인을 시키자 하였네. 그런데 오늘 잔치에 가보니 그 집에 여러 신랑 재목이 많아 사람들이 4~5세, 7~8세 된 아이들에게 다투어 구혼하였으나 그 어른이 끝내 듣지 않았네. 그러나 성낭수가 관 태부인의 춘추가 너무 많으신 것을 들어 현빈[77]의 장자 천홍의 혼인이 급함을 말하며 손녀로 청혼하자 두 사람의 정이 관중(管仲)과 포숙(鮑叔)[78]보다

---

76) 여급사가 말하였다 : 원문에는 이 말이 없으나 문맥상 설태사의 말이 끝나고 여급사의 말이 이어지는 것이기에 보충함.

77) 현빈 : 임희린의 아우 임세린을 가리킴.

78) 관중(管仲)과 포숙(鮑叔) : 관중과 포숙은 중국 춘추 시대 사람을 우정이 아주 돈독하였음. 『사기(史記)』 「관안열전(管晏列傳)」에 의하면 중국 제(齊)나라에서 포숙은 자본을 대고 관중은 경영을 담당하여 동업하였으나, 관중이 이익금을 혼자 독차지하였음. 그런데도, 포숙은 관중의 집안이 가난한 탓이라고 너그럽게 이해하였고, 함께 전쟁에 나아가서는 관중이 3번이나 도망을 하였는데도 포숙은 그를 비겁자라 생각하지 않고 그에게는 늙으신 어머님이 계시기 때문이라고 그를 변명하였음. 이와 같이 포숙은 관중을 끝까지 믿어 그를 밀어 주었고, 관중도 일찍이

더하므로 태청선생의 그 깨끗한 마음과 고결한 뜻으로도 처자가 현숙한지 아닌지 알려 하지도 않고 첫 말에 허락하여 구혼하던 사람들이 다 실망하였네. 매제는 창흥을 이러저러하였으나 내가 입을 열지 않으니 경공의 대답이 또한 이러저러하였네. 이 혼인은 내가 수고롭게 중매를 자청하지 않아도 쉽게 될 것이지만, 내 근래 자네 집 거동을 보니 예전 현중의 집 거동보다 더한 추하고 더러운 일이 많아 혼사에 마가 낄까 염려되네. 그대가 친의만 생각하고 성질이 너무 물러서 대군자에게 실망할 일이나 만들지 말았으면 좋겠네. 저 임씨 가문이 지금은 항상 좋은 얼굴로 사람들을 대하나[79] 본래 가법은 북극의 별처럼 엄하다네. 더구나 창흥은 초국의 왕세자로 누대를 이어 온 종통(宗統)을 받들 사람이라 며느리는 창흥보다 세 배는 나은 이를 바라지. 이 신부 또한 충분히 숙렬비의 며느리가 될 만하지만 만일 이 혼사에 변이 난다면 난처한 일이 많을 것이네. 원래 계숙씨가 무서운 데가 있으니 젊지도 않은 내게 꾸지람 들을 일은 만들지 말아주게."

말을 마치자 설공이 호탕하게 웃으며 말하였다.

"백달은 풍증이라도 들렸는가? 이는 정녕 세간에서 이르는 대로 '내가 기른 개가 발뒤축을 문다.'는 격일세 그려. 형이 그때 나이는 몇 살 먹었으나 달수는 겨우 8~9삭 됨직한 반은 죽은 아이를 가져다가 우리 부인을 마치 계집 값 주고 산 유모라도 되는 양 여기고 어서 들여다가 젖 먹이라고 난리를 치지 않았는가? 그때 정기가 몹시 흔들리는 백달의

포숙을 가리켜 "나를 낳은 것은 부모이지만 나를 아는 것은 오직 포숙뿐이다[生我者父母, 知我者鮑子也]."라고 말하여 여기서 '관포지교(管鮑之交)'라는 말이 나옴.

79) 항상 ~ 대하나 : {ᄉ시츈풍}. 문맥상 '사시춘풍(四時春風)'의 뜻으로 보임. '사시춘풍'이란 누구에게나 좋게 대하는 일을 말함.

두 눈과 내뿜는 숨소리에 우리가 혼 빠지게 놀라 아이를 겁결에 들어
안아다가 내 아들이 먹는 젖을 빼서 던지고 먹여 살려내니, 다음에는
머물 곳이 없다고 적선하라며 달콤한 말로 꾀지 않았는가? 형의 꿈같
이 달래는 말에 속기도 했을 뿐 아니라 창홍이 만난 환란 또한 불쌍하
여 수년을 젖 먹여 기른 후 아이 부모에게 기른 생색이나 좀 내고 보낼
까 했더니, 형이 갑자기 달려들어서는 다급한 소리로 바삐 이르기를
'임참정이 왔으니 창홍을 어서 내놓으라.'며 말까지 더듬고 정신은 오
관칠정(五官七情)[80]에서 떠나 삼혼(三魂)[81]과 구령(九靈)[82]의 구름 밖으
로 흩어졌더군. 나 또한 형이 난리치는 통에 넋을 잃어 황급히 아무 것
도 못 먹이고 그대에게 주어 보내고 난 후 부인에게 그 사연을 이르니
애꿎은 부인은 눈물만 줄줄 흘리며 맥없이 앉아 있는데 그 넋 나간 사
람 같은 모습을 누가 짐작이나 하겠는가? 이제 저 집이 분란을 진정시
키고 불을 다 꺼놓았다고 엉뚱한 소리로 나에게 소리 지르며 위협하니
이런 원통하고 가소로운 일이 없구먼. 신랑이 아무리 영소전(靈霄殿) 태
을성(太乙星)[83]과 삼태진군(三台眞君)[84]이라 해도 내 공을 그만치 들여
길러냈고, 딸아이 또한 현명하고 사리에 밝으며 미색 역시 뛰어나니 내

---

80) 오관칠정(五官七情) : '오관'이란 오감을 맡은 기관, 즉 눈, 코, 귀, 혀, 살갗을 가리키고 '칠정'이
란 사람의 일곱 가지 심리 작용으로 곧 기쁨(喜) · 노여움(怒) · 슬픔(哀) · 즐거움(樂) · 사랑(愛)
· 미움(惡) · 욕심(欲) 또는 기쁨(喜) · 노여움(怒) · 근심(憂) · 생각(思) · 슬픔(悲) · 놀람(驚) ·
두려움(恐)을 가리키기에 이같이 번역함.
81) 삼혼(三魂) : 사람의 몸 가운데에 있다는 세 가지 정혼(精魂), 즉 '태광(台光), 상령(爽靈), 유정
(幽靜)'을 일컬음.
82) 구령(九靈) : '구천(九天)'과 같은 뜻으로 하늘을 아홉 방위로 나누어 그 중앙과 팔방을 가리키는 말.
83) 태을성(太乙星) : 음양가에서, 북쪽 하늘에 있으면서 병란 · 재화 · 생사 따위를 맡아 다스린다
고 하는 신령한 별.
84) 삼태진군(三台眞君) : 삼태성을 말하는 것으로 삼태성은 상태(上台) · 중태 · 하태가 각각 두 개
씩 여섯 개인데, 그것들이 제자리에 고르게 있으면 음양이 조화를 이루고 비바람이 순조로워
풍년이 들고 백성들이 편안해져 천하가 태평을 누린다고 함.

긴 수염만 만지고 배부르게 앉아 있어도 임왕 부자가 간절히 원할 것인데 이 혼사가 못 될 게 무엇인가?"

설태사는 이렇게 말을 마치고 부채를 치며 호탕하게 웃었다. 여급사의 부인은 평소에는 말이 없던 오라버니가 오늘은 웃음소리가 낭랑한데다 말 또한 많은 것을 보니 뜻밖이었다. 당 위에서 봄바람이 무르녹는 듯하니 설태사가 설부인을 돌아보며 말하였다.

"누이야, 내 말이 어떠하냐?"

여급사가 말하였다.

"오늘 설형이 어디서 좀 먹은 언변을 꾸어다가 나를 문설주에 박을 듯이 옹색하게 훼방하나 따님이 만일 조금이라도 잘못한 일이 있다면 비록 형이 말을 소진(蘇秦)[85]에게 빌려오고 꾀를 양형(楊炯)[86]에게 묻는다 해도 이 혼사는 황당하게 될 것이네. 괜스레 나를 덧나게 하지 말고 정성껏 힘을 다하게나."

말을 마치고 서로 웃은 후 태사는 집으로 돌아갔다. 태사가 집에 가서 부인에게 여공의 말을 전한 후 천고에 독보적인 영웅군자를 사위로 맞아 봉황의 보금자리[87]를 빛내게 될 것을 생각하고 매우 즐거워하니 부인 또한 기뻐하였다.

이때 성염소저는 9세로 꽃다운 나이의 첫 봄을 맞고 있었다. 천지에서

---

85) 소진(蘇秦) : 중국 전국시대 중엽의 유세가. 일개 서생 출신으로 지모변설(智謀辯舌)로써 공명부귀를 얻어 그 이름을 천하에 떨쳤기 때문에 진나라를 위해 연형책(連橫策)을 썼던 장의(張儀)와 함께 전국시대 책사의 제1인자로 병칭됨.

86) 양형(楊炯) : 중국 초당(初唐)의 시인. 변려문(駢儷文)에 능하여 오언율시(五言律詩)에 정통해 왕발(王勃) · 노조린(盧照隣) · 낙빈왕(駱賓王) 등과 더불어 초당 4걸 또는 왕양노락(王楊盧駱)이라 불림.

87) 봉황의 보금자리 : {봉황셔[鳳凰棲]}. '봉황서'는 봉황이 깃드는 보금자리를 뜻하는 것으로, 여기서는 사위가 머무르는 신방을 가리킴.

빼어난 정화만을 모은 듯 매우 새로웠으며 사덕(四德)이 엄숙하고 정연하여 희로애락에도 전혀 흔들리는 일이 없었다. 또한 거룩하고 성스러우며 총명하고 사리에 밝아 별 같은 두 눈을 한 번 들면 사람의 속을 거울같이 비출 만큼 이루(離婁)와 사광(師曠)[88]의 밝은 눈, 밝은 귀가 있었으며, 타고난 효성은 말할 것도 없고 여러 형제들과의 우애 또한 각별하여 항상 자매들의 길쌈을 도우며 『예기』를 논하곤 하였다.

하루는 성염소저가 안채에 이르러 부모가 함께 자리하여 조용히 한담을 나누고 있는 것을 보고 몸을 낮춰 곁에서 모시고 있었다. 공이 취중에 딸아이를 보니 맑은 기질은 하늘 못[89]의 얼음 같고, 깨끗하고 상쾌한 빛은 동정호(洞庭湖)[90]에 뜬 달이 정기를 마신 듯하며, 새벽별 같은 두 눈은 원기 가득한 햇살이 비추는 듯했다. 봉황 같은 두 눈썹을 가지런히 낮추고 연꽃 같은 두 뺨에 향기로운 기운을 가득 머금은 채 곁에서 조용히 모시며 안부를 여쭈는 모습은 어린 봉이 기산(箕山)[91]에서 우는 듯했으며, 가냘픈 약한 허리는 잠깐 구부리면 미풍에도 쓰러질 듯했다. 그 자연스러운 격조는 비유하자면 마치 여와(女媧)[92]가 제위에 오른 듯[93] 공의 취한

---

88) 이루(離婁)와 사광(師曠) : 이루는 황제 때 사람으로 눈이 매우 밝아 백보 밖에서도 가을 터럭의 끝을 볼 수 있었으며 사광은 춘추전국 시대 진(晉)나라의 악사로 소리를 들으면 잘 분별하여 길흉화복을 점칠 수 있었다 함. 『맹자(孟子)』 「이루(離婁)」 상(上)편에 보면 "이루(離婁)의 밝은 눈과 공수자(公輸子)의 솜씨로도 규구(規矩)를 이용하지 않으면 방원(方圓 : 모난 것과 둥근 것)을 이루지 못하고, 사광(師曠)의 귀 밝음으로도 육률(六律)을 이용하지 않으면 오음(五音)을 바루지 못하며[離婁之明, 公輸子之巧, 不以規矩, 不能成方員, 師曠之聰, 不以六律, 不能正五音]"라는 말이 있음.

89) 하늘 못 : {천퇴[天澤]}. 정확한 뜻은 미상이나 '만물을 적셔 줄 천지의 수택(水澤)'이란 뜻에서 문맥에 맞춰 이와 같이 번역함.

90) 동정호(洞庭湖) : 중국 호남성(湖南省) 북부에 위치한 호수로 총면적이 3915km이며 5대 호수 중 두 번째로 큼. 송나라 때 범중엄(范仲淹)이 〈악양루기〉란 시를 통해 그 아름다움을 극찬했으며 두보는 〈등악양루〉란 시를 남겨 동정호를 더욱 유명하게 함.

91) 기산(箕山) : 중국의 하남성에 있는 산. 옛날 주(周)나라 문왕(文王)이 기산(岐山) 아래 있을 때 천지가 만물을 내는 마음을 체득하여 백성을 진심으로 사랑하자 화(和)한 기운이 상서를 이루어 오채의 아름다운 깃털을 가진 새, 즉 봉황새가 왔다고 함.

얼굴을 밝히니 공이 딸아이를 황급히 가까이 나오게 하여 무릎 위에 앉혀 놓고 어루만지다가 안석에 기댄 채 그 손을 잡고 잠이 들었다. 소저는 아버지가 너무 취한 것을 염려하며 조용히 곁에서 모시고 있었다. 그때 공이 홀연 한 꿈을 꾸었는데 어느 신선 한 명이 구름을 헤치고 향단 앞에 술을 올리는 한 선동과 예쁘장한 아이 하나를 앞세우고 붉은 실을 묶으며[94] 이렇게 말하는 것이었다.

"공은 이것을 보십시오. 상제께서 명하시어 이 두 아이로 하여금 백년가약을 이루게 하셨습니다. 어느 날 낭원부인이 반도회(蟠桃會)[95]에 참여하고 돌아가시다가 직녀부인을 만나 회포를 풀고 계셨는데 갑자기 한 줄기 바람이 일어나더니 여와(女媧) 낭랑의 석갑(石甲)에 갇혀 있던 구미호가 평소 진군의 풍모를 사모하다가 진군이 속세로 내려가는 것을 보고는 도망하여 진군을 따르려 하였습니다. 낭아가 크게 노하여 옥황상제께 아뢰고 요정을 사슬에 얽어 여와 낭랑께 보내었으나 구미호는 수천 년 동안 도를 닦아 신통하기가 이를 데 없었으므로 입으로 기운을 토하여 몸을 바꾸고 왕실에 환생하여 진군과 낭원부인의 굳은 연분을 훼방코자 하였습니다. 각목이 영소보전(靈霄寶殿)에 아뢰니 옥황상제께서 여와 낭랑께 명하시어 구미호를 단단히 타일러 경계하라 하셨으나 구미호는 벌써 제 기운을 토하여 공주로 환생하고 예전 몸은 그대로 여와 낭랑의 석갑 속에 있었습니다. 여러 신선들이 어찌할 도

---

92) 여와(女媧) : 여와는 중국 고대신화에서 인간을 창조한 것으로 알려진 여신이며, 삼황오제 중 한명이기도 함. 인간의 머리와 뱀의 몸통을 갖고 있으며 복희와 남매라고도 알려져 있음. 처음으로 생황이라는 악기를 만들었고, 결혼의 예를 제정하여 동족간의 결혼을 금하였음.
93) 제위에 ~ 듯 : {구오상(九五上)의 님 흥 듯}. '구오'는 역괘에서 아래로부터 다섯 번째 양효의 이름. 건괘의 구오가 임금의 지위를 뜻하는 상이라는 데서 임금의 지위를 일컫는 말로 쓰임.
94) 붉은 ~ 묶으며 : 월하노인이 붉은 실을 맺으면 가약을 이룬다는 고사가 있음.
95) 반도회(蟠桃會) : 도교에서 신들이 여는 잔치를 말함.

리가 없어 옥황상제께 아뢰니 옥황상제께서는 진군과 낭원에게 요정의 환생한 기운이 진압되거든 속세로 내려가라고 하셨습니다. 그러나 진군은 낭원과 급히 세상으로 내려가려고 도망하여 적강한 죄로 수세대 동안 죽을 고비를 지내고 곤경 또한 없지 않았습니다. 4~5년을 실컷 겪고 다시 하나로 합쳐 끝없는 복을 누리게 하셨으나 천기는 비밀스러워 누설할 수 없습니다. 저는 월하노인입니다. 특별히 진군과 낭원의 백년가약을 맺는 것이니 공은 이것을 자세히 알고 계십시오."

말을 마치자 소매를 떨치고 일어나며 붉은 실을 선동과 여자아이의 발에 매었다. 그때 갑자기 검은 구름이 기승을 부리고 검은 안개가 자욱하며 비린내가 코를 거슬리더니 구미호 하나가 흉악한 소리를 지르며 금빛 털을 곤두세우는 것이었다. 구미호가 진군과 낭원이 가약을 맺은 것에 크게 노하여 두 개의 머리와 아홉 개의 꼬리를 흔들며 입으로 누런 안개를 토하고 한 번 소리를 지르자 집채 같던 몸이 갑자기 산뜻하고 아리따운 미녀가 되었다. 푸른 눈썹을 치켜뜨고 노인에게 달려들어 소저에게 맨 붉은 실을 끊으려 하니 노인이 미소를 짓고 한 끝을 풀어 미인에게 매었다. 그러자 안에서부터 승냥이와 이리 같은 소리를 지르면서 괴물같이 흉측한 얼굴이 나와 노인을 꾸짖는 것이었다. 공이 어떻게 된 영문인 줄 모르고 놀라고 있을 때 갑자기 노인이 또 한 끝을 목지란에게 던지며 말하였다.

"이는 지나가는 풋인연이나 이 또한 삼생(三生)96)의 업원이니 어찌 면하겠는가?"

말을 마치고는 손을 들어 구미호로 바뀐 미인의 머리를 친 후 웃으며

---

96) 삼생(三生) : 전생(轉生), 현생(現生), 내생(來生)인 과거세, 현재세, 미래세를 통틀어 이르는 말.

말하였다.

"수천 년을 살다 보니 비법을 얻음이여. 그 기운으로 인간의 모습이 되었구나. 왕실에 환생함이 이와 같음이여. 군자숙녀의 앞길을 훼방하였구나. 어여쁜 얼굴과 기묘한 재주의 아름다움이여. 녹대(鹿臺)97) 위의 공교함을 부러워하지 않는구나. 진군을 만남이여.

헛되이 수족을 나누었구나. 금 가지와 옥 잎이 속절없이 가을바람에 날리는구나.98)"

이렇게 말을 마치고 가볍게 소매를 떨치자 그 모습이 사라지고 없었다. 그러자 구미호로 변한 여자가 살기를 띠고 여자아이에게 달려들어 그 가벼운 몸을 잡아 만길 벼랑에 내던져버렸다. 그때 갑자기 남쪽에서 한 선녀가 오색구름을 타고 날아와 구름 소매를 떨쳐서 여자아이를 걸어 올리며 말하였다.

"부인이 낭원궁(閬苑宮)99)을 하직하신 것은 인간 세상의 고락과 선계의 연분이 있어서이니 결코 피할 수 없을 것입니다."

말을 마치고는 구름을 걷어치우며 올라가는데 향기로운 기운이 그를 둘러싸고 시원한 바람이 가볍게 불어왔다. 공은 크게 놀라 급히 소리치며 딸아이를 불렀다. 소저는 이때 아버지를 모시고 그 두 손을 붙잡고 있다가 가위 눌리는 소리에 놀라 조용히 아버지를 깨웠다. 공이 눈을 떠보니 딸아이가 자기 손을 붙잡아 깨우고 있으므로 몸을 굽혀 일어나 앉으니 모

57

58

---

97) 녹대(鹿臺) : 주왕(紂王)이 9년에 걸쳐 지은 호화궁전으로 높이 180m, 둘레 800m에 달했다고 함. 이 궁전을 짓느라 무거운 세금을 부과하여 백성들의 원성이 극에 달해 마침내 주(周) 무왕이 은나라를 멸망시켰을 때 주왕은 녹대에 불을 지르고 그 속에서 스스로 불타 죽었다고 전해짐.
98) 금가지와 ~ 날리는구나 : '금가지와 옥잎'이란 '금지옥엽(金枝玉葉)', 즉 귀한 집안의 자손을 가리키는 말로 이 구절은 장차 창흥과 성염소저의 앞날에 화가 많을 것을 암시함.
99) 낭원궁(閬苑宮) : '낭원(閬苑)'은 신선이 사는 곳을 말함.

두 꿈이었다. 심신이 너무 놀라 넓은 눈썹을 찡그리고 한동안 말없이 생각해보니 그 선동은 창흥이고 선녀는 딸이었다. 구미호의 흉한 짓거리와 목지란의 음란한 거동이 눈앞에 벌어져 있었으나 선녀가 딸아이를 구하고 훨훨 날아 사라진 것을 보면 비록 처음은 흉해도 나중은 무사할 듯했다. 군자가 한낱 꿈으로 처신을 정할 것은 아니지만 결국 길조는 아니라고 여겼다. 그리고 바깥채로 나와 방안을 치우고 금으로 된 향로에 향을 피운 후 『주역』을 펼쳐 딸의 신수를 점쳐 보니 처음은 신중히 여기지 않아 크게 흉하였으나, 연이어 세 가지 궤를 얻으니 둘째와 셋째 괘는 크게 길하고 무사하므로 속으로 기뻐하며 아무도 모르게 깊이 감추었다.

이때 목씨는 지란 남매를 귀애하여 때때로 성염소저를 불러 큰 소리로 이렇게 꾸짖었다.

"부모형제가 많다고 약한 어미를 업신여기는 것이냐?"

목씨가 꾸짖고 지란이 곁에서 욕설을 내뱉는 것은 이루 말로 다 표현할 수 없었다. 소저는 할머니의 가르침을 좇아 자신의 불민함을 사죄하였으나 지란의 욕설에는 눈을 살짝 가느다랗게 뜨고 찬바람을 일으키며 이렇게 말하였다.

"그대가 규수의 몸으로 다른 가문에 왔으면 할머님을 모시며 여교(女敎)에 힘써야 할 터인데 이토록 방자하기가 이를 데 없으니 이는 규수의 행실이 아니다. 우리 오라버니들이 할머님을 모시지 못하는 것도 그대를 꺼려서 그러는 것이다. 그대에게 염치가 있다면 이렇게 하지 않을 것인데 이를 모르고 할머님의 눈을 가리어 욕설이 어른을 범하니 내 비록 불민하나 그대 말을 취하지는 않을 것이다. 이후에는 수행하여 방자함을 삼가라."

소저가 말을 마치자 마치 봄볕이 변하여 매화 한 가지에 눈이 서린 듯하므로 곁에 있던 사람들은 두려워 감히 쳐다보지도 못했고 목부인 또한 말 한 마디 못하였다. 그러니 지란이 무슨 담력으로 낯을 들겠는가? 소저가 몸을 일으켜 침소로 돌아가자 그 발밑에는 잔 티끌조차 일지 않고 걸음마다 금빛 연꽃이 솟아나는 듯하였다. 지란은 두 눈을 뒤룩거리고 넋이 나간 듯이 바라보며 그 깐에도 부끄러워하였다.

소저는 침소로 돌아와 앞일을 근심하고 슬퍼하였으나 일이 되어 가는 형세를 보니 답답하였다. 그러다 문득 한 가지 꾀를 생각해내고 할머니의 처소에 가지 않으려 병을 핑계로 밖에 나가지 않았다. 공이 이를 알고 깜짝 놀라 직접 와서 딸의 병을 물으니 소저가 편안히 일어나서 맞았다. 양 귀밑머리가 흐트러져 윤기 나는 풍성한 머리털이 거칠게 헤쳐져 있는데
다 눈썹을 찡그리고 고개를 숙이니 이는 마치 봄 산에 내 그림자가 어른거리는 듯 잠깐 시름을 띤 모습이었다. 용의 수염이나 뱀의 발톱처럼 아름답고 깨끗한데다 옥같이 흰 피부와 드러난 재주[100]가 맑고 좋아 특별한 병색은 없었으나 고운 눈썹에 시름이 맺혀 분명 편치 않은 데가 있어 보였다. 공이 소저의 흰 손을 잡고 머리를 어루만지며 어디가 편치 않은지 묻자 소저가 탄식하며 대답하였다.

"집안에 잡인이 모이니 출입이 편치 않은데다 무슨 괴이한 일이라도 날 듯하여 생각을 내려놓지 못해 그렇습니다."

---

100) 드러난 재주: {츄영[錐穎]}. '추영'은 송곳 끝이란 뜻으로 드러나는 재주를 비유하는 데 쓰임. 송곳은 전체가 벗어져 나오지 일부만 나오지는 않는다는 말로 자기 재주를 스스로 나타내는 것을 비유한 말임. 『사기(史記)』 「평원군전(平原君傳)」에 보면 모수(毛遂)가 스스로 자기를 천거하면서, "모수제가 일찍이 주머니 속에 있었더라면 자루까지 전부 쑥 빠져 나왔지, 그저 송곳 끝만 삐져나오는데 그치지 않았을 것입니다[使遂蚤得處囊中, 乃穎脫而出, 非特其末見而已]." 라고 한 말이 있음.

공이 눈썹을 찡그리고 탄식하며 말하였다.

"저 목씨 남매가 어리석고 간사한 것을 모르는 바는 아니나 어머님 뜻을 따르는 것이니 너는 걱정하지 말고 오늘부터 어미의 협실로 옮겨 거기서 병을 조리하는 것으로 집안에 알려라. 타고난 덕이 있으니 어찌 요사하고 간특한 인간이 제 맘대로 너를 범하겠느냐?"

공은 이처럼 소저에게 다른 장소로 옮기라고 일렀으나 이후에는 더욱 목씨 남매를 근심거리로 여겼다. 그러나 타고난 효자인지라 어머니 뜻을 순순히 좇으며 이 일은 마음에 두지 않았다.

위로 세 아들은 갑과(甲科)101)에 높이 등재하여 직무에 바빠 목지형과는 서로 상종하는 일이 없었다. 그러나 아래로 두 아들은 아직 혼인 전이라 서당을 떠나지 못하고 있었는데 지형이 항상 목부인에게 갔다가 나오면 바로 서당으로 와서 방해하는 탓에 두 공자는 괴로움을 이기지 못하고 있었다. 그 중 넷째 공자 희광은 그 누구보다 특출하여 일월의 정기와 산천의 빼어난 기운을 거두어 강물 같은 문장과 북해를 뛰어넘는 기운이 우주를 받들 듯 훤칠하고 늠름하였다. 말을 하면 바람이 일어나고 구름이 모여들어 장강의 드넓음 같았고, 맑은 눈에 깨끗한 풍채를 갖추어 천하의 기이한 군자요, 뛰어난 인재였다. 그러나 연꽃 같은 두 뺨102)에 뛰어난 자질을 갖춘데다 옥 같은 귀밑과 붉은 입술은 미인과 흡사하고 향기로운 아름다움이 가득하여 마치 여자 같으므로 공의 부부가 이 공자를 편애하여 마치 딸처럼 대하였다. 공자는 본래 지나친 결벽증이 있는 탓에 목지형을 한 번 보고는 지형의 간사하고 음흉한 행동을 그냥 두고 보지 못하

---

101) 갑과(甲科) : 과거에서 성적 차례로 나눈 등급의 하나. 첫째 장원, 둘째 방안(榜眼), 셋째 탐화(探花)의 세 사람이 이에 속함

102) 연꽃 ~ 뺨 : {년화쌍협}. '연화쌍협(蓮花雙頰)'의 오기로 '연꽃 같은 두 뺨'을 뜻함.

여 그가 할머니 처소에 숨어 지내는 것을 크게 나무랐다. 지형이 각 사람들과 다투는 것은 아니었으나 공자는 그 올바른 마음으로 차마 그른 것을 보지 못하였던 것이다. 지형이 화가 나 공자와 크게 다투자 공이 아들을 꾸짖어 그러지 못하게 하였다. 공자는 집 안에 있으면 그 거동을 보지 않을 수 없을 것 같아 아버지께 청하여 성현공 아들들과 함께 공부하겠다고 아뢰었다. 공이 임창홍 등과 함께 무리 지어 짝할 수 있게 허락하자 공자가 크게 기뻐하며 임씨 부중으로 갔다. 가면서 부친 눈앞에서 무릎을 꿇고 목생을 할머님 처소에 오래 머물지 못하게 하시길 부탁하니 공이 고개를 끄덕이며 말하였다

"집안일은 너 같은 어린아이가 간여할 일이 아니다. 잠자코 임씨 부중에 가되 놀지 말고 대군자의 아랫자리에 있어라."

희광 공자는 공손히 명을 받들었다. 그리고 다음날 초왕궁에 이르러 임초왕께 여덟 번 절하고 사제의 도를 공손히 차리었다.

이럭저럭 소저의 나이 11세에 이르자 아름다운 용모는 세상에 비길 데가 없고 부모의 지극한 사랑은 형용할 수 없었다. 태사는 지난날의 꿈을 생각하고 때때로 걱정이 되었다. 목씨 남매 또한 두통거리인데다 세상일은 헤아릴 수가 없으니 집안에 무슨 변이 날지 몰라 걱정하다가 임씨 가문에 알리고 혼인시켜 시집에 두면 혹시라도 화를 면하지 않을까 생각하였다. 그러나 조혼(早婚)으로 어린 나이에 장가들게 되면[103] 조물의 시기와 즐거움 끝에 해가 있을까 두려워 속으로 깊이 생각하며 주저하였다.

그때 문득 동네 어귀에서 늘어진 벽제 소리가 시끄럽게 들리더니 금빛 양산이 바람에 펄럭이며 초왕과 여이공이 찾아왔음을 알렸다.

---

103) 조혼(早婚)으로 ~ 되면 : {조혼 쇼빙은}. 문맥상 '조혼(早婚) 소빙(少聘)'의 오기로 보임.

이 무렵 초왕이 여부에 가서 노공을 뵙고 아들의 혼사 문제로 설씨 부중에 가려한다는 말을 아뢰자 노공은 흰 수염을 어루만지며 이렇게 말하였다.

"계숙이 아이들의 혼사를 서두를 생각이 없다 하더니 창흥의 나이 이제 10세를 갓 넘었는데 저리 서두르는 것은 무슨 이유인가?"

왕이 머리를 조아리고 대답하였다.

"아버님의 뜻은 구태여 서두르자는 것은 아니셨으나 할머님의 춘추가 고령이시라 먼저 혼례나 하여 부모님 뜻을 돕고자 하는 것입니다. 다만 설공이 두 아이가 어려서 좋아하지 않을까 걱정입니다."

그러자 여이공이 웃으며 말하였다.

"아니네. 내 어찌 모를까? 그대 집안에서 구혼하면 설공이 오직 미치지 못할까 두려워하지 싫어하지는 않을 것이네. 설가에는 남모르는 곡절이 많으니, 분명 누구라도 함께 가서 현인군자와 요조숙녀가 택일하는 구경이나 하고 축하주나 마시면 월하노인이 될 걸세."

노공이 아들의 말을 듣고 크게 웃으며 말하였다.

"내 한 잔 술을 위해 서둘다가 썩은 흙덩어리로 뺨 맞는 일이나 없었으면 좋겠구나."

이렇듯 말을 나눈 후 초왕이 여이공과 함께 설씨 부중에 이르니 설태사가 초왕을 기쁘게 맞았다. 손님과 주인이 서로 안부를 물은 후 태사가 초왕을 향해 자기 집에 왕림하여 누추한 집에 광채를 더해주심을 감사하니 초왕이 머리를 조아리고 감사하며 말하였다.

"이 아우가 형과 죽마고우는 아니나 같은 조정에서 벼슬살이를 하면서 서로 가까운 벗이 되었음 직한데도 그러지 못하였습니다. 이 한 몸이 떠돌다 돌아와 잘 모르는 것이 많지만 우리 아이가 형의 집안에서 입은 크나큰 은혜는 말로 다 표현하지 못 할 것입니다. 그러나 은덕이 지극히 크면 능히 갚을 수가 없으니 이런 까닭에 제가 헛된 감사로 노형의 눈앞을 번거롭게 더럽히지 않았습니다. 그러나 다만 즉시 나와서 지기(知己)의 정과 두터운 뜻을 펼쳐야 할 것이로되 찾아뵙지 못한 것은 출정하였다가 돌아오니 부모님을 모신 여가에는 관청 일이 많은 탓에 몸이 바빠서 귀댁에 들르지 못하였던 것입니다. 은혜를 배반하고 덕을 잊은 것을 항상 탄식하며 스스로 나무라고 있었는데 오늘 아버님께서 몸소 이르시길 아들 녀석이 아직 어려도 어머님께서 서두르시니 노형과 상의하여 혼례나 먼저 하게 하라고 하셔서 이렇게 찾아 왔습니다. 건강이 편치 않으셔서 직접 오시지는 못하시고 저에게 이런 뜻을 알리라 하셨으니 형의 뜻은 어떻습니까?"

설공이 관을 고쳐 쓰고 무릎을 구부려 경의를 표하며 말하였다.

"제가 평소 지기의 정과 동조(同祖)의 뜻으로 진번(陳蕃)이 서유(徐孺)에게만 탑 내리던 일을[104] 본받고자 하였습니다. 그러나 저의 직책이 분수에 넘치고 부모님 슬하에서 타고난 병이 오래 낫지 않아 자리를 떠나지 못하는 까닭에 서유의 죄 얻음을 면치 못했습니다. 오늘 천만 다행으로 선인 같은 풍채를 접하고 이처럼 위로와 도움을 받으니 부끄러워 몸 둘 바를 모르겠습니다. 아드님이 우리 집에 수년 동안 머문 것은 구태여 형께 감사를 받고자 함이 아니었으니 오늘 형의 말씀은 제가 바라

---

104) 진번(陳蕃)이 ~ 일을 : {진번(陳蕃)의 탑느리믈}. 후한(後漢) 때 태수 진번(陳蕃)이 다른 사람의 면회는 일체 거절하고, 고을 은사(隱士)인 서치(徐穉)가 올 때에만 상탑(床榻)을 내려놓고 환담하다가 그가 가면 다시 올려놓았다는 고사에서 유래함. 서유(徐孺)는 자가 유자(孺子)인 서치(徐穉)를 이름. 그는 특히 남주(南州)의 고사(高士)로 일컬어졌고, 태수 진번으로부터 융숭한 대우를 받았음.

던 바가 아닙니다. 옛날 사마우(司馬牛)에게 자하(子夏)가 말하기를,[105] '사해(四海) 안이 모두 다 형제'[106]라고 하였으니 지기(知己)를 얻기가 얼마나 어려운지 알 수 있을 것 같습니다. 형의 아들은 내 아들이요, 내 아들은 형의 아들이니 이후부터는 부질없는 의문을 과장하여 좋은 벗의 정을 소홀히 여기지 말아주십시오. 감사하다는 말은 진실로 감당할 수 없는 말이고 두 아이의 혼사를 정한 것은 이미 오래 전 일입니다. 생각건대 아드님의 군자다운 성품에 비하면 내 딸아이는 심한 약질이라 능히 대군자의 아내 노릇[107]을 감당치 못할까 싶어 조금 더 자라길 기다린 것이었으나 형 할머님의 뜻이 그러하시다면 바로 이 자리에서 택일하는 것이 좋겠습니다."

초왕이 따를 어루만지며 얼굴 전체에 즐거운 기색이 무르녹으니 상서로운 구름이 가득하였다. 여공은 즐겁고 화목한 기운이 가득한 얼굴로 웃으며 말하였다.

"내 말하지 않았는가? 그대가 말하는 것이면 설형이 모두 순순히 따를 것이라고 하였더니 그대는 아까 설군이 예를 고집하며 두 아이가 자라길 기다리자고 막으면 어찌 하냐고 하지 않았는가? 내 말이 어떠한가?

---

105) 사마우(司馬牛)에게 ~ 말하기를 : {스마의 닐오더}. 이는 '사마우(司馬牛)'에게 '자하(子夏)'가 말한 것을 잘못 기록한 것임.

106) 사해(四海) ~ 형제 : {스히지니[四海之內] 다 형뎨[兄弟]}. 『논어(論語)』 「안연편(顔淵篇)」에 나오는 말로, 어느 날 사마우(司馬牛)가 공자(孔子)가 아끼는 제자 자하(子夏)를 찾아와 괴로워하면서 말하기를, "사람들은 형제가 모두 있는데 나만 혼자인 것 같네요."라고 하자 자하가 이에 대해 걱정하지 말라는 뜻으로 "사람이 사는 것과 죽는 것은 자신의 명(命)에 달려 있고, 부귀는 하늘에 달려 있으며, 군자가 공경하여 실수가 없고 사람을 사귀는 데 공손하고 예절을 갖추면 세상 사람들이 다 형제라 하니 군자가 어찌 형제가 없음을 근심하겠소?[死生有命, 富貴在天, 君子敬而無失, 四海之內, 皆兄弟也, 君子何患乎無兄弟也]"라고 대답한 데서 나온 말임. 사실 사마우에게는 형 환퇴가 있었는데 송(宋)나라에서 모반을 꾀하다가 실패하여 도망갔기 때문에 자하가 이렇게 말한 것임.

107) 아내 노릇 : {건즐(巾櫛)}. '건즐'이란 수건과 빗을 이르는 말로 '건즐을 받든다'는 것은 남의 아내가 된다는 것을 뜻함.

이제는 내 기분 좋게 두 집안의 축하주를 먹을 수 있을 것 같네."

초왕이 몸을 굽혀 공경을 표하며 말하였다.

"여 연숙(緣叔)108)께서 한 잔 술을 빛나게 하였으니 제가 비록 가진 것 은 없으나 마땅히 좋은 술과 맛있는 안주로 양껏 마시게 해드리겠습니다."

설공이 크게 웃으며 말하였다.

"백달이 원래 이 혼인에 허둥대는 뜻을 남은 몰라도 나는 압니다. 처음에 아드님을 나에게 맡길 때는 사납게 위협하고 맡기더니 빼앗아갈 때는 특별한 말없이 나를 겁주고 데려갔으니, 내가 비록 불민하다 하여도 구태여 백달이 데려오지 않았다면 아드님을 환란에서 구하고 그렇게 내 자식처럼 기르지 않았을 것입니다. 그런데도 마치 어디서 강도질하여 온 것을 찾아 가기라도 하는 듯, 벼락 내리듯 난리를 치고 빼앗아가지 않았겠습니까? 제가 항상 저 사람의 지식이 모자라고 뒤떨어지는 것을 꾸짖었더니 저를 의심하는 것이 저 사람의 뜻이었나 봅니다. 제 가 아드님을 제 집에 두었을 때 제 글방 아이들이 아드님을 둘러싸고 보호하는 것을 보고 백달이 자기 공을 못 이룰까 싶어 급히 빼앗아가 놓고는, 항상 저를 보면 세치 혀가 떨어지고 무릎이 닳도록 사죄하더이다. 오늘도 구태여 중매하러 온 것이 아니라 유별난 심통에 행여 우리 두 사람이 상대하여 굳게 약속하면 자기는 아무 공 없이 축하주도 못 얻어먹을까 싶어 황급히 따라와 초국 좌사마(左司馬)109)의 일을 본받고

---

108) 여 연숙(緣叔) : '연숙'이란 아저씨로 부를 만한 친지를 말함. 여기서는 여이공 백달이 임회린의 계모인 여부인의 오라비이기에 이렇게 부름.

109) 초국 좌사마(左司馬) : 패공 유방의 좌사마였던 조무상(曹無傷)을 가리킴. 유방이 진나라의 무관을 돌파해 함양을 평정했을 때 이미 항우가 군대를 거느리고 홍문(鴻門)에 진을 치고 있었는데, 유방의 좌사마 조무상이 배반하여 항우에게 유방이 스스로 황제가 되려 한다고 밀고하자

자 한 것입니다. 그러다가 제가 한 마디로 혼례하자 하는 말을 듣고는 스스로 설을 풀어 이제는 두 집에 고루 다니며 축하주를 내놓으라고 요구하고 제 넓은 뱃속을 채우고자 생색이나 내는 것임을 제가 어찌 모르겠습니까? 제가 저 사람의 오장육부를 꿰뚫어보고 앉았으니 웃겨서 뒤로 넘어갈 것 같은 것을 참고 있는데 형은 그 눈치도 모르고 축하주를 못 받아 애쓰고 있으니 자못 민망하나 실로 아쉽습니다."

초왕은 이 말을 듣고 지난 날 자기 집에 있었던 환란을 생각했다. 여공이 자기 아들을 품에 품고 다급한 위험에서 목숨을 구하여 반가의 악독한 짓이나 한왕의 염탐과 여부인의 잔인 포악한 행위를 피하려 하였으나 피신할 곳을 얻지 못하다가 설공에게 아들을 맡겨 필경은 자기 누이의 목숨을 끊은 일을 떠올리니, 그 지극한 정성 및 우애와 지극히 공평하고 조금도

사사로움이 없는 공의에 새롭게 탄복하여 두 눈이 뜨거워졌다. 초왕이 한참을 슬퍼하며 고개를 숙이고 부끄러워하자 설공은 얼굴빛을 고치고 곁에 있던 사람에게 술과 안주를 내오게 하였다. 손님과 주인이 함께 한나절을 마신 후 술잔을 치우고 자리를 깨끗이 한 다음 향을 피우고 좋은 날과 시를 택하였다. 납빙(納聘)은 음력 2월 초순으로 하고 혼례는 늦봄 초여름에 하기로 했다. 일자가 매우 가까우므로 세 사람은 크게 기뻐하였다.

항우가 크게 격분하여 패상의 유방을 공격하려 함. 이때 장량이 유방을 설득하여 항우에게 가 사죄하게 하는데 이것이 유명한 '홍문의 연회'임. 패공은 홍문에서 나와 진채로 돌아오자마자 좌사마(左司馬) 조무상을 잡아오게 하여 선 채로 목을 베 군문에 내걸게 하였음.

임 씨 삼 대 록

2권

1 초왕이 택일한 종이를 거두어 소매에 넣자 여공이 이렇게 말하였다.

"설형의 아들이 형에게 공부를 배운다고 하던데 학문에는 온전히 힘 쏟고 있는가?"

초왕이 미소 지으며 말하였다.

"희광은 내 아들들에게 비할 바가 아닙니다. 너무 세차고 굳세며 씩씩하여 제어하기 어려운 인물인지라 설형처럼 온순하고 신중한 사람에게서 이같이 웅장한 아이가 나왔다는 것이 괴이할 정도입니다."

설공이 미소하며 말하였다.

"제 다섯 아들 중에 이 아이는 유난히 활발하고 방탕하여 기운을 단단히 잡도리하지 않으면 위험에 빠지는 경박한 사람이 되어 가문을 몰락하게 할 것입니다. 형이 엄히 타일러 기운을 꺾어 주십시오."

2 초왕이 웃으며 말하였다.

"희광은 자질이 뛰어나 이른바 구름 속의 용이요, 바람 속의 호랑이입니다. 변화가 측량할 수 없어 명나라 황실을 보좌하는 데 모자람이 없으나 호탕하고 시원스러우며 깨끗하고 훤칠한 것이 너무 비상하여 아마도 미인을 모을 기상인 듯싶습니다. 노형의 바른 행실이나 공명정대함과는 다르나 이 아이는 훗날 나라가 어려울 때는 장군이 되고 평화로울 때에는 재상이 되어 공으로 천하를 덮고 위엄을 나라 안에 떨치며 동서남북의 오랑캐를 쓸어버릴 것입니다. 공의 이름을 단서(丹書)110)에 올리고 얼굴을 인각(麟閣)111)에 그려 형의 집안을 크게 번창시킬 사

---

110) 단서(丹書) : 옛날에 제왕이 공신에게 내려 세습적으로 면죄 등의 특권을 누리게 하던 증서를 가리킴.
111) 인각(麟閣) : 기린각(麒麟閣)을 달리 이르는 말로 국가에 공이 많은 신하들이 있던 관부(官府)를 말함. 한대(漢代) 선제(宣帝) 때 곽광(霍光) 등 십일 공신의 상을 각 위에 그려 그 공적을 드러내 찬양하게 한 데서 유래함. 봉건시대에는 기린각 위에 그 모습을 그림으로써 탁월한 공적과 최

람은 바로 이 아이입니다."

이 말을 듣고 설공은 감히 고맙다는 말도 하지 못하였다.

해가 저물 녘 모임을 끝내고 집으로 돌아와 택일한 사실을 고하자 태부인이 크게 기뻐하며 두 아들에게 말하였다.

"이 늙은 어미가 사리에 어둡고 생각이 짧은 채로 세간의 영화와 수모를 두루 겪으면서 항상 세상 인연이 지루한 것을 원망스럽게 생각했었는데 오늘 이처럼 창홍의 혼례를 정했으니 오래 산 것이 참으로 다행이로구나. 그러나 설아는 내 집 종통을 이을 아이인데 신부가 현명한지 아닌지를 모르겠으니 궁금해 못 견디겠구나."

임상국이 머리를 조아리며 말하였다.

"하늘이 창홍이를 내셨는데 어찌 그 짝을 잘못 정하셨겠습니까? 백달은 지식이 고명한 군자이니 만일 설씨 집안의 딸아이가 창홍에 비해 조금이라도 부족한 데가 있으면 창홍이 비록 그 집에서 자랐다고 하여도 그 은혜에 보답할망정 구태여 창홍의 중매에 나서지는 않았을 것입니다."

그런 후 고개를 돌려 태청선생을 보고 웃으며 말하였다.

"아우도 약발이 굳으면 나와 같이 손자며느리를 보았을 텐데 공연히 스무 살이 되도록 도령으로 만들었다가 천홍을 나중에 난 것이 흠이로구나."

선생은 얼굴 한 가득 즐거운 빛을 가득 띠고 대답했다.

"저는 매사를 형님 아래에 있으려 하므로 저희들이 마다하는 금슬을 괴롭게 권하지 않고 내버려 두었던 것입니다. 손자 잇는 것은 창홍이

고의 영예를 표시하는 경우가 많았음.

장가들면 곧 얻어 항상 형님의 하교로 등에 찬 땀이 흘러 씻어내던 일을 손자는 면하게 하고자 했더니만 그 자식이 눈치 없이 천흥을 낳았지 뭡니까?"

상국이 크게 웃으며 말하였다.

"아우야, 이제 자네 등에 땀나는 소리도 충분하니 앞으로는 역정풀이를 하지 않을 것이다. 그러니 아우의 며느리들도 내 며느리같이 아들을 쌍으로 낳으라고 하여라. 그리고 나서 내가 조금이라도 부러워하나 보아라."

상국은 말을 마치고 크게 웃었다. 원래 선생은 지난 날 상국에게 있었던 일 때문에 넋이 뜨고 담이 떨어져 지금은 마음이 놀라운 탓에 옛말을 하면 상국이 항상 이런 말로 시름을 풀어 위로하곤 하였던 것이다. 태부인이 즐거움을 이기지 못하여 웃자 소파112)가 갑자기 웃으며 말하였다.

"창흥이 이 집안에서 제일 먼저 나서 저리 일찍 장가를 들지만 그 기상은 마치 부마113)와 흡사하니 또 어딘가에 소씨가 있어 근거 없는 욕을 혼자 풀려 하지 않을까 걱정입니다."

상국이 눈을 감고 고개를 저으며 말하였다.

"좋다 나쁘다 입방정 떨지 마라. 우리 창흥이가 두 아내를 둘 아이더냐? 창흥은 고집을 부려서라도 그리 할 아이가 아니요, 모든 일에 결점이 없으니 제 마음처럼 팔자에 막힘없이 시원할 것이다. 그러니 누이는 괴이한 입방정 떨지 마라."

소파가 크게 웃으며 말하였다.

---

112) 소파 : 임한주의 서매(庶妹)를 가리킴.
113) 부마 : 효장공주의 남편이자 창흥의 숙부인 임세린을 가리킴.

"이 누이가 입이 가벼운 탓에 소부인을 천거하여 저 어리석은 사람[114]과 인연을 맺어 주고 재미 보자고 한 것이 두 집안에 부끄러워 볼 낯이 없게 되었습니다. 여와씨 같은 낭자가 친가에 있다 한들 이제 다시 중매 설 일은 없을 것입니다."

이 말을 듣고 부마가 말하였다.

"둘째 고모님이 저리 흰 머리를 흔들며 우리 집 자식들의 중매를 서지 않겠다고 하시지만 설마 아들 가지고 장가 못 들이겠습니까? 예전에 소자경이 재홍을 보고 마음에 들어 하였으나 아무리 자기 딸이 대단하다 해도 재홍 조카의 뛰어난 풍모를 보고는 감히 형님께 청하지 못하여 저를 퍽 달래더이다. 하지만 그 집 딸을 집안에 들여 재홍 조카에게 두통을 일으키지는 않으려 합니다."

소파가 부마에게 나이가 많아 음흉하다고 꾸짖으니 그 자리에 있던 사람들이 모두 크게 웃었다. 태부인이 소파에게 말하였다.

"내 아까 말하는 것이 수상하다 싶었더니 아마도 원래 손부에게 조카 딸이 있는 모양이구나. 그 아이는 대체로 어떠하냐?"

소파가 무릎을 꿇고 아뢰었다.

"소한림의 여식은 천고에 비할 데가 없으나 저로서는 말주변이 없어 표현하기가 어려울 듯싶습니다. 그러나 천지의 도리는 무궁하고 조화의 신기함은 이상하더이다. 제가 숙렬비를 뵙기 전에는 조카의 짝이 없지 않을까 생각했었다가 처음에 효장공주께서 공주의 몸으로 신하의 집에 시집오신 것을 보고 제 타고난 성품이 천박하고 문견이 고루한

---

114) 저 ~ 사람 : 부마 임세린을 가리킴. 부마의 둘째 부인인 소씨가 소파 집안사람이기에 소부인을 천거했다 말한 것임.

것을 부끄러워한 적이 있었습니다. 그러나 지금 제 조카딸은 정말 세상에 백성이 난 이후로 처음 있을 법한 인물입니다."

태부인이 초왕을 돌아보며 말하였다.

"재홍의 덕성과 자질은 정녕 너의 아들이라 할 만하다. 이 늙은 할미가 주씨 같은 현명한 며느리를 재홍에게 짝 지워줘 그 아이의 도덕과 자질을 빛내고 싶은 마음이 간절한 터에 소씨 집안의 여식이 얌전하고 정숙하다는 말을 들으니 정혼하여 두면 좋을 듯싶구나."

초왕은 태부인의 명을 공손히 받들었다. 부마는 아버지와 큰아버지가 외당으로 나가신 후 소파를 향해 웃으며 말하였다.

"무시무시합니다. 자경이 만일 내 장인의 낯 두꺼움을 닮았다면 그 딸이 바로 요지(瑤池)115)에서 내려 왔다한들 무슨 귀함이 있겠습니까? 나때 같다면116) 아무리 수없이 소리 질러 불러도 마음을 움직이지 않고 딸을 부인 협실에 있는 매화장 속에 감추어 두었다가 도중에 잃어버렸다 하고 들어가 뒤져보라 한 후 얼굴을 싸매고 자리에 누워있을 텐데, 그때 조카가 어지간히 흥미를 느끼기라도 한다면 태평하게 얼른 박차고 나오다 뿐이겠습니까? 그때 미웠던 마음을 저는 지금까지도 잊을 수가 없습니다."

소파가 미처 대답하기도 전에 초왕이 눈을 흘겨 부마를 보며 말을 조심하지 않는 것을 꾸짖으니 그 몸가짐이 엄숙하고 말하는 것마다 한결같이 옳았다. 비록 웃어른 앞이라 온화한 기운을 잃지는 않았어도 그 위엄이

---

115) 요지(瑤池) : 중국 곤륜산(崑崙山)에 있는 연못으로 주(周) 목왕(穆王)이 서왕모(西王母)를 만나 즐겼다는 곳임.
116) 나 ~ 같다면 : 『성현공숙렬기』 11권에서 한왕에게 납치되었다 효장공주에게 구출되어 친정인 소씨 집안에 숨어 있던 소부인을 부마가 찾아 갔으나 소부에서 숨겨두고 만나지 못하게 했던 일을 가리킴.

엄숙하고 정대하여 곁에 있던 사람들은 감히 쳐다보지도 못하였고 부마는 입이 닳도록 칭찬하였다. 소파는 징그러운 듯 몸서리를 쳤다.

소부인은 부마가 자기 아버지를 만만히 여기고 장인으로서 존경하는 태도가 없는 것을 보고 속으로 한탄하며 생각하였다.

'나의 운명이 일마다 남 같지 못한 탓에 저 사람이 무례하게도 만나는 사람마다 이처럼 이야기하며 내 몸의 처신을 더럽히고 남들에게 업신여김을 받게 하여 그 욕이 아버님에게까지 미치게 하니 나 같은 불효가 어디 있을까?'

이렇듯 소부인은 겉으로는 화평하게 기뻐하는 듯 보였으나 속으로는 분하고 답답하여, 만일 여자의 궁색한 처지만 아니었다면 신선들이 산다는 산으로 숨어버리고 싶었다. 풍소저[117]와 한소저[118]는 앉은 자리가 떨어져 있는 탓에 이런 기색을 몰랐으나 주숙렬은 소부인의 기색을 알아차리고 그 성질이 너무 세차고 매서운 것을 이상히 여겼다.

저녁식사를 마치고 각 당에서 저녁 문안을 끝낸 후 공주는 궁으로 돌아가고 숙렬비는 한부인과 소부인 등 여러 부인을 청하여 침소에서 조용히 한담을 나누는데 그 주고받는 의견이 점잖고 말하는 것마다 빛이 났다. 숙렬이 갑자기 소부인을 향해 웃으며 말했다.

"우리들이 비록 각각 다른 가문에서 성장하였으나 이처럼 한 집안에 시집 온 후에는 처첩이 서로 화목하게 지내고 풍아(風雅)[119]의 곡조가

11

12

---

117) 풍소저 : 임유린의 부인으로 전 기주자사인 풍양의 딸.
118) 한소저 : 주숙렬과 의형제를 맺고 임회린의 후비로 들어온 한부인을 가리킴. 사절충신 한경의 손녀.
119) 풍아(風雅) : 『시경(詩經)』 육의(六義 : 六分類) 중의 '풍(風)'과 '아(雅)'를 가리킴. '풍'은 풍교(風敎)의 시(詩)로 민요류(民謠類), '아'는 엄정하고 품위가 높은 음악시(音樂詩)를 말함. 이 뜻이 전화하여 시가나 문장의 길, 더 광범위하게는 우아하고 아름다운 것, 속세를 떠난 풍류 전반을 의미하게 됨.

빛나며 우애가 특별하여 의는 형제 같고 정은 골육 같아 심지와 담력으로 서로 돕고 있는데, 어찌 조금이라도 그 속내를 숨겨 겉과 속을 달리하겠습니까? 제가 부인께 아뢰고 싶은 말씀이 한 마디 있는데 능히 받아들여 주시겠습니까?"

소부인이 감사하며 말하였다.

"옛말에 이르기를 나를 칭찬하는 이는 원수요, 나를 꾸짖는 이는 은인이라 하였습니다. 형님께서 이르시고자 하는 말씀은 분명 저를 가르쳐 이끌고자 하시는 것이니 그 뜻이 무엇인지 감히 묻고 싶을 따름입니다."

13 숙렬이 겸손히 사양한 후 한참 동안 이야기를 펼쳐 놓았다.

"저녁 자리에서 아주버님께서 하신 말씀이 부인을 잠깐 침범하였으나 이는 부인을 경멸하고 아버님을 등한시하신 것은 아닙니다. 아주버님은 지기 싫어하는 성격이시라 부인의 강한 위엄을 못마땅하게 여기시고 부인을 침범하여 세차고 엄숙한 기운을 꺾고자 하시는 것이니 부인이 이후부터 부드럽고 온순하게 대하시면 아주버님 또한 그리 아니하실 것입니다. 효장공주께서는 황실의 자손이라는 존귀한 지위를 가지셨음에도 끝내 여자의 몸이라는 이유로 능히 자신의 뜻을 세우지 못하고 계시는데 하물며 여염의 미천한 사람이야 오죽하겠습니까? 저를 두
14 고 보셔도 아실 테지만 이 세상에서 여자 된다는 것은 구차하고 어려운 일입니다. 아주버님이 밖으로는 비록 지기 싫어하고 괴벽한 데가 있으시나 그 마음은 철석같이 명철한 장부십니다. 또한 그 사이에는 효장공주 같은 지원군이 있어 부인을 형제같이 사랑해주시고 황상께서 부인을 첩으로 삼으라 하신 바도 없어 아주버님이 법에 따라 좌우

부인으로 공경하며 예로써 대하시지 않습니까? 예로부터 부인같이 때를 잘 만난 사람이 또 누가 있겠습니까? 제가 비록 어리석고 아둔하긴 하나 능히 뜻을 세우지 못하는 것은 부인께서도 잘 아실 것입니다. 더구나 부인의 지혜롭고 총명하심을 어찌 저의 투미함에 비길 수 있겠습니까? 부디 부인께서는 깊이 생각하시길 바라는 바입니다."

말을 마친 숙렬의 모습은 한없이 온화하고 부드러웠다. 숙렬이 이처럼 입을 열어 힘껏 자기 의견을 펼친 것은 그날 밤이 처음이라 곁에 있던 사람들이 오히려 희귀하게 여겼다. 소부인은 숙렬의 말을 듣자 자신이 반평생 동안 속에 쌓아두었던 마음이 갑자기 뻥 뚫린 듯하여 숙렬에게 감사하며 말하였다.

"옛날에 관중(管仲)이 말하기를 '나를 낳은 사람은 부모시나 나를 아는 사람은 포숙(鮑叔)이라.'[120]하더니 오늘 형님의 지혜롭고 총명하신 말씀은 제 속마음을 그대로 꿰뚫고 있습니다. 훈계하여 가르쳐주시는 고마운 말씀을 듣자니 제 반평생 편협하던 마음이 막힘없이 시원하여지는 듯한데 어찌 감히 그 말씀을 받들지 않겠습니까? 그렇지만 형님께서 이처럼 진심으로 이 불초한 아우를 가르치시니 제가 마음을 감추지 못하겠습니다. 부마는 처음부터 저를 한낱 시녀로 알고 거리낌 없이 능멸하였습니다. 제 좁은 소견으로는 '내가 쓸모없는 사람으로 부모께

---

120) 나를 ~ 포숙(鮑叔)이라 : {싱아적[生我者]는 부뫼[父母]]시고 지아적[知我者]는 포쥐[鮑子]]라}. 『사기(史記)』 「관안열전(管晏列傳)」에 의하면 중국 제(齊)나라에서 포숙은 자본을 대고 관중은 경영을 담당하여 동업하였으나, 관중이 이익금을 혼자 독차지하였는데도 포숙은 관중의 집안이 가난한 탓이라고 너그럽게 이해하였고, 함께 전쟁에 나아가서는 관중이 세 번이나 도망을 하였는데도 포숙은 그를 비겁자라 생각하지 않고 그에게는 늙으신 어머님이 계시기 때문이라고 그를 변명하였음. 이와 같이 포숙은 관중을 끝까지 믿어 그를 밀어 주었기에 관중도 일찍이 포숙을 가리켜 "나를 낳은 것은 부모이지만 나를 아는 것은 오직 포숙뿐이다[生我者父母, 知我者鮑子也]."라고 말하였던 것임.

한시도 효도하지 못하고 이 치욕을 아버님에게까지 미치게 했으니 나 같은 불효가 없구나.' 싶어 자연 부마를 대하면 미워하는 마음이 먼저 났습니다. 그러니 억지로라도 화색을 띠지는 못할망정 제가 어찌 감히 효장공주님의 높고 원대한 덕을 싫어하겠습니까? 저에게 내리신 공주님의 은혜는 산과 같습니다. 또한 황상께 은혜를 입어 감히 좌우 부인으로 삼아주시고 옥체가 미령하실 때에도 친히 말씀하시어 은혜로운 조서를 내려주시니 집안 모든 사람들이 놀라 떨며 몸 둘 바를 알지 못했습니다. 낭군이 만일 큰아주버님의 학문과 도량을 우러러 따른다면 제가 비록 어리석다 하나 어찌 감히 낭군을 원망하겠습니까? 그러나 형님의 가르침을 명심하여 마음에 새기겠습니다."

숙렬은 소부인의 말을 감당할 수 없어 사양하며 말하였다.

"부인의 말씀은 제가 감당할 수 없을 듯합니다. 다만 제 어리석은 소견을 들고 따라주시니 지기의 정을 알 수 있을 것 같습니다."

이렇게 한동안 이야기를 나누다가 밤이 깊어진 후 각각 침소로 돌아갔다. 이후 소부인은 부마의 말과 행동이 무례하더라도 화평하고 온순한 태도를 지키며 안색을 바꾸지 않았다. 부마는 그윽이 웃으며 말하였다.

"며느리와 사위를 보게 되니 세상사에 여유가 많이 늘었다."

이럭저럭 시간이 흘러 창흥 공자의 납빙일이 다다랐다. 이날 방석을 높이고 혼서 채례(采禮)121)를 함에 넣는데 상국이 시비들을 시켜 서재에 가서 궤 하나를 가져오게 하더니 궤 안에서 옥비녀 한 쌍을 꺼내 놓았다. 상국이 남경에 진군했을 때 유구국(琉球國)122) 물건이 아주 귀한 보물이

---

121) 채례(采禮) : {츠례}. 이는 '채례(采禮)'의 오기임. '채례'란 전통 혼례에서, 신랑 집에서 신부 집으로 혼서지와 폐백을 함에 담아 보내는 일을 말함.

122) 유구국(琉球國) : 현 일본의 오키나와를 가리킴.

라고 당시에 사람들이 구경하러 모여 대단히 요란한 일이 있었다. 주후[123]와 상국은 유구국 인물을 보려고 기인을 불러 그 물건이 무슨 보배인가 물었는데 갑자기 상서로운 기운이 북두성과 견우성에 쏘이며 쟁그랑 하는 소리가 나더니 흰 옥비녀 한 쌍이 기인의 소매에서 굴러 떨어졌다. 상국은 그렇듯 상서로운 기운이 일어난 것을 이상하게 여겨 좌우에 있던 사람들에게 그 옥비녀를 가져오게 하였다. 가져와 앞에 놓고 보니 정성과 공력이 정교하고 제도가 기묘한 가운데 옥빛이 찬란하여 아름다운 광채가 눈을 쏘였다. 옥 위에 글자가 흐릿하게 보여 햇빛에 비추었더니 아름다운 봉황과 두 마리 난새를 새겨놓았는데 그 아래 가느다란 글자가 있어 두 마리 봉황과 두 마리 난새가 합하면 그 임자가 있으리라고 되어 있었다. 상국은 이때 창흥공자가 태어난 줄을 모르던 때라 나중에 혹 쓸 곳이 있을까 하여 선뜻 천금을 주고 그것을 샀다. 그러자 기인이 크게 기뻐하며 말하였다.

"이 옥비녀는 제가 본국 이산도인에게 얻은 옥으로 만든 것입니다. 이 산도인이 이 백옥 두 짝을 내어 주며 말하기를 '너는 이 옥으로 구란(九鸞)의 비녀[124]를 만들어라. 유명한 옥장인 추생에게 맡겨 이 옥에 난새와 봉황을 새겨 내놓으면 값이 천하에 지지 않을 것이니 임자를 만나거든 팔라.'고 하였습니다. 과연 추생이란 장인을 만나 옥에 대한 이야기를 하고 난새와 봉황을 쌍으로 새겨 만들어 달라 하였더니 추생이 두어 번 손으로 주물러 비녀 속에 새겨 주었습니다. 그것을 본국에서 팔려고 하였더니 구태여 묻는 사람이 없어 그리 대단하지 않은 것으로 알았

19

20

---

123) 주후 : 주숙렬의 아버지이자 임회린의 장인인 주담을 가리킴.
124) 구란(九鸞)의 비녀 : {구란차[九鸞釵]}. 아홉 마리의 난새를 새긴 비녀.

는데 물화 싣는 배에 올라오니 광풍을 만나 배가 엎어질 듯한 일이 잦

아도 이 보배가 능히 풍랑을 진정시켰습니다. 그래서 곁에 있던 여러

척의 배들은 다 파선되었으나 제가 탄 배는 무사했습니다. 남경 넓은

땅에 와 두루 보이며 팔려고 하였으나 구경만 하고 사려는 사람이 없었

습니다. 그러던 중 어르신께서 불러 물으시는데 옥비녀가 저절로 떨어

져 어르신께서 알아보시고 천금을 주시니 임자가 있으리란 말이 정말

옳았습니다."

이 말에 공이 고개를 끄덕인 후 깊이 간수하므로 주후 또한 신기하게

여겼었다. 이날 공이 문득 이 일을 생각하고 옥돌을 내어다가 혼인 예물

로 삼자 선생이 상국을 향해 웃으며 말하였다.

"형님처럼 대범하신 분이 만사에 저토록 세심하여 손자의 혼인 예물을

저리 미리 얻어 깊이 감추어두고 태부인께도 고하지 않고 계셨다니 희

린 부자를 사랑하심이 정말 대단하십니다."

상국이 얼굴에 기쁨이 가득하여 말하였다.

"자네는 아무렇게나 말하고 웃게나. 중년의 할아비가 아내를 일찍 여

의고125) 어린 자식을 품속에 넣어 슬픔을 실컷 겪고 기를 적에는 무슨

염려가 없으며 죽을 생각인들 왜 안 했겠는가? 주형도 자네처럼 웃더

니만 자네같이 유복하여 아들도 절로 자라고 손자도 평안히 기르기가

어디 쉽던가?"

이렇게 말하며 어쩔 때는 웃고 어쩔 때는 한숨 쉬며 초왕에게 채례를

함에 넣으라 하고 멀리 물러나 앉았다. 이것을 본 선생은 호탕하게 웃고

는 이렇게 말하였다.

125) 아내를 ~ 여의고 : {고분지탄(鼓盆之嘆)을 맞나}. '고분지탄'이란 아내를 사별한 슬픔을 뜻함.

"상국은 중년에 상처한 것을 복 없다 하며 물러나 앉고 부마는 20이 되도록 아내에게 소박맞았으니 가까이 오지 마라."

그러자 온 좌석이 웃음소리로 들썩거렸다. 초왕은 아버지의 지극한 정성과 자애가 이다지 지극하신데도 지난날 자기 부부와 부자가 한없이 큰 불효를 끼친 것을 생각하고 새삼 슬퍼하였다. 그리고 혼서를 써서 구란의 비녀와 함께 봉황을 수놓은 보에 싸서 보내었다.

이 무렵 설씨 부중에서는 목부인이 지란 남매와 밤낮으로 생각하는 것이 매우 흉악하므로 납빙과 혼례일을 정한 사실을 아직 알리지 않고 있었다. 상부인이 신부를 데려올 때 어머님께 어떻게 알려야 할 것인가를 의논하자 설공이 고개를 끄덕이며 말하였다.

"사람의 도리는 아무리 작은 일에라도 부모를 기만한 죄가 가장 중하나 내 꿈이 딸아이에게 매우 불길한데다 목씨 남매의 행실이 불량하고 어리석어 차마 바로 보지 못할 지경이라 걱정입니다. 다행히 희광이는 지형을 피해 임씨 부중에 공부하러 가 학문이 크게 진보했다 하니 기쁜 일이 아닐 수 없습니다."

이 말에 부인 또한 기뻐하였다.

이럭저럭 시간이 흘러 납빙일과 혼례일이 다다르자 공이 조용히 납폐(納幣)와 문명(問名)126)을 받아 부인의 침소로 보내고 이런 일을 말하지 않았으므로 목씨는 끝내 알지 못했다. 부인은 채례를 받아 소저의 유모에게 맡기고는 즐겁고 기쁜 마음을 이기지 못하여 남 몰래 혼구를 성대하게 장만하였다.

이때 목지형은 좋은 옷과 음식으로 몸을 가꾸고 배를 채우고 나자 음흉

---

126) 문명(問名) : 혼인을 청할 때 새색시가 될 여자와 그 집안에 관하여 묻는 일.

한 생각이 점점 자라나 성염소저의 아름다움을 그윽이 유의하고 있었다. 그러나 설태사가 자기를 보는 안색에 찬바람이 쌩쌩 불고 북쪽 하늘처럼 높으므로 지형은 감히 쳐다 볼 엄두도 내지 못한 채 원망만 할 따름이었다. 그저 목부인에게 아첨하며 좋은 인연을 도모하고자 하였으나 목부인은 설공이 재앙을 당했을 때에도 집안 식솔과 자녀들에게 간섭하지 못했고 성염의 어머니가 가사를 맡고 나서는 자기 권세를 아예 쓰지 못하고 있었다. 더구나 설공이 세상을 떠난 후에는 태사가 지극한 효도로 받들고 있었으므로 비록 본성이 어리석고 패악스럽다고는 하나 세차지 못한데다 자신의 친가는 세를 잃고 몰락하여 의지할 곳이 없는데 공의 일가친척은 번성한 것을 심하게 두려워하였다. 때때로 공을 가까이 할 때도 그 사람됨이 효성스러운 것을 알고는 끝내 패악을 부리지 못하였으나 지금은 목지형의 온갖 요사와 간악스러움에 농락되어 있고 그 한 조각 심장에는 본래부터 아무런 주관이 없었기에 지형의 음흉하고 외람된 생각이 성염소저에게 미치자 목부인은 문득 한 마음으로 힘을 합해 꾀를 내는 데 급급하기에 이르렀다. 비유하자면 우물 밑 개구리 주제에 고니가 물고 있는 고기를 바라는 것과 같았으니 이로부터 비밀스러운 모의와 흉악한 계교가 날로 더해갔다. 아깝구나! 하늘에서 정한 군자 숙녀의 기이한 인연으로도 한바탕 허다한 귀신의 방해를 면하지 못했으니 이 일에 대해서는 다음 회를 분석해서 보기 바란다.

이때 목지형이 밤낮으로 생각하고 계획하는 것은 일마다 지극히 흉악하고 간사하였다. 그러나 일단 태사의 총명을 꺼려 때를 기다리고 있는데 일이 공교롭게 되어 일대의 흉악한 무리들과 결연하여 한 계교를 생각해내자 머리를 흔들고 팔을 걷어 부치며 목부인에게 자세히 고하였다.

"제가 한 번 손을 움직이면 그 여자는 제 소유가 될 수밖에 없을 것입니다."

이렇게 말하고 이후부터는 두루 돌아다니며 산뜻한 의복에 검푸른 당나귀를 비스듬히 몰고 장안의 협객 무리에게 접근했다. 허리춤의 금은을 흩어 모래나 흙같이 쓰면서 한 무리 패악한 무뢰배와 사귀니 그 하나는 양두사요, 두 번째는 석삼랑이며, 세 번째는 신검수였다. 양두사는 도술을 부려 머리 둘에 팔이 넷으로 변해서는 백주 대낮에 사람을 미혹하여 마치 자기 주머니 속 물건처럼 그 머리를 베어버리되 곁에 있던 사람도 모르게 하므로 별명을 양두사라 하였다. 석삼랑은 십자대로 위에 있는 붉은 기와와 굽은 난간을 갖춘 한 채의 높은 채색 누각에다 사치한 술자리를 베풀고 인육을 잡류에 섞어 안주로 써서 사람들에게 먹이고 재물을 탈취하여 자기 소굴을 이루었다. 신검수는 비수를 끼고 바람이 되어 다라니경을 외우면 칼이 날아와서 해치고자 하던 사람의 머리를 베어버릴 만큼 다른 사람에게 그 얼굴을 알리지 않은 채로도 신이한 도술을 부릴 수 있었다.

앞서 한왕이 큰 재액을 꾀하다가 일이 탄로 나 황제가 크게 노한 일이 있었다. 옥사(獄司)가 법을 잡았으면 그 한 목숨이 어찌 형틀 아래 살아남을 수 있었겠는가마는, 황제가 차마 천륜의 정으로 그 목숨을 형벌에 맡기지 못하여 왕위를 빼앗고 산동 낙안주로 내치니 이는 곧 폐위한 것이나 마찬가지였다. 왕궁을 폐쇄하자 막부 관료들 중에 혹은 따르며 혹은 자기 땅으로 가는 이도 있었으나 양두사, 신검수, 석삼랑은 한왕의 심복으로 온갖 흉악한 일들에 동참하여 노략질과 인명 해치기를 지푸라기같이 해온 탓에 왕이 다른 곳으로 쫓겨난 후에도 이름을 바꾸고 이리저리 떠돌

아다니며 임씨 가문을 무너뜨리려 하고 있었다. 그러나 당시는 천자가 우
(禹) 임금127)과 탕(湯) 임금128)의 덕을 가지고 있었고 임상국 부자가 나라
의 권세를 잡아 이른바 온 세상을 조화롭게 하는 덕화(德化)로 나라 안을
덮었으므로 깊은 산속 궁벽한 골짜기에 숨어 사는 선비까지도 목을 길게
늘여 덕을 찬양하였다. 게다가 조정 안은 거울처럼 맑았으니 요망한 귀신
이 어찌 함부로 범할 수 있었겠는가? 속절없이 그저 간간이 노략질만 일
31 삼고 있다가 목지형을 만나자 서로 뜻이 합하여 꾀를 함께 하며 재물을
모으니 설씨 부중의 재물이 속절없이 요사스런 사람들의 술값으로 허비
되었다. 이렇듯 지형이 설태사의 천금 같은 딸의 앞길을 여지없이 훼방하
는 근본이 되니 안타깝구나!

　　하루는 목생이 목부인 앞에서 지란에게 이렇게 말하였다.

　　"내가 근래 유익한 벗을 만나 서로 속을 터놓는 친한 친구가 되었다.
이 사람들은 그 재주가 신출귀몰하여 소매 안에 하늘과 땅을 넣는 신통
한 능력이 있지만 한왕 고구의 심복들이지. 한왕이 낙안주로 내려간
후 이 사람들이 왕과 떨어져 왕이 쫓겨난 원수를 갚고자 했으나 때를
만나지 못하고 왕이 연곡을 떠난 후에는 감히 연경을 밟지 못했다. 세
32 자가 이제 나이가 스물인데 평생소원이 서시(西施)129)의 미색과 약란

---

127) 우(禹) 임금 : 우 임금은 하우씨(夏禹氏)로 하왕조(夏王朝)의 시조. 하나라 왕조를 개국하여, 황
　　하(黃河)강의 홍수를 다스리는 데 헌신적으로 노력하여 그 공으로 순(舜)이 죽은 뒤, 제후의 추
　　대를 받아 천자가 되었음. 태평성대를 이룩한 임금으로 널리 인용됨.
128) 탕(湯) 임금 : 탕 임금은 이름이 이(履) 또는 천을(天乙)·태을(太乙)이라고 하며 탕은 자이고 성
　　탕(成湯)이라고도 함. 은(殷)나라의 1대 임금으로 하(夏)나라의 걸왕(桀王)을 치고 왕위에 올라
　　30년간 재위하였음. 그가 걸왕을 멸한 행위는 유교에서 주(周)나라 무왕(武王)이 상나라 주왕
　　(紂王)을 토벌한 일과 함께, 올바른 '혁명'의 군사행동이라 불림.
129) 서시(西施) : 중국 춘추시대 월국(越國)의 미녀. 효빈(效顰)이라는 말이 서시의 미모에서 유래
　　했고 오(吳)나라에 패망한 월나라의 충신 범려가 서시를 오왕 부차에게 바쳐 마침내 오나라를
　　멸망시켰다고도 전해지고 있음.

(若蘭)130)의 재주를 갖춘 여자를 구하는 것이지만 또한 대국의 경화거족(京華巨族)이 아니면 취하지 않으려 하고 있다. 하지만 왕의 죄가 심상치 않으니 어느 대신이 결혼하려 하겠느냐? 한왕이 그 소원이 골수에까지 사무쳤으면서도 지금 아들의 처를 구하지 못했다 하니까 한 번 산동으로 놀러가 한왕을 알현하고 설태사의 딸이 만고에 견줄 사람이 없음을 전한 후 빼앗을 계교를 도모할 것이다. 만일 잘 되면 이는 나의 공이 누구보다 큰 것이니 이후에는 네가 이 집의 동정과 성염의 움직임 하나하나를 잘 관찰하여 안에서 잘 내통하여라. 이 꾀가 통하여 일이 잘 되면 네가 고생한 보람이 톡톡히 있을 것이다."

지란은 금방울 같은 눈을 뒤룩거리고 창 자루 같은 눈썹을 춤추듯이 움직이며 지형의 뜻에 동조하였다. 지형은 또한 일을 신속하게 하는 것이 가장 중요하다고 말하였다. 이 요사한 사람이 꾸민 계획이 흉악하기 그지없으니 하늘이 어찌 이러한 사람을 돕겠는가마는, 성염소저와 죽명공 창흥의 특별한 재주는 조물이 다 시기하여 재앙이 여기에까지 미쳤던 것이다. 이 사람이 꾸민 계획이 차차 이루어지니 하늘의 뜻도 잘 보이지 않았다.

목생은 또 이날 은 부스러기를 차고 삼랑의 집에 모여 돈을 내고 술과 안주를 펼쳐 놓았다. 세 사람이 서로 얼굴을 대하였을 때 목생이 말하였다.

---

130) 약란(若蘭) : 『진서(晉書)』「열녀전(烈女傳)」에 의하면, "소혜(蘇蕙)의 자(字)는 약란(若蘭)이요, 두도(竇滔)의 아내이다. 두도가 일찍이 죄를 입어 유사(流沙)로 귀양가자 소혜는 남편을 생각하다 못해 비단을 짜서 회문선도(回文旋圖)를 만들어 시(詩)를 써서 주었는데 그 시가 몹시 처량하였다."고 되어 있음. 동진(東晋)의 소혜는 금슬이 좋지 못했던 남편 두도가 안남대장군으로 떠나자 그에게 선기도(璇璣圖)를 비단에 짜 넣어(織錦) 보내어 그의 마음을 돌리게 해서 부부가 재결합했다는 고사가 있음. 소혜의 직금록 고사는 측천무후가 썼다고 전하는 「선기도서」에 자세히 전하나 『진서』의 기록과 다르기 때문에 후인의 가탁으로 생각됨. 소혜의 직금록 고사는 중국에서 여러 가지 소설, 희곡으로 변형되어 전해옴.

34 "세 형은 구름을 타는 재주가 있고 검술 또한 신통하여 귀신도 측량치 못할 정도인데 어찌 권문세가에 들어가 그 재주를 펴고 공을 이루어 부귀를 차지하지 않고 도리어 어금니와 발톱을 감추고 스스로 보잘것없는 필부로 자처하고 있소?"

세 사람은 이 말을 듣자 털이 거꾸로 서고 눈이 뒤집히는 듯하여 분개하며 말하였다.

"말을 하려 해도 입이 하나뿐이니 어찌 다 할 수 있겠나? 우리는 한왕 전하께 입은 은혜가 막중하니 왕이 다른 곳으로 쫓겨나신 후에 어찌 한시라도 곁을 떠나겠는가마는, 왕께서 원망스럽고 분한 마음을 속에 꾹 눌러 담고 부차(夫差)와 구천(句踐)의 와신상담(臥薪嘗膽)[131]을 본받으려

35 하시므로 우리들은 이름을 바꾸고 왕을 도와 은혜를 갚고자 하였네. 왕세자께서 만이로 자라시니 어서 비를 정해야 할 것이나 대국을 떠나고 보니 비를 뽑기 어렵네. 게다가 세자께서 여자의 미색을 원하시므로 왕께서는 우리들에게 이 대사를 맡겨 온 세상을 다 도는 한이 있더라도 세자의 뜻에 차는 여자를 만나면 귀천을 논하지 말고 빼앗아 오라 하셨네. 그러면 천금을 상으로 내리겠다고 하시며 자금까지 두둑하게 주셨지. 그 명을 받아 온 세상을 먼저 돌다가 경성에 온 지 수개월이 되

131) 부차(夫差)와 ~ 와신상담(臥薪嘗膽) : {구천[句踐]의 와신상담}. '와신상담'은 부차의 '와신'과 구천의 '상담'이 합쳐서 된 말인데 여기서는 '구천'만 언급했기에 이와 같이 고침. '와신상담'은 섶에 누워 자고 쓰디쓴 곰쓸개를 핥으며 패전의 굴욕을 되새겼다는 뜻으로 원수를 갚거나 어떤 목적을 이루기 위해 괴로움을 참고 견딤을 비유한 말. 오왕(吳王) 합려(闔閭)가 월(越)나라로 쳐들어갔다가 월왕(越王) 구천(句踐)에게 패하여 전사하자, 그 아들 부차(夫差)는 이 원수를 갚고자 장작 위에 자리를 펴고 자면서 복수를 다짐함. 부차의 이와 같은 소식을 들은 월왕 구천이 오나라를 먼저 쳐들어갔으나 패하여 오나라의 포로가 됨. 그러나 구천 내외와 신하 범려(范蠡)는 갖은 고역과 모욕을 겪은 끝에 영원히 오나라의 속국이 될 것을 맹세하고 무사히 귀국함. 그는 돌아오자 자리 옆에 항상 쓸개를 매달아 놓고 늘 이 쓸개를 핥아 쓴맛을 되씹으며 원수 갚기를 다짐함. 이후 월왕 구천이 오나라를 쳐서 이기고 오왕 부차는 자살하게 됨.

었으나 아직 경국지색이 있다는 말은 듣도 보도 못하였네."

목생은 이 말을 듣자 가려운 데를 긁는 듯 속으로 크게 기뻐하며 어렴
풋하게 이렇게 말하였다.

36

"여러분들이 진심으로 말씀하신 바를 들으니 옛말에 이르기를 '사해 안
이 다 형제라.' 했는데 장부의 마음에 크게 분하고 답답하오. 그러나 내
산동으로 놀러 가고자 하니 만일 대왕을 알현하였을 때 나를 국사(國師)
로 대접하여 나라의 중한 임무를 맡기신다면 나 또한 일등 신부감을 얻
어 받칠 것이오. 이 여자의 미색으로 말하자면 나라를 기울일 만하니
한왕 전하와 세자의 높이 구하시는 눈에도 황홀할 것이오. 하지만 내
가 아직 대왕을 알현치 못했으니 이 일을 먼저 발설하지는 못할 것 같
소."

세 사람은 이 말을 듣고 뛸 듯이 기뻐하며 동시에 일어나 감사하며 말
하였다.

"만일 형의 말이 사실이라면 오늘이라도 급히 달려 산동으로 가세나.
거기서 대왕을 알현하면 국사로 이르다 뿐이겠는가? 만일 한왕 전하의
심복이라도 되는 날이면 왕으로 봉해지고 봉토를 분할 받는 것도 손바
닥 뒤집듯이 쉬운 일이 될 걸세."

이렇듯 감언이설로 달래니 목지형은 세 사람의 꿀같이 단 말에 혹하지
않을 수 없었다.132) 지형은 지금 자기의 몸 고생이 말이 아닌데다 눈멀고
귀먹은 늙은 할미는 귀신의 형상이 되어 아침저녁이 다른데133) 자기 남

---

132) 혹하지 ~ 없었다 : {훈호여}. '혹흐여'의 오기로 보임. 한국학중앙연구원 39권본에는 '혹흐여'로
    되어 있어 이를 참조함.

133) 아침저녁이 다른데 : {됴불여석[朝不慮夕호거눌]}. '조불여석'이란 아침에 저녁 일을 도모하지
    못한다는 뜻으로 형세가 위태롭거나 곤궁함을 형용하는 데 쓰임. 여기서는 나이가 많아 내일
    어떻게 될지 모른다는 뜻으로 씀.

매는 구차하게 설씨 부중에 의지하여 의식을 근근이 잇고 있는 것이 부끄러웠다. 설, 한, 임 세 사람은 아침 조회를 파하면 홍포(紅袍)와 오사모(烏紗帽)[134]를 쓴 관원들이 그들을 모시고 벽제 소리로 동구 밖을 떠들썩하게 하며 향기로운 영광을 춤추듯 공중에 흩날리는데 자기 신세를 생각하면 땅에 뒹구는 버러지 같았다. 자연히 분하고 원망스런 마음이 생겨나 아무 죄 없는 설씨 가문을 멸망시키고자 하는 생각을 품던 중 이 세 사람의 물 흐르듯 하는 말에 지형은 벌써 몸이 하늘로 오르기라도 한 듯하였다. 속히 공명을 꾀하여 설씨 가문을 섬멸하고 성염소저의 앞길을 훼방하고자 하는 흉악한 마음이 천 갈래 만 갈래로 일어나니, 자기 몸을 대역죄에 내던져 나중에는 참형을 당할 맹세를 겹겹이 맺고자 하는 흉악한 마음이 일어났다. 이 또한 설소저가 앞으로 당할 재난의 시작을 알리는 서조였으니 안타깝구나! 이날 지형이 이 세 흉악한 사람들과 함께 길 떠날 언약을 하고 설씨 부중에 이르니 그 의기양양한 모습은 마치 황제의 조서를 받들어 열국의 제후들과 사귀고 전국을 돌아다니며 관리들의 파면을 맡거나 선참후계(先斬後啓)[135]하는 상방검(上房劍)[136]이라도 맡은 사람 같았다. 이렇듯 지형은 아주 만족스럽게 싱글벙글 하며 목부인에게 나아가 말하였다.

"제가 이제야 공명의 길을 얻어 가문을 창대케 하고 고모할머님의 피땀 어린 고생을 갚아드릴 수 있을 것 같습니다."

목부인은 이 말을 다 듣기도 전에 뛸 듯이 기뻐하며 베개를 물리치고

---

134) 오사모(烏紗帽) : 고대 관원들이 쓰던 모자로 검은 비단으로 만들어 '오사모'라 함.
135) 선참후계(先斬後啓) : 군법을 어긴 자를 먼저 목 벤 후에 임금에게 아뢰는 것을 말함.
136) 상방검(上房劍) : '상방'은 임금이 일용에 쓰는 물건을 만들던 한(漢) 나라 때의 관서로 이곳에서 만든 칼을 상방검이라고 함. 임금을 상징하는 물건으로 임금을 대신하여 전쟁 등의 중요한 일에서 명을 집행하게 한다는 의미로 하사함.

일어나 지형의 손을 잡고 등을 어루만지며 말하였다.

"이 할미가 밤낮 방 안에만 갇힌 채 전출 자식들의 서먹한 대접을 받고 업신여기는 것을 감수하며 너희 남매를 보고 외로운 심사를 위로했으나 매사 내 뜻 같지 않고 구차하였다. 그런데 네가 만일 공명을 이뤄 가문을 일으킨다면 이 할미는 오늘 죽어도 여한이 없을 것 같구나. 아무튼 네가 세상에 나설 곳이 어떤 곳이냐?"

목생은 가만히 세 사람의 근본과 한왕의 세자가 미인을 구한다는 말을 목부인에게 전하였다. 목생은 기회가 기가 막히니 이러저러 하여야 일이 될 것이고 일이 되면 열토봉왕(列土封王)[137]은 추임을 받고 얻을 것이니 이리이리 일을 꾸미라며 말을 간교하게 지어 목부인을 사각사각 달래었다. 목부인이 고개를 끄덕이며 응답하고 자신이 마치 천승 군왕의 종조모로 효성스런 보양이라도 받는 듯이 이마에 손을 대고 기쁨을 표하며[138] 잔기침과 밉살맞은 트림을 마구 쏟아내는데 그 모습이 가히 볼 만하였다. 설태사 같은 효자가 좋은 집에서 받들어 모시며 아침저녁으로 문안인사를 드리고 입에는 산해진미가 떠나지 않으며 몸에 걸친 비단옷은 무거울 지경인데 무엇이 부족하다고 대역죄를 꾀하는지 알 수 없는 일이니 어찌 이를 망신살이라 하지 않으며 화를 부르는 망령이라 하지 않겠는가? 이는 죽명공 창홍과 성염소저의 뛰어난 덕성과 재주가 도리어 나쁜 일을 겪게 만들어 목지형 같은 흉악한 인물을 낸 것이었다. 목지형은 부인께 하직인사를 드리고 산동 낙안주로 향하면서 지란에게 설씨 부중의 동정과 소저

40

41

42

---

137) 열토봉왕(列土封王) : '열토(列土)'는 황제가 신하에게 토지를 분봉 받는 일이며 '봉왕(封王)'은 황제가 신하를 왕으로 봉하는 일임.

138) 이마에 ~ 표하며 : {이슈가익[以手加額]ᄒᆞ여}, '이수가액'이란 '이마에 손을 대다'의 뜻으로 기쁨을 나타내거나 축하의 뜻을 표하는 동작을 말함.

의 거동을 무심히 보지 말라고 당부하였다.

목부인은 항상 설태사를 보면 사사로이 쓸 자금이 없어 몸이 묶인 듯
힘없이 슬픈 태도를 보였다. 태사는 비록 그 속을 거울같이 훤히 들여다
보았지만 본성이 더할 수 없이 착하고 지극한 효자인지라 때때로 자기 녹
봉을 모두 드려 마음껏 쓰게 하는 일이 흔하였으므로 목부인에게는 금은
이 상자에 가득가득 넘쳐났다. 목부인이 금은을 비단에 많이 싸서 노잣돈
으로 주자 목지형은 그것을 받아서 감추고 바깥채로 설태사께 하직인사
를 하러 갔다.

이날 목지형은 의기양양한 마음에 마치 곁에 아무도 없는 듯이 큰기침
을 내뱉고 설태사가 있는 방에 들어가려 하였다. 이때 설공은 다음날이
애지중지하던 딸의 납빙을 하는 날이라 기분이 대단히 즐거웠다. 안채에
들어가 딸의 온화하고 아름다운 모습을 보려고 일어서다가 목지형이 내
지른 큰기침 소리에 괴이히 여겨 지게문을 열고 조용히 바라보았다. 그
속을 짐작한 설공은 한심한 마음을 이기지 못하여 이렇게 물었다.

"너는 근래 서당에도 안 가고 어디를 그렇게 다니느냐? 본가에 가 있었
던 것이냐?"

목지형은 양 어깨를 위로 추키고 무릎과 두 손을 모으며 아주 교만한
태도로 대답하였다.

"의첨139)은 임씨 부중으로 가고 익첨140)은 어려서 저의 벗이 못되는
까닭에 어진 벗을 얻어 좋은 말을 듣고자141) 자주 나돌아 다녔습니다.

---

139) 의첨 : 설희광의 자(字).
140) 익첨 : 설희필의 자(字).
141) 좋은 ~ 듣고자 : {붕우칙션[朋友責善]을 듯고즈}. '붕우책선'이란 친구는 서로 착한 일을 권한다
    는 뜻으로, 참다운 친구라면 서로 나쁜 짓을 못 하도록 권하고 좋은 길로 이끌어야 함을 뜻함.

이제 아주 하직인사를 드리고자 합니다."

공이 그 말을 듣고 눈으로 지형을 보니 어찌 숨길 수 있겠는가? 흉악한
마음을 포장하고 강도의 무리에 들어갔거나 어느 번왕에게 의탁하여 흉
악한 역모를 꾀하려는 것이 분명하였다. 공은 속으로 크게 놀라 차갑게
웃으며 말하였다.

"네가 지기(知己)를 얻으면 몸이 도리어 그물과 가시에 걸릴까 걱정이
구나."

말을 마치자 온화하던 얼굴빛이 변하여 양미간에 찬바람이 횡하니 불
었다. 목지형이 비록 흉악하고 간사한 인물이긴 하나 설공의 안색이 서릿
발 같은 것을 보자 두려운 마음이 들지 않을 수 없었다. 또한 지금 자기의
계략을 거울같이 알아채는 것을 보니 아무리 담력이 크다 해도 등에 땀이
흘러 옷이 흥건해졌다. 목지형은 설공에게 엎드려 절하며 공손히 말하였
다.

"제가 이번에 떠나는 것은 구태여 봄 경치를 구경하고자 하는 것이 아
니라 여러 가지 생각하는 바가 있어서입니다. 오래 걸리면 1년이고 쉬
우면 4~5개월이 걸릴 것입니다."

이 말을 듣고 공이 말하였다.

"그렇다면 너희 집안 어른들은 누가 모시느냐?"

지형은 대답할 말이 없어 얼굴을 붉히고 맥없이 계단을 내려갔다. 소
공자 희필이 공의 곁에 섰다가 지형을 손가락으로 가리키며 포복절도하
고 그가 멀리 가는 것을 시원하게 여겼다.

지란은 지형같이 간사하고 똑똑하지 못하여 목씨 곁에 있으면서 종일
맛있는 음식과 고기를 입에 달고 살아 완전히 기름진 산돼지 같았다. 몸

이 기름지고 살집이 가득하여 걸음을 걸으면 마루가 무너지므로 집안의
유모가 손가락질 하며 목씨 모르게 꾸짖곤 하였다. 나이가 점점 많아지
면서 음욕이 발동하는지 좋은 계절이 온 것을 반기며 때때로 봄을 느끼고
정원에 발을 디뎠으나 어느 남자 눈에나 띌 수 있었겠는가? 그저 목부인
처소에 몸을 웅크리고 있다가 설사인 등이 아침 문안을 드리러 오면 그
흉물스런 눈을 늘여 그들의 아름다운 풍모를 보고 냅떠 안을 듯 두 아귀
에 침을 흘리다가 할머께 절하고 나가면 한숨을 쉬며 흐느끼니 그 누추
함은 다 기록할 수 없을 지경이었다. 지형이 집을 떠나면서 자기를 사람
축에 끼워 넣어 성염소저의 일거수일투족을 살피라 하였으나 성염소저
는 남자가 아니니 이 음녀가 마음에 둘 리 있겠는가? 하지만 설사인 형제
의 꽃같이 아름다운 용모와 풍채를 잊지 못하여 마치 성염소저를 보려는
것처럼 목부인을 속이고 화춘정 후원에 숨소리를 죽이고 엎드려 방안을
살폈다.

공의 부부가 윗자리에 앉고 네 명의 아들과 세 명의 며느리가 저녁 문
안을 하러 와 곁에 모시고 앉아 있는데 촛불이 밝게 비쳐 온 좌석이 환하
였다. 그 가운데 세 소저의 아름다운 자태는 서로 눈부실 정도였고 설사
인 형제의 모습은 마치 부드러운 산들바람과 상서로운 은빛 구름 같아 세
신선이 옥경(玉京)에 조회를 드리는 듯하였다. 지란이 이 모습을 보았으니
성염소저의 동정 같은 것을 살필 생각이나 났겠는가? 흠모하는 마음이 불
같이 타올라 침을 흘리며 숨을 죽이고 두 눈이 뚫어질 듯 쳐다보았다. 그
중에서도 설학사는 가장 나이가 어려 그 골격이 절세미인 같았다. 이 흉
악한 여자는 가슴이 타들어가는 듯하여 엎드린 채 재미있게 보고 있었다.
그때 공이 부인에게 말하였다.

"주위가 조용하고 부모 형제들밖에 없으니 딸아이를 부르십시오."

부인이 대답하였다.

"이 아이는 난데없이 재주가 비상한 데가 있는데 근래에는 『주역』의 이치에 통달하여 여러 오라비들의 길흉을 점쳤습니다. 다른 아이들 것은 다 좋은데 넷째 아이와 자신에게 닥칠 액운이 범상치 않을 뿐 아니라 자기의 운수는 너무 놀라워, 숲속에서 까마귀가 흐느끼는 점괘를 풀이하고 난 후에는 측간 출입도 때를 가리고 두려워하며 더욱 조심하고 있습니다. 아들아이까지 며늘아기와 더불어 협실에서 딸아이를 놀리면서 '오래지 않아 임씨 부중의 사랑하는 며느리가 되어 백대의 수레를 타고 시집으로 들어가면 마음대로 돌아오지 못할 것이니 까마귀의 이별을 왜 흐느끼지 않겠느냐?'며 보채니 딸아이가 지나치게 부끄러워하며 점괘를 태워버렸습니다. 그러고 난 후에는 이런 일에 유의하지 않으리라고 하며 지금 열녀전을 베끼고 있으니 아마 나오지 않을 것입니다."

공은 부인의 말을 통해 딸아이의 신명함을 알고 더욱 사랑하는 마음이 일어나 몸소 협실로 들어갔다.

이때 소저는 혼자 조용히 생각하길 '여자의 처지에 『주역』의 이치를 깨닫는 것은 부질없는 일이다.' 하여 다시는 이런 일을 염두에 두지 않고 그저 『열녀전』이나 베끼면서 여태껏 긴급하고 중요하게 살피던 것을 거두고 여자의 높은 절개와 깨끗한 마음을 지키기에 힘썼다. 소저가 소매를 높이 걷고 가녀린 손에 산호로 만든 붓을 잡아 삽시간에 휘두르니 용이 하늘로 날아오르는 것 같았다. 그때 갑자기 태사가 이르러 소저에게 물었다.

"아가, 야심한 밤중에 무슨 공부를 그토록 하느냐?"

소저가 일어나 아버지를 맞아 들여 편안하게 자리에 모시고 말하였다.

"밤이 깊었는데 어찌 주무시지 않고 이렇게 오셨습니까? 소녀가 목씨 남매 때문에 아침저녁 문안인사를 폐하였더니 제 마음이 답답하옵니다."

51 공은 딸의 하얀 손을 잡고 아름다운 머릿결을 어루만지며 한참을 보다가 눈썹을 찡그리고 말하였다.

"집안에 바라지 않는 사람들이 모여 어머님의 지혜를 가리고 한바탕 풍파를 일으켰구나."

소저는 매미 같은 이마¹⁴²⁾를 낮추고 옥같이 낭랑한 목소리로 공손히 대답하였다.

"성인도 다가오는 액운은 피하지 못하는 법입니다. 모든 일은 하늘에 붙일 뿐이오니 아버님께서는 염려하지 마십시오. 그러나 지란 남매로 인해 웃어른들을 오래 뵙지 못했으니 실로 민망하옵니다."

공은 딸아이의 효성스러움이 일마다 이러함을 더욱 사랑하고 중히 여겨 얼굴을 마주 하고 사랑함을 금치 못하다가 어서 자라고 이른 후 밖으로 나왔다. 지란 남매가 일으킬 흉악한 변고가 집안과 나라를 어지럽힐 것을 생각하면 마음이 서늘하고 뼈가 떨리나 어떻게 물리쳐야 할지 방도를 알 수 없었다.

이때 지란은 오래 엎드려 있자니 답답하였으나 학사와 희필 공자를 눈이 저리도록 보고 있었다. 그러다 두 사람은 공을 모시고 바깥채로 나가고 사인과 한림은 부인이 앉은 자리 아래에서 조용히 모시고 앉아 말씀을

---

142) 매미 ~ 이마 : {진슈(螓首)}. '진수'란 매미같이 넓고 아름다운 여자의 이마를 가리킴.

나누고 있었다. 이들이 부인께 임씨 부중에 가서 본 희광의 공부에 대해
말하였다.

"창흥은 그 누구보다 뛰어나 천고에 드문 기남자라 할 수 있습니다. 그
집이 지금까지 여러 성인을 내신 것은 예악과 문물[143]을 밝히려 하신
것임을 알 수 있었습니다. 재홍은 대단한 도덕과 글재주를 겸비한 인
재로 이단을 배척하고 선비들을 세워 명나라 황실을 크게 보좌할 뛰어
난 인물이며, 부마의 장자 천흥은 재홍과 같은 부류나 재홍만큼 너르고
한없이 맑고 좋은 데까지는 미치지 못합니다. 하지만 지금 선비들 중
에는 첫째가는 자리에 있음을 알 수 있었습니다."

이 말을 들은 부인은 감탄하며 말하였다.

"창흥 한 사람도 희한한데 여러 자녀가 창흥과 같은 부류니 이는 완전
히 성현공 부자의 지대한 성덕을 하늘에서 갚으시는 것이로구나. 성염
이가 초왕 부부 같은 시부모와 창흥 같은 현인을 만났으니 그 때를 얻
은 것이라 할 수 있지만 아마 내 집의 요사한 사람들로 말미암아 환란
을 겪지 않을까 걱정이구나."

사인은 좋은 말로 어머니의 걱정을 위로하였다.

이때 지란은 허무하고 겸연쩍어 난간으로 내려가다가 몸이 둔하여 마
룻바닥에 빠지면서 그와 함께 거꾸러져 옆으로 자빠졌다. 그 소리가 벼락
이 울리듯 사나워 한림 등이 대경실색하며 뒤쪽 창을 열고 시비를 불러
불을 밝히고 보라고 하였다. 부인이 한림의 옷을 붙잡고 말리며 말하였
다.

---

143) 예악과 문물 : {사문(斯文)}. '사문'이란 예악교화(禮樂敎化)와 전장제도(典章制度), 즉 제도와
    문물을 의미함. 특수하게는 문학, 문인, 선비를 가리킴.

"이 사람이 도적인 것도 아니니 구태여 그럴 필요 없다. 그렇다고 시비
도 아니니 너희들은 요란하게 굴지 말고 스스로 돌아가기를 기다리거
라."

55 사인 등은 사태를 밝혀 집안에 두지 않고자 하다가 모친의 가르침을
듣고는 뒤쪽 창을 단단히 닫고 잠잠히 하였다. 그러자 지란이 겨우 떨치
고 일어났으나 아득한 누각 난간에 육중한 몸이 나무 조각을 안고 자빠지
고 나니 허리와 짧은 다리는 다 부러졌고 흉악하고 못생긴 얼굴은 깨어져
피가 흘렀다. 운신을 못하고 하염없이 아프다고 부르짖다가 엎드려 겨우
진정한 후 돌아가려 하였으나 마음대로 행보를 옮기지 못하고 더듬더듬
기었다. 그러나 목부인 침소로 간다는 것이 날이 어두운 탓에 외당으로
왕래하는 쪽문을 향해 기어가고 말았다. 그때 외당에서 시중드는 서동이
56 공의 명으로 사인을 불렀다. 사인이 내당을 향해 오다가 어두운 데서 지
란이 기어오는 형상을 보고는 그 모습이 너무 흉악하여 크게 놀라서 소리
를 질렀다.

"으악, 저것이 무엇이냐? 사람도 아니요, 개도 아니구나. 대단히 수상
한 것이로다."

이때 마침 목부인의 시비가 측간에 갔다 돌아오는 길에 역시 그 소리에
놀라서 나와 보았다. 내당 시비야 황혼이든 칠흑 같은 밤이든 목지란 같
은 흉측한 인물을 어찌 몰라보겠는가? 너무 깜짝 놀라 황급히 목지란을
껴안고 목부인 침소로 돌아왔다. 다 와서는 그 둔탁한 장신을 가누지 못
57 하여 소리를 지르니 목부인이 달려 나와 이 모습을 보고 심신이 놀라서
자빠질 듯하여 황급히 지란을 붙들고 숨찬 소리로 말하였다.

"이것이 어찌된 일이냐?"

그러고는 지란을 끌고 침소로 가보니 흉한 얼굴에는 곳곳에 피가 맺혀 엉기었으며 허리가 구부러지고 팔이 다 부러져 한 번 자리에 자빠진 후에는 다시 운신을 못하였다. 목씨는 가슴이 타는 듯하여 울면서 어루만지며 깨어진 데마다 약을 바르고 싸매었다. 그 높은 뒤쪽 난간에서 떨어졌으니 어리석고 둔한 커다란 몸에 어디 성한 곳이 있겠는가? 이렇듯 몸을 움직이지 못하니 하늘이 지은 재앙은 어떻게 피할 수 있다 하여도 스스로 지은 재앙은 어찌 면하겠는가?[144]

설씨 집안의 남녀노소는 지란의 예측 불가능한 행사를 꿰뚫고 있었으나 모르는 체하였다. 목씨 역시 지란의 소행에 크게 놀랐으나 집안사람들이 모르는가 싶어 다행히 여겼다. 지란은 약한 체질에 감기가 걸려 몸이 불편하다 말하고 이불을 덮어 눕히고 상처를 조섭시켰다. 수십 일 후 쾌차하고 일어나 나와 예전같이 쏘다니며 설소저의 동정을 살피다가 전생의 원수같이 이를 갈고 어금니를 깨물며 증오하니 슬프구나! 천고에 다시 없는 귀한 가문의 자녀 설소저의 환란이 이로부터 생겨날 것이니 어느 지경에서 그칠 것인가? 마지막을 분석하라.

이때 임씨 집안은 번화함과 부귀가 넘치고 자손이 창성하여 남자는 장가가고 여자는 시집가서 넓은 집안이 좁을 정도였다. 더러는 아들 며느리의 처소를 숙렬궁에 정하였으나 그것으로도 부족하여 이날 숙렬궁 뒷담을 헐고 채색 담을 관청까지 연결하였다. 정전(政殿)에서부터 '륜' 자로 된 당이 여덟 개가 있는데 봉륜당, 한륜당, 명륜당, 채륜당, 옥륜당, 홍륜당,

---

144) 하늘이 ~ 면하겠는가 : {텬쟉얼[天作孽]은 유가위[猶可違]여니와 주쟉얼[自作孽]은 엇지 면하리오}. 『맹자(孟子)』 「공손추(公孫丑)」 상(上)에 나오는 말로 본래는 『상서(尙書)』 「태갑(太甲)」 편의 한 구절임. 원문은 "하늘이 지은 재앙은 그래도 피할 수 있으나, 스스로 지은 재앙은 살아날 수 없다[天作孽, 猶可違, 自作孽, 不可活]."임.

성륜당, 계륜당이 그것이었다. 이곳 여덟 당에는 여덟 며느리들이 살게 하고 뒤로는 초왕의 다섯 딸의 처소를 차례로 두어 영월각, 월하각, 월휘각이라 하였으며 태자소부(太子少傅)[145]의 세 딸의 처소는 영빈당, 영일루, 영화루로 정하고 당마다 별당을 두었다. 그리고 차차 낮은 당을 두어 운신하기에 넉넉하게 하였다.

뒤로는 암석 하나가 대나무 숲 사이에 박혀 있었는데 천길 높이의 나무들이 빽빽이 들어차 다니는 사람이 없었다. 암석 사이에서 뿜어 나오는 물은 긴 무지개와 흰 용이 굽이진 듯 한 줄기 푸른 하천으로 흘렀으며, 은은한 맑은 물은 남강으로 이어져 사람이 한 번 보면 가슴속이 시원하여 속세를 벗어난 듯하였고, 높고 험준한 봉우리를 돌아 흘러가면 곳곳에 암석이 솟아 하늘을 향해 박혀 있었다. 그 빛은 화씨벽(和氏璧)[146]의 빛을 깔보고 그 정기는 위혜왕(魏惠王)의 열두 수레를 비추는 구슬[147]을 깔볼 만

---

145) 태자소부(太子少傅) : 임희린의 셋째 아우인 임유린을 가리킴.
146) 화씨벽(和氏璧) : 『한비자(韓非子)』에 나오는 고사로, 초나라 사람 화씨가 초산에서 옥 덩어리를 얻었기에 여왕(厲王)에게 봉헌하였으나, 그것을 감정한 옥장이가 돌이라고 하여 왕이 화씨의 왼쪽 발꿈치를 자름. 여왕이 죽고 무왕(武王)이 즉위해서 화씨가 또 그 옥 덩이를 무왕에게 봉헌하였으나 역시 옥장이가 그것을 돌이라 하자 무왕이 화씨의 오른쪽 발꿈치를 자름. 문왕(楚文王)이 즉위했을 때 화씨가 박을 안고 산에 가서 삼일 밤낮을 대성통곡 하자 문왕이 듣고 기이하게 생각하여 사람을 보내서 "천하에 다리 두 개가 잘린 사람도 많은데, 너는 왜 이렇게 슬프게 우느냐"고 물어보니 화씨는 "나는 다리 두 개가 잘린 것을 슬퍼해서 우는 것은 아니다. 나는 옥석을 돌이라고 얘기해서 슬픈 것이고, 충정 있는 사람이 사기꾼으로 몰리는 것이 슬픈 것이다."라고 대답함. 문왕이 옥 장인에게 명을 내려 박을 쪼개보도록 하니 과연 박안에는 보옥이 있어 이로 인하여 이 옥을 '화씨벽'이라 함.
147) 위혜왕(魏惠王)의 ~ 구슬 : 전국시대 제위왕(齊威王)과 위혜왕(魏惠王)에 얽힌 고사에 나오는 말. 위혜왕은 "저의 나라가 비록 작기는 하지만 그래도 수레 12대의 전후를 각기 비출 수 있는 직경 한 치 되는 구슬이 열 개가 있는데 어찌 대국인 제나라에 보물이 없겠습니까?" 하고 물음. 그러자 제위왕은 "내가 보배로 삼는 바는 대왕과는 좀 다릅니다. 내 신하 가운데 단자(檀子)란 자가 있는데 그가 남쪽 성을 지키면 초(楚)나라가 감히 넘보지 못하며, 전분(田盼)이란 자가 고당(高唐)지방을 지키면 조(趙)나라 사람이 우리 국경을 넘어와 고기잡이를 하지 못하며, 검부(黔夫)란 자가 서주(徐州)를 지키면 연(燕)나라 사람들이 자기 나라를 침범하지 말아 달라며 제사를 지내니, 이런 사람들이 우리나라의 보배라고 할 수 있지요."라고 말함.

했다. 그 아래에는 신령하고 보배로운 기운이 어려 있는데 상서로운 기운이 가득 넘쳐 은은하게 빛나고, 그 위는 유리를 밀은 듯 평탄하여 10리를 잇도록 수정을 깎은 듯하였다. 바위를 지나고 산을 지나 하늘로 이어진 층층 바위와 험한 봉우리, 돌로 된 언덕을 잠깐 지나치면 좌우로 금수 같은 푸른 산이 둘러싸고 있어 겹겹이 쌓인 바위 골짜기와 깎아 세운 듯한 푸른 절벽은 10리에 걸쳐 펼쳐 있고 층암절벽에는 천 년 묵은 오래된 소나무와 백 년 된 푸른 대나무가 빽빽하였다. 늙은 소나무는 봄바람에 부드럽게 춤을 추고 온갖 꽃은 무성한데 난새와 봉황은 기묘하고 아름다워 청아한 소리가 섞어 도는 듯하며 집에 핀 향기로운 풀은 곳곳에서 요동하였다.

62

숙렬궁에 거처를 정하고 각각 현판(懸板) 쓰기를 마친 후 정원 안에서 봄 경치를 즐겼다. 전에는 닫아놓았던 집이라 때때로 와서 놀기는 했으나 이처럼 기이하고 심오한 줄은 미처 다 살피지 못하였는데 오늘 와 보니 산 빛과 물 빛이 끝이 없어 눈을 드는 곳마다 몸과 마음이 상쾌하였다. 마치 아득히 나부끼며 높은 하늘로 날아오를 듯, 상계(上界)[148]와 금원(禁苑)[149]을 다시 본 듯, 푸른 산은 팔문(八門)[150]의 만 갈래 석양을 머금은 채 하늘에 뜬 태양의 혼백을 휘감아 푸른 담쟁이를 휘어잡고 위로 올라가는 듯하였다. 은하수 골짜기가 눈앞에 펼쳐져 높고 밝게 굽어보는데 시야가 탁 트여 비단 같은 마당에는 꽃 수풀이 보이지 않는 곳이 없었다. 시절

63

---

148) 상계(上界) : {상셔}. 한국학중앙연구원 39권본에 '상계(上界)'로 되어 있어 이를 참조함. '상계' 는 '천상계'를 말함.
149) 금원(禁苑) : '금원'이란 궁궐 안에 있는 후원을 가리킴.
150) 팔문(八門) : 술가(術家)에서 구궁(九宮)에 맞추어서 길흉(吉凶)을 점치는 여덟 문(門). 곧, 휴문(休門), 생문(生門), 상문(傷門), 두문(杜門), 경문(景門), 사문(死門), 경문(驚門), 개문(開門)을 가리킴.

은 태평성대라 한가한 백성들은 큰 거리에서 격양가(擊壤歌)151)를 즐겨 부르고, 오릉(五陵)의 젊은이들152)은 술을 이끌고 옥을 울리며 앞서기를 사양하였으며, 이백(李白)153)의 허랑함과 두목지(杜牧之)154)의 호방함을 가진 자는 술집에서 취하여 여자의 가느다란 허리와 아름다운 얼굴155)을 희롱하고, 공자나 왕손은 맑은 노래와 아름다운 춤으로 기쁘고 성대하게 즐겼다.

64   태자소부 임유린은 이미 성리(性理)를 터득하여 터럭만큼도 효도에 어긋나는 바가 없는 탓에 사람들이 이처럼 술에 취하여 정신을 못 차리는 것은 기쁘지 않았으나 태평한 기상을 보니 마음이 즐거워 산 위로 올라갔다. 크고 너른 집에는 붉은 기와가 별처럼 늘어서 있고 곳간에는 쌀과 비단이 어지러울 만큼 가득하며 마당에는 꽃 그림자가 메우고 있었다. 붉은 칠을 한 대문은 갓 씻은 달이 가린 듯 눈부시게 빛나고 기이한 짐승들은 계단 앞이 환한 듯 나무그늘을 다투어 넘나들었다. 빛나는 별과 같은 붉은 꽃은 앞뒤를 둘러싸고 있고 흐르는 별과 같은 맑은 이슬은 안팎으로 가득하니 실로 인간 세상이 아니라 천상 백옥루에 오른 것이나 다름없었다. 태자소부는 칭찬하며 말하였다.

65   "좋구나. 우리 형님이 비록 세상 일에 분주하시나 이렇듯 아름다운 별

---

151) 격양가(擊壤歌) : 옛날 중국 요(堯) 임금 때 늙은 농부가 땅을 치면서 천하가 태평한 것을 노래한 데서 온 말로 태평성대라는 뜻.

152) 오릉(五陵)의 젊은이들 : {오릉년쇼[五陵年少]}. 이는 백거이(白居易)의 「비파행(琵琶行)」에 나오는 "오릉의 젊은이들 다투어 선물을 주어[五陵年少爭纏頭]"라는 구절에서 따온 것임.

153) 이백(李白) : 당(唐) 나라 때의 대시인. 자(字)는 태백(太白). 두보(杜甫)와 함께 시종(詩宗)으로 존앙 받음. 『이태백집(李太白集)』30권이 있음.

154) 두목지(杜牧之) : 중국 만당전기(晚唐前期)의 시인인 두목(杜牧)을 가리킴. 자 목지(牧之), 호 번천(樊川). 경조부 만년현(京兆府 萬年縣) : 陝西省 西安市) 출생. 이상은(李商隱)과 더불어 이두(李杜)로 불리며, 또 작품이 두보(杜甫)와 비슷하다 하여 소두(小杜)로 불림.

155) 여자의 ~ 얼굴 : {쵸요월안[楚腰月顏]}. '초요'는 여자의 가느다란 허리란 뜻으로 초(楚)나라 영왕(靈王)이 가는 허리의 미인을 좋아했다는 옛일에서 온 말. '월안'은 '달처럼 해맑은 얼굴'을 뜻함.

천지를 두고 계시니 한 번 부귀를 떠나기로 작정하고 이 산 중에 누우시면 한대(漢代)의 맑은 바람156)과 기산(箕山)의 영수(潁水)157)에서 즐기더라도 이보다 더하지는 못할 것이다. 우리 형님의 뒤를 좇아 나 또한 한가한 백성이 되리라. 이 앞의 수풀을 헤치고 초가 하나를 지어 이곳에 거처하며 속에 품었던 반생의 슬픈 소원을 씻고 맑은 뜻을 거두어 여러 조카들을 가르치는 것이 나와 우리 형님의 지극한 정성과 염려에 보답하는 도리일 것이다.”

이렇게 생각하며 날이 저물도록 돌아다니다 석양이 질 무렵 집으로 돌아오니 온 집안 식구들이 취성전에 모여 있었다. 태부인이 태자소부를 돌아보며 말하였다.

“평생 죽당에 잠겨 할미 보기도 자주 안 하더니 오늘은 어디를 다녀오느라 종일 식사도 안 찾는 것이냐?”

태자소부는 할머님의 물음에 땅에 엎드려 절하고 이렇게 대답하였다.

“근래 저를 나라에서 부르시므로 집을 떠나 떠돌고 있다고 상께 아뢴 터라 자연히 숨어 있는 사람의 자취가 번거하면 안 될 듯하여 매화와

---

156) 한대(漢代)의 ~ 바람 : {한디쳥풍[漢代淸風]}. 한 나라 시절에 살았던 엄광(嚴光)에 얽힌 일을 말함. 엄광은 다른 이름이 준(遵)이고 자(字)가 자릉(子陵)이라 엄자릉(嚴子陵) 또는 줄여서 엄릉(嚴陵)이라 불림. 어릴 적 후한의 광무제(光武帝) 유수(劉秀)와 함께 뛰놀며 공부한 사이였는데 광무제가 왕망(王莽)의 신(新)나라를 제압하고 제위에 오르자 모습을 감춤. 광무제가 사람을 시켜 찾아보게 했더니 “양가죽 옷을 입고 못에서 낚시하고 있다[披羊裘, 釣澤中].”고 하여 세 번이나 사람을 보내 그를 조정으로 불러들였으나 광무제가 그에게 간의대부(諫議大夫)의 벼슬을 내리자 엄광은 벼슬을 받지 않고 부춘산(富春山)으로 들어가 몸을 숨김. 「동관관기(東觀漢記)」의 기록을 보면, “광무제와 엄자릉의 친분은 오래되었는데 광무제가 왕위에 오르자 그가 보고 싶어졌다. 엄릉은 고정산(孤亭山)에 은거하여 고기 낚는 일을 업으로 삼았는데 사방으로 수소문한 끝에 그를 찾았다. 광무제가 삼공에 봉하려했으나 엄자릉은 받지 않았다[光武帝與子陵友舊, 及登位望之, 陵隱于孤亭山垂釣爲業, 訪得之, 子陵不受封].”고 되어 있음. 여기서 ‘한대의 맑은 바람’이란 엄자릉의 한가로운 처지를 비유한 말로 쓰임.
157) 기산(箕山)의 영수(潁水) : 요(堯) 임금 때 은자(隱者)인 허유(許由)·소부(巢父)가 임금 되기를 꺼려 숨어 살았던 곳을 말함.

대나무 사이에 깊이 들어 있었습니다. 그런데 오늘은 숙렬궁을 보수하
느라 집을 고치고 부수는데다 뒤로 취운산(翠雲山) 내룡(來龍)158)이 숙
렬궁 안에서 신선이 되기에 그 지세가 하도 특이한지라 두루 산세를
돌아보느라 날이 저무는 것을 잊었습니다."

태부인은 고개를 끄덕였다. 그러자 공과 선생이 놀라 물었다.

"우리 원내의 빈 처소라 여겨 눈길을 두지 않았더니 네 말과 같다면 이
곳 취별산은 특별한 산으로 풍경과 산세가 구의산(九疑山)159)이나 천태
봉(天台峰)160)보다 더하겠구나. 우리가 살고 있는 집은 국초에 형안공
주께서 사시던 궁이었다. 고황제께서 이 곳 풍경이 뛰어나다 하시어
이곳에 궁을 세우셨는데 호유용(胡惟庸)161)이 패하자 이선장(李善長)이
호유용과 함께 절하는 것을 보고 깨달으시어 이선장을 폐하고 공주를
다른 데로 옮기시고 우리가 사는 이 집은 비워 두고 계셨다. 그러다 영
락황제 초에 성상께서 우리 형제에게 이 집을 내리시고 뒤이어 효장궁
을 세우셨는데 주씨 며늘아기의 공이 사기(史記)162)에 기록할 만하다
하시고 우선 남정궁을 지어 내려주시니 모든 일에 천은이 과분하였다.
주씨 며늘아기가 이런 일을 부끄러운 것으로 알기에 나 또한 한 번도
와보지 않았는데 오늘 이 아이가 곳곳을 살펴보았구나."

---

158) 내룡(來龍) : 풍수지리학에서 쓰는 말로, 종산(宗山)에서 내려온 산줄기를 뜻함. 흔히 묘(墓)의
뒷산을 두고 이르는데 이와 같은 형세의 묘터는 용맥(龍脈)의 정기가 모인 자리라고 하여 최고
의 묏자리라고 함.
159) 구의산(九疑山) : 중국 호남성(湖南省) 영원현(寧遠縣)의 동남쪽에 있는 산으로 순(舜) 임금이
남방을 순행하다가 붕어(崩御)하였던 곳. 본래 이름은 창오산(蒼梧山)임.
160) 천태봉(天台峰) : 중국 중앙부 양쯔강 하류의 안휘성(安徽省)에 있는 봉우리로, 해발 높이가
1325m이며 봉우리에는 저명한 지장사(地藏寺)가 있음.
161) 호유용(胡惟庸) : {쵸유용}. 문맥상 '호유용(胡惟庸)'으로 보임. 중국 명(明)나라 초기의 관리로
좌승상(左丞相)을 지내며 황제의 신임을 얻어 권세를 휘둘렀으나 승상 이선장(李善長)과 결탁
하여 반란을 일으키려다 발각되어 처형됨.
162) 사기(史記) : {죽빅[竹帛]}. '죽백'이란 '서적(書籍)'이나 '사기(史記)'를 달리 이르는 말.

태자소부는 무릎을 꿇고 앉아 취운산의 기이한 경개를 두루 말하였다. 선생은 얼굴에 즐거운 기운이 무르녹아 이렇게 말하였다.

"조카의 말을 들으니 이 숙부는 양 날개로 높이 날아오를 듯 흥이 마구 솟아나는구나!"

태자소부가 다시 아뢰었다.

"이곳이 경치가 뛰어날 뿐 아니라 취운산 선봉이 뒤로 이어져 몇 걸음만 가면 이러저러한 별건곤(別乾坤)이 천연으로 이뤄져있습니다. 이곳은 인가와는 완전히 달라 화를 피할 만한 곳이오니 그 안을 보수한 후 외부인에게 말하지 말고 집을 곳곳에 두면 쓸 곳이 있을 것입니다. 저는 봉우리 앞에 초가를 짓고 뒤를 통해 거처하여 거취를 이었으면 합니다."

선생은 고개를 끄덕이며 칭찬하였다.

"앞일을 생각하는 조카의 생각이 깊고 뜻이 아름다우니 우리 가문에 경사로구나."

상국은 숙부와 조카 간의 문답을 듣고 즐거운 마음에 이렇게 말하였다.

"숙렬궁을 청소하고 집과 정원과 숲은 네가 맡아 여러 아이들을 거느리고 학문을 권하며 깊숙하고 그윽한 곳에 집을 지어 두어 훗날 쓸 곳이 있게 하여라."

태자소부는 공손히 명을 받들었다. 초왕은 부모님을 뵈러 왔다가 태자소부의 생각이 깊은 것을 보고 크게 기뻐하며 함께 백일정에 나와 날개라도 편 듯이 자리를 이루었다. 태자소부는 취운산 안으로 펼쳐진 기이한 장관을 다시 말하고 초왕을 향해 말하였다.

"만수헌과 태평전의 어필(御筆) 현판이 분수에 넘치니 그 곳은 굳게 잠

그고 태원전과 박춘전을 보수하여 때때로 계시면서 왕래하실 때나 형

님께서 아우들과 함께 담화하실 때 쓰는 것이 좋겠습니다."

초왕이 고개를 끄덕이며 그 말이 마땅하다 말하였다. 그러자 부마가

웃으며 말하였다.

"아우가 아마 풍수를 이곳으로 옮기고 중요한 모꼬지[163]를 열고자 하

는 것일 테지."

태자소부가 웃으며 대답하였다.

"둘째 형님 말씀이 제 마음과 꼭 맞아떨어집니다. 이 아우는 형님께서

이렇듯 알아주시니 감사할 따름입니다."

초왕은 두 아우의 농담에 한술 보태어 말하였다.

"너희는 서로 지기(知己)라고 말하지만 너희 두 사람이 각각 속내를 감

추었으니 내가 말하마. 셋째는 분명 제수씨를 이곳으로 옮기고 요긴하

게 즐기고자 하는 뜻이 있어 이렇게 말하는 것이다."

태자소부가 말하였다.

"형님 말씀이 밝으시니 저는 그저 공경하는 마음으로 형님의 현명한

의견에 항복하겠습니다."

부마는 웃으며 그렇지 않다고 하니 이는 이른바 형제끼리 우애 있다 하

는 바로 그 모습이었다. 방 안에는 따뜻한 기운이 가득하였다. 창흥 공자

가 아버지와 숙부의 즐거워하는 얼굴을 보고 자기 또한 즐거워하며 말하

였다.

"제가 내일 막내 숙부를 뵙고 취운산 안팎을 구경하여 취별산까지 보

고자 합니다."

---

163) 모꼬지 : 놀이나 잔치 또는 그 밖의 일로 여러 사람이 모이는 일을 가리키는 순우리말.

태자소부가 웃으며 말하였다.

"너처럼 어린아이가 높은 계단을 어떻게 오르겠느냐? 어리석은 소리
마라."

공자가 미소 지으며 대답하였다.

"내일 제가 기운을 쓰는 모습을 보시면 아실 것입니다."

태자소부가 손을 저으며 망령되다고 꾸짖었다.

이때 시간은 황혼 무렵이었다. 초왕이 두 아우와 함께 저녁 문안을 드
리러 일어서니 공자가 바로 앞에서 힘차게 달려 나가 숙렬궁으로 가서 바
위를 지나쳐 취운산 봉우리를 한숨에 뛰어 올라갔다. 달빛을 띠어 험준한
높은 산과 깎아지른 듯한 봉우리를 평지같이 돌아다니며 동으로 곤륜봉
(昆侖峰)[164]을 지척같이 보고 남으로는 구의산을 곁에서 보는 듯 달려 올
라가며 부채를 들어 암석을 두드리면서 말하였다.

"이곳은 땅이 참 좋구나. 이러하니 막내 숙부께서 어찌 은거하고자 하
지 않으시겠는가?"

이렇듯 말하는 소리가 명랑하여 구름 낀 하늘에까지 사무쳤다. 공자는
한가지로 휘어잡고 층층한 높은 봉우리와 험한 고개를 평지같이 왔다 갔
다 하다가 돌아오는 것을 잊었다.

이때 임공은 창흥이 오래도록 밖으로 나오지 않는 것을 이상하게 여기
고 시녀로 하여금 불러오게 하였으나 각 당 어디에도 없었다. 공이 놀라
서 오운전으로 나와 서동 4, 5인에게 명하여 공자를 두루 찾게 하였으나
기척이 없었다. 공이 크게 놀라 태자소부에게 창흥을 찾고 있다 말하니

---

164) 곤륜봉(昆侖峰) : {골농봉}. 이는 '곤륜봉'의 오기로 보임. '곤륜봉'은 중국 호남성(湖南省) 무릉
원(武陵源) 서북쪽에 있는 천자산(天子山)의 주봉으로 해발 1,262m에 달함.

초왕이 말하였다.

"분명 취운산 봉우리에 올라갔나 싶사오니 종놈을 보내어 잡아오게 하십시오."

공이 다시 놀라서 말하였다.

"그리 높은 봉우리를 달밤에 잘 올랐겠느냐?"

초왕이 대답하였다.

"아이가 어찌나 도량이 큰지 그만한 곳은 칠흑 같은 밤이라도 오를 것입니다."

공은 그 장대한 기운을 기뻐하였으나 염려를 놓지 못하여 층계 앞에서 방황하니 왕이 민망하여 종놈을 재촉하여 보내었다. 공자는 달빛 아래로 천천히 걸어와 당 위로 올라왔다. 공이 대단히 반기며 급히 손을 잡고 웃으며 말하였다.

"이 통 큰 놈아, 깊은 밤에 어디를 그리 갔더냐?"

초왕은 낯빛을 바꾸고 냉랭하게 아무 말도 없었다. 공자는 황공하여 층계 아래로 내려가 사죄하였다.

"제가 막내 숙부 말씀을 듣고 낮에 독서가 끝난 여가에는 태왕모 슬하를 떠나지 못하는 탓에 달빛을 타서 잠깐 뵙고 왔습니다."

이렇게 말하는 것이었다.

임 씨 삼 대 록

3권

창홍 공자가 사죄하기를 마치자 초왕은 잠잠하였으나 임공은 바삐 올라오라고 하였다.

"내 아까는 봉우리에 올라간 줄 모르고 놀란 것이었다. 집안에서 달빛을 띠고 놀러간 것이 무슨 큰일이겠느냐? 빨리 올라오너라."

그래도 공자는 부왕의 엄한 얼굴이 두려워 계단 아래 엎드려 머리를 들지 못하였다. 그러자 공이 웃으며 말하였다.

"네 아비가 아무리 두렵다 하나 내 명을 거스르겠느냐? 빨리 올라오너라."

이렇듯 재촉하므로 공자가 황공한 마음에 종종걸음으로 발을 옮겨 당에 오르니 공이 어루만지며 은근히 사랑하는 모습이 만물 가운데에 비교할 데가 없었다. 공이 이 손자를 귀애하는 것은 다른 사람에 비할 수 없었다.

"오늘은 서당에 가지 말고 내 곁에서 자자."

임공은 이렇게 말하고 나서 창홍을 데리고 오운전으로 가 곁에 눕히고 어루만지며 잠이 들었다. 초왕은 그 아버지가 창홍을 사랑하는 것이 자기보다 더한 것을 새삼 깨닫고 종전처럼 큰 소리로 일곱 아들을 꾸짖지 않으니 효자가 어버이의 뜻을 어떻게 좇는지 알 수 있었다.

다음날부터 태자소부는 집 짓는 데 쓰는 돌, 기와, 흙 따위를 준비하여 취운산 봉우리 아래에 청심루를 높이 세우고 봉우리 뒤를 돌아 춘풍헌, 소양각, 완월루, 망류대를 세웠다. 집이 장려하거나 화려하진 않았으나 높고 기묘하여 망류대에 오르면 3대 강과 5대 호수를 손금 보듯 볼 수 있게 했으니 멀리서 어렴풋이 보면 구름 속 같았다. 역사(役事)를 맡아 봉우리 아래에 4~5칸의 초가를 정성들여 짓고 이름을 청심루라 하였다. 취운산 뒤에는 천 길이나 하는 굴 하나가 있고 앞으로는 큰물이 가로 막혀 있는데 서하(西河)를 통하여 산 뒤로 큰 바위 병풍을 두른 듯 밖에서 보면 앞이 깎은 듯하였으나 안으로 들어가려 하면 청심루 뒤로 병목같이 아주 좁은 길이 있었다. 한참을 걸어 들어가 덤불숲을 30~40리쯤 지나면 별세계가 펼쳐졌다. 지리를 잡아 집을 지으려 하니 '절효조은곡(節孝朝隱谷)' 다섯 자가 암석에 뚜렷하였다. 태자소부가 크게 기뻐하며 평안한 곳을 가려 집을 세우면서 바깥사람은 그 속을 알지 못하도록 하였다. 그의 맑은 눈으로 깊숙한 곳에 집을 지어 임씨 부중의 여러 소저들이 이곳에서 화를 피하여 목숨을 보전하였으니 이 또한 하늘의 뜻이었다. 역사를 마친 후 집마다 현판에 이름을 쓰고 돌아와 부모님을 뵈었다.

이 날 태자소부는 종고(鐘鼓) 소리를 듣고 조은곡으로 돌아와 바위 위를 배회하며 가사(歌詞)를 읊고 경치를 구경하였다. 어느덧 남쪽 달은 어슴푸레 서쪽 고개에 걸리고 아침 해는 희미하게 부상(扶桑)[165]을 엿보고자 하니 새벽빛이 바야흐로 한창이었다. 조은곡 경치가 더욱 보암직하여 석굴과 봉우리에서는 온갖 신기한 새들이 울어 10리 밖까지 정교한 생황 연주가 울려 퍼지는 듯하니 그 신비함이 별천지 같았다. 태자소부가 한없이 즐기다가 새로 지은 집으로 돌아와 당마다 자물쇠로 잠그고 자취도 없이 나오니 아무도 알지 못하였다.

역사를 모두 마치자 태부인이 여러 며느리들을 거느리고 숙렬궁을 향하였다. 상국 형제가 태부인을 옥교(玉轎)에 모시고 직접 그 곁을 따라갔으며 부마와 태자소부 등은 앞쪽 채를 붙들고 걸어갔다. 여러 부인네들은 소교(小轎)를 타고 뒤를 좇았으나 효장공주는 미처 그런 사실을 모르다가

---

165) 부상(扶桑) : 중국 전설에서, 동쪽 바다 속에 해가 뜨는 곳에 있다는 나무를 말함.

천흥이 바삐 알려주어 대충 짐을 챙겨 뒤를 따랐다. 취운산 망륜대에 이르기까지 태부인이 탄 가마는 층층 암석을 지나왔으나 초왕의 세 형제가 평지같이 모셨다. 태부인을 망륜대에 모신 후 초왕과 소부는 여러 부인들의 가마를 붙들었고 부마는 위부인의 가마를 직접 모셨으며 창흥 공자와 천흥 공자는 각각 자기 어머니가 탄 가마의 채를 붙들어 평지같이 모셨으니 참으로 기특하였다.

7   아버지와 아들, 숙부와 조카가 태부인을 붙들고 높은 보루에 올라 산천의 경치를 낱낱이 고하며 팔방을 활짝 열어젖히고 막힌 데 없이 두루 구경하시게 했다. 태부인이 여러 며느리들을 거느리고 두루 살피는데 천지가 처음 열리며 별유천지를 내었으니 집터 뒤에 신령한 산이 하나 있어 이름 하기를 취운산이라 하였다. 좌우로 울창한 소나무는 푸른 병풍을 두른 듯하고 은 같은 바위는 광릉(廣陵)166) 땅의 보배로운 거울을 닦은 듯하여 앞뒤로 맑은 시내와 푸른 하늘, 푸른 대나무와 울창한 소나무가 울타리가 되었으니 그 아름다운 절경은 사시사철 변하지 않았다.

8   상국 형제는 태자소부의 재주와 맑은 마음을 평소에도 잘 알고 있었을 뿐 아니라 자신들이 가르치던 바에 부합하였으므로, 선생은 부모님을 모시고 난 여가에 이곳에 지내려 했으며 공은 임금을 섬긴 여가에는 이곳을 떠날 생각이 없어 이름 하길 정심헌이라 하였다. 오른 편에 석가산(石假山)167)을 만들어 층층한 바위 뒤로 맑은 물이 푸른 절벽에 잔잔히 흐르도록 한 후 태부인을 모시고 가서 보시게 하거나 선생과 나란히 넓은 산을 한가히 산보하기도 하였다. 정원에는 온갖 꽃이 잔뜩 피어 배꽃 향은 향

---

166) 광릉(廣陵) : 서주(徐州)에 속하는 군의 명칭. 11개의 현(縣)을 관할하였는데 수부(首府)의 소재지는 광릉현(廣陵縣)이며 현재의 강소성(江蘇省) 양주(揚州) 북쪽에 위치해 있음.
167) 석가산(石假山) : 뜰 같은 데에 돌을 쌓아올려 만든 산을 말함.

기롭고 온 산에 가득한 붉은 꽃 위에는 구름이 덮여 있었다. 깊고 높은 골짜기는 하늘을 찌를 듯하고 둘레가 한없이 넓어 기이한 화초와 바위, 나무가 하늘까지 닿아 있었다. 산천이 수려하여 온갖 아름다운 경치와 기맥이 아름다우니 가히 큰 현인이 인간으로 태어나고 군자가 거처로 정할 만한 곳이었다. 공이 선생을 돌아보며 말하였다.

"아우야, 이 형이 며느리의 목숨을 보전하여 오늘이 있을 줄 어찌 알았겠느냐?"

선생은 한편으로는 탄식하고 한편으로는 웃으면서 태부인을 모시고 한가히 이곳저곳을 돌아다녔다. 눈이 닿는 족족 난새나 봉황, 초승달 같은 자손들이 늘어서서 쌍쌍이 어머니 치마폭에 쌓여 있는데 풀머리168)가 이마를 덮고 있었다. 새벽별 같은 눈으로 주위를 둘러보고 옥 젓가락 같은 손가락으로 가리키면서 아직 변변치 못한 말로 절묘하게 뛰는 모습이 너무나 기특하였다. 그 자리에 있던 사람들이 서로 아이들을 곁으로 이끌어 사랑하는 모습은 뼈가 무르녹아도 깨닫지 못할 듯하였다. 창흥 등 여러 공자들이 들어오니 그 하나하나가 기린이나 봉황의 새끼169) 아니면 용이나 호랑이의 자손170)이었다. 이렇듯 두루 보고 즐기며 즐거움이 끝이 없으니 음녀가 몰래 보고 있는 것을 어찌 알 수 있었겠는가?

이곳은 광활하여 설씨 부중의 후원과 연결되어 있었다. 마침 지란은 괜스레 흥에 겨운 것을 못 이겨 울화가 크게 치밀어 올라 누웠다 일어났다 하고 있었다. 그러다가 지란은 높은 곳에나 올라 두루 보면 옥 같은 남

168) 풀머리 : 머리털을 땋거나 걷어 올리지 아니하고 풀어 헤친 것, 또는 그런 머리 모양을 말함.
169) 기린이나 ~ 새끼 : {닌ᄋ 봉츄[麟兒鳳雛]}. '인아'는 '기린아(麒麟兒)'의 준말로 지혜나 재주가 뛰어난 사람을 비유한 말이며 '봉추'란 '봉황의 새끼'란 뜻으로 지략이 뛰어난 젊은이를 비유한 말임.
170) 용이나 ~ 자손 : {뇽둉호골[龍種虎骨]}. '용종'이나 '호골'은 제왕의 자손을 뜻함.

자를 구경할 수 있을까 하여 유모와 시녀들을 데리고 후원을 두루 돌며 사람의 자취를 찾았다. 문득 한 곳에 이르러 멀리 바라보니 이는 인간이 아니라 요지(瑤池)171)에 모인 신선들이었다. 넓은 청산에 높은 절벽, 층층한 붉은 난간 아래 한 노부인이 서 있는데 곁에서 모시고 있는 부인들은 비록 다 중년이나 아직 봄이 저물지 않았고 어린 소저들 또한 가득하였으나 모두 여자들이라 지란에게는 반가운 마음이 없었다.

그때 문득 4~5명의 소년들이 들어와 기러기처럼 대열을 이루고 서서 조금도 예를 잃음이 없이 뒤로 물러나 머리를 땅에 조아렸다. 앞에 선 공자는 이미 장부의 모습을 갖추고 있어 왕자의 복색을 갖춘 재상과 조금도 다르지 않았다. 소년의 나이는 10여 세였으나 이리같이 날렵한 허리에 원숭이같이 긴 팔이 뚜렷한 가운데 안색에는 온갖 아름다움이 무루녹아 사람으로 하여금 한 번 바라보면 정신이 아득해지고 기운이 오그라들게 하여 숨 돌릴 겨를도 주지 않았다. 그러다 머리에 두 개의 상투를 튼 두 아이를 보니 이 공자들은 옛날에 친히 안아 보내신 설가의 두 아이였다. 정신이 아득하여진 지란은 크게 놀라 두 눈을 다시금 씻고 정신을 모아 자세히 보았다. 한 사람은 뛰어나고 비범하며 무리 중에서 빼어나 신이한 용이 구름과 무지개를 만들고 오색 봉황이 단구(丹丘)172)에 날아오르는 것 같아 그 깨끗한 자질과 신기한 골격이 앞선 소년의 뒤를 충분히 따를 만했다. 또 한 사람은 잘생긴 풍채와 성숙한 체격이 준수하고 뛰어났으며 넓은 이마는 백옥을 깎은 듯이 아름답고 각진 턱은 흰 눈이 엉기어 진승상의 관옥(璀玉)173) 같은 풍모를 물려받은 듯했다. 푸른 눈썹과 맑은 광

---

171) 요지(瑤池) : 중국 곤륜산에 있다는 못으로 주(周)나라 목왕이 서왕모를 만났다고 하는 곳임.
172) 단구(丹丘) : 신선이 사는 곳으로 항상 밝다고 하는 곳을 말함.
173) 진승상의 관옥(璀玉) : 진승상은 한(漢)나라 고조(高祖) 때의 명재상 진평(陳平)을 말함. '관옥'

채가 밝게 빛나고 덕성과 역량까지 갖추었으니 음녀의 미친 염치에 혼백을 잃은 것도 깨닫지 못하여 속절없이 '멋지다', '훌륭하다' 감탄하며 쉴 새 없이 하는 행동거지가 모두 경망스럽고 난잡하였다. 지란의 유모 사월은 지란과 유유상종으로 타고나 천대에 비길 짝이 없을 만큼 요사하고 음란하며 간특한 사람이었다. 사월이 손가락으로 사람들을 가리키며 이렇게 말하였다.

"저 노부인은 관태부인이시고 그 분을 모신 두 어른은 태부인의 두 아들이며, 세 상공은 초왕 삼 형제이고, 선동 중 두 사람은 주숙렬 소생이며, 셋째는 효장공주의 장자입니다. 초왕의 장자를 설가와 혼인시키고 신부를 맞아 저 궁에 들인다고 저리 보수하며 구경을 한다 합니다."

지란은 유모의 말을 통해 상황을 자세히 알게 되었다. 세 선동은 기린 같은 기질과 봉황 같은 품성으로 천승국 군주의 만금처럼 애지중지하는 자손이자 공후가문과 만승의 외손이니 자기 같은 한미한 가문에서 어찌 신랑감으로 넘볼 수 있겠는가? 지란은 헛되이 바라고 서서 다리 힘이 쭉 빠지는 것도 깨닫지 못하였다. 이윽고 모두 흩어져 돌아가자 지란도 속절없이 침소로 돌아갔으나 마음에는 걱정이 가득하였다.

이럭저럭 창흥 공자의 혼례일이 다다르자 만조백관과 황친, 국척이 모두 모였다. 여노공[174]과 주상국,[175] 성추밀, 소상서[176] 등이 이르고 설태사 또한 사위의 관례를 보러 왔다. 차례로 자리를 정하고 초왕의 세 형제가 공자를 데리고 나와 좌중에게 예를 갖추게 하고 말석에 자리를 주었

14

15

은 옥의 한 종류로 진평의 용모가 매우 빼어나 관옥같이 아름답다 하여 '관옥승상(灌玉丞相)'이라는 별칭을 얻었다고 함.
174) 여노공 : 임한주의 부인 여씨의 아버지를 가리킴.
175) 주상국 : 임희린의 부인 주숙렬의 아버지인 주담을 가리킴.
176) 소상서 : 부마 임희린의 부인인 소씨의 아버지를 가리킴.

다. 설공이 보기에 겨우 10세 정도 되는 어린아이였으나 신장이 살대[177] 같이 훤칠하여 부왕과 거의 나란히 설 만하고 잘생긴 풍채와 깨끗한 기질은 청명한 가을하늘 같았다. 공손히 순종하는 예절바른 모습은 공자(孔子)의 칠십 제자의 뒤를 이어도 공문(孔文)과 도통(道統)으로 다름이 없을 듯하였다. 덕스런 기상과 오복(五福)을 다 갖춘 얼굴 생김새는 만 리를 다스리는 제후처럼 어려울 때는 장군이 되고 평화로울 때에는 재상이 되어 위엄을 나라 안에 떨치고 덕을 만방에 드리워 얼굴을 인각(麟閣)에 그리고 이름을 역사에 길이 빛내 만세에 사라지지 않을 것임을 알 수 있었다. 온 좌석의 사람들이 일제히 소리 높여 칭찬하며 아끼고 사랑하여 헤어나지 못했다. 그중에서도 설공의 사랑은 체면을 잃기에 이르렀으므로 주후가 웃으며 말하였다.

"그대가 나의 외손을 사위로 맞아 봉황서(鳳凰棲)를 빛내게 되었으니 내가 겹사돈이 되어 정이 각별하게 되었소. 다행하고 기쁜 일이나 〈주후가 겹사돈이라 한 것은 주삼공 부인이 설태사의 사촌누이기 때문이다〉[178] 알지 못하겠소. 따님이 능히 내 손자의 아랫자리[179]를 감당하여 계숙이 만금같이 중지중지하는 손자를 저버리게 되지나 않을까 걱정이오."

설공은 주후의 말을 듣고 미소하며 대답했다.

"제 딸은 이제 비녀를 꽂을 나이가 된 비천한 아이라 봉황 같은 인물과 짝하게 된 것은 분수에 넘치는 일이지만 아마도 대군자의 곁을 욕되게

---

177) 살대 : 기둥이나 벽 따위가 넘어가는 것을 막기 위하여 버티는 나무.
178) 〈주후가 ~ 때문이다〉 : 원문에 달린 주석은 '〈〉'로 표기함.
179) 아랫자리 : {봉비하혜}. 문맥상 '봉비하체[蓬蓽下體]'의 오기로 보임. '봉비하체'란 가난하고 지체가 낮은 여자를 의미하나 여기서는 남편의 아랫자리를 차지하는 부인을 의미함.

하지는 않을 것입니다."

주후가 크게 기뻐하며 상국을 돌아보고 말하였다.

"계숙은 오늘 여러 손자들을 다 나오게 하여 모든 데를 구경시켜주게."

상국이 웃고 매죽헌으로 여러 손자를 다 불렀다. 잠깐 사이에 초왕의
네 아들과 부마의 세 아들이 다 와서 쌍쌍이 나아와 좌중에게 예를 다하
고 조부 곁에 모시고 섰다. 그 중에서도 가장 어린 쌍둥이는 비스듬히 두
눈 빛을 흘려 두루 살피다가 할아버지 무릎 위에 각각 하나씩 안겼다. 이
를 본 상국이 이렇게 말하였다.

"하나는 네 외조부께 가서 안겨라."

그러나 쌍둥이는 밝게 웃고 할아버지 수염을 어루만지며 이렇게 말하
였다.

"외할아버지께는 안기기 싫고 여기 있고 싶습니다. 외사촌 형들은 한
없이 사랑하시면서 저희들은 덜 사랑하시더이다."

이렇게 말하며 진주를 머금은 것 같은 붉은 입술을 할아버지의 입술과
뺨에 대는 거동이 마치 온 몸에 뼈가 없는 듯하니 보는 눈이 다 황홀할 지
경이었다. 공의 지극한 사랑은 만금보다 더하였다. 공이 두 아이를 어루
만지며 주후에게 말하였다.

"형이 얼마간이라도 친손자와 외손자를 간격 없이 사랑했더라면 강보
에 쌓인 어린 것이 저렇게 말하겠는가? 형이 야속한 노릇을 하였는가
보네."

주후가 미소하며 말하였다.

"원래부터 이상했었네. 계숙의 손자들은 그 조부를 보고 자란 것들이
라 그런지 우리 부부가 저것을 세상에서 기이한 물건으로 알고 그렇게

사랑해주어도 조금도 따르지 않고 제 할아비만 따르며 밉살스럽게 구니 어디에서 정이 나겠는가? 우리 손자들은 제 외조부를 저렇게 알지는 않던데."

이렇게 말하니 그 자리에 있던 사람들이 모두 크게 웃었다. 성추밀은 이미 천흥에게 마음이 있어 벌써부터 혼인 약속을 하고 납채를 주고받은 터라 천흥을 나오라 하여 쓰다듬으며 말하였다.

"너도 어서 10세가 되어 내 집 생관(甥館)180)을 빛내어라."

천흥 공자는 이 말을 듣고 부끄러워 옥같이 하얀 얼굴을 복숭아처럼 연분홍색으로 붉혔다. 여러 손님들은 이 모습에 정신을 잃었고 성공은 사랑하고 아끼는 마음을 이기지 못하였다.

소상서가 그 자리에 있던 재홍을 유의해서 살피니 이는 곧 진실로 임씨의 보배요, 국가의 경사였다. 천리마 새끼가 악와(渥洼)181)에서 뛰노는 듯하고 푸른 바다 교룡(蛟龍)182)이 비늘을 다스려 옥경(玉京)에 오르고자 하는데, 높은 기상은 태산이 높고 험한 듯하며 넓은 도량은 큰 바다가 한없이 넓은 듯하고 신성함은 요순(堯舜)183) 같고 어짊은 하늘 같아 누가 형이고 누가 동생인지 우열을 가릴 수 없었다. 잘생기고 수려하여 용 가운데 교룡이요, 까막까치 가운데 봉황과 같아 그 빼어나고 특이함은 견주어 비교할 곳이 없었다. 소공의 고상한 안목에는 눈 아래 사람이 없었으나 공

---

180) 생관(甥館) : 사위가 거처하는 집을 말함.
181) 악와(渥洼) : 물 이름으로 한나라 무제(武帝) 때 악와의 개천에서 신마(神馬)가 나왔다는 고사가 『사기(史記)』「악서(樂書)」에 전함.
182) 교룡(蛟龍) : 전설에 나오는 용의 한 가지로 모양은 뱀과 같으며 길이가 한 길이 넘고 네 발이 넓적하고 머리가 작으며 가슴이 붉고 등에는 푸른 무늬가 있으며 옆구리와 배는 비단처럼 부드럽고 눈썹으로 흘레하여 알을 낳는다 함.
183) 요순(堯舜) : 당(唐)나라의 요(堯)임금과 우(虞)나라의 순(舜)임금을 말하며, 성군(聖君)과 명군(明君)의 대명사로 씀.

자를 보니 속으로 칭찬하는 마음이 가득하여 자기 손녀딸처럼 천지에 빼어난 덕성과 광채가 아니면 이 아이를 진압할 수 없을 듯하였다. 하늘이 뜻이 있어 내신 것이니 발 빠른 사람에게 빼앗길까 염려하여 선뜻 상국에게 청혼하였다.

"내 아들이 두 아들을 낳고 단산하였다가 어느 날 신비한 꿈을 꾸고 손녀를 얻었네. 장부가 되어 어찌 꿈에 나타난 일을 믿고 발설하겠는가마는 저 아이들의 품성이 세상에 희한하여 대군자의 뒷자리를 더럽히지는 않을 만하니 형이 허락해주기 바라네."

상국은 처음부터 소공이 이 공자에게 유의하는 것을 보고 기뻐하다가 그가 청혼하는 것을 보고 기쁜 빛을 얼굴에 드러내며 말하였다.

"형의 집 소저가 어질고 밝은 성녀에 부족함이 없음을 기이하게 여겨 항상 말하곤 하였으나 두 아이가 다 너무 어려 아직 발설하지 못했었네. 그런데 형이 어떻게 미리 알고 청혼하니 사돈어른의 낯이 설어 어찌 허락할까? 매파나 부릴까?"

상국이 이렇게 말하며 크게 웃으니 소공은 그 말을 듣고 기대 이상이라 크게 기뻐하며 말하였다.

"딸을 혼인시키면서 뜻 같지 않은 일이 많았네. 그런데 이렇듯 손녀를 혼인시키게 되니 신랑의 뛰어난 풍채가 그 숙부184)보다 나은 데가 많구려. 내가 늘그막에 손녀를 얻어 기이한 품성과 뛰어난 재주를 매우 귀애하여 지나친 사랑이 여러 자녀들이 바랄 수 없을 정도였는데, 이제 그대의 손자 같은 기이한 군자와 좋은 인연을 맺게 되었으니 반평생 품

22

23

---

184) 그 숙부 : 부마 임세린을 가리킴. 소공은 임세린의 부인인 소부인의 아버지라 이미 임씨 부중과는 사돈 관계임.

었던 깊은 염려를 오늘 말끔히 씻어 쾌활하기 한량없네. 그러나 지난

날 내 딸을 그대 가문에 시집보낸 후185) 겪었던 다소간의 모진 고비와

신랑의 능멸과 욕설을 생각하면 지금까지도 징그러워서 신랑에게도

그 숙부의 여풍(餘風)이 있을까 두렵구먼.”

그 자리에 있던 이부총재 주공186)이 아름다운 수염을 어루만지며 미

소 짓고 말하였다.

“부마도위의 지난날 행사를 들으니 사돈을 삼을 만하지 않은 듯하지만

아들을 눈에 들게 낳았으니 차마 내어 놓지 못할 것입니다.”

그리고는 무릎을 꿇고 선생께 경흥187)을 달라고 청혼하니 선생이 본래

총재를 귀하게 여기던 터라 쾌히 허락하였다. 주공188) 또한 기뻐하며 말

하였다.

“경흥이 특이하게 뛰어난 것을 내 심히 사랑했는데 선생의 허락을 얻

으니 다행하지 않느냐? 다만 나의 증손녀가 아마도 군자의 곁을 욕되

게 하지는 않겠지만 경흥은 너무 뛰어나 뛰는 호랑이와 표범 같으니 너

의 사위 택함이 나보다 못하지 않은 것 같구나.”

그러자 주총재가 대답하였다.

“이 아이가 성품이 크고 넓어 대장부의 기상을 다하고 기쁨에 넘치는

얼굴에는 조금의 부족함도 없어 아들을 많이 낳고 다복할 상이니 이같

이 영민하고 준수한 군자를 어디 가서 얻겠습니까?”

---

185) 시집보낸 후 : {속현[續絃]후여}. ‘속현’이란 금슬(琴瑟)의 끊어진 현(絃)을 다시 잇는다는 뜻으
로, 아내를 여읜 뒤 다시 새 아내를 맞는 것을 말함. 소부인이 임세린의 둘째 부인으로 들어왔
기에 이같이 말함.
186) 이부총재 주공 : 주숙렬의 조카이자 주담의 손자를 가리킴.
187) 경흥 : 부마도위 임세린의 둘째 아들.
188) 주공 : 주숙렬의 아버지인 주담을 가리킴. 주담의 사위가 임희린임.

주후가 고개를 끄덕이고 경홍을 쓰다듬으며 사랑하는 모습은 이미 얻은 사위나 다름이 없었다. 모두 말하기를 너무 주접스럽게 굴다가 사위에게 업신여김을 받으리라 하며 웃었다. 그 자리에 있던 성참정은 건문(建文) 때의 사절 성청의 손자로 부마와 사귐이 두텁고 지기(知己)가 상합한 터라 잔치에 참여하였다가 연홍 공자가 조화롭고 충실한 겉모습과 본바탕에 공맹의 덕을 갖춘 것을 한 눈에 알아보고 청혼하고 싶었으나 주저하고 있었다. 그때 부마가 그 기색을 알아보고 웃으며 말하였다.

"형은 속에 품은 생각이 있는 듯한데 어찌 드러내지 않는가?"

참정이 대답하였다.

"옛말에 이르기를 지기는 마음으로 된다고 한 것이 옳구나. 내 슬하에 여러 자식들이 있는데 딸아이를 가장 나중에 얻어 이제 나이 6세라 혼인할 나이189)는 아니나 여러 사람들이 약혼하는 것을 보자 마음이 문득 궁금하였네. 하지만 상국 합하(閣下)의 뜻을 몰라 주저하였는데 형이 내 마음을 미리 알았으니 쾌히 말하겠네."

이어 넷째 공자 연홍을 달라고 초왕께 구혼하니 초왕이 아버지 앞에 이 일을 고하였다. 상국은 마음속으로 간절하였으나 감히 청하지 못하고 있었는데 스스로도 진실로 원하던 바라 흔쾌히 허락했다. 참정이 크게 기뻐하며 감사하고 공자를 어루만지며 사랑하기를 이미 얻은 사위라도 이보다 더하지는 못할 것이었다.

날이 이미 한나절에 이르러 상국이 좌중을 돌아보니 즐거운 기운이 무르녹아 있었다. 그 중 주공을 향해 말하였다.

---

189) 혼인할 나이 : {도요지년(桃夭之年)}. '도요'란 『시경』의 편명으로 여자의 혼인의 적절함을 노래한 것임. 전용하여 여자가 혼기에 있는 것을 말함. '도요시절(桃夭時節)'이란 복숭아꽃이 필 무렵이란 뜻으로 혼인을 올리기 좋은 시절을 말함.

28

"좌중을 둘러보며 생각하니 내 손자의 상투190)를 주형 밖에 누가 당하겠소? 형의 부귀공명은 족히 부러워할 바 아니나 내 평생 덕으로 여기는 바는 형이 첩 하나 없이 백년해로하며 자손이 많아질수록 아내를 꿀같이 귀하게 여기는 것이니 그런 사람은 주형 한 사람뿐일 걸세. 내가 손자를 위하는 것은 그 외조 정남의 기특한 행실을 본받고자 하는 것이니 형이 비록 젊지는 않지만 내 천금 같은 손자의 상투를 짜주어야 할 것이네."

그러자 좌우에 있던 사람들이 크게 웃었다. 주후가 두 뺨과 턱에 난 삼각 모양의 수염을 어루만지며 떠들썩하게 큰 소리로 웃고는 이렇게 말하였다.

"임계숙이 늙은 벗을 보채어도 부끄럽지는 않네만 좌중의 여러 공경(公卿) 군자들께서 부인을 버렸다는 구렁은 보지 못하였네."

이 말을 들은 여러 공들은 부채를 치며 크게 웃었다. 상국 또한 웃은 후 공자를 나오라 하여 손을 잡고 선생을 돌아보며 웃고 이렇게 말하였다.

"좌중에 주형 버금가는 사람은 아우밖에 없을 것이다."

선생은 오늘 같은 경사를 당하자 귀중한 마음이 속에 가득하여 즉시 일어나 웃으며 말하였다.

"형님은 넓고 큰 도량으로 유명하신데도 자애가 남다르시어 납빙날부터 사위를 유명하게 하시므로 제가 갑자기 창흥의 관을 들지 못했더니 주형이 하도 비싸게 구니 여러분들께서 웃으셔도 그냥 당하겠습니다."

그리고 일어서니 이 어지러운 세상에서 선생의 뛰어난 기질과 넓고 큰

---

190) 상투: {운고}. 이는 '운계(雲髻)'의 오기임. '운계'는 '상투'라는 뜻임.

기개와 도량은 맑게 갠 하늘에 뜬 밝은 해처럼 굳세고 밝았다. 좌중이 낯빛을 고치고 무릎을 모으며 탄복하는 마음으로 기쁘게 순종하였다.

주상국이 손님을 청하고 축문을 갖춘 후 창흥 공자를 나오게 하여 비단 도포 소매를 높이 걷고 푸른 구름 같은 머리를 풀러 빗기는데 빛나는 머릿결은 키만큼 자라 있고 상서로운 구름이 어리어 있었다. 상투를 높이 짜고 세수를 마친 후 망건(網巾)과 관잠(冠簪)191)을 갖추고 양 귀밑머리에 화양건(華陽巾)192)을 씌웠다. 선생이 예복을 친히 잡아서 나무 없는 붉은 산 같은 어깨에 입히고 가느다란 허리에 허리띠를 두르니 이미 어른의 옷차림이었다. 몸을 돌이켜 두 할아버지께 재배하고 외할아버지와 아버지께도 재배한 후 삼촌들과 여러 재상들에게 각각 절하는 예를 마쳤다. 두 손을 공손히 모으고 어른들 곁에서 모시고 서니 모두가 보기에 예절을 지키는 것이 적절하고 엄숙하며 행동하는 것이 덕스럽고 법도가 있어 엄연히 대군자의 체모를 이루고 있었다. 효성스러운 낯빛은 마치 봄 산에 꽃이 만발하고 따뜻한 봄날에 만물이 자라남 같고, 웅대한 기상은 가을 하늘의 밝은 태양처럼 굳세고 밝아 가슴 속에 품은 천하를 다스릴 재주와 정국을 평안하게 할 뜻이 외모에 나타나 있었다. 두 눈은 가을 물결의 무정함을 업신여기고 눈썹에는 강산의 빼어난 정기를 감추어 맑은 가을 하늘에 뜬 밝은 달이 소상(瀟湘) 얼음호수193)의 광채를 흘리는 듯하였다. 붉은 입술에 진분홍 뺨 같은 미인의 색을 가진 것은 아니었으나 온갖 아름다움이 서로를 그리워하는 듯 사사로이 모인 자리를 밝게 비췄다. 그의

---

191) 관잠(冠簪) : 관을 상투 위에 고정할 수 있게 하는 비녀를 말함.
192) 화양건(華陽巾) : 도가나 은거 생활을 하던 사람이 쓰던 쓰개의 하나.
193) 소상(瀟湘) 얼음호수 : {쇼상빙회瀟湘冰湖}. 중국 호남성(湖南省) 동정호(洞庭湖) 남쪽 영릉(零陵) 부근에서 소수(瀟水)와 상수(湘水)가 합친 곳을 소상이라 부르는데 풍경이 매우 아름다움.

신기한 천성과 엄중한 위엄은 앉아서 천 리를 헤아리고 만 리를 환하게 알 만한 지식을 아울러 갖추었으며, 여름날의 태양 같은 지위와 겨울날의 태양 같은 지위를[194] 겸하고 있어 바라보면 어질어질하고 대하면 황홀하였으니 이는 진실로 구름을 바라보고 태양을 따르는 것과 같았다. 진영에 앉아서도 교묘한 꾀로 천리 밖의 싸움에 승리하는 재주[195]를 가지고 있어 화를 내어 꾸짖으면 사람들이 모두 두려워 떨었다. 제갈공명처럼 신기한 계책은 이미 부모에게 받은 핏줄이었고 뛰어난 지혜와 아름다운 향기는 집안 대대로 전해 내려오는 풍습이었다. 덕과 재능이 세상에 드러나고 오복이 모두 갖추어져 있으니 어찌 곽영공(郭令公)[196]만 홀로 복이 있다 하겠는가?

설태사가 보고 또 보며 자기 딸과 비교하여 생각하니 이는 진정 옥황상제가 뜻이 있어 내신 배필이라는 것을 묻지 않아도 알 수 있었다. 설씨 가문이 복이 없어 딸아이가 여자로 태어났으나 진실로 주공(周公)처럼 큰 인물이요, 세상에 둘도 없이 어질고 밝은 성녀라 덕으로나 색으로나 세상에서 으뜸갔다. 그윽하고 조용하며 착하고 바른 덕행은 하늘의 말없는 거동이었고 정성스럽고 공손하게 몸을 삼가는 태도는 요수(遼水)에서 도를 성취한 참 신선 같은 태도였다. 한 쌍의 어울리는 배필이자 백년을 해로할

194) 여름날의 ~ 지위를 : {됴둔[趙盾]의 하일지위(夏日之位)와 동일지위(冬日之位)롤}. '둔일(盾日)'이라 하면 조둔(趙盾)의 해란 뜻으로 여름날의 뜨거운 해를 말함. 춘추 시대 때 어떤 사람이 조둔과 조최(趙衰) 두 사람 중에 누가 더 나은가를 묻자 가계(賈季)가 "조최는 겨울날의 해이고, 조둔은 여름날의 해이다." 한 데서 나온 말임.

195) 진영에 ~ 승리하는 : {운쥬유악[運籌帷幄] 후여 결승천니지외[決勝千里之外] 후눈}. '천리 밖에서 싸움을 승리로 이끌고 장막 안에서 계책을 부린다.'는 뜻으로 한나라 고조의 모사인 장량의 이야기를 다루고 있는 『사기(史記)』「장량전(張良傳)」에 나오는 말임.

196) 곽영공(郭令公) : 곽분양(郭汾陽)을 말함. 이름은 자의(子儀)로, 당(唐) 나라 현종(玄宗)·숙종(肅宗) 때의 명장. 안녹산의 난을 평정하고 높은 공을 세워 분양왕에 봉해져 영화를 누린 인물. 한 몸으로 천하의 안위를 맡게 됨이 20여 년이었으며 벼슬이 태위(太尉)중서령(中書令)에 이르렀고 분양군왕(汾陽群王)을 봉하여 세상에서 곽분양(郭汾陽)이라 명칭함.

34

좋은 짝이라 생각하니 설태사는 마음이 대단히 즐거워 관잠을 수습하고 공자의 손을 잡은 채 사랑이 가득하였고 상국은 매우 기뻐 어찌할 바를 몰라 하며 좌불안석이었다.

초왕은 아버지께서 이토록 기뻐하시는 것을 보고 오히려 놀라움을 느끼면서 안채로 와 태부인을 뵈었다. 그때 두 공이 아들, 조카를 거느리고 취성전에 이르러 발을 옮겨 당에 오르니 공자가 앞자리에 앉아 계신 태부인께 두 번 절하고 양 조모와 양 모친께 일제히 두 번 절한 후 친척 어르신들 앉은 자리에 각각 절하고 물러나 곁에 섰다. 오악(五嶽)197)이 준수하고 기개와 도량이 엄숙하여 가을 하늘에 석양빛이 기염을 토하는 듯하였다. 태부인은 그 지극한 사랑이 어디에서부터 나오는지 깨닫지도 못한 채 공자에게 빨리 나오라 하여 무릎에 앉히고 옥같이 흰 손을 어루만지며 마치 몸에 뼈가 없는 듯 사랑이 넘쳐났다. 두 조모와 여러 부인네들의 사랑 또한 말로 다 표현할 수 없었다. 주비가 평생 처음으로 붉은 입술과 분홍빛 뺨에 미미한 웃음을 띠니 일만 화신(花神)이 다투어 웃는 듯하므로 태부인은 기뻐서 어쩔 줄 몰랐다. 소파와 진파는 주방에서 술과 안주를 살피다가 겨우 틈을 내서 나와 이 모습을 보고 사랑스러워 황홀하게 웃으며 숙렬을 향해 이렇게 말하였다.

"천지도 변하시고 사계절도 질서를 잃는단 말이 옳구나. 우리 숙렬이 기뻐하는 빛이 있으니 어찌 공자의 경사가 아니겠느냐? 곳곳이 효자, 효손이로구나."

이렇게 말하니 곁에 있던 사람들이 모두 웃었다. 초왕은 공자를 거느

---

197) 오악(五嶽): 중국의 이름난 다섯 산으로 태산(泰山), 화산(華山), 형산(衡山), 항산(恒山), 숭산(嵩山)을 이름. 사람의 얼굴에서 이마, 코, 턱, 좌우 광대뼈를 이르는 말로도 씀.

리고 사당에 배알하러 갔다.

초왕은 세월이 오래될수록 돌아가신 어머니를 추모하는 마음이 더욱 커져서 두 줄기 눈물이 비단 도포에 연이어 떨어졌다. 좌우에 있던 사람들이 감격하여 우니 부마가 달래고 위로하여 사당에서 내려왔다. 상국은 초왕이 슬퍼하는 것을 보고 걱정하며 말하였다.

"아무리 슬프다 해도 오늘 같은 경사에 어찌 눈물을 흘리느냐?"

37

상국이 이렇게 말하고 길게 탄식하자 초왕은 아버지의 마음을 생각하고 자신의 불민함을 사죄하였다. 그리고 외당에 나와 한가롭게 담소하다 날이 저무니 여러 손님들은 각각 흩어져 자기 집으로 돌아가고 남은 사람들은 다시 내당에 들어와 촛불을 키고 즐기었다. 이때 공이 소파를 보고 웃으며 말하였다.

"누이가 저번에 중매 소임을 안 하겠다고 그리 심하게 굴더니 어떤가? 내게 기린과 봉황 같은 자손이 있어 노재상이 재흥을 붙들고 하도 보채기에 허락했으나 신부도 나의 재흥같이 뛰어난 데가 있는가?"

소파가 대답하였다.

"실로 지금 천하에 제 조카의 딸 같은 사람은 없을 것입니다."

태부인이 기쁨을 이기지 못하다가도 이 공자의 나이가 큰 공자와는 많이

이 차이가 나서 신부를 한 날 보지 못하는 것을 애달파 하였다. 공의 형제들은 어머니의 연로하심을 애달파하며 조혼(早婚) 시킬 일을 절박하게 여겼으나 차차 혼례나 먼저 시키려 하였다.

대명 영락(永樂) 20년 여름 4월 초하룻날은 임창흥의 혼인날이었다. 이 날 상국 형제는 큰 잔치를 열고 태부인을 수돈(繡墩)198) 위로 모시고 북쪽

198) 수돈(繡墩) : 수놓은 돈대(의자)라는 뜻. 임금의 자리 아래 신하가 앉도록 바닥에서 조금 돋운

에는 홍옥으로 만든 교의(交椅)를 놓아 태부인이 앉을 곳을 정하고 남쪽에는 상국 부부의 자리를 베풀고 서쪽에는 선생 부부의 자리를 정했다. 그러자 초왕이 두 아우와 함께 두 어르신을 모시고 외당으로 나와 오운전과 백일전을 활짝 열어젖혀 운무(雲霧) 병풍을 두르고 용 문양이 그려진 자리를 집마다 벌여 놓고 구름 같은 차일을 안개같이 뒤덮었으니 그 장려함은 이루 기록할 수 없을 정도였다. 내외 빈객과 황친, 국척, 만조백관 중 빠진 사람 없이 모두 모여 각각 자리를 정하면서 나이로 자리를 나누었다. 여공의 나이가 80에서 둘이 못 미쳤기 때문에 제일 윗자리에 앉으니 긴 눈썹은 새하얗고 희끗희끗한 수염은 가슴 아래까지 내려와 나이는 연로하나 그 위엄은 추상같고 예절에 맞는 몸가짐은 대단히 훌륭하였다. 여공이 상국을 돌아보고 탄식하며 말하였다.

"사람의 집에서 아들을 두어 손자를 얻으면 가정을 이뤄 아내를 얻는 것이 예사지만 누가 계숙같이 만사를 애태우고 애간장을 끓이며 온갖 괴로움과 고생을 이겨낸 사람이 있겠는가? 오늘 같은 날을 맞게 되니 실로 다른 사람 같지 않다는 것은 묻지 않아도 알 수 있으니 조금도 이상하지 않네."

이렇게 말하고 나서 여공이 윗자리에 앉고 그 다음으로 차차 자리를 정하였다. 주후가 친히 공자를 나오게 하여 혼례복을 입히니 키가 살대같이 훤칠하였다. 가느다란 허리에 붉은 서대(犀帶)199)를 두르니 미양궁 버들이 봄바람에 휘든는 듯하였다. 주후는 한없는 사랑이 만족스러워 초왕을 돌아보며 말하였다.

좌석. 도자기로 만든 북 모양의 정원용 걸상으로 화려한 무늬가 그려져 있으며, 겨울에는 자수한 모자와 같은 덮개를 씌우므로 이렇게 말함.

199) 서대(犀帶) : 1품의 벼슬을 가진 관리가 허리에 두르던 띠. 무소의 뿔로 만든 장식물을 붙였음.

41 "사돈이 손자를 위하는 마음에 자잘한 일에까지 유별나서 고리타분하게 구는구나. 내 나이 칠순에 손자의 혼례복을 입히는 수고를 다했으니 관을 더하는 것은 더욱 가려서 택할 것이다. 이 자리에서는 내 사위가 으뜸이다. 양친 부모 생존해계시고 형제 무고하며 부부 금슬이 국풍(國風) 대아(大雅)에 오를 만하고 자녀가 번성하여 그 복이 족히 내게 지지 않을 것이며 스물이 갓 넘어 천승(千乘)을 얻었으니 곽영공(郭令公)을 부러워하지 않을 것인데 아들이 관을 쓴 모습이 어떠한가? 어떤 신부가 이 신랑을 따라갈 수 있겠는가?"

42 그러자 그 자리에 있던 여이공이 성추밀과 함께 서로 눈길을 주고받으며 말하였다.

"오늘 볼 신부를 몰라 저리 조마조마 하니 너무 숨기고 바른대로 말하지 않았다가는 오늘 술 한 잔도 못 얻어먹고 쫓겨날 듯하구나. 이제야 시원하게 신부의 우열을 말하겠네."

그리고 소리를 가다듬어 말하였다.

"과연 설아가 어려서는 아름다움이 비상했는데 중간에 천연두를 심하게 겪고 박색이 되어 이상하게 얽고 검푸르게 되었네. 그러나 그 성덕이 아깝기도 하고 현중은 무염(無鹽)200)의 퍼진 허리와 덕요(德耀)201) 같은 부류를 며느리로 구하려 하니 구태여 신부의 용모를 가려 택하지

43 않을 것이라 나는 그리 알았네. 신부가 온갖 보석으로 으리으리하게

---

200) 무염(無鹽) : 제나라의 무염읍 출신의 여자인 종리춘(鍾離春)을 가리킴. 모습이 추하여 혼기가 지나도 결혼할 수 없었으나, 후에 선왕(宣王)에게 찾아가 제나라의 네 가지 위태로움에 대해 간언하여 정부인이 되었음.

201) 덕요(德耀) : 후한(後漢) 시대 양홍(梁鴻)의 처의 자(字). 힘이 센 추녀였으나 덕행이 매우 뛰어났음. 밥상을 눈썹에까지 들어 올려 남편에게 바칠 정도로 남편을 지극하게 공경하여 '거안제미(擧案齊眉)'란 고사로 유명함.

단장하면 얽으나 찡기나 하여도 관계치 않아 말하지 않았는데 계숙 형이 오늘 신부를 보면 놀라서 나를 그릇 여길 것이니 나는 지극히 공평하고 사사로움이 없는 마음으로 먼저 그런 줄이나 알게 말하는 것이네."

좌중은 신부의 용모가 박색이란 말을 듣자 신랑을 아까워하였다. 상국은 그 말을 믿지는 않았으나 안색이 달라졌다. 이것을 본 성추밀이 이미 알고 웃으며 말하였다.

"실로 손자를 얻고 누가 혼인시키지 않을까마는 계숙씨는 유달리 굴더니 신부의 아름다움이 볼 것 없다 하자 서운해 하는 모양이네. 전에는 어질고 후덕한 것이 가장 중하다 하여 아내나 며느리나 황아추(黃阿醜)의 노란 머리202)가 아닌 것을 애달파하더니 그 덕이 지금은 어디 갔는가?"

이 말을 듣고 공이 도리어 웃으며 말하였다.

"성형의 말이 맞네. 내 여러 손자 중 창홍이는 실로 자별함이 여러 가지네. 만일 신부가 성덕을 갖추고 있다면 용모가 밉다고 할까마는 내가 구하는 사람은 덕에서나 미색에서나 으뜸가는 사람이었네. 그렇지 못하더라도 내 손자 가지고 저와 비슷한 쌍을 못 얻어 보겠는가?"

이 말을 듣자 그 자리에 있던 사람들은 모두 손뼉을 치며 크게 웃었다. 대게 상국은 손자의 쌍이 부적합하면 천하를 다 돌아도 비할 데 없는

---

202) 황아추(黃阿醜)의 ~ 머리 : {황시의 누른 머리}. '황씨'는 제갈량의 부인인 황아추(黃阿醜)를 가리킴. 면남(沔南)의 명사 황승언(黃承彦)에게는 총명하고 다양한 재능을 지닌 딸이 있었으나 유감스럽게도 그 딸은 용모가 그리 뛰어나지 못했음. 일찍부터 제갈량에게 마음이 있었던 황승언이 어느 날 직접 제갈량을 만나서 "군이 아내를 고른다면 몸은 누추하고 머리는 노란색이며 얼굴은 검지만 재능이 있는 여자를 배필로 맞이할 수가 있겠는가?"라는 말로 그의 의중을 떠보니 제갈량이 이를 수락하여 황승언의 딸과 결혼함.

45

어질고 밝은 성녀를 얻어 공자의 배필 자리가 차이나는 일이 없게끔 하고자 하였다. 그 뜻을 선생과 초왕은 환히 알고 있었으므로 오래된 가뭄에 구름과 무지개가 나타나는 것같이 신부의 색과 덕을 재던 터였다. 날이 한나절이 지나자 창흥 공자는 혼례복을 끌고 내당에 들어와 태부인께 예법을 미리 익혔다. 예를 가르친 바가 없었으나 이리같이 날씬한 허리를 알맞게 굽히고 펴며 원숭이 같이 긴 팔을 진중하게 움직이면서 나는 듯이 예법을 익히는데 그 신기한 움직임이 눈에 상쾌하였다. 관 태부인과 여부인, 위부인이 기쁨을 이기지 못하여 조카를 어루만지며 귀애하기가 이를 데 없으니 선생이 웃으며 말하였다.

"오늘 형님이 손자를 저렇게 재미 내어 보시느라 신부 맞는 일이 심히 군색하지 않을까 싶습니다."

그러자 공이 웃으며 말하였다.

"그렇다고 내가 안 보내겠느냐? 천흥이 뒤늦게 났다고 나같이 재미 볼 일이 뒤쳐질 것이란 사실에 너무 속 끓이지 마라."

그러자 여러 부인들이 고개를 숙이고 살짝 웃었다. 모든 곳에 하직 인사를 하고 혼례를 치를 집으로 향하는데 만조백관이 신랑을 데리고 후행(後行)으로 따라왔다.203) 생황과 퉁소, 북의 소리가 하늘을 진동하고 장한 위엄이 길을 덮었으므로 길 가던 사람들은 발을 멈추고 구경하며 도망쳤던 사람이라도 이 소문을 듣고 급히 돌아와서 보니 그 모습이 가히 장관

이었다. 신랑이 위엄 있는 모습으로 신부집에 다다라 말에서 내리자 설사인 등이 팔을 끌어 중청(中廳)으로 갔다. 옥상(玉床)에 기러기를 전하고

---

203) 신랑을 ~ 따라왔다 : {요괴[繞客]을 거나려 만됴공경이 위요(圍繞)ㅎ엿시니}. '요객'과 '위요'는 혼인 때에 가족이나 일가 중에서 신랑이나 신부를 데리고 가는 사람을 말하며 상객(上客), 후배(後陪), 후행(後行)이라고도 함.

하늘과 땅에 절하는 예를 마친 후 대청 위에 올라가 신부가 가마에 오르기를 기다리니 여러 사람들이 일시에 떠들썩하게 치하하였다.

이때 설공은 어질고 똑똑하며 아리따운 딸을 평생 규방 안의 여린 옥처럼 길러 오늘 이처럼 만고를 다하고 천하를 통틀어도 다시 짝할 이 없는 영웅 군자를 사위로 맞아 봉황의 보금자리를 빛내게 되니 그 기쁘고 사랑하는 마음은 어디에도 비할 데가 없었다. 설공은 부모를 일찍 여의고 자애롭지 못한 의붓어머니를 만나 하늘에 대고 통곡할 일이 떠날 때가 없었으나 다행히 선군(先君)의 지혜와 통찰이 거울처럼 맑아 감히 적자를 우습게보지 못하게 가법을 정하였으므로 아버지가 죽은 후에도 집안을 통솔하는 일에 의붓어머니가 간섭하지 못했다. 따라서 집안에 환란을 빚을 일이 없어 세월을 무사하게 지내왔으나 시간이 갈수록 슬픔이 겹치곤 하였다. 다섯 아들과 세 며느리는 얌전하고 정숙하며 어질고 지혜로웠으나 공의 근심을 완전히 물리치게 하지는 못하여 공의 눈썹에는 수심 어린 기색이 맺혀 있었다. 그러다 오늘날 이렇게 기린 같은 사위를 맞게 되니 가문의 광채를 돋우고 바라던 바에서 넘치므로 온갖 근심을 깨끗이 씻어버리고 한없는 사랑과 귀중해하는 마음을 비길 곳이 없었다. 공은 초옥(楚玉)처럼 부드러운 신랑의 손을 어루만지며 이렇게 말하였다.

"이 매끄러운 손이 어렸을 때 내 슬하에 머물었으니 내 너를 사랑함은 내 다섯 아들이 미치지 못할 정도였다. 그런데 오늘 이렇게 사위로 맞아 백년손님204)이 되었으니 도리어 가까운 친구의 자식을 슬하에 있는 사람같이 받아들이지 못할 듯싶구나. 네 뜻은 어떠하냐?"

---

204) 백년손님 : {입막지빈(入幕之賓)}. 침실에 드리운 장막 안에 있는 손님이란 뜻으로 특별히 가까운 손님 혹은 기밀에 속하는 일을 의논하는 사람을 말함. 여기서는 사위는 아무리 가까워도 백년손님이란 뜻으로 쓰였기에 이같이 옮김.

생이 두 손을 마주 잡고 꿇어앉아 대답하였다.

"제가 지난날 귀댁의 은혜를 입은 것은 결코 잊을 수 없을 것입니다. 저의 부모는 저를 낳으셨지만 저를 살려주신 은혜는 대인께서 베푸신 것이니 목숨이 다하도록 정성을 다할 것인데 어찌 서먹하게 사위라 부르겠습니까? 대인 말씀은 제가 그다지 바라던 바가 아니옵니다."

말을 마치자 안색이 화평하고 즐거워 온갖 꽃이 다투어 피는 듯하고 갖가지 좋은 자질과 지극한 아름다움이 겸하여 나타나는 듯하므로 자리에 있던 모든 사람들은 설공이 마음에 드는 사위를 얻는 것을 치하하였다. 그러자 공은 여기저기 바쁘게 응수하며 조금도 사양하지 않았다. 스스로 생각하기에 복도 없는 사람이 분에 넘치는 사위를 얻으니 그 기쁨을 이기지 못하여 마치 술에 취하거나 정신이 나간 듯이 창흥을 쓰다듬고 어루만졌다. 그러고 나서 내당에 이르러 딸아이를 단장하고 예식을 연습시켜 금련보대(金蓮寶臺)[205]에 올리니 부인이 향내 나는 박(拍)을 쥐어주고 비단 주머니를 채우면서 딸아이를 경계하여 말하였다.

"일찍 일어나고 늦게 잠들며 집안일에 어긋남이 없도록 하고[206] 시부모를 효로써 봉양하며 남편의 명령을 좇고 시누이와 사이좋게 지내라."

소저가 두 번 절하며 명을 받들고 가마에 오르니 신랑이 순금으로 된 자물쇠를 가지고 가마의 문을 봉한 후[207] 위엄 있는 태도로 행렬을 지휘

---

205) 금련보대(金蓮寶臺) : 정확한 뜻은 미상이나 연꽃으로 장식한 아름다운 대로 보임.

206) 집안일에 ~ 하고 : {무의궁사}. 문맥상 '무위궁사(無違宮事)'로 보임. 『의례(儀禮)』 「사혼례(士昏禮)」에 보면 '모친이 딸의 옷고름을 매 주고 허리에 수건을 채워 주면서 '부지런하고 공경히 하여 아침저녁으로 집안일에 어긋남이 없게 하라.'고 일러 준다(母施衿結帨曰, 勉之敬之, 夙夜無違宮事)."고 되어 있음.

207) 가마의 ~ 후 : {봉교(封轎) 흥기롤 맛추미}. 여기서 '봉교'란 신랑이 신부를 자기 집으로 데리고 갈 때 신부의 가마를 자물쇠로 잠그는 일을 말함.

하여 백 대의 수레로 신부를 호송하였다. 붉은 치마와 무늬 있는 옷을 입은 여자들이 향을 잡고 꽃 수풀이 되어 뒤를 따르니 금련보대의 진주로 만든 발이 태양을 가리고 아름답게 채색된 가마가 쌍쌍이 앞을 인도하여 성대한 행렬이 대로를 덮었다. 구경하는 사람들이 손등을 치며 이렇게 말하였다.

"저 가마 속의 신부가 아무리 기특하다 하나 어찌 신랑에 미치겠는가?"

신부가 부중에 이르러 합환석(合歡席) 위에서 잔을 나누면서 두 사람이 서로 마주보는데 그 찬란한 광채는 오색구름이 어린 듯하고 해와 달이 쌍으로 떨어져 광채를 돕는 듯하므로 그 자리에 있던 모든 사람들은 눈이 부시고 정신이 아득하였다. 그 사이 두 사람은 함께 쌍을 지어 동방에 화촉을 밝히며 자하주(紫霞酒) 잔을 나누었다. 신랑은 외당으로 나가고 신부는 예복을 갖추어 다섯 어른들께 차례로 폐백을 드린 후 세 시부모께 잔을 올리고 물러나 여덟 번 절하는 예식을 마치고 좌중에도 예를 마쳤다. 웃어른들이 기쁨으로 가득 한 눈을 바삐 들어 신부의 모습을 보니 여덟 가지 광채와 서광이 영롱하고 찬란하여 두 눈의 정기를 빼앗는 듯하였다. 그러니 고운지 미운지를 어찌 알겠는가? 상국 형제가 정신을 가다듬어 관 태부인과 함께 신부를 살피니 남훈전(南薰殿)208)의 빛나는 바람이 가까이에서 불고 해안이 금빛 파도에 부서지며 아침 해가 하늘 한복판에서 섞여 도는 듯하였다. 아황(娥皇)209)의 백 가지 자태를 갖춘 듯 예쁘고 고운 뺨과 아리따움이 드러난 붉은 입술은 1천 가지 풍채와 태도를 갖추어

52

53

---

208) 남훈전(南薰殿) : 순임금이 살던 궁궐.
209) 아황(娥皇) : 중국 요임금의 두 딸 중 하나임. 아황(娥皇)과 여영(女英)은 요임금이 순임금에게 시집보내 순임금을 사이좋게 모시고 화락하다가 순임금이 죽자 두 사람도 상강(湘江)에 빠져 죽음.

한가롭고 아치가 있을 뿐 아니라 얌전하고 점잖아서 사덕(四德)이 끊이지 않았으며 온갖 행실이 출중하여 천고에 드문 아름답고 고운 꽃이자 세상에 비할 데 없는 요조한 숙녀였다. 또한 오복(五福)이 완전하고 상서로우며 온화한 기운이 빼어나니 그 정성되고 한결같음은 세 층의 흙 계단에 띠 지붕을 이으셨던[210] 요(堯) 임금과 남훈전 위에서 한가하게 노시던 순 (舜) 임금과 일반이었으며, 밝게 빛나는 모양은 여와 낭랑이 금탑에 좌정하신 듯하였다. 용의 수염과 뱀의 발톱, 옥 같은 얼굴과 가을 물같이 맑은 모습은 지덕이 뛰어난 집안의 혈통이었으며, 구름 같은 귀밑머리에는 채색 구름이 무르녹았고 6척 신장과 1척의 가느다란 허리는 비록 나이는 어려도 길고 짧은 것이 알맞고 적당하여 한 곳도 미진한 곳이 없었다. 이처럼 신부는 높은 기골과 깊고 어진 덕을 복중에 넣었고 맑고 좋음이 피와 살을 가진 몸 같지 않아 진정 색으로나 덕으로나 으뜸가는 사람이었다.

태부인은 기대 이상이라 크게 기뻐하며 능히 말을 잊지 못했고 상국과 선생은 너무 기이하고 기뻐서 몸을 일으키지 않는데도 몸이 절로 일어나 태부인의 면전에서 머리를 조아리고 몸을 굽혀 감사하며 말하였다.

"세상이 바뀌고 사람이 없어져도 주현부 한 사람 밖에는 미모와 덕성을 갖춘 사람을 보지 못하리라 생각했더니 오늘 신부는 만고를 다해도 하나뿐일 것입니다. 그에 방불하게 비할 데가 없는 요조숙녀가 여자로 태어나 큰 덕과 어진 도로 저의 문호를 빛내게 되었으니 이는 다 돌아가신 아버님께서 끼치신 복과 어머님의 성덕 덕분이옵니다."

---

210) 세 ~ 이으셨던 : {토계삼등(土階三等)의 모척[茅茨]롤 부전[不剪]ᄒ시던}. '토계삼등(土階三等)' 과 '모자불전(茅茨不剪)'을 가리키는 말로 토계삼등은 흙으로 쌓은 계단이란 뜻이고 모자불전 은 띠로 지붕을 이고 끝을 가지런히 베지 않은 것이라는 뜻임. 요순(堯舜)의 검소했던 생활을 표현한 말임.

태부인은 즐거운 마음이 비스듬히 흔들려 창창한 백발에 온화한 기운이 무르녹았다. 태부인이 미처 말을 못하였을 때 두 아들의 하례를 받고 고개를 끄덕이며 말하였다.

"네 말이 옳다. 나의 주현부는 큰 집의 기둥이더니 오늘 신부는 제 시어미보다 낫구나." 56

그런 후 신부를 나오게 하여 옥 같은 손을 쥐고 머리를 쓰다듬으며 은근히 사랑하는 모습이 매우 만족스럽고 즐거웠다. 태부인이 두 아들을 돌아보고 탄식하며 말하였다.

"안락함이 극도에 달하면 이윽고 재앙이 오는 것은 천고에 떳떳한 일이다. 옛날에 네 아버지와 우리 세 모자가 화주 고죽촌에서 갓 서울로 올라온 후 나라에 은혜를 입어 벼슬이 높고 집은 부유하였으나 두 며느리가 생산이 끊어져 너희 형제에게 한 점 혈육이 없었다. 너희 형제를 대하면 후사 이을 곳을 얻지 못해 이 어미가 깊이 근심했을 때에는 오 57 늘날 같은 경사를 생각이나 했겠느냐? 그러나 하늘이 남 몰래 백성을 도우시어 희린 삼 형제가 연이어 태어나니 이 늙은 어미는 그윽이 신명께 감사하여 임씨 가문이 흥하기만을 기원하였다. 희린으로 후사를 잇고 부자의 천륜보다 자별하여 아내를 잃은 한을 품고 간신히 기르던 중에 조물이 희롱하여 온갖 풍파를 다 빚어낸 것은 모두 하늘이 하신 것이니 사람을 원망하고 한탄하면 끝이 없다는 것을 오늘 다시 깨닫는구나. 대체로 보아하니 희린 부부는 하늘이 내리신 바라 기질과 품성이 세속적인 것과는 너무 거리가 멀어 온갖 근심을 첩첩이 쌓아 두고 효로 몸을 세우더구나. 오늘날 어질고 밝은 성녀를 우리 가문에 들이게 되 58 었으니 옛날에 주(周) 나라 왕실에 세 부인이 있었다면211) 오늘날에 임씨에는 두 부인이 있구나. 며느리가 착하게 태교하여 저같이 성덕을 갖춘 며느리와 좋은 배필이 될 현명한 인재를 낳았으니 어찌 그 쌍이 없겠느냐? 이후로 임씨 가문이 창성하는 데 더욱 흠이 없을 것이로다."

아들, 딸, 며느리들이 일시에 치하하고 모든 손님들 역시 일제히 소리 높여 혀가 닳을 듯이 칭찬하였다. 신부가 차례로 예를 마치자 부마가 소부와 함께 팔을 짓고 서서 소리 높여 인사하였다. 초왕은 통천관(通天冠)에 패옥(佩玉)을 울리며 사당에 들어가 며느리 맞는 예를 신명께 고하고 신부와 아들로 하여금 어깨를 나란히 하여 술을 올리게 하여 사당에 올릴 예를 차렸다. 신부가 홍옥으로 만든 잔을 받들어 전하자 공자가 그것을 받아 올리고 두 사람이 물러서서 네 번 절하니 몸가짐과 예절이 기이하여 백세에 길이 빛날 훌륭한 배필이었다. 차례가 성부인212)께 미치자 공자가 다시 향을 꽂으며 잔을 쌍으로 올렸다. 초왕은 경사를 당하여 신명께 고하는 예를 거행하게 되자 돌아가신 어머니를 추모하며 그리워하는 마음이 뼛속 깊이 더욱 간절하여졌다. 눈물을 흘리다 용포가 젖으니 좌우에 있던 사람들이 감격하여 목메어 울었다. 상국의 슬픔 또한 위아래가 없어 길게 탄식하고 아들을 위로하였으나 초왕은 억장이 무너질 듯하여 슬픔이 너무 심하였다. 며느리를 얻어 속절없이 신위(神位)에 폐백을 드리나 막막함은 오장이 끊어지는 듯하니 차마 일어나지 못하고 기운이 막히는 듯하였다. 공자가 황급히 손을 받들어 겨우 진정시키자 초왕이 정신을 거

---

211) 주(周) ~ 부인 : {셕[昔]의 쥬실[周室] 삼뫼[三母]러나}. 주나라 왕실에 있었던 현숙한 세 여인인 주강(周姜)·태임(太任)·태사(太姒)를 가리킴. 주강(周姜)은 주나라의 기초를 닦은 고공단보(古公亶父), 즉 태왕(太王)의 부인인 강녀(姜妃)를 말하며 태임(太任)은 그 주강의 며느리로 계력(季歷)의 아내이자 문왕(文王)의 어머니를 말함. 태사(太姒)는 신국왕의 딸로 문왕의 후비이며 무왕(武王)의 어머니임.
212) 성부인 : 임한주의 첫째 부인으로 희린이 세 살 때 병으로 세상을 떠남.

둔 후 공을 모시고 외전으로 나갔다.

신부가 정당에 이르자 태부인이 신부를 발밑에 앉혔다. 그 어린 나이에 절을 무수히 하였어도 행동거지가 점잖아 조금도 예를 잃는 법이 없으므로 좌중이 더욱 기특하게 여겼다. 여노공 부인이 각별히 치하하니 태부인은 더욱 기쁨을 이기지 못하였다. 상국 형제가 오운전에 이르러 자리를 정하고 주후에게 신부의 덕성과 자질을 자랑하고 웃으며 말하였다.

"노형은 여러 손자들을 많이 혼례 시켜 나같이 처음 맞는 경사가 아니니 괜찮겠지만 나는 어린 신부가 혼인 예식을 하도 여러 곳에 지내고 실로 진이 빠질까 싶어 내 살이 다 아프네. 형은 오늘 신부 보는 예를 하지 말고 훗날 보는 것이 좋지 않겠나? 신부의 좋고 나쁨은 어른께서 친히 보셨으니 비록 궁금하더라도 참는 것이 좋겠네."

주후가 흰 수염을 어루만지고 크게 웃으면서 말하였다.

"좌중에 계신 여러 어른들께서는 저 말을 들어보십시오. 계숙의 욕심이 끝이 없어 이 젊지도 않은 늙은 할아비를 유복하다 핑계하고 소년배가 할 소임을 다 나에게 시킵니다그려. 어질고 밝은 성녀를 손자며느리로 얻어 놓고는 하도 좋아 '이후야 저 늙은이는 아무렇든지 어찌 창흥밖에 자잘한 생각을 하리요?' 하고, 또한 '이후는 저 늙은이의 손 빌릴 일 없다.' 하고 혼인 예식을 핑계하고 나에게 보이지 않으려 저리 교묘하게 꾸미며 거절하지 뭡니까? 손자 사랑과 귀애도 유난스러워 너무나 괴이하고 이상한 터에 오늘 신부를 내가 보다가 빼앗아 갈까보아 손님 청으로 훗날 보세 하는가 봅니다."

이 말에 임공이 껄껄거리며 크게 웃자 온 좌석에 있던 사람들이 부채를 치며 박장대소하였다. 성공도 웃으며 말하였다.

"계숙씨가 아무리 손자며느리를 귀애한다 해도 시외조부에게 보이지 않으려 저리 막아서니 현중의 며느리가 우리 문묘(文廟)에 아무리 해도 한 번은 절하러 올 것인데 오늘 안 본다 해서 설마 볼 날이 없을까?"

그러고는 선생을 향해 이렇게 말하였다.

"계숙씨가 요조숙녀를 며느리로 얻고 하도 잘난 체하니 우리도 두 아이가 다 어리긴 하지만 내후년에 성례나 하면 어떨까?"

그러자 처사가 웃으며 말하였다.

64 "실로 어린 것들을 빨리 결혼시키는 것이 절박하긴 하나 홀아비의 열성을 무시할 수 없구려. 여러 아이들의 혼인이 바쁘긴 하나 천흥의 나이가 7세이니 내년은 너무 어리고 내후년에나 혼례를 치르기로 합시다."

이 말에 성공은 크게 기뻐하며 감사하였다. 소공 또한 그 끝을 이어 재홍을 내년에 혼례 시켜주기를 청하였다.

태양빛이 먼 산 뒤에 숨고자 할 때 내외 빈객들은 각기 흩어져 자기 집으로 가고 공의 형제들은 아들들을 데리고 취성전에 들어와 잠자리를 살펴드렸다. 태부인이 말하였다.

"두 아이가 아직 장가들 나이는 아니나 오늘은 천지 사방이 바르고 떳떳한 날213)이요, 만복을 이루는 날이니 3일 동안 신방을 비우지 말게 하여라."

65 초왕이 그 명을 받들고 신부 숙소를 숙렬궁 봉륜당으로 정하여 보내니 신부가 각 당에 저녁 문안을 드리고 물러나 시어머니를 모셨다. 이날 주비가 신부를 곁에 앉히고 그 끝없이 덕성스런 자질을 대하니 한없는 사랑

---

213) 천지 ~ 날: {뉵합졍상일[六合定常 日]}. 여기서는 길일을 뜻함.

이 춤추듯 공중에 흩날렸다. 부인이 평생 몸을 낮춰 한 번 눈을 들어 사람을 보는 법이 없고 입을 열어 말을 하는 일이 없으니 누가 그 생각을 알겠는가마는 그 지기인 성현공은 알고 있었다. 주비가 신부를 지극히 사랑하여 어루만지는데 문득 한부인이 이르니 신부가 일어나 맞았다. 주비가 방석을 밀어 자리를 정하자 한부인이 낭랑하게 웃으며 말하였다.

"세상일은 예측하기 어렵나봅니다. 우리 원군(元君)214)도 자애를 쏟으며 끝없는 사랑을 저토록 하시니 신부가 하도 휘황찬란하여 형님이 바라시던 바에 흡족할 듯합니다."

주숙렬이 한부인을 한동안 말없이 쳐다보다 탄식하며 답하였다.

"천하에 어려운 것이 지기를 얻는 것입니다. 아우가 나를 산사에서 만나215) 둘의 생각이 서로 맞고 의가 두터워 거의 관중(管仲)과 포숙(鮑叔)의 발자취를 따를 만하였으나 오늘 말씀은 잘못되었습니다. 지난날 나의 거조가 실로 여도(女道)에서 벗어났으니 어찌 천승(千乘)의 집안에 외람되게 자리를 차지하겠습니까? 다만 시어머님의 정성스런 뜻과 시아버님의 지극히 두터운 덕이 첩의 한 몸에 넘치므로 낯을 두껍게 하고 행세하였으나 부끄러워 비복들도 얼굴을 들어 보지 않았거늘 어느 마음에 자식 자애할 마음이 나겠습니까? 이런 이유로 아무 생각이나 염려도 없었으나 천륜이 병든 것은 아니었는데 부인은 날 알기를 흙이나 나무처럼 알았나봅니다."

그리고 열영과 매송 두 사람에게 명하였다.

---

214) 원군(元君) : 도교에서 여신선을 가리키는 미칭이나 정부인을 가리키는 말로도 쓰임. 여기서는 주비를 가리킴.
215) 산사에서 만나 : 『성현공숙렬기』 12권에서 주비가 한왕의 음모로 유배를 떠나 한왕에게 추격을 당해 위험에 처했을 때 태허법사에게 구출되어 활인암에 거하였는데 이곳에서 한소저를 만나 의형제를 맺었기에 이렇게 말한 것임.

"너희 두 사람은 해릴 가릴 만한 충정을 가졌으니 열영은 어머님께서 내려주신 내 아우 같은 아이로 죽고 사는 것을 함께 하기로 한 바요, 매송과 상운은 중간에 만나긴 했으나 충의가 당당하고 지혜와 여력이 홍랑(紅娘)216)이나 개자추(介子推)217)와 같은 부류이다. 신부의 처소가 정당에서 아득히 멀고 나는 가사가 많고 번거로워 살피기 어려우니 너희들 세 사람이 한 마음 한 뜻으로 우리 며느리를 보호하여라."

그러자 세 사람이 머리를 조아려 명을 받들고 설소저의 무궁한 성덕과 아름다운 기운을 우러러 보며 기이하게 여기기를 마지않았다.

이때 설소저는 기나긴 혼례 예식을 다 마치고 그 시어머니의 만대에 없는 성덕과 광휘를 우러러 공경하고 사모하는 마음이 가득하여 곁에서 모시고 있었다. 그런데 이처럼 미래를 예지하고 세 명의 충성스런 계집종들을 내려주시는 것을 보고 소저는 앉은 자리에서 물러나 거듭 절하였다. 그 우러러보는 정성은 비록 하루 사이였으나 친어머니에 못지않았다. 이윽고 소저가 물러나 침소로 돌아오니 모든 시녀와 유모들이 소저를 붙들어 긴단장218)을 벗기고 쉬게 하였다.

때때로 창흥 공자가 오긴 하였으나 늘 잊지 않으며 그리워하는 마음은 없어 여자 중에 요순 같은 인물을 백량(百兩)으로 데려다놓고도 깊이 가라앉은 듯 엄숙하고 침중하였다. 창흥은 다만 웃어른들께 효성을 극진히 하

---

216) 홍랑(紅娘) : 원대의 잡극인 『서상기(西廂記)』에 나오는 여주인공 앵앵(鶯鶯)의 몸종으로 장생(張生, 張君瑞)과 앵앵 사이를 오가며 편지를 전해주는 등 중매 노릇을 하고 재치와 용기로 위기를 극복함.

217) 개자추(介子推) : 중국 춘추시대의 은사(隱士)로 진(晉)나라 문공(文公)이 왕위에 오르기 전에 아버지 헌공(獻公)에게 추방되었을 때 19년 동안 그를 모시며 같이 망명생활을 하였으나 뒤에 문공이 진(秦)나라 목공(穆公)의 주선으로 귀국하여 왕위에 오르고 많은 현신(賢臣)을 등용해도 개자추에게는 봉록을 주지 않자 실망한 그는 면산(緜山)에 들어가 숨어 삶. 문공이 그를 나오게 하기 위해 산에다 불을 질렀으나 끝내 나오지 않고 어머니와 함께 그대로 타 죽었다고 함.

218) 긴단장 : 온갖 단장. 특히 혼인 때 신부의 머리에 족두리나 화관을 씌워 단장하는 일을 이름.

고 할머니 품속에 들어가 아양 떨고 귀엽게 말하거나 할아버지의 뜻을 맞춰 드려 편히 잠드시게 할 줄만 알고 사소한 정에는 마음을 두지 않았다. 오늘도 창홍이 할아버지 앞에서 할아버지를 모시다가 그 품에서 자려 하니 공이 선생과 초왕을 돌아보며 말하였다.

"이 철없고 불쌍한 거동을 좀 보아라. 오늘이 저희 부부에게 매우 길한 날인 줄도 모르고 내 품속에서 잘 양으로 하는 모양을 보소. 내가 아무 리 손자 사랑이 병이 되었다고 비웃음을 당하나 나무나 돌이 아니니 저 모양이 불쌍하지 않느냐?"

초왕이 아버지께서 저토록 하시는 것을 보니 창홍이 자기보다 위인 듯 싶었다. 얼굴에 즐거움이 가득한 기색으로 아들에게 말하였다.

"저리 다 큰 것이 항상 어머니 품 속 아니면 못 잘 줄 아나? 할아버님 침 수가 편치 못할까 염려로다."

상국이 웃으며 말하였다.

"무슨 일로 침수가 편치 않겠느냐? 오늘은 신방에 가서 자라."

선생이 곁에 앉았다가 공의 삼 대는 효성과 우애도 유난스럽고 자애도 유별나다 하며 자기는 도리어 범연한 듯 웃고 말하였다.

"이 아우는 천홍을 노년에 얻었다 할 것이나 천품이 미련하고 어리석 어 형님같이 저렇게는 못할 것 같습니다."

공이 웃으며 말하였다.

"아우는 웃지 마라. 나는 다만 위로 어머니를 위한 생각 외에는 한결같 은 생각이 창홍에게보다 더한 사람이 없느니라."

그리고 창홍을 쓰다듬으며 말하였다.

"네 아내가 처음으로 들어와 큰 궁에서 고적할 것이니 오늘밤부터 3일은 비우지 마라."

이렇게 말하니 공자가 그러겠다고 공손히 대답하고 할아버지의 명을 거역하지 못하여 손에 기린촉을 들고 문을 나섰다. 그러면서도 할아버지 침소를 자주 돌아보니 공이 크게 기뻐하며 어서 가라고 하였다. 초왕이 두 대인을 모시고 함께 갔다. 공자가 팔룡당에 이르니 이 팔룡당은 초왕의 여덟 아들들이 머물며 공부하고 노는 곳이라 여러 생들이 모여 촉을 밝히고 책 읽는 소리가 낭랑하였다. 공자가 창밖에서 말하였다.

"밤이 깊었는데 아직 자지 않고 대단히 부지런한 체하며 독서하는구나."

그러자 여러 생들은 공자의 소리를 듣고 일시에 달려 나와 등을 밀며 공자를 이끌어 방에 들어오게 하였다. 그들이 한꺼번에 말하였다.

"원백이 오늘 신방의 아름다운 모꼬지에 가느라 창밖에서 괜히 생색내며 이제는 팔룡당을 내 아더냐 하는 모양이 밉구나. 우리가 비록 미성년이나 나이로 논하면 이놈의 형 노릇을 해도 족할 것이다."

그러면서 설마 이놈이야 못 이기랴 하고 서로 지껄이며 설희필, 조원석, 성희백 등 여러 생들이 일시에 좌우로 에워싸며 괴롭게 보채기를 그치지 않으니 공자가 껄껄 웃으며 말하였다.

"이것들이 갑자기 어디 가서 귀신이라도 들렸느냐? 왜 이리 미친 듯이구느냐?"

그러자 재흥 공자가 말하였다.

"저 미친 소년들이 공연이 형님을 벼르며 '채 야심한 밤도 아닌데 저희더러 편히 자라 이르지도 않고 신방으로 벌써 가 계시다.' 하고는 내일 나오시거든 반드시 매어 달고 때려서 술과 안주를 물리도록 먹자고 지

껄이더니 저리 미치게 굽니다. 저는 오운전에 시침하러 가니 천흥을
불러 맡기십시오."

그리고 안으로 들어가니 공자는 여러 사람들의 장난이 어지러워도 얼
굴 표정 하나 바꾸지 않고 크게 웃으며 말하였다.

"너희들 뜬 구름 같은 무리가 언감생심 나 같은 대군자를 대적할까 싶
으냐? 이 임창홍은 만복이 가득하여 신방의 모꼬지가 지극히 아름답거
늘 너희가 저렇듯 배 아파하는 것은 어째서이냐? 내가 오늘 혼례를 지
내고 두 다리가 심히 아프니 이제 쉬련다."

말을 마치고 천천히 웃으며 일어나니 여러 생들이 크게 노하여 한꺼번
에 일어나 다시 붙들고 치려했으나 구정(九鼎)[219]을 들어 올릴 만한 창흥
의 힘을 능히 당할 수 없었다. 한 번 밀쳐서 던지고 촛불을 빼앗아 신방으
로 향하니 여러 생들이 슬그머니 나와서 놓아 보내며 크게 웃었다.

공자가 신방에 이르니 어린 궁녀들이 좌우에서 영접하고 소저가 어여
쁜 태도로 일어나서 생을 맞았다.

75

---

219) 구정(九鼎): 옛 중국 우(禹) 임금 때에 구주(九州)에서 거두어들인 금으로 만들었다는 솥으로
　　주(周) 나라 때까지 전해졌다는 국보인데 초패왕(楚霸王) 항우(項羽)는 기운이 세어 솥을 들어
　　올렸다고 함.

1   차설(且說). 창홍이 신방에 이르자 어린 궁녀들이 좌우에서 영접하고 소저는 어여쁜 태도로 일어나 생을 맞으니 매미 날개 같은 소매가 가볍게 나부끼고 보석 같은 광채가 방 안에 가득하였다. 창홍은 소저의 위상이 가을 서리 같으나 자질이 영롱하여 만고에 드물게 아리땁고 현철한 금세의 숙녀라는 것을 눈을 들어 보지 않아도 알 수 있을 듯했다. 창홍은 팔을 밀어 자리를 정하였으나 매우 차가운 눈으로 한동안 말없이 잠자코 있다가 소매 속에서 모시(毛詩) 한 편을 꺼내 학같이 맑은 소리로 낭랑하게 읽

2   었다. 그 소리가 맑고 힘이 있어 하늘에 사무칠 듯하였다.

     이때 초왕은 며느리의 덕과 광채가 아들을 압두할 만하므로 자연히 기쁘고 유쾌하였다. 그러나 어린 것들을 신방220)에 들이고 궁금함을 참지 못하여 재홍을 곁에 눕히고 팔룡당 정원 중앙에 이르러 태허전 뜰을 걷고 있었다. 그때 창홍이 책 읽는 소리가 들리는데 그 소리가 웅장하고 맑게 트여 기산(箕山)221)에서 어린 봉황새가 소리를 내는 듯 오음(五音)과 육률(六律)이 알맞게 들어맞았다. 초왕은 마음이 기쁘고 즐거워 자연히 걸음을 옮기지 못하였다. 그러다 우연히 건상(乾象)을 우러러 보니 낭아성이 자기

3   집 분야(分野)에 있는데 광채가 당당하여 달빛을 이길 정도였다. 그러나 살기등등한 검은 기운이 사면을 둘러싸고 낭아성을 범하려 하여도 그 당당한 정기를 능히 범하지 못하고 있었다. 초왕이 크게 놀라 다시 살피니 앞일이 어두웠다. 초왕은 며느리가 당할 환란이 그 시어머니보다 더할 것임을 예측하고 크게 근심이 되어 한참을 깊이 생각하다가 발을 돌이켜 내

---

220) 신방 : {닷궁}. 정확한 뜻은 미상이나 문맥상 신방을 가리키는 것으로 보임.
221) 기산(箕山) : 지금의 하남성(河南省) 등봉현(登封縣)의 동남에 있는 산. 옛날 주(周)나라 문왕(文王)이 기산(岐山) 아래 있을 때 천지가 만물을 내는 마음을 체득하여 백성을 진심으로 사랑하자 화(和)한 기운이 상서를 이루어 오채의 아름다운 깃털을 가진 새 즉 봉황새가 왔다고 함.

당으로 갔다.

초왕이 방으로 들어서자 주비가 일어나 맞았다. 초왕이 자리에 앉아서도 눈썹을 찌푸리며 무언가 생각하는 바가 있으니 주비가 이를 알았다. 초왕이 비를 향해 말하였다.

"그대는 평생 뜻을 세우지 못한 것이 마음에 지극한 아픔이었을 텐데 오늘 현숙하고 아름다운 성녀를 며느리로 삼으니 이후에는 마음을 돌려 부인 된 여자가 마음대로 인륜을 폐하지 못하리란 것을 아시겠습니까?"

주비는 왕이 이런 말을 하는 것을 듣자 자기가 고집 세고 명민하지 못한 것을 그동안 왕이 괴롭게 여겼다는 것을 깨닫고는 나직한 목소리로 대답하였다.

"첩이 무슨 대단한 사람이라고 뜻을 세우지 못한 것을 남몰래 근심했겠습니까마는 사람이 어리석고 우둔하여 군후께서 이와 같이 아셨으니 입이 있어도 할 말이 없습니다."

초왕은 이 말에 조용히 미소 짓고 한동안 묵묵히 있다가 이렇게 말하였다.

"요사이 민가에서 너무 일찍 어린 나이에 장가들이는 것을 내 심히 애처롭게 여기는 바였는데 어머님의 열화와 같은 뜻을 이루고자 아직 꼴도 갖춰지지 않은 어린 것을 혼인시키자니 심히 불안했습니다. 내 아들의 조숙함이 나이와는 전혀 다르고 본 기운이 굳센 아이라 구태여 염려스럽지는 않으나, 며늘아기는 나아가고 물러가는 동작이 너무 아름답고 고와서 감귤이 씨 없는 것과 같고 아름다운 광채가 너무 찬란하여 얼굴 위에 넘치니, 아마도 젊어서는 해를 면치 못할 듯하여 어머님 안전에 걱정을 끼칠까 깊이 염려가 됩니다."

주비가 대답하였다.

6   "대왕 말씀이 매우 지당하시나 며늘아기의 얼굴에 복과 덕이 어리어 찬란한 광채를 이기고 있으니 비록 소소한 재앙이 있다 해도 그 덕성과 식견으로 충분히 진압하고 복종케 하여 수를 다하도록 다복하기로는 이 아이가 으뜸일 것입니다. 한때의 어려움을 차마 어찌하겠습니까? 성인께서도 오는 액을 면치 못하였으니 아직 오지도 않은 일을 미리 근심하는 것은 부질없는 일입니다."

초왕은 주비가 그 선견지명으로 앞일을 보지 않고도 미리 알면서 구태여 마음에 두지 않는 것을 보고 남몰래 감탄하였다. 왕은 새로 태어난 쌍둥이들을 무릎 위에 앉히고 번갈아 쓰다듬으며 어루만지다가 내당을 나와서 두 아버지를 모시고 잠을 이루었다.

7   이때 공자가 삼경(三更)222)이 다하도록 글을 읽다가 비로소 책을 덮고 자리에 나아가려 하였다. 눈길을 들어 신부를 이윽히 바라보니 다만 온몸에 향기가 둘렀는데 눈썹이 나직하고 연꽃 같은 두 뺨에 어린 온갖 자태는 방안 가득 밝게 빛나 촛불이 빛을 잃을 정도로 눈이 부셨다. 공자는 몸을 굽혀 공경을 표한 후 팔을 들어 밤이 깊으니 편히 쉬라 청하였다. 유모가 비단 자리 위에 두 개의 금침을 펴고 물러나자 생이 웃옷을 벗어 시렁 위에 걸고 자리에 누웠다. 이때 열영과 매송이 공자를 향해 말하였다.

8   "저희들이 존명을 받들고 소저를 보호하러 왔으니 그만하시고 소저를 편히 쉬게 해주십시오. 아직 나이가 어리셔서 주인 소임을 감당하지 못하십니다."

---

222) 삼경(三更) : 하룻밤을 오경(五更)으로 나눈 셋째 부분. 밤 열한 시에서 새벽 한 시 사이.

공자는 평소 이 사람들이 어머니가 어려울 때 함께 고난을 겪은 것이 고마워 극진히 대접해오던 터라 웃으며 말하였다.

"열영과 매송 등은 묘한 이치를 모르는구나. 내 어찌 주인 소임을 당하겠는가? 저 사람은 집주인이고 나는 이 집 밖에 있는 사람이니 집주인은 나 같은 손님을 편히 자게 인도하려는가?"

세 사람은 웃음을 머금고 옆방으로 물러났다. 이에 생이 촛불을 끄고 소저를 권하여 편히 쉬게 하였으나 소저는 그린 듯이 단정하게 앉아 숨소리도 내지 않았다. 공자가 비록 나이는 어리나 어찌 부부가 서로 합하는 9 것을 알지 못하겠는가? 소저의 부모께 은혜를 받은 것이 적지 않고 우러러 받드는 마음이 친부모보다 조금도 덜하지 않은데다 그들이 평생 그 딸에 대한 사랑이 얼마나 각별했었는지를 익히 보았던 터라 그 약한 체질에 오늘 혼례 이후 피곤하지 않을까 두려웠다. 그래서 친히 나아가 소저를 붙들어 자리에 편히 눕히고 자기 또한 자리에 누우면서 보니 소저의 온몸 구석구석이 대단히 조촐하고 깨끗하였다. 생은 마음속으로 흠모하며 생각하였다.

'저 사람이 어려서는 심히 의기가 강개하더니 어찌 그 사이 부드럽고 아름답기가 이와 같이 되었을까? 아직 나이가 어리니 구태여 억지로 가까이 할 것 없겠다.'

그러고는 한잠을 푹 자고 일어나니 신부는 벌써 단장을 다 하고 정당 10 으로 향하고 있었다. 바삐 세수하고 머리를 빗은 후 오운전에 이르니 상국 형제가 취성전에 들어가 계셨다. 이에 부왕을 모시고 취성전에 문안인사를 드리니 신부는 벌써 문안을 드리고 곁에서 모시고 있었다. 공이 손자를 나오게 하여 물었다.

"네 아내를 보니 뜻이 어떠하냐? 내 보기에는 너보다 열배는 나으니 네 스승을 삼는 것이 어떻겠느냐?"

공자가 관을 숙여 얼굴을 붉히며 대답하였다.

"제가 조상의 은덕과 부모의 은애를 겸하여 받아 아주 수준이 낮거나 떨어지지는 않습니다. 족히 사당에 부끄럽지 않사온데 무슨 이유로 부인 여자에게 머리를 움츠리고 배우겠습니까? 할아버님 하고는 저의 마음에 부합하지 않는가 하옵니다."

두 공이 크게 웃고 손자의 등을 어루만지며 말하였다.

"이 놈이 완고하고 거만하여 할아비를 사리에 어두운 늙은이로 여기는가 보지만 네 부모도 네 아내를 더 사랑할 것이니 두고 보아라."

공자가 황공하여 할아버지 말씀을 공손히 받드니 두 공은 그 탄탄한 뜻과 기백이 군자의 큰 도를 얻었음을 보고 기쁜 마음으로 지극히 사랑하였다. 태부인은 그 부부가 서로 비슷하여 차이가 나지 않는 것을 보고 즐거운 마음에 두 아들을 돌아보며 이렇게 말하였다.

"이 늙은 어미가 나이 80에 혈육이 저같이 빼어난 것은 처음 보았다. 주현부와 효장공주를 볼 때마다 마음이 황홀했는데 저 신부는 나이가 어린 탓에 그보다 더한데다 우리 집안에 악한 무리가 없고 큰 복을 갖추었으니 도리어 해를 입을까 두렵구나."

두 공이 머리를 조아리고 대답하였다.

"어머님 말씀이 마땅하십니다. 저희들 생각에도 근심이 없다고는 못할 것이오나 나이 어린 여자가 젊어서 해를 당하는 것은 예사로운 일인데다 며늘아기는 복을 타고난 상이니 이에 대해서는 염려를 더하지 마옵소서."

이 말에 태부인은 고개를 끄덕였다.

3일 후 소저를 취성전 옆방으로 옮겨 월혜 소저와 함께 거하게 하니 신부가 그 곳에 머물며 시부모를 효로써 봉양하고 남편의 명령을 좇으며 조금도 아이 같은 모양이 없었다. 임씨 가문에 들어온 지 수개월 만에 일가의 칭찬하는 소리가 온 집안을 기울이고 세 어르신들과 친척들은 반드시 성녀 효부라 일컬었다. 주비가 어른들을 모시고 난 여가에는 소저가 그 뒤를 모시니 그 효성스런 모습은 종과 북이 망치를 마주한 듯 매우 공경스럽고도 조심스러웠다. 부인은 신부가 나이가 어린데도 그 동작과 처신이 신기하고 기특한 것을 사랑하여 마음을 쏟아 어루만지며 아기처럼 아꼈다. 그러면서 간간이 고부간에 고금의 일을 논하며 조용히 담화하는 일이 잦으니 한부인은 마찬가지로 신부를 아끼면서도 간혹 웃으며 말하였다.

"원군께서 우리들 알기를 부인이나 어린아이처럼 작게 여기시나 봅니다. 우리와는 한 번도 함께 고금을 논하는 것을 보지 못했는데 원래의 우애는 지어낸 우애요, 지기(知己)는 바깥 지기인가 봅니다. 그러니 어쩔 수 없습니다."

주비는 눈길을 천천히 옮겨 한부인을 한동안 자세히 바라보다가 이렇게 말하였다.

"내가 자네를 공자께서 자공(子貢) 대접하시는 것223)과 같다고 하는 건

---

223) 공자께서 ~ 것 : 자공(子貢)은 중국 춘추시대 위(衛)나라 유학자로 공문십철의 한 사람으로 재아(宰我)와 더불어 언변에 뛰어났다고 함. 성은 단목(端木)이고 이름은 사(賜). 『사기』를 저술한 사마천은 자공의 열전을 기록하면서 "입담이 세고 언사가 교묘하다[利言巧辭]."는 네 글자로 그를 평함. 자공의 언변에 대해서는 공자도 자주 이야기하며 안회와 비교하기도 하였는데, 어느 날 공자가 자공을 불러 안회와 비교하자 자공은 "제자가 어찌 안회와 비교가 되겠습니까? 그는 하나를 들으면 열을 알고, 저는 다만 하나를 들으면 둘을 아는 정도에 불과합니다."라고 대답함. 자공의 대답에는 겸손의 태도가 나타나 있으나 사실은 안회가 총명하다면 자신도 결코

가? 규방의 문장도 변변히 모르는 사람이 무슨 고금을 논하겠나? 내가
며늘아기와 논하는 것은 현인들이 군자와 소인에 대해 말하는 것도 아
니요, 증자와 안자의 대화도 아니네. 자네가 어찌 나를 조롱하여 형제
간의 우애를 잊는가? 아까 풍씨 아우가 말하기를 '한씨 언니의 말을 들
으니 큰아주버님께서 가지고 계신 세 권의 책224)에 천 년의 세월과 온
우주와 여러 세대의 일들이 똑똑하게 있어 앉아서 능히 구주(九州) 팔황
(八荒)225)을 떨게 할 기세가 있다.' 하나 감히 묻지 못하고 있네. 내가
항상 자네의 진실함을 믿었는데 풍씨 아우에게 천문서가 있음을 알리
는 것은 무방하나 이 물건이 그 임자가 아닌 바에는 보아도 백해무익한
탓에 내 그때 괴이한 운수를 만나 한번 시험하고 무심하게 두었는데 군
자께서 우연히 보시고 거두어 내어 가셨네. 풍씨 아우에게 보여주지
못하여 심히 무안하나 부인 여자가 문방서책 같은 물건은 들여오지 못
하니 보여줄 수가 없겠네."

한부인이 낭랑하게 웃으며 말하였다.

"부인 말씀이 맞습니다. 지난번에 효장궁에 가서 풍부인, 소부인 두 사

바보가 아니라는 말투도 섞여 있었는데 공자의 속뜻은 안회와 비교시켜 자공의 자신만만한 태
도를 누그러뜨리려고 하였던 것이지만 결코 자공의 기세는 꺾지는 못하였음. 여기서는 주비가
며느리인 설성염과만 자주 고금을 논하는 것을 두고 한부인이 시샘하는 투로 농담을 하자 주비
가 한부인을 자공에 빗대어 한 말임.
224) 세 ~ 책 : 『성현공숙렬기』 2권에서 희린이 여부인의 계책으로 유괴되어 절벽에 던져졌을 때 활
인암 태허법사에 의해 구출되는데 이때 태허법사가 희린에게 보여준 천문비서를 가리킴. 법사
는 이 책이 8년 뒤 진짜 주인인 상국 규수의 손을 거쳐 희린에게 돌아가리라 예언하는데 그 예
언대로 『성현공숙렬기』 12권에서 법사는 활인암에 피신한 주소저에게 남자 옷을 주어 남장하
게 하고 보탑과 천문비서를 보게 하여 후에 병마장군 평위대원수로 전장에 참여하게 된 주소저
가 희린을 구하고 가문을 구하는 데 일조하게 함. 이 책은 8년 만에 시집으로 돌아온 주소저에
게서 희린에게로 돌아감.
225) 구주(九州) 팔황(八荒) : '구주'는 고대중국에서 전국을 아홉 개로 나눈 것을 말하고 '팔황'은 팔
방(八方)의 끝, 즉 우주를 말함. 결국 이 둘을 합하면 온 천하를 가리킴.

16

람과 조용히 한담을 나누다 들으니 공주께서 비서(秘書)를 가리키며 말
씀하시길 '국초(國初)에 성의백이 천문서 여덟 권을 석갑에 넣어 두었다
가 죽을 때 유서와 함께 봉하여 둘째 아들인 유천에게 맡기며 이르기를
태조께서 찾으실 것이니 그때 바치어라.'고 하셨는데 고황제께서 위국
공 말을 듣고 깨우치신 후 정말 사신을 보내어 가져다 보시고 호유용의
반역을 진정시키신 후 베개 근처에 두시고 자주 열람하시며 길흉화복
을 보셨다 합니다. 그러다가 고황제께서 붕어하신 후 건문(建文)[226] 시
대가 미처 끝나기도 전에 그 중 요긴한 세 권을 잃어버리고 나머지 네

권이 있었으나 긴요한 세 편을 잃은 것을 황상께서 깨달으시고 아까워
하시며 이 물건을 얻고 잃는 것도 다 때가 있는 것이라 하시며 왕실 창
고에 넣어 두셨다 합니다. 우리 형님께서 대량(大梁)을 치실 때 이 세 편
을 얻고 의미를 깨우치신 후 왕각을 멸하셨으면서도 이런 말을 큰 수치
로 아시고 '내 감히 묻지 못하노라.' 하시니 이 아우 또한 형님이 말씀
하신 것같이 대답하겠습니다."

주비가 이 말을 칭찬하니 한부인이 또 말하였다.

"경복루 시어머님의 명이 계시어 명을 받들러 갔더니 풍부인이 산기가
있는지 불편하여 돌아가겠다고 하시고 언니 계신 곳을 물으시며 친히
문병하고자 하셨으나 명하지는 않으시더이다."

주비가 놀라서 말하였다.

"한담은 잠깐 쉬고 즉시 전했어야지요. 어찌 한가한 이야기가 나오더
이까?"

그리고는 며느리에게 머물러 침소를 지키라 하고 발걸음을 돌이켜 풍

---

226) 건문(建文) : 중국 명(明)나라 혜제 때의 연호로 서기 1399년부터 1402년까지를 말함.

부인 침소에 이르니 비단병풍이 둘러 쳐진 사이로 부인의 신음 소리가 은은히 들리었다. 주비가 조용히 다가가 풍부인의 흰 손을 어루만져 맥을 살피니 산기인지라 한부인을 청하여 함께 보살폈다. 풍씨가 이마를 찡그린 채 간간히 앓다가 이윽고 아이 울음소리가 급하게 나니 한부인이 밖으로 나와 밥과 국을 조심해서 살피라 명하고 주비는 풍부인 곁에서 부인을 보살피며 태어난 아이를 강보에 쌌다. 여부인이 친히 왕림하여 순산한 것을 기뻐하고 남자아인지 여자아인지를 물으니 곁에 있던 사람들이 남자아이임을 말하고 기운이 평소와 같음을 아뢰었다. 부인이 기쁨과 즐거움을 이기지 못하여 방에 들어가 장 밖에 앉으니 주비가 강보를 받들어 여부인께서 아이를 보시게 하였다. 부인이 보기에 아이가 1척 백옥을 공교히 다듬은 듯 어여쁘기가 한량없으므로 크게 기뻐 말하였다.

"낳는 아이마다 한결같이 기이하니 조상의 공덕이 아니면 이런 경사가 겹치겠느냐?"

그러자 주비가 하례하고 아이 유모를 정한 후 시어머니를 모시고 나와 밥과 국을 연이어 보내었다.

이때 초왕이 갓 이 소식을 듣고 바삐 회운각에 이르러 마루에 앉아 제수씨의 기운이 어떠한가 물으니 그 지극한 염려는 옛사람의 나룻 그을림[227]을 귀하다 할 수 없을 정도였다. 여부인이 취성전에서 태부인을 모시고 앉아 풍씨가 아들을 순산하였다고 알리니 태부인이 크게 기뻐하며 말하였다.

"손자가 거의 수십 명에 이르니 이 어찌 내 아이의 지극히 공평하고 사

---

227) 옛사람의 ~ 그을림 : 옛날에 어떤 사람이 아픈 형제의 약을 달이다 나룻을 그을렸다는 고사가 있음.

사로움 없는 덕을 하늘께서 도우심이 아니겠는가?"

선생어 만면에 희색이 가득하여 형님께 치하하며 말하였다.

"희린, 유린 두 아이가 해를 이어 쌍쌍이 자녀를 낳으니 형님은 늘그막
에 자손을 세우셨습니다그려."

상국이 웃으면서 대답하였다.

"네 말이 심히 좋구나. 우리 임씨 집안이 대대로 외롭고 쓸쓸하여 화주 21
에 약간의 먼 친척이 있긴 하나 번성하지 못하고 우리 형제만 외롭던
터에 이 어찌 꿈같은 일이 아니겠느냐? 희린의 아들이 아홉이요, 유린
이 일곱이며, 세린이 열이니 어찌 하늘의 뜻이 아니겠느냐?"

이렇게 말씀을 나누니 각 상 위에는 봄바람이 무르녹는 듯했다. 태부
인 곁에서 함께 기쁨을 나누다가 각각 물러난 후 초왕은 희운각 뒤에 있
는 난간에서 친히 약을 달였다.

여부인은 왕이 너무 몸을 혹사하는 것을 민망하게 여겨 왕을 불러 술과
안주에 여러 과일들을 권하였다. 왕은 어머님이 마치 강보에 싸인 어린아
이 대하듯 사랑하시는 데에 감격하여 술을 마시고 과일을 맛보다가 감귤 22
세 개를 남겨 영주에게 주면서 이렇게 말하였다.

"하나는 네가 먹고 둘은 창홍에게 주어라."

그러자 여부인이 웃으며 말하였다.

"아서라. 너같이 자식에게 주접 들게 구는 사람이 또 있겠느냐? 창홍이
자라서 혼인한 것을 더 못 잊어 하니 쓸데없구나."

초왕은 수려한 양 미간에 온화한 기운을 띤 채 이렇게 대답하였다.

"어머님 말씀이 마땅하십니다. 아우는 자애할 줄을 모르나 저는 창홍
이부터 과도하게 어여뻤습니다. 아우는 팔룡당에서 아이들과 마음껏

기쁘게 즐기느라 제수씨의 해산을 염려하지도 않고 있으니 아직도 인간사에 넉넉하지 못하나 그렇다 해도 자식이 남자인지 여자인지는 알려야 하지 않겠습니까?"

여부인이 낭랑하게 웃으며 말하였다.

"그 자식이 원래 그런데 자식이 남자인지 여자인지를 알겠느냐? 너같이 사람의 자식 된 소임을 일찍부터 하면서 자상한 사람이 또 어디 있겠느냐?"

그러다 홀연 양미간에 수심이 가득해지면서 이렇게 말하였다.

"내 어찌 그토록 못할 노릇을 했던고? 내 그때 주씨 며느리가 죽었다는 소식을 듣고 너 또한 대량(大梁)으로 갔을 때 창흥을 나에게 맡겼으니 토목 같은 심장이라도 감동할 터인데 내 차마 못할 악한 짓을 했으니 이 아니 괴이하냐? 이 마디를 생각하면 실로 괴이하구나."

초왕이 머리를 긁적이며 귀엽게 말하였다.

"우리 어머님께서는 건망증도 많으십니다. 어찌 이리 심하게 저를 속이십니까? 꿈에도 생각지 못한 말씀을 들먹이시며 공연히 위협하시니 제가 며느리 보기가 부끄럽지 않겠습니까?"

여부인은 초왕이 이렇듯 부드럽고 온화한 것을 보고 아끼고 소중하게 여기는 마음이 친자인 유린도 미치지 못할 정도였다. 여부인이 초왕의 흰 손을 어루만지며 말하였다.

"저리 며느리 보기 부끄럽지 않느냐 하니 이후부터는 옛말을 다시 하지 않으마."

초왕이 일어나 절하고 부인 무릎 위에 누워 재롱을 부리면서 말하였다.

"오죽하겠습니까? 이제는 꿈에도 생각하지 마십시오."

이렇게 말하며 나긋하게 웃으니 부인이 머리를 밀쳐내며 말하였다.

"이 자식이 천승의 군왕이요, 며느리까지 두고서도 어린 체하는 것이 3~4세 유아 같으니 몹시 밉구나." 25

초왕이 웃고 의관을 거두어 고치고 곁에서 모시니 모자간에 나누는 조용한 담소는 생모인 위부인도 미치지 못하였다. 여부인이 문득 눈썹을 찡그리며 말하였다.

"네 며느리는 전혀 더러운 데가 없으니 염려스럽구나. 아직 어린 나이에 아침저녁으로 시부모를 문안하고 잠자리를 보살피느라 약한 체질이 상할까 두려워 친가에 보내어 편하게 지내게 하고 싶으나 그 친가에서 마음에 들어 하지 않아 못하였다. 내 지난달에 미선항에 가서 설형과 이야기를 했는데 우리 형님 말씀을 들으니 태사 부부가 지극히 어질고 의로우나 그 계모가 고집 세고 어리석어 의견이 밝지는 못해도 나 26 같이 이상한 데는 없어 그 오라비의 손자 남매를 데려다 집안에 오래 머물게 하고 길렀다는구나. 태사 부부는 어머니 뜻을 순순히 따랐으나 손자며느리는 목씨 남매를 피하느라 자기 침소를 버리고 상부인의 협실에 깊이 숨어 있었단다. 혼례 날에야 비로소 방 밖으로 나와 우리 집에 보내졌다 하니 진정 우리 집에 아주 두었으면 좋겠으나 우리의 의향을 몰라 집안일을 번거롭게 이르지 못한다 한다. 그 목씨 남매가 종조모를 부추겨 집안을 어지럽게 해도 설공은 한결같이 효로써 따르며 각별히 꾸짖지 못하였으나 설한림 등은 심히 괴로운 탓에 희광이 짐짓 네게 공부를 배운다고 핑계하고 왔다는구나. 그 목가의 요사스럽고 추악 27 한 인간이 두루 돌며 환술하는 요인과 결탁하여 낙안주 산동 부근으로 다닌다 한다. 설태사가 짐작하고 절통하여 태부인께 머리를 조아리고 간하기를 이후에는 지형을 집안에 두지 마시라고 하였으나 그 부인이 발악하며 죽겠다고 날뛰니 설공이 어쩔 도리가 없어 그쳤다고 한다. 이제 와선 그 흉계가 어느 지경에 미칠 줄도 모르고 낙안주는 한왕의 도움이니 한왕과 결탁하려는가 싶구나."

초왕이 고요히 어머니 말씀을 듣다가 크게 놀랐으나 안색 하나 바꾸지 않고 대답하려 할 때 공자가 들어와 장인이 왔음을 고하였다. 초왕이 바삐 오운전으로 나와 손님과 주인이 예를 갖춰 인사를 마치니 설공이 왕을 향하여 말하였다.

"제가 부족한 여식을 형께 맡겨 걱정을 끼치게 되니 심히 불안하여 나아와 형께 사례하고 사위를 보고자 하였으나 근래 늙은 몸에 오래된 병이 더하여져 능히 귀댁을 찾아뵙지 못했으니 부끄러움을 이길 수가 없습니다."

초왕이 반가운 얼굴로 대답하였다.

"노형의 말씀은 불가합니다. 제 아들이 먼저 장인어른을 찾아뵈어야 했는데 그러지 못했으니 그 태만함을 나무라셔야지요."

설태사가 기쁜 빛으로 말하였다.

"형의 말씀이 황송하여 감히 견딜 수가 없습니다. 여식이 어리고 부족하여 출입이 번거로우니 귀댁에 온전히 두고 웃어른 섬기고 손님 맞는 예를 배우게 하고자 합니다."

초왕은 기쁘게 고개를 끄덕이며 좋게 응하였다.

이윽고 시종들이 주상국, 성추밀, 소상서, 여이공 등이 도착했음을 고하니 주인이 방에서 마당으로 내려가 손님을 맞아 마루에 올라 나란히 앉았다. 여러 공들은 설태사의 병이 나아 출입할 수 있게 된 것을 기뻐하며 서로 말씀을 나누었다. 설태사가 주후에게 타고난 병이 오래 낫지 않아 한동안 나아가 뵙지 못한 것을 사죄하자 주후가 미소를 지으며 말하였다.

"요사이 젊은 사람이 깜찍하게도 어린 딸을 출가시키고 사위를 만나러 사돈 집에를 수레바퀴가 깨어지도록 다니는데 어느 겨를에 나 같은 늙은 어른을 찾아보기 쉬울까?"

설태사가 그렇지 않다고 대답하자 그 자리에 있던 모든 사람들이 웃음을 그치지 않았다. 성추밀이 설태사에게 말하였다.

"설형은 무슨 까닭으로 사직 상소를 4~5차례나 올렸는가? 그대 나이가 아직 그리 늙었다 할 정도는 아니고 다섯 아들은 한림원(翰林院)[228]의 주인이 되었으며 딸은 명문대가의 크고 어진 군자를 배필로 맞아 조금도 부족함이 없는데다 그대의 집안 살림은 족히 만석꾼을 부러워 아니할 정도인데 무슨 일로 해골을 빌어 사직하려 하는가?"

설태사가 웃으며 대답하였다.

"성형이 사람을 억지로 구속하여 길게 고집하시니 부끄럽습니다. 그러나 제가 부족한 재주로 임금을 섬기고 나라를 다스릴 재주와 덕성이 없는 터에 불초한 자식들이 과거에 급제하여[229] 재상의 반열을 더럽히고 천은을 욕 먹일까 두려워 밥을 먹어도 맛을 모르겠습니다. 더구나 아버님께서 살아계실 때에 말씀을 남기시길 '우리 가문이 본래 나라에 군공(軍功)이 없으므로 태조 고황제께서 하교로 제후로 봉하시고 관작을

---

228) 한림원(翰林院) : {옥당금마(玉堂金馬)}. '옥당금마'란 한나라 미앙궁의 옥당전과 금마문을 가리키는 말로 문사가 출사하는 곳을 의미함. 이에 따라 한림원을 뜻하게 됨. 한림원은 중국 당(唐)나라 현종(玄宗) 초기에 설치된 관청으로 문장에 능한 선비·학자, 의복술(醫卜術)에 능한 사람, 한 가지 예재(藝才)에 뛰어난 사람들이 뽑혀 모인 곳이었음.
229) 과거에 급제하여 : {금갑(今甲)을 맞쳐}. '갑'은 '갑과(甲科)'를 의미하는 것으로 과거에서 성적 차례로 나눈 등급의 하나. 첫째인 장원(壯元), 둘째인 방안(榜眼), 셋째인 탐화(探花) 세 사람이 이에 속함.

내리셨으나 성의백 유기께서 선조의 성덕을 공경하여 고황제께 아뢰어 제후로 봉하지 않으시고 연경(燕京)에 있게 하셨다.'고 하셨습니다. 그런 까닭에 아버님처럼 맑은 덕을 갖춘 분도 오히려 염려하고 두려워하신 바인데 하물며 저같이 식견이 부족하고 지혜와 도량이 좁아 전혀 쓸데없는 어리석은 사람이 오죽하겠습니까? 이런 이유로 병이 되었습니다. 아버님 훈계 또한 이러하시니 벼슬을 내놓고 홀어머니를 모시고 고향에 돌아가 전원의 밭을 수습하여 태평성대의 한가한 백성이 되어 이 한 몸 편히 마치고자 하는데 여러분께서는 무슨 속셈으로 막으시는 것입니까?"

성추밀이 웃으며 말하였다.

"내 어찌 막겠는가? 공연히 사직하니 그간 일을 알지 못하여 의아해서 물은 것인데 여러 사람의 속셈이라 하니 이 중에서 가장 어리면서도 말하는 것이 거만하지 않은가? 좌중에 아들들이 없으니 설형의 벌을 사위에게 받게 해야겠다."

좌우에 있던 사람들이 크게 웃으니 여이공도 웃으며 말하였다.

"집사람이 부모님 잃은 슬픔을[230] 연창에게 의지하면서 위로하다가 연창이 사직했다는 소문을 듣고 밤낮으로 가슴 아파 슬퍼하니 그 모습이 너무 불쌍해서 차마 볼 수가 없네. 그러니 성형은 부디 못 가게 해주게."

설태사는 누이 말을 들으니 자기 남매의 사정을 다른 사람들은 모를 터라 슬픔이 요동치는 듯하였다. 좌우에 있던 사람들도 그 모습을 보고 감

---

230) 부모님 ~ 슬픔을 : {뉵으지통[蓼莪之痛]}. '육아'는 『시경』「소아(小雅)」의 편명으로 이 작품은 전쟁에 나가 부모를 섬기지 못하다가 부모가 세상을 떠난 후 그 슬픔을 읊은 노래임. '육아지통'은 부모를 잃은 슬픔을 이르는 말로 쓰임.

격하여 울었다. 설태사는 낯빛을 고치고 여이공에게 말하였다.

"누이동생의 마음은 그렇다 할 수 있겠지만 백달이 두루 다니며 내가 사직하지 못하도록 하는 것은 무슨 속셈인가?"

여이공이 크게 웃으며 말하였다.

"내가 그렇게 괴이한 술책을 내지 않으면 설형이 어찌 사양하겠는가? 설형이 고향으로 돌아간다는 말 한 마디로 집사람의 얼굴이 초췌해져 가니 내 어찌 민망하다 하지 않겠는가?"

온 좌석에 있던 사람들이 무릎을 치며 크게 웃었다. 소공이 그 말을 이어 설태사를 말리며 말하였다.

"사위 맞은 재미나 보지 무슨 일로 고향에 돌아간단 말인가? 세간에 딸같이 재미있는 것이 없으이. 내 지난날 성군의 지극하신 대접을 저버리고 별 이유도 없이 귀향하자고 딸아이를 보채여 귀향을 하였는데 계윤231)의 서찰 한 장이 딸아이에게 급히 도착하니 딸아이가 시아버지의 뜻을 보자마자 스스로 목을 옭아매서라도 상경할 거동이었네. 딸 낳은 아비는 서럽고 며느리 보는 시아버지는 무섭더구먼. 지금 설형의 뜻과 절개는 흰 구름 같으나 이미 딸을 임씨 가문에 들여보냈으니 임금이 쫓으신다 해도 고향으로 내려가는 일이 당장은 어려울 것 아닌가?"

말을 마치자 좌우에 있던 사람들이 모두 크게 웃었다. 초왕 형제는 존경하는 어른들 앞이라 공손히 두 손을 마주 잡고 곁에서 모시며 조그맣게 웃다가 여러 공들의 말씀을 듣고 허리띠를 어루만지며 조금도 자세히 살펴주심이 없으시다고 대답하니 소공이 머리를 흔들면서 부마에게 졸리다가 필경은 욕을 당했던 일을 자세히 말하였다. 그 자리에 있던 모든 사람

---

231) 계윤 : 소부인의 시아버지인 태청선생 임한규의 자(字).

들이 부채를 치며 크게 웃으니 주공이 말하였다.

36 "소형은 사위에게 볶이고 욕볼 일을 하였기에 그러했지만 나는 바른 도리로 행하였기에 현중232)의 안색이 변하는 것을 한 번도 보지 못했다네."

이 말을 듣자 소공 또한 웃었다. 부마가 부끄러운 얼굴로 은은한 웃음을 띠니 만물의 생기가 움직이는 듯했다. 그 모습을 보고 소공은 더욱 귀애하는 마음을 이기지 못하였다. 그리고 재홍을 부르니 공자가 소공을 찾아뵙는데 그 예절바른 태도는 훌륭하고 동작은 신선하여 완전히 성인과 같은 풍모였다. 소공이 그 뜻을 이미 알고 곁에 앉힌 후 소매에서 황옥으로 된 서진(書鎭)을 꺼내어 재홍 공자에게 주며 말하였다.

"이 물건이 비록 작은 것이나 이 가운데 변화가 무궁하여 눈이나 비바
37 람이 크게 일어나도 이것으로 책장을 눌러두면 아무 탈이 없을 것이다. 홍무 연간에 우리 선조께서 한림원에 입직하시면서 동궁의 글 선생을 겸하셨다. 동궁께서 학문을 연구하실 때 의문 태자가 위혜왕(魏惠王)의 진주를 글제로 내시어 글을 짓게 하시고 이어 이 물건을 내리시니 천은에 감사하고 공경하는 마음으로 간수하여 대대로 전해오는 물건이 되었다. 내 집 아이들에게도 마음대로 보지 못하게 했으나 너의 타고난 품성이 황옥과 상응하는 바가 있으니 모름지기 다시금 가다듬어 금옥같이 단련하고 이 늙은이를 잊지 마라."

38 재홍 공자는 문득 아름다운 이마와 눈썹을 찌푸리며 두 손을 마주 잡고 공손히 대답하였다.

"학문이 바르다면 보배로운 서진이 아니더라도 눈, 바람, 천둥, 비 같은

---

232) 현중 : 임희린의 자(字).

것을 두려워하겠습니까? 제가 본래 마음이 담박하여 물건에 욕심이 없고 보배란 것은 크면 그 나라를 망하게 하고 적으면 그 몸을 망하게 하니 군자가 어찌 공교한 것을 취하겠습니까? 이런 까닭에 이 물건을 가지지 않고자 합니다."

그러자 모든 사람들이 경탄하며 칭찬하기를 마지않았다. 소공 역시 손가락을 튕기며 칭찬하였다.

"산이 높으면 옥이 나오고 바다가 깊으면 진주가 나는 법이니 현중이 낳은 아이가 어찌 이렇지 않겠는가? 조정의 재상이자 사직의 우두머리가 되겠구나. 내가 네 말을 들으니 놀랍고 괴이하여 부끄러움을 이기지 못하겠다."

주공은 얼굴에 한가득 기쁜 기색을 띠고 이렇게 말하였다.

"어른이 주시는 것을 아이가 어찌 가볍게 보느냐? 받아서 네 수중에 두어라."

재홍 공자가 두 손으로 그것을 받아 소매에 넣자 쟁그랑 하는 소리가 세 번 난 후에 그쳤다. 그러나 재홍 공자는 그 신이함을 기쁘게 여기지 않았다.

초왕이 설공을 인도하여 봉륜당으로 나아가 부녀를 즐겁게 만나게 하니 소저가 마루에서 내려와 맞아 부녀가 서로 반가워하였다. 설공이 소저의 손을 잡고 머리를 어루만지며 생각하길 아이가 변하여 어른이 되었으나 친정 방문을 청하지 못하니 마음이 답답하고 즐겁지가 않았다. 하지만 그 사이에 딸아이의 온화한 풍모와 기이한 자질이 더욱 윤택하고 깨끗해진 것을 보고 그 몸이 편하다는 것을 충분히 알 수 있었다. 소저가 아버님 무릎 앞에 절하는 예를 마치고 할머님과 어머님의 안부를 나직이 묻는

데 그 목소리가 붉게 물든 저녁 하늘을 나는 어린 봉이 기산(箕山)에서 무리를 찾는 듯 맑고 깨끗하며 기묘하기 이를 데 없었다. 초왕은 볼수록 사랑하는 마음이 더하여 아끼고 귀애하는 마음을 이기지 못하였다. 설태사는 그 머리를 어루만지며 초왕에게 웃으며 말하였다.

"어린 여자아이가 타고난 성품이 너무 맑아 염려가 많고 귀하기가 각별하여 주접 들기에 가까웠는데 다른 가문에 시집보내고 집을 떠난 후에는 모이는 일이 드물어 애석함이 많아 그러니 존형은 부디 웃지 말아주게."

초왕은 온화하게 미소 지으며 말하였다.

"노형의 자애는 인정상 자연스러운 것인데 내가 어찌 괴이히 여기겠는가? 그러나 며늘아기가 어린 나이에 우리 집에 들어와 아침저녁으로 부모를 문안하고 잠자리를 보살피느라 약한 체질이 상할까 두려울 뿐이네."

이 말에 설공은 고마운 마음을 표하고 소저는 시아버지의 지극하신 자애에 황공하고 감사하여 몸을 굽혀 절하고 모든 일에 열심을 다하였다. 설공은 창흥 공자를 불러 그 둘이 잘 어울리는 것을 보고는 기쁘고 즐거워 얼굴에 웃음이 가득하였다.

이때 창흥 공자는 온화한 기색으로 어른들 곁에서 모시고 있었는데 봉황 같은 두 눈이 허리띠 위로 오르지 않고[233] 두상이 굳세고 곧아서 천고에 드문 교묘한 자태를 겸비하고 있었다. 그러나 어린 남자아이의 부박함

---

233) 허리띠 ~ 않고: 『예기(禮記)』 「곡례(曲禮)」에 보면 "어른을 대할 때 얼굴을 올려다보면 오만스럽고 허리띠 아래를 바라보면 곧 근심스러운 것이며 기울이면 간사한 것이다[凡視上於面則敖, 下於帶則憂, 傾則姦]."라고 하여 부모님을 대할 때의 예의를 가르치고 있음. 여기서 눈을 허리띠 위로 올리지 않았다는 것은 눈을 위로 뜨지 않고 겸손한 태도를 취했다는 뜻임.

이 없고 하늘을 찌를 듯한 왕성한 원기를 깊이 간직하여 그 은은함은 큰 선비의 틀이 완연할 뿐 아니라 때로 천 이랑의 파도 같았다. 초왕은 공자가 그 어린 나이에 매사에 성숙하여 미색에는 조금도 마음 쓰지 않아 그 거동이 비 갠 뒤의 맑은 바람과 밝은 달 같은 것을 보고 마음이 즐거워 자연히 온화한 기색으로 온 좌석을 두루 가득 채웠다. 설공은 시아버지가 며느리를 사랑하고 즐거워하는 기색을 보건대 가히 딸아이의 일생을 그 아비가 근심할 바가 없겠다 싶어 즐겁고 유쾌하였다. 그러나 설공은 갑자기 이마를 찌푸리며 이렇게 말하였다.

43

"내 어렸을 때부터 성인의 가르침에서 '향원(鄉原)은 덕(德)의 적이라.'234)고 하신 것을 옳게 여겼는데 어찌 구태여 해골을 빌리겠는가? 다만 어쩔 수 없는 상황 때문에 모친이 종손 남매를 데려다가 기르셨는데 이는 곧 목주사의 친손들이네. 양친이 모두 죽고 없어 상황이 외로우므로 우리 집에서 양육하여 나 또한 친족같이 대하며 아들들과 함께 학업이나 하라 하였으나 목지형의 사람됨이 간악하고 크게 사특하여 학업을 닦는 것은 심심풀이로 하고 밤낮으로 두루 놀러 다니며 괴이한 무리들과 사귀었네. 그 중에도 환술을 부리는 요망하고 간사한 무리를 한 몸 같은 친구라 하더니 근

44

래 전해들은 바에 따르면 그 환술을 부리는 무리는 한왕의 부하라 하네. 목지형과 형제로 결연을 맺어 산동으로 갔다 하니 분명 한왕에게 들어가 낙안주로 갔나 싶은데 이는 분명 범상한 일이 아닐 걸세. 일의 형세가 이러하니 앞으로 닥칠 재앙이 어느 지경에 이를 줄 모르겠네. 이런 이유로

---

234) 향원(鄉愿)은 ~ 적이라 : {향원이 덕지덕이라}. 이는 '향원(鄉原)이 덕지적(德之賊)'의 오기임. 『논어(論語)』 「양화(陽貨)」편에 보면 "향원은 덕의 적이다(鄉原, 德之賊也)."라고 되어 있는데 여기서 '향원'은 시골사람으로서 신조와 주견 없이 그때그때 세태에 따라 맞추어서 주위로부터 진실하다는 칭송을 받는 사람을 말함. 그의 사이비한 행동이 사람으로 하여금 진위(眞僞)를 판단하는 기준을 흐리게 만들므로 공자(孔子)는 그를 일러 덕의 적이라고 한 것임.

내가 어머님을 모시고 고향으로 내려가게 되면 그 아이가 비록 요사한 술수를 빚어 서울에 온다 해도 내 이미 고향으로 내려갔고 어머님이 아니 계시니 무슨 근거를 대고 화를 빚겠는가 하였는데 성형은 남의 사정도 모르고 추밀부(樞密府)를 맡아 중서성(中書省)에 명하여 사직 상소를 받지 말라 하였단 말인가? 상소가 황제께 오르기는커녕 중서성 문을 바라보지도 못하였으니 처음 품었던 뜻은 이미 글렀네. 원래 목지형이 낙안주에 들어간 것은 집안과 나라에 크게 불행한 일이었네. 목지형이 아무 까닭 없이 우리 집과 원수를 맺어 우리 집에 해를 가하고 궁색하고 옳지 못한 계교로 그대 집안을 엮을 지경이구려. 어찌하면 벌을 준단 말인가?"

말을 마치고는 분하고 한탄스런 마음을 이기지 못하니 왕이 숙연하게 앉아 있다가 호쾌하게 웃으며 말하였다.

"장부는 오늘 술이 있으면 취하고 내일 일이 있으면 해야 할 것이네. 어찌 오지도 않은 일을 구차히 근심하겠나? 그러나 목지형의 흉계는 미인계를 빌려 먼저 한나라에 바치는 것일 테니 그렇다면 한왕이 목지형을 얻은 것은 바로 그물의 고기를 얻은 것과 같을 것이네. 지금 한왕은 성상께서 내치신 원망을 골수에 사무치도록 새기어 황성을 호랑이 보듯 하다가 목지형이 오자 연경에 큰 언덕을 얻은 셈이 되었네. 한왕이 이를 갈며 복수하고자 하는 곳은 우리 집일 것이네. 형이 우리 집과 혼인을 맺었다는 것을 알면 온 몸에 털이 거꾸로 서서 우리 두 가문을 한꺼번에 짓밟아 결딴내고자 할 테지. 목지형을 좌사마로 삼아 우리 며느리를 빼앗고 남관(南冠)235)의 볼모를 삼을 것이니 사정이 이러하

---

235) 남관(南冠):『춘추좌씨전(春秋左氏傳)』「성공(成公)」9년조에 초(楚)나라 사람 종의(鍾儀)가 죄수로 갇혀 있으면서도 끝내 남쪽나라인 초(楚)의 관모(冠帽)를 벗지 않았다는 고사에서 따온 말. 여기서 '초수남관(楚囚南冠)'이란 말이 '죄수'의 뜻으로 쓰이게 됨.

다면 우리 며느리는 문왕(文王)이 유리(羑里)에 유폐되었던 것과 같은 액운236)을 면치 못하겠지만 군자가 보지 않은 일과 오지 않은 액운을 어찌 미리 베풀겠나? 무릇 며느아기의 아리따움이 너무 찬란하므로 이로 인해 해를 당하겠지만 두 눈의 어진 기운과 눈썹 근처의 여덟 가지 빛깔은 아리따운 가운데에도 착하고 바른 덕을 몸에 익혀 여덟 가지 덕이 가지런하니 수명을 다하고 아들을 많이 낳기로는 내 며느아기를 따를 사람이 없을 것이라 나는 그렇게 믿네. 며느아기가 다가올 액운을 막지는 못할 것이나 반드시 재앙에 빠지지는 않을 것이니 형은 무슨 일이 있더라도 염려하지 마시게. 처음 계교대로 형이 고향으로 내려갔으면 크게 일을 만날 뻔하였으니 사직 상소를 안 받은 것이 다행한 일이 아닌가? 형이 고향으로 내려갈 때 한왕의 복병이 일가를 침범하면 형은 능히 벗어날 도리가 있는가? 어찌 위태롭지 않겠나?"

48

말을 마치고는 평온하여 아무 거리낌이 없으므로 설공은 속으로 몰래 칭찬하고 탄복하며 심심한 감사의 인사를 하였다.

"형 말씀이 참 아름답소. 사광(師曠)의 밝은 귀와 이루(離婁)의 밝은 눈237)이라도 미치지 못할 것이니 이 늙은 아우의 아득한 가슴이 다 시

---

236) 문왕(文王)이 ~ 액운 : {문왕(文王)의 뉴리지읙[羑里之厄]}. 문왕의 성은 희(姬), 명은 창(昌)인데 서방제후의 수장이란 뜻으로 서백(西伯)이라 불림. 숭(崇)나라 제후였던 호(虎)는 시기심이 많은 사람으로 고죽국(孤竹國)의 이름난 백이(伯夷)와 숙제(叔齊)까지 서백(西伯)의 치정에 감복하여 따르려 하자 은나라의 주(紂)에게 모함하기를 "모든 제후들이 서백의 덕화에 기울어지니 장차 임금께 불리할 것입니다."고 말하자 마침내 주는 서백을 유리옥(羑里獄)에 가두었음. 유리는 험준한 지세로 둘러싸인 지역으로 서백의 땅으로부터 동쪽으로 약 8백여 km 떨어져 있는데 오늘의 하남성(河南省) 탕음시(湯陰市) 북쪽 3Km의 지점임. 남북의 거리가 백여 m, 동서의 거리가 백여 m가 되는 넓이의 유리성이 있었고 성안에 옥(獄)이 있었음. 문왕은 여기에 갇혀있는 동안 후천팔괘를 그리고 연역(演易)에 힘쓰며 팔괘를 더하여 64괘를 만들고 괘사(卦辭)를 지었는데 오늘날의 주역(周易)은 이로부터 말미암음.

237) 사광(師曠)의 ~ 눈 : 사광은 춘추전국 시대 진(晋)나라의 악사로 소리를 들으면 잘 분별하여 길흉화복을 점칠 수 있었으며 이루는 황제 때 사람으로 눈이 매우 밝아 백보 밖에서도 가을 터럭의 끝을 볼 수 있었다 함. 『맹자(孟子)』 「이루(離婁)」 상(上)편에 보면 "이루(離婁)의 밝은 눈과

원하오. 이후에는 형 말씀을 가슴에 새기겠소."

초왕은 감당할 수 없어 사양하고 말마다 칭찬이었다.

49 이윽고 공은 돌아가려 할 때 공자를 돌아보고 말하였다.

"딸아이는 쉽게 친정에 들르지 못하나 너는 나를 종종 찾아 오거라."

공자가 그러겠다고 대답하니 초왕이 내일 보내겠다고 말하였다. 그러 자 설공이 고개를 조아리고 말하였다.

"네가 어렸을 때 도량이 크고 재능이 출중하여 여러 아이들을 때리고 위협하면서 조금도 두려워하지 않았으나 다만 나를 두려워하여 기운 을 감추어 두었지. 하지만 나를 또한 잘 따라서 조금도 곁을 떠나지 않 았었다. 그러다 부모 곁으로 돌아간 후에는 서먹했으니 네 장모는 젖 먹이던 때의 정이 사위를 대하는 예에서 지나쳤던가 싶다."

설공이 이렇게 말하며 웃었다. 창흥 공자는 장인의 말을 다 듣고 옥 같

50 은 얼굴에 상서로운 구름이 무르녹아 구슬을 머금은 듯한 붉은 입술에 향 기로운 웃음이 어리었는데 더할 수 없이 좋은 그 모습은 인간에 짝할 사 람이 없었다. 설공은 매우 좋고 즐거운 기분으로 돌아갔다.

각설(却說). 예전에 개국공신 남용은 용맹이 삼군 중에서 제일이요, 무 예가 천하에 무적이라 태조께서 대단히 사랑하시었다. 동정서벌(東征西伐) 의 공이 으뜸이라 여남후(汝南侯)에 봉하셨는데 수춘성(壽春城)에서 모반을 일으켰으므로 치라 하시니 남장군이 군병을 징발하여 한 번에238) 수춘을

공수자(公輸子)의 솜씨로도 규구(規矩)를 이용하지 않으면 방원(方圓 : 모난 것과 둥근 것)을 이 루지 못하고, 사광(師曠)의 귀 밝음으로도 육률(六律)을 이용하지 않으면 오음(五音)을 바루지 못하며[離婁之明, 公輸子之巧, 不以規矩, 不能成方員, 師曠之聰, 不以六律, 不能正五音]라는 말 이 있음.
238) 한 번에 : {호 북의}. 예전에 전쟁을 시작할 때 북이나 쟁을 쳐서 시작을 알렸으므로 여기서는 북 한 번 치는 동안이라는 뜻으로 풀이됨.

평정하였다. 그리고 그 곳에 군사를 머물러 두고 원근의 도읍을 둘러보다 은근한 생각이 일어나 문득 군사를 풀어 원근에서 나는 옥과 비단을 거두어 수춘에 쌓아 두었다. 그러자 그 지방 백성들의 원망이 불 일 듯하여 이 일을 조정에 상주하여 남용의 잔인하고 포학함을 고하니 태조께서 크게 노하셔서 조서를 내려 크게 나무라시고 급히 회군하라 하셨다. 남용이 즉시 군사를 돌이켜 서울로 오다가 등에 부스럼이 나서 죽으니 상께서 그의 죄가 애매한 것을 생각하시어 일등 왕의 예법으로 장례하신 후 그 아들로 그 아비의 뒤를 이어 작위를 물려받게 하시고 그 직위를 추증(追贈)하셨다. ⁵¹

남공은 외아들이라 삼년상을 마치고 연경에 머물며 아들 하나를 낳고 딸을 두었다. 아들의 이름은 필경이었는데 건문(建文) 시대에 과거에 급제하여 벼슬이 호부낭중(戶部郎中)²³⁹⁾에 이르렀다. 그러다 건문(建文)이 피란을 간 후 문황제(文皇帝)²⁴⁰⁾ 치하에 쓰여 어사중승(御史中丞)²⁴¹⁾을 하였다. 부인 육씨는 개국공신 육중청의 후손이었는데 같이 산 지 40년에 이르도록 자식이 없어 부부가 서로 얼굴을 맞대면 탄식하지 않는 적이 없었다. 남어사가 여러 처첩을 두었으나 끝내 자식을 갖지 못하였다. ⁵²

하루는 부인이 사창을 열고 멀리 내다보는데 홀연 밖에서 한 여승이 승복을 나부끼며 바랑을 멘 채 한 옆에 5~6세 되는 두 아이를 껴다가 내려 놓고 합장으로 절하면서 복 많이 받으시길 빌었다. 부인이 공경의 뜻을 ⁵³

---

239) 호부낭중(戶部郎中) : 호부는 호조(戶曹)를 말하는 것으로 호구(戶口) · 공부(貢賦) · 전토 및 식량과 기타 재화 · 경제에 관한 정무(政務)를 맡아보던 중앙관청을 말함. 낭중은 호부(戶部)의 제1등 관직.
240) 문황제(文皇帝) : 명나라 3대 황제 영락제(永樂帝)를 가리킴. 1권 주석 2) 참조.
241) 어사중승(御史中丞) : 어사대(御史臺)의 관직. 어사대는 정치의 잘잘못을 논의하고 풍속을 교정하며 백관을 규찰하고 탄핵하는 일을 맡은 관청.

표하고 얼굴빛을 살피니 두 아이는 남자아이와 여자아이인데 용모가 출중하고 아름다우며 민첩하고 깨끗하여 그 미모는 살아 있는 반악(潘岳)[242]이요, 비연(飛燕)[243]의 후신이었다. 육부인은 평생 자식을 못 낳아 미인들을 모을 수밖에 없는 처지라 자나 깨나 후사가 없는 한탄이 가슴에 맺혀 있었다. 양아들이라도 정하고 싶었으나 친척이 전혀 없어 더욱 슬퍼하던 터였는데 오늘 난데없는 여승 하나가 천고에 드문 절세 미색의 남매를 갖다 놓으니 그 아이들의 안색이 빼어나고 두 눈이 별 같으므로 육부인은 사랑하는 마음이 요동하는 듯하여 여승을 향해 이렇게 말하였다.

54   "여승께서는 어느 곳의 현사이기에 자취도 없이 저 두 아이를 데려오셨소?"

여승이 합장하면서 말하였다.

"소승은 서촉 월출암 여승 능운[244]이온데 제 스승께서는 수백 년 동안 수도하여 관세음 보탑(寶塔)의 으뜸 제자이십니다. 이번 달 초사흘은 관세음보살의 탄생일이라 향을 올리는데 관음께서 나타나시어 분부하시기를 '남상공과 육부인이 전생에 과부로 후사가 끊어졌으니 현 천제께서 남상공 부부의 어진 덕을 아끼시어 의지할 데 없는 두 아이를 부인께 드리니 남씨 성을 주어 양육하라.'고 하셨습니다. 두 아이가 부모

55   는 있으나 없는 이 같아서 돌아갈 데가 없으니 부인은 모녀모자로 인

242) 반악(潘岳) : 반악은 중국 서진(西晉)의 문인으로 하남성(河南省) 영양(榮陽) 출생. 용모가 아름다워 그가 젊었을 때 낙양의 길에 나타나면 여자들이 몰려와 그를 향해 귤을 던졌다는 고사가 있음. 미남의 대명사로 씀.
243) 비연(飛燕) : 전한(前漢) 성제(成帝)의 후궁(皇后)인 조비연(趙飛燕)을 말함. 태생이 미천하나 절세의 미인으로 몸이 가볍고 가무(歌舞)에 능하여 본명인 선주(宜主) 대신 비연(飛燕 : 나는 제비)이라 부름. 몸무게가 가벼워 성제의 손바닥 위에서도 춤을 추었다는 고사가 일설에 전해짐. 여동생 합덕(合德)과 함께 후궁이 되어 임금의 총애를 서로 다투었으나 성제가 죽은 후 동생 합덕은 자살하였으며 비연도 평제(平帝) 때에 서민으로 내침을 받고 자살하였음.
244) 능운 : 원문에는 '영원'으로 되어 있으나 다른 부분에서는 '능운'으로 되어 있기에 통일함.

류의 관계를 맺으십시오. 이후 일은 소승이 천 리가 멀다 않고 도울 것입니다. 스승님께서는 신통력이 크셔서 사해구주를 손금 보듯 하시므로 이 가문에 대해 역력히 아시고 두 아이를 부인께 전하라 하셔서 특별히 왔습니다."

부인은 본래 불도와 환술에 크게 혹하는 탓에 이 말에 더욱 크게 기뻐하며 지나치게 미혹되어 두 아이를 가까이 오게 하여 이름을 물었다. 두 아이는 총명하여 자기들을 여승이 데려왔다는 것과 여승이 가르친 것을 분명하게 들었기 때문에 자기들이 전생에 양반가의 후생으로 진궁에 환생한 것을 알고 있었다.

"왕과 비는 성군이요, 현비인지라 너희들의 뜻을 좇아 전생의 원을 갚을 길이 없으므로 내 너희 남매로 원을 갚게 하고자 데려왔다. 남공 부부는 자식이 없어 너희를 친자식같이 대할 것이니 너희들은 전생에 풀지 못한 원을 풀어라. 묻는 것이 있거든 잠자코 모른다고 대답하여 출생의 바탕을 이르지 말거라. 내 기이한 술법을 가르쳐 좋은 기회를 맞출 것이다."

이렇게 말하였으므로 육부인이 성명을 물었을 때 낭랑하게 대답하였다.

"누구의 자식인 줄 모르다가 길가에서 떠돌 때 저 사람을 만나 들어왔으니 집은 크기가 여기와 같고 있던 곳은 모릅니다."

이 말을 듣고 부인은 크게 기뻐 평소 바라던 것보다 더하였기에 여승에게 술과 안주를 먹이고 후히 상을 주어 아이를 얻게 해준 것에 감사하였다. 그리고 자신의 얼굴을 여승에게 보여주며 끝내 자식이 없을까 물으니 여승이 독사 같은 눈으로 물끄러미 보다가 이렇게 대답하였다.

56

57

"부인의 상이 귀하시긴 하나 아이 낳는 것은 바라지 못하리니 다른 사람의 소생에게서 효도를 받으실 것입니다."

그러고는 상급을 가지고 홀연히 지팡이를 한 번 던지니 간 곳을 알 수 없었다. 부인은 정신이 아득하여 무슨 일인지 헤아릴 수가 없어 두 아이를 거두어 방안으로 돌아와 비단으로 치장하고 녹색 구슬과 황색 옥으로 친자식같이 꾸몄다. 그런 후 유모와 시녀를 정하여 보살피게 하는 등 이 남매를 매우 아끼고 사랑하였다. 어사가 마침 교외에 갔다가 며칠 후 돌아오니 부인이 마중 나와 여승의 말을 전하고 두 아이를 어사에게 보였다. 어사는 조금 의아하였으나 늦도록 자식을 못 보다가 구슬 같은 자녀를 보자 어사 또한 사랑하는 마음이 일어났다. 부부가 함께 앉아 부자부녀의 예를 시키니 두 아이가 팔 배의 예를 행하였다. 두 아이를 앞으로 나오게 하여 쓰다듬으며 말하였다.

"너희가 이토록 영민한데 어찌 이름을 모르느냐?"

그때 두 아이가 문득 공교롭게도 눈물을 흘리며 말하였다.

"우리 남매가 미거하여 근본은 모르오나 우리 집에 여러 부인네들이 있어 심히 싸움을 하였던 것은 기억합니다. 하루는 어떤 여인이 왔는데 우리가 영설당이란 당에서 낮잠 자는 것을 넌지시 안아서 그 여인에게 내어주므로 우리 남매가 놀라서 우니 손으로 입을 막고 그 여인에게 맡기었습니다. 그 여인이 우리를 남강 물에 빠뜨리려 하므로 여승이 우리를 구하여 데려 왔으니 정신이 아득하여 그 뒷일은 모르옵니다."

공과 부인은 그 말을 곧이듣고 분명 첩들 간에 자식을 빼앗아 죽이려 하다가 여승을 만나 구원받은 것으로 알았다. 어린 아이가 정신을 잃어 성명은 모르나 결코 신분이 낮거나 천한 것은 아니라 생각하고 남자아이를 환옥[245]이라 하고 여자아이를 연랑[246]이라 하니 두 아이가 기뻐하며 즐거워하였다. 어사 부부가 친자식같이 어루만지고 사랑하며 글자를 가르치니 두 아이는 재주가 민첩하여 일취월장하였다. 어사의 사랑이 만금보다 더하였으며 부인이 귀애하는 것은 측량할 수 없었다.

이때 목지형은 진왕을 보니 제 마음에 흡족하지 않아 다시 가지 않고 조궁에나 간간이 왕래하며 왕을 뵙고 내당 시녀에게 은을 뇌물로 바쳤다. 옥선군주의 시종인 춘교는 안색이 삼색 복숭아나무[247] 같고 입술이 붉은 모래 같은데 천하에 간웅이요, 만고에 드문 악한이라 진정 군주의 시비가 될 만하였다. 목지형을 한 번 보고는 서로 뜻이 맞아 두 사람이 정을 맺으니 목지형이 궁궐의 일동일정을 쉽게 알 수 있게 되었다. 목지형은 옥선 군주가 뜻이 호방하여 남자를 좋아한다는 것을 알고 임공자 창흥이 천고에 비할 데 없다는 사실을 춘교를 통해 전하였다. 그러나 옥선은 부디 한 번 그 풍모를 친히 본 후에 결단하려 한다고 전하였다. 옥경[248]은 목생이 간간이 부왕에게 편지를 전하고 친하게 다닌다는 말을 듣고 기쁨을 이기지 못하여 사사로이 금과 옥, 비단 등을 춘교를 통해 목지형에게 전하였다. 옥경의 시녀 교영은 요사하고 간특하기가 춘교와 같은 부류인지라 두 시녀가 목지형에게 말을 전하면서 설씨 가문의 내력을 자주 묻곤 하였다. 목지형은 창흥을 한 번 얼풋 보고 다시 보지 못하였는데 이제는 인재로 등용되어 더 이상 볼 길이 없었다. 하물며 지금은 춘교에게 빠져 있어 대

245) 환옥 : 원문에는 '녀옥'으로 되어 있으나 20권 이후부터 '환옥'으로 나와 통일함.
246) 연랑 : 원문에는 '영낭'으로 되어 있으나 20권 이후부터 '연랑'으로 나와 통일함.
247) 삼색 복숭아나무 : {삼식되三色桃}. 한 나무에 세 가지 꽃이 피는 복숭아나무를 말함.
248) 옥경 : 한왕의 딸로 한왕이 유배 간 후 조궁에 머물러 있음.

사를 미루어 두었으나 한왕이 부탁한 것을 저버리지 못하여 설씨 부중에 오니 목부인은 근래 목지형의 행사를 괴상하게 여겨 물었다.

"네, 요사이 거동이 어찌 이리 괴이하냐? 한왕이 맡긴 대사도 잊었느냐?"

그러자 목지형이 두 어깨를 으쓱거리며 대답하였다.

"대사는 잘 되어 가니 할머님은 어떻게 해서든지 설소저를 부중으로 데려오십시오."

부인이 손을 저으며 말하였다.

"이 일은 어렵고 어려우니 누가 감히 산악 같은 위세를 거두겠느냐?"

목지형이 말하였다.

63 "할머님께서는 두려워하셔도 저는 두렵지 않습니다. 역사가 헛되이 무너지는지 않는지249) 한번 두고 보십시오."

그러나 부인은 반신반의했다.

차설(且說). 임씨 부중에서 설소저를 설씨 부중으로 보내니 그 부모는 소저를 잊지 못해하다가 소저가 돌아오자 새로이 샘솟는 사랑에 보물 같이 소저를 아꼈다.

이러구러 그 해가 다 가고 다음 해가 되자 공자 부부는 나이가 듦에 따라 차츰 성숙해졌다. 상국 형제는 부모의 열화와 같은 뜻을 위해 여러 손자들의 나이를 늘이고자 하였다. 정월 보름이 다다르자 모든 어린 공자들이 채색 화등(花燈)을 달며 자못 분주한 가운데 여부인과 위부인이 태부인

64 을 모시고 며느리와 어린 소저들을 거느리고 완월루에 올라 등을 달았다. 밤기운이 사람을 침범하고 빗물이 자주 새어들므로 태부인을 침전으로

---

249) 역사가 ~ 않는지 : 한왕이 반역을 일으킬 것을 암시함.

모시고 뒤이어 모두 그 곳에 모여 조용히 이야기를 나누었다.

이때 설소저는 자기 침소에서 군계[250]와 함께 예기(禮記)를 펴서 열람하다가 취성전에 저녁 문안을 드리러 들어오니 군계가 뒤를 좇았다. 우연히 눈을 들어 보니 마당에 한바탕 요사스런 기운이 덮여 사기를 감추지 못하므로 군계가 이상하게 생각하고 망측해하며 말하였다.

"이 부중에 어떤 요사스런 귀신이 침범하려 하는가?"

그리고 입으로 제요가(制妖歌)를 읊으며 주사(硃砂)와 부적을 던지니 문득 사기가 물러갔다. 그런 후 소저를 둘러싸고 돌아오는데 문득 맑은 정 65 기가 북두성에 쏘이는 것이었다. 크게 놀라 소저를 돌아보니 이는 설소저의 눈빛이 특이하여 태양 같은 정기가 북두성에 쏘인 것이었다. 소저가 일찍이 눈을 높이 뜨고 좌우를 살핀 일이 없는 까닭에 다른 사람은 그 눈동자가 어떠한 줄 모르다가 오늘 군계가 요사스런 기운이 있다 하는 말을 듣고 괴이히 여겨 그 요사한 기운이 어떤가를 살펴 그 가는 바를 알려고 잠깐 눈을 들어 보니 그 정기가 팔황을 비출 만큼 매우 밝았던 것이다. 군계는 비로소 소저의 눈빛이 이와 같은 것을 알고 크게 놀라며 괴이히 여겨 칭찬하고 탄복하였다. 이들이 정당에 이르니 상국 형제가 여러 손자 66 들을 가까이 두고 태부인 곁에서 부인을 모시고 있었다. 소저가 편안한 태도로 나아가 곁에서 모시니 군계가 마루에 무릎을 꿇고 상국과 처사께 고하였다.

"제가 아까 숙렬궁에서부터 소저를 모시고 정당으로 오고 있었는데 홀연 한바탕 요사스런 기운이 거의 침실을 범하려 하므로 제요가로 요사

---

250) 군계 : 임희린의 첩실로 들어왔던 금화공주를 말함. 『성현공숙렬기』 13권에서 희린이 한왕의 간교로 왕각의 포로가 되어 투옥되었을 때 그를 구출함. 모반을 일으킨 왕각의 양녀.

한 기운을 쫓았습니다. 이후에도 화가 미칠까 두렵사오니 요사한 귀신이 부중을 다시 침범하지 못하게 하옵소서."

상국 형제는 이 말을 다 듣고 초왕을 돌아보며 말하였다.

"요사스런 것은 덕을 이기지 못하고 바르지 못한 것은 바른 것을 범하지 못한다고 했다. 우리 집안이 온갖 환란을 거쳤어도 요사한 귀신이 감히 범하지는 못했었는데 어찌 이렇듯 괴이한 변괴가 있단 말이냐?"

왕은 두 분의 말씀을 듣고 거의 짐작되는 바가 있어 엎드려 절하며 이렇게 고하였다.

"이는 구태여 우리 집을 해할 귀신이 아니라 며늘아기에게 화를 일으키고자 하는 귀신인가 싶습니다."

공이 크게 놀라 낯빛이 하얗게 되어 말하였다.

"이 사단을 네가 어찌 아느냐?"

왕이 머리를 조아리고 대답하였다.

"지난 달 설형이 말한 것이 여차하였는데 근래 그 사람이 설씨 부중에서 잠적하여 요사한 짓거리를 만드는가 싶습니다. 그러나 이런 일은 끝이 있을 것입니다. 제가 내일 설씨 부중에 가서 설공을 만나 의논하겠습니다."

그러자 공이 고개를 끄덕였다.

이 날 설소저는 고요히 곁에서 어른들을 모시며 군계가 아뢰는 말과 상국과 초왕이 문답하는 것을 듣고 뼈가 놀라고 정신이 흩어지는 듯했지만 담담히 아무 걱정도 없는 듯하여 마치 태고 적 사람 같았다. 이는 이른바 구름을 바라보고 해를 따르는 것 같았으니 그 높고 아름다운 기질은 천고에 드물 만큼 맑고 깨끗하여 그 시어머니인 주비와 막상막하였다. 할머니와 시부모는 새삼 소저를 더욱 아끼고 사랑하였다. 상국은 그 머리를 쓰다듬으며 사랑하고 선생은 손을 어루만지며 사랑하니 그 모습은 말로 표현할 수 없었다. 소저가 더욱 황공하여 조심스런 태도로 마치 가득한 것을 받드는 것같이 하니 태부인이 상국에게 말하였다.

"네 며느리와 희린의 며느리가 대를 이어 저토록 탁월할 수가 없구나. 천홍이와 재홍이가 내년에 혼례를 치르는데 성씨 집안의 여아는 희린이 직접 보았으니 그 어짊에 대해서는 의심할 바 없으나 소씨 집안의 여아는 어떨지 모르겠다. 소파가 항상 말하기로는 소아가 설소부와 한판에 박은 듯하지만 설아는 천지에 사계절이 있는 것 같고 소아는 천지인(天地人) 삼황(三皇)[251]과 같다고 비기었으니 그 사람이 말하는 것은 알겠구나. 하지만 재홍의 수양과 섭행은 그 아비보다 세 배는 더 나아 여러 아이들 중에 가장 맑고 티끌이 없으니 이 노모는 재홍이를 대하면 피골이 다 빈 듯하다. 창홍이는 맑은데다 군색한 데 없이 순탄하여 기운이 우주를 받들 듯하지만 그 아비는 그 아들을 잘 알고 각별히 사랑하여 그에 대한 믿음이 너무 유명하더구나. 하지만 노모 보기에는 너무 엄숙하여 아주 뼈까지 비출 정도라 마음을 놓지 못하겠다. 그 어떤 아내가 저리 높은 자질을 진압할지 걱정이다."

상국이 웃고 나서 아뢰었다.

"약란(若蘭)은 회문(回文)을 짜며 두도(竇滔)의 마음을 돌렸다 합니다.[252]

---

251) 천지인(天地人) 삼황(三皇) : 중국고대 전설에 나오는 세 명의 임금 천황씨(天皇氏)·지황씨(地皇氏)·인황씨(人皇氏)로 보는 설과 수인씨·복희씨·신농씨로 보는 설이 있으며, 복희씨·신농씨·황제(黃帝)로 보는 설이 있음.

252) 약란(若蘭)은 ~ 합니다 : 중국 남북조시대에 약란(若蘭)이 남편 두도(竇滔)에게 직금도(織錦圖)를 보낸 일을 말함. 직금도라는 것은 비단에 금으로 글을 새긴 그림을 말하는데 이것은 전후좌우 어느 방향에서 보아도 다 말이 되는 회문시(回文詩)와 관련이 있음. 중국 남북조시대 동진

재홍이가 아무리 뛰어난 성품을 갖추었다 한들 그 상대될 만한 이가 없겠습니까? 이 아이가 더러운 티는 적은 듯하나 정기를 타고 남은 여러 아이들이 미칠 바가 아닌데다 수를 다하고 다복하기는 창홍보다 못하지 않을 것입니다. 허나 아내에게는 화가 미치지 않을까 싶습니다."

이 말을 듣고 좌우에 있던 사람들이 크게 놀랐고 선생은 '형님 말씀이 제 뜻과 같다.'며 동감하였다. 태부인은 재홍을 나오게 하여 어루만지며 말하였다.

"네 마음에는 아내가 어떠하면 좋을 듯싶으냐?"

재홍 공자가 머리를 조아리고 대답하였다.

"저는 아직 나이가 어리고 세상 물정을 모르오나 할머님께서 물어보시니 어리석은 소견이나마 고하겠습니다. 남아가 처세함에 충효가 가지런하여 가족들과의 정이 두텁고 화목하며 만방을 화합하게 하지 못할까 걱정할지언정 그밖에 것에 어찌 마음을 두겠습니까? 부인은 보기 흉한 박색이라도 덕이 있다면 아내라 할 것이며 의식을 추위와 더위에 맞춘다면 부부간에 의가 있을 것이니 즐겁게 백년해로하며 화락하고 편안하게 지낼 것입니다. 그밖에 무엇을 더 바라겠습니까?"

곁에 있던 사람들은 어린아이가 말하는 것이 순직하고 참되며 뜻이 높고 커서 대학자가 될 틀을 가지고 있음을 보고 마음속 깊이 칭찬하였다. 왕은 얼굴에 기쁨이 가득하여 공자를 거듭 보며 즐거워하는 기색이 넘쳤

(東晉)에 소혜(蘇蕙)라는 여인이 있었는데 그녀의 자가 약란(若蘭)이었음. 그녀의 남편은 두도(竇滔)라는 사람이었고 자는 연파(連波)였음. 둘은 금실이 좋지 못했는데 어느 날 남편이 사막으로 귀양을 가면서 그가 총애하던 여인인 조양대(趙陽臺)만 데리고 가자 소약란은 두연파에게 선기도(璇璣圖)를 비단에 짜 넣어 보냈고 그것을 본 남편이 마음을 돌려 부부가 다시 금실을 되찾았다고 함. 소혜 직금도 고사는 중국에서 여러 가지 소설, 회곡으로 변형되었는데 지금은 전하지 않지만 원잡극에도 직금회문이 있었다고 하며 청나라 때 홍승(洪昇)은 전기(傳奇) 회문금(回文錦)을 지었다고 함.

으나 그 초년 처궁(妻宮)이 험하고 막힐 것을 알고 탄식하였다. 하지만 그것도 모두 천명이라 여기고 크게 탄식하지 않았다.

이때 여승은 황혼 무렵에 이르러 설씨 부중의 후문에 다다랐다. 그러나 문지기가 벌써 태사의 명을 받아 전후문을 지키면서 한 사람이라도 요패(腰牌)253)와 거주를 묻지 않으면 들이지 않고 있는데 저 산중에 사는 복 없는 인물을 어찌 들이겠는가? 붉은 능장(稜杖)254)으로 두들겨 때리고 내 쫓으니 어찌 할 도리가 없어 쫓겨나 궁궐 행각에 숨어 있었다. 때가 곧 정월 보름이 되니 능운은 임씨 부중에서 응당 여러 부인과 소저들이 정원에 등을 달 것임을 헤아리고 손을 쓰고자 평생 동안 배운 신통한 재간을 다 부려 몸을 벌로 바꾸고 숙렬궁에 들어와 몰래 엿보았다. 그러다 군계가 제요가를 읽으니 범할 길이 없어 본래의 모습을 도로 내고 돌아와 말하였다.

"갑자기 일을 성사시키지는 못할 듯싶으니 헛되이 바라지 말고 조심하십시오."

이 말을 듣자 목지형은 크게 화를 내며 말하였다.

"이 일이 어찌 이리 어렵단 말인가?"

이렇듯 실망하며 즐거워하지 않자 여승이 말하였다.

"급히 산동에 가서 검술하는 사람을 데려다가 일을 할까 합니다."

목지형은 고개를 숙인 채 말이 없다가 문득 한 가지 일을 생각하고 말리며 말하였다.

---

253) 요패(腰牌) : 군졸(軍卒)·조례(皁隷) 등이 신분을 증명하기 위하여 허리에 차던 나무패.
254) 능장(稜杖) : 밤에 순찰을 돌 때에 쓰는 기구. 나무의 끝에 물미를 끼우고 위에 소리 나는 쇠두 겁을 씌우고 둘 혹은 셋의 비녀장을 가로 꿰고 각 비녀장의 양편으로 둥근 쇳조각을 서넛씩 끼우고 양끝에는 두셋의 고리를 잇달아 매달았음.

"한왕 전하께서 우리 두 사람에게 대사를 맡겨 계신데 한 일도 지휘대로 못하고 원병을 청한다면 석삼량, 양두사 등의 비웃음을 살 것이네. 사부는 조금 참게. 기회가 있을 것이야."

그 무렵 상께서는 문묘에 배알하시고 과거를 베풀어 인재를 구하셨다. 과거일이 다다라 임씨 부중에서는 상국이 창홍 공자에게 명하여 과장에 들라고 하니 공자가 머리를 조아리고 이렇게 대답하였다.

75 "저는 나이가 적어 아직 옛 사람이 과거를 칠 수 있다고 한 나이가 아직 멀었고 공부가 부족하여 과거에 응하지 못할 것이니 수삼 년을 기약하여 글을 읽은 후에야 나아가고자 합니다."

이 말을 듣고 좌우에 있던 사람들은 얼굴빛을 고쳤으며 공은 끔찍이 사랑하며 지나치게 애지중지하였다. 공이 공자의 손등을 두드리며 이렇게 말하였다.

"항상 이 할아비가 창홍을 사랑하는 것이 병이 되어 그 사랑에 잠겨 세상사를 모르는가 하였더니 저리 높은 뜻을 잡은 것이 네가 보기에는 어떠하냐? 너라도 오히려 저토록 힘써 마음속 근심이 원대한 데에는 미치지 못할 것이다. 어머님께서 이 아이가 과거에 급제하는 것을 바삐

76 보고자 하셔서 어머님의 뜻을 받들기 위해 어린 것을 과장에 보내고자 하였으나 혹시 급제라도 하면 도리어 철모르는 아이가 어떨까 걱정이 었는데 제 생각이 이와 같으니 큰 소임을 맡겨도 어긋남이 없을 것 같구나."

공이 이렇듯 기쁨을 이기지 못해 하며 공자를 재촉하여 과장에 들여보내니 공자가 거역하지 못하였다.

1 　차설(且說). 공자는 할아버지 말씀을 거역하지 못하여 과거시험에 필요
한 여러 기구를 챙겨 다음날 과거에 응시하려 하였으나 우울할 뿐 즐겁지
가 않았다. 그리하여 서재로 나오니 둘째 공자 재홍이 책 읽는 소리가 낭
랑하였다. 안을 들여다보니 재홍이 『논어』를 재미 들여 읽고 있었다. 공
자가 얼굴에 웃음을 가득 띠고 들어가 앉아 형제가 서로 의지하고 도우며
성리(性理)를 궁구하였다.

　"아우야, 이 형이 어렸을 때 설씨 부중에서 수학하고 집에 돌아온 후 할
아버님의 가르치심을 받들었으나 너희는 공부를 즐기고 나는 뜻이 커
2 　서 너같이 성리에 통달하지 못하였다. 그러나 한 번 보면 못 깨우칠 곳
이 없고 육도삼략(六韜三略)255)과 기수(奇數)의 변천에256) 통달하여 이
같이 잠시 한가하게 놀지 않고는 못 견딜 듯하다. 근래 할아버님 말씀
을 좇아 지난 일을 생각해보니 우리 어머님께서는 그 인자하심과 효성
스러우심이 크시고 덕으로 천하를 에워싸시어 남북의 오랑캐들을 그
덕으로 목욕시키셨어도 오직 할머님께는 뜻을 펴지 못하시어 하늘을
누르셨다. 우리 어머님께서 온갖 만물의 기이한 조화를 겪으신 것을
생각하면 때때로 마음이 답답한 것이 이 형의 하늘을 찌를 듯한 의기를
3 　북돋으나 아버님과 어머님의 뜻을 받들기 위하여 마음을 참기에만 힘
쓰니 그게 아주 쉽더구나. 우리 아버님께서 우리 형제를 두시고 마음
을 놓지 못하시는 것이 남달라 먼저 여색을 금하셨다. 이 형의 첫 마음
은 대장부가 처세에 임할 때 임금께 충성하고 부모께 효도하며 분에 넘

---

255) 육도삼략(六韜三略) : 태공망이 지은 『육도(六韜)』와 황석공이 지은 『삼략(三略)』을 아울러 이
　　르는 말. 중국 병법의 고전.
256) 기수(奇數)의 변천에 : {합변괴슈(合變奇數)[후기의]}. 동양에서는 기수(奇數), 즉 수(數)에서 양
　　(陽)에 해당하는 홀수를 음(陰)의 수인 짝수보다 중시하는 사고에 따라 음력으로 기수가 겹치는
　　날에 각기 다른 의미를 두고 있음.

치도록 세 명의 비(妃)와 일곱 명의 첩을 두어도 오히려 부족할까 하였다. 그러나 아버님의 조용한 교훈을 받들면서 그 뜻을 위로하고 기쁘시게 할 일이 만사에 터럭 끝만큼도 없어 여색에 대한 생각을 그쳤었는데 아내가 남만 하다 하니 내 마음에 다시 다른 여자가 눈에 보이지 않을 것 같아 천만 다행이다. 조강지처가 부모를 맛있는 음식으로 봉양하며 효로 받들면 내 평생에 죽을 때까지 공경하며 버리지 않을 것인데 하물며 내가 저 집에 깊은 은혜를 입었으니 첫 뜻에도 종신토록 부형같이 섬기고자 하였다. 그런데 뜻밖에 그 집 사위가 되었으니 처음 생각과 다르게 되었구나. 아내를 평생 시름없이 거느리며 그 부모의 태산 같은 은혜를 갚고자 하나 세상일은 예측할 수가 없으니 앞으로 뜻같지 못함이 있다면 내 급한 성미에 못 견디지 않을까 싶다."

둘째 공자가 대답하였다.

"형님 말씀이 정당하십니다. 사람이 충신효제(忠信孝悌)치 못할까 근심할지언정 그 밖에야 털끝만큼이라도 요동할 리 있겠습니까? 우리 형수님은 백성이 세상에 난 이래로 하늘이 내신 덕 있는 분이시니 공경하며 흠모하기가 어머님 다음 가시므로 절효문을 세우시고 모자(母子) 사이를 바르게 하실 것입니다. 설령 소소한 재앙이 있다 한들 차마 어찌하겠습니까? 그러나 내일 과장은 해를 기울일 만한 형님의 재주로 다른 사람에게 장원을 사양하지 않을 것이라 생각합니다."

창흥 공자는 눈썹을 찌푸리며 말하였다.

"이는 실로 이 형의 뜻이 아니다. 어른의 명을 어길 수 없어 과거에 응하긴 하나 이 형의 뜻이 절박하니 실로 괴이하구나."

공자가 미처 대답하기 전에 천흥이 뒤 창문을 열고 붉은 입술에 옥같이 하얀 이를 비치며 편안하고 조용하게 말하였다.

"두 형님은 무슨 이유로 우리 아우들을 피하여 이 깊은 죽당에서 비밀스럽게 상의하시는 것입니까?"

두 공자가 돌아보고 웃으며 말하였다.

"으아, 무서운지고. 너는 황실의 귀한 자손이라 만수헌 대청에 군관들을 울타리같이 벌여 세워 놓고 할머니 침상에 있는 산호 서안에서 책 받들랴 벼루 받들랴 이리저리 부산하니 우리같이 깊은 방안에 고요히 엎드려 있을 수 있겠느냐? 형제가 궁구하여 보는 문자를 비웃지 마라."

천흥이 엎어질 듯 크게 웃으며 말하였다.

"두 형님이 이 아우를 빈정대며 놀리시는 겁니까? 우리 큰아버님께서는 그 지위가 삼공에 거하고 부인의 지위는 왕후이시며 천승의 자리에 계시는데도 형님들은 재물을 아끼느라 검소하기도 유명하여 낮은 당에 거처하고 숙렬궁, 팔룡당은 여러 생들에게 맡기셨습니다. 그러고는 이곳에 그윽하고 경치 좋은 소박한 장소를 만드시려고 매화와 대나무를 잔뜩 심어 사람의 자취를 끊으셨단 말입니까? 이런 곳을 취하시면서도 아우같이 다 큰 어른을 아이로 알고 요란하다며 안 붙여 주셨습니다. 큰 형님은 지위가 존중하시고 나이 차이가 나시니 감히 항거하지 못하겠으나 둘째 형님은 저보다 겨우 1년 위이시면서 항상 저를 아이로 취급하시고 당신은 어른인 체하시니 실로 애달픕니다. 두 해만 먼저 나셨더라면 둘째 형께 아이란 말을 들을 뻔하였습니다. 아까 팔룡당에 가니 여러 생들이 다 과거에 들어가려는다고 떠들썩하게 집으로 돌아가며 형님을 불러 달라 하여 두루 찾았습니다. 그러다 태자소부 어른이 계신 데를 가니 오운전으로 가보라고 하시기에 오운전에 가니 또

안 계셨습니다. 큰어머님의 처소에 가니 거기에 원홍이 있었는데 형님께서 아무에게도 이르지 말라 하시고 송죽헌 뒤 창문으로 들어가시더라고 하였습니다. 하여 간신히 찾아서 왔는데 엉뚱한 말씀으로 조롱만 하시니 이후에는 형님들 심부름은 아니 하렵니다."

이처럼 말하는 것이 낭랑하여 단혈(丹穴)²⁵⁷)의 어린 봉황 같으므로 두 공자는 그 재주와 풍채의 뛰어남과 아름다움을 사랑하고 그 침착하고 여유 있는 도인 같은 풍모를 흠모하여 손을 이끌어 곁에 앉히고 서로 손을 잡은 채 말하였다.

"이 놈이 요사이 어디서 시답잖은 말을 빌어다가 우리를 꺾으려 하니 심히 괘씸하지만 우리도 짐작한다. 팔룡당 생들이 다 갔느냐, 아니면 의첨²⁵⁸)은 머물고 아니 갔느냐? 무엇이라 하더냐?"

천홍이 말하였다.

"'나는 원백²⁵⁹)의 위이나 배움이 미진하고 스승님께서 과거를 보는 것을 허락하지 않으시니 내후년에나 과거를 보련다.' 하자 조형성이 '그럴 수 없다.'고 하고 '원백이 과거에 들거든 함께 들라.' 하였으나 굳이 거절하였습니다."

그러나 창홍 공자는 설생을 데리고 과장에 들어가려 하였다.

창홍 공자가 저녁 문안을 드리려고 어머니 방안에 들어가니 부인이 며느리를 좌우에 앉히고 조용히 생각하며 주저하다가 공자에게 이렇게 말

257) 단혈(丹穴) : 단혈은 단혈산(丹穴山)을 말함. 『산해경(山海經)』에 의하면 단혈산은 금과 옥이 풍부하게 나는 산으로 단수(丹水)라는 강이 흘러나와 남쪽으로 발해(渤海)에 흘러든다고 함. 이곳에 사는 새를 봉황이라고 하는데 학 같은 생김새에 오색 빛깔을 한 아름다운 새로 머리의 무늬는 덕(德), 날개의 무늬는 의(義), 등의 무늬는 예(禮), 가슴의 무늬는 인(仁), 배의 무늬는 신(信)이라는 글자와 비슷하였다 함. 이 새가 나타나면 천하가 태평해졌다 함.
258) 의첨 : 설희광의 자(字).
259) 원백 : 임창홍의 자(字).

하였다.

"네가 지금 설씨 부중에 가서 장모를 찾아뵙지 않으니 참으로 무정하구나. 과거를 본 후 설씨 부중에 가서 찾아뵈어라."

그러자 공자가 명을 받들었다. 군계는 공자에 대한 사랑이 부인보다 위인지라 공자를 향해 웃으며 말하였다.

"공자가 그 장모께는 예사 장모로 대하지 못할 것이다."

공자가 두 손을 공손히 모으고 대답하였다.

"그렇습니다. 제가 어린아이를 면치 못하였을 때 의첨을 물리치고 젖을 돌려 먹여 기르시며 피붙이처럼 대해주시니 채 알지는 못해도 마치 친어머니 아래 있는 것 같았습니다."

창흥 공자가 말을 마치고 소저를 돌아보니 옥 같은 두 손을 모으고 어
11 머님을 오른편에서 모시고 있었으나 눈길은 나직하고 검은 머리는 아름다우며 예의를 갖추는 것이 법도에 맞아 아무 것도 알지 못하는 태고 적 사람 같았다. 공자는 그 정순하고 법도 있는 모양에 탄복하여 어머니 곁으로 가까이 다가앉아 웃으면서 이렇게 아뢰었다.

"제가 어렸을 때 항상 장모 슬하에서 장난치기를 어머님 슬하같이 하였는데 하루는 장인어른께서 제 아내를 데려다가 무릎 위에 올려놓고 사랑하며 어루만지셨습니다. 저는 그때 항상 아버님 얼굴이 눈에 어른거리고 할머님 아래서 아버님이 저를 어루만지시면서 동정귤(洞庭橘)260)을 손에 쥐어 주시고 탄식하시던 것이 어렴풋이 생각나던 차에
12 설대인이 아내를 어루만지며 사랑하시는 것을 보니 너무 슬퍼서 거의 울듯 하였습니다. 하여 장모의 가슴을 놓고 무릎 아래로 내려 앉아 서

---

260) 동정귤(洞庭橘) : 품종이 좋은 귤을 이르는 말.

러워하기가 한량없었는데 저 사람은 불과 4~5세밖에 안 되었는데도 저를 다른 가문 남자라 하여 얼마나 맹렬하게 떨치고 유모에게 안겨 돌아가던지, 외간 남자를 가까이 두었다 하던 그 말이 저를 부끄럽게 하여 그날부터는 제가 다른 가문 사람이란 것을 분명히 깨달았습니다. 마음이 더욱 즐겁지 않아 항상 석가산(石假山) 밑에서 돌로 진을 벌이고 그 집 아이들을 모아 소일하였는데 여 종조부께서 저를 불러 어서 집으로 가라 하시니 진실로 양 날개가 비상하는 것같이 기뻤습니다. 그 때가 어제인 듯한데 소저가 문득 어머님께서 가까이 계시다고 제가 없는 것처럼 하니 저도 원래 다른 가문 여자와는 가까이 앉지 않습니다." ¹³

이렇게 말하고 껄껄 웃으니 봄바람이 무르녹고 상서로운 구름이 가득 피어나 방안에 따뜻한 바람이 모여드는 듯하였다. 주비는 아들이 말하는 일의 내막을 들으니 예전 일이 눈앞에 펼쳐져 있는 듯 마음이 슬펐으나 억지로 웃으며 말하였다.

"어려서 얼마나 기운차고 헤아리기 어렵던지 남의 집, 내 집 없이 철모르고 장난이 오죽하였는지 아느냐? 네 아내는 날 때부터 성숙하였으니 너 같은 사람이 얼마나 괴로웠으면 피하였겠느냐? 진실로 며늘아기는 너보다 더 성덕을 갖추었구나." ¹⁴

공자는 어머니께서 마음으로 근심하시는 것을 보고 짐짓 웃으시게 하려고 무릎 위에 머리를 얹고 가슴을 만지며 말하였다.

"어려서 못 먹었으니 이제 먹겠습니다."

이렇게 말하는데 인흥²⁶¹⁾이 갑자기 와서 문득 형을 물리치고 어머니 무릎에 앉아 종종 꾸짖고 손을 만지며 얼굴을 대고 노는 거동이 얼마나

---

261) 인흥 : 금화공주 군계가 낳은 임희린의 서자.

기묘한지 생이 아이를 안고 어머님께 아뢰었다.

"제 다섯 형제와 두 여동생의 외모와 몸가짐이 한결같이 경국지색(傾國之色)이나 이 아이는 맑기가 더욱 빼어납니다. 이 모습을 보면 뼈마디가 녹는 듯하고 엄숙하기가 마치 표종형 총재공262) 따님인 난벽과 방불하오나 난벽은 적이 기세가 세고 맹렬하기가 더한 듯했습니다. 경홍은 나이 어린 아이오나 풍류가 호방하기로는 형제 중 제일인데 난벽은 대단히 강렬하여 서로 알맞지 않으니 총재께서 갈구하시던 뜻에 어긋나 병증이 되기 쉬울 듯합니다. 경홍이 항상 어이없는 말로 이르기를 '저 총재공께서 딸을 어찌 낳았기에 나 같은 천하의 호남자를 감히 사위 삼으려 하는가? 딸이 서시(西施)263)나 임사(任姒)264) 같아도 만일 장부의 뜻을 거스르거나 위인이 곤혹스럽거나 하여 나 임경홍의 천하호걸을 맞추지 못한다면 내게 한 번도 눈길을 받지 못할 것이다. 내가 호걸이긴 하나 일생 두통을 끼치고 가정에 병이 되지 않겠는가?' 하는데 난벽의 기질이 강렬하여 말 붙이기가 어려우니 알맞지 않을 것입니다."

부인이 한참 동안 공자를 쳐다보다가 이렇게 말하였다.

"경홍의 기질은 과연 그렇긴 하나 네 어찌 규수에 대해 네 맘대로 말하느냐? 효장공주께서도 그 소저의 됨됨이를 자세히 모르고 계시는데 너는 아이의 위인을 자세히 모르면서 어찌 그리 말을 많이 한단 말이냐?

---

262) 총재공 : 주숙렬의 조카인 이부총재 주공을 말함.
263) 서시(西施) : 중국 춘추시대 월국(越國)의 미녀. 효빈(效嚬)이라는 말이 서시의 미모에서 유래했고 오(吳)나라에 패망한 월나라의 충신 범려가 서시를 오왕 부차에게 바쳐 마침내 오나라를 멸망시켰다고도 전해지고 있음.
264) 임사(任姒) : 주(周)나라 문왕(文王)의 모친인 태임(太任)과 왕비 태사(太姒)를 말함. 이들은 부덕이 훌륭했던 여성들로 후세에 칭송을 받음.

그 아이가 어찌 강렬하겠는가마는 제 여러 오라비들이 심히 보채고 너
도 그 집에 가면 그 아이를 유별나게 보채니 그것을 막느라 맹렬한 체
했겠지 어찌 강렬함이 도를 넘는 바가 있겠느냐?"

공자는 어머님 말씀이 마땅하시다 하고 얼마간 곁에서 모시다가 물러
갔다.

다음 날 공자가 과거에 필요한 여러 제구를 차려 나아가면서 설공자를
보채어 장옥에 함께 들어가니 때는 곧 영락(永樂) 23년 여름 4월 보름이었
다. 황제께서 아홉 마리 용이 그려진 상탑 위에 옥좌를 여시니 문무 반열
이 가지런히 늘어섰다. 13대신이 상단(上段)을 받들고 검패(劍佩)265)를 울
리며 곁에서 모시고 있으니 그 엄숙하고 위엄 있는 모습이 9층 어탑(御
榻)266)에 어리었다. 오봉루(五鳳樓) 위에는 상서로운 구름의 기운이 무르
녹아 태평한 기상이 궁궐을 두르고 있었다. 이 날 창흥 공자가 10년을 등
아래서 독서하며 반딧불 줍던 수고267)를 씻어내고자 하여 명지(名紙)268)
를 천자의 탑하에 펴고 섬섬옥수로 산호 붓을 휘두르니 푸른 바다가 기울
고 비바람이 휩쓰는 듯, 땅위에 청룡이 뛰놀고 구름이 모여드는 듯 아름
다운 문장이 펼쳐졌다. 임공자는 순식간에 글을 다 써내고 설공자에게 맡
기며 함께 바치라 하였다. 그런 후 한가하게 걸어 다니며 여러 선비들이
글 짓는 것을 구경하는데 마침 서쪽 난간에 두어 선비가 마주 나와 탄식

17

18

---

265) 검패(劍佩) : 칼에 드리우는 옥.
266) 어탑(御榻) : 임금이 앉는 상탑(牀榻)을 말함. 용탑(龍榻)이라고도 함.
267) 반딧불 ~ 수고 : {반디 줍는 슈고}. '반디'란 '반딧불'의 옛말로 여기서는 '형설지공(螢雪之功)'을
　　염두에 두고 한 말임. '형설지공'이란 반딧불ㆍ눈과 함께 하는 노력이라는 뜻으로, 고생을 하면
　　서 부지런하고 꾸준하게 공부하는 자세를 이르는 말. 중국『진서(晉書)』의「차윤전(車胤傳)」ㆍ
　　「손강전(孫康傳)」에 나오는 말로, 진나라 차윤(車胤)이 반딧불을 모아 그 불빛으로 글을 읽고,
　　손강(孫康)이 가난하여 겨울밤에는 눈빛에 비추어 글을 읽었다는 고사에서 유래함.
268) 명지(名紙) : 과거 시험에 쓰던 종이.

하더니 한 사람이 이렇게 말하는 것이었다.

19 "만일 이번 과거에 낙방하면 차마 돌아가지 못할 것입니다. 시각은 다 되고 생각은 막막하니 장차 어찌 한단 말입니까? 60 평생 동안 병환으로 자리를 떠나지 못하시고 몸을 돌보지 않으시며 '네가 이번 과거 합격자를 알리는 방의 첫머리에 이름을 올린다면 지금 죽더라도 여한이 없을 것이며 이 자리에 누워 있지도 않을 것이다.' 하시는 명을 받들고 들어왔으나 이제 가망이 없으니 어찌 차마 돌아가 홀어머니를 뵙겠습니까? 오늘부터는 천하를 떠돌며 집에 돌아가지 못하겠습니다."

이렇게 말하고 고개를 숙인 채 눈물로 옷을 적시니 한 선비가 탄식하며 말하였다.

20 "형의 생각이 꼭 나와 똑같소. 생은 십대의 유생이니 만일 이번에 낙방하면 장사나 하면 되겠으나 80의 아버님께서 내 과거를 큰 가뭄에 구름 기다리는 것같이 바라고 계시니 무슨 낯으로 아버님을 뵙겠소?"

하며 눈물을 비 오듯 흘렸다. 임 공자가 이 광경을 보고 한편으로는 가소로우면서도 또 한편으로는 측은한 마음이 강하게 일어나 생각하였다.

'대장부가 세상에 나서 사람이 급한 처지를 말없이 괄시한다면 그것은 대장부다운 마음이 아닐 것이다.'

임 공자는 그 사람들의 효심에 감동하여 나아가 절하고 이렇게 말하였다.

21 "옛 사람이 말하기를 사해 안의 모든 사람들은 다 형제라 하였으니 두 형들께서는 행여 저의 망령된 태도를 괴이히 여기지 마시고 명지를 내실 때 저의 용렬하고 우둔한 재주를 시험하게 해주십시오."

두 사람이 돌아보니 한 선동이 비단 도포에 혁대를 띠고 공손히 절하는

데 그 거동이 마치 삼태진군(三台眞君)[269]이 옥경에 조회하는 모양같이 황홀하기가 측량하기 어려워 두 사람은 어찌 할 바를 몰랐다. 그러나 이미 전상에서 글을 재촉하는 북소리가 4~5차례 울리기에 이르렀으므로 염치 불구하고 붓과 벼루, 명지를 공자에게 밀었다. 공자가 다시 말 하지 않고 두 장 글을 쓰자 마지막 북소리가 들려왔다. 두 사람이 염치를 무릅쓰고 글을 갖다 바치고 돌아오니 공자는 벌써 온 데 간 데 없었다. 두 사람은 혹시 귀신이 아니었나 의심하며 혹 헛것을 글이라고 받친 것은 아닌가 걱정이 가득하였다.

22

이때 설공자는 운몽(雲夢)의 끝없는 문장을 떨쳐 글을 지어 바치고 임공자를 찾지 못하여 그 이름인 원백을 무수히 부르고 있었다. 이윽고 공자가 구슬 같은 땀을 흘리면서 부채로 태양을 가리고 설공자 쪽으로 다가왔다. 설공자가 어디 갔었는지 물으니 공자가 말하였다.

"심심하여 두루 돌아다니며 구경하고 오네."

설 공자가 부채로 어깨를 치며 말하였다.

"너 같은 어린아이가 과장에 온 것도 괴이한데 한가하게 돌아다니는 것은 또 무슨 일이냐?"

임 공자가 꾸짖으며 말하였다.

"너같이 입 누런 아이[270]가 우리 같은 어른의 행동거지를 어찌 아는 체하느냐?"

23

이 말에 설공자가 크게 웃었다. 서로 우스갯소리를 주고받으면서도 임

---

269) 삼태진군(三台眞君) : 삼태성을 말하는 것으로 삼태성은 상태(上台)·중태(中台)·하태(下台)가 각각 두 개씩 여섯 개인데, 그것들이 제자리에 고르게 있으면 음양이 조화를 이루고 비바람이 순조로워 풍년이 들고 백성들이 편안해져 천하가 태평을 누린다고 함.

270) 입 ~ 아이 : {황구(黃口)}. 입이 누런 아이라는 뜻. 입이 누렇다는 것은 새 새끼의 주둥이가 노랗다는 데서 온 것으로 매우 어린 아이를 가리킴.

공자는 두 선비에게 글을 지어 적선한 말은 안하였으니 이로써 군자의 행사가 어떠한지를 알 수 있을 것이다.

이때 모든 시관이 탑전에서 천자를 모시고 앉아 시권(試券)들의 잘잘못을 낱낱이 평가하여 그 중 두어 장을 얻은 후에 탑전에 올려 천자께 보여드렸다. 상께서 여러 시권을 보셨으나 다 평범한 재주였을 뿐 놀랍게 빼어난 글재주는 없었다. 그러다 시관이 올리는 시권 두 장을 받아 내리 보시니 이는 이른바 푸른 바다를 기울여 활연함을 삼은 듯했고 말마다 주옥이요, 글자마다 비단에 수를 놓은 것 같았다. 읽으면 읽을수록 입이 향기롭고 정신이 상쾌하였으며 구법(句法)이 신이하여 귀신을 울릴 만하였다. 상이 손으로 용상을 치시며 큰 소리로 신기한 재주라 외치시니 용안에는 서광이 서린 구름이 무르녹은 듯했다. 즉시 과거 급제자의 성명을 내어 붙이니[271] 화주 사람 임창홍은 나이가 12세요, 아버지는 초왕 임희린이라 부르는 소리가 진동하였다. 그러나 공자가 태연히 움직이지 않으니 설공자가 재촉하며 말하였다.

"원백의 재주는 삼장장원(三場壯元)[272]을 남에게 사양하지 않을 것이니 축하하네."

임공자가 정색하고 말하였다.

"지금 세상에는 인재가 많으니 이 입 누런 아이 임창홍이 삼장장원은 결단코 불가하네. 같은 이름이 있을 것이야."

이렇게 말하며 전혀 움직이지 않았으나 연이어 호명하는 소리가 급하

---

271) 과거 ~ 붙이니 : {탁방(坼榜) ᄒᆞ시니}. '탁방'이란 과거 급제한 사람의 성명을 내어 붙이는 것을 말함.

272) 삼장장원(三場壯元) : '삼장(三場)'은 과거 시험에서 초장(初場), 중장(中場), 종장(終場)의 삼 단계 시험을 이르는 말. '삼장장원'은 과거 시험에서 삼장에 매번 첫 번째로 합격하는 것을 말함.

므로 공자가 비로소 수풀 같은 사람들을 헤치고 천천히 걸어 옥 계단으로 나아가 두 손을 들고 만세를 부르며 절하였다. 상께서는 인재 바라시는 마음에 목마르시다가 장원한 선비가 초왕 임희린의 장자라 함을 들으시고 더욱 기뻐하셨다. 바삐 용안을 들어 장원을 보시니 기린 하나가 뜰에 내려온 듯 정신과 풍채가 맑고 깨끗하여 그 찬란한 광채가 전 위를 밝게 비추었다. 달 같은 이마에 유건(儒巾)[273]을 쓰고 용눈썹 같은 눈썹과 봉 같은 얼굴에는 월궁(月宮)을 휘감은 아름다운 달이 보배로운 두 귀밑머리를 가리키고 있었다. 연꽃 같은 두 빰과 네모난 입술은 도솔궁(兜率宮)[274] 단사(丹砂)[275]가 무르녹은 듯하고 가을 하늘에 드리운 계수나무 같은 기운은 용과 호랑이가 태산(泰山)을 뛰어넘는 듯 왕성했으며 맑은 골격은 동정(洞庭) 8백 리의 둥근 달이 광채를 흘리는 듯하였다. 머리를 조아려 여덟 번 절하여 예를 마치는데 이리같이 날렵한 허리에 원숭이같이 긴 팔은 대장부의 풍모를 여실히 갖추고 있었다. 상이 한번 보시고 크게 놀라시어 용상을 치며 칭찬하셨다.

"기이한 인재요, 크나큰 인재로구나. 희린이 낳고 효문공주가 태교를 하지 않았더라면 어찌 이 같은 말세에 이처럼 기린 같은 인재가 태어났겠느냐? 명나라 황실을 보좌하고 훗날 태자를 도와 왕실을 흥성케 하며 국가를 보좌하는 기둥이자 주춧돌[276]이 될 것이다. 짐이 선 황제의

26

27

---

273) 유건(儒巾) : 유생들이 도포나 창의와 함께 쓰던 건으로 민자건(民字巾) 또는 민자관(民字冠)이라고도 함.
274) 도솔궁(兜率宮) : 도솔천(兜率天)에 있는 궁전. 도솔천은 육욕천(六欲天)의 넷째 하늘로 수미산(須彌山)의 꼭대기에서 12만 유순(由旬) 되는 곳에 있는 미륵보살이 사는 곳. 내외 두 원(院)이 있는데 내원은 미륵보살의 정토이며 외원은 천계(天界) 대중이 환락하는 장소라고 함.
275) 단사(丹砂) : 새빨간 빛이 나는 육방 정계(六方晶系)의 광물. 수은과 황의 화합물로, 정제하여 물감이나 한방약으로 씀.
276) 기둥이자 주춧돌 : {동냥쥬셕[棟梁柱石]}, '동량'은 동량지재(棟梁之材)의 준말로 한 집안이나 한 나라를 맡아 다스릴 만한 큰 인재를 말함. '주석'은 주석지신(柱石之臣)의 준말로 나라에 아

업을 이어 정치상의 중요한 기틀을 총괄하여 살피느라 두렵고 조심스러워 깊은 못에 가까이 있는 듯하다. 태자가 병이 잣고 어리니 짐의 마음이 두려워 종묘사직을 크게 도울 기둥을 생각했는데 이렇게 창홍을 얻었으니 지금 이후는 임상국 부자로 인해 다시 사직은 아무 염려할 것이 없을 것 같구나."

이날 상국 부자가 어탑 아래에 무릎을 꿇은 채 상의 말씀을 듣다가 빨리 탑 아래 내려가 머리를 조아리고 말하였다.

"신의 어린 자식이 성적 안에 든 것도 불가하올 터인데 외람되게도 그 이름이 방의 첫머리에 올랐으니 이는 천하가 신으로 하여금 작록을 도적질하는 부류라 손가락질할 일이옵니다. 성교(聖敎)가 이러하시나 신은 차마 10여 세 된 어린 자식에 대한 은총이 너무 과하시어 복이 달아날까 염려되오니 방의 첫머리에 오른 이름을 떨어뜨려 주시길 바라옵니다."

상은 초왕의 공명정대한 사양이 진심인 것을 아셨으나 장원의 문장과 재주를 버릴 수 없어 이렇게 말씀하셨다.

"경이 하는 말도 옳으나 저 아이의 재주가 외모보다 낫고 문장은 사령운(謝靈運)이나 조식(趙植)[277]보다 나으니 무엇을 잘못했다고 방에서 내리겠는가? 그러나 사람의 큰 재주는 하늘이 유의하여 보시니 창홍을 내 앞에서 시험해보면 온 세상이 다 알 것이다. 그러면 짐이 어린 아이를 장원으로 올렸다는 시비도 없을 것이고 경의 불안함도 없게 될 것

주 중요한 신하를 말함.
277) 사령운(謝靈運)이나 조식(趙植) : {팔두(八斗)}. 시문에 탁월하고 민첩한 천하무쌍의 재주로 그 재주의 뛰어난 역량을 말함. 송(宋)나라의 사령운(謝靈運)과 칠보시(七步詩)로 유명한 위(魏)나라의 조식(趙植)을 두고 하는 말. 보통사람은 일두(一斗)의 재주도 타고나지만 사령운·조식은 팔두의 재주를 타고난 것으로 보았음.

이니 신료들은 그렇게 알라."

그런 후 환관에게 명하여 종이와 붓, 먹과 벼루를 주어 삼장의 전책(典冊)[278]을 지어 바치라 명하였다. 창홍이 글제를 보더니 생각이 샘솟는 듯하여 손으로 붓을 잡고 써내려가니 바람과 구름이 모여들었다. 창홍은 삼장 전책을 생각할 겨를도 없이 지어 바치고 물러나 네 번 절하였다.

이때 문무백관은 동서 반열에 늘어서서 문무 급제자의 성명을 일시에 공표하는 것을 듣고 있다가 갑자기 초왕으로 인해 삼장 전책으로 임창홍을 다시 시험하시는 것을 보고 크게 놀랐다. 임창홍이 신이할 정도의 재주로 생각할 겨를도 없이 전책을 지어 바치는 것을 보고 모든 신료들은 30
혀를 내두르며 칭찬하였다. 신료들이 인재를 얻으신 것을 하례하니 상께서는 마음이 대단히 즐거워 임초왕을 돌아보며 말씀하셨다.

"경이 창홍의 장원을 너무 고사하므로 짐이 재주를 시험하였더니 잠깐 사이에[279] 지어 바쳐 모든 신료들이 다 알게 되었으니 또 무슨 다른 처분을 하라 하는가?"

상국 부자는 창홍이 여러 사람들이 모인 가운데 지엄한 성은을 받았으니 머리를 조아려 감사할 따름이었다. 차례로 새로 급제한 사람들[280]을 부르시니 설희광이 탐화(探花)[281]에 뽑히고 공자가 글을 지어준 선비 두 사람도 과거 급제자를 적은 명부에 그 이름이 오르게 되었다.

해가 기울자 장원을 한 창홍이 물러나 아버지와 숙부를 모시고 과거 31

278) 전책(典冊) : 제도와 문물 등을 적은 중요한 책과 문서.

279) 잠깐 사이에 : {호읍지간의}. '호흡지간(呼吸之間)'의 오기로 보임. '호흡지간'이란 한 번 호흡하는 사이, 즉 짧은 시간을 뜻함.

280) 새로 ~ 사람들 : '신래(新來)'라 하여 과거에 급제하여 처음 관직에 임명된 사람을 뜻함.

281) 탐화(探花) : 과거의 갑과(甲科)에서 세 번째로 급제한 사람을 말함. 고소설에서는 흔히 두 번째를 가리킴.

급제자들을 거느린 채 궐 밖으로 나오니 무수한 하인들이 대궐 밖에서 기다리고 있다가 일시에 과거 급제자들의 뒤를 호위하여 앞으로 인도하였다. 당당하고 위엄 있는 행렬이 대로를 덮었으니 이는 가히 천하에 장관이었다. 상국 부자가 장원을 앞세워 본부로 향하니 이런 자손을 둔 아버지와 할아버지의 마음은 어떠하였겠는가? 백마에 얹은 황금 안장 위에 푸른 도포가 나부끼고 해와 달 같은 얼굴에 세 줄기 금화(金花)²⁸²)가 드리웠다. 옥 같은 얼굴이 상께서 내리신 술에 반쯤 취하여 1천 송이 복숭아꽃처럼 취하였다. 도로에서 이를 본 사람마다 모두 소리 높여 칭찬하였으며 일반 백성들은 목을 늘이고 쳐다보며 침이 마르고 혀가 닳을 듯하였으니 이는 진정 남자가 이뤄야 할 일이라고 할 수 있었다.

길이 조왕 궁 정원 안에 있는 누각을 지나가는데 장원과 탐화가 이곳에 잠깐 멈춰서 여러 급제자들과 축하 인사를 나눈 후 보내느라 미처 길을 나누지 못한 채 함께 말을 나누고 서있었다. 그때 갑자기 난데없는 월환(月環)²⁸³) 한 쌍이 떨어져 하나는 창흥의 금화를 맞힌 후 떨어지고 다른 하나는 탐화의 소매로 들어갔다. 두 사람이 크게 놀라 창흥이 하인에게 언성을 높여 꾸짖으며 말하였다.

"도로 담 안으로 넘기어라."

그런 후 말을 바삐 몰아가버렸다. 탐화는 도리어 껄껄 웃으며 말하였다.

"원백은 과연 고집불통이로구나. 다정한 미인이 우리 풍채에 미혹되어

282) 금화(金花) : 금으로 만든 꽃으로 주로 장상(將相) 등이 고신(告身) 즉 관리로 임명될 때 사용하였음. 금화를 숙였다는 것은 머리에 꽂은 금화가 밑으로 드리워진 것을 말함.
283) 월환(月環) : {탄월}. 정확한 뜻은 미상이나 여자들이 몸에 장식하는 팔찌 같은 것으로 보임. 뒤에는 '월환'으로 되어 있기에 월환으로 통일함.

좋은 보물로 정을 표한 것이니 이는 곧 장부에게 좋은 일일 터인데 어찌 그리 매몰차게 말을 달려 도망간단 말인가?"

그리고 소매 속에서 월환을 꺼내보니 그 상서로운 기운이 북두성을 쏘이고 그 만든 정성이 기묘하므로 스스로 웃으며 말하였다.

"이 물건이 임자가 있겠구나. 찾거든 본래 주인에게 돌려주는 것이 옳겠다."

이렇게 주머니 속에 넣고 말고삐를 돌이켜 본부로 돌아갔다. 알지 못하겠구나! 월환을 던진 이는 어떤 사람이며 능히 임장원의 수정 같은 마음을 돌이킬 수 있을 것인지는 다음 회를 보기 바란다.

34

이때 장원을 한 임창홍은 음란한 여자의 해괴한 행동을 보고 비위가 뒤집히는 듯했다. 평생 군자가 지켜야 할 예의를 깊이 생각하므로 위수(渭水)에 다리 놓는 일 없이도[284] 요조숙녀[285]를 맞았으나 아직 어려 부모의 명에 따라 신혼 방에 드는 일이 없었다. 그렇게 마치 다른 집안 여자인 듯 수년을 한 집안에 있으면서도 조금도 희롱하는 일이 없다가 오늘 이 같은 해괴한 변을 당했으니 어찌 예사롭게 생각하겠는가? 그곳에 잠시라도 머무르는 것이 너무 더럽게 느껴져 탐화인 설희광은 생각하지도 않고 황급히 말을 달려 부중으로 오니 부중에서는 벌써 오운전, 백운전을 열어 놓고 손님들을 크게 환영하며 장원을 기다리고 있었다. 장원을 보자 모든

35

---

284) 위수(渭水)에 ~ 없이도 : 위수(渭水)는 중국 감숙성(甘肅省) 위원현(渭源縣)의 서북쪽 오서산(烏鼠山)에서 발원하여 섬서성(陝西省)을 지나면서 낙수(洛水)와 만나 황하로 흘러드는 강 이름. 『시경(詩經)』 「대아(大雅)」 편에 보면 "흡수의 북쪽 위수가에는 문왕이 아름답게 여긴 큰 나라의 따님이 계셨다네 (…중략…) 길일을 택하여 친히 신부를 맞으러 위수로 가시에[在洽之陽, 在渭之陽, 文王嘉之, 大邦有子 (…中略…) 文定厥祥, 親迎于渭]"라는 구절이 있음.

285) 요조숙녀 : {하쥐[河洲] 숙녀}. '하주'는 모래섬을 말하는데 여기서는 덕이 높은 요조숙녀를 일컫는 말로 쓰임. 『시경(詩經)』, 「주남(周南)」 〈관저(關雎)〉 시에 있는 "꾸우꾸우 물수리 모래섬에 있네. 정숙한 아가씨 군자의 좋은 짝이네[關關雎鳩, 在河之洲, 窈窕淑女, 君子好逑]."라는 구절에서 유래한 말임.

벼슬아치들과 이름난 선비들은 일시에 장원을 부르며 어지럽게 나왔다 물러났다[286] 하라 하며 그것이 관례라고 말하였다. 장원이 내당 어른들을 찾아뵈어 아버지와 숙부를 모시고 태부인 무릎 앞에 몸을 굽히고 한나절 동안의 안부를 여쭈니 태부인은 황홀한 기쁨으로 학같이 흰머리가 무르녹는 듯하여 손으로 금화를 어루만지며 상국을 돌아보고 이렇게 말하였다.

"예전에 우리 세 모자가 서로 마주보고 너희 자식들의 경사가 늦는 것을 근심했었는데 그때는 오늘처럼 손자아이가 과거에서 급제하는 경사를 보게 될 줄이야 어찌 알았겠느냐? 이는 모두 조상들의 성덕과 돌아가신 어른의 영혼이 도우신 것이며 너의 지극히 공평하고 사사로움 없는 어진 덕을 하늘께서 보시고 도우신 것이다. 이 어미가 근래 늙고 쇠약하여 여러 손자들이 장성하기만을 손꼽아 기다리게 되는구나."

그러고 나서 사당에 올라가 집안에 이러한 경사가 있음을 고하였다. 향을 꽂고 잔을 올리면서 그 차례가 성부인 위패에 이르렀다. 만일 부인의 영혼이 이것을 알았다면 어찌 저승에서라도 웃음을 머금지 않겠는가마는 알 수가 없으니 왕은 지난날을 돌이켜보면서 사모하는 마음이 세월이 갈수록 더하여 흐르는 눈물로 비단 도포의 소매를 적셨다. 곁에 있던 사람들은 이 모습을 보고 슬퍼하면서 감동하였다.

창흥이 아버지를 위로하며 사당에서 내려오니 외당의 손님들이 뒤를 이어 마을 어귀를 가득 메웠고 주후는 여러 손자들을 거느리고 이르렀으며 여노공은 자손들을 거느리고 이르렀다. 성추밀, 소참정 등의 모든 벗

36

37

---

286) 나왔다 물러났다 : {진퇴(進退)}. 여기서 말하는 '진퇴'는 과거에 급제한 사람을 축하하는 뜻으로 그 선진(先進)이 찾아와서 과거 급제자에게 세 번 앞으로 나오고 세 번 뒤로 물러나게 했던 일을 말함.

들이 와서 장원을 부르는 소리가 진동을 하므로 초왕이 두 어르신들을 모시고 장원을 앞세워 오운전으로 나왔다. 설태사는 뜻밖에 아들과 사위가 과거에 급제하는 경사를 당하여 겨우 궐문을 나서니 뒤따르는 하급 벼슬아치들과 하인배들이 새로 급제한 장원의 뒤를 호위하여 대로를 덮고 있었다. 이를 보는 사람들은 모두 입이 마르도록 칭찬하였다. 설태사는 급히 수레를 몰고 부중으로 돌아와 목부인께 아들이 과거에 등제하였음을 알렸다.

이때 목부인은 종손의 참소와 간악에 정신이 다 빠져있는 탓에 한마디도 입을 떼지 않고 아무 얘기도 못 들은 것처럼 구니 이를 본 설태사는 오래도록 슬퍼하였다. 희광이 이르자 설태사는 아버지를 속이고 과거에 등제한 것을 한바탕 크게 꾸짖고 나서 사당에 아뢴 후 희광을 앞세워 임씨 부중으로 나왔다.

이때 소직사, 관시랑, 여한림, 조사인, 성한림 등이 장원을 내려오게 하여 새로 급제한 사람들이 행해야 할 관례를 다 시켰다. 날씨가 찌는 듯이 무더운 가운데 장원을 심히 보챘으나 장원은 기운이 긴 무지개 같아 시키는 대로 관례의 일을 다 하니 태부인이 보시도록 하기 위해 소직사가 부채를 치며 말하였다.

"이 장원이 비록 아직 어리나 몸뚱이는 성숙한 어른보다 튼실하니 어린 미인 하나를 맡겨 일을 어찌 처리하는가 보아야겠다."

그러자 부마가 말리며 말하였다.

"조카아이가 지금까지 할머님의 각별한 자애를 받았으니 오늘 너무 나왔다 물러났다 하면 혹시라도 불편한 일이 생길까 두렵습니다. 형님들은 잠깐 참으시고 곧 보채기 좋은 사람이 올 것이니 그나 싫도록 보채고 싶도록 희롱하시고 조카는 그만 용서하십시오."

이 말에 여러 사람들이 모두 그렇게 여겨 용서하였다. 창흥이 얼굴을 씻고 당 위로 오르려 하는데 설태사가 오는 것을 알리는 벽제 소리가 마을 어귀를 떠들썩하게 했다. 창흥이 빨리 문밖으로 나가 맞아 탐화와 함께 모시고 들어왔다.

설공은 수레를 몰아 부중에 와서 그래도 목씨 부인이 태부인기에 희광 40 이 과거에 급제한 것을 알렸으나 한 마디 기뻐하는 말도 없으므로 마음이 서글퍼 속절없는 탄식만 두어 마디 하고 탐화를 앞세워 임씨 부중에 이르렀다. 그곳에서는 많은 손님들이 모여들어 장원을 데리고 장난을 치며 희롱하는 농담이 어지러웠다. 장원이 구슬 같은 땀을 흘리며 설공을 맞아 모시고 나가니 설공은 한없는 사랑과 즐거움으로 모양 없이 장원의 손을 이끌어 당 위에 올라 곁에 앉힌 후 여러 손님들에게 원망하는 말로 이렇게 말하였다.

"남의 사위를 너무 헐뜯어 괜한 땀을 내게 하는구나."

그러고는 한삼을 들어 땀을 씻어주고 등을 어루만지며 애지중지하는 모습은 초왕이 미치지 못할 정도였으며 오히려 임상국과 마찬가지였다. 41 여러 손님들이 모두 한결같이 웃으며 말하였다.

"내 말하지 않았는가? 설형의 만금보다 귀중한 사위를 저리 성가시게 하다가 만일 설형이 보기라도 하면 큰 난리가 날 것이라 하였더니 과연 옳았네 그려."

그러자 여이공이 빙긋이 웃으며 말하였다.

"저 댁에서 사위 사랑이 아무리 유별나다 한들 사위 귀한 줄만 알고 그것이 모두 이 월하노인의 덕인 줄은 모르니 이 아니 딱한 일인가? 이제

는 중매한 축하주와 급제한 축하주를 겸하여 받을 것이니 설형은 좋은
술과 진수성찬으로 나를 대접하시게."

그러자 설공이 웃으며 말하였다.

"내 평생 그대를 동기같이 알았는데 그 정을 모르고 매양 술 내놓으라
는 요구만 하니 저 사람은 언제 철이 든단 말인가?"

42

이 말에 모든 사람들이 한꺼번에 크게 웃으면서 설공은 너무 슬프고 여
공은 말에 흠이 있다고 하였다. 태사가 초왕을 향해 감사하며 말하였다.

"아둔한 아이를 대왕께서 어질게 교훈하시어 이처럼 입신을 이루게 하
시니 그 은혜, 수후(隋侯)의 구슬287)을 머금기를 기약하겠습니다. 불초
한 자식이 아비를 속이고 과거에 응시한 것은 극히 놀라우나 이 아이를
이미 대왕께 드렸으니 깊이 허물치 않겠습니다."

왕이 몸을 굽혀 사양하며 말하였다.

"그만하십시오. 내가 재주가 없고 덕이 옅으니 무슨 힘써 가르친 일이
있었겠습니까? 올해의 갑과는 우리 아이도 해서는 안 되는 것을 어머

43

님께서 조급해하시므로 마지못해 했으나 자제분에 대해서는 몇 년 더
기다리고자 했더니 우리 아이가 제멋대로 두 어른께는 말하지도 않고
함께 데려갔습니다. 이는 불초한 아이가 제 분수에 넘치게 군 것이니
다시 말해 무엇 하겠으나 저로서는 대단히 마음이 불평스럽습니다."

설공은 고개를 끄덕였다. 말이 그치자 여러 사람들이 탐화를 잠시 조
르고 함께 당에 올라 자리를 잡고 앉았다. 손님과 주인이 함께 즐기다 날

---

287) 수후(隋侯)의 구슬 : {슈호의 구슬}. 원문엔 '슈호'로 되어 있으나 '수후'의 오기로 보임. 수후(隋
侯)는 한동(漢東) 땅 희성 제후(姬姓 諸侯)로 뱀을 살려준 은혜로 보배로운 구슬을 얻게 됨. 명
월주나 야광주라고 하며 이 구슬이 있으면 부자가 된다고 함. 여기서는 은혜를 갚는다는 의미
로 쓰임.

이 저물자 손님들은 각기 자기 집으로 돌아가고 가까운 친척들은 촛불을 밝히고 담화를 나누었다. 주후와 설공도 뒤쳐져 남으니 주총재가 할아버지를 모시고 방으로 들어가 편히 쉬시게 하였다. 왕의 세 형제가 설태사, 주총재 등과 함께 숙렬궁, 팔룡당으로 물러나와 자리를 벌여 앉고 조용히 대화를 나누다 이야기가 시정과 조정의 일에 미치자 왕이 넓은 이마를 찌푸리며 이렇게 말하였다.

"4~5년째 북쪽 오랑캐 아출태가 책력(冊曆)을 받들지[288] 않고 있네. 어제도 북해 태수가 보낸 글을 보니 성상께 아뢰어 대병을 일으켜 죄를 묻고 싶으나 우리나라는 창시 때부터 남북의 오랑캐를 구태여 침략하지 않았는데도 국내에 병란이 끊이지 않아 장례 후 지내는 제사가 번갈아 성하므로 백성이 평안할 때가 적었네. 내 어진 사람을 하나 천거하여 북쪽 오랑캐들에게 보내어 그들을 달래고 항복 받고자 하나 그에 합당한 사람을 얻지 못하여 걱정이네."

이 말을 듣고 주총재가 문득 용감히 떨치고 일어나 말하였다.

"아저씨께서 저를 상께 아뢰어주신다면 제가 비록 재주는 없으나 한번 북쪽으로 가서 저 한 무리의 좀도둑[289]들을 달래어 가르치겠습니다. 만일 그렇지 못한다면 한 칼에 무찌르고 오겠습니다."

그러나 왕이 기뻐하지 않으며 이렇게 말하였다.

"원광[290]의 말은 충성스런 선비의 말이나 사마 노형의 나이가 육순이

---

288) 책력(冊曆)을 받들지 : {졍삭正朔을 밧드지}. '정삭'은 본래 정월(正月)과 삭일(朔日)을 의미하는 말이었으나 그것으로 책력을 뜻하게 되었고, 나아가 고대 중국에서는 제왕이 창업하면 어느 달을 정월로 하느냐를 결정하는 세수(歲首)의 개정이 있어 그것에 따라 신력(新曆)을 반포하고 국민은 그것을 지켜 제반사를 집행함. 그래서 '봉정삭(奉正朔)', 즉 '정삭을 받든다'고 하는 것은 곧 신복(臣服)함을 의미하게 됨. 그리고 매년 원단에는 신력을 반포하고 복속 국가에서는 사신을 보내어 그것을 받아오는 것으로 신복함을 표시함.
289) 좀도둑 : {셔졀구투[鼠竊狗偸]}. 쥐나 개처럼 물건을 몰래 훔친다는 뜻으로 '좀도둑'을 이르는 말.

고, 장인어른이 위에 계시니 원광은 군중을 디디지 못할 것이다. 그러니 탑전에 아뢰지 못하겠다."

그러자 주총재는 마음을 다하여 일념으로 자기들에게 한결같이 대해 주시는 것에 감사하였다. 설공은 꽃같이 웃는 얼굴로 창홍을 돌아보며 말하였다.

"원백아, 너는 듣거라. 너도 능히 우리 사돈의 지극한 덕과 크나큰 도로 나이가 많아질수록 장인장모 생각을 저같이 할 듯싶으냐?"

창홍이 무릎을 꿇고 대답하였다.

"제가 비록 불민하오나 어찌 소소하게 처가라 하겠습니까? 제가 죽는 날까지 부모께 효도하고 남은 모든 힘은 대인과 장모께 온전히 하여 조금이나마 그 은혜에 보답하고자 합니다."

설공은 창홍이 말한 '은혜' 두 자에는 불쾌하여 그 등을 어루만지며 말하였다.

"아서라, '은혜'란 말은 듣기 싫구나. 내 어찌 친구의 자식을 불쌍히 여기고 사랑한 일에 대해 네게 '은혜' 두 자를 듣겠느냐? 내 그 말 듣기를 원치 않을 뿐 아니라 믿던 바도 아니니 참으로 괴이하구나."

말을 마치니 그 말씀은 나직해도 엄숙하고 위엄이 있었다. 창홍은 본래 이 장인을 어렸을 때부터 두려워하던 터라 머리를 조아리고 거듭 절하며 말하였다.

"제가 쓸모는 없으나 대인께서 기뻐하지 않으시니 이후에는 '은혜'란 두 자는 말하지 않겠습니다. 미흡하나마 정을 다하여 의침 등과 마찬가지로 하겠습니다."

---

290) 원광: 주총재의 자(字).

설공은 그 참되고 바른 성품을 더욱 귀하게 여겨 왕을 돌아보고 말하였다.

"제가 귀한 자제분을 얻어 그 사랑이 내 자식들과 다름이 없고 저 또한 나 알기를 친부형과 다르지 않는데도 항상 '은혜' 두 자를 말하며 내 마음을 기쁘지 않게 하니 지극히 원통합니다. 오늘 크게 꾸짖고자 했으나 그 귀여운 거동을 보고 노한 마음이 봄 눈 녹듯 하니 사위가 얼마나 엉뚱한지를 이제 확실히 깨닫겠습니다."

초왕이 빙긋이 웃으며 말하였다.

"공이 부족한 자식에게 너무 혹하여 도리어 사람으로서 해야 할 일을 잃기에 가까웠으나 이 아이가 한편으로 고집과 결벽증이 너무 심하여 걱정입니다. 아직은 노형의 가르침을 하나하나 새겨 죽을 명을 내려도 사양하지 않을 듯하나 앞으로 너무 엇나가는 해괴한 행동이나 그 고집을 돌이키지 못할 때는 제 아비에게 갖다가 맡기자는 말이 날 때가 분명 있을 것입니다."

부마 등 여러 사람들이 웃으며 말하였다.

"형님이 창흥을 설씨 부중으로 보내실 일이 어디 있다고 설공이 형님께 창흥을 갖다가 맡긴단 말입니까?"

초왕이 웃으며 말하였다.

"세상 일은 예측할 수 없는 법이니 무엇이 괴이하겠느냐?"

설공은 그 말뜻을 알아듣고 탄식할 뿐 아무 말이 없었다. 창흥이 어렸을 때 일을 생각하니 마음이 언짢아 눈썹을 찌푸리고 아버지께 말하였다.

"세상 일이 괴이하여 왕후 백작의 집안에도 놀랍게 이상한 변고가 있더이다."

그리고 드디어 이 일을 아버지께 고하였다.

"제가 생각하기에 월환이 제 금화를 맞히고 말 아래로 떨어지고 희광에게는 그 소매로 들어왔으니 그 물건이 분명 규수가 가지고 있던 물건이요, 또 높은 채색 누각에서 떨어진 것이라 너무 놀라 바삐 아랫사람에게 담 너머로 넘기라 하고 한시라도 지체함이 두려워 급히 돌아왔습니다. 하오나 뒷날 그 해악은 측량치 못할 것이니 위로는 훌륭하신 군주께서 계시고 아래로는 한왕의 무도함도 없거늘 이와 같은 패행이 황실에서 비롯되었으니 어찌 한심하고 놀랍지 않겠습니까?" 50

말을 마치자 그 자리에 있던 사람들이 모두 놀랐다. 왕이 갑자기 눈썹을 찌푸리며 말하였다.

"군자가 어찌 보지도 않고 듣지도 않은 것을 담이나 소매 속 같은 것으로 지목한단 말이냐? 분명 번왕(藩王)의 음란한 궁인들이 너희들의 외모와 풍채에 지나치게 미혹되어 정을 붙인 것이겠지. 그러나 너는 도로 던지길 잘하였다. 희광은 어찌했느냐?"

창흥 공자가 대답하였다.

"희광이 어찌 했는지는 미처 보지 못 하고 먼저 돌아왔습니다." 51

설공이 손뼉을 치며 크게 칭찬하였다.

"알겠다. 이는 다른 일이 아니다. 한왕이 자기 작은 딸을 조왕에게 맡기고 갔는데 조왕이 제 딸이라 이름하며 쌍둥이라 하여 제 딸과 마찬가지로 사위를 뽑는다고 하더니 이는 분명 그 두 여자일 것이다. 희광은 분명 미인의 다정한 보물이라 하고 감추었으리니 이런 불행이 어디 있겠느냐? 내가 자식 낳기를 현중 같지 못한 것이 부끄럽구나. 그러나 원백이 그 보물을 쾌히 돌려보냈으니 그 여자는 막막함을 이기지 못하겠지만 백 척 높은 누각에서 내려뜨려 버렸으니 우리 아이가 그것을 정답게 받아 주머니에 넣은 것을 보았을 것이다. 그렇다면 지아비로 알 것이니 어찌 내 집에 큰 화근이 되지 않겠느냐? 불초한 자식이 한바탕 미쳐서 변을 일으킬 것이다. 훗날 우리 집안의 화는 장차 어떤 지경에 이를 줄 모르겠구나."

부마가 웃으며 대답하였다.

"희광이 대체로 보아서 여색에는 별로 눈뜨지 못 했을 듯한데 설마 그리야 했겠습니까?"

설공이 말하였다.

"말도 마시게. 아들에 대해 알기로는 아버지만한 사람이 없네.291) 희광의 오장육부를 내 알고 앉았는데 어찌 그 심술을 모르겠는가?"

부마가 계속 웃으며 말하였다.

"그도 그럴 것이 아까 마주 서서 춤추던 해월에게는 상당히 마음이 있는 것으로 보이더이다."

창흥이 말하였다.

"창녀는 요술(妖術)이라 군자가 가까이 할 바가 아니오니 비록 마주 서 춤을 췄다 하나 어찌 뜻을 두겠습니까?"

부마가 웃으며 말하였다.

"너 같은 어린아이가 무엇을 알겠느냐?"

---

291) 아들에 ~ 없네 : {지적[知子]는 막여뷔[莫如父ㅣ]라}. 『한비자(韓非子)』〈십과편(十過篇)〉에 나오는 말로 제(齊)나라 환공(桓公)을 오패(五霸)의 패자(覇者)로 만든 관중(管仲)이 병이 들자 환공이 찾아가 관중이 불행히 일어나지 못하고 죽는다면 정치를 누구에게 물어야 하는지를 물음. 이에 관중이 "저는 늙었으니 묻지 않으심이 좋습니다. 그렇지만 제가 듣건대 신하를 알아보는 것은 임금보다 나은 사람이 없고, 자식을 알아보는 데에는 아비보다 나은 사람이 없다고 하였습니다[臣老矣, 不可問也, 雖然, 臣聞之, 知臣莫若君, 知子莫若父]."라고 대답하였다 함.

그러고는 크게 웃었다. 초왕이 아들에게 명하여 오운전에 들어가 알리라고 말하였다.

"아버지와 장인이 취침하실 것이라 알리고 재홍과 천홍 두 아이에게 함께 모시고 자라 하였으니 알리고 오거라."

장원이 명을 받들어 영운전에 이르니 여노공과 주후, 상국이 한 자리에서 함께 자리하고 있었고 선생은 상국 뒤에 누워 말이 끊어져 조용하였다. 창홍은 창밖에서 두 조부의 침수를 살피고 몸을 돌이켜 백설정에 이르렀다. 팔룡당에 손님들이 모이면 서생들이 이곳에 모이는 탓에 희광이 여기 있을 것이라 짐작하고 백설정에 이르니 초경의 희미한 잠이 몽롱한 중에 말소리가 들릴 듯 말 듯 희미하게 들렸다. 창홍이 짐작하고 소리 내어 말하였다. ⁵⁴

"의첨이 아직 안 잔다면 장인께서 우리 아버님과 담화를 나누시는데 어찌 곁에서 모시지 않고 비워 두었느냐? 부모께서 너를 찾고자 하셨으나 오늘 피곤하여 일찍 자는 줄로 아셨는데 삼경 한밤중에 누구와 더불어 소곤소곤 하는 말이 희미하게 들리느냐? 군자는 구차하게 얽매이는 일이 없는 것을 모르느냐?" ⁵⁵

그러자 설희광이 길게 기지개를 켜며 말하였다.

"너 같은 젖내 나는 아이들은 세상일을 모를 것이다. 우리 같은 호걸한 대장부가 어찌 인생의 즐거움을 즐기지 않으랴? 너희들은 썩은 선비다. 소위 군자의 도를 행하노라 하며 말 걸음에 여색이라 하면 눈도 뜨지 않고 다니는 거동이 가소로우니 지금 세상에 어디 유하혜(柳下惠)²⁹²⁾가 있다더냐? 아까 달 아래의 신선 같은 풍모와 뛰어난 재주가

---

292) 유하혜(柳下惠) : 춘추시대 노(魯)나라의 현자. 폭풍우로 집을 잃은 옆집 젊은 과부가 혼자 있는

대장부라면 한 번 정을 품을 만하였으니 너 같은 이는 재미가 없으면 부모를 모시지 너도 어찌 못 모시고 나를 꾸짖느냐?"

말을 마치고는 해월을 껴안고 태연히 움직이지 않으니 장원이 어이가 없어 꾸짖으며 말하였다.

"이 여색 아귀(餓鬼)293)야, 네 나이가 아직 14, 15세도 못 되고 약관의 나이는 멀었는데 하주(河洲)의 요조숙녀를 바른 도리로 맞아 자리를 정한 후 세 명의 비를 두든 일곱의 첩을 두든 해야 할 것을, 13세의 아이가 처를 맞기도 전에 창녀에게 정을 둔단 말이냐? 우리 부모께서 너를 먼저 금하셨지만 네가 하는 짓을 보면 무서운 아버지도 두려워하지 않으니 말해 무엇 하겠느냐? 장인어른께서 저녁에 월환에 관한 일을 나를 통해 전해 들으시고 이러저러 하셨다. 내 생각이 깊지 않아 과하신 건 아닌가 하였더니 네 거동을 보니 아들에 대해 알기로는 아버지만한 사람이 없다 하는 말이 어찌 옳다 하지 않겠느냐?"

말을 다 한 후 창흥은 죽당으로 가서 작은아버지를 곁에서 모시고 아우들이 글을 외워 읽는 것을 들었다. 성흥, 원흥이 촛불 아래에서 비단 소매를 떨치고 먹을 부드럽게 갈아 사람들이 모여 있는 그림을 그리는데 아주 작은 부분까지도 다 살아서 움직이는 듯하였다. 창흥이 은근히 들여다보다가 작은아버지께 말하였다.

"저 아이는 여러 형제들 중에도 특별합니다."

유하혜에게 재워 달라고 하자 유하혜는 서슴지 않고 맞아 한 방에서 밤을 새웠음. 그러나 누구 한 사람 이들의 관계를 의심하지 않을 만큼 행실이 바른 인물이었음.

293) 아귀(餓鬼) : 불교에서 사천왕에 딸린 여덟 귀신(八部)의 하나. 계율을 어기거나 탐욕을 부려 아귀도에 떨어진 귀신으로, 몸이 앙상하게 마르고 배가 엄청나게 큰데 목구멍이 바늘구멍 같아서 음식을 먹을 수 없어 늘 굶주림으로 괴로워한다고 함. 성질이 사납고 지독히 탐욕스러운 사람을 비유적으로 이르는 말.

작은아버지가 웃으며 말하였다.

"원래 성홍의 재주가 비할 데 없는데다 원홍 또한 그러하구나. 하지만 아마 인홍이 아직은 어려도 좀 자라면 호방할 듯하니 장래 형님께 깊은 염려를 끼칠 것 같다. 내가 한가하게 있으니 엄하게 다잡아야겠다." 58

말을 다 하고는 길게 탄식하니 창홍은 작은아버지의 깊은 뜻을 미리 알고 온화하게 모시며 세 공자의 화법(畵法)을 옆에서 도왔다.

이 해월이라는 아이는 남창인(南昌人)[294]으로 양민의 딸인데 일찍 부모가 죽고 다른 데 의지할 곳이 없었으나 다행히 얼굴이 아름다워 창루에 떨어져 있었다. 남창 태수가 상국께 가무 잘하는 창기 10여 인을 뽑아 보내는데 해월이 그 중에 들었으나 임씨 부중은 도제의 가문이라 기쁘지 않았다. 태수가 보낸 것이라 어쩔 수 없이 머물었으나 교방에 이름만 올렸 59 을 뿐 찾는 사람이 없었다. 그러던 중 참방(參榜) 날 잔치에 가무를 시험하러 참여하였다가 설희광의 호방한 그물에 걸리어 백설정에 들어가 안개 이불을 안고 운우(雲雨)의 꿈이 깊었다. 천만 가지 교태로 풍류남아의 정을 돋우니 희광의 정신이 어릿어릿 저릿저릿하였다. 그때 창밖에서 임창홍이 심하게 책망하는 소리를 듣고 희광은 머리를 긁적이고 괴롭게 부르며 말하였다.

"고집불통인 원백이로구나. 저도 12세 청년으로 만고의 숙녀인 아리따운 내 누이를 짝으로 맞아 바라던 바를 채웠으면서도 이 설희광이 천 60 하에 호남자로 13에 등과하여 군옥을 눈 아래 두고 깔보거늘 창기 하나와 정을 폈다고 군자가 못 될 것이라 이리 괴롭게 책망한단 말이냐? 아버님께서 벌써 월환에 관한 일을 알고 계신데 또 이 일을 아신다면

---

294) 남창인(南昌人) : 중국 강서성(江西省) 남창시(南昌市) 사람을 가리킴.

큰 변이 일어날 것이니 너는 만일 내가 한 번 돌아봐주기를 바란다면 깊이 숨어 내 처치를 기다려라. 이곳이 고요하나 나의 스승님은 아버님보다 세 배는 더 엄하시니 머물지 못 할 것이다. 네가 이 글과 월환을 가지고 조궁에 가서 스스로 네 몸을 팔아 월환을 던진 소저의 시녀가 되어 나의 글을 전하여라. 그 여자의 얼굴이 경국지색이요, 재색이 눈부시게 아름다웠으니 내 머지않아 반드시 취할 것이다. 그 여자를 취한 후 너와 다시 합할 것이다."

말을 마치고 공자가 자리를 떨치고 일어나자 해월이 눈물을 비 오듯 쏟았으나 공자는 다시 돌아보지 않고 소매를 떨치고 나갔다. 해월이 그때서야 조궁으로 갔다.

이때 임공자가 용당으로 돌아오니 설희광이 벌써 와서 두 공을 곁에서 모시고 있었으나 아까 창녀를 가까이 두고 음악소리를 즐기던 일을 어찌 모르겠는가? 엄한 아버지와 엄한 스승을 대하자 두려운 마음에 조심스런 태도로 모시고 있었으나 설공과 초왕의 안색은 매우 엄격하여 뼈마디에 눈보라가 치는 듯하였다. 희광이 두렵고 놀라 허둥지둥하며 모시고 있다가 밤이 깊어지자 각각 물러나 잠자리에 들었다. 설공이 사위를 며칠만 자기 집으로 보내라 하니 초왕이 대답하였다.

"아주 쉬운 일이나 깊이 우려되는 일이 많네."

설공이 말하였다.

"요사이 목지형이 우리 집에 다니는 일이 드물었는데 언젠가 이러이러한 여승을 데리고 내 집 바깥문 뒤에 숨었다가 종놈들에게 쫓겨 가더라 하니 어찌된 연고인지 모르겠네."

그러자 초왕이 문득 뒤뜰 담장에 요사스런 기운이 있던 것을 깨닫고 한

63

동안 말없이 가만히 있었다.

다음날 설공이 돌아가고 창흥이 3일 동안의 유가(遊街)²⁹⁵⁾를 마치니 상께서 희광에게는 금문직사(金門直士)²⁹⁶⁾를 내리시고 창흥에게는 한림학사(翰林學士) 겸 중서사인(中書舍人)²⁹⁷⁾을 내리셨다. 설소저가 봉관화리(鳳冠花履)²⁹⁸⁾로 한림부인의 직첩을 받는데 그 모습은 누가 보아도 지위 높은 벼슬아치의 부인된 여자가 갖추고 있을 법한 부귀를 뚜렷이 드리우고 있어 마치 비단 위에 꽃을 더한 듯하였다. 임상국이 손자 부부를 귀애하는 것이 유별나기도 했지만 어린아이를 면치 못할 나이인데도 한림은 이미 대군자의 모습을 갖추었고 소저는 6척 신장에 예복을 더하고 아름다운 귀밑머리와 뺨에 쌍봉관이 영롱하였으니 상국이 즐거움을 이기지 못하여 소저를 어루만지며 선생에게 이렇게 말하였다.

64

"본래부터 창흥을 주접 들게 사랑한다 했더니 이런 영광이 또 있겠느냐? 그래도 어서 천흥을 입신케 하여 또 영광을 보자. 그렇게 되면 나의 주접 듦을 더 비웃겠지."

그러자 선생은 한가하게 웃었다. 초왕은 부친이 창흥을 사랑하는 마음이 세월이 갈수록 더하시는 것을 뼈에 새길 만큼 감사하였다. 초왕이 태부인 안전에 아뢰기를 며느리를 오늘 설씨 부중에 보내었다가 이틀 후 데려오겠다고 하였다. 그리하여 부인이 소저를 보내었다.

---

295) 3일 ~ 유가(遊街) : '삼일유가(三日遊街)'라 하여 과거 급제자가 광대를 데리고 풍악을 울리면서 시가행진을 벌이고 시험관, 선배 급제자, 친척 등을 찾아보던 일을 말함. 보통 사흘에 걸쳐 행함.

296) 금문직사(金門直士) : 금문에 소속된 직사. 금문은 금마문(金馬門)의 준말로 한나라 미앙궁의 문 가운데 하나. 문 앞에 동제(銅製)의 말이 있었으므로 금마문이라 칭해짐. 후에 금마(金馬)와 옥당(玉堂)이 함께 쓰여 한림원(翰林苑)의 이칭이 됨. 직사는 벼슬 이름인데, 주로 과거에 갓 급제한 이에게 내려진 벼슬로 사관(史官)의 역할을 함.

297) 중서사인(中書舍人) : 중서문하성에서 간쟁(諫諍)을 맡아보던 종사품 벼슬.

298) 봉관화리(鳳冠花履) : 봉관은 옛 부인들이 머리에 쓴 봉을 장식한 예관(禮冠)을 말하고 화리(花履)는 아름다운 신발을 말함. '봉관화리'는 고관부녀의 복식을 뜻함.

소저가 시집 온 후 오늘 처음으로 본가에 이르니 소저의 어머니는 친히
65 가마 문을 열고 딸의 손을 이끌어 당 위로 올랐다. 소저가 모친께 예를 마
친 후 발걸음을 돌이켜 목부인 처소를 찾아뵙고 두 번 절하며 오래 슬하
를 떠나 그리워하던 정을 고하니 그 예의 있는 모습은 찬란하게 빛나고
목소리는 낭랑하여 행실에 갖춰야 할 모든 것을 다 갖추고 있었다. 위엄
있고 엄숙한 태도는 휘황찬란하였고 왕후장상의 맏며느리요, 신진명사의
부인다운 복색을 뚜렷이 갖추어 머리 위에는 봉관이 빛나고 예복 사이로
는 백옥 같은 피부가 밝게 빛났다. 그 좌우에는 붉은 치마를 입은 시녀들
이 질서정연하게 늘어서서 소저를 부축하여 호위하니 목부인은 언뜻 보
66 기에도 매우 놀랍고 황홀하여 입 속으로 한가득 팔자라 일컬었다. 그래
도 할미라 와보는데 너무 잠잠하게 대하면 남들 보기에 이상할 듯하여 이
렇게 말하였다.

"네가 작년에 시집 갈 때는 아주 어리고 약했는데 그 사이 이렇듯 장성
하고 튼튼해졌으니 이 할미가 더 늙은 것은 말할 것도 없겠구나."

이 말에 소저는 그저 고개를 숙이고 들을 뿐이었다. 오래 이곳에 앉아
있는 것은 마치 침상 위에 앉아 있는 듯 불안하여 자기가 집에 있는 동안
때때로 곁에서 모시겠다고 말한 후 정당으로 왔다. 정당에 이르러 여러
형제들과 더불어 어머니 앞에서 오래 떨어져 그리워하던 정을 이야기하
였다. 이야기가 한가한 데 아직 미치지 못하였을 때 설태사가 여러 아들
67 들을 거느리고 임장원의 손을 이끌며 들어왔다. 임씨 부중에서 이들을
보낸 것은 앞으로 설씨 가문에 좋지 않은 일이 있을 것과 소저의 친정나
들이가 잦지 않을 줄을 미리 예감하고 며느리가 친정에 갈 때 창흥을 보
내 사위 본 즐거움을 맛보게 하려 함이었다. 태사가 아들, 사위와 함께 안

으로 들어가니 부인과 딸, 며느리들의 목소리가 희미하게 들렸다. 부인은 뜻밖에 사위가 들어와 인사하는 것을 보고 기대하지도 못했던 일에 크게 기뻐하며 바삐 창홍의 넓은 소매를 잡고 나란히 앉았다. 부인은 사위에 대한 지극한 사랑으로 마치 몸에 뼈가 없는 듯하여 오히려 무슨 말을 해야 할 줄 몰랐고 창홍은 장인 장모가 자기를 이토록 사랑해주시는 데에 감사하여 봄바람 같은 온화한 기색으로 귀염성 있는 말을 가득히 하였다. 그러니 공의 부부는 더욱 사위를 사랑하고 소중히 여기는 마음을 측량할 수 없었다. ⑥⑧

이때 지란은 성염 소저가 찬란한 복색으로 친정에 돌아온 것을 보고 아무 이유 없는 복통이 갑자기 생겨났다. 그때 임한림이 이르러 자리를 잡고 이야기를 나누는 것을 보고 불같은 욕심이 가슴 속에 가득 차올라 목부인께 엎드려 고하였다.

"소녀가 오늘 밤 채월루에 가서 이러저러하면 자기가 깊은 밤에 진짜 인지 가짜인지 어찌 알겠습니까? 인연을 이룬 후 일이 발각되면 이러 저러하게 성염을 치우고 할머님과 제가 발악을 한다면 임가가 어쩔 수 없이 저를 거둘 것이니 할머님은 저의 사정을 불쌍히 굽어 살펴주십시 오." ⑥⑨

목부인은 이야기를 다 듣고 눈을 감고 말없이 생각하다가 이렇게 말하였다.

"아서라, 이 계획은 절대 이룰 수 없을 것이다. 내게 계획이 하나 있으니 힘써 보마."

지란은 눈망울을 뒤룩거리며 누에같이 앉아 듣기만 할 뿐이었다.

이때 설태사 부부는 딸, 사위와 함께 한 방에 앉아 즐거워하고 있었다.

설공이 부인을 돌아보며 이렇게 말하였다.

"딸아이와 사위가 비록 나이는 어리나 동방화촉의 예를 이루었으니 서로 서먹할 것이 없을 것이오. 우리 집에서 아무 연고 없이 딸 부부를 머물게 하기가 쉽지 않으니 딸아이 처소였던 채월루에 머물게 합시다."

70 부인이 응낙하고 아들들에게 채월루를 수리하라 하였다. 그러자 설사인이 대답하였다.

"제가 오늘 원백이 올 줄 알고 벌써 수리하였습니다."

말을 마치고 한림을 이끌고 일어서며 가자고 하니 한림은 내키지 않았으나 설공 부부가 한결같이 사랑해주시는 모습을 보고 웃으며 말하였다.

"그대 누이가 나를 외간 남자로 알아 심히 서먹한 형편인데 더구나 사사로이 모인다고 하면 큰 변이라도 난 줄 알 테니 참 절박하게 되었습니다."

이렇게 말하며 함께 나가니 공의 부부는 그 말하는 것마다 지극히 사랑하였다. 공이 딸아이를 앞세워 채월루로 향하는데 갑자기 무언가 보이는

71 것이 있어 놀라 자세히 살폈다. 이때는 달빛이 흐릿하여 자세하지는 않았으나 분명 시녀는 아니었다. 괴이하긴 하였으나 묻지 않고 소저를 이끌고 방안으로 데리고 들어갔다.

한림이 설사인에게 말하였다.

"희광은 어찌 안 오는가?"

사인이 말하였다.

"아까 왔는데 스승님께서 부르신다 하고 돌아갔네."

한림은 말없이 어찌 된 일인 줄 짐작할 따름이었다. 소저가 방으로 들어가니 한림이 몸을 움직여 자리를 밀었으나 소저는 휘장 아래 낮은 자리

에 앉았다. 소저의 온몸에서 좋은 향내가 가득하므로 한림이 기이하게 여겼다.

사인이 밤기운이 차가우니 편히 자라 말하고 돌아오다가 아버지를 만나 화각으로 돌아왔다. 상부인은 황혼에 목지형이 일어난 것과 목지란이 채월루를 몰래 엿보러 가다가 임씨 부중의 사환이 벌써 알고 마루 아래 몸을 감추었다가 지란을 얽어매어 정당 시녀에게 맡기고 요망한 기운을 쓸어버렸음을 공에게 전하였다. 공은 듣는 말마다 놀라고 분한 마음을 이기지 못하여 큰 난리라도 일으키고 싶었으나 지형 남매의 기를 펴지 못하게라도 하는 날에는 목부인이 이 일을 크게 좋지 않게 여길 것이 분명하고 미천한 자식을 위하여 홀어머니의 과실을 드러내는 것 또한 사람의 아들 된 도리가 아니기에 잠자코 대답하지 않았다. 머리를 숙이고 생각하니 지형의 행동이 어디까지 미칠지 몰라 답답하고 즐겁지 않을지언정 능히 이 흉악한 사람의 뜻을 위축시키지 못하고 어머님 뜻만 따르려 하다가 스스로 호랑이를 길러 근심을 남긴 것을[299] 탄식하지 않을 수 없었다.

이때 임한림이 그날 처음으로 신방의 손님[300]이 되어 비단에 황금실로 수를 놓은 휘장 가운데 겹겹의 비단 휘장을 사이에 두고 소저를 상대한 지 얼마쯤 지난 후에야 비로소 좌우를 살필 수 있었다. 누각이 드넓은데도 사치하게 꾸민 것이 없고 방안의 물건들은 가지런히 정돈되어 있었다. 산호로 만든 서안(書案)과 청유리(靑琉璃)로 된 선반은 가지런했고 산호로 된 평상과 호박(琥珀) 베개는 한가로우면서도 아치가 있었다. 애써 사치를

72

73

74

---

299) 호랑이를 ~ 것을 : {양호즈유환[養虎自遺患]을 바드니}. '양호자유환'이란 『사기(史記)』에 나오는 말로 '호랑이를 길러 근심을 남긴다.'는 뜻. 즉 스스로 화를 만들어 그로 인해 스스로 화를 입게 된다는 것을 의미함.
300) 신방의 손님 : {향방교긱[香房驕客]}. '향기로운 방의 거만한 손님'이란 뜻으로 곧 사위를 말함.

부린 물건이 하나도 없었으므로 생은 그 검소함에 탄복하였다. 좌우로는 울금향(鬱金香)301)과 월난향을 자욱하게 피워 짙은 향기가 방안에 무르녹았다. 창흥은 소저의 타고난 꽃다운 용모를 보니 이날 더욱 새로운 듯했다. 창흥은 그 성품과 기질을 흠모하고 공경하였으나 부모님께서 아직 합방을 명하지 않으신지라 구태여 가까이 하려 하지 않았다.

그때 홀연 창밖에 인적이 있었으나 창흥은 전혀 알지 못하였다. 그저 소저의 가냘프고 여린 모습을 보고 혹시 괴이한 일이 있어도 처리하는 것이 어렵지 않을까 생각하여 소저에게 이렇게 말하였다.

"우리 두 사람이 만난 지 여러 해가 되어 피차 서먹하지 않을 것인데 부인이 너무 부끄러워하시니302) 말을 서로 나눌 수 없었습니다. 오늘은 마지못해 말씀을 드리는 것이니 너무 부끄러워 마시고 제 뒤에 앉으십시오."

이렇게 말한 것은 처음엔 창밖에서 나는 인적을 알지 못했다가 이제는 인적이 심하게 나므로 소저가 놀랄까 겁이 나 뒤로 앉으라고 청한 것이었다. 생은 힘이 남보다 뛰어나므로 도적을 제 힘으로 잡으려 하였다.

---

301) 울금향(鬱金香) : 튤립을 말함. 꽃은 술을 빚는데 쓰기도 하는데 울금향을 넣어 빚은 술을 울창주(鬱鬯酒)라 함.
302) 부끄러워하시니 : {슈습ᄒ시니}. '몸을 어찌하여야 좋을지 모를 정도로 수줍고 부끄러움'을 뜻하는 '수삽(羞澀)'의 오기인 듯함.

차설(且說). 소저는 한림의 말이 공정하고 의젓한 것을 보고 마음으로 깊이 탄복하였다. 또한 그 말에서 한림이 큰 변이 있을 것을 예지하고 있는 것을 깨닫고 소저의 옥같이 하얗던 얼굴이 담홍색으로 붉어졌다. 소저는 천천히 일어나 한림의 뒤로 비켜나 앉았다. 그때 한림이 석양같이 붉은 두 눈빛을 창틈으로 흘려 자세히 살피니 한 남자가 머리 민 요사스런 중을 데리고 술법을 부리고 있었다. 한림은 어찌 된 일인지 전말을 다 보려고 주머니 속에서 야명주(夜明珠)를 꺼내어 서안 머리에 놓고 비단 부채를 들어 촛불을 끈 후 명주를 내어 부적 두 장을 썼다. 그런 후 협실의 시녀인 난매와 양파를 불러 그것을 가지고 정당에 계신 태사께 고하고 활과 화살을 가져오라 하였다. 얼마 후 시녀들이 가져온 활과 화살을 곁에다 놓은 한림은 소저를 돌아보며 편히 쉬라 청하였다. 소저는 한림의 거동과 창밖의 인적을 보았기에 반드시 불행한 일이 있을 것을 짐작하였으나 조금도 움직이지 않고 고운 손을 바르게 꽂은 채 단정히 앉아서 만사를 모르는 듯이 하였다. 자연스러운 가운데에도 위엄 있는 그 거동은 좌우에 보는 사람들을 떨며 울부짖게 하였고 악한 자들을 속으로 떨게 하였다. 생이 눈길을 흘려 소저의 모습을 살피니 볼수록 기이하였다. 나이가 불과 14~15세에도 미치지 못했는데 그 높고 귀한 몸은 천병만마가 창끝으로 싸우고 다퉈도 요동하지 않을 거동이었다. 그러나 백희(伯姬)303)의 고집을 따르지는 않을 듯하여 어떤 위험한 상황을 당해도 살길이 있으면 능히 재앙을 입지 않으리란 걸 알아차리고 생은 천지조화의 무궁무진함을 괴이히 여겼다. 그러나 흉악한 사람이 꾸민 일이 쉽게 해결되지 않으리란

---

303) 백희(伯姬) : 춘추시대 노(魯)나라 선공(宣公)의 딸. 송(宋)나라 공공(恭公)에게 시집갔는데 공공이 죽은 후에 과부로 지냈음. 집에 불이 났을 때 여자는 부모(傅母) 없이 밤에 대청(堂) 아래로 내려갈 수 없다 하여 부모를 기다리다가 불에 타 죽었음. 송희(宋姬)라고도 함.

것을 알고 소저의 곁으로 다가가 혹시라도 놀라는 일이 있을까 방비하길 게을리 하지 않았다.

이날 황혼 무렵에 목지형이 이르러 목지란에게 집안의 상황을 묻고 또 조궁의 상황을 전하며 이렇게 말하였다.

"오래지 않아 임창홍이 조궁의 계략에 빠지게 될 것이다. 어쨌든 기회가 묘하게 되어 성염이 부중에 왔다 하니 너는 급히 신방의 동정을 알아오너라. 내 이제 능운을 데려 왔으니 먼저 창홍의 마음을 혼란하게 하고 성염은 능운이 삼켜내게 할 것이다. 그렇게 되면 내 공이 조군주께도 대단히 클 것이요, 한전하께는 일등 공신이 될 것이다."

그런 후 지형은 황급히 달려갔다. 지란은 이런 가운데에도 임장원의 아름다운 얼굴을 다시 구경이나 하려고 채월루로 향하다가 태사와 마주쳐 마루 밑으로 숨었다. 그런데 문득 옆에서 철사 줄로 자기를 매는 사람이 있어 끈으로 동여서 등에 지고 목부인의 시녀를 불러 맡기므로 지란은 한 마디도 못 하고 끈에 동인 채 목부인 처소에 이르렀다. 부인이 크게 놀라 맨 것을 끄르며 급히 물었다.

"네 이 어찌 된 일이냐?"

그러자 시녀가 원래부터 지란을 미워하는지라 이렇게 대답하였다.

"목소저의 행동을 보십시오. 사대부가의 규수가 황혼의 달밤에 남의 신방을 몰래 엿보려고 여러 곳으로 바삐 다니다가 처음에 태사를 만났으나 어르신께서 모르는 체 하셨으니 그만두고 돌아오는 것이 옳을 터인데 구태여 마루 밑에 숨었다가 숙렬비의 분부로 채월루에 대기하고 지키고 있던 임씨 부중의 사환에게 들켜 그 사람이 끈으로 동여 제게 맡겼으니 마구 두드려 패지 않은 것이 그나마 다행입니다. 우리 어르신 성품이나 되시니까 알고도 말씀 않으시지 어떤 지경의 욕을 보셨다 한들 누구를 원망하고 누구를 탓하겠습니까?"

6 시녀가 말을 마치고 몸을 빼서 나가니 부인은 일마다 지란이 덤벙거려 자기까지 남에게 이런 좋지 않은 말을 듣게 된 것을 한탄하였다.

얼마 있다가 능운과 지형이 이르렀는데 능운은 한숨에 소저를 삼킬 듯했다. 목지형은 신검수에게 검술을 배웠기 때문에 활과 화살을 차고 채월루 뒤창으로 들어가 형세를 관망하고 있다가 능운을 시켜서 요술을 부렸다. 그런데 갑자기 문득 창틈에서 한 줄기 햇빛 같은 정기가 능운의 두골을 쏘이더니 능운이 수족이 풀려 움직이지 못하였다. 목생은 너무 낙담하고 놀라 얼이 빠져서 생각하였다.

'그 입 누런 어린 아이에게 무슨 능청과 속임수가 있어 우리 능운 사부

7 의 감쪽같은 조화를 이기겠느냐?'

그러고는 활을 잔뜩 끌어당겨 정기가 쏘이는 데로 창틈을 향해 쏘니 살이 그 틈으로 들어갔다가 얼마 후 화살 하나가 내달아 능운의 뒤통수 한 가운데를 맞췄다. 이 살에 부적을 부쳐 쏘았기 때문에 능운은 요술을 부리지 못하고 꺼꾸러졌다. 목생이 크게 놀라고 너무 두려워 능운을 화살에 꽂힌 채 거두어 업고 목부인 협실로 들어오니 능운은 죽을 둥 살 둥 거꾸러졌다. 이 요사스런 사람은 본래 묘월[304]의 으뜸 제자를 가리고 그들을 선두로 삼아 이상한 단약을 많이 지어 놓았다. 그 중 제독단(除毒丹)이란

8 약을 주머니 속에서 꺼내어 뒤통수에 붙이니 아픔이 어지간히 사그라졌다. 능운이 깊이 들어 앉아 몸을 조리하니 목지형은 능운이 빨리 낫지 않을까봐 걱정되고 마음이 답답하였다. 그러나 이 집안에 두면 번거로울 것

---

304) 묘월 : {문월}. 뒤에 능운의 스승은 묘월로 되어 있어 통일함.

같아 새벽 닭소리가 나자마자 능운을 데리고 조궁으로 갔다.

이때 임한림은 낯빛 하나 바꾸지 않고 조금도 움직이지도 않은 채 요사한 능운과 목지형을 쫓아냈다. 그들이 달아난 것을 알고는 다시 촛불을 밝히고 자리 위에 단정히 앉은 후 그제야 소저를 보니 소저의 안색이 찬재 같았다. 소저는 집안에 이러한 요망한 사람이 창궐한 것에 분통이 터졌으나 구태여 겉으로 드러내지 않고 공손히 두 손을 모으고 곁에서 모시고 앉아 있었다. 한림은 그 바다와 같은 도량이 부럽고도 감탄스러워 팔을 들어 위로하고 격려하였다.

"내가 부인과 나이가 동갑이고 하주(河洲)의 숙녀를 바른 도리로305) 맞았으니 살아 있을 때는 함께 거하고 죽으면 한 구덩이에 묻히는 것이 다른 사람에게는 있을 바가 아닐 것입니다. 앞으로 있을 무궁한 변화가 측량하지 못할 지경에 이를지라도 이미 부인의 지혜로운 성품과 크나큰 도량은 내 이미 깊이 아는 바이니 희로애락에도 오늘밤처럼 태연하시고 천금 같은 몸을 보호기를 스스로 어린 아이 보호하듯 하여 우리 어머님의 자애를 저버리지 마시고 몸을 보호할 계책을 주도면밀하게 하십시오. 앞으로 환란을 당할 날이 오래지 않아 올 것이니 부디 보호하십시오."

소저가 몸을 움직여 듣기를 다하고는 그 지극한 뜻에 감사하여 고마워하며 말하였다.

"삼가 말씀을 따르겠으니 군자는 염려하지 마십시오."

이 말을 듣자 한림은 은정이 샘솟는 듯하여 촛불을 끄고 소저를 이끌어 침상 위에 펴놓은 비단 이불로 나아가 옥 같은 피부와 향기로운 몸을 가

---

305) 하주(河洲)의 ~ 도리로 : {하쉬 녕도로}. '하주(河洲) 명되正道로'의 오기로 보임.

까이 하였다. 매끄러운 피부에 좋은 향내가 어리어 은근한 애정이 흘러 넘쳤으나 예의를 잃지 않고 공경하며 애지중지할 따름이었다.

이때 설공 부부는 딸과 사위 부부를 신방에 들여보내고 즐겁기가 한이 없었다. 그러다 문득 화앵이 전하는 말이 요사스런 변괴가 있었다함을 듣고 대경실색하여 급히 금으로 만든 방울을 흔들어 집안 일꾼들을 불러 모아 요정의 뒤를 쫓으라 하니 화앵이 이렇게 고하였다.

"한림이 말씀하시기를 '요정을 생포하면 불행한 일이 많고 소저 신상에 큰 화가 닥칠 것이니 조용히 처치하리라.'고 하시며 활과 화살을 보내시라 하셨습니다."

그러자 공은 고개를 끄덕이고 활과 화살을 보내며 속으로 탄복하였으나 부인은 정신이 나간 듯 어쩔 줄 몰라 했다. 상황이 조용하여 특별한 사단이 없자 공이 참지 못하고 채월루로 직접 가서 칠척장신을 괴로이 수그려 안을 보니 이미 요사한 중을 제어하고 부부가 서로 마주 보고 있었다.

12 한림이 은근하게 속삭이는 소리로 소저를 공경하고 위로하여 조금도 걱정하지 말라고 말하는데 말하는 것마다 은애가 맺히고 아끼는 마음이 만금보다 더하므로 공은 마음이 흡족하였다. 몸을 굽혀 상황을 살피다가 두 사람이 고요히 잠드는 것을 보고 돌아와 부인에게 그 기이함을 말하는데 그 산 같고 바다 같은 은정은 하늘이라도 베어버리지 못할 것이며 귀신이라도 장난치지 못할 것이라 그 재미에 온 몸이 녹는 듯했다고 전하였다. 부인 또한 기쁨을 이기지 못하였으나 부인은 태사가 딸을 사랑하는 것이 아들보다 더한 것을 보고 웃었다.

13 새벽이 되자 한림이 일어나 소세를 마친 후 돌아가려 하직 인사를 하니 부인이 아침을 먹고 가라고 한림을 붙들어 한림이 함께 정당에 들어가

조반을 먹고 돌아갔다. 설공 부부가 문득 딸을 보고 어젯밤 일을 자세히 물으니 소저가 대강 고하고 나서 이렇게 말하였다.

"세상을 안 지 12년 동안 사람과 더불어 서로 따른 적이 없고 또 남에게 원수를 맺은 일이 없었는데 저 목씨 남매에게 원수 맺은 일은 그 삯이 너무 커서 장차 부모께 불효가 거듭 될 것입니다. 마음이 무너지고 갈라지는 듯하니 무슨 말씀을 아뢰겠습니까만 시부모님과 남편께서 이를 미리 살피시고 소녀에게 다다르지도 않은 재앙을 근심하시며 마음을 놓지 못하시니, 자도 꿈이 불길하고 때때로 혼백이 몸을 떠나는 듯하여 두 집안에 불효를 끼치게 될까 두렵습니다."

설공 부부는 딸을 어루만지며 위로하였다. 공이 말하였다.

"내 요사이 너희 신수를 점쳐보아도 길한 것은 없고 흉한 것만 많으니 박복한 일을 만날 모양이로구나."

소저는 부모의 저같이 지극한 정성으로 차마 못 볼 불효를 끼치게 될까 근심을 이기지 못하였다. 며칠 후 시집으로 돌아오니 할머님과 시부모님의 사랑이 더욱 새로웠다.

다음날 밤 설, 매 두 사람이 설씨 부중에서 있었던 괴이한 일을 주비께 아뢰고 한림이 신기하고 묘한 꾀로 요망한 일을 제어했음을 자세히 말하였다. 주부인은 이마를 찡그리며 며느리에게 재앙이 가까이 왔음을 염려하여 밝은 촛불을 바라볼 뿐이었다.

설소저가 각 당에 저녁 안부를 마치고 돌아와 시어머니를 모시니 주비가 며느리를 가까이 오게 하여 어루만지며 사랑하며 당부하였다.

"비록 재앙이 가까웠어도 마음을 단단히 하여 위급한 때를 당하면 천금같이 중한 몸을 가볍게 여기지 마라. 우리의 자애와 네 남편의 마음을 저버리지 말아야 하느니라."

소저가 공손히 명을 받들었다.

다음날 취성전에 저녁 문안을 드리니 상국이 초왕에게 명하였다.

16 "창흥이 장성하여 나쁠 것이 없으니 합방을 명하거라."

그러고는 한림을 나오게 하여 웃으며 말하였다.

"네가 이제는 어른의 소임을 차릴 만하다. 숙소를 새명당으로 하여 이성(異姓)의 결합과 만복의 근원을 이루도록 하거라."

한림이 거듭 절하며 명을 받드니 선생이 웃으며 말하였다.

"형님이 저리 말씀하시나 저 아이는 속을 알 수 없고 뜻이 커서 제 속생각은 엉뚱할 것입니다."

상국은 한동안 속으로 생각하며 빙긋이 웃을 뿐 아무 말이 없었다. 이윽고 관복을 갖추어 궐에 조회하려 하는데 명패(命牌)306)가 내려와 상께서 상국 부자를 부르신다고 알리니 이 일은 어찌 된 일인가?

17 이 무렵 조왕307)은 한왕의 서간을 본 후 조용히 황상 앞에 이르러 한왕이 죄를 뉘우치고 마음을 바로잡았음을 아뢰고 한번 용안을 뵙고자 하는 뜻을 전하였다. 그러자 상께서 얼굴빛을 바꾸시며 말씀하셨다.

"제 진실로 이런 마음이 있었다면 역모를 꾀하는 것이 이 지경에 이르지 않았을 것이다. 너희들도 조심하여 딴 마음을 먹지 마라."

조왕은 너무나 부끄럽고 황공하여 머리를 조아려 사죄하고 돌아왔다. 조왕이 말을 가볍게 낸 것을 뉘우치며 기분이 언짢아 우울해하고 있을 때

---

306) 명패(命牌) : 임금이 3품 이상(以上)의 당상관(堂上官)을 부를 때 보내던, 명(命) 자(字)를 쓴 붉은 칠을 한 나무 패. 벼슬아치의 이름이 적혀 있는데 이를 받은 사람은 참석(參席)할 수 있으면 진(進), 참석(參席)할 수 없으면 부진(不進)이라 써서 되돌려 바쳤음.

307) 조왕 : 원문에는 '쵸왕'으로 되어 있으나 이는 '조왕'의 오기임. 이후부터 문맥에 따라 '쵸왕'으로 잘못 표기된 것은 '조왕'으로 고침.

옥선군주가 그 까닭을 물었다. 조왕은 황상의 말씀을 전하고 탄식하며 말하였다.

"큰형님이 일을 잘못하여 황실의 빛을 깎아 내리고 부자의 자애를 병들게 한 것인데 내가 괜히 갑자기 말을 꺼내었다가 상의 뜻이 여차하셨으니 내 다시 무슨 말씀을 아뢰겠느냐?"

그러자 옥선군주가 말하였다.

"한왕 숙부가 처음엔 일을 크게 시작하였으나 나중엔 오합지졸을 모아 주의가 부족하여 일이 뒤엎어졌으니 이는 분명 역모입니다. 허나 사실 명나라 황실이 굳이 한 사람으로 왕위를 이어 내려온 적이 없었으니 대를 즉시 이으면 구태여 한 사람의 나라는 아니지 않겠습니까?"

왕은 딸의 말이 담대한 것이 크게 놀라 다시는 그 말을 입 밖에 내지 않았다.

그 무렵 국가에서 예우를 베풀어 인재를 뽑으시니 두 군주가 높은 누각에 올라 모든 새 과거 급제자들이 유가(遊街)를 하며 돌아가는 위엄 있는 모습을 구경하였다. 창부들의 비단 복색은 눈부시게 빛나 혹은 바람을 일으켰으며, 균천광악(鈞天廣樂)308)과 생소고악(笙蕭鼓樂)309)이며 이원(梨園)310)의 풍류는 과거 급제자들의 길을 인도하였고, 아름답고 성대한 위엄은 도로를 덮었으니 보는 자가 너무 많아 어깨가 서로 부딪칠 정도였다. 두 사람은 누각 위에서 구경을 하다가 여러 급제자들 중 장원한 선비의 만고에 견줄 바 없는 기질이 여러 신하들 중 가장 뛰어난 것을 보고 능

---

308) 균천광악(鈞天廣樂) : 천상의 음악. '균천'이란 천제(天帝)가 산다는 하늘의 중앙을 가리킴.
309) 생소고악(笙蕭鼓樂) : 생황, 퉁소, 북 등으로 연주하는 음악을 말함.
310) 이원(梨園) : 당나라 현종이 설치하여 속악(俗樂)을 가르치던 곳으로 궁궐의 음악원을 지칭하는 말로 쓰임.

히 입으로 형용하지 못하여 정신 나간 듯 보고만 있었다. 그때 문득 장원 창흥과 탐화 희광이 10여 명의 다른 급제자들과 작별하느라 말머리를 담장 뒤로 하여 마주 선 채 잠깐 지체하고 있었다. 그 온화한 풍채와 상서로운 기품을 자세히 보니 장원의 눈동자에서 쏘이는 상서로운 기운이 북두성을 깨뜨릴 듯 사람의 눈에서 광채를 빼앗았다. 음란한 계집이 슬기로운

20 여자처럼 눈 밝은 것은 이상하나 옥선은 눈과 귀가 어질어질하여 자세히 보지 못하고 한낱 발을 구르며 거듭 좋다고 소리 지를 뿐이었다. 옥경 또한 탐화를 보고 기운이 빠져나가는 듯하여 옥선을 보고 말하였다.

"우리 두 사람이 각각 신물을 던져 연분을 시험하면 어떻겠어요?"

옥선이 그 말을 옳게 여기고 각각 월환을 끌러 던지니 옥선의 월환은 장원의 관을 맞힌 후 말 아래로 떨어지고 옥경의 월환은 탐화의 소매 속으로 들어갔다. 탐화는 구태여 쌀쌀맞게 거절하지는 않았으나 장원은 눈썹을 찌푸리고 큰 소리로 하인에게 호령하여 월환을 도로 집어 담 안으로

21 넘기고 말을 바삐 몰아 소나기같이 내달으니 그 자취가 묘연했다. 군주는 놀라고 실망하여 문득 소리를 한 번 크게 지르고는 기운이 막혀 쓰러졌다. 옥경은 탐화가 보물을 내어 보며 귀여운 두 눈에 웃음을 띠고 주머니 속에 넣는 것을 보고 턱 믿는 데가 있어 그제야 옥선을 붙들고 처소로 돌아와 수족을 주무르며 나직한 목소리로 달래었다.

"옛말에 이르기를 '작은 일을 참지 못하면 큰일을 도모하기 어렵다.'311)고 했으니 언니는 잠깐 참고 세세히 도모하여 정도로 돌아가세요. 무

22 슨 일로 속 좁게 염려만 허비한단 말이에요?"

---

311) 작은 ~ 어렵다 : {쇼불인죽난더뫼[小不忍則難大謨]]라}. 『논어(論語)』「위령공(衛靈公)」편 27
장에 나오는 말로 '작은 일을 참지 못하면 큰일을 도모하기 어렵다.'는 뜻.

그러자 옥선도 어지간히 마음을 누그러뜨렸으나 임창홍에게 마음이 매여 금석같이 되었으니 어찌 돌이킬 리 있겠는가? 걱정으로 잠을 자도 편히 자지 못하고 음식을 먹어도 맛을 몰라 장차 큰 병이 나게 되었다.

그때 해월은 한 번 희광의 눈에 들어 푸른 산, 푸른 물로 약조를 하였다. 그러나 뜻밖에 임장원이 꾸짖는 일이 생기고 나자 희광은 두렵기도 하고 또 아버지가 아실까 봐 크게 겁이 나기도 하여 옥경의 월환과 자신이 지은 글을 해월에게 주고 곁에 짧은 시 한 수를 써서 해월을 돌려보냈다. 해월은 놀라고 기운이 빠져 눈물을 흘리며 임창홍을 향해 이를 갈며 ²³ 조궁으로 왔다. 그런데 공교롭게도 그 곳에서 목지형과 여승을 만나 자기의 내력을 말하게 되니 목지형은 해월의 옥 같은 피부와 얼음 같은 바탕을 보고 천하의 경국지색이라 속으로 생각하였다.

'설가 소저보다 못하지 않으니 이 여자를 거두어 짝을 맺고 내통하게 하면 일이 묘하게 되겠구나.'

이렇듯 생각하고 춘교에게 해월의 말을 전하고 옥경군주에게 데리고 가라 하였다. 춘교가 해월을 데리고 봉선루에 이르러 그 온 이유를 고하고 해월로 하여금 군주를 가까이에서 모시게 했다. 옥경 군주는 크게 기뻐하며 흔쾌히 해월을 머물게 하였다. 희광의 편지를 열어 보니 필체에 푸른 용이 서리고 구절마다 정을 머금었으므로 군주는 분수에 지나칠 만 ²⁴ 큼 너무 기뻐 다시 앞일을 근심하지 않고 백량(百兩)의 수레로 시집갈 날만 기다렸다.

설희광은 보통 사람보다 뛰어난 용모와 넓고 시원시원한 행동으로 조궁 음녀의 월환을 익숙하게 받아서는 아버지와 형들을 기만하고 예의에서 벗어나는 싹을 틔웠으나 군자의 몸가짐으로 음녀가 이처럼 음란한 일을 속으로 몰래 빌고 있는 줄은 모르고 있었다. 이는 희광의 총명이 어두워서 그런 것이 아니라 하늘이 설씨 가문에 한바탕 큰 화를 불러일으키고자 한 것이었으니 탄식하고 한스러워할 일이다.

옥선은 임창홍을 본 후로 마음을 돌이킬 길이 없어 벽을 향해 가라앉듯이 드러누워 탄성으로 날을 지내며 식음을 전폐하였다. 조왕 부부가 딸이 병에 걸린 것에 놀라 봉선루에 이르러 보니 꽃 같은 용모는 삭아 없어지고 상태가 심히 위태로우므로 크게 놀라 맛있는 음식을 권하며 의원을 써서 치료하기에 힘썼다. 군주는 부모에게 자기의 마음 속 일을 말하고 싶었으나 임생이 준엄하게 떨치고 말을 풍우같이 몰아가버린 것을 생각하면 두 볼에 눈물이 비 오듯 흘러 베개를 적실 뿐이었다. 조왕 부부는 딸을 달래며 간호하였으나 왜 병이 생겼는지 어찌 알겠는가? 군주는 자기 신세가 뜻 같지 못한 것을 생각하고 흐느끼며 말하였다.

"소녀가 근래 꿈자리가 사납고 병이 골수까지 파고들었으니 아마도 황천길이 가까운 듯합니다. 부모께 불효를 끼치게 될까 슬프옵니다."

조왕과 비는 온갖 방법으로 위로할 뿐이었다.

다음 날 밤 춘교가 군주를 보고 목생의 계획을 이르니 군주는 춘몽에서 깨어난 듯했다. 옥선 군주가 옥경 군주를 보고 말하였다.

"아우에게는 설탐화의 다정한 서간이 왔으니 앞으로의 일을 염려할 필요 없겠구나. 이 형이 하는 일이 비록 규슈의 처신은 아니나 옛말에 '현명한 신하는 군주를 택하고 좋은 새는 좋은 나무를 가려서 둥지를 튼다.'312)고 하였으니 여자의 일생은 다른 사람에게 달려 있지 않느냐?

---

312) 현명한 ~ 튼다: {현신퇴군(賢臣擇君)이요 현금퇴목(賢禽擇木)이라}. 『춘추좌씨전(春秋左氏傳)』 애공(哀公) 11년조에 나오는 말로 현명한 사람은 자기 재능을 키워줄 훌륭한 사람을 잘 택하여 섬긴다는 뜻. 공자가 천하를 돌아다니며 치국의 도를 유세하기 위해 위(衛)나라에 갔을 때 어느

내가 임장원을 한 번 본 후에는 뜻이 철심 같으니 어쩔 수 없이 무슨 수라도 써야겠다. 아우는 내 생각을 부왕께 잘 아뢰어 그 일에 만전을 기 하도록 해라."

옥경이 그 말에 다 응낙하였다.

다음 날 조왕 부부가 군주를 문병하러 오니 옥선이 두 눈에서 눈물을 펑펑 쏟으며 자기 병이 생사를 가르게 생겼음을 아뢰었다. 왕이 놀라서 급히 물었다.

"네가 하는 말에 필시 곡절이 있는 듯하니 어찌 생사를 가르게 생겼다고 말하는 것이냐?"

그러자 옥경이 머뭇거리다가 대답하였다.

"다른 일이 아니라 언니가 4~5일 전에 침상에서 잠을 자고 있는데 꿈에 나타난 일이 너무 괴이하였다 합니다. 꿈에 하늘 문이 크게 열리면서 한 노인이 내려와 스스로 이르길 월하노인이라 하고 붉은 실을 언니의 발에 걸고 말하였답니다. '아득한 하늘의 뜻을 모르니 하늘이 노하시 고 나를 보내 증거를 보이라 하셔서 내가 임씨 가문의 아들을 이끌어 왔으니 그대는 규슈의 수치를 생각하지 말고 이를 보라.' 그러고 나서 붉은 실의 다른 한 끝을 임씨 아들이라 하는 소년에게 매고 언니를 향해 다시 말하기를 '하늘이 주신 것을 받지 않으면 도리어 재앙을 받는다.' 하고 유리병을 들어 언니의 머리를 세 번 치자 가위에 눌렸답니다. 언니가 꿈에서 깨고도 정신을 못 차리고 온 몸이 안 아픈 곳이 없어 몸

날 공문자(孔文子)가 대숙질(大叔疾)을 공격하기 위해 공자에게 상의하자 공자는 "제사 지내는 일에 대해서라면 배운 일이 있습니다만 전쟁에 대한 것은 전혀 아는 바가 없습니다."라고 대답함. 그 자리를 물러나온 공자가 제자에게 서둘러 수레에 말을 매라고 이르자 제자가 그 까닭을 물었는데 공자는 "좋은 새는 나무를 가려서 둥지를 튼다고 했다. 현명한 신하는 훌륭한 군주를 섬겨야 하느니래(良禽擇木, 賢臣擇君]."라고 대답했다고 함.

을 거두지 못할 뿐만 아니라 머리가 때리는 듯 아파서 밤에 눈을 붙이지 못하니 숙부님께서는 아무리 어려운 일이라 해도 그만 두지 마시고 이러한 근심을 황제께 아뢰시어 만전을 기할 계책을 내주십시오.”

이 말을 듣고 왕과 비가 놀라 말하였다.

“임씨 아들이라 하면 임 초왕의 큰아들이니 대단히 난처한 일이 많구나. 차마 딸의 병을 가벼이 여기겠느냐마는 혹시 사혼(賜婚)을 허하신다는 첩지를 얻는다 해도 저 집의 법도가 지엄한 것은 세상이 다 아는 바이다. '하늘에는 두 태양이 없고 땅에는 두 임금이 없다.'는 것을 법으로 삼아 황제라도 원비가 있은 후에는 빈으로 맞는 법인데 효장공주를 좌우 부인으로 봉하였으니 네가 비록 저 집에 들어간다 해도 정실은 바라지 못할 것이다. 천승 국가의 임금의 딸로 조정 명사의 첩으로 굽혀 들어가는 것은 차마 못할 일이지만 네가 능히 첩의 지위를 감당할 생각이라면 설마 혼사야 안 되겠느냐?”

그러자 옥경이 기뻐하며 대답하였다.

“언니도 이미 그 사람이 처를 취한 줄 알고 있으니 첩의 덕을 본받고자 할 것입니다.”

이 말을 듣고 왕은 내키지는 않았으나 다음 날 조정에 들어가 조용히 말씀을 나누었다. 황후가 말했다.

“옥선이 근래 궐에 출입하지 않으니 어찌된 일인가?”

이 순간 조왕은 말할 기회를 얻었다 싶어 자리에서 물러나 땅에 엎드려 딸에게 병이 있음을 아뢰었다.

“신에게 자식이 많지 않은데 옥선이 병든 것은 꿈이 이러저러하므로 병이 된 것이오니 사정이 걱정스럽고 답답하기 그지 없게 되었습니다.

폐하께서 한 장의 사혼지를 임씨 가문에 내리시어 혼사를 완전케 하시오면 한 목숨이 살아날까 하옵니다. 신에게는 다만 옥선 남매뿐이오니 엎드려 바라옵니다."

황제가 말을 다 듣고 한동안 조용히 생각하다 말하였다.

"임한주의 고집은 돌이키지 못할 것인데 어찌 어린 자식을 황실과 결혼시키겠느냐? 하물며 재취를 권한단 말이냐?"

조왕이 다시 아뢰었다.

"이러저러한 이유로 신의 딸도 감히 정실을 바라지 못하고 있으니 첩의 자리라도 천만 다행이라 생각할 것이옵니다."

황후가 내키지 않는 목소리로 말하였다.

"옥선의 병이 구태여 꿈이 빌미가 되었다고 할 수 있겠습니까? 이런 사소한 일을 조정에 말하여 대신에게 구혼하는 것은 대단히 불가한 일이옵니다."

32

황제도 그렇게 여기니 조왕이 다급하여 다시 아뢰었다.

"구태여 신의 딸이 병든 것을 말하실 일이 무엇이 있겠습니까? 신의 딸이 재목이 특출하고 성품이나 행실도 성숙하고 가지런하니 다른 가문에 보내기 아깝다 이르시고 첩으로 사혼하시면 신하된 자가 이만한 일에 명을 거역하겠습니까?"

황제는 아무 말이 없었고 대신 황후가 말하였다.

"창흥의 아내 설씨는 사덕(四德)이 가지런하고 육행(六行)이 눈부시어 효문[313]보다 더한 재능과 용모를 갖춘 덕 있는 사람이라고 효장이 항상 말하곤 하였다. 그에 비하면 옥선 같은 부류는 시든 꽃이나 들풀 같

---

313) 효문 : 효문공주로 봉해진 주숙렬을 가리킴.

으니 사혼함이 부끄럽지 않겠느냐? 하물며 임씨 가문이 높아진 후에는 월궁 선녀 같은 미색이라도 덕이 없으면 용납하지 않으려 하는데 옥선의 사람됨으로는 남의 온화한 성품을 깎아내리지 않으면 정실과 첩이 서로 다퉈 집안을 어지럽게 할 것이니 신하에게 여색을 주어 무슨 좋은 일이 있겠느냐?"

조왕은 무안하여 다시 아무 말도 못하고 퇴궐하여 돌아와 황제와 황후의 뜻을 이르고 세세하게 도모하자 말하였다. 옥선이 이 말을 다 듣고는 한 번 길게 흐느끼고 혼절하여 숨구멍이 막혀 위급하게 되었다. 왕과 비가 옥선을 붙들어 보호하고 옥경이 약을 갈아 목구멍에 들이미니 이 요사스런 사람이 짐짓 숨을 들이마시며 아주 어쩔 수 없는 듯한 모양을 하였다. 왕과 비가 놀라고 다급하여 약을 갈아 연이어 쓰니 석양 무렵에 옥선이 비로소 숨을 돌렸다. 조왕 부부가 크게 기뻐하며 거듭 위로하고 병으로 약해진 마음을 부디 요동하지 말라고 하였다. 그리고 급히 대궐에 들어가 황제와 황후에게 애걸하니 황제가 마지못해 상국 부자를 불렀다.

초왕이 아버지를 모시고 대궐에 이르러 황제에게 경건하게 절하자 황제는 수돈(繡墩)을 가까이 주고 은근한 말로 조왕의 사정을 이르며 인명이 지중하니 슬하에 용납하라고 말하였다. 초왕은 황제에게 천만 뜻밖의 말을 듣게 되어 어이가 없었으나 얼굴빛을 조금도 바꾸지 않고 아버지가 아뢰기를 기다렸다. 상국이 엎드려 머리를 조아리고 말하였다.

"신이 비록 착한 행실은 없사오나 군명이라면 사지라도 거역하지 않을 것인데 더욱이 금지옥엽 같은 숙녀를 사혼하시니 어찌 사양하겠습니까? 그러나 천한 고집으로 한 번 정한 후에는 다시 취하지 못할 것은 폐하께서 밝히 아시니 어찌 다시 아뢰겠습니까? 더욱이 창홍은 아직 입 누런 어린아이[314]온데 오직 신의 노모가 나이가 많으신 까닭에 태사 설연창의 어린 딸을 작년에 취하였으나 아직 합방 전이온데 또 어찌 재취를 시키겠습니까? 폐하께서도 창흥이 어리기에 수년 말미를 허락하신 터에 조왕이 없는 말을 지어내어 폐하의 성총을 가리고 신이한 꿈을 빌미로 하여 병이 생겼다고 하고 있으니 이는 곧 창흥의 외모와 풍신이 다른 사람의 눈에 쓸 데 없이 과하게 보이므로 허탄한 꿈을 천자께 아뢰어 조정 신료를 억누르고 제어하려 하는 것입니다. 이는 '이것을 참는다면 무엇을 못 참으랴?'[315] 하는 말과 같지 않습니까? 하물며 혼인이란 것은 하늘의 뜻이 아닌 것이 없으니 인력으로 미칠 수 있는 바가 아니옵니다. 신이 비록 쓸모는 없으나 어찌 다른 나라 번왕에게 제어를 당하며 그의 술책에 빠지겠습니까? 천자께 죄를 청하여 벌을 받을지언정 창흥의 재취는 절대 용납하지 못하겠습니다."

상국이 말을 마친 후 관모를 벗고 궁궐 섬돌에 머리를 두드리며 죄를 청하자 초왕 또한 관을 벗고 엎드려 죄를 청하였다. 황제는 곁에 있던 신하들로 하여금 황급히 그들을 붙들어 관모를 주게 하고 좋은 말로 권하며 말하였다.

"짐도 경의 대답이 이러할 줄 알았으나 아비와 아들의 천성이 유약함을 면치 못해 그리 되었네. 짐의 마음도 경의 말과 같다. 임금이 어찌 어진 신하에게 미녀의 아름다운 얼굴을 들어 사혼하겠는가? 사정이 절

---

314) 입 ~ 어린아이 : {구상유취[口尙乳臭]로 황구쇼익[黃口小兒]}. '구상유취'란 입에서 아직 젖내가 난다는 뜻으로 말과 하는 짓이 아직 유치(幼稚)한 어린아이를 일컬으며 '황구소아' 역시 새 새끼의 주둥이가 노랗다는 뜻에서 '어린아이'를 일컬음.
315) 이것을~ 참으랴 : {시가인야[是可忍也]며 슉불가인내[孰不可忍也]니잇고}. 『논어』 「팔일(八佾)」에서 공자가 계씨(季氏)에 대해 "팔일무를 뜰에서 추게 하니 이것을 참을진댄 어느 것인들 못 참으랴[八佾舞於庭, 是可忍也, 孰不可忍也]"라고 한 말에서 비롯됨. 성인도 참을 수 없는 일에 대해 참지 못함이 있다는 뜻임.

박하여 그리 했지만 경의 뜻을 모르는 것이 아니다."

그런 후에는 다시 권유하지 않으셨다. 그러나 너무 사양하는 것도 신

하된 자의 도리가 아니라 하여 부자는 각모(角帽)를 쓰고 섬돌 위에 올라
엎드렸다. 초왕은 아버님이 사혼 얘기를 한 마디로 단칼에 베어버리셨으
나 끝내 면치 못할 줄을 알고 불행한 마음을 이기지 못했지만 얼굴빛에는
변함이 없었다. 이렇듯 간절히 사양하는 것도 없고 불평하는 것도 없이
묵묵히 몸을 굽히고 있었더니 황제가 다시 말하였다.

"조왕의 상황이 딱하고 어쩔 수 없어 이 혼사를 다시 거둬들이지 못할
것이니 마땅히 첩으로 정혼하는 것이 좋을 것이다."

이렇듯 말씀하시니 상국의 늠름한 고집으로도 너무 냉정하게 하기에
는 황송하고 민망하였다. 이에 아뢰었다.

"폐하의 말씀이 이와 같으시니 어찌 사양하겠습니까? 다만 신의 부자
는 노모를 데리고 고향으로 가서 남은 생을 마치고자 하오니 사양할
것도 없지만 창흥의 고집이 대단하여 재주 있고 아름다운 여자의 춘정
을 맞출 줄 모르오니 그때는 군주를 박대한 죄를 신의 부자에게 연루시
키지 마시기를 바라옵니다."

그러고는 눈길을 흘려 조왕을 살펴보니 왕이 얼굴에 부끄러운 빛을 가
득 띠고 완전히 붉어져서는 관을 벗고 황제에게 아뢰었다.

"신의 딸이 알 수 없는 병으로 고생하고 있으나 행실이 천박하거나 비
루한 데가 없는데 임상국이 황실을 모욕하고 황제의 아들을 멸시하오
니 무슨 면목으로 조정에 들겠습니까?"

황제는 조왕의 염치 없음을 괴이히 여기고 엄하고 사나워진 안색으로
말하였다.

"네 딸의 병이 얼마나 아름다우면 경의 말이 그렇겠느냐? 천시(天時)와 세상 물정을 모르고 홀로 위엄 있는 척하며 황실의 기세를 빙자하고 조정에 위세를 부리려 하니 짐이 자식을 잘못 낳은 것이 저 미천한 백성보다도 못하구나. 황실의 빛을 깎아내렸으니 부끄럽기 한량없다. 너는 갈수록 더욱 조심하여 한왕의 일을 증거로 삼아 방자한 마음일랑 조금도 먹지 마라. 옥선을 임씨 가문에 들여보낸 후에라도 자식의 방종함을 도와 화가 그 가문에 이르게 한다면 짐이 천륜을 베어서라도 연경(燕京)에 그냥 두지 않을 것이다."

말을 다 마치자 안색이 심히 엄중하므로 조왕은 땀이 등에 흥건하여져 ⁴¹서 머리를 조아리고 사죄하며 물러났다. 상국 부자 또한 사양하지 못하리란 것을 알고 물러나 돌아왔으나 천금같이 귀한 며느리에게 닥칠 재앙을 근심하였다. 그러나 임금께서 부자간보다 더한 사랑을 보이시며 아들을 크게 꾸짖어 황실의 세력에 의지하지 못하게 하신 뜻을 생각하면 천은을 마음 속 깊이 새기지 않을 수 없으니 어찌 며느리를 위해 군신의 지기(知己)를 허물 수 있겠는가? 시종일관 침착하여 조금도 다투는 일 없이 퇴조(退朝)하니 상국은 아들이 지극한 효성과 충성을 갈수록 겸비해가는 것에 ⁴²더욱 탄복하고 사랑할 따름이었다.

궐문을 나와 부자와 숙질이 함께 부문에 다다르자 한림 창홍이 여러 친족과 아우들을 거느리고 나와 그들을 맞았다. 상국은 수레에서 그 모습을 내려다보고 즐거워하며 사랑하는 마음을 금치 못하여 온화한 기운이 영롱하게 빛났다. 초왕이 넓은 이마를 찡그리며 한림을 물끄러미 쳐다보니 그 유별나게 왕성하고 씩씩한 기질이 음녀의 불같은 욕심에 든 것이 너무 원통하고 분하여 기색이 참담하였다. 한림은 아버지의 엄한 기색을 우러

러 보고 너무나 무섭고 두려워 몸을 벌벌 떨었다. 자기가 무슨 죄를 지었

43

는지 알지 못하면서도 감히 묻지 못하고 조심하며 아버지를 모시고 취성

전에 이르렀다. 상국은 한나절 동안 태부인이 어찌 지내셨는지 묻고 나서

연석(筵席)에서 있었던 이야기를 다 하고 선생을 돌아보며 말하였다.

"세상 풍속이 타락하고 어지러우니 이상한 일도 있더구나."

선생은 도리어 웃으며 말하였다.

"창흥과 설씨 손주며느리가 한바탕 기이한 재앙을 겪게 될 것이 어찌

조군주 때문이겠습니까마는 설씨 며느리의 환란은 거기서 그치는 게

아니라 여러 곳에서 잇달아 일어날 것이니 불행한 일이 크겠습니다."

이 말을 듣고 태부인은 놀라지 않을 수 없어 이렇게 말하였다.

"그렇다면 네가 힘써 거절하지 않고 잠자코 명을 받들어 저 음란하고

사악한 여자를 집안에 들이고 설 소부 저 어린 것을 강적한테 맡겨 도

마 위의 고기를 삼게 했단 말이냐? 이 아이의 말과 같다면 기운을 돌이

켜도 보존하기 어려운데 저 아이의 혼사가 지나고도 사단이 쉽게 그치

지 않으리라 하니 겨우 진정된 집안에 환란을 또 일으켜서야 되겠느

냐?"

초왕이 머리를 조아리고 대답하였다.

"조군주가 현명한지 아닌지는 아직 근심할 바가 아니고 임금의 은혜는

무거우니 차마 자식 하나의 앞길을 위해 너무 고집하여 상의 뜻을 거스

르기 어려웠습니다. 임금이 주시는 것은 개나 말이라도 사양해지 말아

야 하는데 하물며 친 황손은 더 말해 무엇 하겠습니까? 자질구레한 일

들은 모두 하늘에 맡겨야 할 뿐 아니라 설씨 며느리의 앞날 또한 그 목

숨과 영달함이 하늘에 달려 있고 화와 복은 흐르는 물 같으니 저 애들

의 수복이 어찌 저 조군주에게 달려 있겠습니까? 할머님께서는 염려하
지 마십시오."

창흥은 '조군주'라는 세 자를 들으니 분한 마음이 가슴 속에서 뛰놀고
그 더러움이 비위를 거스르는 듯하여 마음을 바르게 가다듬고 굳게 정하
였다. 초왕이 이를 알아차리고 아버지 앞에 고하였다.

"비록 조군주를 맞아 온다 해도 창흥이 집안을 다스리는 도리를 두루
어질게 한다면 여자의 원망을 먼저 자라게 하진 않으련만 불초한 자식
이 한 가닥 고집이 있어서 일을 처리하는 데 따뜻한 모습이 없으니 근
심스럽습니다."

한림은 아버지 말씀을 듣고 자기 고집을 세우지 못하리란 것을 알았다.
그래서 생각하기를 부부의 윤리를 다 끊고 부모와 조부모의 뜻을 받들어
효를 온전히 하기로 마음을 굳게 정한 후 자리를 파하고 각각 침소로 물
러났다.

이때 숙렬은 그 자리에 있다가 연석(筵席)316)에서 있었던 이야기를 듣
고 한심하고 놀라운 마음을 이기지 못한 채 물러나 침소로 돌아왔다. 효
장공주가 풍부인, 소부인 등과 함께 이르러 숙렬이 그들을 맞아 자리를
정하니 공주가 문득 눈살을 찌푸리고 숙렬을 향해 말하였다.

47

"세상일은 예측하기 어렵습니다. 조카 부부가 아직 윤리와 기강도 바
로잡지 못하였는데 저런 괴이한 일이 있게 되었습니다. 제가 평소 옥
선과 옥경의 어리석음을 그윽이 한스럽게 여겼는데 이런 일이 났으니
이 아이들은 특별히 이상한 인물이라 그 애를 취하면 조카가 후대하건
박대하건 집안에 화근이 클 것입니다. 이는 황실의 빛이 깎이고 형님

---

316) 연석(筵席) : 신하와 임금이 모여 자주 문답하던 자리를 말함.

에겐 불행일 뿐만 아니라 저로서는 진실로 시가에 얼굴 들기 부끄러운 일입니다."

숙렬이 공주의 말을 들으니 모두 이미 짐작한 바였으나 천금같은 며느리를 위하는 정으로 항상 옆에 있는 것을 허락하여 천륜에 각별했던 탓에 천천히 탄식하며 대답하였다.

"옥주께서 밝히 말씀하시니 감사하나 마음에 중심을 가지십시오. 이는 모두 제가 받아야 할 재앙이 죄 없는 며느리에게 미친 것이니 한스러워 할 것 없습니다. 다만 믿는 바는 그 아이의 마음 됨됨이를 바랄 뿐이나 말 없는 하늘의 뜻을 어찌 알겠습니까? 조군주가 아니라 한들 오는 액운을 어찌 면할 것이라고 옥주께서 근심하신단 말입니까?"

공주는 탄식할 뿐 아무 말이 없었다. 그때 갑자기 한림이 인홍을 안고 아우들을 거느리고 들어와 어머니 곁에 앉아서 아이들이 노는 것을 도와주며 어머니의 걱정을 위로하였다. 그러다 공주를 돌아보며 고하였다.

"제 평생 고집하기를 집에 있으면 반드시 증자(曾子)와 안자(顔子)317)의 효로써 부모를 받들고, 관직에 있게 되면 이윤(伊尹)318)과 주공(周公)319)을 모범으로 따라 부모를 드러나게 하고 종사를 융성하게 하며

---

317) 증자(曾子)와 안자(顔子) : '증안'이라고도 줄여 말함. 증자(曾子)는 공자의 제자인 증삼(曾參)으로 중국 춘추시대의 유학자. 자여(子輿)라고도 하며 효심이 두텁고 내성궁행(內省窮行)에 힘씀. 『효경(孝經)』의 저자라고도 하나 확실한 근거는 없음. 공자의 사상을 이어받아 공자의 손자인 자사(子思)에게 전하였고, 자사가 맹자에게 그 도를 전하였음. 안연(顔淵)은 이름이 안회(顔回)로 자(字)가 연(淵)임. 공자가 가장 신임하였던 제자이며 공자보다 30세 연소(年少)이나 공자보다 먼저 32세의 나이로 죽었음. 학문과 덕이 특히 높아서 공자도 그를 가리켜 학문을 좋아하는 사람이라고 칭송하였고, 또 가난한 생활을 이겨내고 도(道)를 즐긴 것을 칭찬하였음.

318) 이윤(伊尹) : 은(殷)의 재상. 이름은 이(伊) 또는 지(摯)임. 윤(尹)은 벼슬 이름. 탕왕(湯王)을 도와 걸(桀)을 쳐서 탕왕이 천하를 통일하게 하였음.

319) 주공(周公) : 이름은 단(旦). 주왕조를 세운 문왕(文王)의 아들이며 무왕(武王)의 동생. 무왕과 무왕의 아들 성왕(成王)을 도와 주왕조의 기초를 확립함. 무왕이 죽은 뒤 나이 어린 성왕이 제위에 오르자 섭정(攝政)이 되어 주왕실의 일족과 공신들을 중원(中原)의 요지에 배치하여 다스리게 하는, 주초(周初)의 대봉건제(大封建制)를 실시하여 주왕실의 수비를 공고히 함. 한편, 예

역사책에 공명을 남겨 몇 년이 지나더라도 사라지지 않게 하려 하였습니다. 평생 터럭만큼이라도 부모님께 근심을 주는 자식은 되지 않으려 하였는데 뜻밖에 조군주라는 음녀의 일로 부모께 먼저 걱정을 끼치게 되었으니 다 소용 없게 되었습니다. 부질없는 과거 급제로 음녀의 눈에 띄었으니 누구를 원망하고 누구를 탓하겠습니까? 제가 유가(遊街)를 할 때 다른 급제자들을 배웅하느라 말머리를 조원항으로 돌이켰는데 50 말이 돌아설 때 대로 어귀에서 무슨 소리가 나는 걸 보니 그 곳은 조왕궁의 담장 뒤인가 싶었습니다. 그때 설의첨이 다가오자 난데없는 월환 한 쌍이 떨어졌는데 그 중 하나가 어화를 맞히고 떨어졌습니다. 저는 그 여자의 행동에 절개가 없는 것이 통탄스러워 도로 담 너머로 넘기고 왔습니다. 원래 이 여자는 남자를 좋아하는 더러운 행실을 마음에 품고 알 수 없는 병을 일으켜 거짓 꿈을 핑계 대고 저를 신생(申生)320) 같은 사람으로 아는가 싶지만 저는 신생처럼 어리석지 않습니다. 저는 지금의 의첨 같은 호걸이 아니니 음란하고 사악한 저 천한 여자의 뜻 51 에 잘 맞추지 못할 것입니다. 조왕이 그 음녀의 뜻을 기쁘게 하려 한다 면 천하에 술을 좋아하고 여색을 탐하는 남자가 수레에 싣고 말로 될 정도로 수도 없이 많을 테니 호색한 탕자를 구하여 그 여자의 욕심을 맞춰주는 것이 옳을 것입니다. 그런데도 이 임창홍을 구하려 오만가지로 샘을 두나 자기 딸의 불같이 더러운 욕심을 채울 길이 없을 것입니

악(禮樂)과 법도(法度)를 제정하여 주왕실 특유의 제도문물(制度文物)을 창시함. 그는 중국 고대의 정치 · 사상 · 문화 등 다방면에 공헌하여 유교학자에 의해 성인으로 존숭됨. 저서에『주례(周禮)』가 있음.
320) 신생(申生) : 신생(申生)은 진(晉)나라 헌공(獻公)의 태자로 헌공의 총비(寵妃) 여희(驪姬)가 자신의 아들을 태자로 삼기 위하여 그를 참소하자 신원하지도 않은 채 자살하였음. 융통성 없이 너무나 우직한 인간을 표현할 때 씀.

다. 절대 불가한 일인 줄도 모르고 정당하지 못한 방법으로 돌아서 오려는 것입니다. 그러나 할머님께 본병이 있어 부모님께서 나를 저 집에 맡기셨으니 어렸을 때 저 집에 입은 은혜가 너무나 막중합니다. 저를 낳으신 분은 부모님이시나 거의 죽을 뻔한 저를 다시 살리시고 길러주신 것은 설태사 부인이십니다. 할머님께서 동침하라 명하셔도 아직 부부의 도리를 차린 적이 없었는데 저 음악한 여자를 어찌 용납하겠습니까? 조왕의 일은 절대 불가한 일입니다."

말을 다 하고 나서는 공경하고 삼가며 예의 있는 태도를 취했으나 분한 기운이 잔뜩 서려 눈에 맹렬한 바람이 어려 있었다.

효장공주가 한림의 거동을 보고 생각하기를, 황실의 자손이 품행이 더러워 조카가 하는 말마다 더러움을 머금고 마치 옥선의 사람됨을 본 듯이 장랑의 처가 이랑의 남편을 지점하여[321] 상사병이란 괴질을 일으키길 설 땅이 없게 하듯 하니, 한림의 말대로라면 옥선이 공경하는 체하며 들어온다 해도 남편의 마음은 천리같이 멀 것이고 더러운 이름은 온 집안과 나라에 회자될 것이 분명해 보였다. 효장공주는 자기 이름이 옥선과 아주머니와 조카로 매여 있는 것을 생각하고 조왕 부부가 결단 없는 것을 생각하니 자식 하나를 시원하게 못 죽이고 그 더럽고 천한 행실을 두고 보아야 하는 것이 너무 가슴 아프고 슬퍼 한숨 쉬며 탄식하였다. 그런 와중에도 한림이 이치에 통달하고 신명이 지극한 것이 너무 사랑스러워 쓰다듬으며 말하였다.

"내가 원래 한왕 오라버니로부터 우리 황제 폐하와 황후 마마의 눈같

---

321) 장랑의 ~ 지점하여 : 정확한 뜻은 미상이나 문맥을 고려할 때 남의 남편을 마음에 둔 음란한 부녀의 행실을 이르는 것으로 보임.

이 깨끗한 덕을 흉하게 더럽힌 것이 부끄러워 견딜 수 없었다. 그런데 너의 숙부가 나를 욕하며 황실의 지난 행실로 미루어 회양공주에 비기 니 골수에 사무치도록 원망스러워 세상을 피해 숨고 싶구나. 그러나 여자의 행실로 남편의 일에 섭섭하고 불만스러운 마음이 있다고 온당 치 않은 행사를 하여 우리 형님의 가르침을 욕 먹이게 될까 보아 뜻을 이루지 못하고 항상 부끄러워하였다. 헌데 오늘 네 말을 들어보면 잠 자리를 같이 할 여자가 이와 같으니 내 옥선의 아주머니로 어찌 너 보 기 부끄럽지 않겠으며 또한 네 행동이 마치 지난날 남편의 행동과 같으 니 어찌 놀랍지 않겠느냐?"

말을 마치고는 수심으로 어지러운 기색이 얼굴에 어리었다. 숙렬은 아 들의 과격한 언사가 초왕의 인자함이나 효성스러움과는 다른 것이 불안 한데다 효장이 가까운 친척의 음탕하고 괴이한 행사를 애달파 하며 부끄 러워하는 것이 두루 불행하여 편안하지 않은 표정을 지었다. 봄바람같이 온화한 숙렬의 얼굴에 눈보라가 스산하게 부니 비록 꾸짖음은 없으나 은 은한 뇌성이 나는 듯하므로 창흥 공자는 관을 숙이고 등에 땀을 흘렸다. 공자가 두 무릎을 꿇고 죽을죄라도 지은 듯 두려워하며 종종걸음을 걸으 니 부인은 짐짓 그 기세를 꺾고자 세세히 경계하며 군주에 대해 험악한 말을 입 밖에 내지 못하도록 인정 보지 않고 꾸짖었다. 그러자 공주가 웃 으며 말하였다.

"창흥 조카는 조왕 오라버니의 더러운 행위에 침을 뱉는 것을 옳게 여 길 뿐인데 형님께서 아이를 꾸짖으시는 것이 좀 과하신 것 같습니다. 제 평생에 예의에 어긋나는 일을 원수같이 알고 피해왔지만 옥선의 구 혼길이 정도가 아니므로 저도 그렇게 아는 것입니다. 저는 진정을 토

54

55

56

설하여 말이 조왕 오라버니에게 가게 하고자 합니다. 초하룻날 황제를
만나 뵐 때 조카가 한 짓을 상께 아뢰어 한번 크게 꾸짖고 혼인길이 정
도가 아니라 말할 것입니다. 조왕 오라버니는 한왕 오라버니 같지 않
아 모질지는 않을 것이지만 옥선이 불미하다면 어찌 한스럽지 않겠습
니까?"

주비 역시 탄식하며 말하였다.

"모든 일은 하늘의 뜻인데 불초한 자식이 망령되이 굴어 옥주 앞에서
실언한 죄가 많습니다. 황상께서 군주를 불초자식의 측실로 들여보내
기로 하시고 시아버지께서 그 명을 받드셨는데 어찌 그것을 번거롭게
상께 아뢰겠습니까? 옥주께서는 다시는 그런 말씀을 하지 마십시오."

공주가 기뻐하며 감사하자 한부인이 주부인을 달래어 한림을 용서하
시길 청하였다. 그러자 숙렬이 말하였다.

"아우는 창홍에게 얼마나 청을 받았기에 제 스스로 얄미운 거동을 하
는 것을 보고도 나를 이리 괴롭도록 보채는 것이오?"

한부인이 낭랑하게 웃고 당 아래를 보니 설소저가 저녁 문안을 드리러
오다가 한림이 무릎을 꿇고 죄를 청하고 있는 것을 보고 자신도 당에 오
르지 못하고 태연히 손을 꽂고 계단 아래 서 있었다. 부부의 기질을 쌍으
로 대하니 더욱 걸출하고 기이하여 계단 아래 상서로운 기운이 찬란하였
다. 주비가 한참을 바라보다 하늘께서 아들 부부의 성품과 기질을 뜻을
가지고 내시고도 조물의 시기가 많음을 탄식하며 애석하게 여겼다. 그러
나 표를 내지 않고 며느리에게 당에 오르라 명하여 소저를 쓰다듬으며 사
랑하는 것이 새로웠다. 이것을 본 공주가 낭랑하게 웃으며 말하였다.

"우리 형님처럼 만사에 아무 걱정이나 염려가 없으신 분이 설 현부에

게 하시는 마음은 점점 더해만 가십니다. 세간에서 하는 말에 며느리 사랑은 시아버지요, 사위 사랑은 장모라 하던데 형님은 며느리 사랑에 병든 듯하니 두 조카딸을 시집보내 사위를 맞는다 하셔도 저 며느리보다 위에 있지는 않을 것입니다."

그러자 주비는 문득 슬퍼하며 말하였다.

"제가 온갖 기이한 화를 겪고 시아버님께 불효를 끼쳤으나 다행히 불초한 자식을 일찍 두어 시아버지께서 슬하에서 양육하시며 근심을 잊으실 때가 많으셨습니다. 그리고 며느리를 얻었는데 그 며느리가 훌륭한 덕과 지극한 효성이 가득하므로 마음을 쏟아 사랑하다보니 병이 되었습니다."

공주는 당연히 그럴 것이라 말하고 근심하며 슬퍼하니 이는 음녀가 한림을 보고 상사병을 일으켜 황실의 빛을 깎아내리고 이 가문에 들어와 반드시 화근을 일으킬 것이라 한숨 쉬고 탄식한 것이었다. 밤이 깊어 각각 물러나고 주비가 며느리를 침소로 보내니 한림이 공주를 모시고 궁으로 갔다.

소저가 침소에 이르니 할머님께서 이미 한림 부부가 동침하기를 명하셨으므로 당 안에는 병풍과 장막이 겹겹이 쳐져 있었다. 한림이 등과한 후에 손님을 응접하는 일을 소저에게 맡겼으므로 별당과 행각을 넓게 잡
아 당마다 시녀가 모여 있었으며 광활하였다. 소저는 채봉전이 상당히 장엄한 것이 불안하여 잠깐 주저하다가 당 안에 들어가 장복을 벗고 붉은 저고리와 치마로 갈아입은 후 자리에 앉았다. 열파가 소저에게 고하였다.

"계양이 낮에 촌언항에 갔었는데 목소저 지란이 어디로 사라졌다 합니다. 어디서 갑자기 파랑새가 날아와 사람도 없는 침당에 와서 지란을

233

삼켜 갔다면서 태부인께서는 통곡하시고 어르신과 부인은 붉은 글씨로 쓴 부적을 두루 붙이셨다 합니다. 그리고 또 조왕궁에서 직사 어른께 그 양녀인 옥경 군주로 청혼했다 하는데 그 군주의 나이가 13세라 합니다. 태사께서는 조궁에서 온 신하를 꾸짖어 물리치시고 직사 어른은 엄한 매로 다스리시어 지금 위태롭다 합니다."

소저는 친정에 여러 가지 변괴가 점점 많이 일어나 요사스런 사람이 흉한 일을 저지른단 말을 들으니 한심스럽고 놀라웠다. 그러나 조금도 안색을 바꾸지 않고 한동안 묵묵히 있다가 계양을 가까이 불러 희광 공자가 안녕한지를 물었다. 계양이 부인의 편지를 올리자 소저는 그것을 보고 머리맡에 놓은 후 고요히 생각하는 바가 있었다.

이날 밤 한림은 공주를 모시고 가서 침소에 드시는 것을 본 후 즉시 돌아와 어머니를 모시고 앞으로 삼가야 할 바를 아뢰었다. 그리고 일부러 어리석은 체하며 재롱을 떨더니 둘째 공자에게 말하였다.

"너는 서재로 가거나 오운전으로 가라. 나는 오늘 어머니를 모시고 잘 것이다."

재홍이 그 명을 받들고 밖으로 나가니 성홍 등 두 공자가 한림과 자려 노라 하고 나가지 않았다. 한림이 두 아우를 물리치고 어머니 무릎에 앉아 가슴을 어루만졌다. 부인은 아들의 거동이 아직도 어린아이의 태에서 벗어나지 못한 것이 어이없어 아들을 굽어보았다. 그 몸집은 의젓하고 씩씩하여 성인처럼 장대하였으나 나이는 이제 열두 살이었다. 그런데 자기가 마치 나이 많고 학식이 풍부한 선비를 꾸짖듯 너무 엄하게 하여 그 억울하고 답답해하던 거동을 생각하면 사랑이 유수같이 흐르는 듯하였다. 부인은 자연히 아리따운 뺨에 웃음을 머금고 별빛 같은 눈길을 흘려 아들을 자주 보며 귀여워하였다. 한림은 어머니가 유쾌하고 즐거워하시는 것에 감격하여 어머니의 두 손을 받들고 말하였다.

"제가 항상 여러 동기들이 가슴에 매달려 즐거워하는 것을 보면 스스로 가슴이 북받치고 부러워 할아버지께 아양 떨던 버릇을 하였다가 어머님의 꾸중을 들으니 이제야 비로소 불초함을 깨닫겠습니다."

주비는 아들이 귀엽게 재롱떠는 가운데에도 효성과 우애가 각별한 것을 보자 모질게 꾸짖을 수가 없었다. 그리하여 천천히 그 손을 물리치며 말하였다.

"할아버지께나 어미에게나 재롱인들 항상 할 수 있겠느냐? 언제쯤이면 ⁶⁵ 어른다운 생각이 나겠느냐? 어린 것들이 너에게 배워 점점 마음이 무르게 되어 가는구나. 오늘밤부터는 봉륜당에서 부부가 함께 거처하도록 하여라."

한림이 미처 대답하지 못했을 때 초왕이 문을 열고 방으로 들어오니 한림이 왕을 맞아 두 손을 공손히 모으고 무릎을 꿇고 앉아서 오운전 시침(侍寢)은 어찌 되었는지 여쭈었다. 왕은 재홍에게 시침하라 하였으니 너는 오늘밤부터 봉륜당에 거처하라고 하였다. 한림은 머리를 조아려 명을 받들었으나 아까 어머니 슬하에서 아우들과 밤을 즐겁게 보내려 했던 흥미가 사라진 것이 아쉬웠다. 그래서 눈을 찡그린 채 늦장을 부리며 인홍을 ⁶⁶ 안고는 매우 간절하게 사랑하면서 쉽게 일어나지 못하였다. 이때 채혜는 4세였는데 밝게 웃으며 말하였다.

"아버지는 아까 큰 오라버니의 거동을 못 보셨지요? 저 뜰에서 어머니께 이리이리하며 빌었어요."

그 어여쁜 태도가 볼수록 기이하여 초왕은 채혜를 다가오게 하여 뺨을 대고 귀여워하였으니 그 모습은 어디에도 비할 데가 없었다. 왕이 부인에게 구태여 그 이유를 묻지 않고 공자를 재촉하여 보내니 한림은 부모님께서 편히 취침하시도록 살피고 걸음을 돌이켜 봉륜당으로 갔다.

한림이 봉륜당에 이르자 소저가 편안하고 조용한 자세로 일어나 한림을 맞았다. 한림이 자리를 밀고 앉은 후 서안을 살피다가 설씨 부중에서 온 편지를 집어보니 장모의 글이었다. 거기에는 조궁에서 구혼한 일로 인해 설생이 벌 받은 일이 적혀 있었다. 한림은 편지를 도로 놓고 은근히 웃음을 머금다가 이렇게 말하였다.

"장부가 비록 미색을 좋아한다하나 차마 예에서 벗어난 곳에 정을 두고자 하여 구혼의 일로 부모께서 끼쳐주신 몸을 상하게 하니 참담하구려. 그러나 장인께서도 참으로 마음이 약하시오. 그런 패악한 아들은 한 매에 시원하게 죽여 집안에 분란이 없게 하고 황실로부터의 구혼을 끊어지게 해야 할 것이오."

그런 후 뒤이어 촛불을 끄고 소저에게 편히 쉬기를 권하였으나 소저는 그린 듯이 앉은 채 움직이지 않았다. 창홍은 소저가 눕지 않은 것을 알았기에 까닭 없이 앉혀 둘 수가 없어 속히 일어나 소저를 붙들고 한 침상에 나란히 누웠다. 기이한 향내가 방안에 가득하고 은근한 애정이 샘솟듯 하였으나 자기의 정한 마음이 있는 터라 합궁하지는 않았다. 소저가 놀라서 두려워하는 것을 보고 창홍은 빙그레 웃으며 말하였다.

"부인이 나를 꺼려한 것이 세월이 오래 되었는데도 변하지 않았구려. 어려서는 의지할 데 없는 아이를 외간 남자라고 낯을 가리고 피하여 심히 무안하고 부끄럽게 하더니, 이제는 혐의가 늘었는지 낯을 가리고 피하진 않으나 이토록 무서워하니 저런 마음으로 어찌 백년해로하며 아들딸을 낳을까?"

그러고는 향기로운 몸을 끌어당겨 가까이하고 은근한 귓속말이 끊이지 않으니 소저는 조심스럽고 두려워 구슬 같은 땀을 흘렸다. 창흥은 그저 소저의 나이가 너무 어려 오행(五行)이 합하는 것을 모르고 한낱 남자라는 것을 과도하게 부끄러워하고 두려워하는 것으로 생각하였다. 그러다 갑자기 분개하며 말하였다.

"평생 충효로 본을 삼고 그것을 참으로 마음에 새겨 임금을 받들어 돕고 부모를 받들어 집을 다스리며 처자를 은혜로 거느려 장인장모의 태산 같은 은혜를 갚고 종신토록 함께 할까 하였는데 뜻밖에 음란한 여자 나찰(羅刹)322)을 일어나게 하였구려. 내가 결벽증이 많아 여자의 게으르고 음탕한 것은 차마 남의 소문이라도 비위에 거슬려 하는데 나의 방안에 더러운 계집을 두고 어찌 금슬을 이룬단 말인가? 우리 부부가 아직 앞날이 멀었으니 회합을 참아 다른 사람들은 기생을 짝으로 한다 해도 나는 여자를 가까이 하지 않으려 하였는데 저 음녀의 바람이 끝내는 이랑의 남편 되기를 조르겠구려. 나의 반평생의 바른 마음이 공연히 음탕하고 흉악한 여자의 농간에 걸렸으니 내 어찌 분하지 않겠소? 의첩의 행동은 애달프구려. 우리 둘째 작은아버지께서는 저 사람이 뛰어난 글재주를 가지고 있어 큰 그릇이 될 거라 호언장담하시며 월혜 누이가 비록 나이는 저 사람과 차이가 지나 사위로 맞고자 하셨소. 그런데 저 사람이 미리 그 흉악포악한 사람의 미색을 보고 어지럽게도 그가 던진 월환을 받아 감추었으니 음녀의323) 것을 풍류나 호방한 기운으로

70

71

---

322) 여자 나찰(羅刹) : {찰녀}. 여자 '나찰(羅刹)'을 말하는 것으로 나찰은 악한 귀신(鬼神)의 하나를 가리킴. 푸른 눈·검은 몸·붉은 머리털을 하고서 사람을 잡아먹으며 지옥에서 죄인을 못 살게 군다고 함.

들이민 것을 믿게 여겼소. 이제 구혼의 일로 부모께서 주신 몸을 상하
게 하였구려."

그런 후 깊은 마음을 굳게 잡고 천천히 이성지합을 이루었다. 한림이
한 잠을 시원하게 자고 깨어보니 소저는 벌써 일어나 장막 밖으로 나가
있었다. 함께 세수와 양치를 하고 각 당에 아침 문안을 드렸다. 이 밤에
한림 부부가 한 일을 열파 등이 몰래 엿보고 기특한 마음을 이기지 못하
여 태부인께 아뢰니 태부인이 크게 기뻐하며 즐거워하기를 측량하지 못
하였다.

차설(且說). 요사하고 음란한 나찰 같은 옥선은 사혼지로 인해 임씨 가
문에 측실로 들어가게 되었다는 말을 듣고 뛸 듯이 기뻐 모든 병이 구름
걷히듯 사라졌다. 여기에 약의 효험이 더하여 날이 갈수록 병세가 나아지
니 왕은 기뻐했으나 비는 그렇지 않았다. 그 아리따운 얼굴을 볼 때마다
이마를 찌푸리며 옛적 꾼 꿈을 생각하고 가슴이 답답하여 즐겁지가 않았
다. 그리하여 두 보모로 하여금 군주를 보호하고 규제하게 하니 계보모와
유모 순씨는 성품이 선량하고 충성이 지극하였다. 계집종 두 사람으로 하
여금 군주를 도와 보탬이 되게 하였으나 군주는 항상 직언을 싫어하고 멀
리하여 점점 악한 마음을 기르더니 차마 사람으로서는 못할 노릇을 하곤
하였다. 시녀들이 혹 제 뜻에 맞지 않으면 쇠를 달여 온 몸을 지져 누각
아래에 있는 못에 들이민 후 뜰락 잠길락 하는 것을 보면 손뼉을 치며 즐
겨 웃었다. 계보모는 그 뜻에 맞출 수 없음을 알고 스스로 병을 칭하며 멀
리 피하였고 유모 순씨 또한 나이가 많음을 들어 한단(邯鄲)[324]으로 돌아

<hr>

323) 음녀의 : 여기서부터 한 페이지 가량 내용이 누락되어 한국학중앙연구원 39권본의 6권 34b~35b
를 참조하여 보충함. 그 다음 구절인 '구혼호고 창방날' 부분은 문맥상 생략함.
324) 한단(邯鄲) : 중국 하북성(河北省) 남부에 있는 도시. 전국 시대 조(趙)나라의 도읍이었으며, 화

갔다. 군주는 두 사람이 물러가는 것을 보고 기뻐하며 제 눈에는 일등시
녀인 요사스럽고 악랄한 춘교를 뽑아 뜻이 합하고325) 정이 친밀하니 이
름은 주인과 종이었으나 실제로는 동기 같았다. 옥경과 함께 함부로 음탕
한 짓을 하며 이미 상사병은 다 나았으므로 날로 몸을 가꾸며 혼례 날을   72
기다릴 뿐이었다.

조왕이 옥경을 위해 또 사위를 택하기를 서두르자 옥경은 자기 뜻과 전
혀 다른 데에 매우 놀라 자기의 진정한 바람을 조왕에게 고하였다.

"설탐화의 다정한 뜻을 차마 저버릴 수 없으니 깊은 규방에 갇혀 혼인
을 하지 못한다 해도 다른 가문은 생각할 수가 없습니다."

조왕이 크게 놀라 부득이 딸린 사람을 시켜 설태사에게 구혼하였으나
설공은 해괴히 여기며 크게 화를 내었다. 그러고는 문득 눈썹을 찌푸리고
좌우로 금방울을 흔들어 집장사령(執杖使令)을 모은 후 직사를 잡아내려   73
결박하게 하고 조궁에서 온 신하에게 말하였다.

"일개 벼슬 없는 한가한 선비요, 꿩처럼 비루한 사람326)이 감히 황가의
여식을 대하여 안 그래도 열은 복을 더 감하며 황실에 욕을 끼쳐서야
되겠습니까? 이런 이유로 대왕의 명을 받들지 못할 것이니 부디 돌아
가 제 뜻을 자세히 고해주십시오."

말을 마치고는 엄한 목소리로 직사의 죄를 열거하며 말하였다.

"음란한 탕자는 들어라. 너 입 누런 어린아이가 제멋대로 음탕한 짓을
하여 문득 왕궁을 엿보고 미인과 정을 통하여 예의에서 벗어난 구혼을   74

북(華北) 평원과 산서(山西)의 구릉 지대를 이어 주는 교통의 요충지임.
325) 합하고 : 앞의 각주에서 언급한 '음녀의'부터 이 부분까지 내용이 누락되어 보충함.
326) 꿩처럼 ~ 사람 : {산계비질(山鷄鄙質)}. '산계비질'이란 '꿩과 같은 비루한 자질'이란 뜻으로 '산
계'는 성미가 거칠고 제멋대로 하는 사람을 비유하는 말로 쓰임.

재촉하고 자기에게 아비가 없는 것으로 아니 속히 벌을 받고 죽어 가문에 욕을 끼친 죄를 씻고 내 슬하에는 받아들여지지 못할 줄로 알라."

말을 마친 후 매마다 낱낱이 살피고 몹시 치게 하여 60대에 미치니 얇은 비단 같은 살가죽은 낱낱이 헤어지고 조각조각 떨어져 선혈이 뚝뚝 떨어졌다. 그러나 설태사는 조금도 아들을 용서할 뜻이 없어 분기가 점점 잔뜩 서리어 갔다. 한왕같이 흉악한 사람의 딸을 예의에 어긋나게 유인하여 맑은 가문을 욕되게 한 것을 이를 갈며 분하게 여기고 매 아래 생을 마치게 하고자 하니 뉘라서 능히 태사의 높은 분노를 돌이켜 희광을 구할 수 있겠는가? 희광이 아주 혼절하여 정신을 못 차리니 조궁에서 온 하인이 이 광경을 보고 몹시 놀라 바로 돌아갔다. 태사가 호령하여 70대에 미치니 직사의 생명이 어찌 되었는지는 다음 회를 또 들어보라.

임 씨 삼 대 록

7권

1   차설(且說). 태사의 분노가 하늘에 달해 벌써 매가 70대에 이르렀다. 이
날 임초왕이 마침 설공을 보러 마을 어귀에 들어왔는데 홀연 매를 치는
소리에 산악이 울리는 듯하였다. 괴이히 여겨 가마를 재촉하여 문에 이르
니 그때 태사가 직사를 매로 다스려 그 목숨이 경각에 달려 있었다. 태사
의 노한 기운이 북두성을 깨뜨릴 듯하므로 초왕이 크게 놀라 황급히 수레
에서 내려 여러 노비들을 물리치고 당에 올랐다.

2   이때 설공은 아들을 속히 죽여 한왕의 후환을 끊고 길이 세상을 물리치
려 마음을 굳게 정하였다. 설공은 사인 등이 피를 흘리며 애걸하는 것도
듣지 않고 네 아들을 한 곳에 몰아 가두고 직사를 계속 때렸다. 좌우에 있
던 사람들은 이 모습을 차마 보지 못하였다. 그때 문득 늘어지는 벽제 소
리가 나며 임 초왕이 내왕했음을 고하니 설공이 몸을 일으켜 초왕을 맞으
며 직사를 끌어 내치고 네 아들을 놓아 보냈다. 사인 등이 황급히 생을 붙
들어 외당에 눕히고 피 묻은 의복을 벗긴 후 급히 약을 쓰는 한편 수족을
주무르며 간호하였다. 그러나 희광은 호흡이 가쁘고 헐떡거려 숨소리가
곧 끊어질 듯하였다. 사인 등이 어찌할 바를 모르고 허둥거리며 소리를
3   삼키고 연이어 약을 썼으나 조용히 아무런 움직임이 없으므로 사인은 몹
시 애가 타서 자기 손가락을 베어 시험하고자 하였다. 그때 갑자기 희광
이 눈을 들어 좌우를 돌아보니 사인 등이 황급히 주무르며 말하였다.

"지금은 어떠하냐? 이 형들을 알아 볼 수 있겠느냐?"

그러자 희광이 간신히 대답하였다.

"저도 어른이니 아버님께 책망을 받았다고 죽기야 하겠습니까? 다만 상
황이 좋지 않게 되어 가문에서 내쳐진 몸이 되었고 다시는 부모님 슬하
에 받아들여지지 않을 것이니 하늘 아래 죄인 된 것이 슬플 따름입니다."

사인 등이 눈물을 거두고 위로하며 말하였다.

"부질없는 염려는 하지 말고 상처나 잘 다스리고 있으면 너의 죄는 스
승님께서 잘 풀어주실 것이다."

희광이 탄식하고 또 기운이 막히므로 사인이 초조하여 어쩔 줄을 몰라
했다.

이때 설공은 분노로 가득 차서 아들을 매 아래 생을 마치게 하고자 하
다가 임초왕이 당에 오르는 것을 보고 아들을 사하여 내치고 왕을 맞으니
왕이 좋지 않은 기색으로 말하였다.

"노형은 무슨 이유로 어린 아이를 매로 다스린단 말씀이오? 이 아이가
비록 기운은 씩씩하나 혈기가 아직 안정되지 않았는데 매를 저토록 때
렸으니 어찌 생명이 위태롭지 않겠는가?"

태사가 탄식하며 말하였다.

"내가 비록 배운 것은 없으나 어찌 자식 귀한 줄 모르겠는가? 하지만
이 아이가 방탕하고 음란하여 욕이 가문에까지 미쳤으니 어찌 목숨을
염려하겠는가?"

그리고 드디어 조궁에서 구혼한 일을 자세히 말하였다. 초왕은 크게
놀랐으나 안색을 온화하게 하고 말하였다.

"모든 일은 다 하늘에 달려 있는 것 아니겠는가? 우리 아이가 지나치게
고집스러워 조궁에서 받은 월환을 도로 돌려보냈는데도 인연이 기구
하여 하필이면 그 그물에 걸려 밤낮 몸이 만길 낭떠러지에 떨어진 듯하
니 인력으로 어찌 벗어나겠소? 그러나 아드님은 슬기와 꾀를 미끼로
삼았으니 어찌 벗어나겠는가?"

그러자 태사가 넓은 이마를 찡그리며 말하였다.

권   243

"난들 어찌 하늘의 뜻이 정해진 것을 모르겠소? 다만 원백은 욕심 없는 스님 같은 사람이라 월환을 돌려보냈으니 슬기롭고 총명한 식견과 영웅의 거침없는 행실이 분명하지만, 이 놈은 옛 학문도 모르고 먼저는 아비를 속이고 미인을 모으기만 도모했으니 내 비록 아들을 죽였다는 더러운 이름을 얻을지라도 욕된 아들을 두어 가문에 욕을 더하지는 않을 것이네."

그러자 초왕이 기쁘게 말하였다.

"공의 고집은 나로 하여금 탄복하게 하는구려. 비록 희광이 못나고 어리석다 하나 아버지의 교훈이 이와 같은데 어찌 끝내 빠져 있겠는가? 또한 성품이 그리 어리석지는 않은 아이이니 공의 가문을 높일 사람은 바로 이 아이일 것이네. 이번 일은 자기도 생각 없이 한 일일 것이니 전들 한왕 딸이 어떤 사람인지 안다면 그 장물을 몸 가까이에 두었겠는가? 너무 각박하게 굴어 아이 마음을 병들게 하지 말기 바라네. 그러나 형이 한왕과 사돈이 되는 것은 면치 못할 것이니 10년쯤 지나 희광이 30 가까이 되면 저 음녀의 음란함도 봄이 가고 가을이 옴에 따라 달라질 것이네. 혹 저 여자를 면하고 아리따운 숙녀를 세세히 알아보아 희광의 배우자를 정하게 되면 아무리 호방한 아이라도 그 색과 덕에 젖어 뛰어난 군자와 빼어난 인물이 되어 명나라 황실을 바로 보필하고 문호를 창대하게 할 것이니 형은 아무 염려 마시게. 결자해지(結者解之)라 하였네. 본래 희광은 내가 맡았던 것이니 내 데려가 여러 아이들과 함께 병구완을 하겠네. 그리고 다친 곳이 다 낫거든 탑전에 그 방탕한 성품을 아뢰고 창흥과 같이 말미를 얻어 수년을 앞에 두고 엄히 가르쳐 허물을 돌이키고 착한 일을 하도록 꾸짖은 후 인륜을 정하고 벼슬길을 구하여 바른 길로 돌아가게 하겠네. 형은 아무 근심 말고 나에게 맡겨 두게. 끝내 몸을 요물에게 빠뜨리진 않을 것이네."

말을 마치자 초왕의 눈동자에는 어진 성덕이 어리어 부드러운 바람과
아름다운 구름이 무르녹는 듯했다. 설공은 깊이 숙여 길게 절하며 말하였다.

"형의 말씀이 참으로 어질구려. 나는 이제부터 모든 일에 다 형의 지휘를 받을 것이네. 희광의 불초함이 통탄스러워 꼭 죽였으면 좋겠지만 지나치게 사랑한 탓에 이렇듯 살려두었으니 화가 문호에 미치고 큰 변란이 집안과 나라를 더럽힌들 어찌하겠는가? 다만 형의 넓은 교훈을 믿고 불초한 자식을 형에게 맡겨 근심하지 않으려 하네."

왕이 붙들어 일으킨 후 웃으며 말하였다.

"형이 세상 풍속을 아직 면치 못하였구려. 우리 두 가문은 근심과 기쁨을 함께 할 것인데 어찌 희광을 창흥과 달리 알겠는가? 날이 저물거든
보내게."

그런 후 왕이 일어서자 태사가 탄식하며 말하였다.

"목씨 남매를 어머님께서 양육하셨는데 근래 그 오라비의 행사가 요사스러워 산중의 요사스런 여승을 끼고 다니며 여차한 괴변이 많았네. 그런데 하룻밤 사이에 목지란의 거처가 묘연해지고 파랑새가 방안에 들어와 날개를 치며 지란을 삼켜 날아갔다 하시며 비통해하시니 답답하여 참을 수가 없구려."

그러자 왕이 선뜻 대답하였다.

"이는 목생이 그 누이를 홀려내어 흔적 없는 가운데 며늘아기에게 환란이 미치도록 만들려는 계책이니 구태여 놀랄 일이 아니네."

11 　　공은 고개를 끄덕이며 자기 생각과 같다고 하였으나 일마다 자기 집안에서 솟은 화의 싹이 임씨 부중까지 더럽히는 것 같아 부끄러웠다. 그러나 계모가 간섭하고 있으므로 잠자코 있었다.

　　초왕은 부중에 돌아와 태부인께 반나절 동안의 안부를 여쭙고 난 후 즉시 정심헌에 이르렀다. 그 곳에서는 태자소부가 여러 조카들을 거느리고 성리(性理)를 연구하며 의미를 밝히고 있었는데 여러 아이들의 거듭된 질문이 강의를 더욱 풍부하게 하였다. 태자소부가 여러 조카들과 더불어 일어나 맞으며 물었다.

　　"오늘 집안에 경사라도 있습니까? 어찌 새삼 형님의 즐거워하는 얼굴을 보게 되는지 모르겠습니다."

　　초왕이 기뻐하며 대답하였다.

12 　　"집에 무슨 기쁜 일이나 걱정이 있는 게 아니라 너의 한가함을 부러워한들 미칠 수 있겠는가 싶어 즐거워하는 것이다. 무슨 부부간에 경사라도 있는 줄 알았느냐?"

　　태자소부가 웃고 여러 아이들의 문장을 강론하여 말하였다.

　　"창홍의 문장은 모두 웅건하고 기세가 넘치니 다시 가르칠 것이 없고 재홍은 이치에 통달함이 끝이 없으며 천홍의 문재는 안자(顔子)와 증자(曾子)라도 그 자리를 사양할 것이니 저 아이가 덕을 편다면 만백성이 편안하고 태평한 세월을 보낼 수 있을 것327)입니다. 이는 백 대 이상으로 거슬러 올라가도 듣지 못한 바이니 백성의 복이 두터울 것입니다.
13 다만 이러한 말세에 저러한 성격과 도량을 어찌하겠습니까? 즐거움이

---

327) 만백성이 ~ 것 : {강구(康衢)의 함포고복(含哺鼓腹)}. '강구'란 사방팔방으로 두루 통하는 큰 길거리란 뜻으로 태평한 세상의 평화로운 풍경을 '강구연월(康衢煙月)'이라 함. '함포고복'은 음식을 먹으며 배를 두드린다는 뜻으로 태평하여 즐거운 모양을 말함.

지극하면 해로운 재앙이 많을 것이니 가히 아깝습니다. 하지만 화와 복은 하늘에 달려 있는 것이니 재앙과 난리가 자주 일어나고 춘추의 붓 던진 일328)을 본받는다 해도 세상을 떠도는 액운은 어찌할 수 없을 것입니다. 성홍과 원홍329) 두 아이는 이른바 기개가 세상을 뒤덮을 만큼 뛰어난 인물이요, 학문을 닦는 데 있어서는 비할 사람이 없습니다. 학문이 넓은 사람이 높은 이름을 얻어 그 시절이 어질고 친구들이 많으면 이윤(伊尹)과 주공(周公)의 해를 덮을 만한 충성과 양보의 덕이 있을 것이요, 그 시절이 좋지 못하고 친구가 없으면330) 선뜻 소부(巢父)와 허유(許由)331)의 유풍을 따라 기산(箕山) 영수(潁水)에서 귀 씻고 그 귀 씻은 물을 소한테 먹이지 않았던 것을 따라할 것입니다. 연홍은 그 기질이 나 성품이 특출하나 청렴하기 이를 데 없고 느릿느릿하고 여유가 있으며 성격이 조용하고 뜻이 굳세며 위엄이 매우 높아 약자를 사랑하고 강자를 업신여기는 성향이 있습니다. 그러나 높고 곧은 절개를 가졌으니 옛적 열사의 형상이 있습니다. 경홍은 어떠한가 하면 뜻 잡기를 널리할 만큼 재주가 기특하나 침착함과 속으로 품고 있는 것이 부족하고 너무 힘이 넘쳐서 북극을 떠받들 만합니다. 너무 세찬데다 술을 즐기고 미색을 좋아하여 잡으면 사군자가 되고 놓으면 방탕한 사람이 될 것이니 단점이 없지 않습니다. 그 나머지 아이들은 아직 뭐라 말할 것이 없

14

15

---

328) 춘추의 ~ 일 : 공자가 『춘추』를 저술한 일을 가리키는 듯하나 정확한 뜻은 미상.

329) 원홍 : 원문에는 '셩년 양오'로 되어 있어 '성홍'과 '인홍'을 가리키나 내용상 성홍과 쌍둥이인 '원홍'의 오기로 보임.

330) 시절이 ~ 없으면 : {기재비군이요 봉기비기면}. 정확한 뜻은 미상이나 문맥을 고려하여 이같이 번역함.

331) 소부(巢父)와 허유(許由) : {쇼허[巢許]}. 소부는 요(堯) 임금 때의 도(道)가 높던 선비로서, 요 임금이 천하를 주려 했으나 거절하고 산 속에 숨어 세상의 이익을 돌아보지 않고 나무 위에 집을 지어 그곳에서 잤다고 함. 허유는 요(堯) 임금 때의 선비로서, 그 역시 요임금이 천하를 주려 했으나 거절하고 기산(箕山)으로 들어가 삶.

습니다."

초왕은 이 이야기를 다 듣자 부드러운 눈으로 말하였다.

"아우의 명견이 지혜롭고 사리에 통달하나 여러 아이들에 대한 논평이 너무 과하구나. 창홍과 재홍, 천홍은 외입할 염려가 없으나 경홍이 분수에 지나치는 짓을 너무 많이 하니 근심이로구나. 그 아비가 관청의 일로 바쁘니 아우가 엄히 가르치거라."

태자소부가 그 명을 받들고 말하였다.

"경홍의 재주는 특별하여 그림을 그리면 머리털이 움직이는 듯하니 저런 재주는 그치는 법이 없습니다."

이 말을 듣자 초왕은 경홍에게 주의를 주었다.

16 "잡술을 배우면 훗날 방탕한 사람이 되기 쉬우니 모름지기 이후부터는 잡술을 그만두어야 할 것이다."

그러자 공자가 머리를 조아려 거듭 절하며 명을 받들었으나 그런 후에도 두려워 몸을 떨며 감히 얼굴을 들지 못하였다. 초왕은 경홍이 아직 어려 나이가 4~5세에 불과한 것을 생각하고 그런데도 이토록 신성하고 재주가 특별한 것을 사랑하여 몸을 일으키라 말하였다. 그 쌍둥이가 모두 기린같이 뛰어남을 사랑하고 소중하게 여겨 도리어 엄한 아버지로서의 체모를 잃었으나 여러 공자들은 겁을 내고 떨면서 매우 조심하였다.

이윽고 설씨 부중에서 회광을 실은 짐수레가 오자 초왕은 정심당 왼편에 있는 소유정으로 회광을 붙들어 들이라 하고 창홍을 급히 부르게 한

17 후 직접 소유정으로 갔다. 그러자 태자소부 유린이 웃으며 말하였다.

"의첨은 근래 너무 겁이 없고 호탕하여 지난번에도 팔룡당 학동들과 실없는 말로 아주 시끄럽다가 창홍이 이끌고 이리 오라 하니까 뿌리치

고 달아났는데 무슨 일로 짐수레에 실려 왔습니까?"

그러자 초왕이 빙그레 웃으며 말하였다.

"그 아이가 사납고 막되어 두통거리였다. 오늘은 저희 아버지가 엄히 꾸짖어 사생이 경각에 달려 이리 데려 왔지만 이 아이가 오래 병들었으니 아우가 모름지기 극진히 꾸짖고 가르쳐 바른 길로 들어가게 하여야 할 것이다. 어린 마음에 술과 여자를 좋아하는 데 물들어 그 부친의 가르침을 받들지 않았으나 훗날에는 명나라 조정의 우두머리가 될 것이다. 그러나 설공이 아들을 너무 지나치게 꾸짖기에 목숨이 염려되어 이 형이 데려온 것이다."

이 말을 듣고 태자소부는 설공의 매질이 너무 지나친 데 놀랐다. 희광이 여자의 고운 얼굴에 빠진 것은 불행한 일이었으나 이처럼 아버지의 가르침과 꾸짖음을 조용히 받은 것을 보면 대장부로서의 행실에 천박함이 없고 당당히 대군자의 몸가짐이 뚜렷하다 할 수 있었다. 스스로 자기 같은 사람은 외입도 이같이 길이 바라지 못했던 것을 생각하고 태자소부는 새로이 부끄러워 고개를 숙이고 망연자실하였다. 초왕은 태자소부가 한 걸음 한 걸음에 무심하지 않고 조심하며 삼가는 모습이 날로 새로운 데에 매우 신기해하였다.

형제가 손을 이끌어 소유정에 이르러 보니 설사인 등이 직사를 간호하고 있었으나 눈을 뜰락 말락 하고 호흡이 가빠 숨을 헐떡이고 있었다. 설사인 등은 울며 어찌할 바를 몰랐으나 아버지가 임씨 부중으로 보내라 명령하는 소리에 더욱 놀라고 기운이 없어 수레에 가만히 앉아 있을 수 없을 만큼 마음이 몹시 급하고 초조하였다. 그러나 아버지 명을 거역할 수 없어 직사를 끼고 붙들어 짐수레에 눕히고 사인이 껴안은 채 임씨 부중에

이른 참이었다. 여러 공자들과 창흥이 직사를 붙들어 자리에 편히 눕히고
살펴보니 가물가물하고 희미하여 정신을 못 차리고 있었다. 창흥이 촛불
을 들고 매 맞은 상처를 자세히 살핀 후 사인을 향해 눈썹을 찌푸리며 말
하였다.

"의첨이 비록 죄는 있으나 장인어른께서 이토록 심하게 벌하신 것은
인정에 가깝지 않은 듯합니다. 아랫사람이 윗사람께 시비를 따지는 것
이 비록 옳지 않으나 내심 받아들일 수가 없습니다."

사인이 근심하던 얼굴을 고쳐 정색하고 말하였다.

"자식이 죄가 있으면 아버지나 형이 꾸짖는 것은 당연한 일인데 원백
의 말은 사위로서 도리가 아니다."

그러자 창흥은 말없이 슬픈 얼굴을 하였다.

초왕이 창흥에게 촛불을 들게 하고 태자소부와 함께 직사를 붙들어 옆
으로 눕히고 매 맞은 상처를 살피니 눈 같은 피부가 낱낱이 으깨지고 혹
은 맺혀 푸르고 독기가 뭉쳐 있어 그냥 보기에도 놀라웠다. 차마 바로 보
기 어려울 정도였으나 초왕과 태자소부는 조금도 얼굴빛을 바꾸지 않았
다. 태자소부는 직사를 주물러 독을 풀었고 초왕은 침으로 곳곳에 뭉친
곳을 헤쳤다. 초왕의 침법은 화타(華陀)의 신이한 기술이라 손이 닿는 것
도 느끼지 못하도록 상처가 아프지 않았다. 태자소부는 형이 침 쓰는 법
에 놀라 그 손 놀리는 조화를 잠잠히 보고 있었다. 그런 중한 독을 삽시간
에 다 풀어낸 후 금창약(金瘡藥)332)을 곳곳에 붙이고 다시 놀란 어혈을 풀
고자 온 몸에 약을 풀어 연이어 바르니 직사의 가물가물하던 정신이 상쾌
해졌다.

---

332) 금창약(金瘡藥) : 쇠끝에 다친 데에 바르는 약.

직사가 눈을 들어 좌우를 바라보니 자기 몸은 임씨 부중에 있는 소유정에 누워있고 초왕 형제는 약을 들여오고 한림은 다친 곳에 약을 바르며 사인은 자기 얼굴을 가까이 보면서 온 얼굴에 가득 눈물을 흘리고 있었다. 직사는 스스로 생각하기에 이상하여 길게 한 번 소리를 지르고는 기운이 막혀버렸다. 창흥은 엎어질 듯 허둥지둥하며 회생약을 쓰고 초왕은 막힌 목덜미를 침으로 활짝 뚫었다. 이윽고 직사가 정신이 상쾌해져서 시원하게 눈을 움직여 살피고 숨을 돌린 후 정신을 차렸다. 초왕이 인삼차에 복령(茯笭)333)을 타서 먹이니 시각이 벌써 삼경(三更)이었다. 희광이 겨우 눈을 뜨고 곁에 있던 여러 사람들을 보니 사인이 자기 손을 잡고 얼굴을 가까이 한 채 아주 기뻐하면서 초왕과 태자소부를 향해 태산같이 큰 은혜를 거듭 감사하고 있었다. 초왕 형제는 설사인의 뛰어난 용모와 재주를 기뻐하며 사랑하다가 그 하는 말을 듣고 손을 들어 칭찬한 후 얼굴빛을 바르게 하고 말하였다.

"그대의 말을 나는 감당할 수 없구나. 희광334)이 작년과 올해 먼저 여색을 범했으니 그 부친에게 크게 꾸지람을 당하는 것도 어쩔 수 없지만 사람을 가르칠 때 능히 바른 길에 이르지 못하고 외도로 들게 한 것이 대단히 부끄럽구나. 스승과 제자의 도는 아버지와 아들 사이와 일반인데 상처를 약간 고친 것이 무슨 은혜라 하겠느냐? 다만 그대 아우의 마

23

24

---

333) 복령(茯笭) : 소나무 등의 나무뿌리에서 기생하는 버섯류로 강장·이뇨·진정 등에 효능이 있어 약재로 쓰임. 복령은 옛 문헌에 복령(伏靈), 복신(伏神)이라 표기되어 있는데 소나무의 신령(神靈)스러운 기운이 땅속에 스며들어 뭉쳐졌기 때문에 생긴 것이라고 여겨졌으며 주먹 크기의 복령을 차고 다니면 모든 귀신과 재앙을 물리친다는 기록도 있음. 복령은 소나무의 정기가 왕성하여 바깥으로 빠져나가 뭉쳐져서 만들어진 것으로 나머지 령(笭)의 의미에서 령(笭)이라는 명칭이 생겼다고도 하며 소나무의 진액이 왕성하지 못하면 나무뿌리 주변에 생겨서 뿌리에서 떨어지지 않고 뿌리를 감싸게 되는데 이것을 복신이라 부른다고도 전해짐.
334) 희광 : 원문에는 '희량'으로 되어 있으나 '희광'의 오기로 보임. 이후에도 '희량'이란 표기가 계속되어 문맥에 맞춰 '희광'으로 번역함.

음이 오히려 당황스러울 테니 병이 나은 후에도 절대 자기 집으로 데려

가지 말고 그냥 이 곳에 내버려두어라. 자연히 도에 나아가 더할 나위

없이 훌륭하게 될 때가 있을 것이다. 그리고 내일 상께 병이 있다는 상

소를 올려 사직하게 하여라.”

　사인은 그 말마다 감사한 마음이 골수에 사무쳐 순순히 명을 받들었다.

25 그런 후 뒤돌아 직사를 보니 신음은 그치지 않았으나 안색이 예전과 같고

계속 미음을 찾으니 천만 다행한 일이었다. 직사는 정신이 분명해지자 초

왕 형제가 변함없는 안색으로 지성껏 간호해주신 데 대해 감사한 중에도

자기의 더러운 행실이 다른 사람에게 너무나 부끄러웠다. 또한 놀랍고 괴

이한 중에도 한편 아버지께 용서를 받지 못한 것을 생각하면 마음이 몹시

급하고 초조하여 얼굴을 자리에 묻고 신음하길 마지않았다.

　이윽고 한림 형제가 아버지와 숙부께 주무시길 간절히 청하였는데 그

예의 있는 모습은 설사인이 보기에 더할 나위 없이 훌륭하여 엄연히 대군

26 자의 모습을 갖추고 있었다. 한림은 전날 익히 보던 바였으나 둘째 공자

는 초면이었는데 그 효성스럽고 온순한 낯빛과 공경스러운 절차는 큰 선

비의 체격과 동작을 보이고 있었다. 설사인은 거듭 그 모습을 보며 형제

가 저토록 성인이라는 것을 황홀하게 생각했다. 초왕 형제는 사인에게 당

부하여 의약을 제때 맞게 쓰면 내일은 완전히 차도가 있을 것이라고 말하

였다. 그런 후 한림 형제가 한 가닥 붉은 등을 나란히 들고 아버지와 숙부

를 모시고 정심헌으로 갔다. 이불을 펴고 주무시게 한 후 둘째 공자는 두

분을 모시고 함께 자고 한림은 불을 들고 돌아와 설사인과 함께 직사를

27 간호하기를 동기의 병을 간호하듯 하니 설사인은 창흥에게 감사한 마음

을 이루 말할 수 없었다. 아직 어린 나이에도 모든 일에 흠잡을 데가 없어

마치 나이 어린 초왕과 같으니 사인의 사랑이 희광에게 대한 것과 다르지 않았다.

설사인이 한림에게 희광이 매를 맞은 전후 사정을 자세히 말하니 한림은 이미 짐작한 터였으나 조궁에서 구혼한 일이 번거롭고 급한 것이 너무 원통하여 새로이 머리털이 곤두서지335) 않을 수 없었다. 하지만 구태여 말을 하지 않고 사인의 누이 성염에게 직사가 벌을 받은 것을 말하고 미음을 구하여 정성껏 직사를 간호하였다. 새벽이 되자 한림이 아버지와 숙부를 모시고 할머님께 아침 문안을 드리니 초왕이 상국을 모시고 궁궐로 향하였다. 한림은 그제야 침소에 이르러 성염 소저를 보았다.

이때 소저는 오라버니가 매를 맞아 여기까지 이른 것이 한심하여 미음을 딸려 보내고 뒤이어 아침 문안을 드린 후 단정히 앉아『열녀전』을 펼쳐서 보고 있었다. 그때 한림이 문을 열고 방안으로 들어오므로 소저는 자리를 동서로 나누어 앉았다. 한림이 비스듬히 두 눈빛을 던져 그윽이 바라보다 팔을 들고 말하였다.

"부인은 어젯밤 희광의 일을 자세히 아십니까?"

소저가 대답하였다.

"약간 아오나 자세히 알지는 못합니다."

한림이 말하였다.

"우리 장인어른께서 너무 지나치게 혼을 내시어 자칫하면 위태할 뻔하였으나 우리 아버지께서 장인어른의 진노를 푸시고 데려와 밤새도록 주무시지도 않고 백방으로 치료하시어 지금은 어지간히 회복되었습니

28

29

335) 곤두서지 : {충관(衝冠)}. '충관'이란 '노발충관(怒髮衝冠)'에서 나온 말로 노한 머리털이 관을 추켜올린다는 뜻에서 몹시 성낸 모양을 이르는 말로 쓰임.

다. 군첨336)이 이제 가려 하므로 부인을 보고자 하니 이곳으로 청해도 무방할 것입니다."

소저는 오라버니가 매를 맞은 것은 알았으나 생명이 위태한 것은 몰랐었다. 소저는 시아버지가 정성으로 그 목숨을 구해 아버지의 엄한 분노를 돌이키고 이리로 데려와 회생시켰다는 말을 듣고, 일마다 시아버지의 태산 같은 은혜와 인자하고 어짊이 너무 막중할 뿐 아니라 자기 집안에 그 은혜가 거듭된 것이 너무 황공하고 감사하여 그 마음이 뼈에 사무치는 듯하였다. 소저는 임생과 더불어 한 집안에 함께 머물며337) 부부라는 이름으로 지낸 지 1년이 되었으나 항상 두렵고 조심스러워 얼굴을 대하면 부끄러워하던 터라 자연히 붉은 빛이 뺨에 번져 눈을 들지 못하였다. 그러다가 오늘 자연히 여러 말을 하게 되면서 첫마디부터 붉은 빛이 번졌으나 시아버지의 태산 같은 은혜에 감사하는 목소리는 맑고 부드러우면서도 낭랑하여 단혈(丹穴)338)에서 어린 봉황이 무리를 부르고 시각을 알리는 북이 달로 변하는 듯하였다. 생은 그 목소리를 처음으로 듣고 정신이 상쾌하고 마음이 즐거워졌으나 소저는 다시 아무 말이 없어 자기 오라비를 보겠다는 말조차 하지 않았다. 이는 날이 밝지 않았으므로 비록 동기간에라도 어두운 밤에는 이야기하지 않으려는 까닭이었다. 한림은 소저가 예절을 엄히 지키는 모습이 마치 백희(伯姬)와 공강(共姜)339) 같아 더욱 황공

---

336) 군첨 : 설사인의 자(字).

337) 한 ~ 머물며 : {일가(一家)의 상슈(相宿호여)}. '상슈'는 '상숙'의 오기로 보임.

338) 단혈(丹穴) : {간혈}. 원문에는 '간혈'로 되어 있으나 '단혈'의 오기로 보임. 단혈은 단혈산(丹穴山)을 말함.

339) 공강(共姜) : {곤강}. '공강(共姜)'을 말하는 것으로 보임. 공강은 위(衛)나라 희후(僖侯)의 아들 공백(共伯)의 아내로 공백이 요절하자 남편에 대한 굳은 절개를 지키면서 부모의 재가 권유를 끝까지 물리침. 공강은 자신의 이러한 마음을 〈백주(栢舟)〉라는 시를 지어 나타낸 바 있는데『시경(詩經)』「용풍(鄘風)」편에 전하는 이 시는 "두둥실 잣나무 배가 황허강 가운데 떠 있네. 늘어진 다팔머리 그이만이 진정 내 남편이었으니 죽어도 딴 마음 갖지 않을 것이네. 어머님은 하늘 같은 분이

한 마음에 공경하는 태도로 일어나 밖으로 나갔다.

　이때 설사인이 부중으로 돌아가 부모님께 아침 문안을 드린 후 아버지
명을 받들지 못하고 직사를 좇아갔던 죄를 청하니 태사가 눈썹을 찌푸리
면서 몸을 일으키라고 명하였다. 사인이 그 명을 받들어 아버지를 자리에
모신 후 희광을 데리고 임씨 부중에 가서 초왕과 태자소부가 상처를 지성 ·32
으로 간호한 것과, 임씨 부중의 모든 사람들의 인자함과 덕스러움이 마치
태고적 같은 기풍이 있었던 것과, 한림이 어린 나이에도 불구하고 온갖
일을 막힘없이 처리하고 병을 살피면서 의침을 꾸짖고 간호하던 일동일
정을 거침없이 아뢰었다. 태사는 미간을 펴지 않은 채 지란 남매의 요사
스런 짓이 어떤 지경에 이를 줄 몰라 매우 즐겁지 않은 기색을 보였으나
아들의 말을 듣고 희광이 다시 살아났다는 것과 사위의 일 처리와 몸가짐
이 어떠했는지를 알게 되자 마음이 깨끗이 씻기는 듯하여 흔쾌히 말하였
다.

　"현중이 아들을 잘 두어 임씨 가문을 일으킬 뿐 아니라 명나라 황실이 ·33
　창성케 될 근본이 되겠구나. 재홍의 바탕과 도덕이나 천홍의 문재가
　어찌 무심한 것이겠느냐?"

　그러자 사인 형제도 아버지 말씀이 마땅하다고 하였다. 그러나 부인은
도리어 웃으며 말하였다.

　"사위의 아우들이 아무리 기특하다 하나 내 사위보다 나은 사람이 있
　겠느냐?"

　그러자 학사가 대답하였다.

신데 어찌하여 제 마음을 그토록 몰라주십니까?汎彼栢舟, 在彼中河, 髧彼兩髦, 實維我儀, 之死矢
靡他, 母也天只, 不諒人只"라는 내용으로 되어 있음. 이로부터 남편을 일찍 여읜 아내가 잣나무처
럼 굳건히 절개를 지켜 재혼하지 않고 정조를 지키는 것을 '백주지조(栢舟之操)'라고 함.

"과연 임재홍이 원백과 한 판에 박은 듯 똑같으나 각각 단점이 있습니다. 원백은 뛰는 범 같고 재홍은 출몰하는 용과 조는 호랑이 같아 뜻을 호연하게 얻은 자는 그 아우였습니다. 장점을 키우고 단점을 보완하여 치우침이 없었습니다."

이 말을 듣고 공이 고개를 끄덕였다. 설사인이 다시 원홍, 성홍 두 아이가 각별히 정기를 타고 났음을 아뢰며 칭찬을 그치지 않으니 희필이 웃으며 말하였다.

"그 두 아이는 6~7세도 못 되었다 하던데 성품과 풍채가 그렇기까지야 하겠습니까?"

그러자 사인이 말하였다.

"비록 4~5세밖에 안 되었으나 몸이 튼튼하고 뛰어나기로는 너보다 더 법도가 있더라."

이 말을 들은 희필 공자가 즐겁게 웃었다.

이러구러 회광의 상처가 점점 차도가 있게 되자 초왕은 임금과 부모를 섬기고 난 여가에는 관복을 벗고 은사(隱士)의 두건과 옷으로 갈아입은 후 하루에도 여러 차례씩 소유정에 와서 약으로 지극정성으로 간호하였다. 병이 차차 나아 상처 부위가 완전히 아물자 회광은 세수를 하고 이부자리를 걷은 후 초왕께 고하여 아버지께 나아가 죄를 청하겠다고 아뢰었다. 초왕이 한동안 말없이 생각하다 이렇게 말하였다.

"이미 짐작한 바가 있어 아버님께 상의하였으니 구태여 죄를 청할 것 없다. 마음을 닦아 이전의 죄를 뉘우쳐서 바른 길로 돌아가면 네 아버지의 분노는 봄눈 녹듯 사라질 것이다. 효자의 도리는 안팎을 더욱 깨끗이 하여 부모를 섬기는 것인데 네가 아는 것은 오로지 음주와 여색을 탐하는 것뿐이로구나. 신체발부(身體髮膚)는 수지부모(受之父母)[340]거늘 너는 네 부모가 주신 몸을 공경하지 않고 더러운 창녀를 가까이 했으니 어찌 이렇듯 선비의 행실을 물리칠 수 있단 말이냐? 조궁 규수는 한왕의 딸이다. 이 한왕은 천하에 대역죄를 지은 사람이거늘 너는 공맹(孔孟)의 제자요, 명문가의 어진 부형이 위에 계시며, 나이 불과 14~15세에도 미치지 못했는데 감히 음녀의 월환을 신변에 머물러 두어 구혼을 하는 빌미를 만들었으니 무엇이 유쾌하고 기쁘겠느냐? 입신양명하여 부모를 드러나게 하고 남교(藍橋)[341]의 아름다운 숙녀를 취하여 아들딸을 낳아 가문을 창대하게 할 일이지 어찌 감히 대역죄인의 불충한 딸을 얻어 가문에 욕을 미치게 한단 말이냐? 내 벌써 한 번 자세히 말하고자 하였으나 마음을 돌이킬 뜻이 아득히 없는 듯하여 말하지 않고 있었더니 지금 너의 상태가 다급하게 되었구나. 내 한 번 네 고황(膏肓)[342]에 깊이 든 병에 침을 놓아 그 어지러운 마음을 고치고 이전의 죄를 후회한다면 제자의 자리에 그냥 두고, 그리하여도 여전히 의심스럽고 허황

36

37

---

340) 신체발부(身體髮膚)는 수지부모(受之父母) : '신체와 터럭과 살갗은 부모에게서 받은 것이다'라는 뜻으로, 부모에게서 물려받은 몸을 소중히 여기는 것이 효도의 시작이라는 말. 『효경(孝經)』에 실린 공자의 가르침.

341) 남교(藍橋) : 섬서성(陝西省) 남전현(藍田縣) 동남쪽에 있는 땅. 그 곳에서 당나라 때 배항(裴航)이 운영(雲英)을 만난 곳이라고 전함. 배항은 문희(聞喜) 사람으로 장경(長慶) 연간의 수재였고, 운영은 옥영이라고도 함. 『시아소명록』이나 『태평광기』, 『서상기』 등에서 배항과 운영의 이야기가 전함. 장경 연간에 배항이 양한에서 노닐다가 운영의 언니이자 유강의 아내인 번부인(樊夫人)과 같은 배를 타고 가게 됨. 번부인이 배항에게 "백옥 음료를 마시자 온갖 감회 생겨나고, 하늘이 서리 없어지자 운영이 드러난다. 남교가 바로 신선의 집이니, 하필 어렵사리 백옥경에 올라갈 게 무어 있는가?"라는 시를 주게 됨. 그 뒤 배항은 남교역(藍橋驛)을 지나다가 선녀 운영을 만나 아내로 맞게 되고 뒤에 그 둘은 함께 신선이 됨. 인간과 신선의 아름다운 혼인을 내용으로 함.

342) 고황(膏肓) : {고항}. '고항'의 오기. '고황'은 심장과 횡격막 사이로 고는 심장의 아랫부분이고, 황은 횡격막의 윗부분이라 이 사이에 병이 생기면 낫기 어렵다고 함. 약의 효험이 미치지 못하는 부분이라 하여 '병이 고황에 들었다'는 것은 병이 매우 깊어 치료하기 힘든 상태를 표현하는 관용구로 쓰임.

되어 술과 여자를 좋아하고 음탕하게 막 되먹은 짓을 계속한다면 그날로 나의 제자라는 이름을 떼고 눈에 띠지 않게 할 것이다. 허황된 것과 바른 것을 가려서 잡아야 할 것이다."

말을 마치고는 얼굴에 즐겁지 않은 기색을 띠니 목소리는 비록 나직했으나 자못 엄하고 매서운 데가 있었다. 주변이 조용한 가운데 그 뛰어난 품위에는 위엄이 서려 있어 부드러운 바람과 아름다운 구름이 여름날의 태양으로 바뀐 듯 두려움이 있으므로 희광이 옷에 맨 띠를 풀고 관을 벗어 빨리 상 아래에 머리를 조아리고 엎드려 공손히 죄를 청하며 말하였다.

"스승님의 가르치심은 해와 달이 모두 공경할 바인데 제가 비록 불민하다고는 하나 어찌 고치지 않겠습니까? 이후부터는 명심하고 경계하여 말을 할 때는 반드시 살피고 행동할 때는 반드시 삼갈 터이니 성인의 가르침으로 너그러이 받아들이시어 슬하에서 온전히 모시게 해주시기를 바라옵니다. 엎드려 바라옵건대 스승님께서 저의 산 같은 죄를 용서하시고 수일 내에 작은 당을 허락하신다면 제 죄를 스스로 뉘우치고 소부 어른께 수학하여 만일 바른 길을 얻게 되면 아버지께 사죄하고, 만일 용서하시면 다시 밝은 세상에 들어가게 되길 원하옵니다."

초왕이 속으로 깊이 생각하다 이렇게 말하였다.

"전에는 이 스승이 부족하였더냐?"

그러자 직사가 더욱 황공하여 다만 공손히 머리를 조아리고 감히 용서해주시기를 청하였다. 초왕은 한바탕 직사를 타이른 후 관과 띠를 주며 몸을 일으키라 말하고 백일정으로 나갔다. 한림이 또 한바탕 꾸짖으며 말하는데 그 하는 말이 하나하나가 모두 다 성현의 말이었다. 직사도 이미 한림의 바다 같은 지혜와 도량을 아는 터라 스스로 부끄러워하고 뉘우쳐 길게 절하며 말하였다.

"원백아, 다시 말하지 마라. 아까 스승님께서 하신 꾸지람이 너무 분명하여 해와 달이 뚜렷이 드러난 듯한 그 말씀을 들었으니 설마 내가 마음을 술과 여자에 머물러 두어 부모님께 버림받은 자식이 되고 조상님께 내쫓긴 몸이 된 후에도 다시 일을 꾸미겠느냐? 비록 그렇긴 하나 어진 벗이 옳은 일을 권하는 것은 반드시 들으마."

한림은 직사가 쉽게 마음을 돌이킨 것에 크게 기뻐하며 예를 갖추어 사양하고 겸손히 말하였다.

"형이 나의 옅은 소견을 들어주시니 퍽 다행한 마음이네. 형의 상처가 아직 완전히 아물지 않았는데 어찌 오늘 갑자기 세수를 하고 이부자리를 걷었는가?"

그런 후 다친 곳을 살펴보고 약을 붙였다. 서동 의산은 창홍의 심복으로 사람이 정의감이 넘치고 문장 재주가 아주 특출하여 그 품은 뜻이 인간 세상에서 뛰어나니 하류 천인 중에는 뛰어난 인재라 할 만했다. 창홍은 의산을 수족같이 사랑하여 일개 시종으로 보지 않고 대단히 아꼈기에 의산에게 직사의 시중을 들게 하였다. 의산이 명을 받아 직사를 지극정성으로 받들며 한시도 떠나지 않으니 생이 수개월 만에 회복되었다.

그러나 그 후 희광은 다시 직사의 임직을 받아들이지 않고 마음을 굳게 정하여 태자소부께 수학하며 지혜롭고 사리에 통달한 교훈을 받아들였다. 그리하여 대인군자와 영웅호걸다운 기상을 겸비하게 되니 끝없는 문장과 힘찬 필법은 위진군(魏眞君)을 놀라게 하고 태산북두(泰山北斗)같이 높은 명망은 조정과 민간을 감화시켰다. 궁궐에 출입하며 황제를 보좌하는 데 순수한 충성과 신의 있는 절개를 다하여 온 나라가 사랑하고 우러러보았으며 비슷한 또래의 사람들도 흠모하고 따르며 크게 믿는 바였다. 영종(英宗)343) 재위 시에 상소를 올려서 내침을 당하였다가 천자께서 오랑캐 때문에 곤욕을 치르신다는 얘기를 듣고 선뜻 한 필의 말과 한 자루 칼로 오랑캐 속으로 들어가 천자의 근심을 덜고 나라를 굳건하게 하니 그 뛰어난 공적이 단서(丹書)344)에 뚜렷하였다. 이름은 온 세상에 널리 퍼지고 위엄은 천하에 진동하여 얼굴이 인각(麟閣)에 오르고 공덕이 역사에 길이 남았다. 이 이야기는 뒷이야기가 있을 법하나 말이 번거로울 만큼 많고 설씨 가록(家祿)이 따로 있으므로 이 전(傳)에는 대강 기록한다.

설공은 아들이 착한 길로 돌아섰다는 말을 듣고 기쁘고 다행하여 아침저녁으로 임씨 부중에 다니면서 부자의 도리를 펼쳤다. 그리고 태자소부에게 자신의 패악한 아들을 바른 길로 들게 해준 큰 은혜를 백번 감사하니 태자소부가 설공을 붙들어 그치게 하고 서로 공경하며 피차 지기(知己)로 삼았다.

이때 조궁에서는 설씨 부중의 회답을 알아내어 딸의 혼사와 함께 지내려고 발을 제겨디디며 기다리고 있었다. 그런데 얼마 있다가 사자가 숨을 헐떡이며 엎어질 듯 돌아와 설씨 부중의 상황을 고하였다. 사자는 직사

---

343) 영종(英宗) : 명(明) 나라 6대 황제인 영종(英宗) 정통제(正皇帝)를 말함. 재위기간은 1435~1449으로 영락제를 계승한 인종 홍희제가 재위 1년 만에 죽고, 그 다음 선종 선덕제가 1426~1435 동안 재위한 뒤를 이어 영종 정통제가 제위를 물려받음. 토목(土木)의 변(變)으로 오이라트(Oirat)족의 포로가 되었다가 1년 만에 돌아옴. 그 사이 아우인 경태제가 제위를 잇고 다시 돌려주길 원치 않아 자금성(紫禁城)의 남궁(南宮)에 유폐되었다가 1457년 경태제가 병석에 눕자 환관과 무장(武將) 그리고 점성술사(占星術師) 등이 남궁의 문을 부수고 들어가 유폐되어 있던 영종을 자금성의 정전(奉天殿)으로 모셔다 놓음. 이렇게 해서 영종 정통제는 동생에게 제위를 뺏긴 지 8년 만에 다시 옥좌의 주인이 되었는데 이를 탈문(奪門)의 변(變)이라고 함.
344) 단서(丹書) : 옛날에 제왕이 공신에게 내려 세습적으로 면죄 등의 특권을 누리게 하던 증서를 가리킴.

의 목숨이 사생을 넘나들고 있다는 것과 설공이 아주 굳게 거절하였던 전
말을 다 말하면서 오히려 놀란 정신을 안정시키지 못하고 진저리를 쳤다.
조왕은 본래 마음에 확고한 중심이 없고 부끄러운 인물이라 이 말을 듣고
는 먼저 모골이 송연하여 화난 줄도 모르고 부끄럽고 겸연쩍은 줄도 모른
채 다만 두 눈을 뚜렷뚜렷하게 뜨고 혼자말로 말하였다.

"나는 아이 때부터 많이 맞았으나 그렇게 혼난 적이 없었는데 남을 보
채어 공연히 구혼했다가 아까운 인생을 참혹하게 마치게 생겼구나."

이에 사자에게 가만히 물었다.

"직사가 그래도 목숨은 붙어 있더냐?"

그러자 사자가 대답하였다.

"여러 상공들이 피나게 머리를 두드리며 애걸하였으나 태사의 노한 기
운이 점점 더하여 더욱 급히 치셨습니다. 70여 대에 이르자 살가죽이
찢어지고 문드러지며 피가 갑자기 멈춰 아주 매 아래 주검이 되게 생겨
보였습니다. 너무 놀라 혼이 다 나가는 것 같고 마음이 산란하여 바로
보지 못하고 돌아왔는데도 오히려 정신이 아득하여 온 정신이 구름 밖
을 떠도는 것 같습니다."

이 말을 듣고 조왕은 더욱 얼이 빠지고 정신이 없어 이렇게 말하였다.

"아차차, 아깝구나. 영화롭고 부귀한 한림원(翰林院) 명사로 아름다운
용모와 뛰어난 풍채를 갖춘 절개 높은 마음이 속절없이 매 아래 죽은
영혼이 되게 생겼구나."

조왕은 이렇게 뉘우치고 부끄러워 내궁에 들어가 일의 전말을 이른 후
숨넘어갈 듯이 옥경을 꾸짖었다.

"이후부터는 되지 않는 마음을 먹지 말고 남편을 가리려는 행실도 하

45

46

지 말며 조용히 있다가 내가 정하는 대로 시집가거라."

그러고는 눈살을 찌푸리며 말이 없었다. 옥경은 안색이 흙빛이 되어 거듭 탄식하다 기운이 막혀 거꾸러지며 숨구멍이 막혀 위급하게 되었다. 그러나 좌우에서 급히 붙들어 구한 후 이윽고 정신을 차리자 조왕은 옥경을 봉선루로 보내었다.

이때 옥선은 해월을 만나 가만히 속삭이며 사촌 아우가 그 정인과 구혼할 수 있는 길을 모의하였다. 해월은 설생이 풍류 있는 호남아로 한때 풍물 소리에 맞춰 함께 춤추며 한밤 동안 즐거움을 나누고 푸른 산, 푸른 물로 약조한 것을 모질고 사나운 임장원이 맹렬하게 꾸짖는 바람에 그런 풍류로 맺은 정을 떨쳐버리고 월환과 짧은 시를 주어 이곳으로 보내며 월환 임자에게 기러기를 전하는 날 다시 거둬줄 것이라 한 말을 옥선에게 전하면서 눈물로 얼굴을 적셨다. 옥선은 이 말을 듣고 자기 역시 임장원에게 사랑을 바라지 못하리란 것을 알았다. 가슴 속에 천 마리 원숭이가 뛰노는 듯하여 스스로 가슴을 어루만지며 생각하였다.

'임장원이 아무리 철석같은 심장이라 한들 나의 눈부시게 아름다운 미모에 마음이 기울지 않겠는가?'

그때 문득 옥경이 여러 시녀들에게 부축 받고 오는데 안색이 찬 재 같으므로 옥선이 크게 놀라 어찌된 일인지 그 이유를 물었다. 옥경의 심복 교홍이 전후에 있었던 일을 자세히 전하니 옥선이 고개를 숙이고 설공을 욕하며 말하였다.

"설연창, 이 원수 같은 사람이 어찌 감히 황실을 이토록 업신여긴단 말이냐? 설령 혼인을 안 하는 한이 있다 하더라도 자식을 아주 죽이며 황실과 인연을 맺으면 욕이 가문에 미친다고 하였단 말이 더욱 원통하여 견딜 수 없구나. 내 만일 임씨 가문에 들어가면 제 딸 성염을 형가(荊軻)[345]의 날카로운 칼로 손발을 갈아버리고 남은 기운이 돌아오는 족족 임생과 설씨의 원앙금침을 어떻게 굽이굽이 베어버리는지 그 모습을 보라 하여라."

이렇게 말하며 한편으로는 옥경을 위로하였다.

"아우는 염려하지 마라. 만일 내가 임씨 가문에 시집가면 설생이 죽었는지 살았는지 분명히 알 수 있을 것이다. 내 무슨 수를 써서라도 아우를 설생에게 시집갈 수 있게 할 것이다."

그러자 옥경이 고개를 흔들며 이렇게 말하였다.

"아니에요. 설태사의 처치가 그 지경에 미쳤으니 하늘이 버려지고 땅이 오래된다[346] 해도 그 아들을 황실과 혼인시키지는 않을 것입니다. 나는 속절없이 내 청춘 홍안을 홀로 규방에서 마치고 지하의 원귀나 되렵니다."

50

말을 마치지 못해 옥선의 심복 시녀인 춘교가 들어와 어지럽게 충동질하며 말하였다.

"목생이 아까 능운을 데리고 설씨 부중에 가니 설소저는 그림자도 없고 임씨 부중에서는 마지못해 군주와 혼인시킨다 합니다. 그러나 설소저에 대한 총애와 사랑이 이미 온 집안을 덮었고 임장원의 은총도 이를 바 없다고 합니다. 또한 서시(西施)의 색과 양귀비(楊貴妃)[347]의 풍채를

---

345) 형가(荊軻) : 중국 전국시대의 자객. 연(燕)나라 태자 단(丹)의 식객이 되어 진(秦)이 침략한 땅을 되찾아 주거나 시황제(始皇帝)을 죽여 달라는 단의 부탁을 받고 진왕을 알현하고 죽이려 했으나 실패함.

346) 하늘이 ~ 오래된다 : {천황지뢰[天荒地老]}. '하늘이 버리고 땅이 오래됨'이라는 뜻으로 시간이 매우 오래 흘렀음을 의미하는 말.

347) 양귀비(楊貴妃) : {태진(太眞)}. 당(唐) 현종(玄宗)의 귀비(貴妃). 절세의 풍만한 미인으로 가무(歌舞)에 능함. 양귀비의 본명은 양옥환(楊玉環)으로 17세에 당 현종의 제18왕자 수왕(壽王)의

겸한 사람이라 해도 임한림의 눈에 들 사람은 없을 것이라도 합니다. 옥주께서 억지로[348] 인연을 맺는다 해도 좋은 일은 없고 위태하고 애달픈 일은 끊임없을 것이니 옥주께서 능히 잘 견딜 수 있을까 걱정입니다. 월환을 담장으로 넘기고 노한 기운이 등등하여 말을 바람같이 몰아갔던 모습을 보아도 원앙장(鴛鴦帳)과 비취금(翡翠衾)이 더울 날이 없을 것인데 본처의 위세가 강성하고 부부간에 화락한데다 더욱이 은인의 딸이니 오죽하겠습니까? 우리 옥주께서 그 생사와 남편의 은총을 다 설소저에게 맡기고 능히 견디시겠습니까?"

52

군주는 춘교가 어지럽게 충동질하는 소리를 들으니 새로이 슬프면서도 화가나 홀연 눈물을 뚝뚝 흘리며 호흡이 멎을 듯하였다. 그러자 춘교가 다시 위로하며 말하였다.

"아까 제가 드린 말씀은 옥주의 생각을 헤아리지 못하고 한 것이었습니다. 사람이 많이 모이면 하늘이라도 이기지 못하겠습니까? 어차피 임씨 가문에 들어간 후에야 다툴 수 있는 일인데 이제 목생 같은 자와 능운 같은 모사를 두고 무엇을 근심하십니까? 금이 많으면 귀신과도 사귈 수 있다 하는데 누구 맘대로 남을 두려워하겠습니까? 제 아주머니가 설씨 부중 근처에 살면서 익히 들으니 임한림이 어려서 무슨 곡절

에서인지 화를 당해 설씨 부중에서 양육을 받으며 수삼 년을 보내었다 합니다. 그런 이유에서 임, 설 두 가문 사이에 정과 의리는 말할 것도

비(妃)가 되었으나 현종의 무혜비(武惠妃)가 죽은 후 현종의 눈에 들기 위해 수왕의 저택을 나와 태진이라는 이름의 여도사가 되어 황제와 결합, 27세에 정식으로 귀비(貴妃)로 책립됨. 친척 오빠인 양국충과의 반목(反目)이 원인이 되어 안녹산(安祿山)이 반란을 일으키자 현종과 함께 피난하다가 마외역(馬嵬驛)에 이르러 관군에게 책망당하고 목매어 죽었음.

348) 억지로 : {반계곡경(盤溪曲徑)}. '반계곡경'이란 일을 바른 길을 좇아서 순탄하게 하지 않고 정당한 방법이 아닌 그릇되고 억지스럽게 함을 이르는 말.

없고 그 은혜가 태산 같아 아들을 사위로 보낸 것이라 합니다. 설소저란 사람은 사덕(四德)이 부족하여 시가에서 자기의 위치가 굳어지자 방자하고 교만하기가 이를 데 없어 황제라도 침상 위에 받아들이려 하지 않을 만큼 아주 끔찍하게 기가 센 여자라 합니다. 어디서 못생긴 박색하나를 얻어다가 한림의 첩실이라 이름하고 부녀의 사덕을 나타내려 하나 마땅한 사람을 얻지 못하고 있다 하니 이 틈을 타 못생긴 박색 하나를 얻어다가 들이밀고 그 사람을 미끼로 삼아놓으십시오. 능운은 대단히 신통하여 순식간에 하늘로 날아오르고 대낮에도 파랑새가 되어 사람을 삼켜 날아다니기를 기탄없이 하니 이런 사람을 천금을 주고 충복으로 삼고 나서야 임씨 가문처럼 위태한 곳에 들어가서 강적을 제어할 수 있을 것입니다. 제가 옥주의 신상을 위해 능운과 모의하여 이미한 여자를 삼켜 왔습니다. 이 여자는 설소저의 의붓할머니인 목부인의 종손으로 그 남매를 목부인이 데려다가 양육했는데 남자아이는 지형이고 여자아이는 지란이라 합니다. 이 목씨 여자는 태어날 때부터 천하에 제일 못생긴 박색이니 우리의 미끼로 삼기에 괜찮을 것입니다. 지금 향각에 있으니 이 여자를 임한림 첩실로 부쳐놓고 옥주와 제가 주인이 되어 설씨로 하여금 그 태산 같은 형세를 잃고 옥주의 의자 아래 그 지위를 전하게 하여야 견딜 바를 아시게 될 것입니다."

군주는 춘교의 충동질이 아니어도 벌써 임한림이 월환을 돌려주고 가던 모습을 보고 자기의 음탕한 뜻이 이루어지기를 바라지 못하리란 것을 알았으나 아직 첩실이 되지 않았는데도 이를 갈며 설씨를 미워하였으니 정말로 여자 나찰(羅刹)이라 할 수 있었다. 춘교에게 명하여 지란을 부르게 하니 춘교가 그 명에 응하고 밖으로 나와서 목생에게 군주의 생각을

54

55

56

이르고 이렇게 말하였다.

"만일 지란을 임한림의 첩실로 두어 그를 미끼로 설씨를 없애고 군주
를 그 자리에 앉히면 목씨가 하나가 아니라 열 명이라 한들 어찌 잘 구
처해주지 않겠어요? 우리 옥주가 임씨 가문에 들어가시게 되는 날 능
운으로 설씨를 삼켜서 낙안주로 가게 하세요."

목지형은 춘교가 하는 말에 모두 응낙하였고 이리하여 지란을 삼켜서
돌아왔다. 지란이 이렇게 물려 와서 행각에 있는데 춘교가 문득 군주의
명으로 부르기에 안으로 들어오니 한 소저가 붉은 색과 푸른 색 보석을
껴안고 앉아 있는 것이 보였다. 지란이 그 휘황찬란한 거동을 보고 금방
울 같은 눈을 뒤룩거리며 그냥 서 있으니 춘교가 지란으로 하여금 대청
위에서 네 번 절하게 하여 노비가 주인에게 하는 예를 시켰다. 군주가 그
흉측한 모습을 살펴보니 곳곳에 종기가 나 있고 더러운 고름에서는 악취
가 나서 코를 거슬리게 했다. 바로 보기에도 추했으나 군주는 지란을 한
번 보고 교묘한 꾀가 샘솟는 듯하여 흔쾌하게 대접하고 협실에 두었다.
지란은 어리석은 기운이 발동하여 희희낙락하고 지낼 뿐 훗날 목 없는 귀
신이 될 줄도 모르고 있으니 오히려 가소롭구나.

군주가 지란을 불러 설씨 부중에서 있었던 일에 대해 물으니 이 어리석
고 외람된 것이 자기를 대접해주는 것을 좋게 여겨 임창홍이 성염소저를
친영(親迎)하던 위엄 있던 모습을 말하였다. 그리고 자기가 몇 번이고 절
하는 수고를 들여 열심히 구경하던 말을 하고 무슨 수를 써서라도 임씨
가문에 들어가 사모하던 마음을 풀려 한다고 말하였다. 그 말을 듣고 군
주는 차갑게 웃으며 말하였다.

"그대가 능히 사람의 우열은 잘 알아 남의 신랑을 빼앗으려 하니 생긴

것보다는 생각이 엉뚱하고 고약하구나. 어쨌든 설탐화의 사람됨은 어떻던가?"

지란이 자꾸 두 어깨를 들썩거리며 눈을 희번덕거리고 게트림을 하며 말하였다.

"설탐화는 우리 오라버니와 형제 같은 사이인데 본부를 떠나 임씨 부중에 가서 수학한 지 7~8년이 되었습니다. 과거를 본 후에는 집에 왕래하는 일이 잦지만 그 위인이 풍류가 많고 재기가 넘치며 술과 여자를 좋아하는데다 세차고 험하여 사람을 업신여기고 거만한지라 제 오라버니를 피하여 자주 오지 않는 바람에 근간에는 못 보았습니다." 59

군주는 그 흉인의 말을 추려 듣고 나서 계속 협실에 두고 술과 고기로 배불리 먹게 하였다. 지란은 철없이 그것을 즐기고 흠 없이 기뻐하였다.

옥경은 해월과 함께 설희광의 사생을 몰라 밤낮으로 걱정하고 있었다. 그러다 해월이 문득 생각하였다.

'나는 본래 노류장화(路柳墻花)에 불과한데 설탐화와 하룻밤 춘몽을 꾸었다고 수절을 해야 하나? 하물며 설씨 가문에서는 나 같은 하찮은 여자는 받아들이지 않을 텐데 어찌 음탕하고 사악한 군주를 따라 괴롭게 기다리겠는가?' 60

그러고는 번화가에 있는 청설루에 가 다시 창기 짓을 하였다. 해월은 왕손이나 공자들과 잔치를 열고 즐기며 설희광이 있나 유의하여 살폈으나 그림자도 볼 수 없었다. 서운하고 섭섭하여 조궁에 사람을 보내 설씨 부중의 분위기를 알고자 하였으나 이미 즐거움에 깊이 빠져 있어 벗어날 수가 없었다. 해월이 자기는 병이 있어 멀리 간다고 말하고 나오니 군주는 그 말을 곧이들었다. 이렇게 해월마저 잃게 되니 설생과의 연분은 아 61

주 아득해졌다. 옥경은 때때로 설생이 준 시와 월환을 어루만지며 음탕한
마음을 이기지 못하였다. 옥경의 행사는 하편에 넉넉히 갖추고 있으니 여
기서는 임씨 가문의 사적을 적는 것도 번다하여 설씨 부중의 옥경에 대한
사적을 올릴 여가가 없다. 그러나 임소저 월혜가 겪은 온갖 환난을 전(傳)
에 올려 옥경이 한 일을 기록하였으니 다음 이야기를 보기 바란다.

이 무렵 조궁에서는 길일을 택하였는데 그 날이 10여 일쯤 남아 있었
다. 감히 납폐(納幣)와 문명(問名)은 바라지도 못하고 마치 상놈의 딸이 서
방 맞는 택일같이 알리니 초왕은 한심스러워 문명도 보내지 않고 신랑 보
내는 행렬을 차리지도 않았다.

이날 이른 아침 상국 형제가 아들과 조카를 거느리고 취성전에 함께 앉
아 있을 때 태부인이 말하였다.

"조궁이 반갑지는 않으나 택일을 알렸다 하니 창홍이 취하긴 해야 할
텐데 무슨 예로 맞을꼬?"

상국이 머리를 조아리고 공손히 대답하였다.

"이는 구태여 예를 차릴 일이 아닙니다. 탑전에서 조왕이 그 딸을 첩의
예로 보내겠다고 했으니 바로 그대로 하겠습니다."

부인이 고개를 끄덕이며 말하였다.

"그렇다면 신랑이 가는 날 비단 피륙이라도 문명으로 삼아 말에 부쳐
야겠구나."

그러자 선생이 웃으며 말하였다.

"형님은 부질없다고 하시지만 남자를 좋아하는 저 여자의 더러운 몸을
위해서가 아니라 황실의 자손을 돌아보고 하시는 일이니 어머님 생각
이 사리에 꼭 들어맞습니다."

그러자 태부인은 탄식하며 말하였다.

"저 요물이 들어와 무슨 짓을 벌일지 어찌 알겠느냐? 큰 두통이로구나."

초왕이 머리를 조아리고 말하였다.

"저 군주가 비록 세상에 둘도 없는 요물이자 악독한 계집이지만 사람을 제 맘대로 죽이지는 못할 것입니다. 또한 저 요사스럽고 음탕한 여자의 간계에 당하지 않을 것이니 할머님은 염려하지 마십시오."

이 말을 듣자 태부인은 심히 기뻐하였으나 저 여자가 아무리 요사하고 음탕하다 하더라도 이 역시 하늘의 뜻이라 탄식하지 않았다.

이 무렵 숙렬의 장녀 채혜와 찬혜, 빙혜가 해를 이어 태어나니 우열을 64 가릴 수 없이 모두 훌륭하였다. 세상에서 가장 뛰어난 정맥(正脈)과 산천의 빼어난 기운을 모두 타고나 성스러운 자태가 구름 같은 귀밑머리에 어리고 온갖 아름다운 자태가 찬란하게 빛났다. 초왕은 만금보다 아끼고 사랑하였으며 상국의 사랑도 창흥 등에 대한 사랑과 마찬가지였다. 이들은 나이가 4~5세쯤 되었는데 항상 설소저를 따라다니며 한시도 떠나려 하지 않았다. 설소저는 이들의 덕성과 뛰어난 자질에 탄복하고 흠모하여 정을 쏟아 아끼며 사랑하였다. 그러나 아직 어리기 때문에 어루만지며 사랑할 뿐이었지만 월혜349) 소저는 나이가 이미 8세라 의기가 투합하여 규중의 65 아름답고 즐거운 일들을 두 소저가 서로 의논하며 지내니 정이 깊어 서로의 마음을 거울에 비춘 듯이 알고 있었다. 월혜의 아리따운 자태와 기묘한 자질은 수려하고 찬란하여 그 어머니의 아름다운 자태와 부마의 빼어난 풍채를 빼다 박았으며 그 어진 덕과 두 눈에 어린 어여쁜 형상은 그림

349) 월혜 : 부마 임세린이 소부인에게서 낳은 딸.

으로도 다 표현할 수 없을 만큼 아름다웠다. 임씨 가문의 딸이 장성하니 선생은 무릎 위에서 내려놓지 못하였고 효장공주는 슬하에 두고 귀여워하여 그 친자녀들이 바랄 바가 아닐 정도였다. 소저가 효장공주의 곁을 한시도 떠나지 않으며 한 궁안에서 떠받드는 모습은 천홍에게 뒤지지 않았다.

이러구러 조궁과의 혼사일이 다다르니 초왕이 한 장의 혼서와 얼마간의 비단을 간략하게 보내고 날이 늦은 후 신랑을 보내려 하였다. 그때 한림이 숙렬궁 명관헌에 앉아 여러 아우들의 문제를 보는데 재홍 공자가 이르러 말하였다.

"할머님이 명하시길 길복을 입고 혼가로 가라고 하시더이다."

한림이 일어서며 웃고 말하였다.

"정말 그렇게 말씀하셨느냐?"

그러자 공자도 웃으며 말하였다.

"할머님께서 그렇게 명하지 않으셨어도 형님이 괴로운 신랑의 소임을 면할 수 있겠습니까?"

한림이 웃으며 말하였다.

"너는 아직 철이 없어 호화롭게도 웃는구나."

그리고 공자와 함께 내당에 이렀으나 이날 손님도 애써 모으지 않고 온 집안이 불행한 마음을 이기지 못하였으니 신랑 보내는 날이라 한들 무슨 행렬이 있겠는가? 태부인이 숙렬에게 말하였다.

"창홍의 혼사에 예를 차리진 않았으나 설현부가 길복이나 만들었는지 모르겠구나."

그러자 주비가 두 손을 공손히 모으고 대답하였다.

"혼사가 바른 방법으로 들어온 것은 아니오나 며늘아기가 대령하였을
듯합니다."

그리고 소저를 돌아보니 설소저가 공손한 태도로 천천히 화앵을 돌아
보았다. 화앵이 봉륜당으로 가서 유모를 보고 길복을 재촉하자 유모가
유리함을 들고 와서 좌중 앞에 놓았다. 사람들은 그처럼 어린아이가 모든
일을 진심으로 행하여 어른의 명대로 길복을 내어오는 것을 보고 다 칭찬
하였다. 상국이 소저에게 명하여 길복 입는 것을 섬기게 하니 소저가 그
명을 공손히 받들고 천천히 나아가 길복을 잡고 섰다. 사람들이 모두 한
꺼번에 자리를 움직여 관복을 지은 솜씨와 소저가 옷 섬기는 절차를 보니
소저가 빛난 관복을 지을지언정 구태여 수치를 흉배(胸背)로 삼지 않으려
고 보통 둘째 부인을 취하는 길복을 맞추었으니 더욱 뜻밖이었다.

이때 상국은 이 혼인을 내켜하지 않고 있다가 손자 부부가 함께 있는
재미난 모습을 보고는 만사를 잊은 채 입을 벌리고 있었다. 선생 또한 즐
거운 기색이 겉으로 드러나 상국을 향해 치하하며 말하였다.

"옛날에 주(周) 선왕(宣王)350)이 당에서 내려와 제후들을 공경하였으니
그때는 주나라 황실이 이미 쇠한 뒤였습니다. 지금 며늘아기가 남편이
재취하는 데 있어 무엇이 중요하고 중요하지 않은지를 알고 길복을 만
들었으니 형님의 집안은 이로써 드디어 그 도가 크고 멀게 될 것입니
다."

350) 선왕(宣王) : 쇠퇴했던 주 나라를 중흥(中興)시킨 현군(賢君)으로 성은 희씨(姬氏)이고 이름은
정(靜). 여왕(厲王)의 태자였는데, 여왕이 실정(失政)을 하다가 체(彘) 땅으로 쫓겨난 후, 주 나
라는 주공(周公)·소공(召公) 두 재상이 정권을 장악하여 14년간 공화(共和) 정치를 함. 여왕이
죽자 옹립된 선왕은 주 나라 왕실이 이미 쇠한 뒤에 즉위하여 몸을 기울이고 덕을 닦아서 주 나
라에 왕도(王道)가 다시 행해지게 하고 훌륭한 정치를 베풀어 주 왕조(周王朝)를 부흥시킴. 그
러나 만년에는 정치를 게을리 하고 북서 만족(蠻族)의 침입을 막아내지 못했으며 군병을 뽑아
백성을 괴롭혀 제후들이 등을 돌림.

상국이 즐겁게 웃으며 말하였다.

"즐겁구나, 즐거워."

그러자 관시랑이 한림을 향해 말하였다.

"이 유들유들하고 어린놈아. 너는 착하고 기특한 아이이니 무엇을 바라듯이 그렇게 앉아있지 말고 어서 길복이나 입고서 너를 기다리느라 목이 빠진 새 처녀에게나 가보아라."

그때 한림이 무심히 어른들 곁에서 모시고 있다가 관시랑의 말을 듣고 눈을 드니 소저가 길복을 받들고 서 있었다. 한림이 일어서며 공경의 뜻으로 팔을 들자 소저가 머리를 나직이 숙인 채 길복을 섬기는데 별처럼 빛나는 풍성한 머리에는 다섯 가지 색채가 영롱하게 어려 있었다. 초옥(楚玉)351)같이 가녀린 손으로 고름을 매고 띠를 두른 후 천연스럽게 발걸음을 돌이켜 자리에 앉으니 곁에 있던 사람들이 혀를 내두르며 일제히 한목소리로 칭찬하였다. 선생이 상국께 고하였다.

"형님이 이번에는 성질을 부리지 않으시니 어지간히 마음이 놓입니다."

그러자 상국이 크게 웃으며 말하였다.

"성질을 부릴 때 부리지 이런 데도 부리겠느냐?"

선생이 웃으며 말하였다.

"저는 잊으셨나 했습니다."

상국이 웃으며 대답하였다.

"내가 자손들에게 너무 주접 든다고 웃지 말고 천흥을 어서 성례시켜 남의 일에 부러워하지나 마라."

---

351) 초옥(楚玉) : 형산(荊山)에서 나는 옥(玉)을 가리키는 말로 매우 아름다운 옥을 이름. 초(楚)의 변화(卞和)가 형산에서 박옥(璞玉)을 얻은 데에서 유래하여 '화씨벽(和氏璧)'이라고도 불림.

부마 등은 두 대인이 나누는 해학에 더욱 즐거워 웃음이 얼굴에 번져 있었다. 태부인이 선생에게 말하였다.

"천흥을 바삐 성례시켜 이 늙은 어미에게 재미를 보게 하여라."

72

그러자 상국이 엎드려 아뢰었다.

"아이가 아무리 바쁘다 하여도 천흥이 재흥의 아래이니 저의 두 며느리를 가려서 들여앉히고 나서야 천흥이 아내를 얻을 수 있을 것입니다."

그러자 태부인이 웃으며 대답하였다.

"그러면 한 날 두 아이를 보내는 것이 어떻겠느냐?"

그때 소파가 내달려 들어와 고하였다.

"태자소부가 말하기를 괴이한 새가 성염 소저가 있는 채월루로 들어올 것이니 반드시 엄히 방비하고 성염 소저를 깊은 곳으로 옮기라고 합니다."

이 말을 들은 초왕은 들을만한 얘기라고 생각했지만 설소저는 마음속으로 크게 놀랐다. 이는 분명 목지형이 데리고 다니던 요사한 여승이 두루 변을 일으킨 것이라고 짐작한 설소저는 일마다 불행한 마음을 이기지 못하였다.

창흥은 조궁에 이르러 잠깐 예식을 행하려 하였으나 이미 구름 같은 차일이 하늘로 솟아 있고 운무 같은 병풍과 용 문양이 새겨진 아름다운 자리가 휘황찬란하였으며 그 위에 옥으로 만든 상을 놓고 전안청(奠雁廳)352)을 차려 놓고 있었다. 이 모양을 본 한림은 속으로 차갑게 비웃고 옥활처

---

352) 전안청(奠雁廳) : 전통 혼례에서, 전안지례를 치르기 위하여 차려 놓은 자리. 대개 마당에 차일을 치고 병풍을 둘러놓고, 큰상 위에 솔 · 대 · 과일 · 음식 따위를 차려 놓아 꾸밈.

럼 휘어진 아름다운 눈썹을 찌푸리며 말하였다.

"황상이 이 혼사에 전안청을 차리지 말고 천한 첩의 예로 맞으라고 하셨는데 황명을 어기는 일을 내 어찌 받아들이겠는가?"

74 그리고는 팔짱을 끼고 움직이지 않으니 조왕처럼 한낱 쓸모 없는 주머니 같은 사람이 무슨 담력으로 한 마디 말이나 하겠는가? 감히 전안청 얘기는 말도 못 꺼내보고 다만 허둥지둥 팔을 내밀고 내전으로 들어갈 뿐이었다. 신랑이 팔짱을 끼고 서 있는데 여러 시녀들이 군주를 붙들어 여덟 번 절하는 예를 시키니 신랑은 마지막에 잠깐 팔을 들어 절한 후 관복을 벗고 외당으로 나가버렸다. 거기에 누가 감히 자하상(紫霞觴)353)을 나누라고 권할 수 있겠는가? 군주의 어머니인 남궁비는 속으로 그 활달하고 호탕한 자질에 놀라고 탄복하였으나 신랑이 삼엄하고 노한 기색으로 눈

75 을 내리 뜨고 있어 마치 가을 찬바람이 뼈에 부는데 뜨겁게 내리쬐는 여름 태양이 높이 떠서 비추는 것 같으므로 그윽이 염려하였다. 저물녘에 한림을 인도하여 봉선루로 들이니 둘이 능히 인연을 이루었는지는 다음 회를 분석하라.

---

353) 자하상(紫霞觴) : 자줏빛 안개 같은 빛깔의 술잔을 말함. 자줏빛 안개는 신선이 사는 곳에 떠돈다는 운기(雲氣)로 자하상은 자하주(紫霞酒)를 담는 술잔을 말하나 여기서는 그냥 술잔을 의미함.

1   차설(且說). 공자가 외당으로 나오니 황친들이 별처럼 늘어서서 신랑을 기다리고 있었다. 공자는 마음이 괴로워 눈을 들지 않았으나 조왕과 세자를 곁눈질로 살짝 엿보았다. 조왕은 쓸모없는 인물로 사람에게 백해무익한 인물이었고 세자는 큰 눈알을 경망스럽게 움직이며 자기 용모를 믿고 좌우로 헤집고 다니다가 공자의 태양 같은 모습에 혼을 빼앗겨 쥐 죽은 듯이 한 구석에 앉아 있었다. 세자가 한림을 모시고 봉선루에 이르니 늘

2   어선 병풍과 호화로운 장막이 너무 휘황찬란하고 사방 벽에 비단 휘장을 둘러 사람의 거처 같지가 않았다. 한림은 너무 놀라 일을 맡은 궁인을 불러 말하였다.

"나는 본래 벼슬 없는 한가한 선비라 이렇듯 참람한 집은 본 적이 없구나. 초방계전(椒房桂殿)354)은 대국의 공주라도 마음대로 못하는 것인데 일개 번왕의 딸이 이런 과분한 집에 거한단 말이냐? 신하된 도리로 한 시도 서 있지 못하겠으니 빨리 별실을 얻어 하룻밤을 머물고 싶구나."

비록 목소리는 높지 않았으나 매섭고 엄하였다. 차가운 기운은 눈 위에 내린 서리 같고 사납고 세찬 눈동자는 고요하고 나직한 가운데에도 차

3   고 매서워 뼈를 깎는 듯하므로 이를 본 세자는 두려워 안으로 달아났다. 유상궁은 궁을 책임지고 있는 궁인으로 사람이 현명하고 지식이 많아 계단 중간에서 무릎을 꿇고 머리를 조아려 사죄하며 말하였다.

"이는 일부러 사치하고자 한 것이 아니라 전하께서 군주를 사랑하시어 그런 것이니 일부러 참람하게 하려 한 것은 아니옵니다."

이렇게 말한 후 여러 궁녀들에게 명하여 봉선루 아래에 있는 조그마한

---

354) 초방계전(椒房桂殿) : 초방(椒房)은 산초 열매를 엮어서 만든 벽인 초벽(椒壁)을 두른 방으로 주로 황후나 왕비 등이 거처하는 방을 말함. 계전(桂殿)은 궁전을 이르는 말.

양아정 별실을 급히 청소하고 그 곳에 한림을 모시니 한림이 비로소 만족한 얼굴로 문을 열고 방으로 들어갔다. 저녁상이 들어갔으나 수저도 안대고 상을 물리고 고요히 앉아 있다가 밤이 깊어지자 애써 군주에게 자라고 권하지도 않고 스스로 옷을 벗고 쓰러져 누워 잠들었으니 군주의 애타는 마음을 어찌 다 기록하겠는가? 하염없이 흐르는 두 줄기 눈물은 5월에 내리는 장마 비 같고 흐느끼는 숨결은 9, 10월 찬 바람 같아 군주는 그 날 밤 한잠도 이루지 못하였다.

이러구러 멀리 떨어진 마을의 닭 울음소리가 새벽을 알리자 한림은 비로소 기지개를 키고 일어나 앉아 세수도 안 하고 의대를 거두어 바삐 본부로 돌아갔다. 돌아가면서 곁에 사람이 있는지 없는지도 살피지 않고 가 버리니 군주가 큰 소리로 오랫동안 흐느끼다 그 자리에 거꾸러졌다. 춘교가 군주를 붙들고 한참을 주물러 깨운 후 온갖 수단으로 달래고 타이르며 말하였다.

"원컨대 옥주는 작은 일을 참고 큰일을 꾀하십시오. 제가 목숨을 걸고 옥주의 앞길을 화락하게 하겠습니다. 신방은 3일 동안 차리는 것이니 오늘 밤 동정을 보아 만일 어젯밤 같다면 각별한 계획이 있습니다. 그러니 걱정하지 마십시오."

군주는 춘교를 장량(張良)이나 진평(陳平)355)같이 믿는 터라 마음을 진정하고 안으로 들어갔다.

---

355) 장량(張良)이나 진평(陳平) : 장량(張良)은 전한(前漢)의 공신으로 소하(蕭何)·한신(韓信)과 함께 한(漢)나라 삼걸(三傑)로 불림. 자(字)는 자방(子房)임. 한(韓) 나라 대신의 집안으로 한나라가 망하자 역사(力士)를 시켜 진시황을 쳤으나 실패함. 후에 태공(太公)의 병서(兵書)를 받고 한고조(漢高祖) 유방(劉邦)의 모신(謀臣)이 되어 진(秦) 나라를 멸망시키고 초(楚) 나라를 평정하여 한나라를 건설하는 데 큰 공을 세움. 진평(陳平)은 전한(前漢)의 공신으로 지혜와 모략이 뛰어나 한고조를 도와 천하를 평정하였고, 혜제(惠帝) 때에 좌승상이 되었으며 여공(呂公)이 죽은 후 여씨 일가를 죽이고 한나라 왕실을 편안케 하였음.

임한림이 본부로 돌아오니 관공, 소공, 성공 등 여러 공들이 초왕 형제와 함께 촛불을 밝히고 함께 앉아 이야기하다가 이곳에서 취침하고 있었다. 한림이 관한림 자리에 누워 잘 자고 일어나니 비로소 동쪽 하늘이 밝아왔다. 세수하고 양치질한 후 각 당에 아침 문안을 드리고 취성전으로 가서 내시를 불러 태부인께서 주무시는지 물으니 내시가 대답하였다.

"오늘은 큰 어르신께서 태부인 곁에서 시침하시고 계셔서 아직 일어나지 않으셨습니다."

말을 마치자 안에서 태부인이 들어오라 하는 소리가 났다. 한림이 방에 들어가 침상 아래 몸을 굽혀 절하고 편안히 주무셨는지 물으니 부인이 한림의 손을 잡으며 말하였다.

"어찌 이리 일찍 왔느냐? 물어도 쓸데없는 일이겠지만 소위 신부란 것이 어떠하더냐?"

한림이 엎드려 무릎을 꿇고 말하였다.

"자기 월환을 던져 남자를 후리려 한 소행을 보면 다시 볼 것이 있겠습니까마는 천하의 요물이라 더욱 놀라왔습니다."

태부인이 한림을 붙들고 달래며 말하였다.

"네 하해 같은 마음으로 무슨 일을 생각하지 못하겠느냐? 저 여자가 그럴수록 네 대접이 평순하여야 그 사모하던 마음이 풀려 아무 죄 없는 설씨가 무사하게 된다는 걸 아느냐? 너는 내 말을 잊지 말거라."

한림은 어려서 어머니 품을 떠나 태부인께 양육 받았기 때문에 천륜이 각별하여 마음에서 우러나는 정성이 지극하였다. 한림이 문득 눈썹을 찌푸리며 대답하였다.

"왕할머니 말씀이 이러하신데 제가 어찌 그 뜻을 모르겠습니까? 제가 평소 품은 뜻은 충효로 본을 삼아 효도에 있는 힘을 다하여 부모를 효로 받들고, 예로 얻은 아내가 집을 바르게 하여 가내 화평하면 나가서는 장수가 되고 들어와서는 재상이 되어 백만 대군을 손바닥 안에서 호령하고 사악하고 음란한 것을 소탕하여 드러난 정승이 되는 것이었습니다. 그리하여 천자를 높이 받들고 제후들을 호령하여 온 세상을 두려워 떨게 하며 위엄을 나라 안에 떨치고 이름을 역사에 길이 남긴 후에는 집안에 세 명의 비와 일곱 명의 첩을 두는 것도 사양하지 않으려 하였습니다. 그러나 아버지께서 엄히 교훈하시며 여색을 먼저 금하시고 만일 조금이라도 여색에 마음이 동하거나 혹은 술을 마셔 가문의 명성을 욕 먹이고 귀함과 부함에 욕심내어 행실을 방탕하게 하면 부자간의 천륜을 단절할 것이라고 이르셨으니 제가 부형의 지극한 말씀을 어찌 저버리겠습니까? 할머님의 가르치심도 지극히 좋은 뜻에서 하신 말씀이시지만 명을 받들지는 못하겠습니다. 공명 또한 구하지 않으려 하였는데 하늘의 뜻을 거역할 수 없어 이미 몸이 나라에 매였으니 부모님과 조부모님의 종요로운 정성을 이루지 못할 듯하옵니다. 누구에겐들 손자가 없겠습니까마는 할아버님의 사랑은 제게 과분하고 황공할 정도였습니다. 제가 이런 자애를 받는 가운데 나라에 몸을 허락하였으니 동서로 분주할 때에는 부모와 조부모께 대한 불효가 가볍지 않았습니다. 그런데 만일 음녀의 요사스런 색을 곁에 두어 집안에 변이라도 나게 되면 조부모님과 부모님께 끼칠 염려는 더 쌓을 곳이 없을 것입니다. 불초한 제가 저 음녀의 색을 좋아하고 본처에게 빠져 부모와 조부모께 걱정을 끼치게 되면 이 죄를 무슨 수로 갚겠습니까? 이런 이유로 어른들께서 예로 맡기신 처자도 30이 되기를 기다리며 아직 부부가 서

8

9

10

로 합하는 것도 염두에 두지 않았는데 변화한 데 들뜬 첩과 화락하는 것이 어디 쉽겠습니까? 저 물건이 단지 남자를 좋아하는 기질이 있을 뿐 별다른 악이 없으면 간간이 찾아 원망이나 없게 하겠지만 무슨 흉악한 일을 벌일 줄 어찌 알겠습니까? 이밖에 다른 염려는 없습니다."

11 태부인은 고요히 다 듣고 나서 갑자기 길게 탄식하며 말하였다.

"한 달 된 망아지가 태산을 뛰어 넘고 공자가 낳은 자식이 백어(伯魚)356)였던 것처럼 네 아비의 지극한 효성과 우애나 네 어미의 효성과 절개는 예부터 지금까지 드문 바이니 너의 지극한 덕과 지성스런 효성 또한 어찌 그렇지 않겠느냐? 다만 처신을 잘하여 아까운 아내에게 원망이 돌아가지 말게 하여라."

한림은 이 말씀을 듣고 너무 감사하여 이렇게 아뢰었다.

"설씨에게는 별일 없을 것입니다. 저는 천지의 도리와 인간의 일이 어떻게 되어 가는지 그저 지켜보려 합니다. 하지만 설씨가 혹 도마 위의 고기가 된다 해도 염려할 바는 아니옵니다."

이때 상국은 태부인 침상 아래 고요히 누워 있다가 한림이 이제까지 한
12 말을 들었다. 누구를 아버지라 하고 누구를 아들이라 해야 할지 모를 정도로 초왕과 우열을 가리기 어려운 것을 보고 마음으로 즐거움을 이기지 못하였다. 그러나 말끝에 도마 위 고기가 되어도 염려 없다 하는 데 다다라서는 말이 너무 야박하다고 여겨 냅다 일어나 앉아 이렇게 말하였다.

"너를 5세부터 길렀으나 저토록 모진 줄은 몰랐구나. 설씨가 도마 위

---

356) 백어(伯魚) : 백어는 공자의 아들로 이름은 리(鯉). 공자의 아내가 임신했다는 소식을 들은 어떤 사람이 그녀를 위해 건네 준 잉어를 먹고 아들을 낳았다 해서 이름조차 '잉어'였는데 공리(孔鯉)는 자(字)가 백어(伯魚)로 이는 우두머리 물고기라는 뜻임. 잉어가 바로 물고기 중에서도 가장 귀하다 해서 자까지 백어(伯魚)를 삼았음. 여기서는 훌륭한 사람이 낳은 자식은 그 자식까지도 훌륭하다는 뜻으로 쓰임.

고기가 되어도 염려치 말란 말이냐? 그렇다면 내 제후의 자리를 버리고 손자며느리를 이끌고 화주로 내려가 그 아이를 슬하의 재미로 삼아 여생을 마쳐도 족히 두렵지 않을 것이다."

한림은 마음에 품은 생각을 그저 태부인께 낱낱이 아뢴 것이었는데 할 13
아버지께서 깨어 성난 목소리를 높이시는 것을 보니 주무시다 놀라 깨신가 싶어 무릎을 꿇고 대답하였다.

"아까 말씀은 구태여 저 사람으로 하여금 도마 위 고기를 만들자 함이 아니오라 안사람의 사소한 재난이나 경사로 부모님을 모시면서 걱정을 끼쳐드릴 일이 아니라 생각해서 드린 말씀이옵니다. 제가 조궁에서 하룻밤을 머물었는데 그 거처나 음식이 남의 신하된 자가 거처할 만한 곳이 아니라 먹지 못하였기에 몹시 배가 고프고 기운이 없어 주방의 두 할머니께 요기할 것을 구하러 가다가 왕할머님께서 잘 주무시는지 여 14
쭈러 이르렀습니다. 들어오라 명하시기에 곁에서 모시며 제 안사람의 어짊을 옳은 대로 아뢰었던 것인데 할아버님 주무시는 데 불편하시게 하였나 봅니다."

상국은 한림이 하는 말마다 즐거워 태부인께 이렇게 말하였다.

"이 아이가 어렸을 때부터 곁에서 주접 들게 보채던 버릇이 그저 있어 저를 보고 배고프다 타령입니다."

태부인이 베개 밑에서 과일 찬합을 꺼내어 주며 말하였다.

"감귤 세 개와 동정 홍시 다섯 개가 있으니 이만큼 먹으면 요기가 될 것이다. 그래도 헛헛하거든 네 할미더러 달라고 하여라."

한림이 두 손으로 그것을 받아먹는 모습은 그림으로도 표현하지 못할 정도였다. 한림에 대한 웃어른들의 한없는 사랑은 어디에도 비할 데가 15

없었다.

초왕이 세 사람을 거느리고 조정에 계신 천자를 뵙고 돌아와 남자는 왼편으로, 여자는 오른편으로 나누어 모시고 서너 넓은 방도 좁게 느껴졌다. 초승달 같은 손자들이 모여서 새 지저귀는 듯이 떠드는 소리는 구름 낀 산봉우리에 날아다니는 신령한 새 소리 같았다. 태부인은 높은 상에 기대어 앉아 있고 자손들은 좌우로 늘어서 있으며 아이들은 아름다운 봉황새같이 넘놀고 있으니 상국이 선생에게 웃으며 말하였다.

"아우는 밤에 백일정에서 무엇을 연구하느라 나와 함께 자지 않아 손자의 아름다운 말을 못 들었는가? 나는 무심히 자다가 하도 신기하여 일어나 앉았구나."

이 말을 듣고 초왕은 아버지께서 편히 주무시지 못해 일찍 일어나셨나 싶어 한림을 꾸짖으며 말하였다.

"어제 아버님께서 할머님 곁에서 주무셔서 나는 또 어머님 곁에서 시침하다가 정심당 아이가 편치 않은 데가 있어 거기에 가 새웠더니 너는 무슨 일로 그리 일찍 와 덤벙거려 어른들을 번거롭게 하였느냐?"

그러자 한림은 황공하여 대답할 바를 알지 못하였다. 상국은 두 부자의 행동을 보고 얼굴에 즐거움을 머금고 초왕을 향해 웃으며 말하였다.

"너는 어른 아들을 두었으니 크게 책망한다고 하지만 우리 부자는 손자아이를 당하지 못할 것 같으니 너도 들어보아라."

그리고 생이 한 말을 이르고 그 말끝에 도마 위 고기가 되어도 어쩔 수 없다고 한 말을 전하며 이렇게 말하였다.

"아랫사람이 처자의 우환에 마음을 움직이지 못하리란 말이 하도 특이하기에 놀라서 일어나 앉았지 저 인물이 어찌 상스럽게 굴었겠느냐?

제 아내에 관한 일을 처리하기가 실로 난처하고 몸을 보호할 계책이 없으니 남달리 유별한 처가에 무안한 것은 말할 것도 없고 설형 부부의 태산 같은 은혜를 저버리게 될까봐 밤낮으로 걱정이구나."

그리고 한림에게 몸을 일으키라 하고 곁에 앉힌 후 어디다 비할 데 없이 사랑하니 선생과 초왕 또한 더욱 귀엽게 여기고 사랑하였다. 선생이 크게 칭찬하며 말하였다.

"아직 어린 아이인데도 큰 재목이로다. 저런 마음이라면 힘들고 어려운 상황에서라도 충분히 보전하겠다."

이 말을 듣고 상국은 더욱 즐거운 마음을 이기지 못하였다. 한림이 소파를 돌아보고 말하였다.

"아까 왕할머니께서 감귤 몇 개를 주셔서 먹었는데도 아직 배고파서 그러니 무엇을 좀 주십시오."

그러자 소파가 꾸짖으며 말하였다.

"어디 가서 허기중에 들려 와서는 나더러 무엇을 달라 하느냐? 진파 할미에게 달라 하여 입과 배가 차도록 먹으려무나."

한림이 잠잠히 진파에게 가서 소찬이나 많이 달라 하니 진파가 웃으며 말하였다.

"한림이 신랑 소임을 잘 못하고 왔느냐? 어찌 진수성찬을 많이 달라 하느냐?"

이렇게 말하면서도 진수성찬을 많이 주어 한림이 양껏 먹었다. 그리고 돌아보니 영주357)가 앉아 있었다. 이를 본 한림이 웃으며 말하였다.

"그토록 배고파하는데도 아주머니께서 아무 것도 안 주니 심히 밉소.

---

357) 영주 : 임상국의 첩인 진파가 낳은 딸로 임창홍에게는 고모뻘이 됨.

나중에 남편을 만나는 날 내 이 분을 갚을 테니 두고 보소."

그러자 영주는 부끄러워 고개를 숙였다. 영주의 나이 이때 9세였다. 상
국의 풍만한 모습을 닮아 빼어난 미모에 숙녀의 틀이 가득하므로 초왕이
천금같이 애지중지하던 터였다. 한림은 부왕의 우애에 감탄하여 평소 영
주 대접하기를 숙부들과 마찬가지로 하였는데 오늘은 영주가 아무런 생
각이나 걱정 없이 앉아 있는 것을 보고 놀린 것이었다. 영주가 부끄러워
하며 내당으로 들어가니 한림이 크게 웃으며 말하였다.

20   "어느 곳에 사는 복 있는 놈이 우리 영주씨같이 절묘하고 아름다운 사
람의 배필이 될까? 아주머니가 너무 부끄러워하니 내 말에 노하지 마
소. 어머니께서 들으시면 외람된 짓을 했다고 꾸중하실 것이오."

영주가 한참 후 나직하게 말하였다.

"너무 심하게 보채시니 비록 괴롭긴 하나 어찌 화를 내겠습니까? 아까
둘째 공자358)를 따라 효장궁에서 봉륜당으로 갔다가 효장궁 큰 공
자359)가 기린각과 봉황대를 잠깐 구경하자고 하셔서 따라갔을 때 설소
저는 정당으로 가셨습니다. 황급히 와서 모친을 뵙고 궁으로 가려 하
21   는데 무엇을 한림께 드리겠습니까? 어서 놓으십시오."

이렇게 말하는데 목소리가 낭랑하고 부드러우면서도 나직하여 어여쁘
기 그지없으니 한림이 더욱 칭찬하며 사랑하였다. 그런 후 정심헌으로 가
서 태자소부께 몸이 편안하신지 묻고 곁에서 모시고 있었는데 서동(書童)
의산이 조궁에서 오시길 청한다는 말을 전하였다. 그러자 한림이 부드럽
고 온화하던 기색을 싹 바꾸고 존당에 들어가 여쭈었다.

---

358) 둘째 공자 : 재홍을 가리킴.
359) 효장궁 ~ 공자 : 천홍을 가리킴.

"조궁에서 수레와 말이 왔다고 하는데 작은아버님께서 편치 않으시니 오늘 밤은 작은 아버님 곁에서 모시려 합니다. 그러니 사람과 말을 돌려보낼까 합니다."

공이 고개를 끄덕이며 말하였다.

"내일 신부가 올 테니 오늘 가는 것이 급할 것 없다."

그러자 선생이 웃으며 말하였다.

22

"3일 안에 신랑이 예를 폐하면 설소부에게 화근을 돋우는 일이 될 것입니다."

이 말을 듣고 상국은 불행하고 괴로워 마음이 즐겁지 않았다. 초왕은 아버지께서 즐거워하지 않으시는 것이 민망하여 온화하게 아버지를 위로하였다. 한림은 밖으로 나와 조궁에서 온 하인에게 분부하여 오늘은 숙부님께 병환이 계시므로 가지 못하겠다고 알리라 하고 들어왔다. 그러자 부마가 한림의 속을 꿰뚫어 보고 웃으며 말하였다.

"현양360)의 몸이 편치 않은 게 창홍에게는 적선이로구나."

이때 태자소부가 편치 않은 몸을 이끌고 아침 문안을 와서 곁에 모시고 섰다가 빙긋이 웃으며 말하였다.

"창홍 조카가 너무 엄하고 차가워 악인을 복종하게 만들지 못할 것 같으니 참으로 근심스럽습니다."

그러자 부마도 웃으며 말하였다.

"대장부의 행실은 비 갠 뒤의 맑은 바람과 밝은 달 같아야 하는데 겉으로는 꺼리는 척하며 속으로는 달리 하는구나. 요사스런 사람을 억누르지 못해 교만한 태도만 돋울 뿐이니 차라리 내 눈을 더럽게 하지 말고

---

360) 현양 : 태자소부 임유린의 자(字).

마음을 어지럽히지 마라."

그러자 그 자리에 있던 효장공주가 문안하고 돌아갔다. 초왕이 웃으며 부마에게 말하였다.

"아주 걸걸한 양 하지 마라. 실망스럽고 애석하지 않느냐? 창흥이 만일 제 작은아버지같이 고집불통이지만 않다면 집안 식구를 거느리는 데 부족함이 없을 것인데 무엇이 부족하여 소년의 괴상하고 얄궂은 짓을 다 부렸을까? 초방계전(椒房桂殿)이나 진루(秦樓)의 봉소(鳳簫)³⁶¹⁾는 사람들이 바라지 못하는 호사가 아닌가? 무슨 이유로 그리 어리석게 굴며 덤벙거리는지 모르겠구나. 결벽증도 참으로 유별나니 술수를 너무 쓰다가 필경은 상황이 뒤집혀 두 아내에게 소박맞고 아무 데도 쓰이지 못할 것이다. 남은 그 나이에 아내가 하나여도 아들딸 낳고 인륜을 잘 차리는데 자네는 홀로 스물이 되도록 총각으로 남아 있다가 또 무슨 일로 그리 급히 서둘러 앵혈(鶯血)³⁶²⁾까지 혼란스럽게 찍어 가지고 한동안은 동인 팔을 풀겠노라며 좀 공을 들였는가?³⁶³⁾ 관씨 아우의 상표(上表)와 야차(夜次)의 혼동이 온 세상을 시끄럽게 하고 구중궁궐에까지 미쳤을 때 나는 정신이 혼란스러웠는데 자네는 기벽도 퍽 좋았지. 관씨

---

361) 진루(秦樓)의 봉소(鳳簫) : 진루는 진(秦)나라 누각이란 뜻으로 봉루(鳳樓)를 말하며, 봉소는 소(簫)를 아름답게 부르는 말로 봉의 날개 모양처럼 생겨서 봉소라고 부름. 춘추전국시대 한나라 유향(劉向)이 지은 『열선전(列仙傳)』 상권 〈소사(蕭史)〉를 보면 소사(蕭史)라는 사람은 무척 피리를 잘 불었는데 봉의 울음소리를 내었다고 함. 진나라 목공(穆公)의 딸인 농옥(弄玉)을 아내로 얻어 봉루를 지어 농옥에게 피리 부는 법을 가르쳐 주었으며, 그들이 부는 피리 소리에 이끌려 봉과 학이 모여들면 농옥은 봉을 탔고 소사는 용을 타기도 하였다고 함.

362) 앵혈(鶯血) : 꾀꼬리의 피로 먹침한 것으로 성교를 하여야 그 흔적(痕跡)이 없어진다고 하여 처녀(處女)의 특징(特徵)으로 삼았다고 함.

363) 스물이 ~ 들였는가 : 부마가 효장공주와 소씨를 부인으로 얻어 놓고도 두 부인의 마음을 얻지 못하여 합방하지 못하고 스물까지 총각으로 있었던 사연을 가리킴. 『성현공숙렬기』 17권을 보면 궁중 모임에서 태자와 능연군이 부마가 동정인 것을 시험하여 부마의 팔뚝에 앵혈을 찍었는데 그 후로도 한 동안 공주와의 갈등을 해결하지 못하여 앵혈을 간직하다가 나중에서야 공주와 금슬지락을 이룸.

아우는 천흥을 보면 제 공이라 하며 자랑하니 나는 두 번 우습구나."

말을 마치고 부마를 장난스럽게 보며 살짝 웃으니 초왕이 농담을 한 것은 평생 처음 있는 일이라 온 좌석이 그 입을 올려다보며 신기하게 여겼다. 상국 형제는 아들의 농담이 즐거워 온화한 기운이 눈가에 가득하였다. 그러자 태부인이 웃으며 말하였다.

"내 그때 공주 일을 어렴풋이 들었으나 공주의 병환이 급하여 자세히 묻지 않았는데 너희 말을 들으니 우스워 죽겠구나. 너희 말이 자세하지 않고 내가 직접 보지 않았으니 옮기는 말로는 덜 우습겠지만 그 모습이 오죽하였겠느냐?"

26

그러자 온 좌석이 웃었다. 부마는 부끄러워서 초왕을 향해 웃으며 대답하였다.

"제가 설사 소년 때 그런 일이 있었다 하더라도 형님께서 이리 자세히 드러내어 꾸짖으시는 것은 너무하신 처사십니다. 평소에 우리 형님같이 공정하고 사사로움이 없는 분이 다시없는 줄 알았더니 오늘에서야 형님이 어린 아이같이 편협한 생각을 가지신 분인 줄 알았습니다."

이 말을 듣고 초왕은 빙그레 웃었고 부마는 큰 소리로 웃었다. 그러자 소파가 문득 두 팔을 걷어 부치고 내달려 와서는 손으로 부마를 가리키며 말하였다.

"어머나, 지긋지긋하고 싫증나기도 하지. 일찍이 저 상공의 혼인을 주관하여 재미 보려 하다가 양가에서 재미 한 번 못 보고 애꿎은 나만 졸리기도 엄청 졸렸었지. 우리 상공같이 훌륭하고 현명한 재상이니까 저런 기특한 아들을 두었지 천흥이 이 아기는 어디에서 나왔을꼬? 옥주의 덕으로 기린 같은 아들을 낳으니까 자기가 잘한 줄 알고 저리 잘난

27

척하며 떠드는구나."

소파의 말이 끝나자 상국 형제가 크게 웃으며 말하였다.

"누이 말을 들으니 우습구나."

태부인도 크게 웃고 부마를 어루만지며 말하였다.

"너처럼 세차고 괴벽한 인물을 진압할 사람이 없을 줄 알았는데 하늘께서 고맙게도 효장옥주 같은 숙녀와 소씨 같은 밝고 아름다운 여자를 얻게 하시어 너희 가세가 물 불어나듯 하는 것을 보니 이 늙은 할미는 기쁘기가 그지없구나."

28 부마가 머리를 조아리고 공손히 명을 들은 후 자리에 앉으니 태자소부가 부마를 향해 웃으며 말하였다.

"소가 아주머니가 무슨 일로 우리 둘째 형님과 저렇게까지 하실까? 원래 관형이 합장하고 기도하기를 잘하시니 오늘도 청하여 살풀이나 하여 달라고 하십시오."

부마는 태자소부가 살풀이라 하는 말에 크게 웃으며 말하였다.

"어디에서 귀신 들린 관형이 실없이 지껄이는 말을 빌어다가 기괴하게 구느냐? 이제 네가 어른인 이 형한테 살풀이나 하라고 보채니 네가 아느냐? 소가 아주머니하고 너하고 살풀이 판을 벌려 놓고 관형을 불러다가 화랑이[364] 노릇이나 시키고 덕담이나 하여라."

그러고는 부채로 치고 호탕하게 웃으니 초왕도 웃으며 말하였다.

29 "현양이 오죽 잘 알고 한 말일까? 유쾌한 체 말하지 마라. 그 말대로 해야 아주머니 말을 막을 수 있을 것이다."

---

364) 화랑(花郞)이 : 광대와 비슷한 놀이꾼의 패. 옷을 잘 꾸며 입고 가무와 행락을 주로 하던 무리로 대개 무당의 남편이었음.

그러자 좌중이 일제히 떠들어 방안에 봄바람이 무르녹듯 이야기꽃이 가득 피었다. 부마가 두 질녀를 가까이 오게 하여 사랑하니 하나는 비녀를 맨 초왕이고 하나는 어린 숙렬이었다. 부마가 이 두 아이를 좌중에 자랑하며 말하였다.

"이 아이가 이처럼 특별하니 어디서 좋은 신랑을 얻어 이 고운 얼굴을 저버리지 않을까? 밑에 아이도 범상치 않으니 신랑감을 유의해서 보아도 눈에 드는 사람이 없어 답답하구나."

그러자 태자소부가 웃으며 말하였다.

"조카딸의 광채가 너무 눈부시고 아름다워 4~5년 내에 재앙이 있을 것 30 이란 걸 모르시겠습니까?"

이에 부마가 말하였다.

"네 말이 내 생각과 똑같구나. 그러니 스무 살이 되기를 기다렸다 시집 보내 어린 나이에 당할 재앙을 미리 막아야겠다."

그러자 태부인이 놀라며 말하였다.

"그게 무슨 말이냐? 이 늙은 할미가 아들밖에 없어 딸의 재미를 모르고 네 어미도 끝내 딸을 못 낳았다가 네 새어머니가 겨우 유린을 낳고 늦게나마 영주가 있는데다 채혜, 찬혜, 빙혜 등이 이어서 있어서 재미나 보고자 하였는데 스무 살이 되기를 기다린다면 신랑은 서른이나 되어야 할 것이니 늙은 할미가 생전에 사위 얻는 재미를 볼 수 있겠느냐?"

이에 초왕이 온화하게 대답하였다.

"아우의 말은 되지도 않는 말이니 걱정 마십시오. 영주는 주상공의 서 31 자와 약혼을 하였으니 올해라도 신랑을 맞을 것이고 월혜도 뒤이어 성례를 시킬 것입니다. 딸이 용모가 고와 재앙이 많으리라고 조혼을 시키지 않으리란 말은 잘못한 것입니다."

그러자 태부인도 그 말이 옳다고 하였다.

이러구러 조군주가 시부모를 뵙는 예를 행할 날이 다다랐다. 일부러 손님을 청하지는 않았으나 친척들만 모아도 넓은 방이 좁았다. 백화헌과 영광헌의 문을 활짝 열어 좌우로 상을 펴고 북쪽에는 홍옥 의자를 높이 놓아 태부인의 자리를 만들고 외전에서는 상국 형제가 가운데에 자리를 잡고 앉아 손님들을 차례로 모시고 늘어앉았다. 모두 앉자 상국이 말하였다.

"천자께서 오늘 조군주를 첩으로 맞으라는 말씀이 있으셨으니 너는 마땅히 작은 가마 한 대와 몇 명의 시종들을 데리고 조궁으로 가서 군주를 데려오게 해야 할 것이다."

초왕이 머리를 숙이고 다 들은 후 명을 받들고 나와 수하인 한 주부(主簿)를 불러 작은 가마와 몇 명의 시종들을 데리고 조궁으로 가서 군주를 데려오라 분부했다. 그러자 주부가 명을 받들고 조궁으로 나갔다.

이 무렵 옥선이 춘교의 말을 듣고 정신을 차려 내당으로 가보니 아버지와 어머니는 밤사이 있었던 일과 신랑이 세수도 하지 않고 종소리를 듣자마자 돌아간 것을 이미 알고 있었다. 조왕이 마음이 아파 곁눈으로 자기 딸을 보니 탐스러운 머리가 흐트러져 두 귀밑을 덮고 있었다. 초대(楚臺)365)에 구름이 어린 듯 나비 같은 눈썹에 괴로움이 맺혀 있으니 아미산

---

365) 초대(楚臺) : 초나라 무산(巫山)의 양대(陽臺)를 말하는데 양대(陽臺)는 송옥(宋玉)의 〈고당부(高唐賦)〉에 나오는 초왕(楚王)이 무산신녀(巫山神女)와 비밀스레 하룻밤을 즐겼다는 누대를 말함. 초회왕(楚懷王)이 일찍이 고당(高唐)에 낮잠을 자는데, 꿈에 한 여인이 와서 말하기를, "저는 무산의 여자로 고당의 나그네가 되었는데, 임금님이 여기에 계시다는 소문을 듣고 왔으니, 원컨대 침석(枕席)을 같이 하소서." 하므로, 회왕이 하룻밤을 같이 잤는데 다음날 아침에 여인이 떠나면서, "저는 아침이면 구름이 되고 저녁에는 비가 되는데, 아침마다 양대(陽臺) 아래에 있습니다."라고 했다고 함.

(蛾眉山)366)에 안개가 몽롱한 듯하고, 앵두 같은 붉은 입술을 고요히 닫고 있으니 근심과 원망이 백두음(白頭吟)367)을 읊기에 이르러 있었다. 조왕은 군주를 아끼는 마음에 슬픈 생각이 들어 군주의 손을 이끌어 무릎 아래 앉히고 눈물을 흘리며 말하였다.

"네가 이렇게 될 줄 나는 처음부터 알고 있었다. 너희 형제가 저 어려운 임생을 따르기를 간절히 원하다가 옥경이 실패하고 네 한쪽이 끊어지게 된 상황은 말로 표현할 수가 없구나. 장문궁(長門宮)368)에서 기러기를 흐느끼고 호박침을 슬퍼한들 누구 탓을 하겠느냐? 시루는 이미 깨어졌으니 차라리 조용히 들어가 맑은 덕을 행하여라. 원래 설씨는 법도 있는 가문의 숙녀이니 너의 행실에 따라 신세를 건질 길이 있을 것이다."

군주는 부왕의 자애로움 가운데 자기가 임창홍을 따른 데 이야기가 미치자 낯이 뜨거워졌다. 군주는 부왕의 말끝에 두 눈에 눈물이 가득 고여 이렇게 말하였다.

"소녀가 비록 일을 그릇하였으나 임한림이 끝내 돌아보지 않는다면 임한림과 설씨의 원앙금침을 베어버리고 기운을 돌이키는 족족 임씨 가

---

366) 아미산(蛾眉山) : 중국 사천성(四川省) 서남쪽에 있는 산. 대아(大峨)·중아(中峨)·소아(小峨)의 세 봉우리로 이루어져 있으며, 두 봉우리가 마주 보고 있는 것이 아미(蛾眉) 같다고 하여 붙여진 이름.

367) 백두음(白頭吟) : 전한(前漢)의 사마상여(司馬相如)의 부인 탁문군(卓文君)의 작(作)이라고 하며, 사마상여가 첩을 얻으려고 하자 이 시를 지어 결별의 뜻을 밝혀 상여가 첩 얻는 것을 단념하였다고 함. 독수공방하는 여인의 고뇌가 드러나 있음.

368) 장문궁(長門宮) : 한 무제(漢武帝)의 첫 번째 황후였던 진아교(陳阿嬌)가 유폐되어 있던 궁을 말함. 무제의 사촌동생으로 장공주의 딸인 아교는 금옥장교(金屋藏嬌)라는 말이 나올 정도로 10년 동안 금옥(金屋)이라는 좋은 궁에서 한 무제의 총애를 받음. 그러나 이후 총애가 시들해지고 무제가 위자부(衛子夫)를 후궁으로 삼아 위자부가 임신까지 하게 되자 질투심 많은 아교는 무제의 총애를 만회하기 위하여 궁내에 무속인을 불러들여 요술(妖術)을 행하게 됨. 이 일을 안 무제가 크게 노하여 황후에서 폐위시키고 장문궁(長門宮)이란 차가운 궁에 진아교를 유폐시킴.

35 문의 남녀노소를 짓밟아버린 후 임한림을 옭아매어 내 앞에 꿇리고 어
제 우리 황실을 모욕한 원수를 갚고 그 머리를 베어 높이 매달 것입니
다. 그렇게 된다면 저는 그 날 죽어도 여한이 없을 것입니다."

초왕은 본래 성품이 용렬한 사람이라 딸아이의 사정을 듣고 안타깝고
화가 나서 두 눈을 크게 떴다. 이때 세자 경이 방정맞고 경솔하게 말하였
다.

"네 말에 속이 다 시원하구나. 병기를 갈고 닦아 네가 선봉이 되면 나
는 후진이 되마. 임씨 가문에서 죽고 남은 미색은 내가 다 거두어 즐길
것이니 너는 죽일 년만 죽이고 어여쁜 계집은 부디 나한테 주어라."

36 남궁비는 아들과 딸의 말을 듣고 마음속으로 크게 놀라 딸아이를 자기
앞에 꿇리고 크게 꾸짖으며 말하였다.

"세상 규슈 중에서 너 같은 사람이 어디 있겠느냐? 부모가 딸이 자라는
것을 보아 좋은 신랑을 가리고 매파를 써서 통혼하여 양가의 뜻에 합당
한 후 문명(問名)과 납채(納采)를 하고 사위를 생관(甥館)에 맞고 딸을 백
량(百兩)에 올리는 것이 천자로부터 평민에 이르기까지 떳떳한 바이다.
그런데 너는 제가 먼저 높은 누각에 올라가 외간 남자의 풍채에 마음을
뺏기고 월환을 던져서 군자가 더럽게 여기지 않을 수 없게 만들어 놓고
37 무슨 염치로 해괴한 병을 일으켜 황상을 번거로우시게 하고 황실의 빛
을 깎아내리며 남자를 밝힌다는 더러운 이름을 장안에 회자되게 했던
말이냐? 겨우 시집가게 되어도 둘째 부인으로 가지 못하고 높은 황실
의 딸이 금지옥엽의 신분을 꺾고 첩으로 가게 되었으니 부끄럽고 애달
픈 줄도 모르고 3일도 안 된 신부가 신랑의 사랑이 열리지 않았다고 발
악하여 병장기에 비겨 본처와 제 남편을 베어버리겠다고 하니 그게 어

디 부모에게 할 말이더냐? 너로 인해 황실에 욕을 더하고 죄 없는 부모
는 짐주(鴆酒)369)를 맛보게 될 것이니 너 같은 불초자식을 둔 건 다 내
죄이다."

38

그런 후 세자를 돌아보며 크게 꾸짖었다.

"네 말도 무례하고 패악한 것은 딸아이와 마찬가지다. 차라리 모자의
연을 끊고 한 그릇 짐주로 일찍 죽여 후환을 덜어야 할 것이지만 며늘
아기같이 현철한 아이가 너 같은 경박한 놈을 만난 게 불쌍하여 용서하
는 것이니 깊은 방에서 벌을 받으며 죄를 뉘우치고 있어라."

말을 마치자마자 세자를 작은 별실에 가두니 조왕이 눈이 휘둥그레져
서 물었다.

"무슨 벌로 가둔단 말이오?"

비는 노발대발하며 딸을 꾸짖어 물리치고 조왕에게 말하였다.

"만일 딸의 악행에 조금이라도 참여한다면 천벌을 받을 것입니다."

39

그러자 조왕이 머리를 흔들며 말하였다.

"그런 무서운 말 마시게. 어찌 참여하겠는가?"

군주는 어머니께 꾸지람을 듣고 침소로 돌아와 악독한 마음을 품고 앉
아 있다가 신랑이 또 오지 않으므로 더욱 분하여 가슴이 막히고 미칠 듯
하였다. 겨우 밤을 지내고 다음날 아침이 되어 폐백을 가지고 시부모님을
찾아뵈려 준비를 차리니 온 궁이 그 준비로 진동하였다. 왕비는 왕을 향
해 눈썹을 찡그리며 말하였다.

"임상국께서 이미 탑전에서 딸아이를 첩으로 맞겠다고 고하였는데 폐

---

369) 짐주(鴆酒) : 전설상에 나오는 독조(毒鳥)인 짐새의 독으로 만든 술. 그 새의 깃을 넣어 담근 술
을 마시면 죽는다고 함.

백이며 꽃가마가 가당키나 합니까? 저 집에서 하는 거동이나 보고 차리십시오."

40 그러자 조왕은 아무 대답이 없었다.

문득 날이 늦은 후 과연 임씨 부중에서 작은 가마 한 대를 보내어 군주를 데려가려 했다. 하급 관리인 한주부가 계단 한가운데서 무릎을 꿇고 초왕의 말씀을 아뢰며 말하였다.

"혼례를 다 천자의 뜻에 따랐으니 특별히 더할 것이 없어 작은 가마 한 대를 보내오나 이 또한 상국께서 탑전에서 정하신 바이니 대왕은 괴이히 여기지 마시라고 하셨습니다."

이 말에 조왕은 너무 부끄럽고 화가 났으나 딸의 행실이 기특하지 못한 데다 벌써 탑전에서 언약한 일이라 임초왕을 원망할 수 없어 대답을 순순히 편하게 하였다.

41 "이미 탑전에서 결정한 일인데 내가 어찌 괴이히 여기겠는가? 명을 받들겠네."

그런 후 군주를 단장하여 가마에 올리니 옥선은 크게 놀라지 않을 수 없었다. 그러나 어머니의 책망이 두렵고 체면도 있고 해서 한 마디 말도 못하고 맥없이 가마에 올랐다. 무수한 궁녀들이 가마 앞에 향을 잡고 호위하고 섰으나 그 초라한 행렬에는 천승 국왕의 딸이나 천승 상국의 며느리 되는 절차가 하나도 없었다. 군주는 그 사납고 표독스러운 마음이 하늘에 사무쳐 이를 갈고 벼르는 마음은 독사의 마음이나 마찬가지였다. 큰

42 길로 나가자 길 가던 사람들이 서로 가리키고 웃으며 말하였다.

"조군주가 우리 성현공 어르신 측실 며느리가 되어 가는 행렬이 가소롭구나. 저 군주가 임한림이 과거 급제하는 날 누각 위에서 보고 월환

을 던져 상사병을 얻어서는 거짓 꿈으로 귀신이 보챈다며 황상의 성심을 어지럽혔다지? 하지만 임상국이 굳게 거절하며 거짓 꿈으로 성총을 기망한다고 조왕을 꾸짖었다는군. 팔자 사나운 사람은 조왕이로세."

그러자 곁에 있던 사람이 말하였다.

"어쨌거나 마음 씀씀이나 반듯하면 모르겠지만 얼마나 소행이 고우면 계집아이가 외간 남자를 후리려고 월환을 던지고 상사병이 들기까지 했겠나?" 43

또 한 사람이 말하였다.

"내 아주머니가 조왕궁에서 물 긷는 일을 하는데 그 혼인 날 따라가 보니 얼굴은 달기(妲己)370)같이 곱더라만 낯에 모진 기운이 덮혔다던데."

그러자 또 한 사람이 말하였다.

"그러면 우리 임상부에 달기가 가서 어찌 견딜꼬? 조마경(照魔鏡)371)을 비추면 물러가지 않을까?"

이렇게 말을 주고받는 소리가 가마 안에까지 들리니 군주는 더욱 화가 나서 임씨 가문을 삼킬 듯하였다. 그리고 마땅히 나중에 임씨 가문을 짓밟는 날 함께 죽이겠다고 다짐하며 어떤 놈이 이야기를 하는지 보려고 가마 안에서 얼굴을 내밀어 자세히 살폈다.

이러구러 임씨 부중이 있는 장현곡에 다다르니 세 줄 금자 어필(御筆) 44 이 찬란하여 충신효제(忠信孝悌)와 절효녀(節孝女)에게 천추의 귀감이 될 듯하였다. 군주가 가마 안에서 고개를 내밀어 그것을 보니 낯이 뜨거워

---

370) 달기(妲己) : 중국 은(殷)나라 마지막 왕인 주왕(紂王)의 비(妃). 기주후 소호(蘇護)의 딸로 아름다운 얼굴 덕에 주왕의 두 번째 황후가 됨. 중국 역사상 음란하고 잔인한 대표적인 독부(毒婦)로 기록됨. 방탕하고 사치스러우며 사람들에게 잔인한 형벌을 가하는 것을 즐김. 연못을 술로 채우고 고기를 숲처럼 매달아 놓고 즐기던 행위에서 '주지육림(酒池肉林)'이란 말이 나옴.
371) 조마경(照魔鏡) : 마귀의 본성을 비추어서 그의 참된 형상을 드러내 보인다는 신통한 거울.

그 염치에도 자기 행동이 부끄러웠다. 그러다가 다시 보니 사람들이 말을 타고 가다 감히 그 앞을 지나지 못하고 말에서 내리는 것이 보였다. 군주는 그것을 보고 차갑게 웃고 다시는 돌아보지 않았다.

문 안에 들어가 장막을 친 곳에 내리자 여러 사람들이 태부인을 받들고 섰는데 남자가 왼편에 여자가 오른편에 나눠 서서 군주의 예를 받으려 하였다. 군계가 구슬 신발을 끌고 태부인 앉으신 자리 아래에 서서 예를 갖춰 절하라고 큰 소리로 외치니 한 줄기 옥 젓가락 소리가 쟁반에 구르는 듯했다. 무수한 궁녀들이 군주를 끼고 들어와 여덟 번 절하자 군계가 물러나 소부인과 진파의 아래에 앉았다. 경복루의 사환인 화교란이 황색 구슬 신발을 끌고 난간머리에 서서 상국 부부께 절하라고 큰 소리로 외치자 군주가 그 아래 각각 여덟 번 절하고 또 따로 한씨께 네 번 절하고 또 군계에게 두 번 절하고 물러나와 또 부모와 태자소부께 두 번 절하였다. 교란이 물러나니 경운루 주지인 채운이 선생 부부께 절하라 외치므로 또 각각 여덟 번 절하였고 숙렬궁 환관 열영이 신발을 끌고 난간머리에서 외치자 초왕 부부께 각각 여덟 번 절하고 소부인, 양부인께 두 번 절하고 물러섰다.

이렇게 예를 마친 후 태부인이 눈을 들어 신부를 보니 옥 같은 얼굴과 화장한 눈썹이 눈부시게 아름답고 풍성하여 무릉도원의 삼색(三色) 복숭아꽃이 한 가닥 이슬을 머금었다가 아침햇살에 떨친 듯했다. 그러나 나비 같은 눈썹에 일곱 가지 살기를 띠었고 밝은 별, 맑은 물 같은 한 쌍의 눈빛에서 독기가 뿜어 곁에 있던 사람의 뼈에까지 사무치니 이는 마치 녹대(鹿臺)[372]에서 주 무왕을 현혹시키던 달기의 후신(後身) 같았다. 보통 사람

372) 녹대(鹿臺) : 주왕(紂王)이 9년에 걸쳐 지은 호화궁전으로 높이 180m, 둘레 800m에 달했다고 함.

의 안목으로는 신부의 아름다운 자질을 칭찬할 듯하였으나 태부인으로부터 시작해서 임씨 가문의 사람들은 남녀노소 없이 안색을 거두었다. 초왕 또한 눈을 들지 않았으나 불행한 마음이었고 숙렬 역시 아무 생각 없이 오직 부모님을 공손히 받들고 있을 따름이었다. 초왕이 아버지 앞에 무릎을 꿇고 아뢰었다.

"오늘 조군주와 며느리가 서로 예를 갖춰 볼 것입니다. 그러니 자리를 내려 앉혀야 할 것입니다."

그러자 공이 고개를 끄덕이고 서편 난간 앞에 있는 홍옥 의자를 가리켰다. 초왕이 명을 받들고 물러나 봉륜당의 일을 맡은 매송에게 아버지 명을 전하게 하여 설소저에게 장복(章服)을 갖추게 한 후 다시 분부하였다.

"오늘 대례는 우리 집안의 법제이다. 며늘아기의 겸손함으로는 좋아하지 않겠지만 예는 굽히지 못할 것이며 이미 아버님 명이 내리신 터이니 빨리 명을 받들고 우리 집안의 법제를 무너뜨리지 말거라."

초왕이 말을 마치고 자리에 앉으니 설소저가 몸을 굽혀 절하였다. 그러나 신부는 두 눈을 어지럽게 휘두르며 두루 독기를 쏘아댈 듯이 굴었다. 설소저는 시아버지가 시조부님과 왕할머님께 여쭙는 말씀을 듣고 이 일이 자기에게 닥칠 환란의 근본이 될 것임을 분명하게 깨달았으나 그 또한 운명이며 하늘의 뜻이었다. 어른 명을 거역하면 모양새만 우스울 뿐이라 시녀가 인도하는 대로 장복을 입고 천천히 발걸음을 옮겨 의자 가까이로 나아가니 발 아래로 연꽃이 솟고 걸음이 물 흐르는 듯하여 붉은 색 비단 치마가 조금도 움직이지 않았다. 그 모습이 마치 옥 나무가 불어오는

47

48

이 궁전을 짓느라 무거운 세금을 부과하여 백성들의 원성이 극에 달해 마침내 주(周) 무왕이 은 나라를 멸망시켰을 때 주왕은 녹대에 불을 지르고 그 속에서 스스로 불타 죽었다고 전해짐.

49 바람에 나부끼며 서 있는 듯하여 시부모와 시조부모는 이 모습을 바라보며 만금 보석보다 귀하게 여겼다. 소저가 의자 앞에 다다르고도 안색에 황송한 기색이 나타나 머뭇거리며 의자에 오르지 못하니 그 모습이 더욱 빼어나게 아름다웠다. 초왕은 그 뜻을 알아차리고 더욱 애처롭고 가엽게 여겼다. 공이 태자소부에게 팔을 들고 명하여 소저를 올라오게 하니 소저가 어쩔 도리가 없어 의자 위에 올랐다. 매송이 황색 신발을 끌고 원 부인께 여덟 번 절하는 예를 행하라고 길게 외쳤다.

이때 군주는 정신을 차리고 곁눈으로 설소저의 한없는 정기(精氣)를 구
50 경하며 남 몰래 넋을 불사르며 몸을 움직이지 않고 있다가 사환이 큰 소리로 외치는 소리를 듣고 소저가 의자에 앉는 것을 바라보고도 황홀하여 몸을 움직이지 못하였다. 사환이 세 번이나 예를 행하라고 외쳤으나 군주가 몸을 움직이지 않다가 다시 길게 예를 행하라 부르니 여러 궁인들이 겁이 나서 군주를 붙들고 여덟 번 절하는 예를 시키므로 군주가 이것을 피할 수가 없어 예를 마쳤다. 그러자 소저가 편안하고 조용한 태도로 내려와 소매를 높이 들어 읍하며 사양하는데 그 태도가 진실로 법도에 들어맞았다. 군주는 소저의 모습을 대하자 가슴에 잔나비가 뛰노는 듯하여 속으로 생각하였다.

51 '이 사람이 피와 살을 가진 몸으로 저렇게까지 할 수 있단 말인가? 효장 숙모의 미모로도 감히 견줄 수가 없구나. 나와는 전생에 무슨 원한이 있기에 내가 사랑하는 사람을 먼저 빼앗아 나의 아홉 구비 간장을 마디마디 끊고 애를 끓이는 것이냐?'

그리고는 떨리는 이를 악물고 마루 끝에 앉으니 소저가 나는 듯이 시아버지 앉으신 데로 다가가 그 곁에서 모시었다. 초왕 형제가 아버지를 모

시고 외전으로 나가니 휘장 안으로 피해 있었던 부인네가 나와서 태부인께 신부의 아름다운 용모를 칭찬하는 한편 설소저의 규모와 뛰어난 덕성과 광채에 새로이 큰소리로 탄복하고 칭찬을 아끼지 않았다. 이 모습을 보고 좌중에 있던 여이공 부인 설씨373)가 말하였다.

52

"아우는 어찌 처신을 조심 없이 하여 간사한 사람의 원망이 조카에게 빨리 미치게 하는가?"

그러자 여부인이 두 눈썹을 찡그리며 대답하였다.

"시집의 법도와 가르침이 위에 계시니 큰일에는 여자가 간여할 수 없는 법입니다. 비록 이 예를 안 쓰더라도 설소부가 간악한 사람의 해독을 피할 길이 없으니 대체로 법을 베풀어 어리석은 사람이 감히 우러러 보지도 못하게 하려 했던 것뿐입니다. 이런 이유로 군후와 아들의 생각도 그런가 싶습니다."

이 말을 듣고 설부인은 고개를 끄덕였다. 이날 초왕이 며느리를 사랑하는 모습은 천지 만물에 비할 데가 없었으며 그 위의 어른들과 숙부들도 한결같이 설소저를 아끼고 사랑하였다. 이 모습을 보니 만물이 지극하면 해를 당하는 이치를 피하지 못할 듯하여 설부인은 사람들이 자기 조카딸을 너무 떠받드는 것을 민망히 여기며 상황이 너무 지극한 것을 오히려 꺼려하였다.

53

어느덧 해는 저물어 서산으로 떨어지고 손님들은 모두 흩어졌다. 여공부인과 그 며느리는 경복루에 머물었고 주상국 부인은 숙렬궁 봉륜당에서 딸과 며느리, 손자들을 거느리고 머물었다. 초왕이 두 아우를 거느리고 들어오니 태자소부가 태부인께 고하였다.

---

373) 여이공 ~ 설씨 : 여부인의 오라비인 여이공 백달의 부인을 가리킴.

"조카 부부가 어려서 사람들을 접대하는 것과 첩을 거느리는 것을 함께 하기엔 아직 번잡하오니 신부 숙소를 홍매각으로 정하시는 게 어떻겠습니까? 숙렬궁이나 봉륜당 길을 알리는 것도 부질없고 홍매각이 큰 형수 계신 곳과 멀지 않으니 그 곳으로 정하십시오. 질부 곁에 요사한 사람이 감히 가까이 있지 않게 하는 것이 옳을 듯합니다."

이 말에 태부인이 고개를 끄덕이자 부마가 웃으며 말하였다.

"현양이 제방을 잘 하느라 처소를 멀리 떨어진 곳에 두려고 하지만 그래도 두통거리가 적지 않구나. 비록 형수 눈앞이라 한들 거기에서 나쁜 짓을 꾀한다면 어찌 알겠느냐?"

그러자 태자소부가 빙그레 웃으며 말하였다.

"그렇다면 세월이 흐르기만 기다릴 뿐입니다."

좌우에서 이 말을 듣고 깜짝 놀라 얼굴빛이 창백해졌다. 초왕은 두 아우의 말을 들었으나 빙긋이 웃을 뿐 아무 말이 없었다.

신부의 숙소를 홍매각으로 정하였으므로 군주가 홍매각으로 돌아와 긴단장을 벗고 붉은 치마와 푸른색 저고리로 갈아입은 후 단정히 앉았다. 그러나 저녁에 있었던 일을 생각하니 부아가 치밀어 손으로 가슴을 어루만지고 이를 갈면서 속으로 모질게 꾸짖었다.

'너 설성염이 나와 삼생(三生)의 원수로 금세(今世)에 나의 원앙금침을 빼앗아 오늘 나에게 한없는 욕을 당하게 했으니 이 한은 백골이 진토가 된다고 해도 풀리지 않을 것이다. 너를 먼저 가루로 만들고 뒤이어 임, 설 두 가문을 짓밟아 황실을 욕한 원을 풀고 말 것이다.'

이렇게 혀를 차며 한탄하고 있을 때 춘교가 군주의 귀에 대고 속삭였다.

"오늘 옥주께서는 영원히 씻지 못할 욕을 무수히 보셨으나 월왕(越王) 구천(句踐)이 쓸개를 맛보았던 일374)을 본받아 아직 잠자코 안색을 지어 사람들의 마음을 얻으십시오. 모사 장량(張良)을 일으키고 상공의 은총을 얻으면 적국(敵國)375)을 제어하여 천하를 통일하시게 해드리겠습니다."

이 소리를 듣고 군주가 숨을 돌리며 말하였다.

"내 가슴이 답답했는데 너의 상쾌한 말을 들으니 어지간히 시원한 듯하다. 그러나 오늘 성염이 사람들이 모두 모인 데서 자리를 삼중으로 높이고 나의 절을 받은 것을 생각하면 창자가 터질 듯하니 어찌 참을 수 있겠느냐?"

그러자 춘교가 웃으며 말하였다.

"어차피 상공의 은총을 먼저 얻으셔야 합니다. 그 가운데 목지란을 일 으켜 일을 크게 만들고 설씨를 구렁텅이에 몰아넣어 시부모와 남편이라도 그 죄를 벗길 길이 없게 하겠습니다."

군주가 이 말을 옳게 여기고 서찰을 써서 부왕께 보내었다. 그리고 세자에게 온갖 수단을 다하여 목지형과 친교를 맺고 미인을 낚아 차차 비밀스런 계책을 일으켜서 누이의 분함과 원망을 풀어달라고 편지하였다. 그런 후 군주는 서찰을 봉하여 춘교에게 맡기고 촛불 아래 단정히 앉아 신랑이 들어오기만을 눈이 빠지게 기다렸다.

상국이 처사와 함께 태부인께 저녁 문안을 드린 후 좌우가 고요한 틈 을 타 선생에게 탄식하며 말하였다.

---

374) 월왕(越王) ~ 일 : '와신상담(臥薪嘗膽)'에 얽힌 고사를 가리킴.
375) 적국(敵國) : 남편의 다른 부인을 말함.

"오늘 신부를 보니 내 마음이 움츠러드는구나. 저 신부는 한낱 우리 가문을 뒤엎을 뿐만 아니라 나라에 화근을 미치고 말 것이다. 조왕은 배짱도 없고 호화롭기만 한 아무 쓸 데 없는 공자인데 그가 어찌 저런 별종의 요물을 낳아 우리 집에 화근을 끼치고 자기 아비로 하여금 자리를 박탈당하게 한단 말이냐? 내일이라도 내 벼슬을 황상께 드린 후 어머님을 모시고 창흥 부부를 거느려서 화주로 내려가 묵은 밭을 일구는 한가한 백성이나 되어야겠다. 아우 또한 한가한 몸이니 이 밖에는 다른 방법이 없겠구나."

59 선생은 공이 손자 부부를 위한 마음으로 목숨을 거는 걸 보니 천륜보다 더한 자애인지라 감격한 마음에 탄식하며 말하였다.

"저는 설씨 며느리가 우리 집안에 들어오던 때부터 이런 환란을 당할 줄 알았습니다. 그래서 형님께서 이렇게 하실 줄 알았으나 지금 국가에 위태로운 환란이 있어 북쪽을 침략하고 있으니 내년엔 틀림없이 친히 출정하시어 북쪽을 정벌하셔야 할 것입니다. 또한 가락국 왕이 수년 동안 조공을 안 하고 있어 머지않아 중국을 침노할 싹이 보이니 희린은 잠시도 물러나지 못할 것이며 세린 또한 그 뒤를 따를 것입니다. 성상께서 효장공주가 떠나는 것을 허락하지 않으시면 이 또한 난처한

60 일인데다 우리 형제가 창흥 부부만 데리고 가려 한다 해도 유린 또한 따르지 못할 형세이니 쉽게 고향으로 내려가지 못할 것입니다. 화주는 말할 것도 없고 하늘 한 가에 간다 한들 닥쳐오는 액운을 피할 수 있겠습니까? 그것은 성인도 면치 못하셨으니 가만히 앉아 하늘의 뜻을 보려 합니다. 태자소부의 비상함으로 요사한 사람 하나는 능히 제어할수 있겠지만 이 사람은 한낱 설소부 하나만 해치려 하는 것이 아니라

반드시 온 집안을 짓밟으려 할 것입니다. 이미 만난 것부터 불행한 일이니 조용히 내버려두다 곧 때가 오면 이 요사스런 사람도 오래가지 못할 것이고 설씨도 환란을 만나지 않을 것입니다."

61

공은 선생의 말을 조용히 다 들은 후 속이 탁 트인 듯 시원하게 탄식하고 그 말이 옳다고 하였다.

이 무렵 숙렬비가 창홍에게 신방으로 갈 것을 권하자 창홍이 대답하였다.

"저 요사한 물건은 우리 집안을 뒤엎을 물건에 지나지 않는데 제가 어찌 세 할머님께서 즐거워하시는 이러한 때에 구차스러운 걸음을 하겠습니까? 제가 나이가 어려 아직 할아버지 품도 떠나지 못하였는데 규방에 빠져 몸을 해롭게 하겠습니까?"

이 말을 듣고 여부인이 두 눈썹을 찌푸리며 주비를 돌아보고 말하였다.

"이 아이가 음녀에게도 설씨 며느리에게 한 것같이 나이 어리다고 금슬을 끊는다면 음녀가 일으킬 큰 난리가 더욱 설씨 며느리에게 빨리 닥칠 것이다. 아이가 소탈하여 설씨 며느리와 아직도 금슬을 열지 않았는가 싶으니 계속 제 고집을 세운다면 무죄한 아내는 고래 싸움에 새우 등 터지는 격을 면하지 못할 것이다. 다만 저 아이가 어찌 처리할지 볼 따름이로구나."

62

주후 부인376)은 두 고부간에 문답하는 것을 듣고 창홍을 쓰다듬으며 말하였다.

"너의 원대한 식견에 무슨 일을 하지 못하겠느냐? 저 여자가 어렸을 때부터 궁궐에 출입하여 궁인네가 봄을 흐느끼고 가을을 슬퍼하는 모습

---

376) 주후 부인 : 주후 주담의 부인이자 주숙렬의 어머니.

을 익히 보고 자란 터라 풍류랑에 뜻을 두고 월환을 던졌구나. 너를 사모하여 정당하지 못한 방법으로 들어왔는데 너에게 사랑을 받지 못하게 되면 설씨 며느리에게 닥칠 환란이 급할 것이다. 너는 아직 드러난 죄도 없이 원한 품은 여자에게 독을 품게 하지 마라. 네가 설공 부부에게 입은 은혜가 태산 같으니 평생 그 딸의 일생을 편안하게 하는 것이 옳지 않겠느냐?"

그러자 창흥이 머리를 조아리고 공손히 말하였다.

"할머님 말씀이 마땅하시나 저는 차마 음녀를 가까이 하지 못하겠습니다. 그러니 앞일을 분간하지 못하겠습니다."

창흥이 이렇게까지 말하므로 주후 부인은 다시 말하지 못한 채 다만 설씨를 위한 근심 때문에 시름에 잠겼다. 그러자 여부인이 홀연 근심스런 목소리로 탄식하며 말하였다.

"겨우 진정된 집안에 다시 환란이 일어나게 되니 이것은 모두 내가 쌓은 재앙입니다. 옛날에 주형의 간장을 태우게 한 것은 모두 내 죄였습니다."

이렇듯 새로이 지난날의 자기 잘못을 다시 뉘우치며 주후 부인께 사과하니 주부인은 여부인이 세월이 오래될수록 진심으로 덕을 닦는 것이 감탄스럽고 기뻐서 다가가 앉아 손을 잡고 사양하며 말하였다.

"절대 그렇지 않네. 옛일은 이미 지난 일인데 어찌 오늘 새로이 뉘우치겠나? 아우는 이제부터 다시는 이런 말을 하지 말게."

여부인은 주후 부인의 너그러움에 탄복하여 두 눈에 눈물이 그렁그렁하였다. 창흥이 할머니께 다가가 한삼으로 할머니의 눈물을 씻고 재롱을 떨며 얼굴을 가슴에 대고 아뢰었다.

"예전에 우리 아버지께서 무엇이라 아뢰셨는지 기억나지 않으십니까? 이렇게 마음 쓰며 경솔하게 탄식하시면 아버지를 모셔 오겠습니다."

이렇게 재롱을 떨며 위로하는데 그 모습이 곧 초왕의 모습이었다. 여부인은 한림이 너무도 사랑스럽고 귀여워 눈물을 거두고 팔을 어루만지며 말하였다.

"어찌된 자식이 효성도 각별하지. 이 쓸모없는 할미가 한 번 찡그리거나 한 번 웃는 것도 무심히 보는 일이 없으니 오히려 밉구나. 어린 체 그만하고 신방으로 가 남의 가슴에 붙는 불이나 꺼라."

그러자 한림이 온화한 웃음으로 할머니 손을 받들고 아뢰었다. 66

"제가 어리석고 아둔하여 방안에 켜있는 촛불도 못 끄는데 어찌 그런 더러운 불을 끌 수 있겠습니까? 오늘밤은 소유정에 가서 의첨과 함께 자겠습니다."

이 말을 듣고 여이공 부인 설씨가 탄식하며 말하였다.

"그 아이가 심한 벌을 받고 목숨이 위태로운 것을 영대왕이 데려다가 지성으로 간호하여 다시 살아났다고 하던데 지금은 조금 차도가 있다더냐?"

한림이 공손히 두 손을 모으고 대답하였다.

"회광이 지금은 깨끗이 나았습니다. 그 후 일의 도리로 경계하시어 작은아버님께 맡기셨는데 근래는 죄를 뉘우치고 예전의 호탕하던 풍류도 사라지더니 도리어 어림쟁이377)가 되어 여자의 미색에 눈을 감고 67 는 해월도 잊고 옥경도 생각하지 않는 것이 눈에 보이옵니다. 하지만 또 어떠할는지 알 수 있습니까? 원래 그 놈이 행실이 괘씸하지만 장인

---

377) 어림쟁이 : 일정한 주견이 없는 어리석은 사람을 낮잡아 이르는 말.

어른의 채벌이 너무 심하여 아주 죽이기로 작정하신 듯했으니 그런 놀라운 일이 없었습니다."

여이공 부인인 설부인도 대강은 알고 있었으나 자세히 알지는 못했다가 한림의 말을 듣고 전후사를 자세히 물으니 한림이 붉은 입술과 새하얀 이 사이로 대강 고하는 말이 한편으로는 놀랍고 한편으로는 고마워서 탄식하며 말하였다.

"옛말에 아들을 많이 두면 여러 가지로 두려움과 근심, 걱정이 많다더니 우리 형님께서 엄하게 훈계하시는데도 희광이가 방탕하여 저 한왕의 딸과 혼인 관계가 생겼으니 어찌 놀랍지 않겠느냐? 저 아이가 비록 그런 행실이 있을지라도 한왕의 딸이 아니었다면 오라버니께서 어찌 죽이고자 하셨겠느냐? 이는 모두를 편안하게 하고 허물을 덮으려는 계교이니 차라리 자식 하나를 죽여 가문에 욕을 더하지 말자는 생각이셨겠지. 희광인들 조왕의 딸이라는 것을 알았다면 어찌 마음을 두었겠느냐? 네 아버님을 찾아뵙고 조카를 살려주신 하늘같은 덕을 친히 감사하고 싶지만 부인 여자가 되어 왕을 직접 대면하면 웃으실까 싶어 못하겠구나."

한림이 예를 갖춰 사양한 후 아뢰었다.

"희광이 하는 행실이 일마다 애달픕니다. 우리 둘째 작은아버님께서 아이를 두시고 좋은 신랑을 조심하여 가리시자 아버님께서 의첨을 천거하셨습니다. 그러자 둘째 아버님께서 이르시길 '설희광은 너무 말이 너무 풍성하고 기운이 세차고 활발하여 미인을 많이 모을 상이며 그 위세가 씩씩하고 웅장하여 여자에게 편안히 대하지 못할 사람이라' 하시며 군자의 기풍이 아니라고 하셨습니다. 그리고 또 아버님께서 말씀하시기를 '하늘의 뜻이 정해지면 이역만리라도 면치 못한다 하니 네가 싫다면 권하지 않겠다.'고 하시니 둘째 아버님이 웃고 말씀하시기를 '설희광과 내 딸아이가 나이가 서로 맞지 않고 딸아이는 심한 약질이니 설희광 같은 걸출한 인물을 능히 감당할 수 없을 것입니다.' 하시고 중지하셨습니다. 이번 난리가 나면서 다시는 거론하지 않으시니 이제는 아주 끝난 일이 되었습니다. 우리 사촌누이는 곧 하늘이 내신 아름다운 여자이니 성인도 요조숙녀를 자나 깨나 늘 생각하시는데 저 사람이 무슨 복으로 우리 누이 같은 타고난 미녀를 짝으로 얻겠습니까? 그 놈의 일이 간절히 가슴 아프고 슬프옵니다."

이렇게 말하고 유쾌하게 웃으니 여부인이 탄식하며 말하였다.

"모든 일은 다 하늘의 뜻이로구나. 저 아이의 아름다운 성품과 자질은 하등이 아니나 호화스러운 데 마음이 들떠 한 번 그런 데 빠진 것이다. 그러나 죄를 뉘우치고 착한 데로 돌아가는 것은 성인도 허락하신 일이니 깨달음을 굳게 하였다면 공맹의 문하로 들어간다 해도 누구에게 흠을 잡겠느냐? 아직 소년의 마음이라 그런 것이지만 나중에 설씨 가문을 높일 사람은 바로 이 아이다."

한림은 할머님 말씀이 마땅하다 말하고 밤이 늦었음을 아뢴 후 모두 평안히 주무시라고 말씀드리고 물러나 소유정으로 갔다.

이때 옥선은 밤이 새도록 신랑을 간절히 기다렸으나 신랑의 그림자도 보지 못하자 속에서 천불이 일어나 자리에 거꾸러졌다가 날이 새는 줄도 모르고 계속 누워 있었다. 춘교 등이 옥선을 붙들어 단장을 시키고 정당으로 보냈으나 문안하기에는 벌써 늦은 시각이었다. 옥선이 마루 끝에 앉아 있었는데 그 모습이 빼어나게 아름다워 마치 배꽃 한 가지가 봄비에

젖은 듯했다. 눈부시게 아름다운 자태는 조비연(趙飛燕) 황후와 흡사했으나 온 몸에 남해의 명주와 벽해주를 드리우고 있어 너무 눈이 부시고 어지러운데다가 좌우에 무수한 궁녀들이 모시고 서 있어 자못 요란하였다. 이를 본 상국은 기쁘지가 않아 초왕을 돌아보며 말하였다.

"우리 집안은 본래 낮고 천한 집안이다. 효장이 시집오셨어도 궁인들이 감히 혼잡하게 굴지 못했는데 창흥의 첩실이 어찌 감히 삼가지 않는단 말이냐?"

그러자 초왕이 머리를 숙이고 영을 받들어 군주의 좌우에 있는 사람들에게 명하였다. 그 말에, 감히 어른들 앞에 궁인들을 들이지 못할 것이며 선비의 집안에 궁인들을 머무르게 하지 못하리란 것과 모두 돌려보낸 후 분수를 지키고 몸가짐을 바르게 가지며 근신하란 말씀이 있어 대단히 엄숙하였다. 군주는 마음속으로 앙심을 품었으나 어디 가서 그 요사스런 독기를 드러낼 수가 없었다. 어쩔 수 없이 물러나 침소로 돌아가서는 손으로 정당을 가리키면서 큰 소리로 꾸짖었다. 그런 후 궁인과 시녀들을 다 돌려보내고 심복 시녀 10여 명과 보모인 춘교만 머무르게 했다. 뒤이어 단장을 고치고 효장궁으로 가서 말하기를 아침 문안 때 얼핏 뵈었으나 사사로운 정을 펴지 못했다고 하면서 공주를 정답게 모셨다.

공주는 그 전날 병을 핑계대고 군주가 예를 행하는 것을 보지 못하고 궁에 있었다. 그러다 아침 문안 때 들어가 말석에 앉아서 행하던 거동을 잠깐 보고 돌아와 군주가 황실에 욕을 끼친 것을 몹시 원통해하고 있던 터였다. 그런데 그때 군주가 이르렀음을 고하는 소리가 들리므로 고요히 눈을 감고 앉아 있었다. 간단하게 초왕비의 안부를 묻고 눈길을 들어 군주를 살피니 그 태도가 어지럽고 경박스러우며 얼굴에 살기가 어려 독사 같은 기운을 다른 사람에게까지 쏘일 정도였다. 공주의 조마경(照魔鏡)이 질녀의 요사스럽고 음악한 폐부를 다 비추는 터에 어찌 조금이라도 친척의 정이 나겠는가? 다만 말없이 탄식한 후 황실에 저런 요사스런 사람이 나서 금지옥엽의 빛을 깎아내리는 것에 경악할 따름이었다. 그리하여 말씀을 길게 하며 조용히 경계하였으나 알지 못하겠구나. 무슨 말씀으로 능히 군주의 마음을 돌이키려 하였는지 다음 회를 보기 바란다.

임 씨 삼 대 록   원 문

임시삼딕록(성현공 삼곤계 ᄌ녜 별전) 권지일

1면

황명 성됴 문황뎨 영낙 이십일 년간의 절튱갈녁보국영ᄉ공신고현금ᄌ광녹튀우좌승상 겸 구셕봉초왕 임희린의 댱ᄌ 창흥의 ᄌᄂ 원빅이니 정국효문슉녈쥬비의 탄싱애라 모비 잉신 쵸의 화란이 방다쳡의라 쥬비 쥬야 경동ᄒ여 구함젼의 쳥죄ᄒ더니 믄득 녀부인이 의문이 별니ᄒ고 이목이 번다ᄂ 고로 좌우 이목을 두려 사명을 나리오니 쥬비 바야흐로 침쇼의 도라왓더니 슈암이 몽농ᄒ딕 심신이 경동ᄒ더니 텬지 명낭ᄒ고 일월이 광화ᄒ

2면

곳의 쳔문이 열니고 일위 션관이 운관무의로 ᄂ려와 쥬비긔 비례 왈 쇼션은 삼틱의 졍빅이라 공과 부인의 튱효로 황황이 슈민ᄒᄉ 쳔존과 남두슈셩을 명ᄒᄉ 셰연이 만흔 셩신을 틱ᄒ여 특별이 임문의 강셰ᄒ여 부인지덕과 임시동ᄉ를 흥복게 ᄒ실식 부인긔 의탁ᄒᄂ니 부인은 어엿비 녀기쇼셔 언파의 부인을 밧드러 당즁의 들며 다삿 별이 실즁의 써러지니 광치 됴요ᄒ더니 별이 화ᄒ여 다삿 황뇽이 되여 긔셰를 발ᄒ미 다삿 여의쥐 된지라 이의 부인 품쇽의 드니 흠신 경각ᄒ미 침상일몽이요 한한이 쳠의라 즁심의 경동ᄒ나 묵연침음

3면

이러니 이달부터 희잉ᄒ니 ᄉ오 삭의 누명을 시러 본부의 슈계ᄒ 지 십사 삭의 츈 이월 긔망을 당ᄒ여 원즁의 봉황이 셰 번 울고 향운이 만실ᄒ더니 슌산 싱ᄌᄒ미 우름쇼릭 홍종을 울니ᄂ 듯ᄒ니 상국이 녀ᄋ를 편히 누이고 신ᄋ를 강보의 쓰셔 격졀탄상ᄒ여 임부의 고ᄒ고 환회ᄒ더니 임부의셔 션싱이 듯고 딕열ᄒ여 딕되 덕문여경으로 현손을 닉신 바를 하날긔 ᄉ례ᄒ고 밧비 희보를 남경의 보호시 신손의 농닌 굿ᄒ믈 긔록ᄒ엿더라 싱지삼칠의 모비 국가의 득죄ᄒ여 산동경긱이 되니 화즁경혼이 되

고 부공은 조모 녀부인의 질지이심이 보

4면

치여 킹참의 밀쳐 한쵸의 참모룰 삼ᄋ 디량의 보닌 후 남은 긔발이 죽명공을 마즈 셔
르져 인즁승쳔을 계교ᄒ더라 싱왕부 션싱과 위부인이 식부룰 젹니의 보명치 못ᄒ미
지원극통이오 아손을 다려오미 삼칠 쇼이로디 웅장쇄락ᄒ미 왕실이 여휘ᄒ고 방에
젹미라 산쳔슈긔와 일월졍화룰 거두어 오악의 녕슈홈과 쇼호의 즌언긔명ᄒ던 신긔
룰 가져시니 뇽미봉안의 넉ᄉ쥬슌이 찬난ᄒ고 긔묘ᄒ니 명됴의 보필이오 임문의 쳔
니귀라 션싱이 광미디상의 희위늉흡ᄒ여 모부인긔 하례 왈 영즈 긔린이 오문을 창셩
ᄒ고 명실의 동냥보필이 되리

5면

니 도시 틱틱와 션군의 젹덕여음이로쇼이다 틱부인이 희약쳔지ᄒ여 신손의 긔상을
이지ᄒ고 ᄋ즈의 하언을 연타하더라 팔구 삭의 부왕이 디량의 동ᄉᄒ니 ᄉ싱을 미분
ᄒᄂ 즁이나 닌봉 ᄀ흔 손이 잇셔 죵ᄉ 즁탁이 더옥 지즁ᄒ니 관틱부인 슬상지보로
무이홀ᄉ 싱이 녕신ᄒ미 헌원의 슬긔라 모비ᄂ 안면을 모로거니와 ᄶᄶ 부왕을 싱각
ᄒ고 울며 경복누의 일졀 가지 아냐 틱왕모 슬하의 힝쥬ᄒᄆᆯ 쎨니 ᄒ고 교연이 노다
가도 쳬찰의 머무던 셔지로 가즈 보치니 틱부인이 츠경을 볼 젹마다 쌍눠 여우ᄒ여
ᄋ공즈의 다부특흔 머리 다 졋ᄂ지라 창이

6면

신명효우ᄒ니 틱왕모의 비쳬ᄒ시믈 보미 즉시 울기룰 긋치고 옥겨 ᄀ흔 냥슈로 왕모
회리의 너허 어리로이 왕모룰 다리고 교교히 웃고 유희장낭ᄒ여 만쳡슈우룰 푸ᄂ지
라 틱부인이 만분 극이ᄒ여 유하히지 여ᄎ 비속하믈 고이히 너기더라 창이 믄득 글
오디 쇼손이 경복누 왕모긔 가면 고디 죽을 듯ᄒ더이다 틱부인이 함누 왈 경복누 조
모ᄂ 여부룰 나핫ᄂ니라 창이 가월쌍미룰 빈츅ᄒ고 옥겨 ᄀ흔 옥슈로 ᄀᄂ 봉안을
가로 다리여 왈 경복누 조뫼 쇼손 곳 보시면 미양 이러케 쎠보시니 쇼손이 가기 슬터
이다 어언이 낭낭ᄒ여 우물진 냥협의

7면

잉홍이 찬연호니 틱부인이 휘루 상냥컨딘 여츠 셩주긔슌을 어더 풍픠 상싱호고 조슌 부지 단합홀 긔약이 묘연호니 슬허 탄식호더니 참모의 픠군흔 흉문이 냥니를 경동호고 국가의 딘변이 나 합문을 위리호고 가닌 황황홀 츠 녀시 흉인이 창흥을 죽이려 호다가 약이 업쳐지니 여러 이목을 두려 궤즁의 너허 즙가 남강의 씌오고 가닌를 혼동호여 년지의 쌘지다 호니 츠호비지라 악인의 독쉬 여츠호니 호텬이 묵묵호시나 슬피미 쇼쇼호니 쳔동지셩을 닛시고 화의 몰몰호시리오 길인은 빅신이 호위호고 텬의 도으시니 엇지 죽명공을 구홀 현

8면

지 업스리오 활인싱불의 셜공을 맛나 구호여 부인 유도를 먹여 쥬야 보호호믈 만금의 비치 못홀너니 수셰 임부 화란을 진졍호고 쥬슉녈이 왕각을 쇼멸호여 쇼쳔을 수즁구싱호믹 구문 급화를 구호고 가란을 진졍흔지라 왕부 임상국이 남으로셔 도라오니 당츠호여 냥위 돈당과 부모의 교이 즁 날노 댱셩호여 오뉵 츈츄를 뒤이져 년보 십일의 문장이 광박호고 긔셰 산악 궂호여 광쳔을 슴킬 듯호니 냥 조모와 부왕이 두굿기는 가온딘 그 너모 츌뉴호믈 보미 니극지히를 두려 셔직의 두고 졀친흔 붕비도 뵈지 아냐 규슈의 쳐신 궂호니

9면

부마의 오주 쳔흥과 왕의 츠주 지흥이 뉵칠 셰 되니 명흥 셩흥 원흥 슈흥 몽흥 계흥 등 여러 션동이 츠츠 주라 옥슈 신월 궂호여 광실이 좁고 쇼부인 댱녀 월혜와 진시의 녀오 미쥐 십 셰 구 셰라 빅만광염이 찬난쇄락호여 쳔지방용이 셰고무쌍호니 무릉삼식되 됴로로 썰친 듯호니 상국의 무이호미 비길 딘 업고 틱부인의 수랑호미 손등의 나리지 아니호더라 죽명공 창흥의 사룸되오미 농미봉안의 월면쥬슌이니 효주지되 딕슌 증주를 압두호니 상국의 손오 귀즁호미 왕의 오시 젹과 여러 층 더호

10면

미 잇스니 일빈일쇼의 무심호미 업스니 왕은 딘아의 쯧 밧주오미 못 밋츨 듯호무로 부족호여 계칙호미 업스나 쳔싱딕효와 츌뉴흔 직질이 일취월장호여 셩주긔믹이니

환낙ㅎ다가도 ㅎ 번 봉안을 크게 쓰믹 뇽이 긔셰롤 발ㅎ며 호푀 파람ㅎ니 빅슈 진공ㅎㄴ 위엄이라 ㅎ가지로 노던 셔동빅 감히 눈을 드러 보지 못ㅎ니 모비 그 너모 셰츳고 긔운 부리믈 칙혼 즉 어리눅게 모비 유압을 어루만져 희우롤 본 후야 물너나니 긔 변지술이 넉넉ㅎ지라 슉녈이 이 ㅇ들 편이ㅎ믄 쳔눈 밧긔 ㅈ별ㅎ여 싱지삼칠의 유치롤 더

11면

더1)지고 구문을 하직ㅎ여 만ㅅ여싱이오 ㅇ지 또 ㅅ중여싱이라 모지 쳔눈을 단원ㅎ나 유하의 늣겁던 졍이 쩍쩍 몽혼을 경동ㅎ니 이러무로 쥬이 타별ㅎ더라 어시의 만셰 황애 옥휘 미령ㅎ시니 됴애 황황ㅎ고 만됴 됴당의 모다 의약을 논난ㅎ니 임부는 더욱 다른 진신과 달나 일기 황황ㅎ고 샹국 부ㅈ는 쥬야 궐즁의 딕후ㅎ여 츙심이 돌돌ㅎ니 샹쳔의 도츅ㅎ여 몸으로 써 딕ㅎ믈 원ㅎ고 쵸왕이 ㅈ작명약ㅎ여 ㅅ오 쳡의 샹휘 져기 차혈ㅎ�수 미음을 ㅈ로 진어ㅎ시고 부마롤 도라보ㅅ 왈 짐이 날로 위됴ㅎ되 효장이 입

12면

궐치 아니ㅎ니 딤의 쓸이 츌쳔지회 견ㅈ로 글넛도다 부미 황공계슈 왈 옥쥐 ㅅ오 일젼 산졈이 계ㅅ 산휵ㅎ시고 삼일 안이온 고로 일칠 일을 기다리ㄴ가 시부이다 샹이 순산ㅎ믈 깃그ㅅ 닐오ㅅ디 경의 ㅇ들 만흐믄 깃부나 효장이 쳥슈약질노 다산하고 무ㅅㅎ기 어려오니 됴심ㅎ라 부미 부복ㅎ여 셩교롤 듯ㅈ오믹 만승지귀로 ㅈ이 특별ㅎ시믈 감동ㅎ고 쵸왕이 옥휘 츠혈ㅎ시믈 딕희ㅎ더라 졔신을 각각 물너가 쉬라 ㅎ시고 쵸왕을 뇽탑하의 나아오라 ㅎㄴ 가인부ㅈ지녜로 어슈 쵸왕의 쇼슈롤 어루만져 닐오ㅅ디 경의 고집겸숀

13면

ㅎ믹 뉴별ㅎ여 슉녈의 딕공을 갑흘 길이 업ㄴ 고로 가뷔 황실지친이니 짐이 효문공쥬 위호롤 쥬어 눈기롤 졍ㅎ믹 효장과 ㄱ치 삭망으로 입됴ㅎ게 ㅎ엿거늘 경이 궐즁

---

1) 앞면의 '더'의 중복.

츌입을 견집ᄒ고 일졀 드러와 짐을 위로치 아니ᄒ니 심히 무류ᄒ지라 금번은 효장으로 더브러 입궐ᄒ게 ᄒ쇼냐 왕이 돈슈비무ᄒ여 명을 밧ᄌ오ᄆ ᄒ후지즁의 심지 약ᄒ시믈 감읍ᄒ니 호불호의 거역ᄒ리오 봉승ᄒ오믈 쥬ᄒ고 ᄎ일 부ᄌ 슉질이 퇴궐본부ᄒ여 퇴부인긔 빈알ᄒ고 셩후롤 뭇ᄌ오니 퇴부인이 날로 상후로 졀민턴 바롤 니르고 옥휘

14면

가혈ᄒ시믈 환희ᄒ니 상국이 디왈 상휘 처음은 위즁ᄒ시니 쵸황졀민ᄒ옵더니 황텬이 복우ᄒ샤 셩휘 ᄎ도의 드르시니 신민의 만힝이로쇼이다 퇴부인이 졈두쳑연 왈 오년이 최다ᄒ고 상휘 진퇴ᄒᄉ 말죵이 엇더ᄒ 쥴 모로니 노뫼 쇠모ᄒ믜 근녁 익심ᄒ지라 창흥을 밧비 셩녜코ᄌ ᄒ나 션훈을 너모 건네미 가치 아니토다 상국 형뎨 ᄌ교룰 듯ᄌ오ᄆ 간담이 여쇄ᄒ여 혼불니쳬ᄒ니 능히 션훈을 직희지 못ᄒ지라 쵸왕을 도라보아 연유로뻐 셜부의 통ᄒ고 냥이 유츙ᄒ나 퇴일ᄒ여 납

15면

빙ᄒ고 셩녜나 몬져 ᄒ라 ᄒ니 왕이 비ᄉ슈명ᄒ고 명됴의 궐즁의 문안ᄒ 후 ᄉ마롤 셜부로 두루ᄒ니 아지 못게라 ᄎ혼이 연고 업시 셩젼ᄒ여 셜부의셔 쳔고기셔롤 어더 봉황의 쌍유ᄒ믈 보며 임왕이 쏘 만고 셩녀 명완으로 빅냥우귀ᄒ여 일공ᄌ 쥭명공이 좌우뉴지롤 ᄒ갸 분셕하회ᄒ라 션시의 셜퇴ᄉ 연창은 기국원훈묘예로 고문벌열이요 빅년구독이니 퇴ᄉ의 션뫼 퇴됴 고황뎨롤 도아 진야션을 싱금ᄒ고 공이 놉ᄒ니 산하롤 일통ᄒ여 평쳔하 후 디국의 봉ᄒ시니 셜공이 구지 고ᄉᄒ여

16면

ᄌ고 공신이 할토봉왕ᄒ미 위고금다ᄒᄆ로 그릇되믈 징계ᄒ여 연곡의 머물기롤 간청ᄒ니 셩의빅 뉴긔 퇴됴긔 쥬ᄒ여 연곡의 두어 녈후공신과 ᄀᆽ치 됴졍의 두어 왕톄롤 논문케 ᄒ쇼셔 ᄒ니 상이 연긔언ᄒᄉ 홍문관 퇴학ᄉ 니부상셔 츄밀부ᄉ롤 겸ᄒ시니 국졍이 공의 슈즁의 나ᄂ지라 산두즁망이 히ᄂ롤 기우리더니 간신 효유용이 당권ᄒ니 셩의빅이 히골을 비러 쳥쥐로 도라가고 셜츙지 가연이 인슈롤 동문의 걸고 ᄉ미롤 썰쳐 운슈창낭과 ᄉ히구쥐롤 겻보듯 왕ᄂᆡᄒ여 ᄌ최 아니 간 곳이 업더니

17면

일일은 마두를 두루혀 남악형산의 님흐여 슈려명녀흐믈 사랑흐여 위진군의 도관을 유완흐미 운몽의 첩첩흔 문장을 거흘너 도중 견후의 진군의 청정흔 도법을 기려 찬문을 지어 붓치니 즈즈히 창농이 쀠노는 듯 난봉이 춤츄니 필획이 녕농흐여 은하쉬 구뷔진 듯 묵광이 찬난흐고 스의 청신흐니 낙필흐고 도라왓더니 진군이 옥경의 됴회흐고 구름을 멍에흐여 도관의 도라오미 운병을 헷치고 좌우 벽상의 묵적이 찬난흐고 상운이 엄영흐믈 즈시 보니 이 곳 문곡셩 셜쳥문이 즈가의 맑은 도덕과 쳥졍흔

18면

지기를 탄흔 찬문이라 진군이 일견의 딕회흐여 탄상 왈 어지다 문곡이여 션가의 딕보를 씨쳐시니 반드시 스손이 보답이 잇스리라 흐고 탄복흐믈 크게 흐더라 셜공이 치를 두루혀 도쳐의 방낭흐여 벽계창낭의 발을 씨스며 산슈의 깃드려 셰렴을 니졋더니 유용의 역뫼 발각흔 후 다시 공신을 나와 쓰실시 셜공을 쵸쳔흐스 좌승상 즁셔령을 흐이신딕 공이 스양흐고 고요히 집의 드러 즈손을 경계흐여 몸을 간딕로 나라히 드리지 말나 흐니 삼지 슈명이러니 공이 쳔년을 다흐미 기즈 쳔과 홍과 틱 삼

19면

인이 슈상흐여 틱쥐로 나려가 삼상을 맞고 인흐여 머무더니 틱죄 붕흐시고 건문황데 칠년직위에 미쳐 공신을 츳지 못흐여 계시더니 문황데 건문을 폐흐시고 딕위를 모림흐시미 션됴의 공신과 긔국원훈을 방방곡곡이 부르시니 셜쳔의 삼곤계 연경의 니르니 문황이 깃그스 셜쳔으로 기부의 벼슬을 승습흐시고 냥뎨는 농방의 고등흐여 쳥현화직을 씌여 부귀영춍이 일셰를 기우리더라 셜춍즈 부인 화시는 견망공신 화운농의 녜라 동쥬 십여 년의 스속이 돈무흐니 부뷔 딕흐여 불회 삼

20면

쳔의 무휘 위딕흐믈 슬허흐더니 부인이 홀연 비웅을 꿈꾸어 일기 영즈를 싱흐고 명년의 녀♀를 쏘 싱흐니 춍즈 부뷔 쳔지긔 사례흐고 슬상보빅를 삼앗더니 불힝흐여 화부인이 기셰흐니 공의 년긔 오히려 쳥춘이라 닉상이 뷔여시니 마지 못흐여 후취 목시흐니 스덕이 멸오미 진월 곳고 구밀복검이라 공의 식안으로 일견의 츠악흐여 안

식을 거두고 일노 가츳하미 업셔 늬당 왕늬 드믈고 엄히 잡피여 다만 냥뎨로 광금장 침의 힐항지졍이 고인의 나룻 그을니는 우이로 방불ᄒ고 자녀를 여린 옥 ᄀᆞᆺ

21면

치 보호ᄒ여 목시의 독슈를 졔방ᄒᆞ미 엄부의 톄위로써 ᄌ모의 치ᄌ 품으믈 몸쇼 힝ᄒ더니 일월이 홀홀ᄒ여 ᄋᆞᄌᄂ 이칠이요 녀ᄋᆞᄂ 십슴이라 ᄋᆞᄌᄅᆞ써 틱즁틱우 상경화의 일노 셩친ᄒ니 상공은 젼망공신 상우츈의 후예라 상쇼졔 식광이 찬난ᄒ고 ᄉ덕이 겸비ᄒ니 봉ᄉ봉친의 효의동쵹ᄒᆞ미 진짓 일쌍 가위라 공이 과망딕열ᄒ고 공직 금슬이 관관ᄒ여 국풍의 시ᄅᆞᆯ 노리ᄒ니 공이 목시로 하상지원을 끼치지 아니려 간간이 의가지낙을 폐치 아니나 가ᄉ로써 맛지지 아녀 부인 싱시쳐로 ᄉ

22면

지관환으로 가ᄉ를 신칙ᄒ더니 식부를 어더 요됴 유한ᄒ니 비로쇼 가ᄉ를 맛지고 ᄌ가 부부는 고당의 안ᄌ 효양을 바드니 목시 앙앙돌돌ᄒ나 공의 긔위 호슈풍녈 ᄀᆞᆺᄒ니 감히 딕악을 발뵈지 못ᄒ더라 ᄎᆞ년 츈의 셜공직 금방의 고등ᄒ니 직화 물망이 일셰를 압두ᄒ고 상이 그 인직를 ᄉᆞ랑ᄒᆞᄉ 한님흑ᄉ를 ᄒᆡ이시니 ᄆᆞᆰ은 직풍이 ᄉᆞ안듀를 묘시ᄒᄂ지라 산두즁망이 즁외를 기우리고 됴애 긔경ᄒ니 상툥이 늉셩ᄒᆞᄉ 툥이 날노 더으더라 하ᄂᆞᆯ이 인직를 앗기시는 고로 불힝ᄒ여 공이 하슈를 누리지

23면

못ᄒ여 일병이 고황을 침노ᄒ니 공이 스스로 니지 못홀 줄 알고 녀ᄋᆞ로써 녀이랑 빅달노 밍약이 금셕 ᄀᆞᆺᄒ지라 밧비 틱일 셩녜ᄒ니 남풍녀뫼 참치ᄒ여 일쌍 보옥이라 공이 병즁 녀의의 경ᄉ를 보니 질셰 가열ᄒ지라 한님 부뷔 신명긔 ᄉᆞ례ᄒ더니 회라 월여 후 다시 발ᄒ여 맛츰뉘 관사를 바리니 ᄌᆞ녀의 호쳔극통이 상쳘운쇼ᄒ고 하통궁양ᄒ여 여졀여삭ᄒ니 됴지 역읍ᄒ고 힝인이 거름을 멈츄어 막불ᄉᆡ비러라 장일이 님ᄒ니 틱쥐 고향의 나려가 안장하고 인하여 시묘ᄒ니 한님 부뷔

24면

이훼골입ᄒ여 지보치 못홀지라 즁계 낭 슉뷔 쥬야 붓드러 보호ᄒᆞ믈 영ᄋᆞ ᄀᆞᆺ치 ᄒ니

한님이 션견ᄒ여 죵상ᄒ니 일가의 비통이 싀롭고 한님 부뷔 동일 호곡ᄒ여 긋치지
아니ᄒ니 여러 죵형뎨 관위ᄒ여 시일을 보ᄂ더니 샹이 그 결복ᄒᄆᆯ 드르시고 어스틱
우로 징쇼ᄒ시니 한님이 엄졍을 여희ᄋᆸ고 만싀여몽ᄒ여 ᄉ환의 ᄯᆞᆺ이 업ᄉᄃᆡ 부득이
슝츄를 ᄯᅥ나 경ᄉ의 니르니 부즁의 드러 고요히 편위를 봉양ᄒ여 증ᄌ 왕샹을 묘시
ᄒ나 목시 공의 삼샹을 지니고 고당의 안거ᄒ여 ᄌ부의

25면

효양을 바드니 ᄯᆞᆺ이 거만ᄒ고 방ᄌᄒ여 곡졀 업시 ᄌ부를 괴롭도록 보치니 틱우 부
뷔 민ᄌ의 치위 ᄌᄌ되 힁혀도 원망ᄒᄆᆡ 업셔 가지록 효ᄉᄒ니 목시 탈 잡을 조건이
업ᄉ나 간간이 긔형괴샹을 부리더라 이러틋 여러 광음을 보니고 샹이 ᄌ로 징쇼ᄒᄉ
틱ᄌ틱ᄉᄅᆞᆯ ᄒ이시니 ᄎᄂᆞ 그 부됴의 벼ᄉᆯ을 승습ᄒ여 공뇌를 갑ᄒ시미러라 틱시 슬
하의 오ᄌ일녀를 두어시니 삼ᄌᄅᆞᆯ 우ᄒ로 나흔 후 이몽을 득ᄒ고 녀ᄋᆞ를 잉ᄒ여 십
ᄉ 삭만의 희만ᄒ니 이ᄂᆞ 틱음의 졍긔로 곤셩의 ᄯᅥ러진지라

26면

틱시 디경딕희ᄒ여 부인ᄃ려 왈 우ᄒ로 삼ᄌ 잇고 이 ᄋ히 곤이의 진셩이라 조심ᄒ
여 기르쇼셔 ᄒ고 인ᄒ여 명을 셩염이라 ᄒ고 ᄌᄅᆞᆯ 혜벽이라 ᄒ여 유모를 별틱ᄒ여
보호ᄒᄆᆡ 댱샹지쥬 ᄀᆞᆺ ᄒ니 군동이 희롱ᄒ여 ᄯᆞᆯ의게 쥬졉ᄃᆞ다 웃더니 일 년 후 ᄯᅩ 잉
틱ᄒ여 영ᄌᄅᆞᆯ 긔득ᄒ니 공이 너모 과산ᄒᄆᆯ 우려ᄒ더니 일일은 황혼 ᄯᆡ의 미부 녀
급시 니르러 공을 쳥ᄒ니 틱시 져부의 니르러시믈 듯고 년망이 나와 골오ᄃᆡ 빅달ᄋ
무ᄉ 닐 쳑신으로 니르럿ᄂᆞᆄ 녀공이 손을 져어 쇼릭를

27면

금ᄒ고 밧비 ᄂᆡ당으로 들며 벽좌우ᄒ고 품쇽으로됴ᄎ 일기 쇼ᄋᆞ를 ᄂᆡ여 노ᄒ되 기이
반싱반ᄉᄒ여시나 쳔동지셩으로 농쥰봉각이니 범ᄋᆞ와 크게 다른지라 틱시 디경ᄒ여
급문녀공ᄒ니 급시 일셩탄식의 동두지미를 젼ᄒ고 방금 임ᄋᆞ의 ᄉ면일망이요 쳔나
지망이니 ᄂᆡ 뉵쳑의 고로 빅니의 명을 바드미 아니로ᄃᆡ ᄎᄋᆞ의 작인이 비샹ᄒ고 현
즁의 집 가ᄉᄂᆞ 견혀 ᄂᆡ집으로 말미암은 비니 아등이 엇지 안연괄시ᄒ여 후일 하면
목으로 계슉시를 보리오 실노 ᄎᄋᆞ를 오문의셔 보호ᄒ여 타일 아미의 일명을 ᄯᅮ고ᄌ

ᄒ나 오문의

28면

ᄂ 반관옥 요인이 츄일 왕니ᄒ니 두지 못홀지라 형가의 젹션이 ᄌ고ᄅ 유명ᄒ니 츠
ᄋ를 말업시 길너 명실동냥을 일치 아니ᄒ고 임시동ᄉ를 빗ᄂ게 ᄒ라 틱시 가연이
허락ᄒ고 부인이 ᄀ 싱산ᄒ여 유되 풍비타ᄒ니 녀공이 깃거 어서 아ᄒ를 드려가 졋
슬 먹여 긔운을 회쇼케 ᄒ라 틱시 ᄋ히를 다려보니 눆믹이 촉ᄒ나 졍신이 몽몽ᄒ니
급히 ᄋ히를 품고 닉당의 드러가 ᄎᄉ를 젼ᄒ고 아히를 편히 누이고 져슬 ᄊ 너ᄒ니
후셜의 슌히 넘고 이윽ᄒ 후 몸을 움즉여 틱왕모를 부르니 셜틱시 깃브믈 니긔지 못
ᄒ여

29면

닐오디 틱왕뫼 졍당의 계시니 어서 졋슬 먹으라 ᄋ히 ᄎ언을 듯고 긔운이 ᄂ즉ᄒ여
졈졈 졋슬 실히 먹더니 식경 후 져슬 밀고 사일쌍광을 둘너 좌우를 슉시냥구의 크게
우ᄂ지라 틱시 그 작셩긔질이 팔황구쥮를 다 도라도 여ᄎ 긔린은 업슬지라 슬상의
안고 다리여 굴오디 네 집이 화란이 비상ᄒ 고로 너를 다려와시니 아직 날과 ᄒ가지
로 예 잇ᄌ ᄒ니 말을 아라듯ᄂ 듯 진진이 늣겨 부인 것ᄒ로 가니 부인이 ᄂᄒ여 져
슬 다ᄒ니 다히ᄂ 족족 먹고 다시 우지 아니ᄒ니 공이 외당의 ᄂ와 녀공을 디ᄒ여 의
심 업시 회쇼ᄒ 줄 젼ᄒ고 굴오디

30면

임현즁의 졍튱디졀이 일월노 징광ᄒ리니 고구 흉인의 히를 닙으리오 ᄎᄋᄂ 임의 빅
달이 다려와시니 쇼문 업시 보호ᄒ려니와 빅달의 싱질 유린을 엇지 홀고 녀공이 돌
돌분탄 왈 쳔살무셕이오 만ᄉ유경이니 현즁이 ᄉ라 도라오면 ᄉ싱을 일체로 ᄒ리니
ᄉᄉ의 통ᄒ진지로다 셜공이 연타ᄒ고 ᄎ야를 한가지로 지닉고 부즁의 도라오나 가즁
의 ᄉ식지 아니터라 오릭지 아냐 임참졍이 도라오믹 공ᄌ를 ᄎᄌ가니 셜부의 머무런
지 장ᄎ 삼년이라 날노 긔이ᄒ고 신긔로와 후원과 견계의 두루 노라 만일 집안 아히
곳

31면

보면 아모 됴흔 거시라도 가졋다가 쥬고 긔괴히 됴하 놀고 즐기니 틱스와 상부인이 십분 긔이ᄒᆞ여 ᄉᆞ랑이 친손의 감치 아니ᄒᆞ니 목시 알고 그 별츌ᄒᆞ믈 아쳐ᄒᆞ여 공과 부인을 ᄭᅮ지져 왈 어듸 가 노듕 바린 요물을 어더 졋먹여 기르미 흉변을 보리라 ᄒᆞ여 악악흔 즐욕이 무비픽셜이라 ᄎᆞ후ᄂᆞᆫ 공지 스스로 나ᄃᆞ니지 아니코 부인 당듕의셔 셜ᄋᆞ들노 긔긔흔 노름이 조두의 마즐 쑨 아녀 졔ᄋᆞ들노 더브러 졔갈냥의 팔진도를 버리고 동뉴를 지휘ᄒᆞ여 미왕흔 긔질이 우쥬를 밧들 듯 틱악을 엽히 씨고 북히를

32면

넉씰 듯 셜공ᄌᆞ 등의게 들미 오작 즁 봉황 ᄀᆞᆺᄒᆞ니 틱스 부부의 탐혹흔 ᄌᆞ이 친싱의 다르지 아니나 굿ᄒᆞ여 아들노 칭ᄒᆞ미 업셔 깁흔 쥬의로 귀즁ᄒᆞ더라 셜쇼져 셩염이 창흥공ᄌᆞ로 동년동월 동일 동시라 임공ᄌᆞ를 심히 피ᄒᆞ여 부인 당듕의 오지 아니ᄒᆞ니 틱시 이상이 녀겨 유모로 쇼녀를 다려와 부인 침쇼의셔 공이 광슈를 버려 안ᄋᆞ 슬상의 언고 잉슌을 졉ᄒᆞ여 ᄉᆞ랑이 쳬쳬ᄒᆞ니 ᄋᆞ쇼졔 믄득 효셩쌍안을 드러 창흥이 모부인 유압을 달호며 졋 먹으믈 보고 도화훈식을 ᄯᅴ여 취미 ᄂᆞ즉ᄒᆞ더니

33면

유모의게 안기여 침쇼로 가ᄌᆞ ᄒᆞ니 공이 안고 노치 아냐 왈 져 ᄋᆞ히 비록 네 동싱이 아니나 네 동갑이요 아직 오 셰 유이 무슴 ᄂᆡ외 잇스리오 쇼졔 믄득 아황이 빈져ᄒᆞ여 낭낭이 되왈 쇼녜 비록 년유ᄒᆞ나 인ᄉᆞᄂᆞᆫ 동셔를 아옵ᄂᆞ니 엇지 타문 남ᄌᆞ를 보리잇가 공이 약ᄉᆞ쳬지무골ᄒᆞ여 졉ᄉᆞᆨ교면의 ᄌᆞ이 쳬쳬ᄒᆞ니 창이 홀연 부인 무릅 ᄋᆞ리 ᄂᆞ려 그런 흥심이 업셔 안쇠이 ᄌᆞ연 져상ᄒᆞ니 ᄎᆞᄂᆞᆫ 셩염이 그 부친긔 ᄉᆞ랑 밧치믈 보고 쵸창ᄒᆞ여 현현이 늣겨 부인을 싱각ᄒᆞ니 공이 냥ᄋᆞ를 비겨 보건듸 일월이 쌍으로 ᄡᅥ러져 만방

34면

을 ᄆᆞᆰ히ᄂᆞᆫ 듯 공ᄌᆞ의 닌봉 ᄀᆞᆺ흔 풍치와 쇼져의 향염흔 긔질이 흔쌍 긔홰라 부뫼 그 상젹흔 쌍이 될 바를 긔이 과즁ᄒᆞ더라 임참졍이 도라와 녀시의 십악딕죄를 붉혀 핍살ᄒᆞ려 ᄒᆞ니 녀급ᄉᆞ 밧비 셜부의 와 공ᄌᆞ를 다려 임부의 가 참졍을 맛지고 기미의 명

을 쑤어 도라오니라 어시의 셜부의셔 임공ᄌᆞ를 환귀ᄒᆞᄆᆡ 홀연이 줌보를 일흔 듯 상
부인이 쎠쎠 쵸창회허ᄒᆞ더라 이쎠 목시 공의 부부를 보쳐여 괴롭도록 ᄒᆞ나 공의 부
뷔 지효로 셤기니 조건이 업더니 그 형남 목쥬시 손ᄋᆞ 남미를

35면

두어 부뫼 됴ᄉᆞᄒᆞ고 쥬시 휵양ᄒᆞ니 녀ᄋᆞᄂᆞ 지란이오 ᄋᆞᄌᆞᄂᆞ 지형이라 지란이 쳔싱품
질이 긔괴흉음ᄒᆞ니 음양이 난호일 쩌 흔 뭉치 음탁흔 긔운을 모화 흉상괴물을 닉믄
쳔도의 덧덧흔 니라 흉상박면이 얽고 미즌 줌 금방울 ᄀᆞᆺᄒᆞᆫ 냥목이 모나고 흉ᄒᆞ며 건
슌노치의 엄니 부루 도닷시니 슈졍궁 야치와 우두나찰이라 스름이 바로 보기의 놀나
오니 슘쇼리 니샹ᄒᆞ여 즙기 메운 쇼 ᄀᆞᆺ고 형용이 파측ᄒᆞ여 일구난셜이라 쏘 닉지 음
특ᄒᆞᆫ 승어외모ᄒᆞ니 쥬시 손ᄋᆞ 이 남미뿐이라 ᄒᆞ여 사랑이 만금의 지ᄂᆞ니 지형

36면

은 졈 지풍이 잇셔 스스로 쳔하의 무쌍ᄒᆞᄆᆞᆯ ᄌᆞ궁ᄒᆞ더니 셜부의 ᄌᆞ로 왕ᄂᆡᄒᆞ여 셜공
ᄌᆞ 등을 하리ᄒᆞ여 목시를 앙오쳠녕ᄒᆞ니 목시 손ᄋᆞ 등을 만만이 너겨 즐타지셩이 ᄌᆞ
ᄌᆞ니 졔공지 목셩을 뮈워 슘컬 듯ᄒᆞ나 됴모의 쇼ᄋᆡᄌᆞ라 엇지 ᄒᆞ리오 지형이 긔미를
보고 셜부 동조모의 부귀호치를 ᄌᆞ랑ᄒᆞ고 져회 남미 종조모긔 의탁ᄒᆞ여 져의 부귀를
도모홀 바를 니르니 지란이 츠언을 듯고 제 집 취록이 됴반셕죽도 쎠의 못되니 흉흔
광복이 츠리오 흔번 지형의 감언의 두 아귀 건춤을 흘니고 그 밥이 흔ᄒᆞ여 셜부의 황

37면

구 빅견도 아니 먹ᄂᆞ 바를 제 홀노 아ᄉᆞ 먹을 욕심이 불니 듯ᄒᆞ여 용약ᄒᆞ여 조부를
보쳐여 종됴모긔 의탁ᄒᆞ기를 쳥ᄒᆞ니 쥬시 미져의게 슈셔를 보닉여 젼츌의 졍 업시
밧들믈 바다 긴 셰월의 심회를 난홀 곳이 업고 너믄 당즁의 고젹홀 바를 일ᄏᆞ라 손ᄋᆞ
남미를 다려가 휵양ᄒᆞ면 지친의 졍과 양휵지은을 겸ᄒᆞ여 고침언와ᄒᆞ여 효양을 바드
리라 ᄒᆞ니 목시 거거의 슈셔를 보고 회열ᄒᆞ여 밧비 외당의 틱ᄉᆞ를 명쇼ᄒᆞ니 공이 승
명츄진ᄒᆞ여 하교를 뭇ᄌᆞ오니 목시 평싱 쳐음으로 공을 딕ᄒᆞ여 화긔를 작위ᄒᆞ

38면

고 은근이 닐오디 오문이 디디로 청한이 유별흐여 슉슈를 니우지 못흐믄 오아의 아
는 비라 여추 고로 거거의 슌ㅇ 남미 긔ㅇ를 면치 못흐니 기경이 긍측흔지라 바라ᄂ
니 장셩홀 동안 아직 다려다두미 엇더흐뇨 틱시 그 불힝흐믈 아나 엇지 녁흐리오 화
셩뉴어로 슌슌이 명을 바다 야치 남미를 다려오니 힝동거지와 외모 닉지 쳔만고의
업슬지라 불힝흐나 의복음식을 극진이 흐니 목시 가장 깃거 쥬취로 의복을 닙히고
육찬으로 비를 치오게 흐니 평싱 곤핍흐든 바로 쇼원을 일읫ᄂ지라

39면

쥬취홍군으로 동셔의 것칠 것 업시 동누의 놀고 셔루의 즐기니 쩍쩍 셩염쇼져 침쇼
칙월누의 가 쇠랑 ᄀ치 거흰 쇼릭로 ᄂ오라 지져괴며 못 볼 스이 아니니 ᄉ괴ᄌ 써드
니 ᄌ못 요란흔지라 셩염쇼제 조모의 목ㅇ 남미를 가즁의 두믈 듯고 츠악누연흐나
말홀 비 아니라 다만 심긔 시녀와 유랑으로 더브러 고요히 쳐흐여 녀교와 시셔의 줌
심흐여 부모긔 삼시 문안 밧근 발ᄌ최 계젼의 ᄂ리지 아니코 목ㅇ 등을 보지 아니흐
니 지란이 쩍쩍 니르러 지져괴ᄂ지라 히연흐여 녀교를 줌심흐여 볼 쑌이오

40면

쳥이불문흐니 시ㅇ 쌍잉 등이 셩되 강녈흐고 츙의관일흐니 진짓 녈ᄉ지풍이라 쇼져
좌우의 뫼셧더니 믄득 지란이 와 짓거리믈 디로흐여 사창을 반기흐고 ᄂ뷔 눈셥을
거스려 휘츅고ᄌ 흐여 쳥스의 나오니 쇼제 눈으로 유모를 본디 이 유랑은 틱시 특별
이 위인의 츙근흐믈 굴히여 쇼져를 맛져 흑양흐미 유식명달하고 근신유법흐니 호왈
영파랑이라 흐더라 쇼져의 눈들믈 보고 쌍잉의 나군을 다리여 안치고 칙왈 츠 남미
는 틱부인 쇼익지라 아등이 경시흐미 가치 아니흐고 더옥 츠인 남미는 독스의 졍녕
이오

41면

일희의 후신이라 엇지 풀을 쳐 빈얌을 놀ᄂ뇨 화를 부르며 쇼져 신상의 유익지 아니
케 흐리오 쌍잉이 쏘 식니 명달흔 고로 물너안고 화잉은 쌍잉의 경도흐믈 일너 죠용
이시라 흐니 항외 졔졔흐여 일긔 ㅇ녀ᄌ의 실즁이 믄득 곡반의 녜를 잡ㅇ시니 쇼져

의 어하법되 여추ᄒ더라 지란이 의식이 과ᄒᄆᆡ 우긔 듸발ᄒ여 두루 구경ᄒ며 침월누의 표묘ᄒᄆᆡ 운간의 숏고 슈달난창이며 옥와쥬밍이 션간 ᄀᆞᆺ고 금ᄌᆞ현판이 휘황ᄒ여 셜퇴시 평싱 쇼교의 졍심당이라 ᄒ엿ᄉ니 의미ᄂᆞᆫ 모로고 귀경코ᄌᆞ 니르럿다가 당중의 젹연

42면

ᄒ고 어셩이 미미ᄒ니 누하의 무류히 셧더니 쇼져의 유졔 계잉이 동뉴 중 션풍이 표연ᄒ더니 맑은 눈을 드러 목흉을 보고 실식흔동 왈 우리 쇼져 치루 밧긔 엇던 야쳐 셧ᄂᆞ뇨 ᄒ고 밀치니 지란이 겸측이 구러지거ᄂᆞᆯ 계잉이 표연이 누상으로 올ᄂᆞ가고 지란이 겨오 니러나 구두 다리고 목부인 당중의 도라와 고ᄒ되 화원의 치뤼 잇거ᄂᆞᆯ 구경ᄒ라 가니 셩염이 시ᄋᆞᄅᆞᆯ 보ᄂᆞ여 져ᄅᆞᆯ 난타즐욕ᄒ더라 분분 ᄒ리ᄒ니 지형이 경문 왈 그 쇼졔 언마나 크더뇨 지란 왈 요물은 보도 못ᄒ고 시ᄋᆞ의 즐타ᄅᆞᆯ 듯고 왓노라 지형이 묵연ᄒ고 묵시

43면

불언이러니 목시 듸로분분ᄒ여 악악즐미ᄒ며 아즉 잠잠ᄒ라 ᄒ더라 어시의 셜공이 목ᄋᆞ 남미 일위믈 불힝ᄒ여 외당의셔 졍당 통흔 문을 줌으고 길흘 에워 목싱의 츌입을 ᄒ게 ᄒ고 긔금은 외당의 두어 ᄌᆞ가의게 품흔 후 하령ᄒ고 우흐로 삼ᄌᆞᄅᆞᆯ 셩취ᄒ니 부부의 긔질이 겸금냥옥 ᄀᆞᆺᄒ니 구괴 회츌망외러라 목부인이 죵손 남미로 흉ᄉ괴란이 불가형언이로되 쳔뎐이 굿ᄒ여 셜부 본뎐이 아니무로 다만 목흉의 듸강을 **쵸쵸**이 긔록ᄒ다 셜퇴시 녀공을 보와 냥ᄋᆞ의

44면

혼ᄉᆞᄅᆞᆯ 완졍코져 ᄒ여 녀부의 니르니 ᄎᆞ시ᄂᆞᆫ 임부 가란을 진졍ᄒ고 나라히 ᄌᆞ로 ᄉ연ᄉᆞ악ᄒ시여 셩혼 상충이 됴야ᄅᆞᆯ 기우리니 녀공이 임부 연셕으로셔 도라왓더니 셜공이 마ᄌᆞ 침누의 니르미 급ᄉ 부인이 거거ᄅᆞᆯ 듸ᄒ여 모친이 목ᄋᆞ 남미ᄅᆞᆯ 묘용흔 가줌의 드려 화란을 지을 밍듸믈 탄ᄒ니 퇴시 왈 ᄉᆞᄉᆞ의 ᄌᆞ의ᄅᆞᆯ 밧들니니 굿ᄒ여 가란의 밍듸 되리오 인ᄒ여 녀공을 도라보아 ᄀᆞᆯ오되 근ᄂᆡᄂᆞᆫ 임부 가란을 평졍ᄒ고 영화 졔미ᄒ니 이졔야 임ᄋᆞ와 녀ᄋᆞ로 호구ᄅᆞᆯ 졍ᄒ게 빅

45면

달이 월뇌 되리라 ᄂᆡ 발셔 현즁다려 냥ᄋᆡ 임의 쳔도의 졍ᄒᆞ신 바ᄅᆞᆯ 니르니 현즁의 뜻이 ᄂᆡ 뜻과 ᄀᆞᆺᄒᆞ되 냥ᄋᆡ 유충ᄒᆞ니 ᄌᆞ라믈 기다려 셩혼ᄒᆞ자 ᄒᆞ더니 금일 연셕의 그 집 여러 신낭ᄌᆡ목이 만흔 고로 ᄉᆞ오 세 칠팔 세 된 ᄋᆞ히들을 닷토아 구혼ᄒᆞ되 그 어룬이 종불청이러니 셩낭쉬 현빈의 당ᄌᆞ 뎐흥을 관틔부인 츈취 고심ᄒᆞ시므로 형세 밧브믈 일ᄏᆞ라 숀녀로 쳥혼ᄒᆞ니 졍의 관포의 지나므로 틔쳥션ᄉᆡᆼ 쳥심고의로도 쳐ᄌᆞ의 현부ᄂᆞᆫ 알녀 아니코 쳣 말의 허락ᄒᆞ니 구혼ᄒᆞ던 ᄌᆡ 실망ᄒᆞ고 계슉시 창흥을

46면

여차여차ᄒᆞ되 ᄂᆡ 닙을 여지 아니ᄒᆞ니 경공의 쇼답이 ᄯᅩᄒᆞᆫ 여ᄎᆞᄒᆞᆫ지라 이 혼닌이 ᄂᆡ 슈고로이 월노ᄅᆞᆯ ᄌᆞ임치 아냐도 여반장일네마ᄂᆞᆫ ᄂᆡ 근간 ᄌᆞ네 집 거동을 보니 왕년 현즁의 집 거동의셔 더ᄒᆡ연 츄루ᄒᆞᆫ 일이 만하 뵈니 혼ᄉᆞ의 마장이 들가 념녀ᄒᆞᄂᆞ니 군이 친의만 밧ᄌᆞᆸ기ᄅᆞᆯ 위ᄒᆞ고 너모 흐리눅어 ᄃᆡ군ᄌᆞ의게 실망ᄒᆞ믈 일워지 말나 져 임문이 당ᄎᆞᄒᆞ여ᄂᆞᆫ ᄉᆞ시츈몽이요 가볍이 북극쳔문 ᄀᆞᆺᄒᆞ니 창흥이 쵸국 져군으로 누ᄃᆡ 동통을 밧들ᄌᆡ라 며나리 구망은 창흥의게 셰 번 나으니ᄅᆞᆯ 바라거니와 신부

47면

ᄂᆞᆫ 슉녈비의 며나리 되염즉 ᄒᆞ것마ᄂᆞᆫ 만일 ᄎᆞ혼의 변이 난 즉 난쳐ᄒᆞ미 만ᄒᆞᆯ 거시요 원ᄂᆡ 계슉시 무셥데 이 졈지 아닌 날을 ᄭᆞ지람 들니지 마쇼 언파의 셜공이 호호ᄃᆡ쇼왈 ᄇᆡᆨ달이 풍증을 들녀ᄂᆞ냐 이 진짓 쇽어의 니른 바 ᄂᆡ 기른 ᄀᆡ 발뒤츅을 문다 ᄒᆞ니 형이 그ᄯᆡ 창흥이 슈 셰나 달슈ᄂᆞᆫ 겨오 팔구 삭의 반은 쥭은 ᄋᆞ히를 ᄀᆞᆺ다가 우리 부인을 졔집갑 쥬고 산 양낭만 너겨 어셔 드려다가 졋 먹이라 혼동ᄒᆞ니 그ᄯᆡ ᄇᆡᆨ달의 냥안의 졍긔 뒤누어 혈혈이ᄂᆞᆫ 슘쇼ᄅᆡ의 혼겁ᄒᆞ여 ᄋᆞ히ᄅᆞᆯ 겁결의 거두쳐 안아

48면

다가 ᄂᆡ ᄋᆞᄃᆞᆯ 먹ᄂᆞᆫ 졋슬 ᄲᆡ혀 더지고 먹여 살나ᄂᆡ미 구쳐ᄒᆞᆯ ᄃᆡ 업ᄉᆞ니 젹션ᄒᆞ라 단말노 ᄲᅬ오거ᄂᆞᆯ 형의 ᄉᆞᆷ ᄀᆞᆺ치 다ᄅᆡᄂᆞᆫ 말의 쇽을 분 아냐 창흥의 맛난 바 화란을 잔잉ᄒᆞ여 슈 셰ᄅᆞᆯ 졋 먹여 길너 ᄋᆞ히 부모의게 덕ᄉᆡᆨ이나 ᄒᆞ고 보ᄂᆡᆯ가 ᄒᆞ엿더니 형이 황황이 달녀 드려 목 ᄌᆞ르ᄂᆞᆫ 쇼ᄅᆡ로 밧비 니로ᄃᆡ 임참졍이 와시니 창흥을 어셔 ᄂᆡ라 ᄒᆞ며 말

이 눌눌ᄒ여 정신이 오관칠정을 써나 삼혼과 구령의 운외의 훗터졋데 닉 쏘 형의 혼 동의 넉슬 닐허 황황급급히 밋쳐 아모 것도 먹이도 못ᄒ고 그듸를 쥬어 보

49면

닉고 부인을 듸ᄒ여 ᄉ연을 니르니 익구준 부인은 눈물이 비비ᄒ여 아연이 안ᄌ시니 넉 일흔 ᄉ롬 ᄀ즈치 그 경상을 뉘 알고 이졔 져 집 가란이 진졍ᄒ여 불을 다 쩌노ᄒ니 엉쭝ᄒ 쇼리로 날을 우루쪄ᄒ니 이런 원통ᄒ 가쇠 업다 신낭이 녕쇼젼 틱을과 삼틱 진군이라도 닉 공을 그만치 드려 길너닉고 오녜 셩현명털ᄒ고 싁지왕이니 닉 긴 슈 염만 만지고 비부르게 안ᄌ셔도 임왕 부지 갈망홀 거시니 추혼이 못될가 언파의 션 ᄌ를 쳐 호호이 우으니 부인이 쇼음이 낭낭ᄒ여 거거의 침묵ᄒ무로 금일 다

50면

셜이 의외라 당상의 츈풍이 무루녹앗더니 틱시 부인을 도라보와 왈 쇼미야 닉 말이 엇더ᄒ뇨 급시 왈 오늘 셜형이 어듸 가 돔 먹은 문변을 쑤어다가 쇼뎨를 츄간의 박을 드시 찰찰이 훼방ᄒ거니와 녕녜 만일 일분 츠오ᄒ미 이실진듸 형이 말을 쇼진의게 빌고 쇠를 냥형의게 무러도 추혼이 황당ᄒ리니 날을 덧닉지 말고 셩젼ᄒ라 언파의 셔로 웃고 틱시 환가ᄒ미 부인을 듸ᄒ여 녀공의 말을 던ᄒ고 쳔고독보ᄒ 영영군ᄌ를 동상의 마ᄌ 봉황셔를 빗닐 바를 만분 환희ᄒ니 부인이 쏘흔 희

51면

열ᄒ더라 어시의 셩염쇼졔 곳다온 년긔 구 셰 첫 봄이라 텬긔의 슈츌ᄒ 졍홰 신신ᄒ 여 ᄉ덕의 슉연졍듸ᄒ미 회로익락의 셩식을 부동ᄒ고 신셩명달ᄒ여 흔번 쌍셩을 들 미 ᄉ롬의 심폐를 거울 ᄀ즈치 빗쳐 니루와 ᄉ광지춍이 잇고 쳔싱 듸효는 니르지 말 고 졔형으로 우익 ᄌ별ᄒ여 미양 져져 등 당중의셔 방젹을 도오며 녜긔를 논난ᄒ더 니 졍당의 니르니 부뫼 흔가지로 좌를 닐워 한담이 됴용ᄒ시거늘 ᄂ죽이 시좌ᄒ니 공이 취즁 녀오를 보니 맑은 긔질은 쳔틱의 어름이요 쇄연ᄒ 명광은

52면

동졍호월이 졍긔를 마신 듯 효셩 ᄀ즈흔 쌍안은 졍긔 히발이 비쵠 듯 봉황미를 ᄂ쵸아

시니 부용쌍협의 향운이 몽몽ᄒ니 안셔이 시좌ᄒ여 셩후를 뭇ᄌ오미 어린 봉이 기산의셔 우는 듯 셤셤흔 약흔 허리 잠간 굽어시니 미풍의 쓰러질 듯 ᄌ연흔 격되 비컨디 녀와씨 구오상의 님흔 듯 부공의 취안을 발키니 년망이 ᄂ호여 슬상의 교무ᄒ며 안셕 의지혀 녀ᄋ의 손을 잡고 ᄌᆷ드니 쇼졔 과취ᄒ시믈 우려ᄒ여 됴용이 뫼셧더니 공이 홀연 일몽을 어드니 일위 션옹이 구름을 헷치고 향젼 셜녜

53면

의 일위 션동과 흔 ᄂ 미ᄋ를 압히 셰우고 홍ᄉ를 미ᄌ며 일오디 공은 이를 보쇼셔 상뎨 명ᄒᄉ 빅년가우를 일우게 ᄒ시니 낭원부인이 반도회의 참녜ᄒ고 도라가시다가 직녀부인을 맛나 별회를 펴더니 홀연 일진 음풍의 녀와낭낭 셕갑동 구미회 진군의 풍모를 흠션ᄒ던지라 강셰ᄒ믈 보고 도망ᄒ여 진군을 ᄯ로려ᄒ니 낭이 디로ᄒ여 옥뎨긔 쥬ᄒ고 뇨졍을 ᄉ슬의 얽어 녀와낭낭긔 보니니 구미회 여러 쳔히를 슈도ᄒ여 신통이 무량ᄒ미 입으로 긔운을 토ᄒ여 젼신은 왕실의 투틔ᄒ

54면

여 진군과 낭원부인으로 구든 연분을 작희코ᄌᄒ니 각목이 녕쇼보젼의 알외미 옥뎨 녀와낭낭긔 칙지ᄒᄉ 구미호를 신칙ᄒ라 ᄒ시나 발셔 제 긔운을 토ᄒ여 옥엽의 써러지고 젼신은 완연이 녀와낭낭 셕갑속의 잇는지라 널션이 홀 일 업셔 옥뎨긔 쥬ᄒ니 옥뎨 진군과 낭원으로 요졍이 투틔흔 긔운이 진압거든 강셰ᄒ라 ᄒ시니 티셩이 낭원과 급히 하계ᄒ려 도망ᄒ여 강셰흔 죄로 슈셰의 ᄉ경을 지니고 ᄶᆡ흔 곤익이 업지 못ᄒ여 ᄉ오 년을 비불니 격고 다시 복합ᄒ여 무량흔 복

55면

을 누리게 ᄒ시니 쳔긔 비밀ᄒ여 누셜치 못ᄒᄂ니 복은 곳 월하노옹이라 특별이 진군과 낭원의 빅년가약을 밋ᄂ니 공은 지실ᄒ라 언흘ᄉ미를 썰쳐 니러ᄂ며 홍ᄉ로 션동과 녀ᄋ의 발의 미더니 믄득 음운이 스긔ᄒ고 흑뮈 몽몽ᄒ며 비린니 코흘 거스리더니 흔 ᄂ 구미회 흉녕흔 쇼리를 지르고 금빗 ᄀᆺ흔 털을 거스려 진군과 낭원의 홍ᄉ 미ᄌ믈 디로ᄒ여 낭두와 아홉 쇼리를 흔들고 입으로 누른 안긔를 토ᄒ며 흔번 쇼리ᄒ미 집치 ᄀᆺ흔 몸이 믄득 션연 미ᄋ이 되여 푸른 아미를 거스리고

56면

노옹의게 다라드러 쇼져의게 민 홍사를 싄회려 ᄒ니 노옹이 미쇼ᄒ고 ᄒ 긋츨 풀쳐 미인의게 미더니 안흐로셔 싀랑 ᄀᆺᄒ 쇼리를 지르고 어두귀면이 ᄂ와 노옹을 ᄯᅮ짓ᄂ 지라 공이 아모란 쥴 모로고 놀나더니 믄득 노옹이 ᄯᅩ ᄒ 긋츨 지란의게 더져 왈 ᄎᄂ 지나가는 풋인연이요 이 ᄯᅩᄒ 삼싱업원이라 엇지 면ᄒ리오 언파의 손을 드러 구미호로 된 미인의 머리를 쳐 우어 왈 여러 쳔세를 묵어 졍과를 어드미여 긔운으로 인형이 되엿도다 왕실의 투틔ᄒ미 여ᄎᄒ미여 군ᄌ슉녀의 젼졍을 마희ᄒ도다 교용묘질

57면

과 션연월모의 아름다오미여 녹뒤 우희 공교ᄒᄆᆞᆯ 불워 아니토다 진셩을 맛ᄂ미여 헛도이 슈독을 난ᄒᆞ엿도다 금가지와 옥닙히 쇽졀 업시 츈풍의 날니도다 언필의 표연이 ᄉᄆᆡ를 썰치더니 불견긔체라 미호로 된 녀ᄌ 살긔를 ᄯᅴ여 녀ᄋᆞ의게 다라드러 경신ᄒ 몸을 잡ᄋᆞ 만장빙인의 박더니 믄득 남다히로셔 일위 션녜 치운을 멍에ᄒ여 표표히 나아와 구름 ᄉᄆᆡ를 썰쳐 녀ᄋᆞ를 거두쳐 왈 부인이 낭원궁을 하직ᄒ시미 인셰고락과 션간의 연분이 잇ᄉ니 가히 면치 못ᄒ리라 말을 맛고 운상을 거두

58면

치고 올나가니 향운이 옹위ᄒ고 쳥풍이 표연ᄒᄂ지라 공이 디경ᄒ여 급히 쇼리ᄒ여 녀ᄋᆞ를 부르니 쇼졔 이셕 야야를 뫼셔 낭슈를 밧드럿더니 몽압ᄒ시는 쇼리의 놀나 ᄂ죽이 야야를 씌오니 공이 눈을 써보니 녀이 ᄌ가 손을 밧드러 씌오ᄂ지라 흠신ᄒ여 니러 안즈니 남가일몽이라 심신이 츠악ᄒ여 광미를 츅합ᄒ고 냥구침음ᄒ여 싱각ᄒ미 그 션동은 창흥이요 션녀는 녀이로뒤 구미호의 흉ᄒ 거동과 목지란의 음난ᄒ 거동이 안젼의 버러시니 녀ᄋᆞ를 션녜 구하여 표표히 도라가니 비록 처음은 흉ᄒ나

59면

나종이 무ᄉᄒ니 군지 츈몽으로써 ᄯᅩᄒ 쳐신홀 거슨 비록 아니나 맛ᄎᆷ뇌 길뫼 아니라 ᄒ고 외당의 나와 실증을 쇄쇼ᄒ고 금노의 향을 퓌오고 쥬역을 퓌오고 널니 펴 녀ᄋᆞ의 신슈를 츄졈ᄒ니 졈시 처음은 퇴줌이 녀기지 아니ᄒ여 뒤흉ᄒ고 년ᄒ여 삼과를

어드니 둘지와 셰지 패 되길ᄒ고 무ᄉᄒ니 암희ᄒ여 깁히 감쵸더라 이쩌 목시 지란 남미를 귀즁ᄒ여 시시로 셩염쇼져를 불너 고셩듸미 왈 부모형뎨 셰 만ᄒ니는 약ᄒᆫ 어미를 업슈이 너기ᄂᆞ냐 ᄭᅮ짓고 지란이 겻ᄒ로조ᄎᆞ 욕셜이 불가형언이라

60면

쇼뎨 조모의 칙교로됴ᄎᆞ 불민ᄒᄆᆞᆯ ᄉ죄ᄒ더니 지란의 욕셜의 미쳐는 봉안이 미미히 ᄀᆞᄂᆞ라 셜풍이 쇼쇼ᄒ여 왈 그듸 규슈의 몸으로 타문의 와시면 왕모긔 시봉ᄒ여 녀교나 힘쓸 거시여늘 방ᄌᆞᄒᆞ미 규녀의 힝실이 아니라 우리 거거 등이 왕모긔 시봉치 못ᄒᆞ미 그듸를 쩌리미라 그듸 넘치 잇슬진듸 이러치 아념즉ᄒ거늘 이를 모로고 왕모 셩툥을 가리와 욕셜이 존위를 범ᄒ니 오슈불민이나 취치 아니ᄒᄂᆞ니 ᄎᆞ후 슈힝ᄒ고 방ᄌᆞᄒᄆᆞᆯ 삼갈지여다 언파의 츈양이 변ᄒ여 미화 일지 납셜

61면

을 ᄯᅴ엿ᄂᆞᆫ 듯ᄒ니 좌위 불감앙시ᄒ고 목부인도 일언을 못ᄒ니 지란이 무슴 담긔로 낫츨 들니오 쇼뎨 몸을 니러 침누로 도라가니 셤진이 부동ᄒ고 거름마다 금년이 쇼ᄉᆞ나니 지란이 냥목을 뒤룩여 어린 ᄃᆞ시 쳠망ᄒ고 그 ᄭᅡᆫ의 ᄯᅩ 붓그리더라 쇼뎨 침쇼의 도라와 타ᄉᆞ우상ᄒ나 ᄉ셰 답답ᄒᆞᆫ지라 믄득 일계를 ᄉᆡᆼ각고 조모 당즁의 가지 말고ᄌᆞᄒ여 칭병불츌ᄒ니 공이 놀나 친히 니르러 녀ᄋᆞ를 문병ᄒ니 쇼뎨 안셔이 니러 마즈미 쌍빈이 훗트러 광윤ᄒᆫ 은발이 삽삽ᄒ고 아황을 빈

62면

져ᄒ니 츈산의 닉 그림지 몽농ᄒᆞᆫ 듯 잠간 시름을 ᄯᅴ엿시니 용슉ᄉ데 슈려쇄락ᄒ여 옥부 츄영이 맑고 됴하 각별 병식이 업ᄉᆞ나 쌍ᄋᆞ를 미즈시니 불안졀이 잇스미라 옥슈를 잡고 운환을 어루만져 불평ᄒᄆᆞᆯ 무르니 쇼뎨 추연 듸왈 가니의 잡인이 모히니 츌입이 비편ᄒ고 무슴 괴시 날 듯ᄒ오믈 말미암ᄋᆞ 일념이 방하치 못ᄒᆞ미로쇼이다 공이 빈미 탄왈 져 목ᄋᆞ 남미 우람요악ᄒᆞᆯ믈 모로미 아니로되 즈의를 승슌ᄒ미니 오ᄋᆞ는 쇼려ᄒ고 금일노부터 녀모의 협

63면

실노 올마 됴병호믈 가즁이 알게 호라 쳔싱덕질이 잇스니 요스간흉이 너의게 간되로 범호리오 이쳐로 니르나 추후 더욱 목오 남미를 환되이 너기나 쳔싱 되회라 즈의를 승슌호미 츳스는 기회치 아니호더라 우흐로 삼즈는 갑과의 고등호여 직스의 분망호니 목지형으로 상슈홀 빗 업스되 아리로 냥즈는 췌쳐 젼이요 셔당을 써나지 못호는 지라 지형이 미양 목부인긔 잇다 나오면 바로 셔당으로 나와 히아치니 냥 공지 괴로오믈 니기지 못호는 줌 스공지 인뉴의 특출호니

64면

일월졍긔와 산쳔슈긔를 거두어 강하 곳흔 문장과 북히를 넘씰 긔운이 우쥬를 밧들듯 발월늠연호고 언논이 풍싱운집호여 댱강의 호호홈 곳고 가월쳔창의 쇄락흔 풍치 텬하의 긔군지요 영쥰이여늘 년화쌍험의 농봉즈질이요 옥귀밋과 쥬슌홍협이 미인과 방불호며 향염이 몽몽호니 쇼졔와 흡스호더라 공의 부부의 편이호미 쇼져와 일양이러니 흔번 목지현을 보미 본되 결증이 퇴과흔지라 요험흔 거동을 졍시치 못호여 왕

65면

모당즁의 웅거호믈 졀칙호니 지현이 각인으로 닷토미 아니로되 덩도의 마음으로 참오 그른 거슬 보지 못호미라 지형이 되로호여 크게 닷토니 공이 오즈를 졀칙호여 금지호니 공지 가너의셔는 그 거동을 아니 보지 못홀 고로 부공긔 쳥호여 셩현공 졔즈 등과 곳치 슈학호믈 알외니 공이 원빅 등의 치를 잡오 아비호믈 허호니 공자 되회호여 임부로 나아갈식 부친 면젼의 쑤러 목싱을 왕모당즁의 엄뉴치 마르쇼셔 호니 공이 졈두 왈 가즁스는 너 쇼의의 알 빅

66면

아니라 잠잠코 가 한유치 말고 되군즈 말단의 츙슈호라 희량공지 슈명빅스호고 초일 죠월궁의 니르러 임왕긔 팔비힝녜호니 스졔지도를 공슌이 추리더라 이러구러 쇼져의 년긔 십일 셰의 밋츠니 아름다온 방용이 셰고의 무쌍호니 부모의 탐탐흔 즈이 무불형언이라 틱시 왕일 몽스를 싱각고 씌씌 경동호니 목오 남미로 두통이 되여 셰스는 불가측이라 무슨 가변이 날가 우려호니 임문의 보호고 셩혼호여 구가의 두면 혹

ᄌᆞ 면화홀가 ᄒᆞ나 조흔 쇼빙은 조물 싀긔와

니극지히 이실가 침음쥬져ᄒᆞ더니 믄득 동구의 느러진 벽졔와 과갈이 훤동ᄒᆞ며 금산의 붓치이ᄂᆞᆫ 바의 쵸왕과 녀이공이 니림ᄒᆞᄆᆞᆯ 보ᄒᆞ니 어시의 쵸왕이 녀부의 가 노공긔 빅알ᄒᆞ고 ᄋᆞᄌᆞ의 혼ᄉᆞ로 셜부의 가믈 알외니 노공이 빅슈를 어루만져 왈 계슉이 ᄋᆞ쇼들의 혼ᄉᆞ를 밧바 아닛노라 ᄒᆞ더니 창ᄋᆞ의 년긔 십 셰룰 갓 넘은 거슬 져리 밧바ᄒᆞᆷ믄 하여오 왕이 계슈 ᄃᆡ왈 가엄의 ᄯᅳᆺ이 굿ᄒᆞ여 밧바ᄒᆞ시미 아니로ᄃᆡ 북당 츈휘 고심ᄒᆞ시니 몬져 셩녜나 ᄒᆞ여 존당 열의를 돕삽고ᄌᆞ ᄒᆞ

오나 셜공이 냥ᄋᆞ의 유츙ᄒᆞᄆᆞᆯ 깃거 아닐가 ᄒᆞ나이다 녀이공이 쇼왈 아니라 닉 모를가 군가의 구혼ᄒᆞ면 셜공이 유공불급ᄒᆞ려니와 셜긔 남모로ᄂᆞᆫ 곡졀이 만흐니 필경 아모라 홀지라도 흔가지로 가셔 ᄃᆡ현군ᄌᆞ와 셩녀슉완의 퇵일ᄒᆞᄂᆞᆫ 구경이나 ᄒᆞ고 하쥬나 마셔 월하옹이 되리라 노공이 ᄋᆞᄌᆞ의 말노도ᄎᆞᆺ ᄃᆡ쇼 왈 닉 ᄒᆞᆫ 잔 슐을 위ᄒᆞ여 분쥬ᄒᆞ다가 분토 짝ᄋᆞ로 타협이나 면홀가 ᄒᆞ더라 왕이 녀이공으로 더브러 셜부의 니르니 퇵셔 임왕의 니르믈 깃거 마ᄌᆞ 빈쥬 한훤녜파의 왕을 향

여 직긔욕님ᄒᆞ시니 누실의 광칙 빅승ᄒᆞᄆᆞᆯ 사례ᄒᆞ니 왕이 계슈칭ᄉᆞ 왈 쇼뎨 현형으로 쥭마붕위 아니나 동됴의 ᄉᆞ환ᄒᆞ여 유종의 지음을 거의 효측홀 비로ᄃᆡ 일신이 표령ᄒᆞ다가 밋 도라 오미 모로ᄂᆞᆫ 가온ᄃᆡ나 돈이 형가의 슈은ᄒᆞ미 덕여퇵산이오 은심하나 쇼졔 구셜노 이로 은혜를 일큿지 못ᄒᆞᄂᆞ니 연이나 은덕이 지극히 큰 즉 능히 침노치 못ᄒᆞᄂᆞ니 시고로 쇼졔 헛된 칭ᄉᆞ로 노형 안젼의 번득지 아니ᄒᆞ거니와 다만 즉시 ᄂᆞᄋᆞ와 지긔의 졍과 후흔 ᄯᅳᆺ을 펼 거시로ᄃᆡ 츌졍ᄒᆞ여 ᄯᅩ 도라오미 봉친

녀가의 관시 다쳡ᄒᆞ여 일신이 분망ᄒᆞ니 능히 귀부를 말믹암지 못ᄒᆞ니 은혜를 반ᄒᆞ고 덕을 니ᄌᆞ믈 믹양 탄돌ᄒᆞ더니 금일 가친이 몸쇼 니르ᄉᆞ 노형으로 상확ᄒᆞ여 남이 유

츙ᄒ나 존당이 밧바ᄒ시니 셩녜나 몬져 ᄒ고ᄌ ᄒ시되 셩휘 불안졀이 계신 고로 친
님치 못ᄒ시고 미뎨로ᄡ 쯧을 품ᄒ라 ᄒ시니 존의하여오 셜공이 넘기관ᄒ고 ᄉ슬치
경 왈 미위 평셕의 지긔지졍과 동됴지의로 진번의 탑ᄂ리믈 효측고ᄌ ᄒ되 미신의
작임이 과ᄒ고 봉친지하의 쳔질이 미류ᄒ니 상셕을 쩌ᄂᆞ지 못ᄒᄂ 고로 셔

71면

유의 죄 어드믈 면치 못ᄒ더니 금일 하ᄒᆡᆼ으로 션풍을 졉ᄒᆞ여 셩히 위ᄌᄒ시믈 닙으
니 참안무지로쇼이다 녕낭으로 오가의 슈년 머물믄 굿ᄒᆞ여 형의 칭ᄉ룰 밧고ᄌ ᄒᆞ미
아니러니 금일 형언은 바라던 ᄇᆡ 아니라 셕의 ᄉ마의 닐오되 ᄉ히지닉 다 형뎨라 ᄒᆞ
니 딕기 지긔룰 엇기 어려오믈 알니로다 형지ᄌᄂ 오지ᄌ요 오지ᄌᄂ 형지라 ᄎ후
ᄂ 부졀업순 의문을 허장ᄒᆞ여 냥우의 졍을 쇼히 말나 칭은 두 ᄌᄂ 진실노 불감당이
요 냥ᄋᆡ의 혼ᄉᄂ 졍ᄒᆞ미 셰지구의로되 싱각건되 녕윤의 난봉ᄌᆯ

72면

이여늘 ᄋᆞ녀ᄂ 심흔 약질노 능히 딕군ᄌ 건즐을 감당치 못ᄒᆯ가 져기 ᄌᆞ라믈 기다리
더니 형 돈당 존의 여ᄎᄒᆞ시면 졍히 돗 우희셔 퇴일ᄒᆞ미 됴토쇼이다 왕이 ᄶᆡ룰 어루
만져 광미딕상의 희긔 무루녹ᄋᆞ 경운이 화ᄒ니 녀궁이 이목송ᄋᆞ ᄒᆞ여 웃고 굴오되 닉
아니 이르던가 군이 말을 ᄂᆡ미 셜형이 만구응슌ᄒ리라 ᄒ니 군이 ᄋᆞᄌ의 셜군의 집
녜로 냥이 ᄌᆞ라믈 기다리ᄌ 방ᄎᆞᄒᆞ면 엇지ᄒᆞ고 ᄒᆞ더니 닉 말이 엇더ᄒ뇨 이졔ᄂ 닉
냥가의 하쥬룰 먹으미 쾌ᄒ리로다 왕이 공경미신 왈 녀연슉이 일빅

73면

쥬룰 유광ᄒᆞ여시니 녕질이 비록 한쇼ᄒ나 맛당이 호쥬미찬으로 진냥토록 음ᄒ시게
ᄒ리이다 셜공이 딕쇼 왈 빅달이 원닉 이 혼닌의 헤 ᄡᄂ 쥬의룰 남은 몰나도 나는
아노라 쵸의 녕윤을 날을 맛질 제ᄂ 한포로 져히고 녕윤을 아ᄉ갈 ᄯᆡᄂ 여나 말 업시
날을 우루져히고 다려가니 쇼제 슈불민이나 녕윤을 화란의 구ᄒᆞ미 굿ᄒᆞ여 빅달이 다
려오미 아닌들 닉 ᄌ식의 달니 알 빅 아니여놀 어딕 가 강도질ᄒᆞ여 온 거슬 ᄎᆞᄌ 가
드시 별학이 ᄂ리드시 혼동치고 아ᄉ가니 쇼뎨 미양 져의 지식이 노하ᄒ

믈 쑤지ᄌ니 쇼뎨를 의심ᄒ미 져의 뜻 굿혼가 ᄒ미라 쇼뎨 녕낭을 두어실 ᄯ 쇼뎨의 셔동 하리비로 옹위ᄒ믈 보고 ᄌ긔 공을 못 니룰가 급히 아사가며 항상 쇼뎨를 보면 삼촌 셜이 쎠러지게 ᄉ죄ᄒ고 무릅히 달토록 ᄒ며 오날도 굿ᄒ여 월노 쇼임ᄒ라 오미 아냐 심통이 별니흔 고로 힝혀 우리 낭인이 상뒤ᄒ여 뇌약ᄒ고 무광이 하쥬도 못 어더 먹을가 황황이 ᄲ라와 쵸국 좌ᄉ마의 일을 효측고ᄌ ᄒ다가 쇼뎨 일언의 납빙ᄒᄌ ᄒ믈 듯고 스스로 구연ᄒ여 이졔는 냥가로 고로 단니며 하쥬나

징식ᄒ여 광복을 치오고ᄌ 덕식ᄒ믈 쇼뎨는 오장뉵부를 쎄보고 안ᄌ 졀도ᄒ믈 춤지 못ᄒ거늘 형은 눈치도 모로고 하쥬를 못 바다 잇쓰는가 ᄌ못 민망ᄒ여 ᄒ나 실노 협협ᄒ도다 왕이 ᄎ언을 듯고 셕년 ᄌ긔 집 화란으로 녀공이 ᄋᄌ를 품어 년미의 급흔 목슴을 구ᄒ여 반가의 독슈며 한포의 긔찰이며 너부인 잔포를 피ᄒ려 구쳐홀 곳을 못 어더 셜공이 ᄋᄌ를 구ᄒ엿다가 필경 미랑의 명을 쑨 일을 심심상냥ᄒ미 그 지셩지우와 지공무ᄉ흔 공의를 시로이 탄ᄒ여 냥안이 달호이니 기리

쵸창ᄒ여 져두참안이여늘 셜공이 안식을 곳치고 좌우로 호쥬셩찬을 나와 빈쥐 통음ᄒ미 날이 반오의 쥬비를 셔룻고 돗글 졍히 흔 후 향을 퓌오고 길월 냥신을 퇴ᄒ니 납빙은 즁츈 쵸슌이오 길녜는 츈말 하쵀라 일지 쵹박ᄒ니 삼공이 뒤희ᄒ더라

임시삼뒤록 권지이

어시의 삼공이 뒤희ᄒ여 왕이 퇴일을 거두어 ᄉ미의 너코 녀공 왈 셜형의 ᄋ지 형의게 슈학ᄒ다 ᄒ니 흑문이 젼일ᄒ냐 왕이 미쇼 왈 희광은 미돈 등의 바랄 비 아니라 너모 셰츠고 엄웅ᄒ니 졔어키 어려온 인물이라 셜형의 온즁ᄒ무로 ᄎ이 웅장ᄒᄆᆫ 괴이터이다 셜공이 미쇼 왈 쇼뎨 다숫 돈견의 ᄎ이 활발방탕ᄒ니 긔운을 쥬리잡지 못

ㅎ면 함위 경박지 되여 가문을 츄락ㅎ리니 형은 엄칙ㅎ

2면

여 긔운을 썩그라 왕이 쇼왈 희광은 닌봉ᄌ질이 니른바 운즁뇽이요 픔즁회라 변홰불측ㅎ여 명실을 보좌ㅎ미 늣부지 아니ㅎ되 호상발월ㅎ미 비상ㅎ니 아마도 미인을 모흘 긔상이니 노형의 슈신졍딕홈과 다르나 타일 츌장입상ㅎ여 공긔텬하ㅎ고 위진히 닉ㅎ여 동졍셔벌의 남니북젹을 셔릇고 공이 단셔의 오르며 얼골을 닌각의 그려 형가를 크게 창셩홀 ᄌᄂᆞᆫ ᄎᄋᆞᄌ이니라 셜공이 블감ᄉᄉᆞㅎ더라 일모ㅎ미 파ㅎ여 부즁의 도라와 틱일ᄒᆞᆫ 바를 고ㅎ니 틱부인이 딕열ㅎ여 냥ᄌ롤

3면

딕ㅎ여 닐오딕 노뫼 미망단쳔이 셰간영욕을 ᄀᆞ쵸 격그니 미양 셰연이 지리ㅎ믈 한ㅎ더니 금일 창ᄋᆞ의 길녜롤 틱ㅎ니 장슈ㅎ미 귀치 아니ㅎ랴 연이나 셜이 닉 집 죵통을 녕홀지라 신부의 현불쵸롤 모로미 굼겁도다 상국이 계슈 왈 하늘이 창ᄋᆞ롤 닉시미 엇지 쌍으로 ᄎᄋᆞ오ㅎ리잇가 빅달은 지식이 고명ᄒᆞᆫ 군지라 만일 셜이 창흥과 일호 미진ㅎ미 이실진딕 창흥이 비록 그 집 흑양을 바다시나 은혜롤 보답홀지언졍 굿ㅎ여 창ᄋᆞ의 월노롤 ᄌ임치 아니ㅎ리이다

4면

도라 쳐ᄉᆞ롤 보고 우어 왈 현뎨도 약발이 구더면 우형과 ᄀᆞᆺ치 숀부롤 볼낫다마ᄂᆞᆫ 공연이 이십 도령을 민ᄃᆞ라 쳔흥이 최말의 나미 흠시로다 션싱이 광미딕상의 희긔 무루녹ᄋᆞ 딕왈 쇼뎨ᄂᆞᆫ 미사롤 형장 하위의 쳐ᄒᆞ려ㅎ무로 져회 마다ᄂᆞᆫ 금슬을 괴로이 권치 아니ㅎ고 바려두어 숀ᄋᆞ 잇기ᄂᆞᆫ 창흥이 장가들거든 쾌히 어더 미양 형장 하교의 등의 찬 쌈이 흘너 씻던 바롤 숀ᄋᆞ의게ᄂᆞ 면코져 ㅎ엿더니마ᄂᆞᆫ 그 ᄌ식이 눈치 업시 쳔흥을 ᄂᆞ핫ᄂᆞ이다 상국이 딕쇼 왈 현뎨

5면

야 닉 이후ᄂᆞᆫ ᄌᄂᆡ 등의 쌈나ᄂᆞᆫ 쇼릭도 만만ᄒᆞᆫ 딕 역졍푸리 아니홀 거시니 현뎨 며ᄂᆞ리들도 닉 쥬현부ᄀᆞᆺ치 아들을 쌍으로 나흐라 ㅎ고 닉 됴금이나 블워 견집홀가 언파

의 되쇼하니 원닉 션싱이 젹년의 상국이 젼위 일수의 넉시 쓰고 담이 써러져 지금 몽혼이 놀나온지라 옛말노 되하니 상국이 미양 이런 말노 시름을 푸러 위회하더라 틱부인이 두굿기믈 니기지 못하여 웃고 쇼픠 믄득 우어 왈 창홍이 일가의 몬져 나 져리 일즉이 장가 들거니와 그 긔상이 맛치 부마와 흡스하니

6면

쏘 어딕 쇼시 이셔 허무흔 욕을 혼ᄌᆞ 풀고 하녀 상국이 폐목요두 왈 호마의 입성죠 말나 닉 창흥이 엇지 두 안히룰 둘 ᄋᆞ히리오 창흥은 고집하여 그리흘 ᄋᆞ히 아니요 만시 하ᄌᆞ흘 고디 업스니 제 마음ᄀᆞᆺ치 팔지 휜출하리니 누의ᄂᆞ 고이흔 입성도 말나 픠 되쇼왈 쳔미 입이 ᄀᆞ바야은 고로 쇼부인을 쳔거하여 져 증치로 결승을 믹ᄌᆞ 자미 보ᄌᆞ 흔 거시 낭가의 무안하여 하 쇽아시니 추후야 녀와시 ᄀᆞᆺ흔 낭지 친가의 잇슨들 스이 들니잇가 부미 왈 슉지 져리 빅두룰 흔들고 우리

7면

집 ᄌᆞ질의 즁믹룰 아니련노라 하시니 ᄋᆞ들 가지고 장가 못 드리리잇가 져 젹 ᄌᆞ경이 지흥을 보고 가장 스랑하여 유의하니 제 ᄯᆞᆯ이 무쌍하나 지질의 되현지풍을 보고 감히 형장긔 발원치 못하여 질을 픽 달닉더이다마는 그 집 녀ᄌᆞ룰 일위여 지질의 두통을 기치지 아니려 하ᄂᆞ이다 쇼픠 ᄭᅮ지져 ᄂᆞ히 만하니 노흡타 하미 일쳬 되쇼하고 틱부인이 쇼파다려 왈 닉 앗가 언스룰 슈상이 너겻더니 원닉 숀부의 질네 잇는가 시브니 되강 엇더하뇨 쇼픠 ᄭᅮ러 고왈 쇼한님의 녀

8면

ᄋᆞᄂᆞ 쳔만고의 무쌍하니 쳔녜 문변이 노둔하여 무불형언이로쇼이다 연이나 쳔도 지니 무궁하고 조화의 신긔하미 이상터이다 쳔녜 슉녈비 보옵기 젼은 젹질의 되뒤 업술가 하엿더니 쵸의 효장옥쥬 ᄀᆞ지니강하시니 쳔직 박하고 문견이 고루하믈 ᄌᆞ괴하옵더니 금의 덕질의 쇼교ᄂᆞ 진실노 ᄌᆞ싱민 이후로 처음이니이다 틱부인이 왕을 도라보와 굴오딕 지흥의 셩덕문광이 진짓 너의 ᄋᆞ들이라 노뫼 쥬현부 ᄀᆞᆺ흔 셩덕의 현부룰 비하여 져의 도덕문광을 빗닉고ᄌᆞ 하나니 쇼ᄋᆞ의

9면

뇨됴ᄒᆞ믈 드르미 졍혼ᄒᆞ여 두미 됴흘낫다 쵸왕이 비ᄉᆞ슈명ᄒᆞ니 부미 부슉이 외당으로 나가신 후 쇼파를 향ᄒᆞ여 웃고 굴오ᄃᆡ 무식무식ᄒᆞ여이다 ᄌᆞ경이 만일 부용의 ᄂᆞᆺᄎ 듯거오믈 달마실진ᄃᆡ 그 ᄯᅩᆯ이 바로 요지의셔 ᄂᆞ려왓다ᄒᆞᆫᄃᆞᆯ 무슴 귀ᄒᆞ미 잇ᄉᆞ리오 ᄂᆡ 쳔호만환의 약불동념ᄒᆞ고 기녀를 부인 협실 미화장 속의 굼쵸와 두엇다가 도듕의 실산ᄒᆞ엿시니 드러가 뒤여보라 ᄒᆞ고 안셕의 ᄂᆞᆺᄎᆞᆯ 싸 누으니 기시 질이 져기 흥미이 실진ᄃᆡ 탄연이 쾌히 박ᄎᆞ고 오다 ᄡᅮᆫ이리잇가 그ᄶᅥ 뮈온 마

10면

음이 이졔ᄀᆞ지 치부ᄒᆞ엿ᄂᆞ이다 ᄯᅱ 미급ᄃᆡ의 왕이 봉안을 흘녀 말ᄉᆞᆷ의 삼가지 아니믈 칙ᄒᆞ니 위의 슉슉ᄒᆞ고 말ᄉᆞᆷ이 졍ᄃᆡᄒᆞ니 비록 죤젼의 화긔를 일치 아니나 긔위 엄졍ᄒᆞ니 좌위 불감앙시ᄒᆞ고 부미 구연칭ᄉᆞᄒᆞ니 쇼파는 징가라오믈 니긔지 못ᄒᆞ더라 쇼부인은 부미 ᄌᆞ긔 야야를 만모ᄒᆞ여 부용의 죤경ᄒᆞ시미 업ᄉᆞ믈 심니의 한ᄒᆞ여 ᄉᆡᆼ각ᄒᆞ되 ᄂᆡ의 명이 ᄉᆞᄉᆞ의 남ᄀᆞ지 못홀 고로 져의 무례ᄒᆞᆫ 언ᄉᆞ 봉인즉셜이 여ᄎᆞᄒᆞ니 ᄂᆡ 지신을 누연이 ᄒᆞ여 ᄉᆞ름의 ᄂᆞ즈리 너

11면

기믈 ᄎᆔᄒᆞ여 욕급친위ᄒᆞ니 날 ᄀᆞᆺᄒᆞᆫ 불회 어ᄃᆡ 잇ᄉᆞ리오 ᄒᆞ여 것츤 화열ᄒᆞ나 ᄂᆡ심은 분울ᄒᆞ여 만일 녀자의 구ᄎᆞᄒᆞ미 아닐진ᄃᆡ 은어도산ᄒᆞ기를 ᄯᅳᆺᄒᆞ니 풍한 냥 쇼져는 ᄉᆡ이 ᄯᅳ게 좌ᄒᆞ엿시므로 무심ᄒᆞ되 쥬슉녈이 긔식을 지긔ᄒᆞ고 그 너모 강녈ᄒᆞᆷ을 고이히 너기더라 셕식을 존당의셔 파ᄒᆞ미 각 당의 혼졍지녜를 파ᄒᆞ고 공쥬는 궁으로 도라가고 슉녈비 한쇼 등 졔 부인을 쳥ᄒᆞ여 침젼의셔 됴용이 한담홀ᄉᆡ 의논이 쇼아ᄒᆞ고 말ᄉᆞᆷ이 빗난지라 슉녈이 믄득 쇼부인을

12면

향ᄒᆞ여 우어 왈 아등이 각각 타문의 싱장ᄒᆞ여 일퇴의 상슈ᄒᆞ니 젹국이 화우ᄒᆞ고 풍ᄋᆞ의 곡죄 빗ᄂᆞ며 우이 특별ᄒᆞ여 의ᄂᆞᆫ 형뎨 ᄀᆞᆺ고 졍은 골육 ᄀᆞᆺᄒᆞ니 심담이 상됴ᄒᆞ미 ᄯᅩ 엇지 심폐를 일호나 은익ᄒᆞ여 ᄂᆡ외를 달니 ᄒᆞ리오 실노 ᄒᆞᆫ 말노 부인긔 쥬쳥코ᄌᆞᄒᆞᄂᆞ니 능히 치랍ᄒᆞ시리잇가 쇼부인이 칭ᄉᆞ 왈 고인이 운ᄒᆞ되 날을 기리ᄂᆞ니는 원슈

요 날을 꾸짓ᄂ니ᄂ 은인이라 ᄒ니 져져의 니르고ᄌ ᄒ시ᄂ 비 반ᄃ시 쳡을 교도코
ᄌ ᄒ시미라 감문기의로쇼이다 슉녈이 슌ᄉ하고 기리 말

13면

숨을 펴 ᄀ로오ᄃᆡ 셕상의 슉슉이 말ᄉᆷ을 부인긔 잠간 어침ᄒ시나 이ᄂ 녀부인을 경멸
ᄒ여 녕둔을 만홀ᄒ시미 아니라 슉슉이 호승이 틱과ᄒ시무로 부인의 강위ᄅᆞᆯ 미흡ᄒ
여 부인을 어침ᄒ사 녈슉ᄒᆞᄆᆞᆯ 쎡고ᄌ ᄒ시미니 부인이 츠후로 부드럽고 온슌ᄒᆫ 즉
슉슉이 쏘ᄒᆫ 그리 아니실지라 효장옥쥬 왕희의 둔과 농동닌지의 귀ᄒᄆᆞ로도 동시 녀
ᄌ의 몸인 고로 능히 지기ᄅᆞᆯ 셰우지 못ᄒ여 겨시니 ᄒᄆᆞᆯ며 녀염 미쳔ᄒᆫ ᄉ름이리오
쳡을 두고 보실지니 쳔하의 녀ᄌ 되미 구ᄎᆷᄒᆞ고 어

14면

려오니 슉슉이 밧그로 비록 호승ᄒ고 궤벽ᄒ시나 기심은 쳘셕 ᄀᆞᆺᄒᆫ 명달ᄒᆫ 장뷔시며
가온ᄃᆡ로 효장옥쥬 ᄀᆞᆺᄒᆫ 원군이 ᄉᆞ랑ᄒᄆᆞᆯ 형뎨ᄀᆞᆺ치 ᄒ시고 황애 빈실노 ᄒ라 ᄒ시ᄂ
비 업ᄉ니 슉슉이 의법 좌우부인으로 공경녜ᄃᆡᄒ시니 고ᄅᆡ의 부인ᄀᆞᆺ치 득시ᄒ니 뉘
잇ᄉ리오 쳡이 용우불민이로ᄃᆡ 능히 ᄯᆺ을 셰우지 못ᄒᆞᆷ든 부인의 아르시ᄂ 비라 더옥
부인의 총혜ᄒ시미 쳡의 투미ᄒᄒ무로 비기리오 원 부인은 익이 싱각ᄒ쇼셔 언파의 온
슌유화ᄒ여 밍변쥬론으로 장하

15면

ᄅᆞᆯ 열미 금야 처음이라 좌위 도로혀 희귀히 녀기고 쇼부인이 슉녈의 ᄒᆫ 말ᄉᆷ의 반싱
심즁의 치부ᄒ엿든 마음을 푸러 ᄇᆞ린지라 활연이 빗ᄉ 왈 셕의 관즁이 일오ᄃᆡ 싱ᄋ
ᄌᄂ 부뫼시고 지아ᄌᄂ 포지라 ᄒ더니 금일 져져의 명달ᄒᆫ 말ᄉᆷ이 쳡의 심담을 통
쵹ᄒᄉ 훈교ᄒ시ᄂ 셩언을 듯ᄉ오니 쳡의 반싱 편협ᄒᆫ 마음이 횐츨ᄒᄋᆫ지라 엇지 감
히 밧ᄃ지 아니ᄒ리잇고마ᄂ 슈연이나 져졔 폐부로써 불쵸뎨ᄅᆞᆯ 훈교ᄒ시니 쳡이 엇
지 마음을 늬외ᄒ리잇고 부마 상공

16면

이 처음부터 쇼뎨 알기ᄅᆞᆯ ᄒᆞ넛 시인ᄀᆞᆺ치 ᄒ여 능멸ᄒᄆᆞᆯ 긔탄치 아니ᄒ니 쇼뎨 협냥

의 써ᄒᆞ되 너 무용지인으로 부모긔 한시도 효치 못ᄒᆞ고 욕급친위ᄒᆞ니 날 ᄀᆞᆺᄒᆞᆫ 불회 업도다 ᄒᆞ며 ᄌᆞ연 부마를 듸ᄒᆞ면 증한ᄒᆞᄂᆞᆫ 마음이 몬져 발ᄒᆞ니 작위화식을 못ᄒᆞᆯ지언 졍 감히 옥쥬의 하풍을 혐되여 ᄒᆞ리잇가 쇼데 옥쥬의 슈은이 되 ᄀᆞᆺ고 황상의 은권을 밧ᄌᆞ오미 감히 좌우 부인으로 ᄒᆞ시니 상휘 황황ᄒᆞ실 썌도 일크르ᄉ 은지를 나리오시 니 가즁 듸쇼인이 다 숑뉼ᄒᆞ여 몸 둘 바를

17면

아지 못ᄒᆞᄂᆞᆫ지라 부지 쏘 빅슉의 셩흑듸도를 우러올질듸 쳡슈불민이나 감히 부즈를 한ᄒᆞ리잇가 연이나 져져의 명셩지교를 경심게지ᄒᆞ여 간폐의 삭이리이다 슉녈이 불 감ᄉᆞᄉᆞᄒᆞ고 왈 부인 셩언을 쳡이 감히 당치 못ᄒᆞ옵ᄂᆞ니 쳡의 우견을 쳥납ᄒᆞ시니 지 긔의 졍을 알니로쇼이다 이윽이 한담ᄒᆞ다가 야심ᄒᆞ미 각각 침쇼로 도라가ᄂᆞ니라 ᄎᆞ후 쇼부인이 부마의 언식 무례ᄒᆞ나 화평온슌ᄒᆞ기를 쥬ᄒᆞ여 셩식을 부동ᄒᆞ니 도위 그윽 이 우어 며ᄂᆞ리와 ᄉᆞ회를 보게 되니 인식 만히

18면

느럿다 ᄒᆞ더라 이러구러 창흥공쥬의 납빙지일이 다다르니 이날 젼셕을 놉히고 혼셔 ᄎᆞ례를 봉함홀시 상국이 좌우로 ᄒᆞ여곰 셔지의 가 ᄒᆞᆫ 궤를 드려다가 옥츠 일 쌍을 너 여 노흐니 ᄎᆞᄂᆞᆫ 공이 남경 진뉴시의 뉴구국 물화들이 극뵈라 ᄒᆞ여 사람들이 귀경ᄒᆞ 라 모혀 십분 요란흔지라 쥬후와 상국이 뉴구국 인물을 보려 긔인을 불너 그 물이 무 ᄉᆞᆫ 보빈고 뭇더니 홀연 셔긔 두우의 쏘이며 징연흔 쇼릭로 됴츠 빅옥츠 한 쌍이 긔인 의 ᄉᆞ미로셔 구을너 ᄂᆞ려지니 참졍이 그 셔긔 니러

19면

나믈 의괴ᄒᆞ여 좌우로 ᄒᆞ여곰 가져오라 ᄒᆞ여 알픠 노코 보니 셩녁이 공교롭고 졔되 긔묘흔 즁 옥빗치 찬난ᄒᆞ여 눈의 졍치 쏘이고 옥으로 글지 은은이 뵈거늘 히빗히 빗 최니 치봉과 쌍난을 삭이고 그 아릭 가ᄂᆞᆫ 글지 잇셔 쌍봉과 쌍난이 합ᄒᆞ미 그 님지 잇스리라 ᄒᆞ엿ᄂᆞᆫ지라 참졍이 이찍ᄂᆞᆫ 창흥공지 난 줄도 모로ᄂᆞᆫ지라 타일 혹 쓸 곳이 잇실가 ᄒᆞ여 가연이 쳔금을 쥬고 믿득ᄒᆞ니 긔인이 듸회ᄒᆞ여 굴오듸 쇼인이 이 옥츠 를 본국 이산도인이 빅옥 두 짝을 너여 쥬며 닐오듸 네 이 옥으로

20면

구란츠를 민드라 유명혼 옥장인 츄싱의게 맛져 이 옥의 난봉을 삭여 너면 갑시 쳔혼 의 지지 아닐 거시니 임즈를 맛나거든 팔나 ᄒ더니 과연 츄싱이란 장인을 맛나 옥말 을 ᄒ고 난봉을 쌍으로 삭여 민드라 달나 ᄒ니 츄싱이 두어 번 손을 쥐물너 속의 삭 여 쑤며 쥬옵거놀 본국의셔 팔녀 ᄒ니 굿ᄒ여 뭇ᄂ니 업습ᄂ지라 디단치 아닌 거스 로 아랏습더니 물화 싯ᄂ 비의 올나 오더니 광풍을 맛나 비 업칠 듯ᄒ기 즈즈되 이 보비 능히 풍낭을 진정ᄒᄂ지라 겻 비 여러 쳑이 다

21면

파션ᄒ되 쇼인의 비ᄂ 무스ᄒ니 남경 너른 ᄯᅡ히 와 두루 뵈며 팔녀 ᄒ되 구경만 ᄒ고 스리 업습더니 노애 불너 무르시ᄂ 바의 옥치 졀노 ᄂ려져 노애 아라보시고 쳔금을 쥬시니 님지 이시리라 말이 올ᄒ여이다 공이 졈두ᄒ고 깁히 간스ᄒ니 쥬휘 쏘혼 신 긔로이 녀기더니 이쩌 공이 믄득 싱각고 너여다가 빙물을 솜으니 쳐시 상국을 향ᄒ 여 우어 왈 형장의 디쳬ᄒ시무로도 만스의 져디도록 찰찰ᄒᄉ 숀으의 납빙츠를 져리 미리 어더 슈장ᄒ시고 틱부인긔도 고치 아니ᄒ여 계시니

22면

희린 부즈를 취ᄒ시미 디단ᄒ셔이다 상국이 희위 능흡ᄒ여 왈 즈너 아모리나 니르고 웃쇼 즁년 홀아비 고분지탄을 맛나 어린 즈식을 품 속의 너허 슬푸믈 빗불니 격고 기 를 젹 무스 념녀 업스며 슈환들 아니ᄒ랴 쥬형도 즈네쳐로 웃데커니와 즈니곳치 유 복ᄒ여 아들도 졀노 즈라고 숀즈도 평안이 기르기 쉽던가 ᄒ고 혹쇼혹탄ᄒ며 왕으로 치례를 봉함ᄒ라 ᄒ고 먼니 물너 안즈니 션싱이 호호이 웃고 그 즁년 상쳐ᄒ믈 무복 다 ᄒ여 물너 좌ᄒ고 부마ᄂ 이십이 되도

23면

록 안히의게 쇼박 맛다 ᄒ여 ᄀᆺ가이 오지 말나 ᄒ니 일좌의 쇼셩이 훤동ᄒ고 왕은 디 인의 지셩즈이 이디도록 ᄒ시거놀 왕년의 즈긔 부부 부즈로써 무한흔 불효를 기쳐시 믈 식로이 쵸창ᄒ더라 이의 혼셔를 휘필ᄒ여 구란츠와 봉황으로 그려 슈 노흔 보의 ᄽᅳ 보닐시 이쩌 목부인이 지란 남미로 쥬스야탁ᄒᄂ 비 크게 흉험ᄒ니 납빙길녜 틱

일훈 바룰 아직 알외지 말나 신부룰 빅냥의 올닐 쩌 돈당의 알윌 바룰 의논ᄒ니 공이 겸두ᄒ고 굴

24면

오ᄃᆡ 인ᄌ지되 쇼쇼미ᄉ라도 부모룰 긔망ᄒ미 죄 즁ᄒ되 복의 몽시 녀ᄋ의게 크게 불길ᄒ고 목튜의 불냥우람ᄒ미 ᄎ마 졍시치 못홀 빈니 회ᄋᆞᆫ 지형을 피ᄒ여 임부의 슈학ᄒ라 가 혹문이 장진타 ᄒ니 깃부도쇼이다 부인이 역희ᄒ더라 이러구러 납빙길녜 다다르니 공이 됴용이 납폐문명을 바다 부인 침당으로 보ᄂᆡ고 이런 일을 일큿지 아니ᄒ니 목시 죵손이 망연부지러라 부인이 ᄎᆡ례룰 바다 쇼져 유모룰 맛지고 두굿기고 깃브믈 니긔지 못ᄒ여 됴용이

25면

혼구룰 셩비ᄒ더라 ᄎᆞ시 목지형의 남미 됴흔 의식이 구복을 치오고 몸이 빗ᄂᆞ니 음흉흔 의ᄉᆞ 졈졈 삭시 기러 셩염쇼져 방향을 그윽이 유의ᄒ나 셜틱ᄉ의 져 보는 안식이 삭풍이 늠늠ᄒ고 북쳔이 최의ᄒ니 지형이 막감양시ᄒ고 ᄒᆞᆫᄀᆞᆺ 원이 깁흐니 다만 목부인긔 아당ᄒ여 호연을 도모코ᄌᆞ ᄒ니 목부인이 셜공의 지시라도 가권과 ᄌᆞ녀의게 간셥지 못ᄒ고 셩염의 현뵈 가ᄉᆞ를 맛흐미 져의 권 쓸 빈 업시 되엿거늘 ᄒᆞᆯ며 셜공이 기셰ᄒ고 틱시 지효로 밧드

26면

니 본셩이 우픠흘지연졍 셰ᄎᆞ지 못ᄒ고 친긔 무셰녕졍ᄒ고 공의 슉당 군동이 번셩ᄒ믈 두리미 심흔 고로 공을 씨씨 가ᄎᆞᄒ나 그 위인이 지셩지효룰 아는지라 맛춤ᄂᆡ 딕악을 발뵈지 못ᄒ더니 이제 목지형의 쳔요만악의 농낙흔 빈 된지라 일편심장이 본무 쥬견흔 고로 지형의 음흉외람흔 의ᄉᆞ 셩염쇼져의게 밋ᄎᆞ미 믄득 동심협녁ᄒ여 도모ᄒ기룰 쾌히 니른니 비컨딕 우물 밋 긔고리 쳔ᄋᆞ의 고기 바룸 ᄀᆞᆺ더라 일노부터 비밀흔 흉모곡계 날

27면

노 충싱ᄒ니 가히 앗갑다 군ᄌᆞ슉녀의 쳔졍긔연으로 일장 허다 마장을 면치 못ᄒ니

하회를 셕남ᄒ라 이쩌 목지형이 쥬ᄉ야탁의 경영ᄒᄂ 빈 지흉지간ᄒ여 일단 틱ᄉ의 총명을 쎠려 조각을 기ᄃ리더니 일이 공교ᄒ여 일듯 흉완ᄒᆫ 무리를 결년ᄒ여 ᄒᆫ 계교를 싱각ᄒ고 요두낭비ᄒ여 목부인긔 밀밀이 고ᄒ여 글오듸 쇼손이 ᄒᆫ 번 손을 움즉이미 긔녜 쇼손의 긔물이 될 밧 홀 일 업스리이다 ᄒ고 이후ᄂ 두루 돌며 션명ᄒᆫ 의복의 쳥녀를 빗기 모라 당안 협긔

28면

무리의 ᄂᄋ가 요간의 금은을 훗터 모리와 흙ᄀᆺ치 쓰며 ᄒᆫ 무리 픠악ᄒᆫ 무뢰비를 ᄉ괴니 일왈 냥두시요 이왈 셕삼낭이요 삼왈 신검쉬니 냥두ᄉᄂ 환슐을 부려 머리 둘히며 팔이 네히 되여 빅쥬의 ᄉ름을 요혹게 ᄒ여 그 머리 버히믈 낭중취물ᄀᆺ치 ᄒ되 것히 ᄉ름도 모르게 ᄒ므로 별호를 냥두시라 ᄒ고 셕삼낭은 십ᄌ 듸도상의셔 일좌 고루 쥬밍 곡난 치각의 ᄉ치ᄒᆫ 쥬렴을 베퍼 인뇩을 잡뉴의 셕거 안쥬의 쎠 ᄉ름을 먹여 지물을 탈취ᄒ

29면

여 굴혈을 일우고 신검슈ᄂ 비슈를 씌고 바룸이 되여 진언을 념ᄒ면 칼히 ᄂ라 히코ᄌ ᄒᄂ 사룸의 머리를 버히니 타인이 그 얼골을 모르ᄂ 가온듸 신슐을 부리더라 션시의 한왕이 듸익을 쇠ᄒ다가 ᄉ긔 뒤치이미 쳔지 듸로ᄒ사 옥시 법을 잡으니 일명이 능히 부월 ᄋ릭 남ᄋ시리오마ᄂ 셩샹이 참ᄋ 쳔뉸지졍으로 그 명을 형육 ᄋ릭 맛지 못ᄒᄉ 왕위를 혁ᄒ야 산동낙안쥐로 닉치시니 이ᄂ 곳 폐위ᄒ시미라 왕궁을 파ᄒ미 막부뇨속이 혹 쓸오며 혹

30면

졔 ᄯᄒ로 가ᄂ 니도 잇ᄉ나 냥두ᄉ 신검슈 셕삼낭은 고구의 골경지신으로 흉ᄉ를 동참ᄒ여 노략질과 인명 히ᄒ기를 풀낫ᄀᆺ치 ᄒ더니 왕이 파월ᄒ미 변셩명ᄒ고 오유방낭ᄒ여 임문을 어육고ᄌ ᄒ나 시의 쳔지 우탕의 덕이 계시고 임상국 부지 국권을 잡ᄋ시니 이른바 협화만방의 덕홰 구쥐의 덥혀 심산궁곡의 은ᄉ 목을 ᄂ르혀 덕을 숑ᄒ고 됴졍이 맑으미 면경 ᄀᆺᄒ니 요미 엇지 범ᄒ리오 속졀업시 간간이 노략질ᄒ더니 목지형을 맛나 지긔 합ᄒ여 쇠를 한가지

로 ᄒᆞ며 ᄌᆡ물을 모ᄒᆞ니 셜부 ᄌᆡ물이 흙ᄀᆞᆺ치 요인의 슐갑시 되니 셜틔ᄉᆞ의 쳔금녀ᄋ
의 젼졍을 여지업시 마회ᄒᆞᄂᆞᆫ 근본이 되니 가셕지라 일일은 목셩이 목부인과 지란을
ᄃᆡᄒᆞ여 왈 너 근너의 익우의 셩ᄉᆞ를 어더 지긔를 미ᄌᆞ니 ᄎᆞ인 등의 ᄌᆡ됴 신츌귀몰ᄒᆞ
여 ᄉᆞ미 안히 건곤을 넛는 신통이 잇ᄉᆞ나 너는 한왕 고구의 골경지신이러니 한왕이
낙안줘로 ᄂᆞ린 후 이 ᄉᆞ름들이 써러져 왕의 파월ᄒᆞᆫ 원슈를 갑고ᄌᆞ ᄒᆞ나 씨 밋지 못ᄒᆞ
고 왕이 년곡 써난 후 감히 년경을 넓지 못ᄒᆞ니 셰

지 졍히 ᄂᆞ히 약관의 펼셩 쇼원이 셔ᄌᆞ의 ᄉᆡᆨ과 약난의 ᄌᆡ됴를 구ᄒᆞ나 쏘 ᄃᆡ국 경화거
득이 아닌 즉 취치 아니려 ᄒᆞ나 왕의 죄 심상치 아니ᄒᆞ니 어느 ᄃᆡ신이 결혼ᄒᆞ리오 한
왕이 원입골슈ᄒᆞ되 지금 취쳐치 못ᄒᆞ엿다 ᄒᆞ니 너 ᄒᆞᆫ번 산동의 노라 한왕긔 알현ᄒᆞ
고 셜틔ᄉᆞ의 녀이 만고무쌍이믈 던ᄒᆞ고 탈취홀 계교를 도모ᄒᆞ여 만일 잘되면 이는
ᄂᆞ의 공명이 방금의 졔일이 되리니 이후는 네 이 집 동졍과 셩염의 일동일졍을 잘 규
찰ᄒᆞ여 ᄂᆡ응이 되라 궤계를 운동ᄒᆞ여 일이 일면

너의 계활이 이 ᄀᆞ온ᄃᆡ 쓴 더오리라 지란이 금방울 ᄀᆞᆺᄒᆞᆫ 눈을 뒤룩이며 창ᄃᆡ ᄀᆞᆺ흔 눈
셥을 츔츄고 지지ᄒᆞᆷ을 일ᄏᆞᆺ고 일은 신쇽ᄒᆞᄆᆡ 귀ᄒᆞ니 급히 도모ᄒᆞ라 ᄒᆞ니 ᄎᆞ 요인의
모계 궁흉ᄒᆞ니 하늘이 엇지 흉인을 도으리오마는 셩염쇼져와 쥭명공의 별이흔 ᄌᆡ화
로 됴물이 다 싀ᄒᆞ여 ᄌᆡ앙이 이의 밋ᄎᆞ니 ᄎᆞ인의 모계 ᄎᆞᄎᆞ 합ᄒᆞᄆᆡ 쳔되 회회ᄒᆞ더라
목셩이 쏘 이날 바으락 은을 ᄎᆞ고 삼낭의 집으로 모다 돈을 ᄂᆡ여 슐과 안쥬를 버리고
삼인이 ᄃᆡᄒᆞ여 굴오ᄃᆡ 삼위 형의 ᄌᆡ됴 등운ᄒᆞ

기의 잇고 검슐의 신통ᄒᆞᄆᆡ 귀신도 츙냥치 못홀 비여늘 엇지 권문지쳑의 투입ᄒᆞ여
ᄌᆡ됴를 펴 공을 일우고 부귀를 겸득지 아니ᄒᆞ고 도로혀 엄과 톱을 쥬리쳐 스스로 녹
녹흔 필부로 ᄌᆞ쳐ᄒᆞᄂᆞ뇨 삼인이 ᄎᆞ언을 드르ᄆᆡ 털이 것구로 셔고 목지 뒤우어 분탄
왈 말을 ᄒᆞ려ᄒᆞᄆᆡ 입이 ᄒᆞ나히니 엇지 다 ᄒᆞ리오 우리 한젼하의 은혜 닙으ᄆᆡ 줌ᄒᆞ니

왕이 파월호신 후 엇지 일시나 좌측을 써나리오마는 왕이 원분을 서리 담고 구천의
와신상담을 효측호므로 아등이 변셩명호고 왕을

35면

도와 은혜를 갑고즈 호느니 왕셰지 맛으로 즈라시니 비를 경홀 비로디 디국을 써나
미 비를 쌘기 어려온디 셰즈의 원이 여즈의 식을 구호는지라 왕이 아등으로 이 디스
를 맛져 스히구쥐를 다 돌지라도 셰즈의 쯧의 찬 녀즈를 맛나거든 귀쳔을 의논 말고
탈취호여 와든 쳔금으로 상호리라 호시고 힝낭을 유독히 쥬시니 명을 바다 구쥐팔황
을 몬져 도라 경셩의 니르런지 슈월이로디 경국지식을 듯보지 못호엿노라 목싱이 쳥
파의 가려온 디를 닭는 듯 심즁의 디희호여 어렴푸시 니

36면

로디 녈위 진졍 쇼발을 드르니 고어의 왈 스히지니 기형뎨라 댱부의 우심의 크게 분
울호도다 연이나 니 산동으로 놀고즈 호느니 만일 디왕긔 알현호여 날노써 국스로
디졉호여 군국 즁스를 맛질진디 니 또 일등 명염슉녀를 어더 밧치리니 이 녀즈의 식
을 의논홀진디 나라흘 기우릴지라 한젼하와 셰즈의 놉히 구호시는 눈의도 황홀호련
마는 니 아직 디왕긔 알현치 못호엿시니 이 일을 몬져 발셜치 못호노라 삼인이 추언
을 듯고 용약디희호여 일시의 니러 비

37면

스 왈 만일 형언 굿흘진디 금일이라도 급히 달녀 산동의 가 디왕긔 알현호면 국스로
니르지 말나 만일 한뎐하의 골경지신이 되는 날이면 할토봉왕이 여반장이라 호며 감
언미어로 달니니 목지형이 져 슘인의 쑬굿치 단 말의 훈호여 즉금 신쳬 계활이 망측
호니 눈멀고 귀먹은 노됴는 귀형이 되어 됴불여셕호거늘 져희 남미 구추히 셜부의
즈뢰호는 의식이 구간호고 붓그럽거늘 셜한님 슘인이 아춤 됴회를 파호면 홍포 오스
로 뫼셔 과갈이 동구의 드레고 분분흔

38면

영광이 비무호거늘 져의 신셰를 싱각호미 쯔히 버려지라 즈연흔 분원이 무단흔 셜가

룰 절제코즈 ᄒ더니 츳 삼인의 물흐르는 듯ᄒᆫ 말이 발셔 지형의 몸이 승텬ᄒᆫ 듯 공명을 쾌히 도모ᄒ여 셜가룰 셤멸코즈 ᄒ고 셩염쇼져의 젼졍을 작희코즈 흥심의 빅츌ᄒ니 졔 몸이 디역의 투입ᄒ여 슈독이 이쳐ᄒᄂᆫ 딩셰룰 쳡쳡의 밋고즈 흥심이 발발ᄒ니 츳역 셜쇼져의 반싱화익을 응시ᄒ여 난 빅라 츳회라 츳일 지형이 삼흉으로 더브러 길나믈 언약ᄒ고

39면

셜부의 니르러 의긔 양양ᄒ미 황뎨 됴셔룰 밧즈와 녈국의 졔후룰 교유ᄒ며 구쥐룰 슌힝ᄒ여 츌쳑을 즈임ᄒ고 션참후계ᄒᄂᆫ 상방검을 맛긴 드시 흔흔즈득ᄒ며 목부인긔 ᄂᆞᆼᄋᆞ가 굴오디 쇼숀이 이졔야 공명의 길을 어더 문호룰 창디ᄒ고 죵왕모 고혈ᄒ신 계활을 회복ᄒ리이다 목부인이 쳥미파의 용약희희ᄒ여 벼기룰 믈니치고 니러나 싱의 숀을 잡고 등을 어루만즈 왈 노뫼 일야 심당의 잠젹ᄒ여 젼츌의 디졉이 셔의ᄒ고 능경ᄒᄆᆞ를 감슈ᄒ

40면

여 녀히 남미로 고젹ᄒᆫ 심회룰 위로ᄒ나 미시 쯧ᄌ지 못ᄒ고 구츠ᄒ더니 네 만일 공명을 일워 가문을 흥긔ᄒ면 노뫼 셕ᄉ나 무한이로다 아모커나 발쳔홀 곳이 엇던 곳이뇨 목싱이 ᄀᆞ마니 삼인의 근본과 한셰지 식을 구ᄒᄂᆫ 말을 젼ᄒ고 긔회 졀묘ᄒ니 여츠야 일이 되리니 일이 되면 녈토봉왕은 츰 밧고 어들지라 이리이리 일을 쑤미쇼셔 ᄒ고 말을 간교히 지어 사각사각 달닉니 목부인이 고기룰 ᄶᅳ덕여 응답ᄒ고 쏘ᄒᆫ 몸이 텬승군왕의 죵됴

41면

모로 효양을 밧ᄂᆫ 드시 이슈가익ᄒ여 잔긔춤과 뮈온 트림이 디밧쳐 좌불안셕ᄒ니 가히 보암 즉 ᄒ더라 셜틱ᄉ 굿ᄒᆫ 효ᄌ 밧드러 고당의 뫼셔 신혼셩졍과 입의ᄂᆞᆫ 팔진미 써ᄂᆞ지 아니ᄒ고 몸의ᄂᆞᆫ 깁옷시 무겁거늘 무어시 부득ᄒ여 디역을 도모ᄒ니 엇지 망신살이 아니며 화룰 부르ᄂᆫ 망녕이 아니리오 츳ᄂᆞᆫ 쥭명공과 셩염쇼져의 슈츌ᄒᆫ 셩덕 문명이 도로혀 긔화룰 경녁ᄒ게 목츄 흥인을 니미러라 목츄 부인긔 하직고 산동 낙안쥐로 향홀ᄉᆡ 지란을

42면

당부ᄒ여 셜부 동정과 쇼져의 거동을 무심히 보지 말나 ᄒ고 목시 민양 틱ᄉᄅᆯ 보면 슈용이 업셔 동ᄒᆫ 듯ᄒᄆᆯ 비젹비젹ᄒ여 슬푼 거동을 뵈니 틱시 비록 그 심용을 거울 ᄀᆺ치 빗최나 지셩딕회라 ᄌ가 녹봉을 간이이 모도 드려 흔히 쓰게 ᄒ니 금은이 상ᄌ의 몌엿ᄂᆫ지라 금빅을 만히 ᄊᆞ ᄒᆡᆼ냥을 쥬니 목츄 바다 감쵸고 외당의 ᄂᆞ와 셜틱ᄉᄀᆡ 하직ᄒ려 홀ᄉᆡ 이날 의긔양양ᄒ여 방약무인이 큰기츔ᄒ고 고실의 들녀 ᄒ더니 ᄎᆞ시 셜공이 명일 만금쇼교의 납빙

43면

길일이라 심회 쾌열ᄒ여 ᄂᆡ루의 드러가 녀ᄋᆞ의 화풍이질을 보려 ᄂᆞ리셧다가 목츄의 큰기츔쇼리ᄅᆯ 괴히 녀겨 지게ᄅᆯ 열고 이윽이 시쳠ᄒ여 그 심폐ᄅᆯ 짐쟉ᄒ고 한심ᄒᄆᆯ ᄂᆞ기지 못ᄒ여 문왈 현계 근닉의 셔당의도 아니가고 어딕ᄅᆯ 단니ᄂᆞᆫ냐 본부의 가 잇더냐 목츄 냥익을 가로츄고 넘슬넘슈ᄒ고 가장 교긔ᄒ여 딕왈 셔당의도 의쳠이 임부의 가고 익쳠은 어리오니 실노 쇼싱의 지긔 못될 고로 어진 벗을 어더 붕우칙션을 듯고ᄌ 츌뉴ᄒ옵더니 하직을 고ᄒ나이다

44면

공이 그 말을 듯고 눈으로 그 목ᄌᄅᆯ 보건딕 엇지 슘길 비리오 포장흉심ᄒ고 강도의 투입ᄒ엿거나 어느 번왕의게 의탁ᄒ여 흉역을 도모ᄒᄂᆫ 역골이 드러나ᄂᆫ지라 만심 ᄎᆞ악ᄒ여 기리 닝쇼 왈 현계 지긔ᄅᆯ 어드면 몸이 도로혀 망나와 형극의 걸닐가 ᄒ노라 언파의 풍화ᄒᆫ 안뫼 변ᄒ여 미우의 상풍이 쇼쇼ᄒ니 목츄 만흉간악지인이나 셜공의 안식이 츄상 ᄀᆺᄒᄆᆯ 두리미 심ᄒ며 금의 져의 간계ᄅᆯ 거울ᄀᆺ치 지긔ᄒᄆᆯ 보니 담이 말만ᄒ나 비한이 쳠의ᄒ여 흠신빅ᄉ 왈 쇼싱의 금번

45면

ᄒᆡᆼ되 굿ᄒ여 츈경을 유람ᄒ오미 아니라 경영ᄒᄂᆫ 비 여러 가지오미 오릭면 일 년이오 쉬오면 ᄉ오 삭이 되리로쇼이다 공왈 연즉 군가 냥위 봉시ᄂᆫ 뉘가 ᄒᆞᄂᆞ뇨 목츄 딕홀 말이 업셔 ᄂᆞᆺ츨 불커고 믹 업시 셤의 ᄂᆞ리니 쇼공ᄌ 희필이 공의 겻히 셧더니 숀으로 ᄀᆞ르쳐 졀도ᄒ고 먼니 가믈 쇠훤이 넉이더라 지란은 지형ᄀᆺ치 간교와 영오치

못흔 거시 목시 겻히 잇셔 동일 진육을 입의 다라시니 견혀 기름진 산돗치라 몸이 기름지고 골뷔 츙만흐여 거르미 쳥시 샌질지라 가즁 양낭이 손가

46면

락질흐여 목시 모로게 쑤짓더라 느히 졈졈 즈라미 음욕이 발동흐는지라 가졀을 반기며 씌씌 봄을 늣겨 상님의 발을 드딘들 어느 남즈 눈 쓰리오 흐곳 목녀 당즁의 몸을 움쳣다가 셜스인 등이 신셩의 드러오면 지란 흉물의 노목을 느르혀 그 옥모영풍을 보면 닙쎠 안흘 듯 두 아귀의 츔을 흘니고 보다가 됴모긔 졀흐고 나가면 한숨져 늣기믈 마지 아니흐니 그 누츄흐믈 긔록홀 빈 아니라 지형이 니가흐민 져를 인슈의 너허 셩염쇼져의 일동일졍을 슬피라

47면

흐엿시니 셩염쇼졔 남즈 아니여니 음녀의 유심홀 빈리오마는 셜스인 형뎨 화지풍뉴 지용을 닛지 못흐여 짐줏 셩염쇼져를 보런노라 목녀를 속이고 화츈졍 후함의 숨쇼리를 드리그어 업드려 방즁을 슬피니 공의 부뷔 상샹의 좌흐고 스즈 삼뷔 혼졍흐고 시좌흐여시니 쵹광이 됴요명낭흔듸 삼 쇼져의 옥용화틱 셔로 븨익니 슨인 곤계 화풍경운의 세 군션이 옥경의 됴회흐는 듯흔지라 지란이 이를 보미 셩염쇼져 동졍을 알 쓰이 잇스리오 흠모흐는 음심이 불

48면

곳흐여 츔을 흘니며 숨을 드리그어 두 눈이 쑤러질 듯 흑스는 더옥 넌긔 최쇼흔 고로 골격이 덜듸미인의 거동이라 흉녀의 간격이 쵸갈흐여 업듸여 즈미늬여 보더니 공이 부인을 딕흐여 글오듸 녀이 이쎠 스벽이 고요흐고 삼친이 모다 타인이 업스니 부르쇼셔 부인이 딕왈 이 ㅇ히 난 듸 업슨 지퇴 고이흐여 근늬 녁니를 달통흐여 모든 오라비 길흉을 츄졈흐니 다 됴흐되 스으와 져의 익회 비상홀 분 아냐 져의 신쉬 층악흐니 목님오됴의 늣기는 졈쾌를 히득흐고 더옥 측간 츌입도 씌를

49면

아라 두리며 됴심흐고 아즈도 식부로 더브러 협실의셔 긔롱흐여 왈 오리지 아냐 임

부 ᄉ랑ᄒᆞᄂᆞᆫ 식뷔 되여 빅냥우귀ᄒᆞ면 간 ᄃᆡ로 귀령치 못ᄒᆞ리니 오됴의 니별을 아니 늣기랴 ᄒᆞ고 보치니 녀이 과도히 붓그려 졈과ᄅᆞᆯ 쇼화ᄒᆞ고 이후는 이 붓치ᄅᆞᆯ 유의치 아니리라 ᄒᆞ고 시방 녈녀젼을 쵸ᄒᆞ니 ᄂᆞ오지 아니ᄒᆞ리이다 공이 부인의 말노 됴ᄎᆞ 녀ᄋᆞ의 신명ᄒᆞᄆᆞᆯ 듯고 더옥 긔이ᄒᆞ여 이의 협실의 드러가니 이ᄯᅥ 쇼졔 됴용이 ᄉ상 ᄒᆞ며 녀ᄌᆞ의 쇼집이 역니ᄅᆞᆯ 희득ᄒᆞᄆᆡ 부

50면

졀업다 ᄒᆞ여 다시 그 붓치ᄅᆞᆯ 넘두의 두지 아니ᄒᆞ고 녈녀젼을 쵸집ᄒᆞᆯᄉᆡ 규측의 긴요 ᄒᆞᆫ 거ᄉᆞᆯ 거두고 녀ᄌᆞ의 고졀쳥심을 퇴발ᄒᆞ니 션몌ᄅᆞᆯ 놉히 것고 셤셤옥슈의 산호필을 잡ᄋᆞ 편긔의 휘필ᄒᆞ니 뇽ᄉᆞ 비등ᄒᆞ더니 믄득 틱ᄉᆞ 니르러 무러 왈 녀이 야심삼경의 무슨 공부ᄅᆞᆯ 져듸도록 ᄒᆞᄂᆞᇀᆖ 쇼졔 니러 마ᄌ 안셔이 슬하의 ᄭ러 굴오ᄃᆡ 야심ᄒᆞ엿ᄂᆞᆫᄃᆡ 침슈ᄅᆞᆯ 폐ᄒᆞ사 니르시니잇고 쇼녜 목ᄋᆞ 남ᄆᆡ로 ᄒᆞ여 신혼성졍을 폐ᄒᆞ오니 하졍 의 울울ᄒᆞ여이다 공이 옥슈ᄅᆞᆯ 잡고 무빈

51면

을 어루만ᄌ 이윽이 보다가 광미ᄅᆞᆯ 씽긔고 일오ᄃᆡ 가늬의 불망지인이 모혀 ᄌ위 셩 총을 가리오고 일쟝풍파ᄅᆞᆯ 일워도다 쇼졔 진슈ᄅᆞᆯ ᄂᆞᆺ쵸고 옥음이 냥냥ᄒᆞ여 복슈 ᄃᆡ왈 셩인도 오ᄂᆞᆫ 익을 면치 못ᄒᆞ옵ᄂᆞ니 미ᄉᆞᄂᆞᆫ 하늘의 붓칠 분이오니 야야ᄂᆞᆫ 물우물녀ᄒᆞ 쇼셔 연이나 지란 남ᄆᆡ로 ᄒᆞ여 됸당의 오리 현알치 못ᄒᆞ오니 실노 민망ᄒᆞ여이다 공 이 녀ᄋᆞ의 효슌ᄒᆞᄆᆡ ᄉᆞᄉᆞ의 여ᄎᆞᄒᆞᄆᆞᆯ 더옥 긔이 과즁ᄒᆞ여 옥안을 졉ᄒᆞ고 ᄉ랑ᄒᆞ다가 됴히 ᄌᆞᄆᆞᆯ 니르고 ᄂᆞᄋᆞ와 지란 남ᄆᆡ의 흉

52면

변이 가국의 쇼요ᄒᆞᆯ 바ᄅᆞᆯ 심한골경ᄒᆞ나 능히 물니칠 계괴 업더라 ᄎᆞ시 지란이 오리 업ᄃᆡ엿ᄉᆞ니 답답ᄒᆞ나 흑ᄉᆞ와 희필공ᄌᆞᄅᆞᆯ 눈이 져리도록 보다가 냥인이 공을 뫼셔 외 당으로 나가고 ᄉ인과 한님이 부인 상하의 됴용이 뫼셔 말슴ᄒᆞᆯᄉᆡ 임부의 가 희광의 문학을 알외며 창흥의 츌뉴ᄒᆞᄆᆡ 쳔고 긔남지라 ᄃᆡ져 그 집의 여러 셩인을 ᄂᆡᄉᆞ 사문 을 붉히려 ᄒᆞ시ᄆᆞᆯ 아올지라 지흥의 무궁ᄒᆞᆫ 도덕문명이 빈빈영요ᄒᆞ여 이단을 비쳑ᄒᆞ 고 ᄉᆞ류의

53면

셰워 명실을 크게 보좌홀 긔린이요 부마의 장즈 텬흥이 진흥의 일뉘로딕 진흥의 무궁이 너르고 흔 업시 맑고 됴흐믈 져기 밋지 못ᄒ나 방금 슈류의 제일좌 되믈 알니러이다 부인이 흠탄ᄒ여 니로딕 창흥 일인도 희한ᄒ거늘 여러 즈녜 창ᄋ와 일뉘니 젼혀 셩현공 부즈의 지셩딕덕을 텬되 보은ᄒ시미로다 녀이 쵸왕 부부 궃흔 구고와 창흥 궃흔 고현을 맛나미 그쎄룰 어드미여늘 아마 닉 집 요인들노 말민암ᄋ 화란을 겻글가 ᄒ노라 슈인이 호언으

54면

로 모부인 우려룰 위로ᄒ더니 추시 지란이 허무코 열업셔 난간으로 나리다가 몸이 둔ᄒ여 쳥널이 쎈지니 흔가지로 구러져 졋바지니 그 쇼릭 벽녁이 울히는 듯 녕악ᄒ니 한님 등이 딕경실식ᄒ여 후챵을 열치고 시노룰 불너 불을 붉히고 보라 ᄒ니 부인이 한님의 옷슬 다리여 말녀 닐오딕 이 굿ᄒ여 도젹이 아니요 ᄯᅩ 시비 아니니 여등은 요란이 구지 말고 졀노 도라가기룰 기다릴지어다 사인 등이 스긔룰 들쳐 가ᄂᆡ 두지 말고즈 ᄒ더니 모

55면

친 셩교룰 듯고 후챵을 단단이 닷고 잠잠ᄒ니 지란이 겨유 쩔치고 니러ᄂᆞ니 아오라 흔 누함의 육즁흔 몸이 ᄂᆞ무 됴각을 안고 잣바졋거니 허리와 비각이 다 부러지고 흉상박면이 다 씌여져 피 흐르니 운신을 못ᄒ고 힝음 업시 알푸믈 부르고 업디여 겨오 진졍ᄒ여 도라갈식 능히 힝보룰 옴기지 못ᄒ고 어루기여 목부인 침쇼로 가노라는 거시 어두온 고로 외당 왕ᄂᆡᄒ는 협문을 향ᄒ여 긔여가더니 외당 복시셔동이 공의 명으로 슈인을 부르니 슈인이 닉

56면

당으로 향ᄒ여 오다가 지란의 긔여오는 형상이 어두온 딕 가장 흉악흔지라 크게 놀나 쇼리 질너 왈 음ᄋ음ᄋ 져 무어시고 스룸도 아니요 긔도 아니라 가장 슈상흔 거시로다 ᄒ니 이쩍 맛춤 목부인의 시비 여측ᄒ고 도라오더니 그 쇼릭의 역시 놀나 ᄂᆞᄋ와 보니 닉당 시비야 황혼흑앤들 뉘 목가 흉측지란을 몰나 보리오 딕경희연ᄒ여 밧

비 쎠들고 목부인 침쇼로 도라와 정히 다다라는 둔탁호 장신을 운젼치 못호여 쇼리
호니 목부인이 닉다라 이

57면

경식을 보고 심신이 경월호여 황망이 붓들고 습찬 쇼리로 닐너 왈 니 어인 닐이뇨 호
며 씌어다리고 침쇼로 가보니 흉혼 면모의 곳곳이 피 믜쳐 엉긔여시며 허리를 굽흐
리고 팔이 다 부러져 흔번 잣바져 다시 운신을 못호니 목시 간격이 타는 듯호며 울며
어루만져 씌여진 듸마다 약을 바르며 쏫더니 그 놉흔 후함의셔 느리 박히니 용탑호
큰 몸이 남은 곳 잇게 상호리오 일신을 운동치 못호니 텬작얼은 유가위여니와 즈작
얼은 엇지 면호리오 셜

58면

부 닉외상하의셔 지란 흉녀의 파측혼 힝스를 통히호나 모로는 체호니 목시 지란의
쇼힝을 희연호나 가즁상히 모로는가 다힝호여 약질이 풍한의 촉상호여 감둔호다 호
고 덥허 누이고 상쳐를 됴셥호니 슈십 일 후 쾌히 하리미 느으라 호고 니러나 녜와
굿치 쑈지르며 셜쇼져의 동졍을 규찰호여 업원굿치 졀치교으호니 슬푸다 쳔고 슉인
셩스 셜쇼져의 화란이 가히 일노 됴츠 상싱호리니 어느 지경의 씃친고 분셕기말호라
어시의

59면

임상부의셔 번화부귀 졔졔호고 즈숀이 창셩호여 남취녀가호미 너른 당시 둅고 즈부
를 더러는 슉녈궁으로 방쇼를 뎡호되 오히려 부득호니 이늘 슉녈궁 후장을 헐고 분
장을 상부로 년호여 졍젼으로붓터 여덟 뉸즈당이 잇스니 봉눈당 한눈당 명눈당 치눈
당 옥눈당 홍눈당 셩눈당 계눈당이라 이곳 팔당은 팔부를 들게 호고 뒤흐로 왕의 오
녀의 당을 츠례로 호여 영월각 월하각 월회각이라 호고 쇼부의 삼녀는 영빈당 영일
누 영화루로

60면

졍호고 당마다 별당을 두엇고 츠츠 느즌 당을 두어 용숄커 넉넉게 호고 뒤흐로 일좌

암셕이 쥭님ᄒᆞ여 박혀시니 쳔쟝고한이 즁습ᄒᆞ여 족젹이 회쇼ᄒᆞ거늘 암셕 ᄉᆞ이로 됴ᄎᆞ 쏨고 솟는 물이 긴 무지게와 빅농이 구뷔진 듯ᄒᆞ고 일디 챵텬으로 영영이 흘너시니 은은ᄒᆞᆫ 맑은 물이 남강으로 년ᄒᆞ여 ᄉᆞᄅᆞᆷ이 ᄒᆞᆫ번 보민 흉금이 쇄락ᄒᆞ여 진토ᄅᆞᆯ 버ᄉᆞᆫ 듯ᄒᆞ니 츤아ᄒᆞᆫ 셕봉을 둘너 힝홀진디 암셕이 곳곳이 쇼ᄉᆞ 하ᄂᆞᆯ을 딕ᄒᆞ여 박혀시니 그 빗치 화시벽의 보광을 묘시

61면

ᄒᆞ고 그 졍긔 위혜왕의 십이 슐위 빗쵀는 구슬을 묘시ᄒᆞ고 그 아리 넝긔와 보디 어리여시니 상운이 녕녕ᄒᆞ여 은은이 일식이 뵈이고 그 우흔 평탄ᄒᆞ미 뉴리ᄅᆞᆯ 밀친 듯ᄒᆞ니 십니의 년ᄒᆞ여 슈졍을 싹근 듯ᄒᆞ더라 바회ᄅᆞᆯ 지나고 산을 말미암ᄋᆞ 하ᄂᆞᆯ을 년ᄒᆞᆫ 층암준봉과 셕벽을 잠간 지ᄂᆞ미 좌우로 금슈쳥산을 둘너시니 만학쳔봉과 단이취벽이 십니의 버럿고 졀벽층암의ᄂᆞ 쳔년고숑과 빅년진숙이 밀밀ᄒᆞᆫ디 노숑은 츈풍의 화무ᄒᆞ

62면

고 빅홰 무셩ᄒᆞ고 난봉이 긔려ᄒᆞ여 쳥ᄋᆞᄒᆞᆫ 쇼리 난봉의 셧도는 듯 옥수의 방쵸는 곳곳이 요동ᄒᆞᄂᆞᆫ디 슉녈궁 당ᄉᆞᄅᆞᆯ 뎡ᄒᆞ고 각각 졔익 현판ᄒᆞ기ᄅᆞᆯ 맛고 원즁의 츈경을 완상ᄒᆞ미 젼일은 폐ᄒᆞᆫ 가시라 쎠쎠 와 오라시나 여ᄎᆞ 긔이 심슈ᄒᆞᆷ은 다 슬피지 못ᄒᆞ엿ᄂᆞᆫ지라 금일 무궁ᄒᆞᆫ 산금슈식이 곳곳이 눈을 드는 곳마다 심신이 상쾌ᄒᆞ여 표묘히 구쳔의 비등ᄒᆞᆫ 듯 상셔와 금원을 다시 본 듯 쳥산이 팔문의 만별ᄉᆞ일을 먹음어 반쳔 금오의 녕빅을

63면

둘너시니 쳥나ᄅᆞᆯ 반연ᄒᆞ여 상두의 올나가니 은회유곡이 안즁의 버러 거거호호이 구버뵈니 안계 호연이 비단쟝의 곳슈풀이 아니뵈는 곳이 업ᄂᆞᆫ지라 틱평셩딕의 한가ᄒᆞᆫ 녀민이 강구의 격양가ᄅᆞᆯ 아니 즐기리 업ᄉᆞ니 오릉년쇼로 슐을 닛글고 옥을 울녀 압셔기ᄅᆞᆯ ᄉᆞ양ᄒᆞ고 니빅의 허랑ᄒᆞᆷ과 목지의 호일ᄒᆞᄆᆞᆯ 가진 즈는 쥬루의 취ᄒᆞ여 쵸요월 안을 희롱ᄒᆞ고 공즈 왕손은 쳥가묘무로 간간홀호이 즐기는 흥이 놉ᄒᆞ니 쇼뷔 임의 셩니ᄅᆞᆯ 슈

64면

도흐여 일호일발이 달효의 어귄 비 업눈지라 그 취광흐믈 깃거 아니나 틱평긔상을 보미 흔연흐여 산상의 오르미 갑졔쥬밍이 별 버듯흐여 품빅이 현황흐고 곳그림지 메엿시니 쵸슈신월이 그린 듯 쥬문이 됴요흐고 계젼이 명낭흔 듯 긔슈니금이 금은을 닷토와 넘을고 예셩쥬화는 젼후로 옹위흐여 유셩지로는 닉외로 문무흐니 실노 인간이 아니며 텬상 빅옥누의 오르나 다르미 업스니 쇼뷔 칭찬 왈 낙지라 우리 형장이 비록 풍

65면

진의 분쥬흐시나 이런 별유승지를 두어 계시니 흔번 부귀를 하직흐고 추산 즁의 누으시면 한뒤쳥풍과 긔산영슈의 즐기미라도 이의 더으지 못흐리니 우리 형장 후셕을 됴츠 닉 독히 한가흔 빅셩이 될지라 이 압 슈풀을 헷치고 일좌 쵸실을 일워 닉 이곳의 거쳐흐여 닉 속의 반싱 비원을 씻고 맑은 지취를 거두어 졔질을 틱흐여 슈혹흐미나와 우리 빅시의 지셩지우를 보답흐는 도리라 날이 맛도록 유완흐고 셕양의

66면

상부로 도라오니 일기 취젼의 합좌흐여시니 틱부인이 쇼부를 도라보와 굴오뒤 일싱 쥭당의 즐겨 한미 보기도 즈로 아니흐더니 금일은 어뒤를 츌입흐여 동일 식반도 아니 츳눈뇨 쇼뷔 복지문교의 지빅 뒤왈 근뇌 쇼즈를 나라히셔 징쇼흐시니 이가츌뉴흐믈 계달흐온지라 즈연 슘은 즈최 번거흐와 미쥭의 깁히 드러숩더니 금일은 슉녈궁 슈보흐옵노라 당스를 슈쇄흐옵고 뒤로 취운산 닉룡이 원즁의 션공이 되어 긔셰의

67면

하 별이흐오미 두루 산형을 편답흐옵노라 날이 져믈믈 잇과이다 틱부인이 졈두흐고 공과 션싱이 경문 왈 우리 원뉘 뷘 원즁이라 흐여 눈들미 업더니 오아의 말 ㄱ흘진뒤 이곳 취별산이 별뫼히로뒤 풍경과 산셰 구의산과 텬틱봉의 지나더니 우리 든 집이 국쵸의 형안공쥬궁이라 고황뎨 추쳐 풍경이 졀승타 흐스 궁을 일워 계시더니 은용이 픠흐미 니뎡장이 쵸유용으로 졀흐던 고로 씌다라스니 이뎡장을 폐흐고 공쥬를 다

68면

른 디 옴기시고 우리 든 집을 뷔워 두어 계시더니 영낙쵸의 셩샹이 우리 형뎨를 스급
ᄒ시고 인ᄒ여 효쟝궁을 일워 계시더니 쥬현부의 공녈이 죽박의 드리웜즉다 ᄒ샤 우
산 남경궁을 지어 스급ᄒ시니 스스의 텬은이 외람ᄒ고 쥬현뷔 이 붓치를 셩식슈치ᄒ
거스로 알믈 위ᄒ여 ᄂᆡ ᄯᅩ ᄒ 번 유람치 아녓더니 금일 오ᄉ 곳곳이 슬피미 잇도다
쇼뷔 인ᄒ여 좌즁의 ᄭᅮ러 운산의 긔이ᄒ 경긔룰 일통ᄒ니 션셩이 광미의 회긔 무로
녹ᄋ

69면

굴오ᄃᆡ 현질의 말을 드르니 우슉의 냥익을 고샹홀 듯 흥미 무궁ᄒ도다 쇼뷔 다시 졔
고 왈 이곳이 경긔 졀승홀 분 아니오라 운산 션봉이 뒤흘 년ᄒ여 슈보만 가면 여츠여
츠ᄒ 별건곤이 텬작으로 일워시니 이곳은 인가로 졀이ᄒ고 진짓 피화홀 곳이오니 그
안흘 슈보ᄒ고 외인을 알뇌지 말고 당스를 곳곳이 두어시면 쓸 곳이 잇ᄉᄂᆡ이다 쇼
질은 셕봉 압흐로 쵸실을 일워 뒤흘 통ᄒ여 거쳐ᄒ여 거취룰 닛고져 ᄒ나이다 션셩
이 졈두칭

70면

션 왈 현질의 원녀 두미 깁고 지긔 아름다오니 오문의 여경이로다 샹국은 슉질의 문
답을 듯고 흔연ᄒ여 일오ᄃᆡ 슉녈궁을 쇄쇼ᄒ고 당스와 원님은 네 맛타 졔ᄋ룰 거ᄂᆞ
려 권학ᄒ고 심슈ᄒ 곳의 당스룰 두어 쓸 곳이 잇게 ᄒ라 쇼뷔 빗ᄉ슈명ᄒ더라 왕은
돈당을 뫼셔 승안ᄒ다가 쇼부의 원녜 깁흐믈 회열ᄒ여 ᄒ가지로 빅일졍의 ᄂᆡ와 눌기
편 ᄃᆞ시 좌를 일우미 쇼뷔 취운산 안흐로 긔긔ᄒ 쟝관을 다시곰 일쿳고 왕을 향ᄒ여
만

71면

슈헌과 틱평젼의 어필현판이 외람ᄒ오니 봉쇄ᄒ고 틱원뎐과 박츈뎐을 슈보ᄒ여 슈
시 계셔 왕ᄂᆡᄒ실 ᄯᆡ와 형쟝 졔우로 담화ᄒ실식 쓰미 가ᄒ니이다 왕이 졈두ᄒ여 맛
당ᄒ믈 일쿳고 부미 쇼왈 현양이 아마 풍슈를 이곳으로 옴기고 동요로온 못고지를
ᄒ고즈 흥미로다 쇼뷔 쇼이 ᄃᆡ왈 즁시 말슴이 졍합쇼뎨지심이라 쇼졔 형쟝지긔룰 감

수호나이다 왕이 냥데의 희희룰 찬됴호여 굴오딩 너희 셔로 지긔로다 일ㅋ르나 너희 냥인이

각각 심곡을 감쵸와시니 닉 니르노라 셰졔 반둣시 쇼슈룰 츠쳐로 옴기고 동요로이 즐기고즈 쯧이 잇스미 이리 이르미로다 쇼뷔 형장 말숨이 밝으시니 쇼데 우러러 형장 명견을 항복ᄒᆞ나이다 부미 웃고 그러치 아니타 말ᄒᆞ니 이 이른바 형우데공이라 실즁의 화혼 긔운이 상셔로온지라 창흥공지 부슉의 희우룰 즐겨 왈 쇼질이 명일 계 부딘인을 뵈옵고 운산늬외룰 귀경ᄒᆞ여 취별산ᄀᆞ지 보고즈 ᄒᆞ나이다 쇼뷔 쇼왈 너 쇼이 놉흔 계

뎐을 엇지 오르리오 어린 쇼릭 말나 공지 미쇼 딩왈 명일 쇼질이 용 쓰는 냥을 보시면 아르시리이다 쇼뷔 숀을 져어 망녕되다 ᄭᅮ짓더니 이쩍 황혼이라 왕이 냥데로 더브러 혼뎡ᄒᆞ려 니러셔니 공지 바로 압셔 치다라 슉녈궁의 ᄂᆞᄋᆞ가 셔장을 말미암ᄋᆞ 취운산 셕봉을 흐슙의 치다라 월식을 ᄯᅴ여 츠아혼 놉흔 뫼와 깍근 듯혼 셕봉을 평지ᄀᆞ치 비회ᄒᆞ며 동으로 골놈봉을 지쳑ᄀᆞ치 보고 남으로 구의산을 겻보 듯 치다르며 션즈룰

드러 암셕을 두다리며 낙지라 츠지여 여츠커든 계뷔 은거코즈 아니ᄒᆞ시랴 ᄒᆞ여 쇼릭 명낭ᄒᆞ여 운쇼의 ᄉᆞ못ᄂᆞᆫ지라 공지 혼가지로 휘여잡고 층층혼 고봉쥰녕을 평지ᄀᆞ치 왕ᄂᆡᄒᆞ여 도라오믈 니져시니 시의 공이 창흥이 오릭 ᄂᆞ오지 아니믈 고이히 넉여 시ᄋᆞ로 부르라 ᄒᆞ니 각당의 다 업다 ᄒᆞᄂᆞᆫ지라 공이 놀나 오운뎐의 ᄂᆞ와 셔동 ᄉᆞ오 인을 명ᄒᆞ여 공즈룰 두루 츠즈되 긔쳑이 업스니 공이 딩경ᄒᆞ여 쇼부로 츠즈믈 니르니 왕이 졔고 왈 반둣

시 취산 셕봉의 올나 ᄀᆞᆺᄂᆞᆫ가 시부오니 계복을 보닉여 잡ᄋᆞ오ᄉᆡ이다 공이 역경 왈 그

리 놉흔 셕봉을 월식의 잘 올나시랴 왕이 딕쥬 왈 아히 하 왕냥ᄒ오니 그만흔 곳은 칠야라도 오르리이다 공이 그 장긔를 두긋기나 넘녀를 놋치 못ᄒ여 계젼의 방황ᄒ니 왕이 민망ᄒ여 계복을 직쵹ᄒ여 보닉더니 공지 월하의 텬텬이 거러와 승당ᄒ니 공이 하 반겨 급히 집슈 쇼왈 이 왕냥흔 놈ᄋ 심야의 어딕를 그리 갓더냐 왕은 뎡싁묵묵ᄒ여 안싁이 츄상 갓ᄒ

76면

니 공지 황공ᄒ여 계하의 ᄂ려 ᄉ죄 왈 히이 계부 말ᄉ을 듯줍고 나준 독셔여가의 틱왕모 슬젼을 쩌ᄂ지 못ᄒ와 월식을 타 잠간 보옵고 오이다 ᄒ더라

임시삼딕록 권지삼

1면

ᄎᆺ시 창흥공지 ᄉ죄ᄒ기를 다ᄒ미 왕은 잠잠ᄒ고 공은 밧비 오르라 ᄒ여 왈 노뷔 앗가 셕봉의 간 쥴 모로고 놀나미라 불과 원즁 월식을 씌여 놀나 가미 무ᄉ 딕시리오 슈이 오르라 ᄒ니 공지 부왕의 엄식을 두려 계하의 업딕여 머리를 드지 못ᄒ니 공이 쇼왈 여뷔 아모리 두립다 ᄒ나 닉 명을 거ᄉ리요 슈이 오르라 직쵹ᄒ니 공지 황공츅쳑ᄒ여 츄이승당ᄒ니

2면

공이 어루만져 근근쳬쳬흔 ᄉ랑이 만믈의 비무ᄒ니 공이 이 손ᄌ 귀ᄒᄆᆫ 타인의 비치 못ᄒ더라 오날은 셔당의 가지 말고 닉 겻히셔 ᄌ라 ᄒ고 다리고 오운뎐으로 ᄂᄋ가 겻히 누이고 어루만져 췌침ᄒ니 왕이 그 야애 창흥 ᄉ랑은 ᄌ가 우흰 듯ᄒᄆᆯ 더욱 늣겨 죵닉의 칠ᄌ를 즐타지셩을 아니니 효ᄌ의 승슌ᄒᄆᆯ 알니러라 익일붓터 쇼뷔 믈역을 쥰비ᄒ여 취운산 셕봉 ᄋ릭 쳥심누를 놉히 셰우고 셕봉 뒤흐로 둘너 츈풍헌 쇼양각 완월

3면

누 망뉴듸룰 셰워 집이 창치 아니나 츳아히 놉고 셩녕이 긔묘ᄒ여 망뉴듸의 오르면 삼강오호룰 숀금보듯 ᄒ게 ᄒ여시니 표묘히 운간이라 역수룰 맛고 셕봉 ᄋ릭 수오간 초수룰 졍공이 지어 쳥심누로 졔익ᄒᆫ 후 춰운산 뒤로 일좌 은굴이 쳔쳑이나 ᄒ고 압흐로 큰 물이 가로 막혀 셔하룰 통ᄒ여 산 뒤히 큰 바히 병풍을 두룬 듯 밧그로 보면 압히 싹근 듯ᄒ되 안흐로 들녀ᄒ면 쳥심누 뒤흐로 병목 ᄀᆞᆺ흔 길이 잇셔 이윽이 힝ᄒ면 관야 삼ᄉ십 니룰

4면

그음ᄒ여 별유동텬이라 지리룰 잡ᄋ 가ᄉ룰 일우려 ᄒ니 졀흔 조은곡 다숫 지 암셕의 두렷ᄒ여시니 쇼뷔 듸회ᄒ여 평녕흔 곳을 굴히여 당ᄉ룰 일우려 홀ᄉᆞᆯ 외인이 그 속을 능히 아지 못ᄒ게 일우니 쇼부의 맑은 안광이 유심이 가퇵을 일우니 임부 허다 졔 쇼졔 피화ᄒ여 보명ᄒ니 이 쏘 텬의러라 역수룰 맛츳ᄆᆡ 당마다 졔익ᄒ고 도라와 존당의 뵈옵고 이 날 쇼뷔 동고룰 응ᄒ여 죠은곡의 도라와 암상의셔 비회ᄒ며 가ᄉ룰 올퍼 경

5면

치룰 구경ᄒ니 남월은 몽몽ᄒ여 셔령의 걸니고 됴일이 희미ᄒ여 부상을 엿보고ᄌᆞ ᄒ고 효식이 바야히라 조은곡 경치 더옥 보암죽ᄒ여 암혈셕봉의 빅 가지 신뫼 우러 십니의 공교흔 싱황을 쥬ᄒᄂᆞᆫ 듯 신이ᄒᆞᄆᆡ 별유건곤이라 쇼뷔 무궁이 즐기다가 쵸실노 도라올ᄉᆡ 당마다 쇄약으로 봉ᄒ고 ᄌᆞ쵀 업시 ᄂᆞᄋᆞ오ᄆᆡ 실노 ᄉᆞ룸이 아지 못ᄒ더라 임의 필역ᄒᆞᄆᆡ 퇴부인이 졔부룰 거ᄂᆞ려 원줌을 향홀ᄉᆡ 퇴부인을 옥교의 뫼시고 상국 형뎨 친히 어가

6면

ᄒ니 부마 쇼부 등이 압쳐룰 붓드러 힝ᄒ니 여러 부인ᄂᆡ는 쇼교룰 타 뒤흘 둣고 효장 공쥬는 미쳐 모로더니 텬흥이 밧비 고ᄒ니 공쥐 쵸쵸흔 위의로 힝홀ᄉᆡ 춰운산 망뉴듸의 미쳐는 퇴부인 옥교룰 층층흔 암셕의 말미암ᄋ 왕의 삼곤계 평지ᄀᆞᆺ치 뫼셔 망뉴듸의 뫼시고 왕과 쇼뷔 군부인 쇼교룰 붓들고 부마는 위부인 교ᄌᆞ룰 친히 어거ᄒ

며 창흥공즈와 텬흥공지 각각 모부인 교즈치룰 붓드러 평지굿치 뫼시니 긔지라 부즈
숙질이 팁부인을 붓

7면

드러 빅척 고루의 올나 산슈경싴을 늣늣치 고ㅎ며 팔창을 통긔ㅎ고 두루 완경ㅎ시믈
광활케 ㅎ니 팁부인이 제 부인을 거느려 두루 슬퍼니 텬지쵸판ㅎ며 별유건곤을 녀여
시니 쥬산봉두의 일좌 신산이 잇서 명왈 취운산이라 좌우로 울연ㅎ 창숑은 취병을
둘넛ㄴ 듯 은 굿혼 바회ㄴ 광능쫀 보경을 닥근 듯 젼후로 청계벽남과 취쥭창숑이 울
히 되여시니 아름다온 졀이 ㅅ시의 변치 아넛ㄴ지라 상국 형뎨 쇼부의 지됴와 청심
을 지긔ㅎ

8면

여 즈가 등의 계교ㅎ던 바와 합ㅎ니 션싱은 봉시여가의 이곳의 거ㅎ긔룰 계교ㅎ고
공은 ㅅ군녀가의 이곳을 써날 쯧이 업서 제읶ㅎ여 청심헌이라 ㅎ고 우편의 셕가산을
무어 층층흔 바회 뒤흐로 징담이 벽봉의 흐르긔룰 졍졍이 ㅎ니 팁부인을 밧드러 보
시게 ㅎ며 션싱으로 광계룰 년ㅎ여 한가히 산보ㅎ니 셔원의 빅홰 분분ㅎ여 빅셜향이
향긔롭고 만산홍국은 구름이 덥혀시니 쳔심만학이 쥼쇼의 솟ㄴ지라 쥬회 너르미 무
궁ㅎ여 긔화니쵸와 니벽긔목이 하늘

9면

의 다핫더라 산쳔이 긔려ㅎ여 일만 슈긔와 긔믹이 녕슈ㅎ니 가히 딕현의 강싱이오
군즈의 복거ㅎ믈 알니러라 공이 션싱을 도라보아 왈 현뎨야 우형이 즈부룰 보명ㅎ여
금일이 잇실 쥴 알니오 션싱이 혹탄혹쇼ㅎ여 팁부인을 밧드러 한가히 편답ㅎ여 눈이
닷ㄴ 독독 난봉과 신월 굿혼 즈숀이 버러 쌍쌍이 모친 홍군의 쏫히여 풀머리ㄴ 니마
의 덥혀 효셩 굿혼 눈을 둘너보며 옥져 굿혼 숀으로 가르쳐 변변치 아닌 말노 졀묘히
늘치ㄴ 거동이 긔특흔

10면

지라 좌쥼이 셔로 잇그러 ㅅ랑이 골졀을 무로녹이믈 씌듯지 못ㅎ고 창흥 등 제 공지

드러오니 긔긔 닌 봉츄요 농동호골이라 두루 완상 며 낙이 무궁 더니 엇지 음녀
의 규시 믈 알니오 이곳이 광활 미 셜부 후원으로 연장 엿 지라 마춤 지란이 무
단 흥을 못 니긔여 심홰 딕발 미 누으락닐낙 다가 놉흔 곳의나 올나 두루 보와
옥 흔 남 를 구경 가 여 뉴모 시 등을 다리고 후원을 두루 도라 스룸의 주최
를 춫더니 한 곳의 니르러 먼

11면

니 바라보니 이 믄든 인간이 아니라 뇨지션회라 너른 청산 놉흔 덜벽 층층 쥬란지하
의 일위 노부인이 셧 딕 좌우의 뫼신 부인이 다 비록 즁년이나 봄이 져무지 아냣고
쇼져 등이 득 나 다 녀인이라 마음의 반가오미 업더니 믄득 수오 션동이 드러
오니 안항을 일워 힝혀 실녜 미 업셔 쥰슌계슈 니 압션 공지 임의 장부의 쳬를 일
워 왕조 복식 진상으로 츄호 다르지 아니니 쇼년의 년긔 십여 호되 일희 허리의
잔납이 팔이 엄연 줌 안싁이 일만

12면

향염이 무루녹 스룸으로 여곰 바라보미 정혼이 취 고 긔운이 축척 믈 결을치
못 거 쌍각 냥동을 보미 이 믄득 공지 셕시의 친히 안 보닉신 바 셕가의 냥동
이라 황홀딕경 여 냥목을 다시곰 씻고 정신을 모화 주시 보니 일인은 표일쥰미 며
발호긔취 여 신농이 운예를 지으며 쳐봉이 단구의 비비홈 흐니 쇄락 주질과 신
긔 골격이 압션 쇼년의 후셕을 독히 쏠올 거시요 또 일인은 동탕 풍치와 슉셩 흔
골격이 쥰슈표

13면

일 여 너른 니마는 빅옥을 싹가시며 모진 턱은 빅셜이 엉긔여시니 진승상의 관옥지
모를 습 엿거늘 풀은 눈셥과 맑은 광치 됴요찬난 고 유덕유경 니 음녀의 밋친 넘
치 상혼실빅 믈 씌둣지 못 여 쇽졀업시 신지며 긔져라 일콧기를 긋칠 스이 업시
거뫼 광잡 거늘 뉴모 슈월은 뉴뉴상동을 응시 여 난 바 쳔딕의 쪽 업슨 요음간특
지인이라 숀으로 가르쳐 왈 져 노부인은 관틱부인이시고 뫼신 냥 노야는 틱부인 냥
지요 셰

14면

상공은 쵸왕 삼곤계 요 션동 즁 냥인은 쥬슉녈 쇼싱이오 셋지는 효장공쥬의 장지라 쵸왕의 장즈를 셜가의 결혼ᄒ고 신부를 마즈 져 궁의 드린다고 져리 슈보ᄒ여 귀경들 ᄒᆫ다 ᄒ더이다 지란이 뉴모의 말노됴츠 즈시 알고 셰 션동의 놉닌 ᄀᆞᆺ흔 긔질과 치봉 ᄀᆞᆺ흔 즈품으로 쳔승국군의 만금즁탁이오 공후갑뎨와 만승의 외손이여ᄂᆞᆯ 져 한문의 엇지 낭직를 구ᄒ리오 헛도이 바라고 셔셔 각녁이 싀진ᄒᆞᆯ믈 씨듯지 못ᄒ더니 이윽고 파ᄒ여 도라가니 속졀업시 침누로

15면

도라가 심녜 딕발ᄒ더라 이러구러 공즈의 관녜지일이 다다르니 만됴공경과 황친국척이 다 모히니 녀노공과 상국 셩츄밀 쇼상셔 등이 니르고 셜틱시 쏘흔 녀셔의 관녜를 보려 니르러시니 츠례로 좌를 뎡ᄒ고 왕의 삼곤계 공즈를 다려ᄂᆞ와 좌즁의 녜ᄒ고 말셕의 좌를 쥬니 셜공이 보건디 계유 십 셰 쇼의로디 살ᄃᆞ ᄀᆞᆺ흔 신장이 헌앙ᄒ여 부왕으로 거의 ᄀᆞ죽ᄒ고 동탕흔 풍용과 쇄락흔 긔질이 츄쳔이 쳥명흔 듯 경슌ᄒᆞᆫ 녜모ᄂᆞᆫ 칠십 즈의 후셕을 인ᄒ

16면

여 공문의 도통으로 다르미 업ᄂᆞᆫ지라 덕된 긔상과 오복이 구젼흔 상격이 만니봉후의 츌장입상ᄒ여 위진히닉ᄒ고 덕슈만방ᄒ여 화형닌각ᄒ고 명슈쥭빅ᄒ여 만셰의 민멸치 아닐 바를 알지라 만셰 졔셩갈치ᄒ여 긔이탐혹ᄒ고 셜공의 황홀흔 ᄉᆞ랑은 쳬모를 일커의 밋쳐시니 쥬휘 쇼왈 현공이 나의 외손으로 동상의 봉황셔를 빗닉니 노뷔 겹겹 닌ᄋᆞ될 바를 졍의 각별홀지라 힝녈ᄒ나 〈쥬후의 겹겹 닌아라 ᄒᆞᆫ믄 쥬삼공 부인이 션틱ᄉᆞ의 동미라〉 아지 못게

17면

라 녕녜 능히 손ᄋᆞ의 봉비하혜를 감당ᄒ여 계슉이 만금즁탁을 져바리지 아닐가 셜공이 쥬후의 말노죠츠 미쇼 딕왈 쇼싱의 유녜 만계비질이라 봉황으로 싹ᄒ미 외람ᄒ오나 거의 딕군즈의 측을 욕지 아닐가 ᄒᆞ나이다 쥬휘 희열ᄒ여 상국을 도라보와 왈 계슉의 금일 여러 손ᄋᆞ를 다 닉여 모든 딕 귀경을 식이라 상국이 웃고 미쥭헌의 졔 손

ᄋ를 다 부르니 슈유의 왕의 ᄉᄌ와 부마의 삼지 다 니르니 쌍쌍이 ᄂᄋ와 좌즁의 녜
ᄒ고 됴부 겻히 시립ᄒ

18면

니 쌍이 기즁 어린지라 사일쌍광을 흘녀 두루 슬펴다가 왕부 슬샹의 각각 안기이니
상국 왈 하나흔 네 외됴긔 가 안기라 냥이 낭낭이 웃고 됴부 슈염을 어루만져 왈 외
왕부긔도 안기기 슬희여 여긔 잇고ᄌ ᄒ나이다 표형들은 한업시 ᄉ랑ᄒ고 쇼손들은
덜 ᄉ랑ᄒ시더이다 ᄒ며 함쥬 ᄀᄐᆫ 쥬슌으로 됴부 슌협의 다혀 이릭ᄒᄂᆫ 거동이 약
ᄉ쳬지무골ᄒ니 보는 눈이 황홀ᄒ고 공의 쳔만교이 만금의 지ᄂ니 냥ᄋ를 교무ᄒ여
닐오디 형이 져그나 진외손

19면

을 간격 업시 ᄉ랑ᄒ면 강보유이 져리 닐으랴 형이 야쇽흔 노르슬 ᄒ엿ᄂᆫ가 시브도
다 쥬휘 미쇼 왈 원간 니상ᄒᆫ데 계슉의 손ᄋ들이 그 됴부를 응시ᄒ여 난 것들이라 우
리 부뷔 져거슬 인간긔화로 아라 그리 ᄉ랑ᄒ되 됴곰도 쫄오지 아니ᄒ고 제 한아비
만 쫄오고 슬밉게 구니 어딘로셔 졍이 나리오 아손 등은 제 외됴를 져리 아니테 ᄒ니
일쾌 딕쇼ᄒ고 셩공이 임의 텬홍을 유의ᄒ여 결혼ᄒ미 발셔 뎡약ᄒ여 납빙슈치ᄒ엿
던지라 텬홍을 나호여

20면

쓰다듬ᄋ 왈 너도 어셔 십 셰나 되여 뉘 집 싱관을 빗닉라 공직 슈치ᄒ여 옥면의 도
홍을 취지ᄒ니 졔긱이 졍신을 일코 셩공은 이즁ᄒ믈 니긔지 못ᄒ더라 쇼공이 좌샹의
지홍을 유의ᄒ여 슬피니 이 곳 진실노 임시의 보빅요 국가의 졍상이라 쳔니 미야지
악와의 쮜는 듯 창히교룡이 닌갑을 다ᄉ려 옥경의 오르고ᄌ ᄒ거늘 놉흔 긔상은 틱
산이 암암ᄒ고 너른 도량은 딕히 양양흔 듯 신셩ᄒ미 요슌 ᄀᆺ고 어질미 하날 ᄀᆺᄒ여
진짓 난형난데라 동탕슈려ᄒ여 농즁

21면

교룡이요 오작 즁 봉황이라 슈츌특이ᄒ미 견됴와 비홀 곳이 업스니 쇼공의 고풍흔

안목이 안하무인ᄒᆞ되 공ᄌᆞ를 보ᄆᆡ 심하의 만심갈치ᄒᆞ여 그 ᄌᆞ녀의 텬디슈츌ᄒᆞᆫ 셩덕 광휘 곳 아니면 ᄎᆞ오를 진압지 못홀지라 텬의 유의ᄒᆞᆯᄉᆞ 닉시ᄆᆡ니 질둑ᄌᆞ의 아ᄋᆡ미 될가 ᄒᆞ여 이의 가연이 상국긔 청혼ᄒᆞ여 왈 미돈이 냥ᄌᆞ를 ᄂᆞᆺ코 단산ᄒᆞ엿더니 모일 의 신몽을 엇고 손녀를 어드니 쟝ᄎᆞ 몽ᄉᆞ를 취신ᄒᆞ여 발셜ᄒᆞ리오마ᄂᆞᆫ 져희 작셩이 실노 셰간의 희

22면
한ᄒᆞ여 딕군ᄌᆞ의 후셕을 더러이지 아닐 만ᄒᆞ니 형의 허락을 바라노라 상국이 쳐음부 터 ᄎᆞ공ᄌᆞ를 유의ᄒᆞᆷ을 보고 깃거ᄒᆞ더니 그 쳥혼ᄒᆞᆷ을 보고 회동안식 왈 형의 집 쇼괴 쳘부셩녀의 미진ᄒᆞ미 업ᄉᆞᆯ 긔이ᄒᆞ여 ᄆᆡ양 일ᄏᆞᆺᄂᆞᆫ 빈나 냥이 다 유츙ᄒᆞ니 아직 발 셜치 못ᄒᆞ미러니 형이 하 지예ᄒᆞ여 쳥혼ᄒᆞ니 친옹의 ᄂᆞᆺ치 셔러 엇지 허락홀고 미파 나 부릴가 ᄒᆞ고 딕쇼ᄒᆞ니 쇼공이 임상국의 말노됴ᄎᆞ 딕희과망ᄒᆞ여 왈 녀ᄋᆞ를 혼취ᄒᆞ 여 쯧ᄀᆞ지 못ᄒᆞᆫ

23면
일이 만터니 손녀를 셩인ᄒᆞ미 신낭의 뇽닌 ᄀᆞᆺ흔 풍ᄎᆡ 기슉의 ᄂᆞ으미 만ᄒᆞ니 쇼뎨 만 닉의 손녀를 어드니 긔이ᄒᆞᆫ 작셩 니질을 ᄌᆞ뭇 긔이ᄒᆞ여 편혹ᄒᆞᆫ ᄉᆞ랑이 제 ᄌᆞ녀의 바 랄 빅 아니러니 이졔 넝손 ᄀᆞᆺ흔 긔군ᄌᆞ로 호연을 뇌졍ᄒᆞ니 반싱 심우를 오날늘 쳑탕 ᄒᆞ여 쾌활ᄒᆞ미 층냥 업ᄉᆞ나 셕년의 녀ᄋᆞ를 존문의 쇽현ᄒᆞ여 다쇼 익경과 셔랑의 능 경셜욕이 지금의 싀틋ᄒᆞᆫ지라 신낭이 기슉의 여풍이 잇실가 두리노라 좌간의 니부춍 지 쥬공이 미염

24면
을 어루만져 함쇼 왈 도위의 셕일 힝ᄉᆞ를 드르니 닌옹을 삼암즉지 아니타마ᄂᆞ ᄋᆞ들 을 눈의 들게 나하시니 ᄎᆞ마 닉여 놋치 못ᄒᆞ노다 ᄒᆞ고 넘슬ᄒᆞ여 션싱긔 경흥을 구혼 ᄒᆞ니 션싱이 본딕 춍지를 긔허ᄒᆞ던지라 쾌허ᄒᆞ니 쥬공이 ᄯᅩᄒᆞᆫ 깃거 굴오딕 경ᄋᆞ의 특이발췌ᄒᆞᆷ믈 닉 심히 ᄉᆞ랑ᄒᆞ더니 션싱의 허혼ᄒᆞᆷ믈 어드니 다힝치 아니랴 다만 나의 증손녜 거의 군ᄌᆞ의 측을 욕지 아니ᄒᆞ려니와 경ᄋᆞᄂᆞ 하 발췌ᄒᆞ여 쒸ᄂᆞ 호표 ᄀᆞᆺᄒᆞ니 너의 퇴셔ᄒᆞ미 날만

25면

못흔가 ㅎ노라 쥬츙지 디왈 이 ㅇ히 활낭굉고ㅎ여 디장부의 긔상을 다ㅎ고 만면츈풍
이 일무쇼흠ㅎ여 다남즈 다복ㅎ믈 긔필홀지라 이 ㄱ흔 영쥰군즈롤 어디 가 어드릿가
쥬휘 졈두ㅎ고 경흥을 쓰다듬ㅇ 스랑ㅎ미 어든 스회로 다르미 업스니 모다 닐오디
너모 쥬졉스러이 구다가 스회게 업슈이 녀기믈 바드리라 ㅎ고 웃더라 좌즁의 셩참졍
은 건문수졀 셩쳥의 손이요 부마로 교계 둣텁고 지긔상합흔지라 연셕의 참예ㅎ엿더
니 녕흥공즈의 빈빈

26면

흔 문질이 공밍의 도덕을 장ㅎ여시믈 일견의 아라보고 구혼코져 ㅎ되 쥬져ㅎ더니 부
미 그 긔식을 아라보고 우어 왈 형이 엇지 품은 쇼회 잇는 듯ㅎ고 발치 아닛ㄴㄴ뇨 참
졍이 디왈 고어의 운ㅎ되 지긔는 마음으로 된다 ㅎ미 올토다 우뎨 슬하의 여러 돈견
이 잇스니 녀ㅇ롤 최말의 어더 년보 뉴 셰니 도요지년이 아니나 좌즁이 약혼ㅎ믈 보
니 마음이 믄득 굼거오나 샹국 합하의 셩의롤 몰나 즈져ㅎ더니 형이 우뎨 심스롤 예
탁ㅎ니 쾌히 발셜ㅎ리라

27면

ㅎ고 이의 스공즈 연흥으로 왕긔 구혼ㅎ니 왕이 부공 면젼의 츠스롤 고흔디 샹국이
불감쳥이연졍 고쇼원야라 흔연이 허락ㅎ니 참졍이 디희ㅎ여 스례ㅎ고 공즈롤 어루
만즈 스랑ㅎ미 어든 스회라도 이의 더으지 못ㅎ녀라 날이 임의 반오의 니르니 샹국
이 좌즁을 도라보미 희긔 무루녹은지라 그 즁 쥬공을 향ㅎ여 닐오디 좌즁을 둘너 싱
각ㅎ니 니 손ㅇ의 운고롤 쥬노형 밧 뉘 당ㅎ리오 형의 부귀공명은 독히 불워홀 비 아
니나 니 평싱 덕되

28면

게 녀기는 바는 형이 흔ㄴ 희쳡이 업시 빅슈히로의 빅즈쳔손이 넘을스록 니상을 귀
즁ㅎ미 쑬 ㄱ흐니는 쥬형 일인이라 ㄴ의 손ㅇ 위ㅎ기는 그 외됴 졍남의 긔특흔 힝실
을 본밧고즈 ㅎㄴ니 형은 비록 졉지 아니나마 니 쳔금 손ㅇ의 운고롤 쓰쥬어야 ㅎ리
라 좌위 디쇼ㅎ고 쥬휘 삼각슈롤 어루만져 흰연디쇼 왈 임계슉이 늙은 벗을 아모리

보치여도 붓그럽지 아니커니와 좌즁 여러 공경군지 부인 바린 굴형을 보지 못ᄒ엿ᄂ 제공이 션ᄌ

29면

ᄅᆯ 쳐 ᄃᆡ쇼ᄒ고 상국이 역쇼ᄒ고 공ᄌᄅᆯ ᄂᆞ오혀 옥슈ᄅᆯ 잡고 션싱을 도라보아 쇼왈 좌즁의 쥬형 버금은 현데 가ᄒ도다 션싱이 금일 경ᄉᄅᆯ 당ᄒ여 귀즁ᄒ미 만복ᄒ여 즉시 니러나며 우어 왈 형장의 활달ᄃᆡ도ᄒ미 유명ᄒ시거늘 ᄌ이 유별ᄒᄉ 납빙날부터 ᄉ회ᄅᆯ 유명이 ᄒ시니 쇼졔 돌연이 창ᄋᆞ의 관을 드지 못ᄒᆞᆸ더니 쥬형이 하 빗씨 오니 널위 우으시나 쇼뎨 당ᄒ리이다 ᄒ고 니러셔니 탁셰의 쒸여난 긔질과 굉원ᄒ 긔위 쳥쳔빅일

30면

이 확호쇼명ᄒᆷ ᄀᆺᄒ니 좌즁이 긔용넘슬ᄒ여 흠탄녈복ᄒ더라 이의 빈을 쳥ᄒ고 츅을 ᄀᆺ쵸와 쥬상국이 공ᄌᄅᆯ ᄂᆞ오혀 금포ᄉᄆᆡᄅᆯ 놉히 것고 쳥운 ᄀᆺᄒ 두발을 푸러 빗길ᄉᆡ 광윤ᄒ 운발이 킈와 ᄀᆞᄌᆨᄒ고 상운이 어리엿시니 운고ᄅᆯ 놉히 ᄡ고 셰슈ᄅᆯ 맛ᄎ미 망근과 관잠을 ᄀᆺ춀ᄉᆡ 쌍빈의 화양건을 ᄡ이고 션싱이 녜복을 친히 잡ᄋᆞ ᄌ산 ᄀᆺᄒ 엇긔의 가ᄒ고 일요의 ᄃᆡᄃᆡᄅᆯ 두루니 임의 댱ᄌ의 복식을 다ᄒ지라 이의 몸을 두루혀 냥 왕부긔 ᄌᆡ비ᄒ고

31면

외왕부와 야야긔 ᄌᆡ비ᄒᆫ 후 슉당과 졔 명공긔 각각 비례ᄒ고 졔좌의 비례ᄅᆯ 맛치미 공슈시립ᄒ니 모다 보건ᄃᆡ 녜모의 빈빈슉슉ᄒᆷ과 힝동의 유덕유법ᄒ미 엄연이 ᄃᆡᄌ의 쳬모ᄅᆯ 일워시니 효슌ᄒ 눗빗츤 화발춘산의 만홰 방창ᄒ고 굉위ᄒ 긔상은 츄쳔빅일이 확호쇼명ᄒᆫ 듯 흉금의 경쳔위지ᄒᆯ ᄌᆡ됴와 안방뎡국ᄒᆯ 뜻이 외모의 눗타ᄂᆞ니 ᄉ일쌍광은 츄슈의 무졍ᄒᆷ믈 묘시ᄒ고 미우쳔창의ᄂᆞᆫ 강산의 샌혀난 졍긔ᄅᆯ 감쵸

32면

와시니 츄공명월이 쇼상빙호의 광치ᄅᆯ 흘니ᄂᆞᆫ 듯 쥬슌강셕 미인의 취식ᄒ미 아니로ᄃᆡ 일만 염광이 상ᄉᄒ여 ᄉ셕의 됴요ᄒ거늘 신긔ᄒ 품슈와 엄즁ᄒ 위의 좌탁쳔니ᄒ

고 명견만니ᄒᆞᄂᆞᆫ 지식을 아오라 됴둔의 하일지위와 동일지위를 겸ᄒᆞ여 바라보미 아즐아즐ᄒᆞ고 ᄃᆡᄒᆞ민 황홀ᄒᆞ여 이 진실노 망지여운이요 취지여일이라 슈즁의 운쥬유악의 결승텬니지지를 두고 음ᄋᆞ즐타의 쳔인이 구숑ᄒᆞ니 제갈공명의 신긔묘산

33면

은 임의 부모의 ᄂᆞ린 긔믹이 녕지방향은 젼긔지습이라 덕쳔ᄒᆞ고 오복이 구젼ᄒᆞ여 곽녕공을 엇지 홀노 유복다 ᄒᆞ리오 셜ᄐᆡ시 보고 다시 보와 녀ᄋᆞ로 비겨 싱각ᄒᆞ민 이 진짓 옥데 유의ᄒᆞ신 빈필이믈 뭇지 아냐 알지라 셜문이 무복ᄒᆞ여 녀이 곤위의 강싱ᄒᆞ나 이 진실노 쥬공의 ᄃᆡ셩이요 무쌍ᄒᆞᆫ 셩녀쳘뷔라 덕죵지동이오 식동지왕이니 유한쳬원ᄒᆞ며 하날의 말 업슨 거동이오 곤공경신ᄒᆞ여 요슈의 진션ᄒᆞᆫ ᄐᆡ되라 일ᄃᆡ냥필이요 빅년호귀

34면

라 심시 해열ᄒᆞ여 이의 관줌을 슈습ᄒᆞ고 공ᄌᆞ의 손을 잡ᄋᆞ ᄉᆞ랑이 근근쳬쳬ᄒᆞ고 상국은 희블ᄌᆞ승ᄒᆞ여 좌불안셕이라 왕은 야야의 이ᄃᆡ도록 ᄒᆞ시믈 도로혀 희감ᄒᆞ며 이의 ᄂᆡ루의 니르러 ᄐᆡ부인긔 뵈올ᄉᆡ 냥공이 ᄌᆞ질을 거나려 취뎐의 니르러 츄이진젼ᄒᆞ여 승당견셕의 ᄐᆡ부인긔 공ᄌᆞ 지비ᄒᆞ고 냥 됴모와 냥 모친긔 일졔히 지비ᄒᆞ고 슉당좌젼의 각각 비례ᄒᆞ고 물너 시좌ᄒᆞ니 오악이 쥰긔ᄒᆞᆫ 긔위 슉졍ᄒᆞ여 츄공ᄉᆞ일이 광휘를 토ᄒᆞᄂᆞᆫ 듯ᄒᆞ니 ᄐᆡ부인의 탐

35면

이ᄒᆞᆫ ᄉᆞ랑이 어ᄃᆡ로됴ᄎᆞ 나믈 ᄭᆡᄃᆞ지 못ᄒᆞ여 ᄭᆡ니 나오혀 슬하의 좌를 쥬고 옥슈를 어루만져 탐혹ᄒᆞᆫ ᄉᆞ랑이 어ᄃᆡ로 됴ᄎᆞ나믈 ᄭᆡᄃᆞ지 못ᄒᆞ여 ᄭᆡ니 ᄂᆞ오혀 슬하의 좌를 쥬고 옥슈를 어루만져 탐혹ᄒᆞᆫ[2] ᄉᆞ랑이 약ᄉᆞ쳬지모골ᄒᆞ고 냥 됴모와 제 부인ᄂᆡ ᄉᆞ랑은 불가형언이오 쥬비 평싱 처음으로 쥬슉강쇠예 미ᄒᆞᆫ 우음을 ᄯᅴ여시니 동풍의 일만 화신이 닷토와 웃ᄂᆞᆫ 듯ᄒᆞ니 ᄐᆡ부인이 희블ᄌᆞ승ᄒᆞ고 쇼진 냥픽 주방의셔 쥬찬을 슬피더니 계오 틈을 타 ᄂᆞ와 황홀ᄒᆞᆫ

---

2) ᄉᆞ랑이 ~ 탐혹ᄒᆞᆫ : 즁복 필사됨.

36면

사랑이 웃는 듯ᄒᆞ여 슉녈을 향ᄒᆞ여 굴오ᄃᆡ 텬지도 변ᄒᆞ시고 ᄉᆞ시 실셔ᄒᆞ미 올토다 우리 슉녈이 두긋기는 식이 잇ᄉᆞ니 엇지 공즈의 경ᄉᆞ 아니리오 곳곳이 효즈효슌이라 ᄒᆞ니 좌위 다 웃고 공즈를 거ᄂᆞ려 ᄉᆞ묘의 비알ᄒᆞ니 왕이 셰월이 오릴ᄉᆞ록 션비를 츄모ᄒᆞ여 쌍체 금포의 년낙ᄒᆞ니 좌위 감읍ᄒᆞ고 부미 권위ᄒᆞ여 ᄉᆞ묘의 나리니 상국이 왕의 슬허ᄒᆞ믈 보고 쳑연 왈 비록 슬푸미 극ᄒᆞᆫ들 금일 ᄀᆞᆺᄒᆞᆫ 경ᄉᆞ의 어이 타루ᄒᆞᄂᆞ뇨 ᄒᆞ고 기리 탄식ᄒᆞ니 왕이 야야의 심ᄉᆞ를

37면

싱각고 불민ᄒᆞ믈 ᄉᆞ죄ᄒᆞ더라 이의 외당의 나와 한가히 담쇼ᄒᆞ여 날이 져물미 졔긱이 각산기가ᄒᆞ고 다시 닉당의 드러와 쵹을 니어 즐길ᄉᆡ 공이 쇼파를 보와 쇼왈 누의 져젹 즁미 쇼임을 아녀던다 그리 미미히 구더니 닉게 그린과 난봉이 잇ᄉᆞ미 노즈상이 지ᄋᆞ를 붓들고 하 보치기 허락ᄒᆞ여시나 신부도 ᄂᆞ의 지ᄋᆞ ᄀᆞᆺᄒᆞᆫ 슈츌ᄒᆞ미 잇ᄂᆞᆫ가 쇼픠 ᄃᆡ왈 실노 당금쳔하의 젹질의 쇼녀 ᄀᆞᆺᄒᆞᄂᆞᆫ 업ᄂᆞ니이다 틱부인이 깃부믈 니긔지 못ᄒᆞ여 ᄎᆞ공즈 년긔 ᄃᆡ공즈의 만히 쳐

38면

지ᄒᆞ여 신부를 ᄒᆞᆫ 날 보지 못ᄒᆞ믈 이달와 ᄒᆞ니 공의 곤계 모부인 쇠로ᄒᆞ시믈 이둘와 ᄒᆞ여 됴흔 쇼빙을 졀박히 넉이나 ᄎᆞᄎᆞ 셩녜들이나 몬져 ᄒᆞ려 ᄒᆞ더라 ᄃᆡ명 영낭 이십 년 하ᄉᆞ월 쵸길일은 임공즈 창흥의 길일이라 쵸일 상국 형뎨 ᄃᆡ연을 기장ᄒᆞ고 틱부인을 밧드러 슈돈으로 놉혀 북으로 홍옥교위를 놋코 틱부인 좌ᄒᆞ실 바를 졍ᄒᆞ고 남으로 상국 부부의 좌를 베풀고 셔흐로 션싱 부부의 좌ᄎᆞ를 졍ᄒᆞ미 왕이 낭계로 더브러 냥 야야를 뫼

39면

셔 외당으로 ᄂᆞ와 오운뎐과 빅일뎐을 통긔ᄒᆞ여 운무병을 두루고 농문치셕을 당마다 비셜ᄒᆞ고 구름 ᄀᆞᆺᄒᆞᆫ 쵸일이 무막을 니어시니 그 장녀ᄒᆞ믈 이로 긔록지 못ᄒᆞᆯ너라 닉 외빈긱과 황친국쳑이며 만됴공경이 쩌지 니 업시 다 모히니 각각 좌를 뎡ᄒᆞᆯᄉᆡ 년치로써 분좌ᄒᆞ니 녀공의 년이 팔십의 둘히 못 밋쳣ᄂᆞᆫ지라 상좌의 거ᄒᆞ니 슈미호빅ᄒᆞ고

창창흔 빅염은 가슴 우릭 느려오니 년긔 쇠ᄒ나 긔위 츄상 ᄀ고 위의 티고ᄒ더라 이의 상국을 도라

40면

보아 탄왈 인가의 우들을 두어 손주를 어드미 성가취부ᄒ미 상시연마는 뉘 계슉ᄀ치 만셕을 쵸ᄒ고 심수를 쵸쳔ᄒ여 간난 즁 보젼ᄒ여 금일을 당ᄒ니 실노 별여타인ᄒ믄 불문가지요 존호의 고이치 아니ᄒ도다 ᄒ고 상좌의 거ᄒ니 기초로 츠츠 좌졍ᄒ미 쥬휘 친히 공주를 ᄂ호여 길의를 가홀ᄉᆡ 살ᄃᆡ ᄀ흔 신장이 헌앙흔ᄃᆡ 셰요의 홍셔ᄃᆡ를 두루치니 미양궁 버들이 츈풍의 휘듯는 듯 쥬후의 무궁흔 ᄉ랑이 탐탐ᄒ여 도라 왕을 향ᄒ여 왈

41면

친웅이 손우 위흔 존ᄉ의 유별ᄒ여 고담스러이 구니 노뷔 년긔 칠슌의 손우의 길복 닙히는 슈고를 다ᄒ여시니 관을 가ᄒ미 더옥 별틱홀지라 이 좌즁의 현계 웃듬이라 구경지하의 형뎨 무고ᄒ고 부부금슬이 국풍ᄃᆡ의 오를 거시요 주녜 번셩ᄒ여 그 유복이 독히 노부의 지지 아니무로 이십이 ᄀᆞ 넘으며 쳔승을 겸득ᄒ여 곽녕공을 불워 아닐지니 우들의 관ᄒ미 ᄒ여오 엇던 신뷔 이 신낭을 ᄶᅩ오리오 ᄒ니 좌즁의 녀이공이 셩츄밀노 더브러 셔로

42면

눈 쥬어 니로ᄃᆡ 오늘 볼 신부를 오히려 몰나 져리 ᄉ마ᄉ마 ᄒ니 너모 긔엿다가 오늘 슐 흔 잔도 못 어더 먹고 쫏치일 듯ᄒ니 이졔야 쾌히 신부의 우렬을 니르리라 ᄒ고 쇼릭를 가다듬우 닐오ᄃᆡ 과연 셜이 어려셔는 방용이 비상ᄒ더니 즁간의 두역을 즁히 ᄒ고 박면이 되여 이상이 얽어 검푸르고 밋치여시되 ᄎ마 그 셩덕을 앗기고 현즁의 며느리 구ᄒ미 무염의 퍼진 허리와 덕뇨의 뉴를 구ᄒ니 굿ᄒ여 신부의 용식을 틱쵀치 아닐ᄉᆡ 나는 그리 알고 신뷔 칠

43면

보웅장 ᄀᆞ온ᄃᆡ 얽으나 씽긔나 ᄒ여도 관겨치 아녀 니르지 아녓더니 계슉형이 오날

신부를 보면 놀나고 날을 그릇 넉일 거시니 느는 지공무스혼 마음으로 몬져 그런 줄 이느 알게 니르노라 호니 좌즁이 신부의 용뫼 박면괴셕이란 말을 듯고 신낭을 앗기고 상국은 오히려 밋든 아니호되 안싴이 다르니 셩츄밀이 긔디 쇼왈 실노 손즈 어더 뉘 혼인 아닐고마는 계슉시 뉴달니 구더니 신부의 방용이 볼 것 업다 호미 셔운호여 호는 거동이니 젼일 인후덕즁

44면

호여 안히나 며느리나 황시의 누른 머리 아니믈 이돌와호던 덕도 시금은 어디 곳는 고 호니 공이 도로혀 우어 왈 셩형의 말이 시야라 닉 여러 손ㅇ 즁 챵느는 실노 즈별 호미 여러 가지라 만일 신뷔 셩덕이 고즈면 용뫼 뮙다 즉홀가마는 나의 구호는 바는 덕지동이오 싴지원이 바라는 비러니 그러치 못호나 닉 손ㅇ 가지고 져와 고즉호 쌍 을 못 어더볼가 일좨 박쇼호더라 딕긔 상국이 손ㅇ의 쌍이 부젹호면 쳔하를 다 도라 도 무쌍호 쳘부셩녀를 어더 공

45면

즈의 비위 최지호미 업게코즈 호는 쥬의를 션싱과 왕이 지긔호미 신부의 싴덕 지오 미 딕한의 운예 곳더라 날이 반오의 챵흥공즈 길의를 쓰으러 닉당의 드러와 틱부인 긔 습녜호니 녜를 가르친 비 업스나 일회 허리를 굽고 펴며 맛곳고 진납의 팔을 진즁 이 짓고 느는 드시 습녜호며 신긔호 동졍이 눈이 상쾌혼지라 관틱부인과 녀위 냥 부 인이 두굿기믈 니긔지 못호여 묘질을 어루만져 귀즁호믈 니긔지 못호더라 션싱이 우 어 굴오디 금일 형장이 손

46면

ㅇ를 져리 즈미 닉여 보시노라 신부 마즈오미 군극홀가 호나이다 공이 우어 왈 그리 타 닉 아니 보닐가 텬흥이 뒤늣게 느기로 날굿치 즈미 뒤져 볼 닐 너모 알치 말나 호 니 졔 부인늬 진슈를 슉여 쇼용이 미미호더라 모든 딕 하직고 혼가로 향홀싴 요긱을 거나려 만됴공경이 위요호엿시니 싱쇼고악이 훤쳔호여 장흔 위의 길히 덥혀시니 힝 인이 길을 멈츄어 굿보며 도망호엿든 즈도 이 쇼문을 듯고 급히 도라와 보니 가히 장 관일너라 신낭의 위의 부문의 다다

47면

라 하마호미 셜사인 등이 팔 미러 즁청의 니르러 옥상의 홍안을 젼호고 텬지긔 비례를 맛츠미 쳥상의 올나 신부 상교를 기다리니 즁인이 일시의 치하 분분호니 시의 셜공이 쳘부명완의 평싱 쇼교를 도장의 여린 옥곳치 길너 금일 궁만고통턴하호여도 다시 쪽호리 업슨 영웅군즈를 동상의 마즈 봉황셔를 빗너니 깃부고 스랑호미 비홀 곳이 잇스리오 평싱 풍슈를 늣기는 한과 부즈호 의모를 맛나 민쳔의 우름이 쎠늘 쩌 업스니

48면

요힝 션군의 지극명달호시미 명경 곳호여 감히 덕즈를 우러러 보지 못호게 가법을 졍호엿시무로 션 틱시 기셰호나 가권이 은모의 간셥지 아니무로 가란을 비즐 원권이 업셔 일월을 무스이 지닉나 광음이 갈스록 슬푸미 겸발호여시니 오즈삼븨 뇨됴현쳘호되 공의 우를 혀치지 못호여 광미의 슈운이 믹쳣더니 오늘날 긔린 곳흔 셔랑을 마즈니 문난의 광치를 돕고 쇼원의 넘쎠니 빅우를 쳑탕호고 한업슨 스랑과 귀즁호미 비길 곳이 업는지

49면

라 신낭의 쵸옥셤슈를 어루만져 왈 이 광윤호 숀이 ᄋ시의 닉 슬하의 머무니 닉 녀 스랑호믄 닉 다숫 ᄋ들이 밋지 못홀너니 금일 동상의 마즈니 입막지빈이 되여 도로혀 지우의 즈식을 슬하인곳치 찰납지 못홀가 호노라 네 뜻은 엇더호뇨 싱이 공슈궤슬호여 딕왈 쇼싱이 당년의 귀부 은혜를 닙스오미 난망지은이라 쇼싱의 부뫼 싱ᄋ호시고 활혜 딕인이시니 몰신토록 미셩을 다호오리이다 엇지 셔어히 반즈로 일쿠르리잇고 딕인 말슴이 크게 쇼즈의

50면

바라던 빅 아니로쇼이다 언파의 안싴이 화열호여 만쇄 징발혼 듯 일만 호질과 만념이 겸발승호니 만쇄 쾌셔 어드믈 치하여류호거늘 공이 좌슈우옹의 일호 스양치 아니호고 스스로 묘복이 외람혼 셔랑을 일위믈 희블즈승호여 쓰다듬ᄋ 어루만져 여취여 광이러라 이의 닉당의 니르러 녀ᄋ를 장속호여 습녜호여 금년보딕의 올닐시 부인이

향박을 쥐고 금낭을 치오며 경계홀시 슉흥야미ᄒ고 무의궁ᄉᄒ며 효봉구고ᄒ고 승
슌군ᄌᄒ며 화우

51면

슉미ᄒ라 경계ᄅᆞᆯ 맛ᄎᄆᆡ 쇼제 지비슈명ᄒ고 상교ᄒ니 신낭이 슌금쇄약을 가져 봉교
ᄒ기ᄅᆞᆯ 맛ᄎᄆᆡ 위의ᄅᆞᆯ 휘동ᄒ여 빅냥으로 호숑ᄒ니 홍상치의 향을 잡ᄋ 곳슈풀이 되
여 힝ᄒ여 금년보ᄃᆡ의 진쥬발이 틱양을 가리오고 향년치교는 쌍쌍이 알플 인도ᄒ니
장흔 위의 ᄃᆡ로ᄅᆞᆯ 덥고 굿보ᄂᆞ 니 ᄉᆞᆫ둥 타 닐오ᄃᆡ 져 년 속의 신븨 아모리 긔특다 ᄒ
나 신낭을 엇지 밋ᄎ리오 ᄒ더라 부즁의 니르러 합환셕 우희 교비홀시 냥인이 상ᄃᆡ
ᄒᄆᆡ 찬

52면

난흔 광치 오운이 어린 듯 일월이 쌍으로 ᄶᅥ러져 광치ᄅᆞᆯ 도오니 졔인이 눈이 밤븨고
정신이 훌훌홀 ᄉᆞ이 냥인이 쌍을 지어 동방화쵹의 ᄌᆞ하상을 난호며 신낭은 외당으로
나가고 신븨 녜복을 ᄀᆞᆺ쵸와 조뉼을 밧드러 오위 됸당긔 ᄎᆞ례로 드리고 삼위 구고긔
헌ᄒᄆᆡ 물너 팔비ᄃᆡ례ᄅᆞᆯ 맛고 좌즁의 녜ᄅᆞᆯ 맛ᄎᄆᆡ 됸당이 깃븐 눈을 밧비 ᄯᅳ니 신부
의 면모 팔치셔광이 녕농찬난ᄒ여 두 눈의 졍긔ᄅᆞᆯ 아ᄉᆞ니 고으며 뮈오믈 엇지 알니
요 상국 형뎨 졍신을

53면

ᄀᆞ다듬ᄋ 관틱부인과 흔가지로 슬피니 남훈뎐 빗난 바름이 ᄀᆞᆺᄀᆞ이 ᄡᅩ이며 희안이 금
파의 ᄇᆡ이며 됴일이 즁쳔의 셧도는 듯 아황의 빗 가지 ᄌᆞ틱ᄅᆞᆯ 씌엿고 쳔연흔 아험의
교져흔 쥬슌이 일쳔 가지 풍도ᄅᆞᆯ 졈득ᄒ여 한ᄋᆞᄒ고 유한졍졍ᄒ여 ᄉᆞ덕이 원원ᄒ고
빅힝이 츌범ᄒ여 쳔츄긔화요 만고슉녜라 오복이 완젼긔상이요 화긔영발ᄒ니 유졍유
일ᄒᄆᆡ 토계삼등의 모ᄎᆞᄅᆞᆯ 부젼ᄒ시던 데요와 일반이요 남훈뎐상의 한가ᄒ신 딕슌
이

54면

오 황황ᄒ여 녀와낭낭이 금탑의 뎐좌ᄒ신 듯 농슈ᄉᆞ져와 옥모츄영은 셩ᄌᆞ긔믹이요

구름 ᄀ흔 쌍빈의 치운이 무루녹고 뉵쳑향신과 일쳑셰뫼 ᄂ히 어리나 장단이 맛ᄀ고 슈단이 합됴ᄒ여 ᄒ 곳 미진ᄒ 곳이 업ᄉ니 놉흔 긔골과 현현흔 어진 도덕을 복즁의 너허시니 맑고 됴ᄒ미 혈육지신ᄀ지 아냐 이 진짓 식지둉이요 덕지덕셩이라 틱부인은 과망듸희ᄒ여 말솜을 능히 못ᄒ고 상국과 션싱은 하 긔이코 깃브니 몸이 니ᄂ 비 업시

55면

졀노 니러 틱부인 면젼의 계슈국궁ᄒ여 하례 왈 셰원인망ᄒ여 쥬현부 일인 밧 식덕이 ᄀ존 진셩을 보지 못ᄒ올너니 금일 신부ᄂ 궁만고 하나히요 그 방불이 비홀 비 업ᄉ 셩녀슉완이 곤셩의 쎠러져 큰 덕과 어진 도로 쇼즈의 문호ᄅ 빗닐지니 이ᄂ 다 션군 덕덕여음과 주위 셩덕이로쇼이다 틱부인이 즐기ᄂ 마음이 빗기 흔득이니 창창흔 빅발의 화긔 무루녹ᄋ 미쳐 말을 못ᄒᄒ여셔 냥즈의 하례로됴ᄎ 뎜두 왈 여언이 올토다 ᄂ의 쥬현

56면

부ᄂ 큰 집 기둥이러니 금일 신부ᄂ 져 고모의 지나다 ᄒ고 신부ᄅ ᄂ오혀 옥슈ᄅ 줘고 운환을 쓰다듬ᄋ 근근쳬쳬흔 ᄉ랑이 탐탐ᄒ여 냥즈ᄅ 도라보ᄋ 탄왈 틱극비티며 비극티릭ᄂ 쳔고의 쎳쎳ᄒ니 셕년 왕이와 우리 삼 모지 화줘 고쥭촌으로셔 ᄀ 경ᄉ로 오미 나라 은슈ᄅ 닙ᄉ와 벼슬이 놉고 집이 가음여나 냥 식뷔 싱산이 돈연ᄒ여 너희 형제 일졈 골육이 업ᄉ니 여모ᄂ 깁히 근심ᄒ여 너희 형뎨ᄅ 듸ᄒ면 계후홀 곳을 엇지 못ᄒ

57면

여홀 젹 오늘날 경ᄉᄅ 싱각홀 비리오마ᄂ 유쳔이 음즐ᄒᄉ 희린 삼 형뎨 년ᄒ여 ᄂ니 노뫼 그윽이 신명긔 ᄉ례ᄒ여 임문이 흥홀 바ᄅ 도츅ᄒ더니 희ᄋ로 계후ᄒ여 부즈의 텬뉸 우희 즈별ᄒ여 고분지탄을 품고 간신이 기르ᄂ 즁 됴믈이 희롱ᄒ여 온ᄀ 풍파ᄅ 다 비져닉믄 도시 하날이라 스름을 원탄ᄒ면 한홀 비 업ᄉ믄 오늘날 치 씨ᄃ 노라 듸강 희ᄋ 부부ᄂ 하날이 강싱ᄒ신 바 긔질 품쉬 너모 탈쇽ᄒᄆ로 빅우ᄅ 쳡봉ᄒ여 효로

58면

몸을 세우고 오늘날 쳘부셩녀롤 오문의 일위여 셕의 쥬실 삼뫼러니 오늘날 임시 어
뮈라 닉 즈뷔 착히 틱교ᄒ여 져 ᄀᄎᆞ흔 셩덕의 며느리와 냥필될 틱현을 ᄂᆞ하시미 엇지
그 쌍이 업ᄉ리오 ᄎ후로 임문이 챵셩ᄒ미 더옥 무흠ᄒ리로다 즈녀뷔 일시의 치하ᄒ
고 만좌빈긱이 졔셩갈치ᄒ미 혜 달을 듯ᄒ더라 신뷔 ᄎ례로 녜파의 부미 쇼부로 더
브러 팔을 짓고 셔셔 녜슈롤 호창ᄒ고 왕은 통텬금관의 픠옥을 울녀 묘실의 드러 즈

59면

부의 녜롤 고츅ᄒ고 신부와 ᄋᆞ즈로 엇기롤 굴와 헌작게 ᄒ여 현ᄉ당지녜롤 출힐ᄉ
신뷔 홍옥비롤 밧드러 젼ᄒ미 공지 바다 헌ᄒ고 냥인이 물너 ᄉᆞ비ᄒ니 동용지졀의
긔이ᄒ미 빅셰냥필이라 ᄎ례 셩부인긔 미쳐는 공지 다시 향을 ᄭᆞᄌ며 작을 쌍으로
올니고 왕이 고츅비례홀ᄉ 션비롤 츄원영모ᄒ미 경ᄉ롤 당흔 즉 각골흔 지통이 최졀
ᄒ지라 누쉬 농포의 져즈니 좌위 감읍ᄒ고 상국의 슬푸미 또 엇지 상하ᄒ리오 기리
탄식고

60면

ᄋᆞ즈롤 위로ᄒ니 왕이 억비지통이 최심ᄒ니 즈부롤 어더 속졀 업슨 신위의 폐빅을
드리나 막막ᄒ믈 오닉 ᄭᅵᆽ는 듯ᄒ니 ᄎ마 니러나지 못ᄒ여 긔운이 엄식홀 듯ᄒ니 공
지 황망이 숀을 밧드러 계유 진졍ᄒ미 왕이 졍신을 거두어 공을 뫼셔 외뎐의 ᄂᆞ가고
신뷔 뎡당의 니르니 틱부인이 슬하의 안치미 그 어린 ᄂᆞ히 비례롤 무슈이 ᄒ여시되
거지안샹ᄒ여 됴금도 실녜ᄒ미 업ᄉ니 좌즁이 더옥 긔특이 너기고 녀노공 부인이 각
별치하ᄒ니

61면

틱부인이 더옥 깃브믈 니긔지 못ᄒ더라 상국 곤계 오운뎐의 니르러 좌ᄒ고 쥬후롤
틱ᄒ여 신부의 셩덕즈질을 즈랑ᄒ고 우어 왈 노형은 여러 숀ᄋᆞ들을 만히 셩가ᄒ여
날ᄀᆞᆺ치 쳐음 경시 아니니 닉 어린 신뷔 틱례롤 하 여러 곳의 지닉고 실노 어린 거시
즈진홀가 시부니 닉 슐이 알푼지라 형이 오날 신부 보는 녜롤 말고 후일 보미 됴코
신부의 션악은 둔귀 친히 보시니 비록 굼겨오나 춤ᄋᆞ미 됴토다 쥬휘 빅슈롤 어루만

져 디쇼 왈 좌즁 녈위

눈 져 말을 드러보쇼셔 계슉의 욕심이 무궁ᄒ여 이 늙고 졈지 아닌 한아비를 유복다
핑계ᄒ고 쇼년비 홀 쇼임을 다 날을 식이고 쳘부셩녀의 손부를 어더 노ᄒ니 하 됴하
이후야 져 늙으니 아니라타 엇지 창흥 밧 존ᄉ의 ᄒ리오 ᄒ고 이후는 져 늙으니 빌닐
업다 ᄒ고 디례로 핑계ᄒ고 날을 아니 뵈려 ᄒ여 져리 휼져이 ᄭ며 막즈르니 손ᄋ 사
랑과 귀즁도 변겨올시 ᄋ마ᄋ마 고이코 이상ᄒᆯ시 금일 신부를 늬 보다 아ᄉ갈가 좌
긱 쳥으로 후일 보

셰 ᄒ니 임공이 거거 디쇼ᄒ고 일좨 션즈를 쳐 박장디쇼ᄒ니 셩공이 쇼왈 계슉시 아
모리 손부를 귀즁ᄒ나 쇠외됴를 아니 뵈려 져리 방ᄎᆞᄒ나 현즁의 며ᄂᆞ리 우리 문묘
의 아모려도 ᄒᆫ 번 녜비는 홀 거시니 오늘 아니 보다 현마 볼 날 아니 이실가 ᄒ고 션
싱을 향ᄒ여 글오디 계슉시 셩녀슉완의 며나리를 엇고 하 잣단 쳬ᄒ니 우리는 냥ᄋ
다 어리나 우명년으로 셩녜나 ᄒ면 엇덜고 쳐시 쇼왈 실노 어린 것들을 교훈ᄒ미 졀
박ᄒ

나 편친의 열의를 구ᄒ여 졔ᄌ의 혼취 일시 밧부되 쳔흥의 ᄂᆞ히 칠 셰니 명년은 너모
어리니 우명년으로 셩녜ᄒᄉ이다 셩공이 디희칭ᄉᄒ고 쇼공이 ᄭᆺ출 니어 지흥을 명
년의 셩녜ᄒ믈 쳥ᄒ더라 일싁이 창산의 슘고ᄌ ᄒ미 너외빈긱이 각산기가ᄒ니 공의
형뎨 ᄌ질이 취뎐의 드러와 혼졍ᄒ니 틱부인이 글오디 냥ᄋ 나흔 비록 유취지년이
아니나 금일 뉵합졍상일이오 만복을 일위ᄂᆞ 날이니 삼일신방을 뷔오지 말게 ᄒ라 왕
이 슈명ᄒ고

신부 슉쇼를 슉녈궁 봉눈당으로 뎡ᄒ여 보ᄂᆞ니 신뷔 각 당의 혼뎡ᄒ고 물너 존고를
뫼셔시니 이늘 쥬비 신부를 겻히 안쳐 무궁ᄒᆫ 셩덕ᄌ질을 디ᄒ여 한업순 ᄉ랑이 비

무ᄒ니 부인이 평싱 신누ᄅᆞᆯ 삼ᄋᆞ ᄒᆞᆫ번 눈드러 ᄉᆞᄅᆞᆷ 보미 업고 입 여러 말ᄒ미 업ᄉ니 뉘 그 쥬의ᄅᆞᆯ 알니오마ᄂᆞᆫ 그 지긔 셩현공이 아더라 신부ᄅᆞᆯ 지극히 무익ᄒᆞ더니 믄득 한부인이 이르니 신뷔 니러 마ᄌᆞ미 쥬비 방셕을 미러 좌ᄅᆞᆯ 뎡ᄒᆞᆫ 후 한부인이 낭낭이 우어 ᄀᆞᆯ오

66면

딘 셰시 난측이로쇼이다 우리 원군도 ᄌᆞ의ᄅᆞᆯ 쏘드며 무궁ᄒᆞ신 ᄉᆞ랑이 져딘도록 ᄒᆞ시니 신뷔 하 별이 찬난휘황ᄒᆞ니 져져의 원녜 깁흘쇼이다 슉녈이 한부인을 슉시냥구의 답탄 왈 쳔하의 어려온 거시 지긔라 현뎨 우형을 산ᄉᆞ의셔 맛ᄂᆞ니 둘희 회푀 상됴ᄒᆞ고 의 둣터워 거의 관포뉴동을 쏠을너니 금ᄌᆞ지언이 어디도다 당년 ᄂᆞ의 쇼퇴 실노 녀도의 버셔ᄂᆞ니 엇지 쳔승의 가상의 모립ᄒᆞ리오마ᄂᆞᆫ 튼당 셩의와 튼구 되인 지우딘 덕이 미첩 일신의 넘

67면

씨미 ᄂᆞ츨 둣거이 ᄒᆞ고 힝셰ᄒᆞ나 붓그러오미 비복도 ᄂᆞᆺ 드러 보지 아니커ᄂᆞᆯ 어느 마음의 ᄌᆞ식 ᄌᆞ의홀 마음이 ᄂᆞ리오 시고로 무심무려ᄒᆞ나 텬눈이 병드지 아녓ᄂᆞ니 부인이 날 알믈 토목ᄀᆞᆺ치 아랏도다 ᄒᆞ고 이의 널미 냥인을 명ᄒᆞ여 ᄀᆞᆯ오딘 여등 냥인은 관일지튱이라 널영은 존당이 ᄉᆞ급ᄒᆞ신 바로 ᄂᆞ의 ᄉᆞ싱지졔의 일쳬로 ᄒᆞᆫ 비요 미숑 상운은 즁간의 맛난 비로딘 튱의 당당ᄒᆞ고 지혜와 녀력이 홍낭의 무리오 널녈ᄒᆞᆫ 우인이 기ᄌᆞ츄의 일뉘라 신부의 쳐쇠 뎡당으로 오원ᄒᆞ

68면

고 니 가ᄉᆞ의 호번ᄒᆞ여 슬피미 어려오니 여등 삼인이 동심일쳬ᄒᆞ여 ᄋᆞ부ᄅᆞᆯ 보호ᄒᆞ라 삼인이 고두슈명ᄒᆞ고 셜쇼져의 무궁ᄒᆞᆫ 셩덕광화ᄅᆞᆯ 우러러 긔이ᄒᆞᆷ믈 결을치 못ᄒᆞ더라 시의 셜쇼졔 무궁ᄒᆞᆫ 딘례ᄅᆞᆯ 지니고 그 고모 부인 만딘의 업ᄉᆞᆫ 셩덕광휘ᄅᆞᆯ 앙쳠ᄒᆞ미 흠복만심ᄒᆞ여 뫼셧더니 미릭ᄅᆞᆯ 여지ᄒᆞ여 삼기 튱녈 비ᄌᆞᄅᆞᆯ ᄉᆞ급ᄒᆞᆷ믈 밧ᄌᆞ와 피셕 지빈ᄒᆞ여 우러는 졍셩이 일일 ᄉᆞ이나 ᄌᆞ모의 감치 아니터라 이윽고 쇼졔 퇴ᄒᆞ여 침쇼로 도라올ᄉᆡ

모든 시으와 유뫼 븟드러 긴 단장을 벗기고 쉬게 흐더라 시시의 창흥공지 오믹 스복 흐믹 업시 녀줌요슌을 빅냥우귀흐나 심침엄웅흐여 다만 됸당 부모긔 효위 동쵹흐고 왕모 회리의 드러 이릭흐고 어리로이 말솜흐며 왕부의 쯧을 맛쳐 줌이 편토록 흘 쥴 만 알고 셰졍의 마음을 머무지 아녓ᄂ지라 금일도 왕부 알픽 뫼셧다가 품의 즈려 흐ᄂ지라 공이 션싱과 왕을 도라보아 왈 이 믹거코 어엿븐 거동 보아라 금일 져희 부부 틱길인쥴 모

로고 닉 품 쏙의셔 즈량으로 흐ᄂ 상을 보쇼 날을 아모리 슌즈 사랑 병되다 우슨들 목셕이 아니어니 져 미양 아니 어엿부냐 왕이 야야의 져틱도록 흐시믈 보건틱 창흥은 즈가 우흰 듯흐더라 만면회식으로 으즈다려 일오틱 져리 장틱흔 거시 미양 됸당 품 쏙 곳 아니면 못 잘 쥴 아나 되야 침슈 편치 못홀가 우민토다 상국이 쇼왈 무슨 일 침슈 편치 아니리오 오늘은 신방의 가 즈라 션싱이 겻히 안치고 공의 삼틱 효우도 변 졋고 즈의도 타류타 흐며 즈가ᄂ 도로혀 범

연흔 듯흐니 웃고 굴오틱 쇼데ᄂ 텬으를 만닉의 어덧다 홀 거시로틱 텬품이 노하흐여 형장ᄀᆺ치 져러틋 못홀너이다 공이 쇼왈 현데ᄂ 웃지 말나 ᄂᄂ 다만 우흐로 즈위ᄅ 위흔 밧 일넘이 창으의게 지ᄂ니 업더라 흐고 쓰다듬으 닐오틱 네 안힉 쳐음으로 와 큰 궁의 고젹흐리니 금야븟터 삼 일을 뵈오지 말나 흐니 공지 가장 유유흐나 왕부의 명을 거역지 못흐여 옥슈의 긔린쵹을 취흐여 문을 날식 됴부 침슈를 즈로 도라보니 공이 크게 두굿겨 어셔 가라 흐더

라 왕은 냥 틱인을 뫼셔 시침흐고 공지 팔뇽당의 니르니 이 팔뇽당은 왕의 팔즈를 머므러셔 슈흑흐고 노ᄂ 곳이라 졔싱이 모다 쵹을 붉히고 셔셩이 낭낭흐더니 공지 창 외예셔 굴오틱 야심커늘 즈지 아니흐고 ᄀ장 부즈런흔 양흐여 독셔흐ᄂ고나 흐니 졔싱이 공즈의 쇼릭를 듯고 일시의 닉드라 등 미러 실의 들믹 공즈를 잇글고 일시의 닐

오딕 원빅이 오날늘 향방 아름다온 못고지 가노라 창외의셔 쇠쳑ᄒ고 이졔는 팔농당을 닉 아더냐 ᄒᄂᆞᆫ 쥴이 뮈오니 우리 비록

동몽이나 년긔로 의논ᄒᆞᆫ 즉 이 놈의 노형 노릇 둑ᄒ리라 현마 이 놈이야 못 니긔랴 ᄒ고 셔로 짓거리며 셜희필 됴원셕 셩희빅 등 졔싱이 일시의 좌우로 에워ᄊᆞ며 괴롭게 보쳐기를 마지 아니ᄒ니 공직 거거 되쇼 왈 이것들이 돌연이 어딕 가 귀미를 들넛ᄂᆞ냐 이리 밋치게 구ᄂᆞ뇨 진흥공직 왈 져 광동들이 공현이 형장을 벼르며 쳐 야심도 아닌 딕 져회드려 편히 ᄌᆞ라 니르도 아니ᄒ고 신방으로 발셔 가 계시다 ᄒ고 명일 나오시거든 반드시 미여 달고 ᄭᅡ려 호쥬셩찬을

물녀 먹ᄌᆞ 짓궤더니 져리 밋치게 구ᄂᆞ이다 쇼뎨는 오운뎐의 시침ᄒ라 가니 턴흥을 불녀 맛지쇼셔 ᄒ고 드러가니 공직 졔인의 희학이 어즈러오되 셩식을 부동ᄒ고 되쇼 왈 여등 부유의 무리 싱심이나 날 ᄀᆞᆺ흔 딕군ᄌᆞ를 거울가 시브냐 이 임챵흥이 만복이 졔쳔ᄒ여 향방의 못고지 지극 아름답거늘 너희 져러틋 복통ᄒᆞᆷ믄 엇지뇨 닉 오늘 딕례를 지닉고 두 다리 알푸기 심ᄒ니 졍히 쉬려 ᄒ노라 언파의 완완이 웃고 당신이 이러ᄂᆞ니 졔싱이 딕로ᄒ

여 일시의 니러나 다시 붓들고 치려 ᄒ나 챵흥의 구졍을 압두ᄒᄂᆞᆫ 힘을 능히 당ᄒ리오 ᄒᆞᆫ번 밀쳐 더지고 납쵹을 취ᄒ여 신방으로 향ᄒ니 졔싱이 슐연이 ᄂᆞ와 노화 보니고 되쇼ᄒ더라 싱이 신방의 니르니 유아 등이 좌우로 영졉ᄒ고 쇼졔 쳔연이 긔이영지ᄒ더라

임시삼딕록 권지ᄉ

1면

차셜 싱이 신방의 니르니 유ᄋ 등이 좌우로 영졉ᄒ고 쇼졔 쳔연이 긔이영지ᄒ니 션
몌 표표ᄒᄃᆡ 보광이 만실ᄒ고 긔위 츄상 ᄀᆺᄒ되 ᄌᆞ질이 녕농ᄒ니 만고 명완이오 금
셰 쳘뷔믈 눈 드러 보지 아녀 가히 알지라 싱이 팔 미러 좌졍ᄒᄆᆡ 봉안이 시슬ᄒ여
이윽이 묵묵ᄒ엿다가 ᄉᄆᆡ 속으로셔 모시 일 편을 닉여 학녀쳥음을 여러 낭낭이 닑
으니 몱은 쇼릭 호호탕탕ᄒ여 구쇼의 ᄉ

2면

못출 듯ᄒ니 셕의 왕이 식부의 덕셩광휘 ᄋᄌᆞ를 압두ᄒ올지니 ᄌᆞ연 깃부미 쾌락ᄒ여
유츙ᄒ 것들을 닷궁의 보닉고 굼거오믈 참지 못ᄒ여 지흥을 겻히 누이고 팔농당 졍
즁의 니르러 틱허던 쓸의 힝ᄒᄆᆡ 싱의 셔셩이 웅장활낭ᄒ여 기산의 어린 봉이 쇼릭
를 힝ᄒᄂᆞᆫ 듯 오음과 뉴뉼이 맛ᄀᆞᄌᆞ니 왕이 심즁의 희열ᄒ여 ᄌᆞ연 거름을 옴기지 못
ᄒ더니 우연이 건상을 우러러 보니 낭ᄋ셩이 ᄌᆞ가 집 분야의 잇셔 뎡치 당당ᄒ여 월
식을

3면

니긔되 흑긔 ᄉ면을 둘너 살긔 등등ᄒ여 낭ᄋ셩을 범코ᄌᆞ ᄒ되 그 당당ᄒᆫ 뎡긔를 능
히 범치 못ᄒᄂᆞ지라 경ᄋᄒ여 다시 슬피니 젼두 오미ᄒᄆᆡ 반ᄃᆞ시 ᄋ부의 화익이 그
고모의 우힐 바를 예탁ᄒᄆᆡ 크게 우려ᄒ여 침ᄉ 냥구의 쥭용을 두루혀 닉당의 니르
러 입실ᄒ니 쥬비 니러 마ᄌᆞ 왕이 좌ᄒᄆᆡ 미우를 츅합ᄒ여 싱각ᄂᆞᆫ 빅 잇ᄂᆞᆫ지라 슉녈
이 지긔ᄒ고 잇더니 왕이 비를 향ᄒ여 굴오ᄃᆡ 현비 평싱의 닙의를 못ᄒᄆᆞᆯ 심두의 지
통이 되

4면

엿더니 금일 셩녜슉완으로 현부를 삼으니 츄휘나 회심ᄒ여 부인녀ᄌᆞ도 무단이 인뉸
을 폐치 못ᄒᄂᆞᆫ 줄 싱각ᄒ시ᄂᆞ니잇가 쥬비 왕의 추언을 드르ᄆᆡ ᄌᆞ가의 집미ᄒᄆᆞᆯ 괴
로이 넉이던 줄 씨ᄃᆞ라 ᄂᆞ죽이 ᄃᆡ왈 쳡이 무슨 ᄉ름이완ᄃᆡ 닙의 면치 못ᄒ홀 빅 은우를

미즈리잇고마는 스룸이 우암혼몽ᄒᆞ여 군후의 아르시미 여ᄎᆞᄒᆞ니 유구무언이로쇼이다 왕이 미쇼ᄒᆞ고 냥구 묵연이러니 이의 글오ᄃᆡ 요ᄉᆞ이 인가의 됴흔 쇼빙들을 복이 심히 아

5면

쳐로이 넉이는 비러니 돤당의 녈의를 구ᄒᆞᄆᆡ 불ᄉᆞᆫ 어린 거슬 셩혼ᄒᆞ니 심히 불안ᄒᆞ되 연이나 ᄋᆞ즈의 조셩ᄒᆞᆷ은 나흐로 뇌도ᄒᆞ고 본 긔운이 굿센 ᄋᆞ히니 굿ᄒᆞ여 넘녀롭지 아니ᄒᆞ되 식뷔 진퇴동작이 연연ᄒᆞᄆᆡ 과ᄒᆞ여 감귤이 씨 업슴 ᄀᆞᆺ고 광염이 너모 찬난ᄒᆞ여 눗 우히 넘ᄶᅵ니 아마 홍안지히를 면치 못홀 듯ᄒᆞ니 심히 훤젼의 니우를 ᄶᅵ칠가 깁흔 우려를 면치 못ᄒᆞ리로쇼이다 쥬비 되왈 되왕 말슴이 최션ᄒᆞ시나 ᄋᆞ뷔 만면의 복덕

6면

이 어릭여 찬난흔 광휘를 니긔니 비록 쇼쇼 지앙이 잇시나 그 셩덕문명으로 독히 진복ᄒᆞ여 향슈다복ᄒᆞᆷ믄 이 아히 웃듬이 될지라 일시 곡경을 현마 엇지ᄒᆞ며 셩인도 오는 익을 면치 못ᄒᆞ엿시니 다듯지 아닌 닐을 미리 근심ᄒᆞ여 부졀업도쇼이다 왕이 비의 션견지명이 너두를 보지 아냐 예지ᄒᆞᄆᆡ 굿ᄒᆞ여 심녀의 머무르지 아니믈 암탄ᄒᆞ더라 왕이 인ᄒᆞ여 신싱 쌍ᄋᆞ를 슬상의 교무ᄒᆞ다가 느와 냥 되인을 시침ᄒᆞ니라 시의 공지 삼경이 진토록 글

7면

을 넑다가 비로쇼 칙을 덥고 ᄌᆞ리의 나아가려 ᄒᆞ더니 츄파봉졍을 흘녀 신부를 이윽이 슉시ᄒᆞᄆᆡ 다만 일신의 향이 둘넛는 바의 아항이 느즉ᄒᆞ고 부용냥협의 일만 ᄌᆞ틱 실벽의 도요ᄒᆞ여 쵹홰 무광ᄒᆞ니 이목이 현난흔지라 공지 흠신공경ᄒᆞ여 팔을 드러 야심ᄒᆞ니 편히 쉬믈 쳥흔되 유랑이 상상슈리의 쌍금을 포셜ᄒᆞ고 물너나니 싱이 웃웃슬 버셔 가상의 걸고 ᄌᆞ리의 누으니 녈영 미송이 공ᄌᆞ를 향ᄒᆞ여 글오ᄃᆡ 노신 등이 돤명을 밧ᄌᆞ와 쇼져

8면

롤 보호후려 니르럿숩더니 그만후여 쇼져를 편히 쉬게 후쇼셔 유츙후ᄉ 쥬인 쇼임을 못후시ᄂ이다 공지 츠인 등은 모비의 환난 찌 동고후믈 감은후여 극진이 디졉후던지라 우어 왈 녈미 등은 묘리를 모로ᄂ도다 닉 엇지 쥬인 쇼임을 당후리오 져는 당쥬요 나ᄂ 이 당 밧긔 잇ᄉ니 당줘 날 ᄌᆺᄒᆫ 슌을 편히 ᄌᆺ게 인도후련져 삼인이 함쇼후고 협실노 퇴후니 싱이 이의 쥭을 멸후고 쇼져를 권후여 편히 쉬게 후나 쇼제 그린 ᄃᆞ시 단좌후여 슙쇼ᄅᆡ도 업ᄉ니

9면

공지 비록 나히 어리나 엇지 부부호합을 아지 못후며 그 부모긔 슈은후미 덕지 아니 후고 양셩이 친싱부모긔 감치 아니후거늘 그 평싱 쇼교의 ᄌᆞ별ᄒᆫ ᄉᆞ랑을 닉이 보앗 ᄂ지라 그 약질이 금일 디례 후 곤후믈 두려 ᄂᆞᄋᆞ가 친히 붓드러 ᄌᆞ리의 편히 누이고 ᄌᆞ긔 또 ᄌᆞ리의 누어 그 만신빅쳬 교결후미 별니후무로 심하의 흠이후여 싱각후되 졔 어려셔 심히 기강터니 엇지 그 ᄉᆞ이 부드럽고 향염후미 여ᄎᆞ후고 나히 어리무로 굿후여 압근홀 비 업다 후고

10면

흔줌을 쾌히 ᄌᆞ고 씨미 신븨 발셔 단장을 일워 뎡당으로 향후ᄂ지라 밧비 쇼셰후고 오운던의 니르니 상국 곤계ᄂ 취젼의 드러가 계신지라 이의 부왕을 뫼셔 취젼의 신 셩후니 신븨 발셔 신셩후고 뫼셧ᄂ지라 공이 슌ᄋᆞ를 ᄂᆞ호여 문왈 네 안히를 보니 ᄯᆺ 이 하여오 닉 보미ᄂ 네예셔 십비승이니 네 ᄉᆞ싱후미 엇더후뇨 공지 관을 슉여 슈식 디왈 쇼슌이 됴션여음으로 부모의 은이를 겸후와 하등이 아니오니 둑히 향당의 붓그 럽지 아니후옵거늘 하고로

11면

부인녀ᄌᆞ의게 머리를 움쳐 빅호리잇가 왕부 셩괴 불합쇼슌지심인가 후나이다 냥공 이 디쇼후고 등을 어루만져 왈 이 놈의 완만후미 노부를 가장 불명이 넉이거니와 네 부모도 네 안히를 더 ᄉᆞ랑후리니 두고 보라 공지 황공복슈후니 냥공이 그 탄탄ᄒᆫ 지 긔 군ᄌᆞ디도를 어더시믈 흠이과즁후고 틱부인은 그 부부의 상젹후미 최지후미 업ᄉ

믈 두굿겨 냥즈를 도라보아 왈 노뫼 힝년 팔십의 혈육지신이 져굿치 쌘혀느믄 쳐음 본 비라 쥬현

12면

부와 효장공쥬를 본 덕마다 마음이 황홀터니 신부는 년유 고로 더ᄒ니 오기 무쇼홍 ᄒ고 뉴듸복ᄒ니 도로혀 니극지히 두립지 아니랴 냥공이 계슈 듸왈 즈피 맛당ᄒ시니 히ᄋ 등의 혜ᄋ리미 쏘흔 근심이 업다 못ᄒᄋ오되 년쇼 녀즈의 홍안지히 상시나 ᄋ부 는 복녹지상이니 일노쎠 성녀를 더으지 마르쇼셔 틱부인이 졈두ᄒ고 삼 일 후 쇼져 를 취련ᄒ여 취던 협실의 옴겨 월혜쇼져와 동거케 ᄒ니 신뷔 인ᄒ여 머무러 효봉구 고ᄒ고 승슌군즈ᄒ여 됴곰도

13면

ᄋ틴 업셔 입문 슈월의 일가의 예성이 합스를 기우리고 삼듸 돈당과 슉당이 반드시 성녀효뷔라 일콧고 쥬비 시봉여가의 믈너오면 쇼졔 뒤흘 뫼셔 동괴 마치를 응흔 듯 ᄒ며 효위동쵹ᄒ니 부인이 그 츙년의 동작쳐변이 신이ᄒ믈 사랑ᄒ여 마음을 쑈다 무 이ᄒ미 유ᄋ 굿고 간간이 고금을 논난ᄒ여 고식이 됴용이 담화ᄒ미 즈즈니 한부인이 한가지로 무이ᄒ며 혹 우어 왈 원군의 아등 알오미 부유굿치 젹게 넉이스 흔번 더브 러 고금을 논난ᄒᄆᆯ

14면

보지 못ᄒ니 원닉 우익는 지은 우익요 지긔는 밧 지긔니이다 ᄒ여 홀 일 업더이다 쥬 비 츄파를 완젼ᄒ여 한부인을 슉시 냥구의 왈 우형이 현뎨를 줌니 즈공 듸졉ᄒ심 굿 다 ᄒᄂ냐 규방의 흔묵도 변변이 모로는 스름이 무슴 고금을 논난ᄒ리오 ᄂ의 즈부 로 논난ᄒ미 아셩의 난이담논도 아니요 증안의 도흠도 아니라 현뎨 엇지 됴롱ᄒ여 형우뎨공을 닛ᄂᄂ뇨 아즈 풍뎨 니로듸 한져져 지언을 드르니 빅스의 가진 바 삼 권 쳔 셰 쳔지녁듸 녁녁ᄒ여 안져셔 능히 구쥬 팔황을 진복 긔

15면

셰 잇다 ᄒ니 감히 뭇지 못ᄒ고 잇노라 우형이 미양 현뎨의 참되믈 밋더니 풍뎨의게

천문서를 딘고ㅎ미 무방ㅎ되 ㅊ물이 그 님지 아닌 후는 보와 유희무익ㅎ 고로 닉 그 써 고이ㅎ 시운을 맛나 ㅎ번 시험ㅎ고 무심이 두엇더니 군지 우연이 보시고 거두어 닉여 가신지라 풍뎨를 못 뵈니 심히 무안ㅎ되 부인녀지 외당 문방셔칙지뉴를 드려오지 못ㅎ여 못 뵈다 한부인이 낭연 쇼왈 부인 말숨이 최션ㅎ셔이다 거일의 효장궁의 가 풍쇼 냥 부인으로 한담이 됴용

16면

터니 옥쥐 비셔를 일ㅋ라 국쵸의 셩의빅의 천문서 팔 권을 셕갑의 장ㅎ엿다가 셩의빅이 죽을 쎄 유표와 혼딕 봉ㅎ여 ㅊ즈 뉴쳔을 맛겨 닐오딕 티퇴 ㅊ즈시리니 그쎄 밧치라 ㅎ엿더니 고황뎨 위국공 말노됴츠 씌치스 과연 줌슈를 보닉여 궃다가 보시고 호유용의 역난을 진졍ㅎ신 후 침변의 두스 즈로 피열ㅎ셔 화복길흉을 보시더니 고황뎨 홍ㅎ시고 건문이 미쳐 거두지 못ㅎ스 삼 권 요긴ㅎ 거슬 일코 기여 네 권이 잇스되 긴요ㅎ 삼 편 일흔 쥴

17면

황애 씌드르스 앗기시고 ㅊ물의 득실이 쎄 잇는 거시라 ㅎ스 어고의 장ㅎ여 계시니라 ㅎ고 우리 빅시 딕량 파ㅎ실 쎄 ㅊ 삼 편을 어더 의미를 씌치스 왕각을 멸ㅎ시다 ㅎ되 빅시 이 붓치 말을 큰 슈치로 니르시니 닉 감히 뭇줍지 못ㅎ노라 ㅎ시거늘 쇼뎨 또 딕ㅎ오믈 형언궃치 ㅎ이다 쥬비 칭슈ㅎ더니 한부인이 우왈 경복누 존고는 명이 계스 봉명ㅎ오니 풍부인이 산졈이 잇는가 불평ㅎ여 도라가리라 ㅎ시고 져져 계신 곳을 무르스 친문코즈 ㅎ시되 명튼

18면

아니시더이다 쥬비 경ㅇ 왈 한담을 늘회고 즉시 견홀ㅎ다 엇지 흔만ㅎ 셜홰 ㄴ더니 잇가 식부를 머므러 침당을 직회라 ㅎ고 금년을 도로혀 풍부인 침쇼의 니르니 금병을 두루고 부인이 신음이 은은ㅎ니 ㄴ죽이 ㄴㅇ가 셤슈를 어루만져 믹도를 술피니 산졈이라 붓드러 구호ㅎ미 한부인을 쳥ㅎ여 혼가지로 구호ㅎ더니 풍시 아미를 씽긔여 간간이 알터니 아이오 ㅇ히 우름 쇼리 급ㅎ니 한부인은 밧그로 나와 깅반을 신칙ㅎ고 쥬비는 풍부인

19면

을 구호ᄒᆞ고 ᄋᆞ히ᄅᆞᆯ 강보의 ᄡᆞ더니 녀부인이 친님ᄒᆞ여 슌산ᄒᆞᄆᆞᆯ 깃거ᄒᆞ고 남녀ᄅᆞᆯ 무르니 좌위 남ᄋᆞ믈 고ᄒᆞ고 긔운이 평상ᄒᆞᄆᆞᆯ 알외니 부인이 깃브믈 니기지 못ᄒᆞ고 굼거오믈 ᄎᆞᆷ지 못ᄒᆞ여 입실ᄒᆞ여 쟝 밧긔 좌ᄒᆞᄆᆡ 쥬비 강보ᄅᆞᆯ 밧드러 보시게 ᄒᆞ니 부인이 보건ᄃᆡ 일 쳑 빅옥을 공교히 다듬앗고 어엿부미 층냥 업ᄂᆞᆫ지라 ᄃᆡ희 왈 ᄂᆞᆫ ᄋᆞ히마다 흔글ᄀᆞᆺ치 긔이ᄒᆞ니 덕문여경 곳 아니면 이런 샹셰 쳡다ᄒᆞ리오 ᄒᆞ니 쥬비 하례ᄒᆞ고 ᄋᆞ히 유모ᄅᆞᆯ 뎡ᄒᆞ고 돈고ᄅᆞᆯ

20면

뫼셔 ᄂᆞ와 반깅을 년쇽ᄒᆞ여 보ᄂᆞ니 이ᄯᆡ 왕이 ᄀᆞᆺ 알고 밧비 희운각의 니ᄅᆞ러 쳥ᄉᆞ의 좌ᄒᆞ고 슈시의 긔운을 무러 지극ᄒᆞᆫ 셩위 고인의 나롯 그을니믈 귀타ᄒᆞ리오 녀부인이 취뎐의 시좌ᄒᆞ여 풍시 슌산싱ᄌᆞᄒᆞᄆᆞᆯ 고ᄒᆞ니 ᄐᆡ부인이 ᄃᆡ희 왈 슌이 거의 슈십의 밋ᄎᆞ니 이 엇지 너 ᄋᆞ히 지공무ᄉᆞᄒᆞᆫ 덕을 텬의 음즐ᄒᆞ미 아니리오 션싱이 만면 희식으로 빅시긔 치하 왈 희린 유린 냥이 히ᄅᆞᆯ 년ᄒᆞ여 ᄌᆞ녀ᄅᆞᆯ 쌍쌍이 싱ᄒᆞ니 형쟝이 만ᄂᆡ ᄌᆞ숀이 셰우시도쇼이다 샹국이 답쇼

21면

왈 ᄋᆞ의 말이 심히 됴토다 우리 임시 ᄃᆡᄃᆡ로 고독ᄒᆞ여 화쥐 약간 원둑이 잇ᄉᆞ나 번셩치 못ᄒᆞ고 우리 형뎨 고혈턴 바로 이 엇지 ᄭᅮᆷᄀᆞᆺ지 아니리오 희린이 구지오 유린이 칠지오 셰린이 십지니 엇지 쳔의 아니리오 이러틋 말ᄉᆞᆷᄒᆞ여 각샹의 츈풍이 무루녹ᄋᆞ ᄐᆡ부인 희열ᄒᆞ시믈 돕다가 각각 믈너ᄂᆞ고 왕은 희운각 후함의셔 의약을 친집ᄒᆞ니 녀부인이 그 몸을 너모 잇비ᄒᆞ믈 민망ᄒᆞ여 왕을 불너 쥬효와 과품을 권ᄒᆞ니 왕이 모부인 ᄌᆞᄋᆡ 강보ᄀᆞᆺ치 ᄒᆞ시믈 감은ᄒᆞ

22면

여 슐을 마시고 과품을 맛보며 감귤 셰 ᄂᆞᆺᄎᆞᆯ 남겨 영쥬ᄅᆞᆯ 쥬어 왈 하나흔 네 먹고 둘흔 챵ᄋᆞᄅᆞᆯ 쥬라 부인이 쇼왈 아ᄉᆞ라 너ᄀᆞᆺ치 ᄌᆞ식을 쥬졉 들게 굴ᄂᆞ 챵이 ᄌᆞ라 셩취ᄒᆞᆫ 거슬 더 못 니져ᄒᆞ니 쓸듭도다 왕이 슈려ᄒᆞᆫ 냥미의 화긔 영ᄌᆞᄒᆞ여 ᄃᆡ왈 ᄌᆞ쥐 맛당ᄒᆞ셔이다 아은 ᄌᆞ익홀 쥴 모로오나 쇼ᄌᆞ도 챵ᄋᆞ붓터 과도히 어엿부더이다마는 아은 팔

농당의셔 ㅇ희들노 흔흔ㅈ락ᄒ고 슈슈의 희산을 넘녀도 아니ᄒ니 아직도 인시 넉넉지 못ᄒ나 그린들 ㅈ식이 남녀나 알녀 아니리잇가 부인이

23면

낭쇼 왈 그 ㅈ식이 원 그러ᄒ거늘 ㅈ식의 남녀유무를 알냐 너ᄀ치 스름의 ㅈ식 쇼임 일쪽이 ᄒ며 ㅈ상ᄒ 인물이 쏘 어듸 잇스리오 ᄒ다가 홀연 아미의 슈운이 함집ᄒ여 굴오듸 니 엇지 그듸도록 못ᄒᆯ 노르슬 ᄒ던고 니 그쩌 쥬현부의 흉음을 듯고 네 쏘 듸량으로 갈 젹 창ㅇ로쎠 날을 맛겨스니 너의 토목심장이라도 감동ᄒᆯ 비여늘 ᄎ마 못ᄒᆯ 악스를 ᄒ니 이 아니 고이ᄒ냐 이 마듸를 싱각ᄒ면 실노 고이터라 왕이 믄득 머리를 글거 어리로이 고ᄒ되 우리 ㅈ위 걸망즁 만ᄒ와

24면

ᄒ심도 쇼ㅈ를 속이셔이다 쑴의도 싱각지 못ᄒᆯ 말슴을 들먹여 공연이 우로시니 쇼ㅈ의 며나리 보기도 붓그럽지 아니시니이다 부인이 왕의 니러틋 유화ᄒᆞᆯ 보고 귀즁ᄒ미 친싱 유린이 밋지 못ᄒᆯ지라 쇼슈를 어루만져 왈 네 져리 며나리 보기 붓그럽지 아니냐 ᄒ고 ᄎ후는 옛말 번득지 말나라 왕이 니러 졀ᄒ고 부인 슬상의 누어 이릭ᄒ여 왈 즉ᄒ리잇가 이졔는 쑴의도 싱각지 마르쇼셔 ᄒ고 흐리늑게 우으니 부인이 머리를 밀쳐 왈 이 ㅈ식이 쳔승군왕이오 며느리까

25면

지 두고 어린 체ᄒ기를 삼 셰 유ㅇ ᄀ치 즛믭도다 왕이 웃고 의관을 슈렴ᄒ여 곳쳐 시좌ᄒ여 모ㅈ의 됴용ᄒ 담쇠 싱모 위부인이 밋지 못ᄒ더라 부인이 아미를 빈져 왈 네 며나리 하 진퇴 업스니 념녀롭고 유츙지년의 신혼성졍의 약질이 상ᄒᆯ가 두리워 본부의 보닉여 편케코ㅈ ᄒ나 그 친긔 맛득지 아녀 닉 젼월의 미션항의 가 셜형으로 담화ᄒ더니 우리 거거 말슴을 드르니 퇴스 부뷔 닌의지뎍이 지극ᄒ되 그 계모부인이 집미용우ᄒ 쥬견이 명명

26면

치 못ᄒ나 여모ᄀ치 이상ᄒ미 업셔 그 형남의 슌ㅇ 남민를 다려 부닉의 엄뉴ᄒ여 혹

양호니 틱스 부부는 모의를 슌호나 쇼뷔 목으 남미를 누연호여 침우를 붉고 상부인 협실의 깁히 드럿다가 딕례날이야 방 밧글 나 오문의 보닌다 호니 딤즛 으가의 아됴 두고즈 호나 의향을 모로고 가즁스를 번거히 니르지 못한다 호니 그 목으 남미 동됴 모를 츄켜 가니를 쇼요케 호니 셜공은 일양 효슌호여 각별 치칙지 못호되 셜한님 등 은 심히 보치는 고로 희광이 짐즛 네게

27면

슈혹호미 펑계호여 왓다 호니 그 목가 요취 두루 돌며 환슐호는 요인을 결납호여 낙 안쥐 산동 다히로 느리더라 호니 셜틱시 짐즉고 졀통호여 틱부인긔 고두징간호여 추 후는 지형을 가니의 엄뉴치 마르쇼셔 호니 그 부인이 발악호여 죽으려 날치니 셜공 이 홀 일 업셔 굿치니 도츳의 흉계 어느 지경의 밋츨 쥴 모로고 낙안쥐는 한왕의 도 읍이니 고구를 결납고즈 호민가 호노라 왕이 고요히 즈교를 듯즙고 경히 추악하나 불변안식호고 딕코즈 호더니 공지 드러

28면

와 악공의 닉림호믈 고호니 왕이 밧비 오운뎐의 느와 빈쥐 네파의 한훤을 파호고 셜 공이 왕을 향호여 왈 쇼뎨 미거한 녀식으로 형을 맛져 이우를 씨치니 심히 불안호여 나으와 형의게 사례호고 셔랑을 보고즈 호나 노졔 근간 슉질이 첨가호여 능히 귀부 를 말미암지 못호니 슈괴호믈 니긔랴 왕이 반기믈 씌여 딕왈 노형의 말이 불가호거 니와 으지 삼일견빙악지녜를 폐호니 틱만호믈 허물치 아니시리잇가 셜공이 흔연 왈 존형지언이 불

29면

감호여라 녀식이 유츙호여 츌입이 번거호니 존부의 젼일이 두어 봉스졉긱지녜를 빅 호고즈 호노라 왕이 흔연이 고기 됴으 응호더라 아이오 좌위 쥬상국 셩츄밀 쇼상셔 녀이공 등의 닉림호믈 고호니 빈쥐 하당영지호여 승당녈좌호고 졔공이 셜공의 쇼감 호여 츌입호믈 깃거 서로 말슴홀시 셜공이 쥬후를 향호여 쳔질이 미류호여 오릭 등 알치 못호믈 사례호니 쥬휘 미쇼 왈 요스이 져믄 아기닉 짓갑스러이 어린 쫼을 츌가 호고 스회나 딕호여 친

30면

옹의 집의 슐위박회 씨여지도록 단니노라니 어느 결을의 날 궃흔 늘근 돈장을 춧즈 보기 쉬올가 셜공이 그러치 아니무로 디흐여 일쵀 웃기룰 마지 아니ᄒ더니 셩츄밀이 셜공다려 왈 셜형이 무슨 연고로 ᄉ직쇼를 ᄉ오 ᄎ 올니믄 엇지뇨 싱각ᄒ여 보라 그 디 나힌 즉 모년이 넘지 못ᄒ엿고 다섯 긔린이 옥당금마의 쥬인이 되여 평싱 쇼교로 현문디가의 디현군ᄌ룰 빅ᄒ여 일무쇼흠ᄒ고 군의 가게 족히 만셕군을 불워 아니리 니 무ᄉ 일 히골을 비ᄂᆞᆫ뇨 셜티

31면

시 쇼이 답왈 셩형이 ᄉᄅᆞᆷ을 억뉴ᄒ여 길게 견집ᄒ시니 참안ᄒ나 연이나 미뎨 노하 흔 지뢰 ᄉ군치국홀 지덕이 업슨 바의 불초 등이 금갑을 맛쳐 지렬을 더러이고 텬은 을 욕먹일가 슉식의 마ᄉᆞᆯ 모로고 션군 지시의 말ᄉᆞᆷ을 씨치ᄉ 오문이 본디 ᄂᆞ라히 군 공이 업ᄉ무로 틱됴 고황뎨 하됴로 봉작ᄒ이시되 뉴셩의 션됴 셩덕을 공경ᄒ여 고뎨 긔 알외여 봉후룰 아니시고 년곡의 잇게 ᄒ신지라 연고로 션군의 청덕으로도 오히려 우구ᄒ신 빅여ᄂᆞᆯ ᄒᄆᆞᆯ 만싱흔

32면

여ᄂᆞᆫ 견식이 쇼활ᄒ고 지량이 협익ᄒ여 바히 쓸 디 업슨 우인이라 여ᄎᆞ 고로 병이 되 미요 션훈이 또 여ᄎᆞᄒ시니 벼슬을 드리고 편친을 뫼셔 고향의 도라가 젼원의 밧츨 슈습ᄒ여 셩디 한민이 되여 일신을 편히 맛고ᄌᆞ ᄒ미여ᄂᆞᆯ 널위 무슨 용심으로 막ᄂᆞ 뇨 셩츄밀이 쇼왈 니 엇지 막으리오 공현이 ᄉ직ᄒ니 기간ᄉᆞᄂᆞᆫ 아지 못ᄒ고 의ᄋᆞᄒ 여 무르미라 널위 용심이라 ᄒ니 이 즁의 읏듬 최쇼ᄒ며 말ᄉᆞᆷ이 거만ᄒ니 좌즁의 녕 윤 등이 업ᄉ니 셜형의 벌을 ᄉ회게 쓰

33면

리라 좌위 디쇼ᄒ고 녀이공이 쇼왈 연창의 ᄉ직 쇼문을 듯고 실인이 뉵ᄋᆞ지통을 품 어시나 연창으로 의뢰ᄒ다가 쥬야 통도ᄒ니 그 경상이 츄연ᄒ고 셩형은 부디 못 가 게 ᄒ라 셜공이 누의 말을 드르니 ᄌᆞ긔 남미 졍ᄉ도 타인이 모로고 슬푸미 요동ᄒ니 좌위 감읍ᄒ더라 셜공이 눗빗츨 도로혀 녀이공다려 왈 미뎨의 심ᄉᆞᄂᆞᆫ 그럴시 올커니

와 빅달이 두루 단니며 나의 ᄉ직을 못ᄒ도록 ᄒ니 그 무슴 용심과 쥬의뇨 녀공이 되쇼 왈 닉 그 괴슐을 아니면 셜형이

34면

엇지 사양ᄒ리오 진실노 셜형의 ᄉ향 일졀노 실인의 화용이 쵸쵸ᄒ여 가니 닉 엇지 민망타 아니리오 일쵀 박슬되쇼ᄒ고 쇼공이 말솜을 니어 말니며 셔랑의 ᄌ미나 보지 무ᄉ 일 ᄒ니의 도라가리오 셰간의 쓸ᄀᆺ치 ᄌ미로온 거시 업스니 닉 셕년의 셩쥬의 지우ᄅᆞᆯ 져바리옵고 묘믹 업ᄉ 하향을 녀식의게 보치여 ᄒ엿더니 계윤의 흔 장 셔찰이 녀ᄅᆞᆯ 촉니ᄒ니 녀이 엄구의 엄지ᄅᆞᆯ 흔번 보믹 스스로 목을 올가 상경홀 거동이라 쌀 나흔 아비 셟고 며ᄂᆞ리

35면

보는 싀아비 무셥데 금에 셜형이 지기 빅운 ᄀᆺᄒ나 임의 쇼교로써 임문의 입승흔 후는 군상이 쏘츠셔도 하향이 돌연치 아니리라 언파의 좌위 되쇼ᄒ고 왕의 곤계는 돈젼이라 공슈시좌ᄒ여 쇼용이 미미ᄒ엿더니 졔공의 말솜으로됴ᄎ 보딕ᄅᆞᆯ 어루만져 됴곰도 가찰ᄒ미 업스믈 딕ᄒ니 쇼공이 머리ᄅᆞᆯ 흔들고 부마의게 돌니이다가 필경 욕ᄒ던 바ᄅᆞᆯ 셜파ᄒ니 일쵀 션ᄌᄅᆞᆯ 쳐 되쇼ᄒ고 쥬공 왈 형이 녀셔의게 돌니고 욕볼 일을 ᄒ엿기로 그러

36면

ᄒ엿거니와 나는 직도로 이시니 현즁의 흔번 눗빗 변흠도 보지 못홀ᄉ 쇼공이 역쇼ᄒ고 부마는 슈용ᄒ여 은은흔 우음을 씌여시니 만물의 싱긔ᄅᆞᆯ 동ᄒᄂ지라 쇼공이 더옥 둥ᄒ믈 니기지 못더라 이의 지흥을 부르니 공지 슈명녜알ᄒ미 녜뫼 빈빈ᄒ고 동작이 신신ᄒ여 의연이 셩인지풍이라 쇼공이 만분긔지ᄒ여 겻히 안치고 ᄉ미로됴ᄎ 황옥셔징을 닉여 공ᄌᄅᆞᆯ 쥬어 왈 ᄎ물이 비록 미ᄒ나 이 가온딕 변홰 무궁ᄒ여 셜풍지위 딕작ᄒ나

37면

일노써 칙장을 눌너둔 즉 무양ᄒ리니 홍무 년간의 우리 션뫼 한님원의 입번ᄒᄉ 동

궁시독을 겸ᄒ신 고로 동궁이 강학ᄒ실ᄉ 의문티지 위혜왕의 벽진쥬로써 글졔를 닉ᄉ 글을 지이시고 인ᄒ여 ᄎ물을 ᄉ급ᄒ시니 텬은을 감츅ᄒᄉ 공경 간ᄉᄒ시니 셰셰 구물이 된지라 닉 집 ᄋ히들도 간디로 뵈지 아니터니 너의 품ᄉᆔ 황옥과 상칭ᄒ지라 모로미 다시곰 ᄀ다듬ᄋ 금옥ᄀᆺ치 단연ᄒ여 노부를 닛지 말나 공지 믄득 월익봉미의 가월

38면

을 빈츅ᄒ고 공슈 디왈 션비 학이 바를진디 보비의 셔징이 아니라타 셜풍뇌우를 두리리잇가 쇼지 본디 마음이 담박ᄒ여 물의 마음이 업습고 보비란 거슨 크면 망기국ᄒ고 덕오면 망기신ᄒᄂᆞ니 군지 엇지 공교ᄒᆷ를 취ᄒ리잇고 시고로 ᄎ물을 가지고ᄌ 아닛나이다 일좨 막불경찬ᄒ고 쇼공이 탄지칭션 왈 산고ᄒᄆᆡ 옥츌이오 희심ᄒᄆᆡ 진쥐 나니 현쥼의 싱ᄒ 바 엇지 니러치 아니리오 방실의 젹상이요 ᄉ직의 괴공이라 노뷔 여언

39면

을 드르니 경괴 참안ᄒᆷ를 니긔랴 쥬공이 만면회우로 닐오디 어룬의 쥬ᄂᆞᆫ 바를 아히 엇지 경시ᄒ리오 바다 네 슈쥼의 두라 공지 쌍슈로 거두어 ᄉ미의 너흐니 칭연ᄒ 쇼리 셰 번의 긋치니 공지 그 신이ᄒᆷ를 긧거 아니ᄒ더라 왕이 셜공을 인도ᄒ여 봉눈당의 ᄂᆞᄋᆞ가 부녜 반기게 홀ᄉ 쇼졔 하당영지ᄒ여 부녜 반기게 홀ᄉ 쇼졔 하당영지ᄒ여3) 부녜 반기며 셜공이 쇼져의 옥슈를 잡고 운환을 어루만져 ᄋ히 변ᄒ여 어룬이 되엿시나 능히 귀령을

40면

청ᄒ지 못ᄒ니 울울불낙ᄒᆷ를 니긔지 못ᄒ며 그 사이나 녀ᄋ의 화풍이질이 더옥 윤틱 쇄락ᄒ여시니 그 일신이 편ᄒᆷ를 가히 알니러라 쇼졔 부공 슬하의 비례를 맛ᄎᆞᆷ미 나죽이 존당과 모부인 쳬후를 뭇ᄌ와 옥셩이 단쇼의 어린 봉이 기산의셔 무리를 ᄎᆞᆺᄂᆞᆫ 듯 쇄연청상ᄒ고 긔긔묘묘ᄒ니 왕은 볼ᄉ록 탐이과즁ᄒᆷ를 니긔지 못ᄒ고 틱ᄉᄂᆞᆫ 그

---

3) '부녜 반기게 홀ᄉ 쇼졔 하당영지ᄒ여'가 즁복 필사됨.

운환을 어루만져 왕을 향ᄒ여 우어 왈 쇼녜 쳔품이 너모 맑ᄋ 넘녀로오미 만코 귀ᄒ
미 ᄌ별ᄒ여 쥬졉 들기의 ᄌᆺ가

41면

오딕 타문의 보니여 셔ᄂᆞ미 덧덧ᄒ고 모ᄃᆞ미 드믈믈 이셕ᄒ미 심ᄒ니 존형은 힝혀
웃지 말나 왕이 화연잠쇼 왈 노형의 ᄌᄋᆡ 인졍의 ᄌ연ᄒ 빈라 쇼졔 엇지 고이히 넉이
리오 연이나 현븨 뉴츙지년의 ᄋᆞ가의 입승ᄒ여 신혼셩졍의 약질이 상ᄒ가 두리노라
셜공이 ᄉ사ᄒ고 쇼졔 돈구의 지극ᄒ신 ᄌᄋᆡ롤 황공감은ᄒ여 국궁진췌러라 셜공이
공ᄌ롤 불너 그 쌍이 가작ᄒ믈 두굿기는 쇼용이 냥미롤 줍가시니 이쩍 공ᄌᆡ 승안화
긔로 시좌ᄒ여시되 봉안

42면

이 씌 우히 오르지 아니ᄒ고 두양이 경직ᄒ여 쳔고묘완을 겻지어시되 쇼년남ᄋᆡ의 부
박ᄒ미 업고 츔쳔장긔를 깁히 장ᄒ여 은은ᄒ미 듸유의 틀이 흡연ᄒ고 왕왕이 쳔경파
ᄌᆺ니 왕이 그 유츙ᄒ 나히 미시 슉셩ᄒ여 졀딕미염을 됴곰도 유의ᄒ미 업셔 그 거
동이 광풍졔월 ᄌᆺᄒ믈 보니 심하의 두굿겨 ᄌ연ᄒ 화긔 일좌롤 둘너시니 셜공이 친
옹의 며ᄂᆞ리 ᄉ랑과 두굿기믈 보건딕 가히 녀ᄋᆡ의 일싱을 그 아비 근심홀 빈 업다 ᄒ
여 쾌열ᄒ더니 홀

43면

연 광미롤 축합ᄒ여 왈 쇼데 ᄌ유로 셩교의 향원이 덕지덕이라 ᄒ시믈 올히 넉이니
엇지 굿ᄒ여 희골을 빌니오마는 민면ᄒ 형셰 잇ᄂᆞᆫ지라 모친이 동슌 남미롤 드려다가
혹양ᄒ시니 이 곳 목쥬ᄉ의 진손이라 냥친이 구몰ᄒ여 경식이 고타ᄒ미 오가의셔 혹
양ᄒ니 닉 또 친딕ᄌᆺ치 ᄒ여 ᄋᄌ 등과 ᄒ가지로 혹업이나 ᄒ라 ᄒ되 목쥬의 스름 되
오미 간악딕특이니 슈혹ᄒ믄 여시요 쥬야 두루 노라 고이ᄒ 뉴롤 사괴여 긔즁의 환
슐요ᄉᄒ 뉘 일

44면

신 ᄌᆺᄒ 붕위라 ᄒ더니 근뇌 젼문의 드르니 그 환슐ᄒᄂᆞᆫ 빈 한왕 고구의 쎄라 목쥬로

결약형뎨ᄒᆞ여 산동으로 가다 ᄒᆞ니 분명 고구의게 투입ᄒᆞ여 낙안줘로 간가 시브니 이 심상흔 일이 아니라 ᄌᆞ긔 여ᄎᆞ 즉 너두 화셔 어ᄂᆞ 지경의 갈 쥴 모로니 시고로 니 몸이 됸당을 밧드러 향ᄂᆞ로 ᄂᆞ릴진ᄃᆡ 졔 비록 요계ᄅᆞᆯ 비져 경ᄉᆞ의 오나 니 임의 하향ᄒᆞ고 됸당이 아니 계시면 뎨 무어슬 빙거ᄒᆞ여 작화ᄒᆞ리오 ᄒᆞ엿더니 셩형이 남의 졍ᄉᆞᄅᆞᆯ 모로고 츄밀부ᄅᆞᆯ

45면

맛타 즁셔싱의 녕하ᄒᆞ여 ᄉᆞ직쇼ᄅᆞᆯ 밧지 말나 ᄒᆞ엿다고 상쇠 농탑의 오르믄커니와 즁셔싱 마을문을 바라보도 못ᄒᆞ니 첫 ᄯᅳᆺ이 글넛ᄂᆞᆫ지라 원간 목ᄎᆔ의 낙안줘 투입이 크게 가국의 불ᄒᆡᆼ이라 목ᄎᆔ 오가ᄅᆞᆯ 연고 업시 원슈ᄅᆞᆯ 미ᄌᆞ 몬져 오가의 작히ᄒᆞ고 조쵸 궁모곡계로 군가ᄅᆞᆯ 여을 지경이라 계장하쵷고 언파의 강기분탄ᄒᆞᄆᆞᆯ 니긔지 못ᄒᆞ니 왕이 슉연뎡좌의 이연 쇼왈 장뷔 오날 슐이 잇ᄉᆞ미 ᄎᆔᄒᆞ고 명일 일이 잇ᄉᆞ미 당홀지라 엇지

46면

당치 아닌 일을 셜셜이 근심ᄒᆞ리오 연이나 목ᄎᆔ의 흉계ᄂᆞᆫ 미인계ᄅᆞᆯ 비러 몬져ᄂᆞᆫ 한국의 헌ᄒᆞ리니 연죽 고구의 목ᄎᆔ 어드믄 졍히 그물의 고기ᄅᆞᆯ 어드미라 방금의 한왕이 셩상의 니치시믈 원입골슈ᄒᆞ여 황셩을 범보둣 ᄒᆞ다가 목ᄎᆔ이 ᄂᆞᄋᆞ가미 년곡의 큰 언덕을 어덧ᄂᆞᆫ지라 한왕의 졀치부심ᄒᆞᄂᆞᆫ 바ᄂᆞᆫ 오긔라 형이 오가로 년혼ᄒᆞᄆᆞᆯ 드르미 털이 ᄀᆞᆺ구로 셔리니 임셜 낭문을 일양 어육홀지라 목ᄎᆔ로 좌ᄉᆞ마ᄅᆞᆯ 슴아 아부ᄅᆞᆯ 탈ᄎᆔᄒᆞ여 남관의

47면

불모ᄅᆞᆯ 삼으리니 ᄉᆞ긔 여ᄎᆞ 즉 ᄋᆞ뷔 문왕의 뉴리지ᄋᆡᆨ을 면치 못ᄒᆞ려니와 연이나 군지 보지 아닌 일과 오지 아닌 ᄋᆡᆨ을 미리 창셜ᄒᆞ리오 ᄃᆡ져 현뷔 광염이 너모 찬난ᄒᆞᄆᆞ로 홍안지ᄒᆡ를 당ᄒᆞ려니와 낭안의 어진 긔운과 미우 팔치 묽으되 완즁쳬원ᄒᆞ여 팔덕이 ᄀᆞ죽ᄒᆞ여 향슈다남ᄌᆞᄒᆞᆷ믄 나의 춍부ᄅᆞᆯ ᄯᆞ로리 업스리니 이ᄅᆞᆯ 밋ᄂᆞᆫ 뵈요 ᄋᆞ뷔 오ᄂᆞᆫ ᄋᆡᆨ을 방비치 못ᄒᆞ나 반ᄃᆞ시 화 그의 골몰치ᄂᆞᆫ 아니리니 원 형은 아모 일이 잇셔도 넘녀치 말나

48면

처음 형의 하항계괴 크게 일을 맛날 번ᄒᆞ니 ᄉᆞ직쇼 아니 바드미 다힝치 아니랴 형이
하항ᄒᆞᆯ 젹 한왕의 복병이 일가를 착냑ᄒᆞᆯ 젹 형이 능히 버셔날 도리 잇더냐 엇지 위틱
치 아니리오 언파의 타연이 거리씨미 업스니 셜공이 심즁의 암암칭복ᄒᆞ여 심심ᄉᆞ례
왈 미지라 형언이여 ᄉᆞ광지츙과 니루지명이라도 밋지 못ᄒᆞ리니 노우의 아득ᄒᆞ 흉금
이 휜츨ᄒᆞᆫ지라 ᄎᆞ후는 형언을 심폐의 삭이리라 왕이 불감ᄉᆞᄉᆞᄒᆞ고 언언칭지러라

49면

이윽고 공이 도라갈ᄉᆡ 공ᄌᆞ를 도라보아 왈 녀ᄋᆞ는 슈이 귀령치 못ᄒᆞ나 너는 노부를
ᄎᆞᄌᆞ라 공지 유유ᄒᆞ니 왕이 명일 보닐 바를 ᄃᆡᄒᆞᆫᄃᆡ 셜공이 고기 됴ᄋᆞ 왈 이 손이 유
시의 왕양발췌ᄒᆞ여 여러 ᄋᆞ히들을 치고 져혀 됴곰도 구습지 아니되 다만 쇼뎨를 두
려 긔운을 장츅ᄒᆞ나 날 쓸오기를 심히 ᄒᆞ여 촌보를 써나지 아니터니 믄득 슬하지인
이 된 후는 셔의ᄒᆞ니 네 악모는 졋먹이던 ᄉᆞ졍이 반ᄌᆞ지녜의셔 늣던가 시부다 ᄒᆞ고
웃ᄂᆞ니라 공지 긔이문파의 옥안의

50면

경운이 무루녹ᄋᆞ 함쥬 ᄀᆞᆺ흔 쥬슌의 향긔로온 우음이 어리여시니 무상ᄒᆞᆫ 풍광이 인간
의 ᄶᆞᆨᄒᆞ리 업ᄂᆞᆫ지라 셜공이 흔희쾌락ᄒᆞ여 도라가니라 각셜 션시의 긔국공신 남용이
용밍이 삼군의 졔일이요 무예 쳔하의 무뎍ᄒᆞ니 틱뫼 심히 사랑ᄒᆞᄉᆞ 동졍셔벌의 공이
웃듬이라 여람후를 봉ᄒᆞ엿더니 슈츈이 반ᄒᆞ거늘 치라 ᄒᆞ시니 남장군이 군병을 됴별
ᄒᆞ여 흔 북의 슈츈을 평졍ᄒᆞ고 머무러 뉴진ᄒᆞ고 원쇼의 도읍을 둘너 보와 그윽ᄒᆞᆫ 의
ᄉᆞ 니러ᄂᆞ니 믄득 군ᄉᆞ를 노화 원근 ᄌᆞ

51면

니 옥빅을 거두어 슈츈의 싸오니 쥬현 빅셩의 원이 불니듯 ᄒᆞ여 ᄎᆞᄉᆞ를 됴졍의 쥬문
ᄒᆞ여 남용의 잔학반포ᄒᆞᄆᆞᆯ 고ᄒᆞ니 틱뫼 디로ᄒᆞ여 됴셔를 나리와 딕칙ᄒᆞ시고 급히 회
군ᄒᆞ라 ᄒᆞ시니 남용이 즉시 반ᄉᆞᄒᆞ여 경ᄉᆞ로 오다가 빈둥이 나 죽으니 샹이 그 익미
ᄒᆞᆫ 쥴 싱각ᄒᆞ사 일등 왕녜로 장ᄒᆞ시고 기ᄌᆞ로 기부의 후직을 승습ᄒᆞ라 ᄒᆞ시고 증직
ᄒᆞ시니 남공이 다만 독지라 삼상을 맛고 년곡의 머무러 일ᄌᆞ를 싱ᄒᆞ고 ᄋᆞ녀를 두엇

더니 아들의 명

52면

은 필경이러니 건문도의 과갑을 맛쳐 벼슬이 호부낭즁의 니르럿더니 건문이 파월흔
후 문황됴의 쓰여 어스즁승을 흐여시되 부인 뉵시는 긔국공신 뉵즁쳥의 손이라 동쥬
ᄉ십 지의 싱산이 돈무흐니 부뷔 상ᄃᆡ흐면 탄식 아니홀 젹 업고 남어ᄉᆡ 여러 쳐쳡을
ᄀᆞ쵸ᄆᆡ 동시 산흑지 못흐더니 일일은 부인이 사창을 열고 원근을 쳠망흐더니 홀연
밧그로됴ᄎᆞ 흔 니괴 빅납을 붓치고 바랑을 메여 흔 엽히 오뉵 셰ᄂᆞ 흔 냥ᄋᆞ를 쩌다가
ᄂᆞ리와 노코 합장비

53면

례의 만복을 일ᄏᆞ르니 부인이 경의찰식흔 즉 냥이 남녜요 용뫼 교교묘려ᄒᆞ고 표연쇼
쇄흐여 옥안미뫼 지셰반악이요 비연의 후신이라 뉵부인이 평싱 즈식 못 ᄂᆞ하 미인을
모호미 되고 무후한탄이 오ᄆᆡ의 미쳐 명녕이나 졍코ᄌᆞ 흐되 친쳑이 돈무흐니 더옥
슬허 흐더니 금일 난 듸 업슨 니괴 쳔고 졀염미ᄋᆞ 남ᄆᆡ를 갓다 노흐니 기ᄋᆞ 안식이
덜인흐고 냥안이 별 ᄀᆞᆺ흐니 뉵부인 ᄉᆞ랑흐ᄂᆞ 마음이 뉴동흐여 니고를 향흐여 왈 니
고는 어느 곳 현신완듸

54면

ᄌᆞ최 업시 져 냥ᄋᆞ를 다려왓ᄂᆞ뇨 니괴 합장 왈 빈도ᄂᆞ 셔쥭 월츌암 니고 영원이러니
쇼싱이 누빅 년 슈도흐여 관셰음보탑의 읏듬 뎨지라 금월 쵸ᄉᆞ일은 관셰음 탄일이러
니 진향흐ᄆᆡ 관음이 현셩흐ᄉᆞ 분부흐시되 남샹공과 뉵부인이 젼셰 과부로 후ᄉᆡ 싯츨
너니 현텬데 남샹공 부부의 어진 덕을 앗기ᄉᆞ 의지 업슨 냥ᄋᆞ로 부인긔 드려 남시의
셩을 쥬ᄉᆞ 흑양흐라 흐시니 냥이 부뫼 잇스나 업슨 이 ᄀᆞᆺ흐여 도라갈 빈 업스니 부인
은 모녀모ᄌᆞ의

55면

뉸상을 졍흐쇼셔 이후 일은 빈되 불원쳔니흐고 상보흐리니 스싱이 신통이 광대흐무
로 ᄉᆞ히구쥬룰 손금보듯 흐무로 이 부즁을 녁녁히 아르ᄉᆞ 냥ᄋᆞ를 부인긔 젼흐라 흐

시미 특별이 왓느이다 부인이 본디 불도환슐을 디혹ᄒ는지라 ᄎ언을 더옥 디회ᄒ여
과혹ᄒ미 낭ᄋ를 나오혀 셩명을 무른디 낭이 총명ᄒ여 니고의 다려옴과 ᄀ르치믈 명
명이 듯고 져회 젼신이 반가의 후신으로 진궁의 투퇴ᄒ나 왕과 비는 셩군현비라 너
회들의 ᄯ을 됴ᄎ 젼셰 보원을

56면

홀 길 업ᄉ니 ᄎ고로 닉 너회 남미로 보원ᄒ게 다려왓ᄉ니 남공 부뷔 무ᄌᄒ미 너회
ᄅ 친ᄌᄀᄒ치 ᄒ리니 여등이 젼셰 푸지 못ᄒ 원을 풀지라 잠잠코 뭇는 바ᄅᆯ 모로무로
디ᄒ여 쇼싱지지ᄅ 니르지 말나 닉 긔이ᄒ 슐을 굴으쳐 됴ᄒ 긔회ᄅ 맛쵸리라 ᄒ엿
기로 뉴부인이 셩명을 무르나 아모의 ᄌ식인쥴 모다가 노변의 바ᄌ닐 젹 져 스름
을 맛나 드러왓시니 집은 크기 예 ᄀᄯᆺ고 잇던 곳은 모로노라 ᄒ며 낭ᄋ 어언이 낭낭ᄒ
니 부인이 디회과망ᄒ여 니고

57면

ᄅ 쥬찬을 먹이고 후상ᄒ여 아히 어더쥬믈 ᄉ례ᄒ고 얼골을 뵈여 동닉 무ᄌᄒᆯ가 무
르니 니괴 독ᄉ ᄀᄯᆺ흔 눈으로 말그림 보더니 디왈 부인의 상이 비록 귀시나 싱산은
바라지 못ᄒ여 타츌노ᄢ 효양을 바드리라 ᄒ고 상급을 가져 표연이 셕장을 ᄒ번 더
지니 간 바ᄅᆯ 모ᄅᆯ네라 부인이 황홀난측ᄒ여 낭ᄋ를 거두어 당즁의 도라와 금슈나릉
으로 치장ᄒ여 녹쥬와 황옥으로 긔츌ᄀᄯᆺ치 ᄒ여 뉴모와 시ᄋ를 졍ᄒ여 쇼져 남미를
귀즁홀ᄉᆡ 어ᄉᆡ 마춤 교외

58면

의 ᄂ갓다가 슈일 후 도라오니 부인이 마됴 ᄂ와 니고의 셜화ᄅ 뎐ᄒ고 낭ᄋ를 뵈니
어ᄉᆡ 의아ᄒ나 늣도록 ᄌ식을 못 보앗다가 구슬 ᄀᄯᆺ흔 ᄌ녀를 보니 ᄯᅩ흔 ᄉᆞ랑ᄒ여 부
뷔 ᄒᆞᆫ가지로 안ᄌ 부ᄌ부녀의 녜ᄅ 식이니 낭이 팔비힝녀ᄒ거ᄂᆯ ᄯᅩ흔 알픠 나오혀
쓰다듬ᄋ 왈 낭이 져리 녕민ᄒ되 엇지 셩명을 모로ᄂᆞ뇨 낭이 믄득 공교로이 슈루 왈
우리 남미 미거ᄒ여 근본은 모로오되 우리 집의 여러 부인닉 잇셔 심히 쏘홈을 ᄒ더
니 일일은 엇던 녀인을 두고 영셜당

59면

이란 당의셔 늣줌 ᄌ는 거술 넌지시 안으 너여주거늘 우리 남미 놀나오니 쇼음으로 입을 막ᄋ 그 녀인을 맛지니 기네 우리룰 남강물의 드리치려 ᄒ거늘 니괴 구ᄒ여 다 려오니 졍신이 아득ᄒ여 기후ᄉᄂ 모로나이다 공과 부인이 고지 듯고 필연 뎍국 ᄉ 이 ᄌ식을 도젹ᄒ여 죽이려 ᄒ다가 니고룰 맛나 구ᄒ무로 알고 유츙ᄒ ᄋ희 졍신을 일허 셩명을 모로나 결비하쳔으로 아라 남ᄋ룰 녀옥이라 ᄒ고 녀ᄋ로 영낭이라 ᄒ니 낭이 깃거 즐겨ᄒ니 어ᄉ 부뷔 친

60면

싱ᄀᄌ치 무휼ᄒ며 글ᄌ룰 가르치니 낭이 직뫼 민쳡ᄒ여 일취월장ᄒ니 어ᄉ의 ᄉ랑이 만금의 지ᄂ니 부인의 귀즁ᄒᆞᆫ 츙냥업더라 어ᄉ의 목뫼 진왕을 보미 졔 마음의 어긔믈 한ᄒ여 다시 가지 아니코 됴궁의 간간이 왕너ᄒ여 왕긔 뵈고 너당 시녀룰 은을 쥬어 납녀ᄒ니 옥션의 비ᄌ 츈괴 안식이 삼식도 ᄀᄌ고 빙슌이 단ᄉ ᄀᄌ흐니 쳔하 간웅 이오 만고 일악이니 진짓 군쥬의 시비 되염즉ᄒᆞᆫ지라 목요룰 일견의 지긔상합ᄒ여 낭 졍을 미ᄌ미 목왜 됴

61면

궁 일동일졍을 알기 쉽고 군쥬의 ᄯ이 호방ᄒ여 션남ᄒᄂ 쥴 안 후ᄂ 임공ᄌ 창흥의 쳔고비무ᄒᆞᄆ 츈교로 젼ᄒ되 빙셜이 부듸 흔번 그 풍모룰 친견 후 결단ᄒ련노라 ᄒ 고 옥경은 목싱이니 간간이 부왕 슈셔룰 젼ᄒ고 친친이 단니믈 듯고 흔희ᄒᆞᄆ 니긔 지 못ᄒ여 ᄉᄉ로이 금쥬옥빅을 츈교로 목왜의게 젼ᄒ고 ᄯ ᄌ가 시ᄋ 교영이 요특 ᄒ미 츈교의 일뉘라 낭 시이 ᄯᄒ 목츄의게 말을 젼ᄒ여 셜가의 너력을 ᄌ로 뭇더라 목왜 흔번 창흥을 얼

62면

픗 보고 다시 보지 못ᄒ니 인진ᄒ여 뵐 길 업ᄂ지라 ᄒ믈며 졔 츈교의게 잠겨시니 디 ᄉ룰 보고ᄒ되 한왕의 쇼탁을 져바리지 못ᄒ여 셜부의 오니 목부인이 근간 목요의 힝지룰 괴상이 녀겨 문왈 네 요ᄉ이 거동이 엇지 고이ᄒᄂ뇨 한왕의 맛진 디ᄉ도 니졋 ᄂ냐 목왜 낭닉을 아슥이며 디왈 디식 되여가니 조모ᄂ 아모려나 셜쇼져룰 부즁의

다려오쇼셔 부인이 손을 져어 왈 ᄎᄉᄂ 어렵고 어려오니 뉘 감히 산악 ᄀᆺᄒᆫ 위셰ᄅᆞᆯ 거우리오 목뫼 왈 됴모ᄂᆞᆫ 두려ᄒᆞ셔도 쇼손은 두리지 아니

63면

ᄒᆞ고 쳥시 헛도이 무러너거든 보쇼셔 부인이 반신반의러라 ᄎᆞ셜 임부의셔 셜쇼져ᄅᆞᆯ 상부로 보ᄂᆞ니 돈당이 잇지 못ᄒᆞ더니 쇼졔 도라오ᄆᆡ ᄉᆡ로온 ᄉᆞ랑이 명쥬보벽 ᄀᆺ더니 이러구러 ᄒᆡ 진ᄒᆞ고 명년이 되니 공ᄌᆞ 부부의 년긔로됴ᄎᆞ 졈졈 슉셩ᄒᆞ니 상국 형뎨 돈당 녈의ᄅᆞᆯ 위ᄒᆞ여 졔손의 나흘 ᄂᆞ리고ᄌᆞ ᄒᆞ더니 상원일이 다다르니 모든 ᄋᆞ공지 치식화등을 각당의 드라 ᄌᆞ못 분요ᄒᆞ고 녀위 니부인이 퇴부인을 뫼시고 ᄌᆞ부와 ᄋᆞ쇼져ᄅᆞᆯ 거ᄂᆞ려 완월누의 올나 관

64면

등ᄒᆞ더니 야긔 습인ᄒᆞ고 누쉬 ᄌᆞ로 ᄂᆞ리니 퇴부인을 침뎐으로 뫼시고 인ᄒᆞ여 돈당의 함취ᄒᆞ여 됴용이 담화ᄒᆞ더니 이ᄯᅦ 셜쇼져 ᄉᆞ침의셔 군계로 녜긔ᄅᆞᆯ 피열ᄒᆞ더니 쇼졔 취뎐의 혼졍ᄒᆞ랴 드러오니 군계 뒤흘 됴ᄎᆞ더니 우연이 눈을 드니 원즁 분당의 요ᄉᆞ의 긔운이 덥혀 ᄉᆞ긔ᄅᆞᆯ 감쵸지 못ᄒᆞᄂᆞᆫ지라 군계 의괴망측ᄒᆞ여 이 부즁의 엇던 뇨얼이 침범ᄒᆞ리오 ᄒᆞ여 입으로 졔요가ᄅᆞᆯ 읊흐며 쥬ᄉᆞ부작을 더지니 믄득 ᄉᆞ긔 물너나거ᄂᆞᆯ 쇼져ᄅᆞᆯ 옹후ᄒᆞ

65면

여 오더니 믄득 ᄆᆞᆰ은 졍긔 두우의 ᄡᅩ이ᄂᆞᆫ지라 경ᄋᆞᄒᆞ여 쇼져ᄅᆞᆯ 도라보니 이ᄂᆞᆫ 셜쇼져의 안광이 별이ᄒᆞ여 ᄉᆡ일 ᄀᆺᄒᆞᆫ 졍긔 두우의 ᄡᅩ이되 일즉 눈을 놉히 ᄯᅥ 좌우ᄅᆞᆯ 슬피미 업슨 고로 타인이 그 안졍이 엇더ᄒᆞᆫ 줄 모로더니 금일 군계 요ᄉᆞ의 긔운이 잇다 ᄒᆞᄆᆞᆯ 괴이히 넉여 그 요졍이 엇던고 슬펴 그 가ᄂᆞ 바ᄅᆞᆯ 알녀 봉졍을 줌간 드러보니 그 졍긔 팔황을 통냥ᄒᆞᄂᆞᆫ지라 군계 비로쇼 쇼져의 안광이 여ᄎᆞ하믈 디경긔이ᄒᆞ여 칙칙흠복ᄒᆞ고 뎡당의 니르니 상국

66면

곤계 여러 손ᄋᆞᄅᆞᆯ 가ᄎᆞᄒᆞ며 퇴부인 슬젼의 뫼셧ᄂᆞᆫ지라 쇼졔 안셔히 ᄂᆞᄋᆞ가 시좌ᄒᆞ니

군계 쳥스의 쑤러 상국과 쳐스긔 고왈 쳔쳡이 앗가 슉녈궁ᄋ로됴츠 쇼져를 봉시ᄒᆞ여 정당으로 향ᄒᆞ옵더니 홀연 분장의 요스의 긔운이 거의 침실을 범ᄒᆞ고져 ᄒᆞ올시 졔요가로 요스의 긔운을 쫏스오니 일후 긔회 두립스오니 요얼이 부즁을 다시 범치 못ᄒᆞ올 바를 알외ᄂᆞ이다 상국 곤계 문파의 왕을 도라보아 왈 요불승덕이요 스불범졍이니 오긔 뎐후

67면

화란을 지ᄂᆞ되 요얼은 감히 범치 못ᄒᆞ더니 여츠 괴시 잇ᄂᆞ뇨 왕이 곤계의 쥬언을 듯고 거의 짐죽ᄒᆞ는 비라 지비 고왈 이 굿ᄒᆞ여 우리 집을 히홀 요얼이 아니오라 ᄋ부의 화를 짓고져 ᄒᆞ는 요얼인가 시버이다 공이 경동실식 왈 여츠 스단을 ᄋᆞ이 엇지 아는뇨 왕이 복슈 딕왈 젼월의 셜형의 쇼언이 여츠ᄒᆞ옵더니 근닉 긔인이 셜부의 쥼젹ᄒᆞ여 요얼을 짓는가 시부이다 연이나 츠시 긋치 잇스올지라 히이 명일 셜부의 가 셜공을 보와 의논ᄒᆞ리로쇼이다

68면

공이 졈두ᄒᆞ니 초일 셜쇼졔 고요히 시좌ᄒᆞ여 군계의 알앗는 바와 상국과 왕의 문답을 듯스오미 골경신히ᄒᆞ여 담담무려ᄒᆞ여 틱고 젹 스름 ᄀᆞᆺᄒᆞ니 이 일은바 망지여운이오 취지여일이라 아라흔 긔질이 쳥고쇄락ᄒᆞ여 그 둔고 쥬비와 막상막하ᄒᆞ니 둔당 구괴 시로이 긔이취즁ᄒᆞ여 상국은 그 운빈을 쓰다듬ᄋ 이지ᄒᆞ고 션싱은 셤슈를 어루만져 쳬쳬혼 스랑이 불가형언이라 쇼졔 더욱 황공츅쳑ᄒᆞ여 늠늠흔 조심이 가득흔 거슬 밧듬 ᄀᆞᆺᄒᆞ

69면

니 틱부인이 상국다려 왈 네 며ᄂᆞ리와 희린의 며ᄂᆞ리 딕를 뉘워 뎌딕도록 탁월ᄒᆞ니 뎐ᄋ와 지으는 명년으로 셩녜ᄒᆞ려니와 셩ᄋᆞ는 희린이 친견ᄒᆞ니 현불은 의심 업스나 쇼ᄋᆞ는 쇼픽 미양 닐오딕 셜쇼부로 한 판의 박은 듯ᄒᆞ되 셜ᄋᆞ는 쳔지스시 ᄀᆞᆺ고 쇼ᄋᆞ는 텬지인 삼황의 비기니 긔인이 이르믈 가지로되 지ᄋᆞ의 슈신셥힝ᄒᆞ미 기부의셔 셰 번 더으니 졔ᄋᆞ 즁 하 맑고 진틱 업스니 노픠 지ᄋᆞ를 딕ᄒᆞ면 골뷔 다 뷘 듯ᄒᆞ고 창ᄋᆞ는 맑으되 완견ᄒᆞ여 긔운

70면

이 우쥬를 밧들듯 ㅎ되 기뷔 지긔 긔조로 스랑도 조별ㅎ고 미듬도 유명터라마는 노모 보기의는 식석ㅎ여 아됴 쎠가지 빗최니 마음을 놋치 못ㅎ노라 그 엇던 안히 져리 놉흔 조질을 진압ㅎ고 민망토다 픠 웃고 쥬왈 약난이 회문을 쓰며 두죄를 어긔여습ᄂ이다 지우의 별츌작셩인들 그듸 뒤 업스리잇가 추이 진퇴 젹은 듯ㅎ오나 졍긔를 타 나믄 제우의 바룰 빗 아니오 향슈다복이 창흥의 우리 아니나 쳐실의게 마장이 될가 ㅎᄂ이다 좌위 경

71면

우ㅎ고 션싱이 형장 말슴이 쇼졔 뜻과 ᄀ치며 올스이다 틱부인이 지흥을 ᄂ오혀 무마 왈 네 마음의 쳐실이 엇더ㅎ면 됴흘가 시부냐 공직 계슈 딕왈 쇼숀은 아직 나히 어리고 셰물을 모로오나 틱뫼 하문ㅎ시니 우견을 고ㅎ리이다 남이 쳐셰ㅎ매 츙효가 작호여 돈목구죡ㅎ고 협화만방을 못홀가 깁흘지언뎡 그 밧긔 가실은 흉상박면이라도 덕이 잇슬진딕 실가라 ㅎ고 의식을 한셔의 맛츌진딕 의 잇슬가 ㅎ여 낙이쳐로ㅎ고 화락츠담홀지라 그 밧 무슨 거슬 바

72면

라리잇가 좌위 그 어린 우히 언논이 슌실ㅎ고 의시 원고ㅎ여 딕유의 틀이 가지믈 보고 복복칭녈ㅎ고 왕은 만면회우로 공조를 지슴 보와 두굿기미 안식의 넘쎠나 그 쵸년 쳐궁이 험됴홀 바룰 탄ㅎ되 텬쉬라 ㅎ여 탄치 아니터라 추시 니긔 황혼 썩의 셜부후문의 니르니 문니 발셔 틱스의 교령을 바다 젼후문의 일인이라도 요픽와 거쥬를 못고 드리라 ㅎ엿ᄂ지라 져 슌즁 복 업슨 인물을 드리리오 붉은 능장으로 두다려 휘쫏ᄎ니 홀 일 업

73면

시 쏘치여 됴궁 힝각의 슘엇더니 썩 경히 상원일이 되니 능운이 임부의셔 응당 여러 부인 쇼져 등이 원즁의셔 관등홀 바룰 혜우려 하슈코조 평싱 신통을 다 닉여 몸이 벌이 되여 슉녈궁의 드러와 규시ㅎ더니 군계 졔요가룰 일그니 범홀 길 업셔 본형을 도로 닉여 도라와 굴오딕 돌연이 셩스룰 못ㅎ기스니 헛도이 바라지 말고 됴심ㅎ라 목

외 딕경호여 왈 ᄎ역지 엇지 니리 어려오리오 흐고 츄연불낙흐니 니괴 왈 급히 산동의 가

검슐ᄌᄅᆞᆯ 다려다가 닐을 홀가 흐ᄂᆞ이다 목외 져두침음이러니 믄득 한 닐을 싱각고 말려 왈 한견히 우리 냥인으로 딕ᄉᄅᆞᆯ 맛져 게시거늘 한 닐도 지위딕로 못흐고 완병을 뎡ᄎᆔ홀진딕 셕냥 등의 우음을 ᄎᆔ홀지라 ᄉᆞ부는 됴곰 춤으라 긔회 잇ᄉᆞ리라 흐더라 이ᄶᅥ 상이 셩묘의 비알흐시고 셜장인직흐실ᄉᆡ 어ᄉᆡ의 임부의셔 과일이 다다르니 상국이 창흥공ᄌᄅᆞᆯ 명흐여 과장의 들나 흐니 공직 계슈 딕왈 쇼손이 나히 젹어 아직 고인의 유

ᄎᆔ지년이 머웁고 학공이 미진흐와 과갑을 응치 못흐오리니 슈삼 년을 그음흐여 글을 일거 진ᄎᆔ코ᄌ 흐나이다 좌위 긔용역식흐고 공은 ᄉᆞᄉᆞ의 혹이과즁흐미 밋칠 듯흐더라 손등을 두다려 왈 오이 미양 노뷔 창ᄋᆞ ᄉᆞ랑이 병 되여 일이의 즐겨 셰무ᄅᆞᆯ 모로ᄂᆞᆫ가 흐엿더니 졔 언건흔 ᄯᅳᆺ을 줍으미 하여오 네라도 오히려 져딕도록 힘쎠 침위 원딕흐믄 밋지 못흐리라 틱틱 과경을 밧비 보고ᄌ 흐시니 북당의 열의ᄅᆞᆯ 위흐여 어린 거슬 과장의 보

닉고ᄌ 흐나 혹ᄌ 맛치면 도로혀 쳘모로는 아히 엇덜가 우례러니 졔 의견이 여ᄎᆞ흐니 딕임을 맛져도 규착ᄂᆞᆷ미 업ᄉᆞ리라 희불ᄌᆞ승흐여 지쵹흐여 드려보닉니 공직 거역지 못흐더라

임시삼딕록 권지오

ᄎ셜 공직 거역지 못흐여 장옥 졔구ᄅᆞᆯ 출혀 명일 입과흐려 홀ᄉᆡ 공직 우우이 즐기지

아냐 셔지로 나오니 춧공즈 직흥이 셔셩이 낭낭ᄒᆞ여 논어를 ᄌᆞ미 드려 넑으니 만면 회긔로 드러안ᄌᆞ 형뎨 빙닉ᄒᆞ여 셩니를 궁구ᄒᆞ며 니로ᄃᆡ 현뎨야 우형은 유시의 셜부의 슈학ᄒᆞ여 밋 집의 도라오니 왕부의 가르치시믈 밧ᄌᆞ오나 너희 즐기고 닉 ᄠᅳᆺ이 왕양ᄒᆞ여 너ᄀᆞᆺ치 셩니를 통

2면

용치 아냐시되 보면 못 씻칠 곳이 업고 지어 육도삼냑과 합변긔슈ᄒᆞ기의 달통홀너라 마ᄂᆞᆫ 이ᄀᆞᆺ치 반시 한유를 아니코ᄂᆞᆫ 못 견딜 듯ᄒᆞ니 근ᄃᆡ 됴부 말슴을 됴ᄎᆞ 츄렴왕시흔즉 우리 뎡위 인효ᄃᆡ도ᄒᆞ시고 덕위텬하ᄒᆞ시미 남니북젹으로 그 덕을 목욕ᄒᆞ시되 홀노 왕모긔 부득지ᄒᆞᆫᄉᆞ 민쳔을 누르시니 모비 만상긔화를 경녁ᄒᆞ시믈 싱각건뎌 씌씌 흉금이 편식ᄒᆞ미 우형의 츙쳔지긔를 장ᄒᆞ여 젼혀 야야와 모비의 ᄠᅳᆺ 밧ᄌᆞ옴만 위ᄒᆞ와 마음 참

3면

기만 위ᄒᆞ니 그 아됴 쉽더라 우리 야얘 우리 형뎨를 두ᄉᆞ 마음 놋치 못ᄒᆞ시믄 타인과 다르ᄉᆞ 몬져 식계를 엄금ᄒᆞ시니 우형이 첫 마음은 ᄃᆡ장뷔 쳐셰의ᄂᆞᆫ 임군긔 츙효ᄒᆞ고 부모의 진효ᄒᆞ며 가외 삼비칠희를 유위부둑일가 ᄒᆞ엿더니 야야의 됴용ᄒᆞ신 교훈을 밧ᄌᆞᆸ고 기의를 위열ᄒᆞ올 바ᄂᆞᆫ 만ᄉᆡ 터럭 긋만ᄒᆞ여 식념을 긋칠너니 안히 남만ᄒᆞ다 ᄒᆞ니 아심의 다시 너알이 눈의 뵈지 아니니 영힝이오 조강지쳬 부모의 감지를 효로 밧들면 닉 평싱의 몰신경지불

4면

긔홀지라 ᄒᆞᆷ믈며 닉 져 집의 슈은ᄒᆞ미 깁흐니 닉 첫 ᄠᅳᆺ을 둉신토록 부형ᄀᆞᆺ치 셤기고 ᄌᆞ ᄒᆞ엿더니 넘 밧 그 집 동상이니 쳐움 의견과 다른지라 실인을 평싱 시름업시 거ᄂᆞ려 그 부모의 늄산ᄃᆡ혜를 갑고ᄌᆞ ᄒᆞ나 셰시 블가측이라 견두의 ᄠᅳᆺᄀᆞ지 못ᄒᆞ미 잇실진뎌 우형의 결증으로 못 견딜가 시부다 춧공지 ᄃᆡ왈 형쟝 말슴이 진논이로쇼이다 ᄉᆞ룸이 츙신효졔치 못홀가 근심홀지연졍 기외ᄉᆞ야 호발의 요동ᄒᆞ리잇가 우리 슈슈ᄂᆞᆫ ᄌᆞ싱민 이릭로 텬싱덕이시

5면

니 앙망ᄒ미 모비 버금이시무로 효졀 근문과 모즈ᄅᆯ 셰우시리니 셜혹 쇼쇼 지앙이야 현마 엇지ᄒ리오 연이나 명일 과장은 빅시의 경일지지로 장원은 타인의게 ᄉ양치 아닐가 ᄒ나이다 공지 농미ᄅᆯ 빈축 왈 이 실노 우형의 ᄯᅳᆺ이 아니라 돈명을 위월치 못ᄒ여 입과ᄒ나 우형의 ᄯᅳᆺ이 졀박ᄒ니 실노 괴이ᄒ도다 공지 미급듸의 텬흥이 후창을 열고 홍슌의 옥치 빗최여 안셔히 닐오듸 냥형이 하고로 쇼졔 등을 피ᄒ여 이 깁흔 쥭당의셔 밀밀이 상의

6면

ᄒ시ᄂ니잇고 냥 공지 도라보고 쇼왈 으마 무셔온지고 너는 황가 우련 여름이라 만슈헌 듸쳥의 군관 뇨속을 울ᄀᆺ치 버리고 듸모 침상 산호 셔안의 칙 밧들니 벼로 밧들니 휘휘황황ᄒ니 우리ᄀᆺ치 심슈ᄒ 방즁의 고요히 업듸여 형뎨 궁구ᄒ여 보는 문즈 웃지 마쇼 텬흥이 졀도 왈 냥형이 쇼뎨ᄅᆯ 비양쳐 니르시나 우리 빅부 듸애 위거슘공의 실위왕후ᄒ시고 위거쳔승ᄒ시되 형장 등이 닌지ᄒ노라 검박도 유명ᄒ여 ᄂᆖ 당을 취ᄒ노라 슉녈궁 활농

7면

당도 부듸 졔싱 맛지고 이 곳이 그윽ᄒ고 달닌 호승 검쇼ᄅᆯ 바리시노라 미쥭을 장이 심거 지취ᄅᆯ ᄀᆺ치시노라 츠지ᄅᆯ 취ᄒ시며 쇼뎨ᄀᆺ치 장듸ᄒ 장즈는 쇼ᄋ로 아르ᄉ 요란타 아니 붓치시니 동빅은 지위 돈즁ᄒ시고 년긔 치지ᄒ시니 감히 항거치 못ᄒ나 츠형은 쇼뎨로 일 년 맛이로듸 미양 쇼ᄋ로 치우시고 당신은 장형인 쳬ᄒ시니 실노 이달온지라 나히 두 ᄒ만 몬져 낫더면 츠형긔 ᄋ히라 말을 드를 번ᄒ엿ᄂ이다 앗가 팔농당의 가니 졔싱이 다 과갑의 들녓다 ᄒ

8면

고 분분이 집으로 도라가며 형장을 불너달나 ᄒ거늘 두루 츠즈 쇼부 듸인 계신 듸 가니 오운뎐으로 가보라 ᄒ시거늘 오운뎐의 가니 아니 계시미 빅모 당즁의 가니 원흥이 잇셔 형장이 아모다려도 니르지 말나 ᄒ고 슘쥭헌 후창으로 드러가시더라 ᄒ거늘 간신이 츠즈 니르니 엉뚱ᄒ 말슴으로 됴롱만 ᄒ시니 이후는 형장늬 심부림 아니려

ᄒ나이다 어언이 낭낭ᄒ여 단혈의 유봉이니 냥 공지 그 슈발연미ᄒ믈 스랑ᄒ고 유유
도ᄌ의 틀을 흠이ᄒ여 손을 닛그러 것

9면

히 안치고 셔로 집슈 왈 요놈이 어듸 가 요ᄉ이 외긔의 구변을 비러 우리를 졉으려
ᄒ니 심히 패심ᄒ나 우리 짐작ᄒ노라 팔농당 졔싱이 다 가더냐 의쳠이 머믈고 아니
가더냐 무어시라 ᄒ더냐 나는 원빅의 우히나 혹이 미진ᄒ고 사장이 응과를 불허ᄒ시
니 우명년의나 과거를 보련노라 ᄒ니 됴형셩이 불가타 ᄒ고 원빅이 입과커든 ᄒ가지
로 들나 ᄒ되 뇌거ᄒ더이다 딍공지 셜싱을 다려 과장의 드러가려 ᄒ나이다 공지 혼
졍ᄒ고 모비 방즁의 니르니

10면

부인이 ᄌ부를 좌우로 안쳐 침ᄉ 쥬져ᄒ더니 부인이 공ᄌ다려 왈 네 상부의 가 악모
를 보고 지금 빈현치 아니니 무졍ᄒ지라 과거 후 셜부로 빈현ᄒ라 공지 슈명ᄒ니 군
계 공ᄌ 사랑이 부인의 우히라 공ᄌ를 향ᄒ여 쇼왈 공지 그 악모부인긔는 녜ᄉ 빙모
로 못ᄒ리라 공지 공슈 딕왈 연ᄒ이다 쇼지 유ᄋ를 면치 못ᄒ여 외쳠을 물니치고 유
압의 도라 무휵ᄒ시고 뉵긔의 속ᄒ시니 치 아지 못ᄒ고 ᄌ모의 이리와 ᄀ더이다 언
파의 쇼져를 도라보니 옥슈를 곳고 모비

11면

우슬하의 뫼셔시나 봉안시슬ᄒ고 아황이 졔졔ᄒ딕 녜뫼 규구의 ᄀ즉ᄒ여 만물의 알
음 업ᄉ미 틱고 덕 ᄀ흔 스룸이라 공지 그 졍슌ᄒ고 유법ᄒ 모양을 흠복ᄒ여 모비 슬
하의 갓가이 안ᄌ 웃고 쥬왈 히이 유시의 미양 악모 슬하의 히어치믈 모비 슬하ᄀ치
ᄒ옵더니 일일은 실인을 다려다가 슬상의 교무ᄒ니 ᄋ히 그씨 미양 야야 면뫼 눈의
암암ᄒ와 틱왕모 좌하의셔 야애 히ᄋ를 교무ᄒ셔 동졍귤을 손의 쥐엿시며 희허탄식
ᄒ시든 쥴 의희ᄒ던 ᄎ 셜딕인의

12면

실인 교무ᄒ시믈 보오니 히이 심히 슬허 거의 울듯 ᄒ여 악모 유압을 노코 악모 슬하

의 ᄂᆞ려 셔의흥미 츙냥 업ᄉᆞ더니 졔 불과 ᄉᆞ오 셔로되 쇼ᄌᆞ를 타문 남ᄌᆞ라 ᄒᆞ여 하 밍녈이 썰치고 외간 남ᄋᆞ룰 굿가이 두엇다 ᄒᆞ고 유모의게 안겨 도라가니 그 말이 무 류ᄒᆞ고 그날부터는 타문인 쥴 쾌각ᄒᆞᄂᆞᆫ지라 더욱 마음의 즐겁지 아냐 ᄆᆡ양 가산 밋 히 가 셕진을 버리고 그 집 ᄋᆞ히룰 모화 쇼일ᄒᆞ더니 녀즁왕뷔 쇼ᄌᆞ룰 불너 어셔 집의 가라 ᄒᆞ니 실노 냥익이 고샹ᄒᆞ던 쥴

13면

어졔론 듯ᄒᆞ거늘 졔 믄득 모비 가츳ᄒᆞ시믈 쇼ᄌᆞ 무흐로 ᄒᆞ시나 쇼ᄌᆞᄂᆞᆫ 타문 남녀로 근착지 아니ᄒᆞ나이다 ᄒᆞ고 거거히 우ᄋᆞ니 화풍이 무루녹고 경운이 흔흔ᄒᆞ니 실즁의 화풍이 운집ᄒᆞ더라 쥬비 ᄋᆞᄌᆞ의 졍유룰 듯건디 셕셕 안젼의 버럿ᄂᆞᆫ 듯 심시 쳑감ᄒᆞ 나 강잉 쇼왈 어려셔는 하 긔신졋고 왕양ᄒᆞ니 남의 집 ᄂᆡ 집 업시 쳡모로고 작난이 오작ᄒᆞ여시랴 네 안히ᄂᆞᆫ 싱지셩이라 너 굿흔 왕양긱을 괴로와 피ᄒᆞ미 작히 착ᄒᆞ랴 실노 ᄋᆞ부ᄂᆞᆫ 네의셔 더 셩덕을

14면

어덧ᄂᆞ나라 공지 모비의 심우ᄒᆞ시믈 보고 짐즛 우으시믈 돕고 모비 슬샹의 머리룰 언고 유압을 만져 왈 어려 못 먹어시니 이졔나 먹ᄉᆞ이다 ᄒᆞ니 인흥이 돌시당ᄒᆞ여 믄 득 형을 물니치고 모비 무릅히 안져 죵죵 ᄭᅮ짓고 손을 만지고 ᄂᆞᆺ출 다혀 노ᄂᆞᆫ 거동이 하 긔긔묘묘ᄒᆞ니 싱이 ᄋᆞ히룰 안고 모비긔 쥬왈 쇼ᄌᆞ 오 형뎨와 냥미 외모쳬용이 흔 갈굿치 경인국식이로되 ᄎᆞᄋᆞᄂᆞᆫ 더옥 ᄆᆞᆰ기 유다르니 이 거동을 보오면 골졀이 녹ᄂᆞᆫ 듯 싀싀ᄒᆞ기 맛치 그 모양이 표동형 츙지

15면

공 녀ᄋᆞ 난벽과 방불ᄒᆞ오나 난벽은 져기 쵸강밍녈ᄒᆞ오미 더은 듯ᄒᆞ더이다 경녀ᄂᆞᆫ 나 히 어린 ᄋᆞ히오나 풍뉴 호발ᄒᆞ오미 형뎨 즁 졔일이오 난벽은 하 강녈ᄒᆞ니 맛굿지 아 냐 츙ᄌᆞ형의 갈구ᄒᆞ시던 ᄠᅳᆺ이 어긔여 증셰 되기 쉬울너이다 샹시 졔 어히 업슨 말이 닐오디 져 츙ᄌᆞ공이 ᄯᆞᆯ을 엇지 나하건딘 날 굿흔 쳔하 호남ᄌᆞ룰 감히 ᄉᆞ회 ᄉᆞᆷ으려 ᄒᆞ ᄂᆞᆫ뇨 ᄯᆞᆯ이 셔ᄌᆞ 임ᄉᆞ 굿ᄒᆞ나 만일 당부룰 거ᄉᆞᆯᄭᅳ거나 우인이 감기커나 ᄒᆞ여 나 임경 흥의 쳔하호걸을 맛쵸

16면

지 못홀진디 느의 ᄒᆞᆫ번 도라보믈 엇지 못ᄒᆞ고 니 걸호ᄒᆞ되 일싱 두통을 끼치고 실가
의 병 되지 아니리오 ᄒᆞᄂᆞᆫ디 난벽의 긔질이 강녈ᄒᆞ여 말 붓치기 어려오니 맛곳지 못
홀너이다 부인이 공ᄌᆞᄅᆞᆯ 슉시ᄒᆞ여 왈 경질은 과연 그러ᄒᆞ거니와 네 엇지 규슈의 말
을 간디로 ᄒᆞᄂᆞᆫ다 효장옥쥐 셩쇼져 현불쵸ᄅᆞᆯ ᄌᆞ시 몰나 ᄒᆞ시ᄂᆞᆫ디 너ᄂᆞᆫ ᄋᆞ의 우인을
ᄌᆞ셰히 모로며 다언ᄒᆞ니 그 ᄋᆞ히 엇지 강녈ᄒᆞ리오마ᄂᆞᆫ 제 여러 오라비 심히 보치고
너도 본부의 가면 그 ᄋᆞ히ᄅᆞᆯ 별노 봇

17면

치니 그ᄅᆞᆯ 방비ᄒᆞ노라 졔 미널ᄒᆞ믈 지으나 엇지 강녈ᄒᆞ미 넘은 빅 이시리오 공지 ᄌᆞ
위 셩괴 맛당ᄒᆞ시믈 일콧고 이윽이 뫼셧다가 물너가 명일의 당옥 계구ᄅᆞᆯ 출혀 나ᄋᆞ
갈ᄉᆡ 셜공ᄌᆞᄅᆞᆯ 보치여 당옥의 ᄒᆞᆫ가지로 드니 ᄣᅦ 졍히 영낙 이십ᄉᆞᆷ 년 하사월 긔망이
라 만셰 황애 구룡 금상의 옥좌ᄅᆞᆯ 여르시니 문무 반녈이 졍졍졔졔히 버럿거ᄂᆞᆯ 십ᄉᆞᆷ
디신이 상단을 밧들고 검픿ᄅᆞᆯ 울녀 시위ᄒᆞ엿시니 아아슉슉ᄒᆞ미 구층 어탑의 어리엿
ᄂᆞᆫ디 오봉누상의 상운셔

18면

긔 무루녹ᄋᆞ 틱평긔상이 봉궐을 둘넛더라 이날 창흥공지 십 년을 둥하의셔 독셔ᄒᆞ여
반디 줍ᄂᆞᆫ 슈고ᄅᆞᆯ 셜치코ᄌᆞ ᄒᆞ여 명지ᄅᆞᆯ 셩텬ᄌᆞ 탑하의 펴고 옥슈셤지로 산호필을
셜미니 금슈 문장이 창히 곳치 거홀너 풍우 곳치 위쇄ᄒᆞ여 지상의 쳥농이 쮜놀고 운형
이 취지ᄒᆞ니 슌식의 휘필ᄒᆞ여 셜공ᄌᆞᄅᆞᆯ 맛져 ᄒᆞᆫ가지로 밧치라 ᄒᆞ고 한가히 거러 졔
ᄉᆞ의 글 지으믈 귀경ᄒᆞ더니 셧녁 월앙의 두어 션비 마됴 ᄂᆞ와 안ᄌᆞ 탄식회허ᄒᆞ더니
일인 왈 금번 과거ᄂᆞᆫ

19면

만일 낙방ᄒᆞ면 ᄎᆞ마 도라가지 못홀지라 시긱은 다됫고 의ᄉᆞᄂᆞᆫ 막막ᄒᆞ니 이ᄅᆞᆯ 장ᄎᆞ
엇지 ᄒᆞ리오 뉵십 년의 평상 긔후로 ᄌᆞ리ᄅᆞᆯ 쩌ᄂᆞ지 못ᄒᆞ시고 몸을 바려 계ᄉᆞ 네 후ᄌᆞ
금일 방두의 일홈을 찰진디 셕식라도 무한이오 이 ᄌᆞ리의 늅지 아닐노다 ᄒᆞ시ᄂᆞᆫ 명
을 밧ᄌᆞᆸ고 드러와 가망이 업ᄉᆞ니 ᄎᆞ마 엇지 도라가 편모ᄅᆞᆯ 뵈오리오 금일노됴ᄎᆞ 쳔

하의 방낭ᄒ여 집의 도라가지 못ᄒᆯ노라 고기를 숙여 누쉬 첨신ᄒ니 한 션비 답탄 왈
형의 회푀 졍히 쇼졔로 샹됴ᄒ도다

20면

싱은 십디 유혹이라 만일 이번 낙방ᄒ면 장ᄉ나 ᄒᆯ지라 팔십의 가친이 나의 과거 바
라시미 디한의 운예 ᄀᆺᄒ시니 무슨 눗ᄎ로 친위게 뵈오리오 ᄒ여 누쉬 여우ᄒ지라
임공지 ᄎ경을 보고 일변 가쇼롭고 ᄯ또 측은ᄒ미 밍동ᄒ여 싱각ᄒ되 디장뷔 셰상의
ᄂᆡ미 ᄉ룸의 급ᄒᆷ믈 묵연괄시ᄒ미 ᄎᆞᄂᆞᆫ 디장부 웅심이 아니라 ᄒ여 져의 효심을 감
동ᄒ여 이의 ᄂᆞ으가 읍ᄒ고 왈 고인이 운ᄒ되 ᄉᆞ히지닉 긔형뎨라 ᄒ니 낭위 돈형은
힝혀 숀ᄋᆞ의 망녕되믈 고이히

21면

넉이지 마르시고 명지를 닉실진디 용우둔지를 시험코ᄌᆞ ᄒ나이다 낭인이 도라보니
일위 션동이 쳥나포의 혁디로 공슌이 녜ᄒᄂᆞᆫ 거동이 삼틴진군이 옥경의 됴회ᄒᄂᆞᆫ 모
양 ᄀᆺ고 황홀난측ᄒ여 아모리 ᄒᆯ 바를 모로더니 임의 뎐상의 글 지쵹ᄒᄂᆞᆫ 북쇼릭 ᄉ
오 ᄎ의 밋쳣ᄂᆞᆫ지라 불고염치ᄒ고 필연과 명지를 공ᄌᆞ긔 미니 공지 다시 말 아니코
두 장 글을 쓰믹 북쇼릭 마ᄌᆞ 막이라 이인이 모몰쳬됴ᄒ고 글을 갓다 밧치고 도라오
니 공지 발셔 간 바를 모롤네

22면

라 낭인이 도로혀 귀신인가 의ᄋᆞᄒ고 ᄯ또 글이 헷거슬 밧친가 ᄉ려만복ᄒ더라 이ᄯᅥ
셜공지 운몽의 가업ᄂᆞᆫ 문장을 썰쳐 글을 지어 밧치고 임공ᄌᆞ를 ᄎᆺ지 못ᄒ여 원빅을
무슈이 부르더니 이윽고 공지 구슬 ᄀᆺ흔 향한을 흘리고 금션으로 틱양을 가리오며
오ᄂᆞᆫ지라 셜공지 ᄀᆺ던 곳을 무르니 공지 왈 심심ᄒ기 두루 도라 귀경ᄒ고 오노라 셜
공지 션ᄌᆞ로 엇기를 쳐 왈 너 쇼이 과장도 괴이커든 한유는 무슴 닐고 임공지 ᄭᅮ지져
왈 너 황구 쇼이 우리 ᄀᆺ흔 장ᄌᆞ의 힝

23면

지를 알은 쳬ᄒᆯ다 셜공지 디쇼ᄒ고 셔로 희학ᄒ되 두 션비 글 지어 젹션흔 말은 아니

니 되져 군주의 힝스를 알니러라 츳시 졔 시관이 탑젼의 시좌ᄒᆞ여 눗눗치 쇼노와 두어 장을 어더 탑쳔의 어람ᄒᆞ시게 홀시 상이 여러 시권을 어람ᄒᆞ시나 다 평평흔 지뢰요 경발흔 글지 업더니 시관의 알외는 시권 두 장을 바다 ᄂᆞ리보시니 이 이른바 창희를 거흘너 활연ᄒᆞᆷ을 삼앗고 언언 쥬옥이요 ᄌᆞᄌᆞ 금쉬라 닑어올ᄉᆞ록 입이 향긔롭고 정신이 상쾌ᄒᆞ여 귀

24면

법이 신이ᄒᆞ여 귀신을 울니는지라 상이 어슈로 농상을 치시며 칙칙이 신직긔지라 ᄒᆞ시고 농안의 경운이 무루녹ᄋ 즉시 탁방ᄒᆞ시니 화쥐인 임창홍은 년이 십이 셰요 부는 쵸왕 임희린이라 부르는 쇼리 진동ᄒᆞ나 공지 안연부동ᄒᆞ니 셜공지 직쵹 왈 원빅의 지뢰 삼장당원은 남의게 ᄉᆞ양치 아닐지니 하례ᄒᆞ노라 임공지 졍싴 왈 방금 인지 셩ᄒᆞ니 이 황구 임창홍이 삼장 방두는 만만 불ᄉᆞ흔지라 동명이 잇닷다 ᄒᆞ고 견연 부동ᄒᆞ더니 연ᄒᆞ여 호

25면

명ᄒᆞ는 쇼리 급ᄒᆞ니 공지 비로쇼 슈풀 ᄀᆞᆺ흔 군용을 헷치고 쳔쳔이 거러 옥계의 츄진ᄒᆞ여 산호빅무ᄒᆞ니 상이 인지 바라시미 쵸갈ᄒᆞ시더니 장원낭이 쵸왕 임희린의 장지라 ᄒᆞᆷ믈 더옥 깃그사 밧비 농안을 드러보시건딩 이 흔낫 긔린이 쓸의 나린 듯 신치 쇄락ᄒᆞ여 찬난흔 광치 뎐상의 됴요ᄒᆞ니 달 ᄀᆞᆺ흔 텬졍의 유건을 삽ᄒᆞ고 농미봉안의 옥궁을 휘온 가월은 보비로온 쌍빈을 가리치고 부용 냥협과 모난 쥬슌은 도솔궁 단시 무루녹ᄋ시며 츄쳔계슈

26면

ᄀᆞᆺ흔 긔운이 미왕ᄒᆞ여 농회 틱악을 넘쒸는 듯 말근 골격은 동졍 팔빅 니의 일뉸 호월이 광치를 흐리는 듯 팔비고두ᄒᆞ여 네모를 맛츠미 일회 허리의 잔ᄂᆞ뷔 팔이 딩장부의 풍모를 댱ᄒᆞ엿는지라 상이 일견의 딩경ᄒᆞᄉᆞ 농상을 쳐 딩찬 왈 긔지며 딩지로다 희린의 싱이요 효문의 틱퇴 아니면 엇지 말셰의 긔린이 강싱ᄒᆞ여 명시를 보좌홀 분 아니라 타일 틱ᄉᆞᆫ을 도와 왕실을 흥늉ᄒᆞ며 국가를 보좌ᄒᆞ는 동냥쥬셕이라 짐이

27면

황고의 업을 니어 만긔를 총찰ᄒ는무로 궁궁업업ᄒ여 여림심연ᄒ니 튀지 병이 좃고 유충ᄒ니 짐심이 위구ᄒ여 ᄉ직을 광보ᄒ는 동냥을 싱각ᄒ더니 창흥을 두어시니 ᄌ금 이후는 임상국 부ᄌ를 두어시니 다시 ᄉ직의 먼 넘녀를 쓴노라 ᄒ시니 이날 상국 부지 어탑 하의 ᄭ러 상교를 듯ᄌ옵고 ᄲᆯ니 탑하의 ᄂ려 고두 왈 신의 어린 ᄌ식이 셩과의 드림도 불ᄉᄒ옵거늘 외람ᄒᆫ 일홈이 방두의 오르오니 ᄎ는 텬히 신으로 작녹을 도젹ᄒᆫ

28면

뉴로 지시ᄒ올지라 셩긔 지츠ᄒ시나 신이 참ᄋ 십여 셰 ᄌ식을 영총이 과ᄒᄉ 슌복ᄒᆯ가 ᄒ옵ᄂ니 방두의 일홈을 ᄭ허히시믈 바라나이다 상이 왕의 뎡듸ᄒᆫ 슈양이 진심이믈 보시나 장원의 문장지화를 ᄉ치 못ᄒᄉ 굴오ᄉ디 경의 쥬ᄉᆯ 가ᄒ나 져희 지됴 외모의 지ᄂ고 문장이 팔두의 지나니 무어슬 하ᄌᄒ여 방하의 ᄂ리오리오 연이나 ᄉ름의 큰 지됴는 하늘이 유의ᄒ시니 짐이 창흥을 늬 알픠셔 시험ᄒ면 거셰쇼공지라 짐이 어린 ᄋᄒ 방두의

29면

올닌 시비도 업고 경의 불안흠도 업스리니 빅뇨는 지실ᄒ라 쇼황문으로 문방을 쥬어 삼장 견칙을 지어 밧치라 ᄒ시니 장원이 글졔를 보고 의ᄉ 심음숫듯 ᄒ여 옥슈의 봉필을 잡ᄋ 붓 두루미 풍운이 진집ᄒ여 삼장 견칙을 히음지 아냐 지어 밧치고 믈너 ᄉ비ᄒ니 ᄎ시 문무 빅관이 동셔 반녈의 버러 문무 탁방을 일시의 ᄒ더니 믄득 쵸왕으로 말믜암ᄋ 임장원의 삼장 견칙을 다시 시험ᄒ시믈 놀나더니 장원의 신이ᄒᆫ 지됴 히음지 아

30면

냐 지어 밧치믈 보고 빅뇌 혀를 둘너 칭찬ᄒ며 일시의 득인ᄒ시믈 하례ᄒ니 쳔심이 딕열ᄒ샤 임왕을 도라보와 굴오ᄉ디 경이 창흥의 장원을 하 고ᄉ하니 짐이 지됴를 시험ᄒ여 호옵지간의 지어 밧쳐 빅뇌 쇼공지니 ᄯᅩ 무슴 별 쳐분을 ᄒ랴 ᄒᄂ뇨 상국 부지 창흥이 만인총즁과 지엄지지의 셩은을 밧ᄌ와 고두ᄉ은ᄒᆯ 분이러라 ᄎ례로 신

닉롤 부리실시 셜희광이 탐화의 쏩히고 공즈의 글 지어준 션비 낭인도 참방ᄒ엿더라
일싁이

31면

기울믹 장원이 퇴ᄒ여 부슉을 뫼시고 방하롤 거나려 궐하로 나올시 무슈ᄒ 창부아역
이 궐하의 딕후ᄒ엿다가 일시의 신닉롤 옹후ᄒ여 알푸로 인도ᄒ고 장ᄒ 위의 딕로롤
덥혀시니 가히 쳔하장관이러라 상국 부지 장원을 압셰워 본부로 향ᄒ믹 이런 즈숀
둔 부여됴의 마음이 엇더ᄒ리오 빅마금안의 청삼이 표연ᄒ고 일월면모의 셰 쥴 금화
롤 슉여시니 옥안의 어쥬롤 반취ᄒ여 일쳔 겸 도홰 취ᄒ엿시니 도로 관시지 졔셩갈
치ᄒ고 여항스

32면

셔는 목을 늘희여 츔이 마르고 혜 달을 듯ᄒ니 이 진짓 남으의 스업이라 힝ᄒ여 길히
됴왕궁 원즁 치루롤 지나는지라 장원과 탐홰 이 곳의셔 잠간 지졍여 모든 방하롤 스
례ᄒ여 보닉노라 셜탐화는 미쳐 길을 난호지 못ᄒ여 장원으로 더브러 말을 연ᄒ여
셧더니 난 딕 업슨 탄월 일 쌍이 ᄂ려져 장원의 금화롤 마쳐 나려지고 하나흔 탐화의
스미로 드는지라 낭인이 딕경ᄒ여 장원이 하리롤 녀셩딕즐ᄒ여 도로 담 안의 넘기라
ᄒ고 말을 밧비 모라가

33면

는지라 탐홰 도로혀 거거졀쇼 왈 원빅아 과연 고집불통이로다 다졍ᄒ 미인이 우리
풍치롤 과혹ᄒ여 됴흔 보물노 졍표ᄒ니 이 곳 장부의 승식여놀 그리 민몰ᄒ여 슉상
구롤 달니는뇨 인ᄒ여 스미 쇽 탄월을 닉여본즉 셔긔 두우롤 쏘이고 셩녕이 긔묘ᄒ
니 스스로 우어 왈 추물이 임지 잇슬지라 춧거든 환본쥬ᄒ미 가토다 ᄒ고 낭즁의 넛
코 말혁을 도로혀 본부로 도라가니라 아지 못게라 탄월 더진 즈는 하인이며 능히 임
장원의 슈졍지심을

34면

도로혈가 하회롤 볼지여다 이 젹의 임장원이 음녀의 희거롤 보믹 비위 뒤누으니 평

싱 군주의 녜의룰 심수호니 위슈의 다리 놋치 아냐도 하쥬 슉녀룰 마주 오직 유층호
니 부모의 명으로 동방의 깃드리미 업셔 타문 부녀곳치 슈년을 일퇴의 더브러 잇스
되 힝혀도 희롱되미 업거늘 금일 여추 희변을 예스로이 알니요 그 곳의 일시 긔거호
미 누연호여 셜탐화룰 스스토 아니호고 급급히 달녀 부즁의 니르니 발셔 오운던 빅
운던을 통긔호여 빈긱을 디

35면

희호고 장원을 기다리더니 장원을 보고 모든 진신명시 일시의 신늬룰 불너 어즈러이
진퇴호고 주못 긔관을 니르혀더니 장원이 니당의 현알호고 부슉을 뫼셔 퇴부인 슬젼
의 국궁호여 반일 돈후룰 뭇주오니 퇴부인이 황홀한 깃부미 학발의 무루녹아 숀으로
잉화룰 어루만져 상국을 보아 왈 우리 셕일 숨 모지 듸호여 너회 주경이 느즈믈 근심
호더니 금일 숀오의 과경을 볼 쥴 알니요 이 견혀 됴션여음과 션군 직텬지형이 도으
시며 너의 지공

36면

무스호 어진 덕이 상텬이 목우호시미니 노뫼 근간 쇠로호믈 당호여 졔숀의 장셩호기
룰 굴지계일호노라 호더니 인호여 스묘의 올나 경수룰 고호려 홀시 향을 쏘즈며 작
을 헌호여 추례 셩부인 목쥬의 밋쳐는 만일 부인의 녕이 아름이 잇실진디 엇지 황양
하의 우음을 머금지 아니리오마는 아름이 업스니 왕이 츄원영모호믄 셰월노 더으니
흐르는 눈물이 금포 스미룰 젹시니 좌위 츄연감동호고 장원이 부왕을 위안호여 스묘
의 느리니 외당의 빈긱이 뒤룰 니어

37면

동구의 메엿고 쥬휘 졔숀을 거느려 니르고 녀노공이 주숀을 거느려 니르며 셩츄밀
쇼참졍 일반 친위 장원 부르는 쇼리 진동호니 왕이 냥야룰 뫼시고 장원을 압셰워 오
운던의 나오니 셜퇴시 주셔의 과경을 무망의 당호여 계오 궐문을 나니 하리 츄동과
창뷔 신늬룰 옹후호여 뒤로룰 덥허시니 관광지 칭찬호믈 마지 아니호더라 거륜을 밧
비 모라 부즁의 도로 와 목부인긔 오즈의 등과룰 고호니 추시 목녜 동숀의 참쇼와 간
악의 삼혼구빅이 다 쎈졋는지라 일

언불기흐여 못 드름 굿흐니 틱식 기리 포창흐더니 탐홰 니르미 아비룰 긔이고 등과
흐믈 일장 듸칙흐고 ᄉ묘의 빅알흔 후 탐화룰 압셰워 임부로 나오니 이쩍 장원을 ᄂ
리와 쇼직ᄉ 관시랑 녀한님 됴ᄉ인 셩한님 등이 긔관을 다 식여 일긔 훈녈흐듸 장원
을 심히 보치나 장원이 긔운이 댱홍 굿흐여 시긔ᄂ 듸로 긔관지ᄉ를 다흐니 틱부인
이 보시믈 위흐여 쇼직시 션즈룰 쳐 왈 이 신늬 비록 유츙흐나 구각이 노셩 댱ᄌ도곤
완실흐니 일동 가인을 맛져 그 쥬변을 보

리라 흐니 부믜 말녀 왈 질이 일싱 왕모의 ᄌ이 각별흐시니 금일 너모 진퇴흐엿시니
혹ᄌ 불안졀이 날가 두려오니 형등은 잠간 참ᄋ 보치기 됴흔 신늬 올 거시니 슬토록
보치고 슬토록 희롱흘지라도 질ᄋᄂ 그만흐여 ᄉ홀지여다 졔인이 그러히 넉여 ᄉ흐
니 장원이 쇼셰룰 곳치고 당의 오르려 흐더니 셜틱ᄉ의 벽졔와 과갈이 동구의 드레
니 샐니 문외의 마ᄌ 탐화로 더브러 뫼셔 드러오미 셜공이 오차룰 모라 부즁의 니르
러 목녀룰 틱부인이라 흐여 ᄋᄌ

의 과경을 고흐나 한 말 깃거흐미 업ᄉ니 심회 쳑감흐여 ᄉ쇽졀업ᄉ 탄식 두어 마듸의
탐화룰 압셰워 임부의 니르니 빈긱이 듸회흐여 장원을 유희흐ᄂ 회학이 낭ᄌ흐되 구
ᄉ 굿흔 향한을 흘니고 마됴 뫼셔 ᄂ가니 공이 한업ᄉ 사랑과 두긋거오미 모양 업시
옥슈룰 넛그러 당의 올나 졋히 안치고 졔빈을 원망 왈 남의 ᄉ회룰 너모 홀쌀려 쌈을
ᄂ도다 흐고 한삼을 드러 쌈을 씨ᄉ며 등을 어루만ᄌ 흠ᄋᄌᄉ믈 왕의 밋지 못흐
고 상국으로 일반이라 졔빈

이 일시의 우어 왈 니 아니 일으더냐 셜형의 만금 이셔룰 져리 보치다가 만일 셜형이
보면 듸젼이 나리라 흐엿더니 과연 올토다 녀이공이 미쇼 왈 존부의셔 ᄉ위 ᄉ랑 유
별흐다 흔들 ᄉ회 귀흔 쥴만 알고 이 월하옹의 덕인 쥴 모로니 아니 싹흔 인신가
이졔ᄂ 즁미흔 하쥬와 급졔흔 하쥬룰 겸흐여 바들 거시니 셜형이 호쥬셩찬으로 날을

딕졉ᄒ라 셜공이 쇼왈 닉 평싱의 그딕룰 동긔ᄀᆞᆺ치 알거든 그 졍을 모로고 미양 슐 징식만ᄒ니 져 인싱 언제나 늘

고 졔인이 일시의 딕쇼ᄒ고 셜형의 비창ᄒ고 녀공의 말은 험되다 ᄒ더라 틱싱 왕을 향ᄒ여 ᄉ례 왈 미거ᄒ 돈이 딕왕의 어지리 교훈ᄒ시무로 닙신셩취케 ᄒ시니 은혜 슈호의 구슬을 먹음기룰 긔약ᄒ오니 연이나 불쵸ᄌᆞ 아비룰 긔이고 응과ᄒ니 극키 통회ᄒ나 불쵸룰 딕왕긔 드럿기로 깁히 허물치 아니ᄒ나이다 왕이 흠신 ᄉ왈 굿칠지여다 닉 부지 박덕으로 무슨 힘쎄 ᄀᆞ르치미 잇ᄉ리오마는 닝옥의 광달ᄒ 직됴와 금년 갑과는 미츠도 불ᄉᆞᄒ

거슬 돈당이 밧바ᄒ시미 마지 못ᄒ미여니와 지어녕윤ᄒᆞ여는 슈년을 기다리고ᄌᆞ ᄒ엿더니 오이 상업시 두 어룬드려 니르도 아니코 흔가지로 다려가니 이는 불쵸의 범남ᄒ미라 다시 일ᄏᆞ라 무익ᄒ되 쇼졔 마음의 크게 불평ᄒ여라 셜공이 졈두ᄒ더라 말이 굿치미 졔인이 탐화룰 한 식경 됴르고 한가지로 당의 올나 좌졍ᄒ여 빈쥬 즐기고 일모ᄒ미 긱긔가ᄒ고 쵹을 니어 닌친이 담화ᄒᆞᆯ싱 쥬후와 셜공은 인ᄒ여 머무니 쥬춍지 됴부룰 뫼셔 실이안휴ᄒ

시미 왕의 슘 곤계 셜틱ᄉ 쥬춍지 등으로 더브러 슉녈궁 팔눙당의 물너와 널좌ᄒ고 됴용이 한화ᄒ여 말슘이 시됴의 미쳐는 왕이 광미룰 츅합ᄒ여 왈 ᄉ오 년지 북노 츌틱 졍삭을 밧드지 아니니 작일도 북히 틱슈의 쥬문을 보니 셩상긔 쥬ᄒ여 딕병을 니르혀 문죄코ᄌᆞ ᄒ되 아국의 창긔ᄒᄆᆞ로됴ᄎᆞ 남니북젹은 굿ᄒ여 침히치 아니나 ᄌᆞ쥿의 병난이 곳지 아냐 우뎨교치ᄒ니 빅셩은 안돈ᄒᆞᆯ 쎄 젹은지라 닉 흔 어진 ᄉᆞ룸을 쳔거ᄒ여 북노의 보닉여 교유ᄒ여 항복 밧고ᄌᆞ ᄒ되

그 가ᄒ ᄌᆞ룰 엇지 못ᄒ여 우민ᄒ도다 쥬춍지 믄득 용약발분 왈 연즉 슉군이 쇼질을

농탑의 쥬흥실진듸 오슈부지나 흔번 북노의 가 흔 무리 셔졀구투룰 교유흐고 불연즉 흔 칼의 뭇지르리이다 왕이 불열 왈 원광의 말이 츙녈지스의 말이나 스마 노형이 넌 급뉵슌이오 악쟝 냥위 엄지퇴다흐시니 원광이 군즁의 드듸지 못흘지라 이러무로 탑 젼의 쥬치 못흐노라 쥬츙지 권권흔 일넘이 즈가 등으로 일양이믈 감은흐고 셜공은 쇼안이 방지흐여 쟝원을 도라보아 왈

46면

원빅ㅇ 네 드르라 너도 능히 우리 친옹의 지덕듸도로 나히 만흘스록 빙부모 권념흐 믈 져곳치 흘가 시브냐 쟝원이 궤이 듸왈 쇼지 불민흐오나 엇지 쇼쇼흔 빙가로 의논 흐리잇가 동신토록 효친여력은 듸인과 즈못 취모기 온젼이 흐여 일분이나 보은코즈 흐나이다 셜공이 쟝원의 은혜 두 즈는 불쾌흐여 그 등을 어루만져 왈 아서라 네 은혜 말은 듯기 실흐니 늬 엇지 친우의 즈식 이휼흐미 엇지 네게 은혜 두 즈룰 드르리오 늬 원치 아니코 밋던 빈 아니라 참괴토다 언파의 말슴이 나

47면

즉흐나 엄졍쓱쓱흐니 싱이 본듸 이 악쟝을 유시로 두리던지라 계상지빈 왈 쇼지 슈 불용이오나 듸인이 불열흐시니 츠후는 칭은 두 즈룰 마옵고 미졍을 다흐여 외쳠 등 으로 일양이라이다 셜공이 그 슈연졍달흐믈 더옥 귀즁흐여 왕을 도라보와 왈 복이 영옥을 어더 스랑이 오ㅇ 등으로 다름이 업고 졔 쏘 날 알믈 친부형으로 달니 흐미 업스듸 미양 슈은 이 즈룰 일ㅋ라 아심을 불열케 흐니 극히 졀통흐여 금일은 듸칙고 즈 흐더니 그 어리온 거동을 보니 노분

48면

이 츈셜 굿흐니 가히 즈셰 엉둥흐믈 쾌각흐리로다 왕이 미쇼 왈 공이 미돈의게 너모 혹흐여 도로혀 인스룰 일키의 굿가와시나 츠이 일편 고집과 결증이 틔과흐되 아직은 노형의게 계훈을 즈즈이 삭여 스명을 쥬어도 스양치 아닛는 듯흐나 쟝늬는 너모 엉 바든 희가나 그 고집을 도로혀지 못흘 젹은 졔 아비룰 굿다가 맛기즈 말이 날 쩌 이 시리라 부마 등 졔인이 쇼왈 형쟝이 무스 일 창질을 셜부로 보늬실 됴목이 잇셔 셜공 이 굿다가 맛지도록 흐리잇가 왕이 쇼왈 셰

49면

수는 불가측이라 고이후리오 셜공이 아라듯고 탄식무언이러라 장원이 ♀즈 일을 싱
각고 써림후여 가월을 빈츅후고 부젼의 고왈 셰간시 고이코 왕공후빅 쥬문의 히연
이상훈 변괴 잇더이다 드드여 츠스룰 고후여 왈 히이 싱각건디 탄월이 쇼즈는 금화
룰 맛쳐 마하의 느려지고 희광의게는 스미로 드오니 기물이 분명 규슈의 장물이오
쏘 놉흔 치루로셔 써러진 비라 통히후와 밧비 하리로 담을 넘기고 반시라도 지지후
미 구연후여 급히 도라왓스오나 일후 그 히

50면

츙냥치 못후올지니 우후로 명쥐 지상후시고 한왕의 무도후미 업습거늘 여츳 픠힝이
황가로셔 비로스니 엇지 한심통히치 아니리잇고 언파의 일쵀 히연후고 왕은 믄득 미
우룰 빈츅후여 왈 군지 엇지 보지 아니며 듯지 아닌 바롤 도장슈리로써 지목후리오
응당 번왕의 음난훈 궁인비 여등의 외모풍신을 과혹후여 졍을 붓치도다 연이나 너는
도로 더지믈 잘후엿거니와 희광은 엇지후뇨 공지 디왈 미쳐 희광의 쳐변을 보지 못
후고 몬져 도라

51면

오이다 셜공이 박슈디챤 왈 알쾌라 이 다른 일이 아니라 고구의 져근 쏠을 됴왕을 맛
지고 가니 됴왕이 졔 쏠이라 일홈후고 쌍틔라 후여 졔 쏠과 흔가지로 가셔룰 갈힌다
후더니 이 반드시 그 냥 녀지로다 희광이 필연 미인의 다졍훈 보물이라 후고 금쵸와
시리니 이런 불힝이 어디 잇스리오 닉 즈식 나흐믄 현즁곳지 못후믈 붓그리노라 슈
연이나 원빅이 그 보물을 쾌히 도라보닉여시니 그 녀즈는 낙막후믈 니긔지 못후려
와 빅쳑 고루의 느리미

52면

러 브리니 히이 졍다히 바다 낭즁의 너흐믈 보앗실지라 이러후미어든 지아비로 알니
니 엇지 닉 집의 큰 화근이 되지 아니며 불쵀 일장 밋치는 변이 날지라 일후 오가의
화는 장춧 아모 지경의 갈 쥴 모로리라 부미 쇼이 디왈 희광이 디져 녀식의는 퍽 쓰
지 아닐 듯후나 현마 그리야 후리잇고 셜공 왈 니르지 말나 지즈는 막여뷔라 희광의

오장뉵부를 닉 알고 안줏거든 엇지 졔 심슐을 모로리오 부미 년쇼 왈 그도 그러ᄒᆞ거
니와 앗가 듸무ᄒᆞ던 희

53면

월은 ᄀᆞ장 유의ᄒᆞ미 잇더이다 장원 왈 창녀는 요슐이라 군ᄌᆞ의 ᄀᆞᆺ가이 홀 빅 아니오
니 비록 듸무ᄂᆞᆫ ᄒᆞ오나 엇지 뜻을 두리잇고 부미 쇼왈 너 쇼이 무어슬 알니오 ᄒᆞ고
듸쇼ᄒᆞ더라 왕이 ᄋᆞ즈를 명ᄒᆞ여 오운뎐의 드러가 야야와 악장의 취침ᄒᆞ시믈 알고 지
쳔 냥으로 시침ᄒᆞ라 ᄒᆞ엿더니 알고 오라 장원이 봉명ᄒᆞ여 영운뎐의 니르니 녀노공과
쥬후와 상국이 연침ᄒᆞ엿고 션싱은 상국 뒤히 누어 졍언이 민민ᄒᆞ더니 창외의셔 냥
됴부 침슈를 슬피

54면

고 몸을 도로혀 빅셜졍의 니르니 이곳은 팔농당의 졔빈이 모드면 셔싱들은 이곳의
모히는 고로 희광이 이의 잇슬 줄 짐죽ᄒᆞ고 니르니 쵸경의 희미ᄒᆞᆫ 줌이 몽농ᄒᆞᆫ 줌 어
셩이 반토미토ᄒᆞ여 미미ᄒᆞᆫ지라 장원이 짐죽고 쇼리ᄒᆞ여 왈 의쳠이 아니 잘진듸 악뷔
우리 듸인으로 야화ᄒᆞ시ᄂᆞᆫ듸 시측을 어이 뷔엿ᄂᆞ뇨 뎡위 너를 촛고ᄌᆞ ᄒᆞ되 금일 피
곤ᄒᆞ여 일즉 ᄌᆞᄂᆞᆫ 줄노 아르시거늘 반야 슴경의 눌노 더브러 셰에 민민ᄒᆞ뇨 군ᄌᆞᄂᆞᆫ
규규ᄒᆞᆫ 일이 업ᄂᆞᆫ

55면

줄 모로느냐 셜싱이 기리 기지기혀며 니로듸 너 ᄀᆞᆺ흔 졋닉 나ᄂᆞᆫ ᄋᆞ희들은 셰ᄉᆞ를 모
를지라 우리 ᄀᆞᆺ흔 호걸의 듸장뷔 인싱지낙을 아니며 여등은 셕은 션비라 쇼위 군ᄌᆞ
지도를 ᄒᆞ노라 넙ᄌᆞ 거름의 녀식이라 ᄒᆞ면 눈도 쓰지 아니ᄒᆞ고 단니는 거동을 가쇼
로 넉이ᄂᆞᆫ니 금셰의 어듸 유하혜 잇더냐 아직 월하의 션풍이질이 듸장부의 ᄒᆞᆫ번 유
졍ᄒᆞᆷ즉ᄒᆞ니 너 ᄀᆞᆺ흐니ᄂᆞᆫ 아니 무미ᄒᆞ나 너도 엇지 못 뫼시고 날을 칙ᄒᆞᆫ다 언파
의 희월을 쪄지어 안연부동

56면

ᄒᆞ니 장원이 어히업셔 ᄭᅮ지져 왈 이 녀식 ᄋᆞ귀야 여년이 아직 삼오 이칠이 못 되고

약관지세 머럿거늘 하쥬의 요됴슉녀를 졍도로 마즈 위를 뎡흔 후 삼비칠회라도 가야
여늘 십삼 히동이 취쳐 젼 창물을 유졍흐니 우리 경위 너를 먼져 금흐시미여늘 너의
거동이 엄부 잇셔도 두리지 아니리니 일너 무슴 흐리오 악뷔 셕상 탄월일스를 느의
구젼으로 드르시고 여츠여츠흐시니 닉 그윽이 잇쥽지 아냐 과도흔신가 흐엿더니 네
거동을 보니 지즈

57면

는 막여뷔라 흐미 엇지 올치 아니리오 언파의 쥭당의 니르러 쇼부의 시좌흐여 졔졔
등의 강을 밧더니 션흥 원흥이 쵹하의 빅깁을 셜치고 칙묵을 흐억이 가라 모든 화상
을 그리미 호발이 다 싱화흐여 움죽이는 듯흔지라 장원이 이윽이 보다가 쇼부긔 고
왈 져 아히는 빅집수의 형뎨 즁 별이흐이다 쇼뷔 왈 원늬 셩질의 직되 비무흐고 원흥
이 역연이로딕 아마 인흥이 아직 어리나 져기 즈라면 호방홀 듯흐니 장닉 형장의 심
우를 끼칠여니와

58면

우슉이 한가의 잇스니 아니 잡되랴 셜파의 기리 탄식흐니 장원이 계부의 깁흔 쥬의
를 지긔흐고 온화이 뫼셔 삼 공주의 화법을 찬됴흐더라 이 월으는 남창인으로 양민
의 녜러니 일즉 부뫼 죽고 외쳐무탁흐나 힝혀 안싘이 졀미흐므로 창누의 써러졋더니
남창틱쉬 임의 상국긔 가무 잘흐는 창기 십여 인을 썬 쳠요흐니 월으는 기즁의 드러
시나 임부는 도졔의 문이라 불열흐나 틱슈의 보낸 빅라 부득이 머므러실지연졍

59면

교방의 일홈만 치부흐고 춋는 빅 업더니 참방날 잔치의 가무를 시험흐려 참예흐엿다
가 셜탐화 호방흔 그물의 걸니여 빅셜졍의 드러가 안긔 니불을 안으 운우몽이 깁허
쳔만 가지 교틱로 풍뉴랑의 졍을 도도니 탐화의 졍신이 어릿취릿흐더니 창외의 임장
원의 덜칙흐믈 듯고 셜싱이 머리를 극젹이고 괴로이 불너 왈 고집불통의 원빅이로다
져도 십이 쳥년의 만고 슉녀명완의 미랑을 빅흐여 쇼원이 둑의여니와 이 셜

60면

희광이 천하 호남주로 십습의 등과흐여 군옥을 목하의 묘시흐거늘 한 창기로 졍을 펴든 군지 못될 거시라 이리 곤칙흐리오 야야계셔 발셔 탄월일스를 아라 계시니 쏘 ᄎ스를 아르시면 되변이 나리니 네 만일 나의 흔번 도라보믈 바리지 아닐진되 깁히 숨어 느의 쳐치를 기다리라 이 곳이 고요흐나 나의 스부는 엄친긔 셰 번 더으시니 머루지 못흘지라 네 이 글과 탄월을 가지고 됴궁의 가 ᄌ미기신흐여 월환 더진 쇼져의 시인이 되

61면

여 나의 글을 젼흐라 그 녀ᄌ의 용식이 경국경셩이요 직식이 홀난흐던 거시니 니 미구의 부디 취홀지라 그 녀ᄌ를 취흔 후 너를 복합흐리라 언파의 셜치고 이러느니 월이 누쉬 방방흐되 공지 다시 도라보지 아니흐고 스미를 쩔쳐 느가니 월이 드되여 됴궁으로 가니라 ᄎ시 임공지 용당의 도라오니 셜탐홰 발셔 니러 낭공을 시측흐엿시나 엇지 앗가 창악을 거지어 가셩을 누리던 거동을 모로리오 엄부와 엄스를 되흐여 숑구츅쳑흐여 뫼셧스나 셜공과 왕의

62면

안식이 엄졀흐여 셜픔이 골졀의 부는 듯흐니 탐홰 숑구경황흐여 뫼셧더니 밤이 깁흐미 각각 퇴침홀시 셜공이 녀셔를 슈일만 본부로 보뉘라 흐니 왕이 답왈 아됴 쉬온 일이로되 깁히 우려흐미 만흘와 셜공 왈 요스이 목홰 오가의 셔어히 단니더니 모일 여ᄎ흔 니고를 다리고 뉘 집 원문 뒤히 숨엇더니 창두의게 쏘치여 가더라 흐니 엇지흔 니괸고 몰나 흐노라 왕이 믄득 후원 분장의 요긔의 긔운이 잇던 바를 씨드라 냥구 묵연이

63면

러라 명일 셜공이 도라가고 장원이 삼일유과를 맛치미 탐화는 금문직스를 빅흐시고 장원은 한님흑스 겸 즁셔스인을 빅흐시니 셜쇼졔 봉관화리로 한님부인 직쳡을 바다 엄연이 진신 녀ᄌ의 부귀를 드러니 금슈 우히 곳츨 더으미라 상국이 슌으 부부 귀즁흔믄 유별흐거늘 유하를 면치 못홀 느히여늘 한님은 되군ᄌ의 쳬를 일윗고 쇼져는

뉴쳑 신상의 네복을 가ᄒ고 옥빈무협의 쌍봉관이 넝농ᄒ니 상국이 희불ᄌ승ᄒ여 어루

64면

만지며 쳐스다려 왈 이 본ᄃᆡ 창흥을 쥬졉들게 스랑ᄒ다 ᄒ더니 이런 영광이 잇는가 그랴도 어셔 쳔흥을 ᄯᅩ 영광을 뵈면 ᄂᆡ의 쥬졉들믈 더 우스리라 쳐스는 한가히 웃고 왕은 부친의 창ᄋᆞ 사랑ᄒ시믜 셰월노 더으시믈 각골감은ᄒ더라 왕이 ᄐᆡ부인 슬젼의 쥬ᄒ여 식부를 금일 셜부의 보ᄂᆡ여 우명일 다려올 바를 알외니 부인이 쇼져를 보ᄂᆡᆯᄉᆡ 쇼제 셩가ᄒᆞᆫ 후 금일 처음으로 본부의 니르니 모부인이 친이 뎡문을 열고 녀ᄋᆞ의

65면

옥슈를 닛그러 승당ᄒ니 쇼제 모친긔 녜알ᄒᆞᆫ 후 금년을 도로혀 목부인 당즁의 가 지비현알ᄒ여 오ᄅᆡ 셜하를 ᄯᅥ나 영모지졍을 고홀ᄉᆡ 녜뫼 빈빈ᄒ고 셩음이 낭낭ᄒ여 빅ᄒᆡᆼ이 구비ᄒ고 위의 황황ᄒ여 엄연이 졔후왕상의 춍부로 신진명ᄉᆞ의 부인 복식을 ᄀᆞᆺ쵸와 두상의 봉관이 빗ᄂᆞ고 장복 ᄉᆞ이 옥셜이 졍졍ᄒ여 좌우 홍상 시녀 규률을 일워 쇼져를 옹위ᄒ여시니 목부인이 일견의 ᄃᆡ경황홀ᄒ여 구즁의 가득이 팔ᄌᆞ를 일

66면

ᄏᆞ고 할미라 와보는 거슬 너모 줌줌ᄒᆞ기ᄂᆞᆫ 문견의 괴이ᄒ여 지어ᄒ여 굴오ᄃᆡ 손이 거년의 빅냥으로 갈 제ᄂᆞᆫ 심히 유츙ᄒ더니 그 ᄉᆞ이 져러툿 장셩완실ᄒ여시니 조모의 쇠로ᄒᆞᆫ 일을 비 업도다 쇼제 ᄂᆞ작이 듯ᄌᆞ올 ᄯᅡ름이러라 오ᄅᆡ 이 곳의 안ᄌᆞ미 여좌침상ᄒᆞᆫ 듯 불안ᄒ여 ᄌᆞ긔 잇는 ᄉᆞ이ᄂᆞᆫ ᄭᅥ로 시측홀 바를 일ᄏᆞᆺ고 니러 졍당의 니르러 졔형으로 더브러 모부인 안젼의셔 격셰니졍을 고ᄒ여 말ᄉᆞᆷ이 흔셜의 밋지 못ᄒ여셔 ᄐᆡ시 졔ᄌᆞ를 거ᄂᆞ리고 임장원의 손을 닛

67면

그러 드러오니 ᄎᆞ시 임부의셔 친옹의 가ᄉᆞ를 예기ᄒᆞᄂᆞᆫ 고로 쇼져의 귀령이 굿지 아니홀 쥴을 알고 식부 귀근홀 ᄯᅢ 장원을 보ᄂᆡ여 싱관의 ᄌᆞ미를 보게 ᄒᆞ미러라 ᄐᆡ시 ᄌᆞ셔로 입ᄂᆡᄒ니 부인과 녀뷔 어셩이 미미ᄒ고 부인이 무망의 셔랑의 녜ᄒᆞᆷᄋᆞᆯ 보고 ᄃᆡ

희과망ᄒᆞ여 밧비 장원의 광슈를 줍ᄋ 가족이 좌ᄒᆞ여 탐혹흔 사랑이 낙ᄉᆞ쳬지무골ᄒᆞ여 도로혀 무슨 말을 홀 줄 모로고 장원은 악공 부부의 지긔긔이ᄒᆞᆯ믈 감ᄉᆞᄒᆞ여 츈풍화긔로 어리로온

68면
말솜이 가득ᄒᆞ니 공의 부뷔 더옥 이즁ᄒᆞᆯ믈 층냥치 못ᄒᆞᆯ너라 쎠의 지란이 셩염쇼져의 황황흔 복식으로 귀령ᄒᆞᆯ믈 보고 곡졀 업손 복통이 급홀 ᄎᆞ 임한님이 이르러 향방을 빅셜ᄒᆞ고 슈작ᄒᆞᆯ믈 보미 불 ᄀᆞᆺ흔 욕심이 팅즁ᄒᆞ여 목부인긔 읍고 왈 쇼녜 금야의 치루의 가 여ᄎᆞ여ᄎᆞᄒᆞᆫ즉 졔 심야의 진가를 엇지 알며 인연을 니른 후 일이 발각ᄒᆞ거든 여ᄎᆞ여ᄎᆞ 셩염을 치우고 됴모와 손녜 발악흔즉 임긔 홀 일 업셔 손녀를 거두오리

69면
니 조모는 손녀의 졍ᄉᆞ를 민지긍지ᄒᆞ쇼셔 목부인이 쳥파의 폐목좌ᄉᆞ 냥구 왈 아스라 ᄎᆞ계는 불가불가ᄒᆞ니 닉 일계를 운동ᄒᆞ여 셜치ᄒᆞ리라 지란이 눈망울을 뒤룩이고 잠ᄌᆞᆷᄀᆞ치 안ᄌᆞ 드룰 ᄲᅮᆫ이러라 시의 셜틱ᄉᆞ 부부 녀셰 일방의 안ᄌᆞ 회회열열ᄒᆞ더니 셜공이 부인을 도라보아 왈 녀ᄋᆞ와 셔랑이 ᄂᆞ히 어리나 동방 화쵹의 녜를 일워시니 셔의치 아닐지라 오가의 연고 업시 녀ᄋᆞ 부부를 일위기 쉽지 못ᄒᆞ니 치루의 머무러 깃드리게 ᄒᆞᄉᆞ이다 부인

70면
이 응낙ᄒᆞ고 ᄋᆞᄌᆞ 등으로 치루를 슈리ᄒᆞ라 ᄒᆞ시니 ᄉᆞ인이 딕왈 쇼지 금일 원빅이 올 줄 알고 발셔 슈리ᄒᆞ엿ᄂᆞ이다 언필의 한님을 넛그러 이러셔며 가ᄌᆞ ᄒᆞ니 한님이 불열ᄒᆞ나 셜공 부부의 ᄌᆞ이 일편되믈 보니 이의 우어 왈 녕민 날을 외간 남ᄌᆞ로 ᄒᆞ니 심이 셔의ᄒᆞ거늘 더옥 ᄉᆞᄉᆞ 못거지믈 딕변으로 알니니 졀박도쇼이다 ᄒᆞ며 혼가지로 향ᄒᆞ니 공의 부뷔 그 말마다 탐혹ᄒᆞ여 녀ᄋᆞ를 압셰워 치루로 향ᄒᆞ더니 무어시 뵈는 거시 일거늘 놀시 ᄌᆞ시

71면
슬피니 ᄎᆞ시 미월의 몽농ᄒᆞ여 ᄌᆞ셔치 아나나 이 시녀빈 아니라 고이ᄒᆞ나 뭇지 아니

ᄒᆞ고 쇼져를 잇그러 방즁의 드리고 도라가니 한님이 셜ᄉᆞ인다려 왈 희광이 엇지 아
니 오ᄂᆞ뇨 ᄉᆞ인 왈 ᄋᆞᄌᆞ의 왓더니 ᄉᆞ뷔 부르신다 ᄒᆞ고 도라가니라 한님이 묵연지긔
ᄒᆞ더라 쇼졔 입실ᄒᆞ니 한님이 동신ᄒᆞ여 좌를 미니 쇼졔 장 밋ᄒᆡ ᄂᆞᄌᆞ기 좌ᄒᆞᄆᆡ 일신
의 쳔향이 욱욱ᄒᆞ여 향ᄎᆔ 만신ᄒᆞ니 한님이 긔이히 너기더라 ᄉᆞ인이 야기 습인ᄒᆞ니
편히 슉침ᄒᆞ믈 일ᄏᆞᆺ고

72면

도라오다가 야야를 맛나 화각의 도라오니 부인이 황혼의 목뫼 니러나시믈 견ᄒᆞ고 지
란이 월누를 규시ᄒᆞ라 가다가 임부 관환이 발셔 지긔ᄒᆞ고 쳥하의 몸을 감쵸앗다가
지란을 옭ᄋᆞ 졍당 시ᄋᆞ를 맛지고 스긔를 쓰리치믈 견ᄒᆞ니 공이 듯난 말마다 히연분
울홈을 니긔지 못ᄒᆞ여 디란을 니르혀고ᄌᆞ ᄒᆞ나 지형 남미를 위츅ᄒᆞᄂᆞᆫ 날은 목부 이
겨되 크게 됴치 아니ᄂᆞᆫ지라 히미ᄒᆞᆫ ᄌᆞ식을 위ᄒᆞ여 편모의 실덕을 낫타너미 인ᄌᆞ지되

73면

아니라 묵연부답ᄒᆞ고 져두ᄉᆞ량ᄒᆞ여 지형의 작시 아모 곳의 밋츨 쥴 몰나 울울블낙ᄒᆞᆯ
지연졍 능히 흉인을 츅의치 못ᄒᆞ여 ᄌᆞ이만 승슌ᄒᆞ랴 ᄒᆞ다가 스스로 양호ᄌᆞ유환을 바
드니 가탄이러라 어시의 임한님이 금일 쳐음으로 향방 교긱이 되여 황금 슈라장 ᄀᆞ
온ᄃᆡ 겹겹 나유를 지음쳐 쇼졀 상디ᄒᆞ여 이윽ᄒᆞᆫ 후 비로쇼 좌우를 슬피ᄆᆡ 누각이 광
활ᄒᆞ되 ᄉᆞ치히 ᄭᅮ민 거시 업고 방즁 즙물이 졍졍뎨뎨ᄒᆞ여 산호 셔안과 쳥뉴리 가

74면

상이 졍졔ᄒᆞ고 산호상 호박침이 흔ᄋᆞᄒᆞ여 굿ᄒᆞ여 ᄉᆞ례지물이 업ᄉᆞ니 싱이 그 검쇼ᄒᆞ
믈 탄복ᄒᆞ여 좌우로 울금향과 월난향을 ᄌᆞ욱히 ᄑᆔ워 이이훈 향연이 일실의 무루녹거
늘 쇼져의 쳔싱 방용을 보ᄆᆡ 이 날 더옥 ᄉᆡ로오니 싱이 그 품도긔질을 흠무이경ᄒᆞ나
돈명이 아직 합근을 명치 아니신지라 굿ᄒᆞ여 ᄀᆞᆺᄀᆞ이 핍근치 아니ᄒᆞ더라 홀연 창외의
인덕이 잇거늘 싱은 돈연이 아지 못ᄒᆞ고 쇼져의 셤셤ᄒᆞ믈 디ᄒᆞ여 혹ᄌᆞ 괴ᄉᆞ 잇ᄉᆞ나

75면

쥬변이 어려올가 ᄒᆞ여 이의 쇼져를 향ᄒᆞ여 골오ᄃᆡ 우리 냥인이 맛난 지 슈셰라 피ᄎᆞ

셔의치 아닐 거시로ᄃᆡ 형뫼 과이 슈습ᄒᆞ시니 시러곰 언어ᄅᆞᆯ 상통ᄒᆞᆷ미 업더니 금일은 마지 못ᄒᆞ여 말ᄉᆞᆷᄒᆞ오니 붓그리믈 과히 마ᄅᆞ시고 흑싱의 뒤ᄒᆞ로 좌ᄒᆞ쇼셔 ᄒᆞ니 창외 인덕을 처음은 아지 못ᄒᆞ엿다가 인덕이 심ᄒᆞᆷᄆᆡ 쇼졔 놀날가 겁ᄒᆞ여 뒤ᄒᆞ로 쳥ᄒᆞ고 ᄌᆞ긔 여력이 과인ᄒᆞᆷ무로 도덕을 능히 잡으려 ᄒᆞ더라

임시삼디록 권지뉵

1면

초셜 쇼졔 한님의 언즁졍디ᄒᆞᆷ믈 심복ᄒᆞ던지라 초언이 큰 히변을 예지ᄒᆞᆷ믈 혜ᄋᆞ리ᄆᆡ 옥면이 담홍ᄒᆞ여 쳔연이 이러 한님의 뒤ᄒᆞ로 최여 안즈니 한님이 사일 쌍광으로 창틈을 흘녀 ᄌᆞ시 슬피니 한 남지 머리 믠 요승을 다리고 작법ᄒᆞᄂᆞᆫ지라 시죵을 다 보려 낭즁의 야명쥬ᄅᆞᆯ 니여 셔안 머리의 놋코 금션을 드러 쵹을 멸ᄒᆞ고 명쥬ᄅᆞᆯ 나ᄒᆞ여 두 장 부작을 써 가지고 협실의 시녀 난미

2면

양파ᄅᆞᆯ 불너 졍당의 틔ᄉᆞ긔 고ᄒᆞ고 궁시ᄅᆞᆯ 가져오라 ᄒᆞ여 것히 놋코 도라 쇼져다려 헐슉ᄒᆞᆷ믈 쳥ᄒᆞ니 쇼졔 한님의 거동과 창외예 인젹을 본지라 필유ᄉᆞ고ᄒᆞᆷ믈 짐작ᄒᆞ고 쳔연 부동ᄒᆞ여 옥슈ᄅᆞᆯ 졍히 곳고 단좌ᄒᆞ여 만ᄉᆞᄅᆞᆯ 모로ᄂᆞᆫ 듯ᄒᆞ나 ᄌᆞ연ᄒᆞᆫ 위의 좌우의 가관지 진후ᄒᆞ며 악직 니젼ᄒᆞᄂᆞᆫ지라 싱이 봉안을 흘녀 져 거동을 슬피ᄆᆡ 볼ᄉᆞ록 긔이ᄒᆞ니 져의 ᄂᆞ히 불과 삼오 이칠이 다 못ᄒᆞ거ᄂᆞᆯ 그 쳑고금신이 쳔병만미 졍봉ᄒᆞ나 요동치 아닐 거동이나 빅회의 고집을 불복ᄒᆞ

3면

여 아모 위험지지ᄅᆞᆯ 당ᄒᆞ나 살 길이 잇스면 능히 슈화의 맛지 아닐 쥴 지긔ᄒᆞ여 쳔지 됴화의 무궁무진ᄒᆞᆷ을 괴이히 너기더라 연이나 흉인의 작시 용이치 아닐 쥴 알고 쇼져의 것히 ᄂᆞᄋᆞ가 혹ᄌᆞ 놀나미 잇슬가 방비ᄒᆞᆷ미 심상치 아니ᄒᆞ더라 이 날 황혼의 목지형이 이르러 가즁 ᄉᆞ긔ᄅᆞᆯ 뭇고 또 됴궁 ᄉᆞ젹을 젼ᄒᆞ여 왈 미구의 임창흥이 됴궁 슈단을 면치 못ᄒᆞᆯ지라 아모커나 긔회 묘히 되엿시니 셩념이 부즁의 왓다 ᄒᆞ니 네 급히

신방 동정을 아라오라 니 이제 능운을 다

4면

려와 몬져 창흥의 마음을 홀난케 ᄒ고 셩염을 능운이 삼켜니게 ᄒ리니 연즉 니 공이 됴군쥬긔 호딕홀 거시오 한젼ᄒᄀᆰ 졔일 공신이 되리라 ᄒ고 급급히 달녀가거늘 지란은 이 가온디 임장원의 쳔일지표를 다시 구경이나 ᄒ려 치월누로 향ᄒ다가 팃스를 마됴쳐 쳥소 아리로 슘엇더니 믄득 녑흐로됴ᄎᆞ 쳘삭으로 민ᄂᆞ 니 잇셔 동혀 지우고 목부인 시오를 불너 맛지니 지란이 한 쇼릭도 못ᄒ고 동힌 칙 목부인 당중의 이르니 부인이 딕경ᄒ여 민 거슬 그르며 급문 왈

5면

니 어인 일이뇨 시비 원니 지란을 뮈워ᄒᄂᆞ지라 딕ᄒ여 왈 목쇼져의 힝ᄉᆞ를 보쇼셔 사문 규쉬 황혼월야의 남의 향방을 규시ᄒ려 스쳐로 분쥬ᄒ다가 쳐음 팃스를 맛ᄂᆞ민 노애 모로ᄂᆞ 쳬 ᄒ셧스오니 그만ᄒ여 도라오미 올커늘 굿ᄒ여 쳥소 오리 슘엇다가 임부 관환이 슉널비 분부로 치루의 딕후ᄒ엿다가 동혀 쇼비를 맛지오니 즛두다리지 아니미 상덕이오 우리 노야 셩덕이실식 지이불언ᄒ시니 아모 지경의 욕을 보신들 슈한슈원ᄒ리잇고 말을 맛고 쎄쳐 ᄂᆞ가니

6면

부인이 ᄉᆞᄉᆞ의 지란이 덤벙여 즈긔를 들니게 ᄒᄆᆞᆯ 한ᄒ더니 아이오 능운과 지형이 이르러 능운은 한슘의 쇼져를 슴켤 듯ᄒ고 목싱은 신검슈의게 검술을 빅홧ᄂᆞ지라 궁시를 츠고 치월누 후창으로 드러 형셰를 관망ᄒ고 능운을 시겨 요슐을 힝ᄒ더니 믄득 창틈으로됴ᄎᆞ 흔 줄기 히빗 ᄀᆞ흔 졍긔 능운의 두골의 쑈이더니 슈독이 풀녀 움즉이지 못ᄒᄂᆞ지라 목싱이 낙담상혼ᄒ여 혜오디 이 황구 쇼이 졔 무슨 능휼이 잇셔 우리 능운 ᄉᆞ부의 승천입지ᄒᄂᆞ 됴화

7면

를 니긔리오 ᄒ고 활을 다리여 졍긔 쑈이ᄂᆞ 디로 창틈을 향ᄒ여 만즉히 쑈니 살이 헛도이 드러가더니 이윽ᄒ여 한 살이 니드라 능운의 쑉뒤를 맛치니 이 살의 부작을 붓

처 쏘앗ᄂᆞ지라 요슐을 힝치 못ᄒᆞ고 헛도이 것구러지니 목셩이 되경되구ᄒᆞ여 능운을 살 결인 치 거두어 업고 목부인 협실노 드러오니 능운이 반싱반ᄉᆞᄒᆞ여 구러지니 이 요졍이 본ᄃᆡ 문월의 읏듬 졔ᄌᆞᄅᆞᆯ 괴려 머리지어 이상ᄒᆞᆫ 단약을 만히 지엇ᄂᆞᆫ지라 졔 독단이란 냑을 낭즁의셔 ᄂᆡ여

쏙뒤히 붓치니 앏푸미 져기 ᄂᆞ흔지라 깁히 드러 됴리ᄒᆞ니 목취 능운이 돌연이 ᄂᆞᆺ지 아닐가 민울ᄒᆞ여 이 가즁의 두면 번거ᄒᆞᆫ지라 계명을 응ᄒᆞ여 능운을 다려 됴궁으로 가니라 어시의 임한님이 셩식을 부동ᄒᆞ고 능운 요인과 목셩을 쏘ᄎᆞ 다라나믈 지긔ᄒᆞ미 다시 촉을 붉히고 상상의 단좌ᄒᆞ여 쇼져ᄅᆞᆯ 보니 안식이 찬 ᄌᆡ ᄀᆞᆺᄒᆞ여 가즁의 여ᄎᆞ 요얼이 챵궐ᄒᆞ믈 분통ᄒᆞ나 굿ᄒᆞ여 ᄉᆞ식지 아냐 불변ᄒᆞ고 공슈시좌ᄒᆞ엿시니 한님이 그 하히지량을 션복ᄒᆞ여

이의 팔을 드러 위면 왈 복이 현됴로 더브러 연이 동갑이오 하쉬 녕도로 마ᄌᆞ 싱즉 동쥬ᄒᆞ고 ᄉᆞ즉 동혈ᄒᆞ미 타인의게 잇ᄂᆞᆫ 빅 아닐지라 일후 무궁ᄒᆞᆫ 변홰 층냥치 못ᄒᆞᆯ 지경의 갈지라도 임의 현됴의 지셩되도ᄅᆞᆯ 우뷔 우봉슈지의 지심ᄒᆞ미 깁흔지라 회로 이락의 금야ᄀᆞᆺ치 타연ᄒᆞ시고 쳔금지신을 보호ᄒᆞ믈 스ᄉᆞ로 어린 뉴ᄀᆞᆺ치 ᄒᆞ여 우리 모 비 ᄌᆞ인ᄅᆞᆯ 져바리지 마ᄅᆞᄉᆞ 보신지칙을 쥬밀이 ᄒᆞ쇼셔 졔 몸을 분파ᄒᆞᄂᆞᆫ 날이 오ᄅᆡ 지 아니ᄒᆞ오리니 부ᄃᆡ 보

호ᄒᆞ쇼셔 쇼졔 몸을 움즉여 듯기ᄅᆞᆯ 다ᄒᆞ미 그 지극ᄒᆞᆫ 지긔ᄅᆞᆯ 감ᄉᆞᄒᆞ여 사례 왈 근슈 교의리니 군ᄌᆞᄂᆞᆫ 물념ᄒᆞ쇼셔 한님이 은졍이 십슌듯 ᄒᆞ여 촉을 멸ᄒᆞ고 쇼져ᄅᆞᆯ 닛그러 상상 슈리의 ᄂᆞᄋᆞ가 옥부향신을 졉ᄒᆞ니 광윤ᄒᆞᆫ 골뷔 이향이 어리여 은이 뉴동ᄒᆞ나 셜압ᄒᆞ미 업셔 공경이즁홀 ᄯᆞᄅᆞᆷ이러라 시시의 셜공 부뷔 녀셔 부부ᄅᆞᆯ 향방의 드리고 두굿기미 한업더라 믄득 화잉의 겨어로 요변을 드ᄅᆞ미 되경실식ᄒᆞ여 급히 금녕을 흔 드러

11면

가경을 모화 요정을 츄종ᄒ라 ᄒ니 화잉이 고ᄒ되 한님이 ᄒ시되 요졍을 싱금ᄒ여ᄂ 불ᄒᆡᆼᄒᆫ 일이 만코 쇼져 신샹의 ᄃᆡ홰 박두ᄒ리니 됴용이 쳐치ᄒ리라 ᄒ시고 궁시ᄅᆞᆯ 보ᄂᆡ쇼셔 ᄒ시더이다 공이 졈두ᄒ고 이의 궁시ᄅᆞᆯ 보ᄂᆡ고 암암이 탄복ᄒ고 부인은 어린 듯 아모리 ᄒᆞᆯ 쥴을 모로더니 스긔 됴용ᄒ여 각별 ᄉᆞ단이 업ᄉ니 공이 참지 못ᄒ여 취월누의 니르니 칠쳑 쟝신을 괴로이 굽슈려 보니 요승을 졔어ᄒ고 부뷔 ᄃᆡᄒ여 한님이 은근 셰어로 쇼져ᄅᆞᆯ 공경위로

12면

ᄒ여 됴곰도 심우ᄅᆞᆯ 삼지 말믈 니ᄅᆞ미 언언이 은의 밋치고 앗기미 만금의 지난지라 공이 만심긔이ᄒ여 몸을 굽혀 스긔ᄅᆞᆯ 슬펴더니 양인이 고요히 잠들믈 보고 도라와 부인을 ᄃᆡᄒ여 긔긔ᄒᆞᆯ 일ᄏᆞ라 그 여산낙ᄒᆡᄒᆫ 즁졍을 하날이라도 버히지 못ᄒᆞᆯ 비요 귀신이라도 작희치 못ᄒᆞᆯ지라 그 진미로오미 일신이 녹ᄂ 듯ᄒᆞᆯ믈 젼ᄒ니 부인이 ᄯᅩᄒᆫ 깃브믈 니긔지 못ᄒ나 퇴ᄉᆞ의 녀ᄋᆞ 귀즁ᄒ미 아돌의 지ᄂᆞ믈 웃더라 시비ᄅᆞᆯ 응ᄒ여 한님이 이러 쇼셰ᄒ고 도라가려 ᄒ직

13면

ᄒ니 부인이 붓들고 됴반을 먹고 가라 ᄒ니 한님이 한가지로 졍당의 드러가 됴반을 ᄒᆞ져ᄒ고 도라가니 공의 부뷔 홀연ᄒ여 녀ᄋᆞᄅᆞᆯ 보고 야간ᄉᆞᄅᆞᆯ 즈시 무르니 쇼졔 ᄃᆡ강 고ᄒ고 쥬왈 ᄒᆡ이 셰상 아란 지 십이 셰의 ᄉᆞ름으로 더브러 상슈홈이 업고 ᄯᅩ 은원으로 남의게 결원ᄒ미 업숩더니 져 목ᄋᆞ 남미의게 결원ᄒ미 삭시 커 쟝ᄎᆞ 부모긔 불효ᄅᆞᆯ 즁츌ᄒᆞ오니 심담이 붕녈ᄒᆞ와 무슴 말ᄉᆞᆷ으로 알외리잇고 다만 구고와 가뷔 니ᄅᆞᆯ 셩ᄌᆞᄒ시미 불효이 다닷지 아닌 지

14면

양을 근심ᄒᆞᄉᆞ 마음을 놋치 못ᄒ시나 ᄌᆞ미 몽되 불길ᄒ고 써써 졍혼이 이쳬ᄒ니 양가의 불효ᄅᆞᆯ ᄭᅵ치올가 숑황ᄒ여이다 공의 부뷔 어루만져 위로ᄒ고 공 왈 ᄂᆡ 요ᄉᆞ이 너희 신슈ᄅᆞᆯ 츄졈ᄒ니 길ᄒ미 업고 흉ᄒ미 만흐니 됴박ᄒ미로다 쇼졔 부모의 져 ᄀᆞᆺᄒᆫ 지셩지의로 ᄎᆞ마 못 볼 불효ᄅᆞᆯ ᄭᅵ치올가 근심을 니긔지 못ᄒ더라 슈일 후 구가로

도라오니 돈당 구고의 스랑이 시롭더라 초야의 셜미 냥인이 셜부 괴스롤 알외고 한 님이 신긔묘산으로

15면

요스롤 제어ᄒᆞ믈 셰셰히 쥬비긔 알외니 쥬부인이 아미롤 슈집ᄒᆞ여 식부의 화시 박두 ᄒᆞ믈 우려ᄒᆞ여 명쵹을 바라볼 분이러니 셜쇼졔 각당 혼졍을 맛고 도라와 돈고롤 시 봉ᄒᆞ니 쥬비 나호여 무익ᄒᆞ여 비록 지혜 박두ᄒᆞ나 마음을 단연이 ᄒᆞ여 위급지시롤 당ᄒᆞ나 쳔금지신을 가븨야이 너기지 마라 우리 ᄌᆡ와 가부의 지긔롤 져바리지 말나 쇼졔 빈ᄉᆞ슈명ᄒᆞ더라 명일 취쳔의 혼졍ᄒᆞ니 상국이 왕을 명ᄒᆞ여 글오ᄃᆡ 창흥이 장셩 ᄒᆞ미 늣부미 업스니

16면

합근을 명ᄒᆞ라 ᄒᆞ고 한님을 나호여 우어 왈 네 이졔는 어룬의 쇼임을 출힐 만ᄒᆞᆫ지라 슉쇼롤 신명당의 ᄒᆞ여 니셩지합과 만복지원을 닐우라 왕이 한님이 직븨슈명ᄒᆞ니 션 싱이 쇼왈 형장은 져리 니르시나 져 ᄋᆡ히ᄂᆞᆫ 심침ᄒᆞ고 굉원ᄒᆞ여 졔 쥬의ᄂᆞᆫ 엉쑹ᄒᆞ리 이다 상국이 침음 냥구의 미쇼부답이러니 이윽고 관복을 ᄀᆞᆺ쵸와 궐하의 됴회ᄒᆞ려 ᄒᆞ 더니 명픠 ᄂᆞ려 상국 부ᄌᆞ롤 인ᄃᆡᄒᆞ라 ᄒᆞ시니 ᄎᆞᄉᆞᄂᆞᆫ 하유ᄉᆞ오 어시의 쵸왕이 고구 셔간을 본 후 됴용이

17면

상젼의 뫼셔 한왕의 히과칙션을 쥬ᄒᆞ고 용안의 ᄒᆞᆫ번 됴회코ᄌᆞ ᄒᆞᄂᆞᆫ 뜻을 쥬ᄒᆞ니 상 이 변식 냥구의 왈 졔 진시 이 마음이 잇슬진ᄃᆡ 모역이 이 지경의 아니 ᄀᆞᆺ시리니 여 등이 됴심ᄒᆞ여 잡마음을 먹지 말나 왕이 ᄃᆡ참황공ᄒᆞ여 돈슈ᄉᆞ죄ᄒᆞ고 도라와 말숨을 경히 발흔 쥴 뉘웃쳐 울울불낙이러니 옥션이 연고롤 무른ᄃᆡ 왕이 황상 말숨을 젼ᄒᆞ 고 탄왈 왕형이 일을 그릇ᄒᆞ여 황가의 빗츨 감호고 부ᄌᆞ의 ᄌᆞ익롤 병드럿거늘 늬 돌 연이 말숨을 늬엿다가

18면

쳔의 여ᄎᆞᄒᆞ시니 늬 다시 무슴 말숨을 알외리오 군쥐 왈 한왕 슉뷔 쳐음은 일을 크게

시작ᄒᆞ고 나죵은 오합지둘을 모화 오활이 ᄒᆞ여 일이 뒤치오니 이역이오나 기실은 명실이 굿ᄒᆞ여 동으로 나리미 업ᄉᆞ니 딕롤 즉시 니으면 굿ᄒᆞ여 일인지국이 아니라 ᄒᆞ거늘 왕이 녀ᄋᆞ의 말이 담딕ᄒᆞ믈 놀나 구외불츌ᄒᆞ라 ᄒᆞ더라 시의 국기 녜우롤 베퍼 인지롤 ᄲᆡ시니 냥 군쥐 고루의 올나 모든 신늬의 유가ᄒᆞ여 도라가는 위의와 창부의 금슈복식이 휘황ᄒᆞ여 혹 파람을 화

19면

ᄒᆞ여 균쳔 광악과 싱쇼 고악이며 니원 풍뉴는 신늬롤 어거ᄒᆞ고 황황ᄒᆞᆫ 위의 도로롤 덥허시니 관광지 엇기 맛기이거늘 누상의셔 귀경ᄒᆞᆷᆡ 여러 신늬 즁 장원낭이 만고 무쌍ᄒᆞᆫ 긔질이 즁신의 ᄲᆔ여나니 능히 입으로 형용치 못ᄒᆞ여 어린 다시 보더니 믄득 장원과 탐화 십여 방화롤 빗별ᄒᆞ노라 마두롤 분장 뒤흐로 마됴 셔서 잠간 지지ᄒᆞᄂᆞᆫ지라 화풍경운을 ᄌᆞ셰이 볼ᄉᆡ 장원의 일월 안모의 샹운셔긔 두우롤 ᄢᆡ친 듯 ᄉᆞ롬의 눈 졍치롤 앗ᄂᆞᆫ지라 음부 쳘녀

20면

의 눈 붉으ᄆᆡ 이샹ᄒᆞ되 이목이 현왕ᄒᆞ여 ᄌᆞ시 보지 못ᄒᆞ고 흔ᄌᆞᆺ 발을 굴너 신신 갈치ᄒᆞ고 옥경이 ᄯᅩᄒᆞᆫ 탐화롤 보고 탈긔ᄒᆞ여 옥션을 보와 굴오디 우리 냥인이 각각 신물을 더져 연분을 시험코ᄌᆞ ᄒᆞ니 엇더ᄒᆞ뇨 옥션이 연기언ᄒᆞ여 각각 탄월을 글너 더지니 옥션의 탄월은 장원의 복두롤 맛쳐 마하의 ᄂᆞ려지고 옥경의 탄월은 탐화의 ᄉᆞ미로 드되 탐화 굿ᄒᆞ여 미미치 아니ᄒᆞ되 장원은 용미롤 거스리고 호령이 싱풍ᄒᆞ여 하리로 탄월을 도로 집어 담을

21면

넘기고 슉상구롤 밧비 모라 취우ᄀᆞᆺ치 다르니 ᄌᆞ최 묘연ᄒᆞᆫ지라 군쥐 악연실망ᄒᆞ여 믄득 ᄒᆞᆫ 쇼리롤 크게 ᄒᆞ여 긔운이 막혀 ᄌᆞᆺ바지고 옥경은 탐화 보물을 녀여 보며 어리로 온 봉안의 우음을 영ᄌᆞᄒᆞ여 낭즁의 장ᄒᆞᆷᆞᆯ 보니 턱 미더오미 잇셔 이의 옥션을 붓드러 당즁의 도라와 슈독을 쥐무르고 ᄂᆞ족이 다리여 굴오디 고어의 일너시되 쇼불인즉 난딕뫼라 ᄒᆞ니 원 져져는 잠간 참ᄋᆞ 셰셰이 도모ᄒᆞ여 졍도로 도라갈지라 무ᄉᆞ 일 됴비야이 심녀롤 허비ᄒᆞ리

22면

오 옥선이 뎌으기 마음을 누기나 임장원의 얼켜 금셕이 되엿는지라 엇지 마음을 도
로혈니 잇스리오 침불안셕ᄒ고 식불감미ᄒ여 장ᄎ 큰 병이 이러ᄂ게 되엿더라 시시
의 희월이 흔번 탐화의 도라보믈 닙어 쳥산녹슈로 긔약ᄒ거늘 홀연 임장원의 칙언이
발발ᄒ니 탐홰 구연ᄒ고 ᄯ 부공의 아르시미 될가 되겁ᄒ여 옥경의 탄월과 글을 지
어 희월을 쥬어 보니고 겻히 쇼시 일 슈를 써 도라보니니 월이 악연져상ᄒ여 눈물을
흘니고 도라올시 임장

23면

원을 교으졀치ᄒ며 됴궁의 와 공교로이 목요와 니고를 맛나 져의 본말을 니르니 목
뫼 월으의 옥부빙질을 보니 쳔하 경국지식이라 목뫼 싱각ᄒ되 셜가 쇼져보다 하층이
아니니 ᄎ녀를 거두어 닉응비합ᄒ미 묘다 ᄒ고 츈교로 더브러 월으의 말을 젼ᄒ고
옥경군쥬에게 인진ᄒ라 ᄒ니 피 응낙고 봉션누의 니르러 쇼유를 고ᄒ고 월으를 ᄌ가
이 뫼시게 ᄒ니 군쥐 되희ᄒ여 월으를 흔연이 관되ᄒ여 머물고 탐화의 봉셔를 긔견
ᄒ니 필획이 창농이 셔리고

24면

귀마다 졍을 먹음어시니 군쥐 되희과망ᄒ여 다시 젼경을 근심치 아니ᄒ고 빅냥우귀
ᄒ기를 응되ᄒ니 셜싱의 츌어범뉴흔 용식과 광풍졔월 ᄀᆺ흔 힝ᄉ로써 됴궁 음녀의 월
환을 슉련이 바다 긔망부형ᄒ고 비례의 싹을 통ᄒ되 군ᄌ의 힝신이 음비암츅ᄒ믈 모
로니 이 ᄯ 셜싱의 총명이 불명ᄒ미 아니로되 하날이 셜문의 일장 되화를 지으미니
가탄가한이러라 옥션이 임장원을 본 후로 마음을 두루혈 길 업셔 향벽잠와ᄒ여 탄셩
으로 날을 지닉니

25면

식음을 젼폐ᄒ미 왕의 부뷔 녀으의 유병ᄒ믈 놀나 션누의 니르러 보니 화용이 쇼삭
ᄒ고 졍셰 위악ᄒ니 되경ᄒ여 삼미를 권ᄒ며 의치를 힘쓰니 군쥐 부모를 되ᄒ미 ᄌ
가의 심즁ᄉ를 밧비 구코ᄌ ᄒ나 임싱의 밀밀 쥰엄이 셜치고 말을 풍우ᄀᆺ치 모라가
믈 싱각ᄒ미 눈물이 쌍쌍이 구으러 봉침을 젹시니 왕의 부뷔 달닉며 구호ᄒ나 싱병

을 어이 알니오 군쥬 스스로 신셰 뜻ᄀᆞᆺ지 못ᄒᆞ믈 늣겨 왈 쇼녜 근닉 몽시 흉잡ᄒᆞ고 병입골슈ᄒᆞ오니 아마 황양길이 ᄀᆞᆺᄀᆞ와 부모

26면

긔 불효를 끼치올가 슬허ᄒᆞ나이다 왕과 비 빅단 위로홀 ᄯᅡᆫ이러라 ᄎᆞ야의 츈괴 군쥬를 ᄃᆡᄒᆞ여 목싱의 획계를 니르니 군쥐 츈몽이 씐 ᄃᆞᆺᄒᆞ여 옥경군쥬를 ᄃᆡᄒᆞ여 굴오ᄃᆡ 현뎨는 셜탐화의 다졍ᄒᆞᆫ 셔간이 이르니 만니 젼졍을 ᄌᆞ민홀 ᄇᆡ 업거니와 우형의 힝ᄒᆞᄂᆞᆫ ᄇᆡ 규슈의 쳐신이 아나나 고어의 현신퇵군이요 현금퇵목이라 녀ᄌᆞ의 일싱이 지 타인이니 닉 ᄒᆞᆫ번 임장원을 본 후는 뜻이 쳘장 ᄀᆞᆺᄒᆞ니 마지 못ᄒᆞ여 졔계로 쓰리니 현 뎨는 ᄂᆞ의 회포를 부왕

27면

긔 잘 알외여 만젼지계를 되게 ᄒᆞ라 옥경이 언언이 응낙ᄒᆞ고 명일 왕의 부뷔 군쥬를 문병ᄒᆞ니 옥션이 쌍쳬 방방ᄒᆞ여 그 병이 수싱이 판단ᄒᆞᄆᆞᆯ 알외니 왕이 경ᄋᆞ 급문 왈 너희 말이 필유ᄉᆞ괴니 엇지 수싱이 판단타 ᄒᆞᄂᆞᆸ 옥경이 유유지지ᄒᆞ다가 ᄃᆡ왈 다른 일이 아니라 져졔 수오 일 젼 침누의셔 슈압이 몽농ᄒᆞᆫ 가온ᄃᆡ 몽시 괴이ᄒᆞ여 쳔문이 크게 널니는 바의 일위 노옹이 ᄂᆞ려와 스스로 일오ᄃᆡ 월하옹이로라 ᄒᆞ고 홍ᄉᆞ를 형 낭의 발의 걸고 망망ᄒᆞᆫ 쳔

28면

슈를 모로니 쳔의 노ᄒᆞᆫᄉᆞ 날노뼈 증험을 뵈라 ᄒᆞ실시 임가 ᄋᆞᄌᆞ를 닛그러 왓ᄂᆞ니 그 ᄃᆡᄂᆞᆫ 규슈의 슈치를 말고 이를 보라 ᄒᆞ고 반ᄃᆞᆺ 홍ᄉᆞ를 임ᄋᆞ지라 ᄒᆞᄂᆞᆫ 쇼년의게 미고 형낭을 향ᄒᆞ여 쳔여불쳐면 반슈기앙이라 ᄒᆞ고 유리병을 드러 형낭의 머리를 셰 번 치니 몽압ᄒᆞᆫ지라 쇼질이 씨오니 인ᄒᆞ여 졍신을 모로고 만쳬 아니 알픈 곳이 업셔 일 신을 거두지 못ᄒᆞ고 두골이 ᄯᅳ리는 ᄃᆞᆺᄒᆞ여 밤의 졉목을 못ᄒᆞ오니 슉부는 일만 어려 온 일을 폐치 마르시고 여ᄎᆞ 슈회

29면

를 용젼의 진달ᄒᆞᆫᄉᆞ 만젼지계를 닉쇼셔 왕과 비 놀나 굴오ᄃᆡ 임ᄋᆞᄌᆞ라 ᄒᆞᄂᆞ니는 임

쵸왕의 장직니 극히 난쳐ᄒᆞ미 만코 츠마 녀ᄋᆞ의 병을 괄시ᄒᆞ리오마는 혹즛 ᄉ혼지를 어드나 져 집 법힝이 지엄ᄒᆞᆫ 거셰쇼공지라 쳔무이일과 지무이군을 법ᄒᆞ여 황뎨라도 원비 잇슨 후는 빈실노 맛는지라 그러ᄒᆞ무로 효장공쥬를 좌우부인을 봉ᄒᆞ엿ᄂᆞ니 녀이 비록 져 집의 도라가나 졍위는 바라지 못ᄒᆞ니 그러흔즉 여영이 쳔승 국군의 일교ᄋᆞ로 됴졍 명ᄉᆞ의 빈실의 굴ᄒᆞᆫ 차

30면

마 못ᄒᆞ려니와 녀이 능히 빈위를 감당ᄒᆞ량이면 현마 혼ᄉᆞ야 못되랴 옥경이 깃거 되왈 형낭의 뜻이 제 임의 취쳐흔 쥴 아오미 빈희의 덕을 효측고즈 ᄒᆞ나이다 왕이 불열ᄒᆞ나 명일의 입됴ᄒᆞ여 말숨이 됴용ᄒᆞ더니 휘 글오ᄉᆞ되 옥션의 형셰는 근뉘 궐즁 츌입이 업ᄉᆞ니 엇진 일이뇨 왕이 긔회를 어든지라 이의 피셕복지ᄒᆞ여 녀이 유병ᄒᆞᆷ을 알외고 쥬왈 신이 ᄌᆞ식이 번셩치 못ᄒᆞ온디 옥션이 병들믄 몽뇌 여ᄎᆞ여ᄎᆞᄒᆞ무로 셩병ᄒᆞ오미니 ᄉᆞ졍의 민울ᄒᆞᆷ을 니긔지

31면

못ᄒᆞᆯ쇼이다 폐히 일장 ᄉ혼지를 임문의 나리오ᄉᆞ 혼ᄉᆞ를 완젼ᄒᆞ오면 일명이 ᄉᆞ라날가 ᄒᆞ옵ᄂᆞ니 신이 다만 옥션 남믹ᄲᆞᆫ이오니 업디여 바라나이다 상이 쳥파의 침음ᄒᆞᄉᆞ왈 임한쥬의 고집은 두루혀지 못ᄒᆞ리니 엇지 어린 ᄌᆞ식으로 황가의 결혼ᄒᆞ리오 ᄒᆞ믈며 지취를 권ᄒᆞ랴 됴왕이 다시 쥬왈 여ᄎᆞ 고로 신녜 감히 원위를 바라지 못ᄒᆞ고 빈실이라도 만힝일가 ᄒᆞ나이다 휘 깃거 아니ᄉᆞ 왈 옥션의 병이 굿ᄒᆞ여 몽ᄉᆞ 빌미 되믈 알니오 이런 쇼쇼지ᄉᆞ를 됴졍의

32면

일ᄏᆞ라 되신의게 구혼ᄒᆞ미 심히 불가ᄒᆞ이다 상이 그러히 너기시니 왕이 착급ᄒᆞ여 다시 쥬왈 굿ᄒᆞ여 신녀의 병들믈 일ᄏᆞ르시리잇가 신녜 직목이 특츌ᄒᆞ고 셩힝이 슉균ᄒᆞ니 타문의 보닉기 앗가오믈 니르시고 빈실노 ᄉ혼ᄒᆞ시면 신직 이만 일의 명을 거역ᄒᆞ리잇가 상은 묵연ᄒᆞ시고 휘 글ᄋᆞᄉᆞ되 창흥의 안히 셜시는 ᄉᆞ덕이 슉연ᄒᆞ고 뉵힝이 찬연ᄒᆞ여 효문의 지난 직모덕질이믈 효장이 미양 일ᄏᆞᆺ는 비라 옥션 ᄀᆞᆺ흔 뉴는 한화야쵸 ᄀᆞᆺᄒᆞ니 ᄉ혼ᄒᆞ미

33면

붓그럽지 아니랴 ㅎ믈며 임문이 월돈혼 후는 월궁션ㅇ ㄳ혼 식이라도 덕이 업스면 용납지 아니리니 옥션의 위인이 남의 화풍을 감치 아니면 신하를 녀식을 쥬어 덕국이 징봉ㅎ고 가국이 쇼요ㅎ여 무어시 됴흐리오 쵸왕이 무류ㅎ여 다시 말을 못ㅎ고 퇴됴ㅎ여 도라와 상과 후의 뜻을 니르고 셰셰이 도모ㅎㅈㅎ니 옥션이 쳥파의 흔번 길게 늣기고 혼졀ㅎ여 아관이 긴급ㅎ니 왕과 비 붓드러 보호ㅎ고 옥션이 약을 가라 후셜의 드리오니 요인이 짐즛 슘을 드리

34면

그어 아됴 여지 업슨 형상을 ㅎ니 왕과 비 창황ㅎ여 약을 가라 연ㅎ여 쓰니 셕양의 회슈ㅎ믹 왕의 부뷔 환희ㅎ여 지슴 위로ㅎ며 병심을 요동치 말나 ㅎ고 급히 궐하의 드러가 제후기 인결ㅎ니 상이 마지 못ㅎ스 상국 부즈를 픠쵸ㅎ시니 왕이 야야를 뫼셔 예궐슉스ㅎ니 상이 슈돈을 갓가이 쥬스 말슴이 은근ㅎ스 쵸왕의 졍스를 니르시고 인명이 지즁ㅎ니 슬하의 용납ㅎ라 ㅎ신딕 왕이 쳔만 의외의 상됴를 듯즈오니 어히 업스나 셩식을 부동ㅎ고 야야의

35면

딕쥬ㅎ시믈 기다리니 상국이 부복계슈 쥬왈 신슈무상이오나 군명은 스지라도 거역지 아니ㅎ옵거늘 더욱 금지옥엽으로써 스혼슉녀를 스양ㅎ리잇고 쳔혼 고집이 흔번 졍혼 후는 다시 취치 못ㅎ올 쥴을 폐히 밝히 빗최시는 비오니 엇지 다시 알외오며 더옥 창흥이 구상유취로 황구쇼익옵거늘 오직 신의 노뫼 년고ㅎ온 고로 틱스 셜연창의 쇼녀를 거년의 취ㅎ와 아직 합근 젼이오니 또 엇지 지취를 시기오며 폐히 창흥을 어리무로 슈년 말믜를

36면

허ㅎ신 빈라 쵸왕이 허언을 쥬작ㅎ여 폐하 셩춍을 가리와 신몽으로 빌믜혼 병이라 ㅎ오나 이 곳 창흥의 쓸 딕 업슨 외모풍신으로 타인의 눈의 과히 뵈오무로 허탄흔 몽스로써 쳔위지쳑의 쥬ㅎ여 외됴신뇨를 협졔코즈 ㅎ오니 시가인야며 슉불가인냐니잇고 ㅎ믈며 혼인이란 거슨 막비쳔의오니 인녁으로 밋츨 빅 아니요 신이 슈불용이오나

엇지 외국 번왕의 협데롤 밧ᄌ오며 농슐 즁의 ᄰ지리잇고 쳔위지쳑의 ᄉ죄롤 쳥ᄒ오
나 밧ᄌ올지언졍 창흥

37면

의 지취는 결연이 용납지 못ᄒ리오쇼이다 언쥬파의 강모롤 벗고 옥계의 머리롤 두다
려 되롤 쳥ᄒ니 왕이 ᄯ흔 면관복죄ᄒᄂ지라 상이 밧비 좌우로 붓드러 그 관면을 쥬
시고 돈유 왈 짐이 경의 논답이 여ᄎᄒ쥴 아르되 부ᄌ 쳔셩이 유유ᄒ믈 면치 못ᄒ미
라 짐심이 경언 ᄀᆺ고 임군이 미녀셩식으로 어진 신하롤 ᄉ혼ᄒ리오마는 ᄉ졍의 졀박
ᄒ미 형졍의 ᄯᆺ을 모로미 아니라 ᄒ시고 다시 권유치 아니시니 너무 고ᄉᄒ미 신ᄌ
의 되 아니라 ᄒ여 부지 각모롤

38면

가ᄒ고 옥계의 올나 부복ᄒ고 왕은 야야의 ᄉ혼 일ᄉ롤 일언의 아도 버ᄒ나 동닉 면
치 못ᄒ쥴 알고 불힝ᄒ믈 니기지 못ᄒ나 안식이 여일ᄒ여 고ᄉᄒ도 업고 불평ᄒ도
업셔 묵묵 국궁ᄒ엿더니 상이 다시 ᄀᆯ오ᄉᄃᆯ 쵸왕의 졍셰 비고ᄒ고 마지 못ᄒ여 ᄎ
혼을 환슈치 못ᄒ 거시니 맛당이 빈실노 졍혼ᄒ라 ᄒ시니 상국의 늠늠흔 고집이나
너모 졀박ᄒ미 황민흔지라 이의 쥬왈 셩괴 여ᄎᄒ시니 엇지 ᄉ양ᄒ리잇고마는 신의
부ᄌ는 노모롤 다려 고향의

39면

의[4] 가 녀년을 맛고ᄌ ᄒ오니 ᄉ양홀 빅 업ᄉ오나 연이나 창흥의 고집이 되단ᄒ오니
지녀가인의 다다흔 츈졍을 맛치올 쥴 모르오니 그ᄯ 군쥬 박디흔 죄롤 신의 부ᄌ의
게 연누치 마르치믈 알외ᄂ이다 쥬파 봉졍을 흘녀 쵸왕을 찰시ᄒ니 왕이 만안참식으
로 낫빗치 통홍ᄒ여 상견의 면관 쥬왈 신녜 병이 괴질이오나 힝실이 쳔누ᄒ미 업습
거늘 임상국이 황가롤 목욕ᄒ고 황ᄌ롤 멸디ᄒ오니 하 면목으로 닙어됴ᄒ리잇고 상
이 쵸왕의 넘치업

---

4) '의' 중복 필사됨.

40면

 우믈 괴이히 너기 옥식이 엄녈호사 왈 경녀의 병이 언마나 아름다올진디 임경의 쥬시 그러호리오 쳔시와 인 를 모로고 홀노 위엄과 황가 셰엄으로 외됴의게 죽셰호려 호니 짐이 주식 잘못 나흐믈 미말셔인만 못호여 황가의 빗치 감호믈 춤괴호여 호 니 경은 쇼심 익익호여 고구의 일을 증셰호고 됴곰도 방주훈 마음을 먹지 말고 옥 션을 임문의 드려 보나나 주식이 방동호믈 도와 화급구문홀진디 짐이 쳔뉸을 버혀 연곡의 용납지 아니리라 언파의 옥식이 심

41면

히 엄즁호시니 쵸왕이 한츌쳠비호여 돈슈 죄호고 물너나니 상국 부지 쪼훈 수양치 못홀 줄 알고 퇴호여 도라오나 쳔금 식부의 화 를 근심치 아니리오마는 임군의 수 랑호시미 골육지친의 더으믈 뵈 황주를 졀칙호여 황가의 셰력을 주뢰치 못호게 뵈 신 뜻을 싱각건디 쳔은이 각골호니 엇지 며느리를 위호여 군신의 지기를 헐우리오 젼후 수기 안상호여 호발 닷토미 업시 퇴됴호니 상국이 아주의 지효지츙이 갈스록 쌍젼호믈 더옥 탄복흠이호

42면

믈 마지 아니호더라 궐문을 나 부주 슉질이 흔가지로 부문의 다다라는 한남이 군동 졔졔를 거나려 맛는지라 상국은 거상의셔 느리 미러보고 두굿기며 수랑호믈 금치 못 호여 화기 영농호니 왕은 넓축합호고 한남을 슉시호미 그 별이훈 장셩긔질이 음녀의 불 곳흔 욕심이 들믈 졀통분한호여 긔위 참안호니 한남이 야야의 엄식을 우러러 황 황숑뉼호미 그 범되호미 어느 곳의 잇스믈 아지 못호나 감히 뭇줍지 못호고 됴심호 며

43면

뫼셔 취젼의 니르니 상국이 반일 틱부인 긔거를 뭇줍고 이의 연즁 셜화를 셜파호고 션싱을 도라보아 왈 셰강쇽말호니 이샹훈 닐도 잇더라 션싱은 도로혀 쇼왈 창으와 셜쇼뷔 일장 긔화를 경녁호리니 됴군줘리잇가마는 셜쇼부의 화란이 졔게 긋칠 빈 아 니라 여러 곳으로 연비호여 화 호오미 되오리니 불힝지식 크도쇼이다 틱부인은 막

426   임씨삼대록 1

불ᄎ악ᄒ여 일오ᄃᆡ 연즉 오ᄋᆞᆼ의 닷토아 거졀치 아니코 슐연이 봉승ᄒ여 져 음악ᄒ 녀ᄌᆞᆯ 가

닉의 일위여 셜쇼뷔 어린 ᄋᆞ히 강젹을 맛져 괴상육을 삼으며 ᄎᆞᄋᆞ의 말 ᄀᆞᆺ흘진ᄃᆡ 긔 발이 두려혀 난보의 졔 아희 혼췌길을 질너 ᄉᆞ단을 둘연이 긋치지 아니리라 ᄒ니 겨유 진졍ᄒᆞᆫ 가란을 ᄯᅩ 일호열쓱가 왕이 계슈 ᄃᆡ왈 됴군쥬의 현여불쵸ᄂᆞᆫ 미쳐 근심ᄒᆞᆯ 비 아니옵고 임군의 은혜 무겁ᄉᆞ오니 ᄎᆞ마 ᄒᆞᆫ ᄌᆞ식의 젼졍을 위ᄒ여 너모 고집ᄒ여 쳔의ᄅᆞᆯ 거ᄉᆞ리미 난지오 임군이 쥬시ᄂᆞᆫ 바 견마라도 ᄉᆞ양ᄒᆞᆫ다 ᄒ오니 ᄒᆞᆯ믈며 친황손이니잇가 실노 쇼쇼

난 미ᄉᆞᄅᆞᆯ 하날의 븟치고 지어 셜현부의 젼졍은 슈달이 진쳔ᄒ고 화복이 유슈ᄒ오니 져회 슈복이 엇지 져 됴군쥬의게 달녀ᄉᆞ리잇고 티모ᄂᆞᆫ 물우ᄒ쇼셔 ᄒ고 한님은 됴군쥬 셰ᄌᆞᄅᆞᆯ 드르니 분한이 흉ᄒ 쒸놀고 누연ᄒᆞ미 비위 거ᄉᆞ려 일단 졍심이 구지 졍ᄒ니 왕이 지긔ᄒ고 부젼의 고왈 비록 됴군쥬ᄅᆞᆯ 마져오오나 졔가지도ᄂᆞᆫ 창흥이 굉현ᄒ 올진ᄃᆡ 녀ᄌᆞ의 원이 몬져 길우지 아니련마ᄂᆞᆫ 불쵀 일단 고집이 잇셔 쳐변이 온용치 아니ᄒ온

지라 금신하난 비로쇼이다 한님이 야야의 말ᄉᆞᆷ을 듯건ᄃᆡ ᄌᆞ긔 고집을 셰우지 못ᄒᆞᆯ 줄 알고 혜아리되 부부 눈긔ᄅᆞᆯ 다 ᄭᆡᆫ코 부모 톤당을 밧드러 효롤 온젼이 ᄒ고ᄌᆞ 마음을 구지 졍ᄒᆞᄆᆡ 구졍이 경ᄒ더라 좌ᄅᆞᆯ 파ᄒ여 각각 침쇼로 물너올ᄉᆡ 이쎅 슉녈이 좌즁의셔 년녀ᄉᆞᄅᆞᆯ 듯고 한심히연ᄒᆞᆷ믈 니긔지 못ᄒ여 물너 침쇼의 도라오니 효장공쥬 풍쇼 등으로 더브러 니르니 슉녈이 마ᄌᆞ 좌ᄅᆞᆯ 졍ᄒᆞᄆᆡ 공쥬 믄득 아황을 빈츅ᄒ고 슉녈을 향ᄒ여 ᄀᆞᆯ

오ᄃᆡ 셰시 난측이라 질ᄋᆞ 부뷔 아직 눈긔ᄅᆞᆯ 미졍ᄒ여 져런 괴시 잇ᄉᆞ니 쳡이 상히 옥

션과 옥경의 우인을 그그기 한 되이 녀기더니 이런 일이 난지라 이 아히들이 특별이 이상흔 인물이니 취흥미 질이 후디흐나 박디흐나 가란의 화근이 클지라 초눈 황가의 빗치 감흐고 형져의 불힝일 분아니라 첩이 진실노 구문의 눗 들믈 참괴흐여이다 슉녈이 공쥬의 말을 드르미 임의 짐작흔 비나 천금 식부룰 위흔 졍이 긔거룰 허흐여 쳔

눈의 즈별흔 비엿눈지라 셔연이 탄식 디왈 옥쥐 밝히 니르시니 기즁을 가지라 도시 첩의 여앙이 무죄흔 즈부의게 밋쳐시믈 한홀 비 업스니 다만 밋눈 비 져의 쟉셩을 바랄 분이나 묵묵흔 쳔의룰 어이 알 니 잇고 됴군쥐 아닌들 오눈 익을 엇지 면홀 거시라 옥쥬의 근심흐시미 계시리잇가 공쥐 탄식흐여 말이 업더니 믄득 한님이 인흥을 안고 겨졔룰 거느려 드러와 모비 슬하의 시좌흐여 ♀히들 노룸을 찬됴흐며 모비 심우룰 위열흐더니

도라 공쥬긔 고왈 유지 평싱 고집이 집의 잇스미 반드시 즁안의 효로써 부모룰 밧들고 거관흐미 이윤 쥬공을 범츅흐여 이현부모흐고 융챵동스흐며 공명을 쥭빅의 드리워 빅셰여년의 민멸치 아니랴 흐더니 평싱의 호발도 부모긔 유우흐눈 즈식이 되지 아니려 흐엿습더니 쯧 아닌 됴군쥬 음녀로 부모긔 먼져 니우룰 끼치오니 평싱 집의 그린 쩍이라 부졀업순 등과로 음녀의 눈의 씌엿시니 슈원슈한이리잇고 유지 육아시의 방

하룰 읍숑흐노라 마두룰 됴원항으로 도로엿습더니 말이 도로혈시 디로 어귀의 쇼뢰 잇서 이 곳 쵸왕궁 분장 뒤히런가 시부더이다 셜의쳠으로 느♀오더니 난 듸 업슨 월환 흔 빵이 느려져 하나히 어화룰 맛쳐 느려지옵거눌 질이 가녀의 졀힝 업스미 통한흐와 도로 담을 넘기고 왓습더니 원뇌 이 녀지 션남즈흐눈 누힝을 품어 괴질을 일회여 거즛 몽스룰 일홈흐여 쇼질을 신싱의 유로 아눈가 시부오나 신싱의 어리미 업숩고 금의 의쳡

51면

ᄀᆞᆺ치 호걸의 됴흔 남지 아니오니 음악 쳔녀의 뜻을 잘 맛치지 못ᄒᆞ올지라 쵸왕이 그 음녀의 뜻을 깃그게 ᄒᆞ랴 ᄒᆞ면 쳔하 호쥬탐음흔 남지 거지두량이라도 불가승쉬니 호식탕ᄌᆞ를 구ᄒᆞ여 기녀의 욕심을 맛치오미 올ᄉᆞᆸ거늘 이 임창홍을 구ᄒᆞ여 만으로 셔 산을 두나 졔 쏠의 불 ᄀᆞ흔 더러온 욕심을 치올 길 업ᄉᆞ니 쳔만 불가ᄒᆞᆷ믈 모로고 곡경으로 도라오나 즁뫼 본증이 잇ᄉᆞ니 부뫼 맛지시고 유시의 져 집 은혜 지즁ᄒᆞ오니 부뫼 싱ᄋ

52면

ᄒᆞ시고 지싱휵양ᄒᆞ시믄 셜틱ᄉᆞ 부인이라 돈당이 동실ᄒᆞᆷ믈 명ᄒᆞ심도 부부 눈긔를 츌히미 업거늘 져 음악을 엇지 용납ᄒᆞ리잇고 쵸왕의 일이 불가ᄒᆞᆷ믈 니긔지 못ᄒᆞ리로쇼이다 언파의 경근지녜를 지으나 분긔 엄이ᄒᆞ여 봉안의 열풍이 어리엿ᄂᆞᆫ지라 효장공쥐 한님의 거동을 보고 황가의 지엽이 누연ᄒᆞ여 질ᄋᆞ의 말마다 누연ᄒᆞᆷ믈 먹음고 옥션의 위인을 본ᄃᆞ시 장낭쳐 니랑부로 지졈ᄒᆞ여 상ᄉᆞ괴질노 획발ᄒᆞᆷ믈 남은 ᄯᅳ히

53면

업시 ᄒᆞ니 한님의 말 ᄀᆞᆺᄒᆞ여 공경을 비져 도라오나 본부 후박은 쳔니 ᄀᆞᆺ고 츄명은 가국의 회ᄌᆞ홀지라 일홈이 슉질의 마여시믈 싱각ᄒᆞ니 왕의 부뷔 결단 업ᄉᆞᆷ믈 싱각ᄒᆞ니 흔 ᄌᆞ식을 쾌히 못 죽여 힝실이 비루ᄒᆞᆷ믈 불승통도ᄒᆞ여 ᄌᆞ츠ᄒᆞ니 한님의 달니훔과 신명이 지ᄒᆞᆷ믈 흠이ᄒᆞ여 쓰담듬ᄋ 굴오딕 닉 원닉 한왕 거거로부터 우리 황야와 모후의 셜덕을 츄탁ᄒᆞᆷ믈 붓그리믈 마지 아니코 너의 슉군이 날을 욕ᄒᆞ미 황가의 츄원

54면

힝실노 미뤄여 회양공쥬의 비기믈 지원골슈ᄒᆞ여 피셰도은코ᄌᆞ ᄒᆞ되 녀ᄌᆞ의 유힝이 양인의 일을 유감ᄒᆞ여 괴려흔 힝ᄉᆞ를 지어 우리 져져의 규훈을 욕 먹일가 뜻을 이루지 못ᄒᆞ고 믹양 붓그리더니 금일 녀언이 밋쳐 동싱이 될 아녀 여ᄎᆞᄒᆞ니 닉 옥션의 아ᄌᆞ미로 엇지 너 보기 붓그럽지 아니며 너희 거동이 은연이 셕일 부ᄌᆞ의 거동 ᄀᆞᆺᄒᆞ니 엇지 놀납지 아니리오 언파의 슈란훔이 옥면의 어리엿ᄉᆞ니 슉녈이 ᄋᆞᄌᆞ의 과격흔 언논이 왕의 인

55면

효흠과 다르믈 미안ᄒ고 효장이 골육지친의 음일ᄒ 괴스ᄅ 이달ᄋ 무류ᄒᄆᆯ 보니 두루 불힝ᄒ여 미안ᄒ 식을 지으니 츈풍화안의 셜풍이 쇼쇼ᄒ고 ᄭ지지미 업스나 은은ᄒ 뇌셩이 발ᄒᄂ 듯ᄒ지라 공지 관을 숙이고 등의 ᄯᆷ이 흐르고 두 무릅흘 ᄭ러 죽을 죄ᄅ 져진 ᄃ시 황공츅척ᄒ니 부인이 짐즛 ᄭᅥ지르고ᄌ ᄒ여 셰셰이 경계ᄒ여 군쥬다히 험져온 말을 구두의 언지 못ᄒ게 칙ᄒᄆᆯ 인졍 업시 ᄒ니 공쥐 우어 왈 우졔 홍질이

56면

왕형을 타비ᄒ미 남은 ᄯ히 업시ᄒᄆᆯ 올히 너기더니 져져의 아히 칙퇴ᄒ시미 과도ᄒ신가 ᄒᄂ니 졔 평싱의 비례ᄅ 원슈ᄀᆺ치 피ᄒ거ᄂᆯ 옥션의 구혼길이 졍되 아니므로 졔 알기ᄅ 그러틋ᄒ여 진졍을 토셜ᄒ여 말이 쵸왕 거거의게 가고ᄌ ᄒ미니 우졔 삭일 됴알의 질ᄌ의 쇼유ᄅ 진달ᄒ여 흔번 졀칙ᄒ여 혼닌길이 졍되 아니믈 니르려니와 쵸왕 거거ᄂ 한왕 거거ᄀᆺ지 아냐 모질지ᄂ 아니ᄒ 것마ᄂ 옥션이 불미ᄒᆯ 양이면 엇지 한홉지

57면

아니리오 쥬비 역탄 왈 ᄉᄉ 쳔의여ᄂᆯ 불효의 망녕되미 옥쥬 둔젼의 실언ᄒ 되 만코 ᄯᅩ 황상이 군쥬로 불효의 측실노 도라보닐 쥴노 ᄒ시고 둔괴 봉승ᄒ시ᄂᄃᆡ 엇지 용젼의 번극히 쇼유ᄒ리오 옥쥬ᄂ 다시 이런 말슴을 마르쇼셔 공쥐 흔연칭ᄉᄒ고 한부인은 쥬부인을 희유ᄒ여 한님을 ᄉᄒ시믈 쳥ᄒ니 슉녈 왈 현뎨 창ᄋ의 쳥을 언마나 바닷관ᄃᆡ 졔 스스로 쓸뮈온 거동을 ᄒᄂ 거ᄉᆯ 우형은 엇지 모지 이리 괴로이 봇치ᄂ뇨 한부인

58면

이 낭낭이 웃고 당하ᄅ 보니 셜쇼졔 혼졍ᄒ라 오다가 한님의 복지쳥죄ᄒᄆᆯ 보고 ᄯᅩᄒ 승당치 못ᄒ여 쳔연이 손을 쏘ᄌ 계하의 셧ᄂ지라 부부의 괴질을 쌍으로 듸ᄒ미 더욱 졀츌긔이ᄒ며 계하의 상운이 찬난ᄒ니 쥬비 이의 이읔이 쳠시ᄒ고 ᄋᄌ 부부의 즉셩괴질을 쳔의 유의ᄒ여 ᄂᆞ시고 됴물의 다싀ᄒᆷᄆᆯ 탄셕ᄒ나 탄셕지 아니코 ᄌ부의

오르믈 명ᄒᆞ여 쇼져를 ᄊᆞ다듬ᄋ 무익ᄒᆞ미 시로오니 공쥐 낭연 쇼왈 우리 져져의 만ᄉ무

려ᄒᆞ시무로 셜현부의게 ᄒᆞ시ᄂᆞᆫ 마음은 익익 깅가ᄒᆞ시니 샹담의 며ᄂᆞ리 ᄉᆞ랑은 싀아비요 ᄉᆞ회 ᄉᆞ랑은 악모라 ᄒᆞ되 져져ᄂᆞᆫ 며ᄂᆞ리 ᄉᆞ랑이 병든 듯ᄒᆞ니 양 질녀를 취가ᄒᆞ여 셔랑을 마져도 져 며ᄂᆞ리 우의 잇지 아닐쇼이다 쥬비 홀연 쳑연 왈 쳡이 만단 긔화를 격고 돈구 딕인긔 불효를 ᄭᅵ쳐 힝혀 불효를 일즉 두어 돈구 슬하의 양휵ᄒᆞᄉ 슈우를 이즈실 ᄯᅢ 만ᄒᆞ시고 식부를 어드니 셩덕문명과 지효덕힝이 흠쑉ᄒᆞ미 마음을 쑈다

ᄉᆞ랑ᄒᆞ미 병 되도쇼이다 공쥐 맛당ᄒᆞ믈 일ᄏᆞᆺ고 쳑연ᄌᆞ샹ᄒᆞ니 이ᄂᆞᆫ 음녜 한님을 보고 샹ᄉᆞ병을 닐오혀 황가의 빗츨 감ᄒᆞ고 입문ᄒᆞ미 필유화근이라 이러무로 ᄌᆞᄎᆞᄒᆞ고 밤이 깁ᄒᆞ미 각각 물너눌시 쥬비 식부를 침쇼로 보닉니 한님은 공쥬를 뫼셔 궁으로 가더라 쇼졔 침쇼의 니르니 돈당이 임의 한님 부부로 동실을 명ᄒᆞ엿시무로 당즁의 포진병장이 겹겹ᄒᆞ고 한님 등과후ᄂᆞᆫ 딕긱 슈웅을 쇼져긔 칙츌ᄒᆞᄂᆞᆫ지라 별당과 힝각을

널니 줍아 당마다 시녜 뫼혀시며 광활ᄒᆞ니 쇼졔 치봉젼의셔 젹이 장암ᄒᆞ믈 불안ᄒᆞ여 줌간 쥬져ᄒᆞ다가 당즁의 드러 장복을 벗고 단의홍군으로 좌졍ᄒᆞ엿더니 열픠 고왈 계양이 ᄂᆞ됴의 쵼언힝의 갓ᄉᆞᆸ더니 목쇼져 지란이 어딕로 가다 ᄒᆞ되 쳥시 홀연 ᄂᆞ라가 무인침당의 와 삼켜가다 ᄒᆞ니 틱부인은 통곡ᄒᆞ시고 노야와 부인이 두루 쥬필부작을 붓치시더니 쵸왕궁으로셔 구혼ᄒᆞ오되 직ᄉᆞ 상공을 그 낭녀 군쥬로 쳥혼흔다 ᄒᆞ오며 그 군쥐

연긔 십숩 셰라 ᄒᆞ더이다 틱시 쥬궁 빈신을 즐퇴ᄒᆞ시고 직ᄉᆞ 상공은 즁장ᄒᆞᄉ 위틱위틱ᄒᆞ더이다 쇼졔 본부 변식 졈졈 빅츌ᄒᆞ여 요얼이 작흥ᄒᆞ믈 드르미 한심경악ᄒᆞ나

불변안식ᄒᆞ고 묵연 냥구의 계양을 갓ᄀᆞ이 불너 공ᄌᆞ의 장슈를 무르니 계양이 부인 슈셔를 올니ᄆᆡ 셔열ᄒᆞ고 상두의 노흔 후 고요히 혜ᄋᆞ리는 빗 잇더라 ᄎᆞ야의 한님이 공쥬를 뫼셔 경침의 드르시믈 보고 즉시 도라와 모비를 ᄂᆞ즉이 뫼셔 후일 삼갈 바를

63면

알외고 어리눅게 이릐ᄒᆞ여 ᄎᆞ공ᄌᆞ다려 왈 너는 셔지로 가거나 오운뎐으로 가거나 ᄒᆞ여라 나는 오날 모비긔 시침ᄒᆞ리라 ᄌᆡ흥이 슈명ᄒᆞ고 ᄂᆞᄋᆞ가니 셩흥 냥 공ᄌᆡ 한님과 ᄌᆞ련노라 ᄒᆞ니한님이 냥제를 물니치고 모비 무릅희 안ᄌᆞ 유압을 어루만지니 부인이 ᄋᆞᄌᆞ의 거동이 오히려 히ᄌᆞ의 틔를 면치 못ᄒᆞ엿거늘 어이업셔 굽어보ᄆᆡ 쳬지는 엄웅 장ᄃᆡᄒᆞ나 ᄂᆞ힌 즉 열둘이라 ᄌᆞᄀᆡ 너모 밍녈이 칙ᄒᆞ믈 노ᄉᆞ슉유로 ᄒᆞ니 원민ᄒᆞ던 거동을 ᄉᆡᆼ각

64면

ᄒᆞᄆᆡ 사랑이 유슈 ᄀᆺᄒᆞ여 ᄌᆞ연 아험의 우음을 먹음고 셩안을 흘녀 아ᄌᆞ를 ᄌᆞ로 보ᄋᆞ긔이ᄒᆞ니 한님이 모비 유열ᄒᆞ시믈 감격ᄒᆞ여 모비 냥슈를 밧들고 왈 히ᄋᆡ 상시 여러 동긔 유압의 달녀 질겨ᄒᆞ믈 보오면 스ᄉᆞ로 늣겁고 부러워 왕부긔 이릐ᄒᆞ던 버르슬 ᄒᆞ옵다가 ᄌᆞ위 칙교를 듯ᄉᆞ오니 비로쇼 불초ᄒᆞ믈 ᄭᆡ닷ᄂᆞ이다 쥬비 그 어리로이 이릐ᄒᆞ던 가온ᄃᆡ 효우 ᄌᆞ별ᄒᆞ믈 보니 ᄀᆞ칙ᄒᆞ리오 늘호여 그 옥슈를 물니쳐 왈 왕부긔나 어미게나 이

65면

릐들 ᄆᆡ양ᄒᆞ랴 언제나 어룬의 혬이 ᄂᆞ리오 어린 것들이 네게 빅화 졈졈 무루되여 가는고나 금야붓터는 봉눈당의 거쳐ᄒᆞ여 부뷔 깃드리게 ᄒᆞ라 한님이 미급ᄃᆡ의 왕이 ᄀᆡ호입실ᄒᆞ니 한님이 마져 공슈궤좌ᄒᆞ고 오운뎐 시침을 뭇ᄌᆞ온ᄃᆡ 왕이 ᄌᆡᄋᆞ로 시침ᄒᆞ엿ᄉᆞ니 너는 금야붓터 봉눈당의 거쳐ᄒᆞ라 한님이 계슈봉명ᄒᆞ나 아ᄌᆞ 모비 슬하의셔 졔졔로 밤을 질거이 지ᄂᆡ랴 ᄒᆞ던 흥미 쇼삭ᄒᆞ여 가월을 슈집ᄒᆞ고 유유지지ᄒᆞ여 인

66면

흥을 안고 간간흔 ᄉᆞ랑이 슈이 이러ᄂᆞ지 못ᄒᆞ니 이ᄯᅴ 치혜 ᄉᆞ 셰라 교교히 웃고 왈

야야는 앗가 되거거의 거동을 못 보아 계셔이다 져 쓸의셔 모비기 이리이리ᄒᆞ며 비더이다 ᄒᆞ며 어엿분 거동이 볼ᄉᆞ록 긔이ᄒᆞ니 왕이 ᄂᆞ오혀 썜을 다히고 귀즁ᄒᆞ미 비홀 ᄃᆡ 업셔 부인더러 굿ᄒᆞ여 뭇지 아니ᄒᆞ고 공ᄌᆞ를 지쵹ᄒᆞ여 보ᄂᆞ니 한님이 부모의 편히 취침ᄒᆞ실 바를 슬피고 거름을 두루혀 봉눈당의 니르니 쇼졔 안셔이 이러 맛거늘 한님이 좌를 밀고 좌졍

67면

ᄒᆞ미 한님이 셔안을 슬피다가 셜부로됴ᄎᆞ 온 셔간을 집어보니 악모의 글월이로ᄃᆡ 됴궁 구혼 일ᄉᆞ로 ᄒᆞ여 셜싱이 칙벌을 입은 ᄉᆞ단이라 도로 노코 은근 함쇼ᄒᆞ다가 왈 장뷔 비록 호식ᄒᆞ나 참ᄋ 비례의 곳의 뉴졍코ᄌᆞ ᄒᆞ여 구혼 일ᄉᆞ로 부모 유쳬를 상히오니 참담ᄒᆞ도다 연이나 악장이 약ᄒᆞ시도다 그런 픠ᄌᆞ를 한 민의 쾌이 죽여 가란의 망야와 황가의 구친을 ᄯᅳᆺ쳐지게 ᄒᆞ리로다 인ᄒᆞ여 쵹을 멸ᄒᆞ고 쇼져를 혈슉ᄒᆞ

68면

기를 권ᄒᆞ나 쇼졔 그린 드시 안ᄌᆞ 움즉이지 아니니 싱이 져의 눕지 아니믈 알지니 엇지 무단이 안쳐 두리오 쾌히 니러나 쇼져를 붓드러 일침지하의 겻지으니 니향이 만실ᄒᆞ고 은이 시암솟듯 ᄒᆞ나 ᄌᆞ긔 졍심이 잇ᄂᆞᆫ 바의 엇지 부뷔 일합ᄒᆞ리오 쇼졔 놀나 두리믈 보고 완이히 쇼왈 현조의 싱을 고렴ᄒᆞ미 셰월이 오ᄅᆡ되 잇지 아낫도다 어려셔 의지 업슨 ᄋᆞ히를 외간 남ᄌᆞ라 ᄒᆞ고 ᄂᆞᆾ출 ᄀᆞ리오고 피ᄒᆞ니 심히 무류코 붓그럽

69면

더니 혐의 ᄂᆞ려 ᄂᆞᆾ출 가리워 피튼 아니ᄒᆞ나 이디도록 무셔워ᄒᆞ니 져 마음으로써 빅년 동쥬와 유ᄌᆞ싱녀를 엇지ᄒᆞ실고 ᄒᆞ며 향신을 겻지어 은근 셰에 굿지 아니니 쇼졔 됴심ᄒᆞ고 두려ᄒᆞᄂᆞᆫ ᄯᆞᆷ이 구슬 ᄀᆞᆺ흔지라 싱이 그 나히 너무 어려 오직 오합을 모로고 흔ᄌᆞᆺ 남지믈 붓그려 과이 슈습ᄒᆞ믈 긔ᄃᆞ리ᄒᆞ더니 홀연 분탄 왈 평싱 츙효로 본을 숨고 츙효를 진각ᄒᆞ여 임군을 밧드러 돕ᄉᆞᆸ고 부모를 밧드러 집을 가ᄌᆞ기ᄒᆞ여 쳐ᄌᆞ를 은혜로 거

70면

나려 악부모 융산 디혜로 갑하믈 신토록 미졍□□ 홀가 ᄒ엿더니 싱각 밧 난음찰녀 룰 일위게 ᄒ여시니 복이 결증이 만아 녀즈의 타일 음난ᄒ믈 ᄎ마 남의 쳥문도 비위 거스리더니 느의 실즁의 드러온 계집을 두어 엇지 금슬을 여오게 ᄒ리오 아직 우리 부뷔 젼졍이 머러시니 화합을 ᄎ으 졔군이 긔화룰 비로 ᄒ나 복은 슌양이 되여 져 음 녀 부라미 긋쳐 니랑부 되기룰 죄오리니 느의 반싱 직심이 공연이 탕

71면

음 흉녀의게 걸녀 궤셰룰 부리미 엇지 분치 아니리오 의쳠의 힝시 이닯도다 우리 즁 뷔 져의 문명지화와 큰 그르시 될 바룰 쾌히 허장ᄒ스 월혜 미즈룰 비록 년긔 치지ᄒ 나 동상의 맛고즈 ᄒ시더니 져 즈레 흉인악포의 슷기룰 그 동즈식을 보고 어즈러이 원한을 바다 감쵸며 구혼ᄒ고 창방날 졍의 교밀ᄒ니 명위 노쥐나 실위 동긔 갓더라 옥경으로 더브러 난음ᄒ믈 일쳬로 ᄒ여 임의 상스괴질이

72면

쾌쇼ᄒ니 날노 장숑낙낙 명월하의 하늘을 우러 암츅인들 오족ᄒ엿스랴 길긔룰 디령 홀시 쵸왕이 또 옥경을 위ᄒ여 퇴셔룰 분분이 ᄒ니 옥경이 졔 뜻과 니도ᄒ믈 디졍ᄒ 여 졍원을 고ᄒ고 셜탐화의 다졍ᄒ 뜻을 ᄎ마 져바리지 못ᄒ니 심규 폐륜지인이 되 나 타문을 싱각지 못ᄒ리라 ᄒ니 왕이 경으ᄒ여 부득이 막부 뇨쇽으로 셜틱스긔 고 혼ᄒ니 셜공이 희연디로ᄒ여 믄득 안스의 월한빈□ 거스려

73면

좌우로 금녕을 흔드러 집장스예룰 모호고 이의 직스룰 잡아 느리와 결박ᄒ고 쵸궁 빈신을 디ᄒ여 스왈 일긔 포위한스요 산계비질이 감히 황가 녀협을 디ᄒ여 여른 복 이 슌ᄒ며 황가의 욕을 찌치리오 ᄎ 고로 디왕의 명을 밧드지 못ᄒ느니 힝혀 도라가 복의 뜻을 즈시 고홀지여다 언파의 흔 쇼리 밍셩으로 직스룰 슈죄 왈 난음 탕즈는 드 르라 너 황구 쇼이 황음무도ᄒ여 믄득 왕궁을 엿보와 미인을 교통

74면

ᄒ여 비례로 구혼을 ᄇ야고 탕ᄌ 아비ᄅᆯ 업ᄉ무로 아니 쾌히 죄ᄅᆯ 바다 죽어 가문의 첨욕ᄒᆫ 죄ᄅᆯ 쇽ᄒ고 슬하의 용납지 못ᄒᆯ 쥴 알나 언파의 미마다 고찰ᄒ여 뉵십 장의 미쳐는 깁 ᄀᆞᄐᆫ 가독이 ᄂᆺᄂᆺ치 허여지고 편편이 쎠러져 셩혈이 독독ᄒ미 공이 일호 ᄉ홀 ᄯᆺ이 업셔 분긔 졈졈 엄이ᄒ며 고구 흉인의 ᄯᅩᆯ을 비례로 유인ᄒ여 맑은 가문의 욕되게 ᄒᆯ 덜치통한ᄒ미 장하의 맛고ᄌ ᄒ

75면

니 뉘 능히 틱ᄉ의 놉흔 노ᄅᆯ 도로혀 직ᄉᄅᆯ 구ᄒ리오 직식 아됴 혼덜ᄒ여 인ᄉᄅᆯ 모로고 쵸궁 뇨속은 ᄎ경을 보고 ᄃᆡ경ᄎ악ᄒ여 바로 도라가고 틱ᄉ ᄒ령ᄒ여 칠십 장의 밋ᄎ니 직ᄉ의 셩명이 엇지 된고 ᄎ쳥하회ᄒ라

임시삼ᄃᆡ록 권지칠

1면

ᄎ셜 틱ᄉ 노긔 ᄃᆡ발ᄒ여 발셔 칠십 장의 미쳣더니 이늘 임왕이 마ᄎᆷ 셜공을 보려 동구의 들미 홀연 집장 쇼리 산악이 울히는 ᄃᆺᄒ니 고히 녁여 촉가ᄒ여 문의 니르니 직ᄉᄅᆯ 장칙ᄒ여 명믹이 경긱이라 틱ᄉ의 노긔 두우ᄅᆯ 쎄칠 ᄃᆺᄒ니 왕이 ᄃᆡ경ᄒ여 연망이 슈레의 ᄂᆞ려 졔노ᄅᆯ 물니치고 승당ᄒ니 ᄎᆞ시 셜공이 아ᄌᆞᄅᆯ 쾌히 죽여 고구의 후환을 ᄯᆯ코 길히 셰간을 ᄉ졀

2면

ᄒ려 구지 졍ᄒ미 ᄉ인 등의 유혈 익결ᄒᆞᄆᆯ 불쳥ᄒ고 ᄉᄌᄅᆯ ᄒᆫ 곳의 모라 가두고 치기ᄅᆯ 급히 ᄒ니 좌위 막불앙시ᄒ더니 믄득 ᄂᆞ려진 벽졔 쇼리 ᄂᆞ며 임쵸왕의 ᄂᆡ림ᄒᄆᆯ 고ᄒ니 셜공이 몸을 니러 마ᄌᆞ며 직ᄉᄅᆯ ᄭᅳ어 닉치고 ᄉᄌᄅᆯ 노ᄒ니 ᄉ인 등이 황황이 싱을 붓드러 외당의 누이고 피 무든 의복을 벗기고 급히 약을 치며 일변 슈독을 쥐믈너 구호ᄒ나 호흡이 쳔쵹ᄒ여 슘쇼리 ᄭᆫ힐 ᄃᆺᄒ지라 ᄉ인 등이 망조ᄒ여 쇼리ᄅᆯ 먹음고 연ᄒ여 약

3면

을 치나 젹연이 요동ᄒ미 업스니 간절이 쵸갈ᄒ여 슈지를 버혀 시험코ᄌ ᄒ더니 믄득 싱이 눈을 드러 좌우를 고면ᄒᄂ지라 ᄉ인 등이 창황이 쥐무르며 굴오디 지금은 엇더ᄒ뇨 능히 우형 등을 알쇼냐 직시 겨오 디왈 쇼제 쟝년이라 엄견의 약간 슈칙ᄒ들 죽도록 ᄒ릿가마ᄂ ᄉ긔 아름답지 아냐 가문의 닉친 몸이 되고 부모 슬하의 용납지 아니실지라 쳔일 하의 되인 되믈 슬허ᄒ나이다 ᄉ인 등이 누슈를 거두고 위로 왈 부졀업손 심녀를 쓰지

4면

말고 상쳐나 잘 됴보ᄒ면 너의 ᄉ죄ᄂ ᄉ뷔 잘 푸르시리라 직시 탄식고 ᄯ 막히니 ᄉ인이 쵸됴ᄒ여 아모리 홀 쥴 모로더라 어시의 셜공이 노분이 튱식ᄒ여 ᄋᄌ를 쟝하의 맛고ᄌ ᄒ더니 임왕의 승당ᄒ믈 보고 ᄋᄌ를 ᄉᄒ여 닉치고 왕을 마즈니 왕이 불열 왈 노형이 하고로 어린 ᄋ희를 즁쟝ᄒ뇨 ᄎ이 비록 긔운이 튱쟝ᄒ나 혈긔 미졍ᄒ거ᄂ 즁쟝을 져디도록 ᄒ여시니 엇지 ᄉ싱이 위티롭지 아니리오 티시 탄식 왈 쇼졔 슈무식이나 엇지

5면

엇지[5] ᄌ식 귀ᄒ 쥴을 모로리오마ᄂ ᄎ이 방탕음일ᄒ미 욕급문호ᄒ니 엇지 ᄉ싱을 넘녀ᄒ리오 드듸여 됴궁 구혼ᄉ를 셜파ᄒ니 왕이 희연ᄒ나 안식이 이연ᄒ여 왈 미시 막비쳔의니 오ᄋ의 궤집ᄒ무로 됴궁 월환을 환송ᄒ여시나 인연이 긔구ᄒ여 굿ᄒ여 그 망나의 걸녀 쥬야 일신을 일만 쟝 굴형의 ᄲ러진 듯ᄒ나 인녁으로 버셔ᄂ리오 연이ᄂ 영낭은 지모를 밋기를 삼ᄋ시니 엇지 버셔나리오 티시 광미를 슈집 왈 쇼졘들

6면

엇지 쳔의 디쟝ᄒ신 바를 모로리오마ᄂ 원빅은 무심 즁이라 월환을 환송ᄒ니 명달ᄒ 식견과 영웅의 흔연ᄒ 힝실이 분명ᄒ거니와 이 놈은 고학을 모로고 먼져 아비를 긔이고 미인 모흠만 도모ᄒ니 닉 비록 살ᄌᄒ 미명을 취ᄒ나 욕ᄌ를 두어 가문을 쳠욕

---

[5]   4면의 '엇지'와 즁복됨.

지 아니리라 왕이 흔연 왈 공의 쇼집은 미제 충복ᄒᄂ니 희량이 불효ᄒ나 부형의 교
훈이 여ᄎᄒ니 엇지 시동이 몰몰ᄒ며 ᄯᅩ흔 져의 작셩이 용우치 아닌 ᄋ히니 공의 문

7면

을 놉힐 ᄌᄂ ᄎᄋ이니 금번지ᄉᄂ 뎌도 무졍지시라 젠들 한됴지녜ᄅᆯ 알진ᄃᆡ 그 장물
을 신변의 두리오 너모 각박히 구러 ᄋ히 심졍을 병드리지 말지여다 연이나 형이 한
왕으로 닌ᄋᄂ 면치 못ᄒ리니 십 년을 그음ᄒ여 희량이 삼십을 한ᄒ면 져 음녀의 음
일ᄒ미 츈거츄리의 공동홀 니 업ᄉ지라 혹 면ᄒ고 슉녀명완을 셰셰히 듯보와 희량의
비우ᄅᆯ 졍ᄒ면 호방흔 ᄋ히 식덕의 져ᄌ면 긔군ᄌ 영쥰이 되여 크게 명

8면

실을 광보ᄒ고 문호ᄅᆯ 창ᄃᆡᄒ리니 형은 믈녀ᄒ고 결직히지라 희량을 쇼졔 맛닷던 거
시니 쇼졔 다려가 졔ᄋ로 구병ᄒ여 창쳬 완합ᄒ거든 탑젼의 져의 방탕흔 인믈을 알
외고 창ᄋ와 ᄀᆞᆺ치 말미ᄅᆯ 어더 슈년을 압히 두고 엄히 교도ᄒ여 회과칙션흔 후 인뉸
을 졍ᄒ고 환노ᄅᆯ 구ᄒ며 졍도의 도라가게 ᄒ리라 형은 하 근심 말고 쇼졔ᄅᆯ 맛겨 바
려두라 맛ᄎᆞᄂᆡ 몸을 요믈의 함익든 아닐 지니라 셜파의 어진 셩덕이 안모의 어

9면

리여 화풍경운이 무루녹ᄋ시니 셜공이 심심장비 왈 현지라 형언이여 노졔 ᄌ금 이후
ᄂ 일ᄉᄅᆯ 다 형의 지휘ᄅᆯ 드르리니 힝혀 희ᄋ의 불효ᄒᄆᆯ 통히ᄒ여 죽엄죽ᄒ거늘
과이ᄒ여 살나두어 화급문호ᄒ고 ᄃᆡ란이 가국의 연누흔즉 엇지리오마ᄂ 형의 넙은
교훈을 미더 불효ᄌᄅᆯ 형을 맛겨 근심치 아니리라 왕이 붓드러 긋치고 쇼왈 형이 속
ᄅᆯ 면치 못ᄒ엿도다 우리 냥기 우락을 일쳬로 ᄒ리니 엇지 희ᄋᄅᆯ 창ᄋ로 달니

10면

ᄒ리오 날이 뎌믈거든 보ᄂᆞ라 ᄒ고 니러셔더니 퇴식 탄식 왈 목ᄋ 남미ᄅᆯ ᄌ위 흑양
ᄒ시더니 근ᄂᆡ 그 오라비 힝식 요ᄉᄒ여 산즁 요리ᄅᆯ ᄭᅵ고 단니며 여ᄎ 괴변이 만터
니 일야지ᄂᆡ의 목녀의 거쳬 묘망ᄒ고 쳥시 방즁의 드러 날기ᄅᆯ 치며 삼켜 ᄂᆞ라가다
ᄒ여 비통ᄒ시니 민울홈을 니긔지 못ᄒ리로다 왕이 가연 ᄃᆡ왈 ᄎᄂ 목싱이 기미ᄅᆯ

홀여닉여 흔젹 업슨 가온딕 아뷔 화란 밋기룰 민들 계괴니 이 굿ᄒ여 놀날 비 아니오
니다

11면

공이 고기 됴아 뎡합오의라 ᄒ나 졀졀이 ᄌ가 부ᄌᆷ으로 쇼슨 화 삭시 임부가지 연누
ᄒ믈 참괴ᄒ나 계괴 간셥ᄒ무로 잠잠ᄒ더라 왕이 부ᄌᆷ의 도라와 퇴부인긔 반일 돈후
룰 뭇ᄌᆸ고 즉시 졍심헌의 니르니 쇼뷔 졔질을 거ᄂᆞ려 셩니룰 궁구ᄒ여 의미룰 힉발
ᄒ니 졔ᄋᆞ의 쳡쳡ᄒᆫ 문의 강하룰 헌츨케 ᄒ니 쇼뷔 졔질노 더브러 니러마ᄌ 뭇ᄌᆞ오
딕 금일 가ᄌᆷ의 회경이 잇ᄂᆞ니잇가 엇지 시로이 형장 회식을 보ᄂᆞ니잇가 왕이 희이
답왈

12면

가ᄌᆷ의 별단 회우 아니라 너의 한가ᄒᄆᆞᆯ 부러ᄒᆫ들 밋ᄎ랴 ᄎ고로 희식이 잇고 부뷔
불감ᄒᄆᆞᆯ 이르랴 쇼뷔 웃고 졔ᄋᆞ의 문장을 강논ᄒ여 왈 창질의 문필은 만시 장건ᄒ
엿시니 다시 ᄀᆞ르칠 거시 업고 직질의 무궁ᄒᆫ 도통과 쳔흥의 문명이 안증의 좌룰 ᄉ
양홀지라 져도 덕을 펼진딕 창싱이 강구의 함포고복이라도 가야라 빅디 이상의도 듯
지 못ᄒ 비니 즁민의 복이 둣터올지니 다만 여ᄎ 말셰의 져딕도록ᄒ 셩도룰 어그리
잇고

13면

고로 니극지희로 직앙이 만흘지라 가히 앗갑도쇼이다 커니와 화복이 지여쳔나라 직
앙이 화란지익이 쉬라 유리의 익을 취ᄒ며 츈츄의 붓 더지믈 효측홀 바 무가ᄂᆞ하라
셩닌 냥ᄋᆞᄂᆞ 이른바 금셰의 긔셰군ᄌᆞ요 무쌍졀치라 박학고명ᄒ여 그 시졀이 인ᄒ고
봉우지군ᄒ며 봉우기만이면 이윤 쥬공의 관일지튱과 양보지덕이 잇슬 거시요 긔지
비군이요 봉기비기면 가연이 쇼허와 유풍을 ᄯᆞ라 긔산의 귀 씻고 영슈의 쇼 먹이지
아니믈 의빙

14면

홀 위인이요 연흥 지란은 긔질품쉬 일식이나 쳥념기셰ᄒ고 셔셔낙낙ᄒ니 셩되 고요

호고 쯧이 강밍호며 위염이 튀고호여 악즈를 스랑호고 강장을 만픕호는 슈단이 잇스되 항항쥰정훈 직절을 가져시니 쳔고 열스의 쳬 잇고 경흥호여는 쯧즙기를 널니 호되 직뙤 긔특호나 온중합튝훈 거시 부독호고 여력이 과인호여 북극을 괴올 듯호니 너모 셰츠고 기쥬호식호여 잡오면 수군지 되고 노흐면 방탕긱이 될 거시니 단쳬 업지 아니코 기여 쇼ᄋ

15면

들은 아직 논난홀 비 업ᄂ이다 왕이 듯기를 다호미 미위 화연호여 왈 수졔의 명견이 명달호ᄂ 졔ᄋ를 논펌호미 너모 과야로다 창흥 지흥과 쳔흥은 외입홀 넘녜 업스되 경흥의 넘ᄂ미 졀박훈 근심이라 기뷔 관수의 다스호니 수졔 엄히 교도호라 쇼뷔 슈명호고 왈 경흥의 지됴는 별이호여 화도를 일우미 모발이 움즉이는 듯호니 져런 지됴는 그음이 업더이다 왕이 경흥을 경계호여 잡슐을 일워 타일 방탕긱의 들미 쉬우니 모로

16면

미 츠후란 잡슐을 긋칠지어다 공지 계슈지비 슈명호고 황공던뉼호여 감히 늣츨 드지 못호니 왕이 그 어린 나히 불과 수오 셰라 이듸도록 신셩특달호믈 스랑호여 평신호믈 니르고 그 쌍동 긔린이믈 이중흠이호여 도로혀 엄부의 쳬모를 일흐나 졔 공지 막 불진겁호여 됴심호믈 못 밋츨 듯호더니 이윽고 셜부로됴츠 직수를 치여의 시러 이르니 왕이 정심당 좌편 쇼유정으로 붓드러 드리라 호고 한님을 급히 부르라 호고 친히

17면

쇼유정으로 가니 쇼뷔 쇼왈 의쳠이 근늬 너모 다긔호상호여 향즈도 팔눙당 학동들노 희학이 낭즈호니 창질이 잇그러 이리 오라 호니 썍룻치고 닷더니 무스 일 치여의 실녀 왓ᄂ니잇고 왕이 잠쇼 왈 그 숀의 광픽호기로 두통이라 금일은 져의 듸인이 중측호여 수싱이 슈유라 이리 다려 왓거니와 이 ᄋ히 장원이 병드러시니 현뎨 모로미 극진히 칙교호여 셩도의 들게 호라 쇼년지심의 기쥬호식의 무드러 가정지훈을 불봉

18면

호나 명됴의 괴공이 되리라 연이나 셜공의 칙즈호미 과도호여 스성이 두리오니 우형이 다려오노라 쇼뷔 츠악호여 장칙이 과도호믈 놀나고 몬져 셩식의 무들믈 불힝호나 현부형지교와 현부형칙장을 고요히 바다 뒤장부 힝도의 힝실이 쳔박호미 업고 당당이 뒤군즈의 힝신이 두렷호 장본이라 스스로 즈가 굿호니는 외입도 이것치 기리 바라지 못호던 줄 싴로이 붓그려 고기를 숙여 망연즈실호니 왕이 쇼부의 일일

19면

일보의 무심치 아냐 쥬측냥신호미 날노 싴로오믈 긔긔호여 형뎨 손을 닛그려 쇼유졍의 니르러 보니 셜스인 둥이 직스를 구호호느 혹 눈을 쓰락말락호고 호읍이 쳔촉호니 울며 망지쇼됴러니 부명으로 임부로 보닉라 호미 더옥 놀느고 긔운이 최여의 안즐 길이 업는지라 착급쵸됴호나 부명을 역지 못호여 직스를 써 붓드러 치여의 누이고 스인이 써 안하 임부의 니르니 졔 공즈와 한님이 붓드러 즈리의 편히 누이고 살펴보건딕 혼혼

20면

호여 인스를 출히지 못호는지라 한님이 쵹을 들고 장흔을 즈시 슬핀 후 스인을 향호여 가월을 빈축 왈 의쳠이 비록 유죄나 악장의 칙벌호시미 이딕도록 불근인졍호시니 아릭 우흘 시비호미 그러나 그윽이 불취호노라 스인이 웃고 쳑용을 곳쳐 졍식 왈 즈질이 유죄의 부형이 칙호시미 응당호거늘 원빅이 말호미 즈셔의 도리 아니로다 한님이 묵연이 쳑연호거늘 왕이 한님으로 쵹을 들니고 쇼부로 더브러 직스를 붓드러

21면

엽흐로 누이고 장흔을 슬피니 셜뷔 늣늣치 웃쳐지고 혹 밋쳐 푸르고 독긔 뭉쳐 보미 놀나온지라 츠마 바로 보미 어려오딕 왕의 곤계 셩식을 부동호고 쇼부는 쥐물너 덕을 풀며 왕은 침으로 곳곳이 뭉친 거슬 헷치되 왕의 침법이 화틱의 신슐이라 손이 닷는 줄 몰나 상쳬 알푸지 아니호고 쇼뷔 그 형의 침법을 놀나 그 손 놀니는 됴화를 잠심호여 보며 그런 즁독을 편긔의 다 푸러닌 후 금창약을 곳곳이 붓치고 다시 놀난 어혈

22면

을 일신의 약을 푸러 연ᄒᆞ여 드리오니 직ᄉᆞᄂᆞᆫ 혼혼ᄒᆞ던 졍신이 상연ᄒᆞ여 눈을 둘너 좌우를 보니 ᄌᆞ긔 몸이 임부 쇼유졍의 누엇고 왕의 곤계 약을 드리오고 한님은 창쳐 의 약을 바르며 ᄉᆞ인은 ᄌᆞ가를 덥면ᄒᆞ여 오히려 쳬루 만면이라 스ᄉᆞ로 의괴ᄒᆞ여 기 리 흔 쇼리를 지르고 긔운이 막히니 한님이 던도히 회ᄉᆡᆼ약을 치며 왕이 막힌 경위를 침으로 통긔ᄒᆞ니 이윽고 졍신이 상쾌ᄒᆞ여 쾌히 눈을 둘너 ᄉᆞᆯ피며 슘을 둘너 졍신

23면

을 ᄎᆞ리니 왕이 삼다의 복녕을 타 연ᄒᆞ여 먹이니 발셔 슴경이라 비로쇼 입을 여러 죵 시를 보니 ᄉᆞ인이 집슈졉면ᄒᆞ여 환쳔회지ᄒᆞ니 이의 왕과 쇼부를 향ᄒᆞ여 융산 딕은을 복복 칭은ᄒᆞ니 왕의 곤계 셜ᄉᆞ인의 츌셰흔 용모지화를 흠경이모ᄒᆞ더니 그 말ᄉᆞᆷ으로 됴ᄎᆞᆺ 거슈 칭ᄉᆞᄒᆞ고 졍식 딕왈 셩뎨지언을 외 불감당ᄒᆞᄂᆞ니 연이나 희량이 냥년의 몬져 싴계를 범ᄒᆞ여 가졍의 딕칙이 가야로딕 ᄉᆞ룸을 훈교ᄒᆞᄆᆡ

24면

능히 졍도의 니르지 못ᄒᆞ여 길히 외오들믈 참슈ᄒᆞᄂᆞᆫ 비여늘 ᄉᆞ뎨지되 부ᄌᆞ일쳬라 창 쳐를 약간 곳치ᄆᆡ 무슨 은혜리오 다만 영졔 오히려 마음이 당황ᄒᆞᄂᆞ니 병이 비록 ᄎᆞ 복흔 후라도 일졀 본부로 다려가지 마라 뼈 이 곳의 바려두라 ᄌᆞ연 도의 ᄂᆞ ᄋᆞ가 진션 홀 ᄶᆡ 잇ᄉᆞ리니 명일 용졘의 병쇼를 올녀 ᄉᆞ직ᄒᆞ게 ᄒᆞ라 ᄉᆞ인이 언언이 감은골슈ᄒᆞ 여 슌슌 슈명ᄒᆞ고 도라 직ᄉᆞ를 보니 신음이 긋치지 아니나 신식이 의구ᄒᆞ

25면

고 미음을 연ᄒᆞ여 찻ᄂᆞᆫ지라 희ᄒᆡᆼᄒᆞ고 직ᄉᆞᄂᆞᆫ 졍신이 요연ᄒᆞᄆᆡ 왕의 곤계 셩식을 부 동ᄒᆞ고 지셩 완호ᄒᆞᄆᆞᆯ 감ᄉᆞ흔 즁 ᄌᆞ가의 비ᄒᆡᆼ이 실노 타인의 누연홀지라 경괴ᄒᆞᄂᆞᆫ 즁 일변 야야의 ᄉᆞ명을 입지 못ᄒᆞ여 심녀의 황황쵸됴ᄒᆞᆷ믈 마지 아냐 늣츨 ᄌᆞ리의 ᄊᆞ 고 신음ᄒᆞᆷ믈 마지터라 이윽고 한님 곤계 부슉의 침슈 폐ᄒᆞ시믈 간홀ᄉᆡ 네모의 진션 ᄒᆞᄆᆡ 엄연이 효뎨 딕군ᄌᆞ의 쳬모를 어덧시니 한님은 견일 익이 본 빅라 ᄎᆞ

26면

공주는 쵸면이라 효슌흔 눗빗과 공경흐는 덜치 디유의 체격이오 동작을 알지라 셜스인이 지삼 보아 형뎨 져듸도록 셩인인쥴 황홀 지긔흐더라 왕의 곤계 스인을 당부흐여 의약을 씌의 밋게 흐면 명일은 닉도히 츳복홀 바룰 니르고 한님 곤계 홍심을 갈오 잡아 부슉을 뫼셔 졍심헌의 니르러 침금을 포셜흐고 취침흐시게 흔 후 츳공주는 인흐여 시침흐고 한님으로 쵹을 들고 도라와 셜스인으로 직스룰 구호흐미 동긔

27면

의 병을 구홈 굿흐니 스인이 감슈흐믈 마지 아니흐고 그 유츙흔 느히 빅스의 하즈홀 곳이 업셔 흡연이 느어린 쵸왕이라 스인의 스랑이 희량으로 다르지 아냐 직스의 슈장흔 젼후 곡졀을 셜파흐니 한님이 임의 짐작흔 비나 됴궁 구혼이 번극흐믈 졀통흐여 시로이 모발이 츙관흐믈 면치 못흐나 굿흐여 말이 업고 스인의 쇼미의게 직스의 죄 당흐믈 니르고 미죽을 연흐여 구흐여 지셩 구호흐며 날이 효명이 되니 한님이 부

28면

슉을 뫼셔 됸당의 신셩흐니 왕은 상국을 뫼셔 금궐노 향흐더라 한님이 드디여 침쇼의 니르러 쇼져룰 보니 츳시 쇼졔 거게 슈장홈과 이의 니르러스믈 한심흐여 미음을 연쇽흐여 보니고 인흐여 신셩흐고 단좌흐여 널녀젼을 피열흐더니 한님이 긔호입실흐니 쇼졔 동셔분좌의 스일쌍광을 더져 슉시이쳠의 팔을 드러 왈 현뫼 작셕 희량의 일을 주시 아르시느니가 쇼졔 디왈 약간 아오나 주셰치는 못흐이다 한님 왈 우리 악뷔

29면

칙벌이 틔과흐소 하마 위틱홀너니 우리 야애 악장의 진노룰 푸르스 다려와 경야불미흐시고 빅방으로 치료흐소 지금은 젹이 회양흐엿느지라 군쳠이 비로쇼 가려 흐무로 현됴룰 상면코즈 흐니 이리 쳥흐미 무방흐도다 쇼졔 거거의 즁장 입은 쥴은 아라시나 스셩이 위틱흔 바는 모로던지라 됸구 딕인 호싱지셩으로 구활흐여 야야의 엄노룰 도로혀 니리 다려와 회싱흐믈 드르니 스스의 됸구의 늉산 딕은과 인현셩주흐시미 막디막즁흐스 주

30면

긔 집 일문의 능쳡ᄒᆞ시믈 황공감은ᄒᆞᄆᆡ 쎠의 ᄉᆞ못ᄂᆞᆫ지라 쇼졔 임싱으로 더브러 일가의 상슈ᄒᆞ여 부부지명을 지ᄂᆞ연 지 쥬년이로ᄃᆡ 일양 두리고 됴심ᄒᆞᆷ믄 식롭고 ᄃᆡᄒᆞ면 붓그려 ᄌᆞ연 홍광이 아험을 침노ᄒᆞ여 눈들미 업ᄂᆞ지라 금일 ᄌᆞ연 여러 말ᄉᆞᆷᄒᆞ되 쳣 마ᄃᆡ붓터 홍광이 취지ᄒᆞ나 돈구 ᄃᆡ인이 융산 ᄃᆡ은을 ᄉᆞ례ᄒᆞᄆᆡ 셩음이 쳥화낭낭ᄒᆞ여 간혈의 유봉이 무리를 부르고 경괴 옥뉸을 화ᄒᆞᄂᆞᆫ 듯ᄒᆞ니 싱이 쳐음으로 듯고 졍신이 상

31면

쾌ᄒᆞ여 심하의 열복ᄒᆞ고 쇼졔 다시 말ᄉᆞᆷ이 업고 ᄯᅩᄒᆞᆫ 졔 거거 보기를 일ᄏᆞ지 아니ᄒᆞ니 이ᄂᆞᆫ 날이 밝지 아냣기로 비록 동긔나 혼야의 논답지 아니려 ᄒᆞᄆᆡ러라 한님이 그 곡녜 엄히 잡으믈 보니 빅희와 곤강 ᄀᆞᆺᄒᆞ믈 더옥 황공경줍ᄒᆞ여 니러 나가더라 어시의 셜ᄉᆞ인이 부즁의 도라가 부모긔 신셩ᄒᆞ고 부명을 밧ᄌᆞᆸ지 못ᄒᆞ고 직소를 됴ᄎᆞ 갓던 쥴 쳥죄ᄒᆞ니 틱ᄉᆞ 빈미ᄒᆞ고 이의 평신ᄒᆞ기를 명ᄒᆞ니 ᄉᆞ인이 복죄ᄒᆞ고 좌의 뫼셔 희량을 다려 임부의 가니 왕과 쇼

32면

뷔 창쳐를 지셩 구호ᄒᆞ고 임부 졔인의 지인지덕ᄒᆞᄆᆡ 의연이 틱고지풍이 잇던 바와 한님이 어린 ᄂᆞ히 빅집ᄉᆞ의 무불통지ᄒᆞ여 병니를 슬피ᄆᆡ 의쳠을 칙ᄒᆞ고 구호ᄒᆞ던 일 동일졍을 도도히 알외니 틱ᄉᆞ 우우히 미우를 펴지 아냐 지란 남믜의 요변이 아모 지경의 갈 쥴 몰나 심심불낙이러니 ᄋᆞᄌᆞ의 구젼으로됴ᄎᆞ 희량의 회싱홈과 셔랑의 힝ᄉᆞ 쳐신을 듯건ᄃᆡ 젹이 심회 쳑탕ᄒᆞ여 흔연 왈 형즁이 ᄋᆞ들을 잘 두어 임문을 흥긔홀 분

33면

아니라 명실이 창기홀 지본이라 직ᄋᆞ의 문질도덕과 쳔ᄋᆞ의 문명이 어이 무심홀 지리오 ᄉᆞ인 형뎨 셩언이 맛당ᄒᆞ시믈 일ᄏᆞᆺ고 부인은 도로혀 우어 왈 셔랑의 아이 아모리 긔특다 ᄒᆞ나 ᄂᆞ의 옥윤의 지날 지 잇ᄉᆞ리오 혹시 ᄃᆡ왈 과연 임지흥이 원빅으로 한 판의 박은 듯ᄒᆞ나 각각 단쳬 잇셔 원빅은 쮜ᄂᆞᆫ 범 ᄀᆞᆺ고 지흥은 츌몰ᄒᆞᄂᆞᆫ 용과 됴으ᄂᆞᆫ 호표 ᄀᆞᆺᄒᆞ여 ᄯᅳᆺ을 호연이 어든 ᄌᆞᄂᆞᆫ 아이라 졀장보단ᄒᆞ여 치지홈이 업더이다 공이

겸두ᄒ고 셜ᄉ인

34면

이 다시 원셩 낭ᄋ의 덩긔 각별 타닛시믈 알외여 칭찬 불니ᄒ니 희필이 쇼왈 그 냥이 뇩칠 셰도 못 되엿다 ᄒ거늘 작셩풍되 그딕도록 ᄒ리잇가 ᄉ인 왈 비록 ᄉ오 셰나 체지 영건ᄒᄆᆞᆫ 네의셔 유법ᄒ더라 공ᄌ 희희이 웃더라 니러구러 직ᄉ의 창흔이 졈졈 ᄎ경의 들ᄆᆡ 왕이 ᄉ군ᄉ친 여가의 관복을 히탈ᄒ고 갈건야복으로 일일 슈ᄎ 쇼유졍의 니르러 의약으로 지극히 보호ᄒ더니 ᄎᄎ 쾌ᄒ여 창체 완합ᄒ여 쇼셰를 니루고 병장을 거

35면

드ᄆᆡ 왕긔 고ᄒ여 가졍의 ᄂᆞᄋᆞ가 쳥죄ᄒᆞᆯ 바를 알외니 왕이 침음 냥구의 왈 임의 짐작ᄒᆞᆫ 빅 잇셔 영친긔 상의ᄒ여시니 굿ᄒ여 쳥뢰ᄒ리오 마음을 닥가 젼과를 후회ᄒ여 졍도의 회진ᄒᆞ면 영엄의 노는 츈셜이라 효ᄌ지되 ᄂᆡ외 굉쳥ᄒ여 부모를 셤기ᄆᆡ 효ᄌ지되라 너의 아는 빅는 젼혀 쥬식탕음이라 신쳬발부는 슈지부모여늘 너는 닉 부모의 쥬신 몸을 공경치 아냐 더로온 창믈노 겻지으니 창믈을 어이 ᄀᆺᄀᆞ이 ᄒ여 ᄉ유의 힝실을 문회치고

36면

됴궁 규슈는 한왕 고구지녜라 ᄎᆞ 한왕은 쳔하 딕역이여늘 네 몸이 셩문도졔요 화벌명문의 현부형지상이오 나히 불과 삼오이칠이 ᄎ지 못ᄒ거늘 ᄎ마 음녀의 월환을 신변의 머무러 구혼길이 되게 ᄒ니 무어시 쾌ᄒ고 깃브리오 네 몸이 입신냥명ᄒ여 이 현부모ᄒ고 남교의 아름다온 슉녀명염을 취ᄒ여 유ᄌ싱녀ᄒ여 문호를 창딕ᄒᆞᆯ 비여늘 엇지 ᄎ마 딕역난신 뎍ᄌ지녀를 어더 욕급문호ᄒ리오 닉 발셔 ᄒ번 셜파코ᄌ ᄒ나 회

37면

심ᄒᆞᆯ 뜻이 망연ᄒᆞᆯ시 닉 스스로 묵연ᄒ더니 지금 너의 경상이 황황ᄒ니 닉 ᄒ번 네 고항의 깁히 든 병을 침 쥬어 요요ᄒᆞᆫ 심졍을 곳쳐 젼과를 츄회ᄒᆞᆯ진딕 졔ᄌ 항의 두고

그리호여도 의황호여 기쥬호식 황음무도호기를 위쥬홀진디 시일붓터 느의 졔즈의 일홈을 쩨히고 눈의 아니 뵈미 힝심이라 황호며 졍호믈 굴히여 잡을지여다 언파의 만안불열호믈 씌여 셩음이 느즉호나 즈못 엄녈호고 좌위 고요호 가온디 교교호 위품이

늠연호여 화풍경운을 밧고미 하일의 두리오미 잇스니 셜싱이 탈의디 면관호고 샬니 상하의 계슈복지호여 빈슈쳥죄 왈 쇼지 부즈의 교훈호시미 일월의 공슈호시니 쇼지 슈불민이나 엇지 곳치미 업스오리잇고 추후 명심계지호여 언필찰 힝필신호여 일호나 셩교의 농납호여 슬하의 온젼이 되시믈 바라옵느니 복망 부즈는 여산지죄를 스호스 일간 쇼당을 허호실진디 즈과기죄호여 쇼부 디인긔 슈학호여 만일 졍도를 어들진

디 가업의 부형 스죄호여 스호실진디 다시 명셰의 닙호믈 원호나이다 왕이 침음 왈 젼일은 스싱이 부둑던가 직시 더옥 황공호여 다만 빈스돈슈호여 감창스죄호니 왕이 일장 경계를 맛츠미 이의 관과 씌를 쥬어 평신호믈 니르고 빅일졍으로 느가니 한님이 또 일장을 칙호고 말슴이 즈즈 셩언현어라 직시 임의 한님의 디히 궃흔 지량을 아는지라 스스로 붓그리고 뉘웃쳐 심심작비 왈 원빅으 다시 니르지 말나 앗가 부즈의 칙괴 명셩호시미 일

월 교연호시믈 듯습건디 닉 추마 마음을 쥬식의 머무러 부모의 바리인 즈식이 되고 션셰의 닉치인 몸이 된 후 다시 힝계호리오 슈연이나 어진 벗의 칙션을 본호리라 한님이 직스의 슈이 회심호믈 디열호여 스스겸양 왈 형이 쇼졔의 엿흔 쇼견을 쳥납호니 힝심이라 형이 창체 완합지 아니호엿거늘 엇지 금일 돌연이 쇼셰호고 병장을 거두뇨 언필의 창쳐를 보와 약을 붓치며 셔동 의산은 한님의 심복이라 위인이 강기호고

41면

문치 특달ᄒ여 의푀 표연이 연화의 ᄲᅱ여ᄂ니 하류쳔인 즁 일표 인지라 한님이 ᄉ랑ᄒ믈 슈득 ᄀᆺ치 ᄒ여 일기 시노로 보지 아냐 심히 ᄉ랑ᄒ더니 이의 의산으로 직ᄉ긔 ᄉ환케 ᄒ니 의산이 명을 바다 직ᄉ를 지극히 밧드러 졍셩이 일시를 한유치 아냐 ᄉᆼ이 슈월만의 회쇼ᄒ니 다시 직ᄉ를 찰님치 아니코 호연이 마음을 구지 졍ᄒ여 쇼부긔 슈학ᄒ여 그 명달ᄒᆫ 교훈을 바다 되인군ᄌ 영웅호걸을 겸ᄒ여 호호ᄒᆫ 문장과 웅호ᄒᆫ 필법이 위진

42면

군을 놀ᄂ고 산두즁망은 됴야를 품동ᄒ며 츌입금달ᄒ여 왕졔를 보좌ᄒᄆᆡ 졍츙신졀을 다ᄒ여 녈국이 호이앙모ᄒ고 동뉘 흠복경되ᄒ고 크게 미루는 빅러니 영통됴의 쇼간을 드리여 늬침이 되엿더니 난기 호원의 곤ᄒ시믈 듯고 가연이 필마단동으로 호즁의 ᄂᆞ아가 용가를 붓드러 용위를 존ᄒᄆᆡ 공녈이 단셔의 두렷ᄒ고 명만쳔하ᄒ며 위진ᄒᄂᆡᄒ여 얼골은 닌각의 오르고 공덕이 쥭빅만셰ᄒ니 ᄎᆞ 셜홰 하편의 잇ᄉᆞᆯ비

43면

로되 말이 번다ᄒ고 셜시 가록이 ᄶᅡ로 잇ᄉ무로 ᄎ젼의ᄂ 되강 긔록ᄒ니라 셜공이 ᄋᆞᄌᆞ의 회션ᄒ믈 듯고 희힝ᄒ여 임부의 됴왕모리ᄒ여 부ᄌ지도를 펴고 쇼부를 되ᄒ여 픠ᄌᆞ의 졍도로 든 난망지은을 빅빅 칭ᄉᄒ니 쇼뷔 붓드러 긋치고 셔로 공경ᄒ여 피ᄎ 지기로 ᄌᆞ허ᄒ더라 이ᄶᅥ 됴궁의셔 셜부 회답을 아라 녀ᄋ의 혼ᄉ와 ᄒᆞᆫ가지로 지닉랴 발을 덕여 기다리더니 아이오 ᄉ지 호홉이 쳔촉ᄒ여 던지도지ᄒ여 도라와 셜부 ᄉᄀᆡ를

44면

다 고ᄒ여 직ᄉ의 ᄉ셩이 아됴 판단흠과 셜공의 뇌거ᄒ던 슈말을 다 고ᄒ되 오히려 놀난 졍신을 졍치 못ᄒ여 진져리치믈 마지 아니니 됴왕이 본되 즁무쇼쥬ᄒ여 졈즉ᄒᆫ 인물이라 ᄎ언을 드르니 몬져 모골이 구송ᄒ여 노혼 줄도 모로고 붓그럽고 무류ᄒ ᄌᆞᆯ 몰나 다만 양목이 두렷두렷ᄒ여 혼ᄌᆞ말노 닐오되 나는 아이붓터 마ᄌᆞ마ᄌᆞᄒ되 그릿타 혼닌홀 되 업셔 남을 봇치여 공연이 구호ᄒ다가 앗가온 인ᄉᆼ도 참혹히도 맛게다

45면

이의 ᄀ마니 무러 왈 직시 그리도 명밍이나 잇더냐 딕왈 제 상공이 머리를 피ᄂ게 두
다려 익걸ᄒ되 노긔 익익 층가ᄒ여 더옥 치기를 급히 ᄒ미 칠십여 장의 니르니 피육
이 후란ᄒ고 셩혈이 돌지ᄒ여 아도 장하의 죽엄이 빗겨시니 경심ᄎ악ᄒ미 혼불니쳬
ᄒ고 심혼이 산긔ᄒ여 바로 보지 못ᄒ고 도라오오나 오히려 졍신이 황홀ᄒ오니 삼혼
구빅이 다 운외의 표탕ᄒ나이다 왕이 더옥 낙담상혼ᄒ여 왈 아츠아츠 앗갑다 금마

46면

옥당의 한원명ᄉ로 옥모영풍과 거졀쳥심이 쇽졀업시 장하경혼이 되게다 뉘웃고 붓
그려 닉 궁의 드러가 슈말을 니르고 역시 호읍이 쳔쵹ᄒ여 옥경을 ᄭ지뎌 왈 니후ᄂ
되지 못홀 마음을 닉지 말고 가부 갈히ᄂ 힝실도 말고 됴용이 잇셔 ᄂ의 졍ᄒᄂ 딕로
동신을 뎡ᄒ라 ᄒ고 미우를 씽긔여 말이 업고 옥경이 안식이 여토ᄒ여 일영삼탄의
긔운이 엄식ᄒ여 것구려져 아관이 긴급ᄒ니 좌위 일시의 붓드러 구ᄒ여 이윽고 졍

47면

신을 출혀 붓드러 션누로 보닉니 ᄎ시 옥션이 월ᄋ를 맞ᄂ ᄉ어ᄒ며 종뎨의 다졍낭
이 구혼길이 될 바를 일ᄏ르니 월이 셜싱이 풍뉴호남지요 일시 풍물노 딕무ᄒ고 반
야를 화락ᄒ여 쳥산녹슈로 긔약ᄒᄂ 거슬 모질고 교괴흔 임장원의 밍녈흔 칙언으로
그런 풍졍을 썰쳐 월환과 쇼시를 쥬어 니 곳으로 가르쳐 보닉고 월환 님ᄌ게 홍신
을 젼ᄒᄂ 날 다시 거둘 쥴 니르고 쌍뉘 옥용을 뎍시니 옥션이 이 말을 듯건

48면

딕 졔 역시 임장원의 은익를 바라지 못홀 쥴 알고 가슴의 일쳔 잔ᄂ비 쮜노니 스스로
흉금을 어루만ᄌ 싱각ᄒ되 임장원이 아모리 쳘셕 심장인들 ᄂ의 훌난흔 식광의 마음
이 기우지 아니리오 ᄒ더니 믄득 옥경이 졔 시ᄋ의게 붓들녀 오되 안식이 찬 직 ᄀᄎ거
늘 옥션이 딕경ᄒ여 곡졀을 무르니 옥경의 심복 교홍이 젼후 곡졀을 셰셰히 젼ᄒ니
옥션이 아미를 슉이고 셜공을 ᄭ지져 왈 셜연창 젹지 싱심이나 황가를 만모ᄒ여 셜

49면

영 혼인은 아닐 법이 잇ᄉ즉 ᄌ식을 아도 죽이며 황가를 결년ᄒ여 욕급문호란 말이 더옥 졀통ᄒ니 닉 만일 임문의 입승ᄒᆫ 후 졔 쏠 셩염을 형가의 드ᄂᆫ 칼노 슈독을 갈고 남은 긔발이 두루혀ᄂᆫ 독독 임셜의 원앙치를 구뷔구뷔 버히ᄂᆫ 슈단을 보라 ᄒ고 일변 옥경을 위로 왈 현데ᄂᆫ 물념ᄒ라 만일 닉 임가의 셩혼ᄒ면 셜싱의 ᄉ싱을 진덕히 알지라 신긔묘산으로 현데를 셜싱의게 빅냥우귀케 ᄒ리라 옥경이 요두 왈 아니라 셜틴ᄉ

50면

의 쳐치 그 지경의 밋지 아냐시리오 쳔황지로ᄒ나 기ᄌ를 황가의 결혼치 아니리니 쇽졀업시 느의 쳥츈홍안을 공구의 맛쳐 지하의 원귀 되리로다 언미파의 옥션의 심복 비ᄌ 츈괴 드러와 혼동 왈 목싱이 ᄋᄌ의 능운을 다리고 셜부의 가니 셜쇼져의 그림ᄌ도 업고 임부ᄂᆫ 마지 못ᄒ여 군쥬로 혼닌ᄒ련다 ᄒ고 셜쇼져의 총권이 합ᄉ의 덥혓고 임장원 은총은 일을 비 업다 ᄒ니 셔시의 식과 틴진의 풍치를 겸흔 지라도 임한님

51면

의 고산 ᄀᆺ흔 눈의 들 니 업다 ᄒ니 옥쥐 반계곡경으로 결승을 니루나 됴흔 일은 업고 위틴코 이달은 일은 그음업ᄉ리니 옥쥐 능히 잘 견딜가 월환을 넘기고 노긔 표등ᄒ여 말을 풍우ᄀᆺ치 모라가ᄂᆫ 형상을 보아도 원앙장 비취금이 더욱 날이 업고 뎍국의 위셰 강셩ᄒ니 ᄒ믈며 딘군ᄌ의 관관흔 화락과 더옥 은인의 싱츌이니잇가 우리 옥쥬ᄂᆫ 싱ᄉ호불과 가부의 은총을 다 셜쇼져의게 드리밀고 능히 견딘시리잇가 군쥐 츈교

52면

의 혼동을 드르믹 싴로이 이분ᄒ여 홀연 누쉬 삼삼ᄒ여 긔식홀 듯ᄒ니 괴 다시 위로 왈 쇼비 앗가 말ᄉᆷ은 옥쥬 셩의를 양탁지 못ᄒ여 엇지 인즁승쳔을 못ᄒ리잇가 어츠어피의 임문의 입승ᄒᆫ 후 닷토리니 이제 목싱 ᄀᆺ흔 ᄌ와 능운 ᄀᆺ흔 모ᄉ를 두고 근심ᄒ리잇가 금이 만흐믹 신명도 ᄉ괴다 ᄒᄂ니 간딘로 남을 두리리오 쇼비의 아ᄌ미

셜부 근쳐의셔 슬며 익이 드르니 임한님이 어려셔 무슨 곡졀인지 스화로 셜부의 흑

53면

양을 슈숨 년 ᄒᆞ여 보ᄂᆡ엿스미 임셜 냥가 졍의와 은혜 늉산 ᄀᆞᆺᄒᆞ여 ᄌᆞ녀ᄅᆞᆯ 셔로 보ᄂᆞ니 셜쇼져의 스름 되오미 스덕이 빈빈ᄒᆞ여 구가 형셰 구드미 방ᄌᆞ교만ᄒᆞ미 황뎨라도 탑외의 용납지 아닐 ᄃᆡ악발뷔로듸 다만 흉상박면의 것 하나흘 어더 일홈ᄒᆞ여 한님의 편방이라 일홈ᄒᆞ고 부녀 스덕을 놋토랴 ᄒᆞ듸 맛당ᄒᆞᆫ 직목을 엇지 못ᄒᆞᆫ다 ᄒᆞ니 이 됴각을 타 흉상박면 일 인을 어더 드리밀고 닐노뻐 동남풍을 슴ᄋᆞ놋코 능운의 신통ᄒᆞ미

54면

빅일승쳔ᄒᆞ기ᄅᆞᆯ 경긱 스이의 ᄒᆞ고 빅쥬의 쳥시 되여 스름을 슴켜 ᄂᆞ라단니기ᄅᆞᆯ 긔탄치 아니니 이런 뉴ᄅᆞᆯ 쳔금을 쥬고 골경을 삼고야 임문 위틱ᄒᆞᆫ ᄃᆡ 드러가 강젹을 졔어ᄒᆞ리니 쇼비 옥쥬 신상을 위ᄒᆞ여 능운으로 모의ᄒᆞ여 ᄒᆞᆫ 녀ᄌᆞᄅᆞᆯ 삼켜 오니 근본이 셜쇼져 계모 아냐 됴모의 동ᄉᆞᆫ이라 그 남미ᄅᆞᆯ 목부인이 다려다가 흑양ᄒᆞ니 남은 지형이오 녀ᄂᆞᆫ 지란이라 목시 녀ᄌᆡ 쳔싱 츄물박식이라 츄인이 우리 동남즁이 가흔지라

55면

지금 향각의 잇스니 츄녀ᄅᆞᆯ 임한님 편방의 붓쳐노코 옥쥬와 쇼비 쥬랑이 되여 셜시로 ᄒᆞ여곰 틱악의 형셰ᄅᆞᆯ 일코 옥쥬 교위 아리 위ᄅᆞᆯ 젼케 ᄒᆞ여야 견딜 바ᄅᆞᆯ 아르시ᄂᆞ니잇가 군쥐 츈교의 혼동이 아녀도 발셔 임한님의 월환을 환숑ᄒᆞ고 가는 거동이 그 음의ᄅᆞᆯ 바라지 못ᄒᆞ나 아직 칙실의도 참예치 아냐셔 셜시ᄅᆞᆯ 졀치ᄒᆞ니 이른바 찰녜라 교ᄅᆞᆯ 명ᄒᆞ여 지란을 부르라 ᄒᆞ니 응명ᄒᆞ고 ᄂᆞ와 목셩을 ᄃᆡᄒᆞ여 군쥬의 쇼회ᄅᆞᆯ

56면

니르고 만일 지란을 임한님 편방의 두어 밋기로 셜시ᄅᆞᆯ 업시 ᄒᆞ고 군쥐 그 자리ᄅᆞᆯ 웅거ᄒᆞ면 목시 아냐 열 목신들 아니 잘 구쳐ᄒᆞ랴 우리 욕쥐 임문의 입승ᄒᆞ시ᄂᆞᆫ 날 능운으로 셜시ᄅᆞᆯ 삼켜 우리 낙안쥐로 가게 ᄒᆞ쇼셔 목외 언언이 응낙ᄒᆞ고 이의 능운으로 지란을 삼켜 도라오니 지란이 물녀와 힝각의 잇더니 츈괴 믄득 군쥬의 명으로 불너

드려오니 일위 쇼제 쥬취보벽을 어릭게 ᄒ고 안져시니 지란이 휘황ᄒᆫ 거동을 보고

57면

금방울 ᄀᆞ흔 눈을 뒤룩이고 셧더니 쳥상의셔 ᄉᆞ비ᄒᆞ여 비쥬지네를 시기니 군줘 그 흉상을 슬피니 곳곳이 둥긔요 더러온 농집과 악취 코를 거스리니 바로 보기 츄ᄒᆞ되 군줘 한번 보미 공교ᄒᆞᆫ 쇠 운동ᄒᆞᄂᆞᆫ지라 흔연이 되졉ᄒᆞ여 협실의 두니 지란이 우긔를 부려 흔흔낙낙ᄒᆞ니 타일 목 업슨 귀신 될 쥴 모로니 도로혀 가쇼로다 군줘 지란을 불너 셜부 ᄉᆞ젹을 무르니 지란이 우람ᄒᆞᆫ 거시 져의 되졉ᄒᆞᆷ믈 됴히 녀겨 임장원이

58면

셩염쇼져 친영ᄒᆞ던 위엄을 니르고 졔 빅빅ᄒᆞᄂᆞᆫ 슈교를 드려 셩화ᄀᆞ치 구경ᄒᆞ던 말을 니르고 반계곡경으로 임문의 드러가 상ᄉᆞ 원졍을 풀녀노라 ᄒᆞ니 군줘 닝쇼 왈 그ᄃᆡ 능히 ᄉᆞ름의 우렬은 잘 아라 남의 신낭을 아ᄉᆞ려ᄒᆞ니 쳬지 보다가ᄂᆞᆫ 의시 엉쏭ᄒᆞ고 고약ᄒᆞ도다마ᄂᆞᆫ 셜탐화의 위인은 엇더ᄒᆞ더뇨 지란이 냥익을 지긋거리며 눈을 희번득이고 거트림ᄒᆞ며 일오ᄃᆡ 셜탐화ᄂᆞᆫ 우리 거거와 형뎨 ᄀᆞ흔 ᄉᆞ이로ᄃᆡ 본부를 ᄯᅥ

59면

나 임부의 가 슈학ᄒᆞ연 지 칠팔 년이라 과거ᄒᆞᆫ 후 집의 왕ᄂᆡᄒᆞ미 ᄌᆞᄌᆞ나 그 위인이 풍늉환발ᄒᆞ고 긔쥬호싁ᄒᆞ며 셰ᄎᆞᆰ고 험져ᄒᆞ여 ᄉᆞ름을 만무ᄒᆞ여 거오ᄒᆞ고 쳡의 거거를 피ᄒᆞ여 즈로 오지 아냐 근간은 못 보이다 군줘 그 흉상의 말을 츄려 듯고 인ᄒᆞ여 협실의 두고 쥬육으로 포복ᄒᆞ니 지란이 쳘업시 즐기고 흠업시 깃거ᄒᆞ더라 옥경은 히월노 더브러 셜탐화의 ᄉᆞ셩을 몰나 쥬야 우려ᄒᆞ더니 히월이 싱각ᄒᆞ되 닉 본ᄃᆡ 노류장화여

60면

늘 셜탐화의 반야 츈몽을 인ᄒᆞ여 슈졀ᄒᆞ리오 ᄒᆞ물며 셜문의 날 ᄀᆞ흔 한화야쵸ᄂᆞᆫ 용납지 아니리니 엇지 음악ᄒᆞᆫ 군쥬를 ᄯᆞ라 피로이 기다리리오 ᄒᆞ고 십즈가 쳥셜누의 가 다시 힝창ᄒᆞ여 왕손 공즈를 연낙ᄒᆞ며 셜탐화를 유의ᄒᆞ여 슬피나 그림즈도 못 보니 창연ᄒᆞ고 됴궁의 ᄉᆞ름을 보니여 셜부 ᄉᆞ긔를 알고즈 ᄒᆞ나 낙낙심침ᄒᆞ미 유명간

ᄀᆞᆺᄒᆞ니 져ᄂᆞ 모병으로 먼니 가노라 ᄒᆞ니 군ᄎᆔ 고지 듯고 월ᄋᆞ를 마져 니

61면

ᄅᆞ니 셜싱으로 연분이 아됴 망망ᄒᆞ미 ᄊᆞᆨ져 쇼시와 월환을 어루만져 음탕ᄒᆞᆫ 요졍을
니ᄀᆔ지 못ᄒᆞ니 옥경의 ᄒᆡᆼ식 하편의 ᄒᆡ비ᄒᆞᆫ지라 임문 ᄉᆞ적이 번다ᄒᆞᆫ무로 셜부 옥경의
ᄉᆞ덕을 올닐 ᄇᆡ 업ᄉᆞ되 임쇼져 월혜의 만경지화ᄅᆞᆯ 젼의 올니무로 옥경의 작ᄉᆞᄅᆞᆯ 긔
록ᄒᆞ여시니 ᄎᆞ하ᄅᆞᆯ 셕남ᄒᆞ라 어시의 됴궁의셔 길긔ᄅᆞᆯ ᄐᆡᆨᄒᆞ니 십여 일은 격ᄒᆞ엿ᄂᆞᆫ지
라 감히 납폐문명은 바라지 못ᄒᆞ고 상한지녀 셔방 맛ᄂᆞᆫ ᄐᆡᆨ일ᄀᆞᆺ치 보ᄒᆞ니

62면

왕이 볼만ᄒᆞ고 문명도 업시 신낭 보ᄂᆞᆫ 위의ᄅᆞᆯ 츌힘도 업ᄂᆞᆫ지라 시일 됴됴의 상국
곤계 ᄌᆞ질을 거ᄂᆞ려 ᄎᆔ현의 합좌ᄒᆞ엿더니 ᄐᆡ부인 왈 됴궁이 반갑지 아니나 ᄐᆡᆨ일은
보ᄒᆞ엿다 ᄒᆞ니 창이 ᄎᆔ홀 터인즉 무슨 녜로 마즐고 공이 복슈 ᄃᆡ왈 이 굿ᄒᆞ여 녜ᄅᆞᆯ
ᄎᆞ릴 ᄇᆡ 아니오 탑젼의셔 쵸왕이 기녀ᄅᆞᆯ 쳡녀로 보ᄂᆞ니 바로 그ᄃᆡ로 ᄒᆞ리로쇼이다
부인이 뎜두 왈 연즉 신낭이 가ᄂᆞᆫ 날 좀 필빅문명을 말ᄋᆞ 붓칠노다 션싱이 쇼왈 형장
은

63면

부졀업다 ᄒᆞ시나 져 녀ᄌᆞ의 션남ᄒᆞᄂᆞᆫ 더러온 몸을 위ᄒᆞ미 아니라 황가지엽을 도라보
오미러니 셩의 덜당ᄒᆞ셔이다 ᄐᆡ부인이 역탄 왈 져 요물이 드러와 무슴 작ᄉᆞᄅᆞᆯ 홀 줄
알니오 큰 두통이로다 왕이 계슈 왈 져 군ᄎᆔ 비록 만코 요물독뷔나 ᄉᆞ름을 간ᄃᆡ로 죽
이지 못ᄒᆞᆯ 거시오 ᄯᅩ 져 요음ᄒᆞᆫ 녀ᄌᆞ의 간계ᄅᆞᆯ 입지 아니ᄒᆞ오리니 ᄐᆡ왕모는 졔렴ᄒᆞ
쇼셔 ᄐᆡ부인이 심히 깃거 아니나 져 요음ᄒᆞᆫ 녀ᄌᆞ라도 ᄎᆞ역 텬의라 탄치 아니터라

64면

ᄎᆞ시 슉녈의 장녀 치혜와 찬혜 빙혜 ᄒᆡᄅᆞᆯ 연ᄒᆞ여 ᄂᆞ니 쌍벽이라 쳔지 슈츌ᄒᆞᆫ 졍믹과
산쳔 슈긔ᄅᆞᆯ 오로지 품슈ᄒᆞ여 셩ᄌᆞ지믹은 운빈의 어리고 빅ᄐᆡ만광이 찰난ᄒᆞ니 왕이
만금 교ᄋᆡ 탐혹ᄒᆞ고 상국의 ᄉᆞ랑이 한님 등과 일양이니 ᄉᆞ오 셰의 밋쳐ᄂᆞᆫ지라 셜쇼
져ᄅᆞᆯ ᄯᆞ라 일시ᄅᆞᆯ ᄯᅥᄂᆞ지 아니니 셜쇼졔 냥 쇼져의 셩덕이질을 항복흠이ᄒᆞ여 졍을

쑸다 익즁ᄒᄂᆞᆫ 즁 아직 유츙ᄒᄀᆞ기로 무이홀 분이요 월혜쇼져ᄂᆞᆫ 년

65면

긔 팔 셰라 의합슈덕ᄒᆞ여 규즁의 미묘ᄒᆞᆫ 거슬 냥 쇼제 서로 의논ᄒᆞ여 졍이 깁고 마음을 빗최니 월혜 식틔묘질이 슈려찬난ᄒᆞ여 모비 넘틔와 부마의 쌘혀난 영풍을 타낫ᄂᆞᆫ지라 그 어진 덕과 냥안의 어리로이 어엿븐 형상을 그림으로 모스치 못ᄒᆞ니 임문의 쏠이 처음으로 장셩ᄒᆞ니 션싱은 슬상의 ᄂᆞ리오지 못ᄒᆞ고 효장공쥐 슬하의 교ᄋᆞᆫᄒᆞᄆᆞ졔 ᄌᆞ녀의 바랄 빈 아니니 쇼제 공쥬의 좌측을 일시도 쩌ᄂᆞ지 아냐 일궁

66면

의 위아드미 쳔흥의 ᄂᆞ리지 아니ᄒᆞ더라 니러구러 됴궁 혼긔 다다르니 왕이 일장 혼셔와 여간 필빅을 쵸쵸히 보니고 날이 느즌 후 신낭을 보니려 홀시 한님이 슉녈궁 명관헌의 안ᄌᆞ 제뎨들의 문지ᄅᆞᆯ 보더니 지흥공지 니르러 됸당 명으로 길복을 닙고 혼가로 가라 ᄒᆞ시더이다 한님이 이러씨며 우어 왈 진실노 이리 니르시더냐 공지 쇼왈 됸당 명이 그리 아니셔도 형장이 괴로온 신낭 쇼임을 면ᄒᆞ시리가 한님

67면

이 쇼왈 너ᄂᆞᆫ 아직 쳘을 모로고 우음이 호화롭도다 ᄒᆞ고 공ᄌᆞ로 더브러 닉당의 니르니 이날 빈긱도 굿ᄒᆞ여 모호지 아니코 일긔 불힝ᄒᆞ믈 니긔지 못ᄒᆞ니 신낭 보니ᄂᆞᆫ 날 위의 무어시 잇ᄉᆞ리오 틴부인이 슉녈다려 니로딕 창ᄋᆞ의 취ᄒᆞᄂᆞᆫ 거시 녜ᄅᆞᆯ 출히든 아니나 셜현븨 길복이나 유의ᄒᆞ엿ᄂᆞ냐 쥬비 공슈 딕왈 혼시 졍되 아니오나 식븨 딕령ᄒᆞ엿실 듯ᄒᆞ이다 ᄒᆞ고 쇼져ᄅᆞᆯ 도라보니 셜쇼제 복슈ᄒᆞ고 쳔연이 화잉을 도라보니

68면

잉이 봉눈당의 가 뉴모ᄅᆞᆯ 보고 길복을 지쵹ᄒᆞ니 유뢰 유리함을 밧드러 좌즁의 노ᄒᆞ니 좌위 그 어린 ᄋᆞ히 민ᄉᆞᄅᆞᆯ 쳔진으로 힝ᄒᆞ여 됸명으로 닉여오믈 보고 다 칭찬ᄒᆞ고 상국이 쇼져ᄅᆞᆯ 명ᄒᆞ여 길복을 셤기라 ᄒᆞ니 쇼제 슈명빈ᄉᆞᄒᆞ고 셔연이 ᄂᆞᆨᄋᆞ가 길의ᄅᆞᆯ 밧들고 셔니 일좨 일시의 좌ᄅᆞᆯ 움죽여 관복슈품과 쇼제의 옷 셤기ᄂᆞᆫ 덜츠ᄅᆞᆯ 볼시 빗난 관딕ᄅᆞᆯ 일울지연졍 굿ᄒᆞ여 슈치로 홍비ᄒᆞ지 아냐 녜ᄉᆞ 부

69면

빈 취ᄒᆞᄂᆞᆫ 길의ᄅᆞᆯ 마쵸와시니 더옥 의ᄉᆞ 밧기라 이쩍 상국이 혼인을 불열ᄒᆞ더니 손ᄋ 부뷔 쌍으로 ᄃᆡᄒᆞᆫ ᄌᆞ미ᄅᆞᆯ 보니 만ᄉᆞᄅᆞᆯ 닛고 입이 버러시나 셩싱이 ᄯᅩᄒᆞᆫ 희식이 현츌ᄒᆞ여 상국을 향ᄒᆞ여 치하 왈 셕의 쥬션왕이 하당경졔후ᄒᆞ니 쥬실이 긔미ᄒᆞ지라 금의 쇼뷔 가부의 지취ᄒᆞᄂᆞᆫ 경즁을 아라 길복이 가ᄒᆞ니 형장의 가되 일노 드듸여 크고 멀니로쇼이다 상국이 회회이 우어 왈 낙다낙다 ᄒᆞ니 관시랑이

70면

한님을 향왈 이 완피ᄒᆞ고 어린 놈ᄋ 착ᄒᆞ고 긔특ᄒᆞᆫ ᄋ히 하 바라고 안즛지 말고 어셔 길의나 입고 너ᄅᆞᆯ 바라고 쵸갈ᄒᆞᆫ ᄉᆡ 쳐녀ᄂᆞ 가보라 한님이 무심히 공슈시좌러니 관시랑의 말노됴ᄎᆞ 눈을 드니 쇼졔 길복을 밧들고 셧ᄂᆞᆫ지라 ᄂᆞ려셔며 공경ᄒᆞ여 팔을 드니 쇼졔 아황이 ᄂᆞ작ᄒᆞ여 길복을 셤길ᄉᆡ 셩젼운빙은 오치 녕농ᄒᆞ여 쵸옥셤슈ᄅᆞᆯ 놀녀 고롬을 미며 ᄯᅴᄅᆞᆯ 두루믈 다ᄒᆞ미 쳔연이 연보ᄅᆞᆯ 도로혀 좌의 드니

71면

좌위 혀ᄅᆞᆯ ᄲᅢ지워 졔셩갈치ᄒᆞ고 션싱이 상국긔 고왈 형장이 이번은 ᄉᆞ회ᄅᆞᆯ 아니시니 녀으기 마음이 노히ᄂᆞ이다 상국이 ᄃᆡ쇼 왈 ᄉᆞ회ᄅᆞᆯ ᄒᆞᆯ 쩍 ᄒᆞ지 이런 데도 부리랴 션싱이 쇼왈 쇼졔ᄂᆞᆫ 니져 계신가 ᄒᆞ엿ᄂᆞ이다 상국이 답쇼 왈 우형이 ᄌᆞ손의게 쥬졉드다 웃지 마쇼 쳔흥을 어셔 셩녜ᄒᆞ여 놈의 일을 불워 마쇼 부마 등이 냥 ᄃᆡ인 회희ᄅᆞᆯ 더옥 질겨 쇼용이 미미ᄒᆞ더라 퇴부인이 션싱다려 왈 쳔흥을 밧비 셩녜ᄒᆞ

72면

여 노모의게 ᄌᆞ미ᄅᆞᆯ 뵈라 상국이 복쥬 왈 아이 아모리 밧바ᄒᆞ여도 쳔흥이 지흥의 ᄋ린니 쇼즈의 냥 손부ᄅᆞᆯ 가로 안치고야 쳔흥이 취실ᄒᆞ리이다 퇴부인이 답쇼 왈 그리면 흔날 냥ᄋᆞᄅᆞᆯ 보ᄂᆞ미 엇더ᄒᆞ뇨 쇼픠 너드라 고왈 쇼부의 고이ᄒᆞᆫ ᄉᆡ ᄋ쇼져 치루로 든다고 젹실이 엄히 방비ᄒᆞ고 아쇼져ᄅᆞᆯ 깁흔 곳으로 옴기라 ᄒᆞ더이다 왕은 드룰만ᄒᆞ고 셜쇼져ᄂᆞᆫ 심하의 경희ᄒᆞ여 필연 목요의 다리고 단니든 요리 두루

73면

작변ᄒᄂᆫ 줄 알고 ᄉᄉ의 불ᄒᆡᆼᄒᄋᆞᆯ 니긔지 못ᄒᄃᆞ라 한님이 됴궁의 니르러 잠간 힝녜ᄒ려 ᄒᆞᆯᄉᆡ 구름 ᄎᆞ일은 반공의 쇼ᄉᆞ잇고 운무병장과 농문치셕은 휘황ᄒᆞᄃᆡ 옥상을 놋코 젼안쳥을 ᄒᆞ엿더라 한님이 심즁의 닝쇼ᄒᆞ고 이의 옥궁을 휘온 쳔창을 빈츅 왈 황상이 ᄎᆞ혼의 홍신뎐안을 말고 비쳡지녜로 마지라 ᄒᆞ신지라 황명을 위월ᄒᄂᆞᆫ 바를 ᄂᆡ 엇지 감심ᄒ리오 ᄒ고 팔장 곳고 움즉이지 아니니 쵸왕은 ᄒ즈

74면

무용 즁치라 무슨 담긔로 ᄒ 말이나 ᄒ리오 감히 홍신뎐안을 일ᄏ라 보도 못ᄒ고 다만 황망이 팔 미러 ᄂᆡ뎐의 드러가 신낭이 팔 짓고 셧시니 무슈 시녜 군쥬를 붓드러 팔비ᄒ니 신낭이 최후의 즁간 팔을 드러 읍ᄒ 후 관복을 벗고 외당으로 ᄂᆞᄋᆞ가니 뉘 감히 ᄌᆞ하상을 난호라 권ᄒ리오 궁비 넘ᄂᆞ로됴ᄎ 그 동탕ᄒ 션풍니질을 놀나고 흠복ᄒ나 신낭의 츔엄ᄒ고 노긔 어릐여 ᄉᆞ일봉졍을 ᄂᆞ리 ᄡᆞ시니 상풍이 ᄲᆡ

75면

를 부ᄂᆞᄃᆡ 열일이 최외홈 ᄀᆞᆺᄒ니 남궁비 그윽이 넘녀ᄒᄃᆞ라 일모의 한님을 닌도ᄒ여 봉션누로 드리니 능히 인연을 일운가 ᄎᆞ간하문 분히ᄒ라

임시삼ᄃᆡ록 권지팔

1면

ᄎᆞ셜 공지 외당의 나오니 황친이 셩녈ᄒ여 어즈러이 신낭을 기리니 만심이 괴로와 눈들미 업스되 쵸왕과 셰ᄌᆞ를 투목규시ᄒ니 왕은 쓸모업슨 인물노 굿ᄒ여 ᄉ름의게 유히무익ᄒ고 셰ᄌᆞᄂᆞᆫ 경망이 되록이고 화긔용뉴지풍을 밋고 좌우로 혜ᄯᅵ다가 공ᄌᆞ의 쳔일지표의 혼을 아여 쥐 죽은 드시 ᄒ 구셕의 안줏다가 한님을 뫼셔 봉누의 니르니 포진병장과 산호상 호박침이 휘황

2면

흔딕 슈벽금슈로 꾸민 장이 인신의 거쳐 곳지 아니니 한님이 츠악힉연흐여 슈지 궁인을 불너 일오딕 복은 본딕 포의한시라 엇지 여츠 참남흔 당슈룰 보와시며 쵸방계견은 쳔승 공쥐라도 간딕로 못흐거든 일위 번왕의 쫄이 이런 과분흔 당슈룰 거흐리오 인신의 도리 일시도 셧지 못흐리니 쩔니 별실을 어더 일야룰 머물고즈 흐노라 쇼릭 놉지 아니되 밉고 엄웅흐여 찬 긔운이 셜상가빙이요 밍녈흔 봉졍은 고요 나죽흐나 츠고 미오미 쌔룰 쌱는 듯흐니

3면

셰즈는 두려 안흐로 드리닷고 뉴상궁은 쥬지 궁인이라 위인이 현냥흐고 지식이 굉원흐더니 즁계의 쑤러 고두슈죄 왈 이 굿흐여 슈치코즈 흠이 아니로딕 젼히 군쥬룰 슈랑흐스 여츠흐오나 이 굿흐여 참남흐미 아니로쇼이다 흐고 제 궁ᄋ룰 명흐여 봉션누ᄋ릭 됴곰마흔 양ᄋ졍 별실을 급히 쇄쇼흐고 한님을 뫼시니 한님이 비로쇼 쪽용이 즁지흐여 긔호입실흐니 만반이 ᄂ가되 ᄒᆞ져도 아니흐고 상을 물리고 고요히 단좌흐엿다가 밤이 깁흐미 굿흐여 군쥬룰

4면

즈라 권흠도 업고 스스로 탈의흐고 스리쳐 누어 잠드니 군쥐 이타는 말을 엇지 다 긔록흐리오 힉음업시 두 줄 눈물이 오월 장마비 오듯 흐고 늣기는 슙은 구시월 찬 바름 곳흐여 한줌을 니루지 못흐더라 이러구러 원촌의 계셩이 시비룰 보흐니 한님이 비로쇼 흠신흐여 니러 안즈 쇼셰도 아니흐고 의딕룰 슈렴흐여 밧비 본부로 도라가되 겻히 스름의 뉴무룰 슬퍼미 업시 도라가니 군쥐 흔 쇼릭룰 길이 늣기고 즈리의 것구러지니 츈괴 붓드러 쥐물너 씨와 빅

5면

단기유 왈 옥쥬는 원컨딕 쇼스룰 참고 딕스룰 경영흐쇼셔 쇼비 스싱으로써 옥쥬 젼졍을 화락게 흐리이다 삼일신방이니 쏘 츠셕 동졍을 보와 만일 거야 굿흐진딕 각별흔 모칙이 잇스리이다 군쥐 츈교룰 냥평곳치 밋는지라 이의 긔식을 진졍흐여 안흐로 드러가더라 임한님이 본부로 도라오더니 관쇼셩 졔공이 왕의 곤계로 야화달쵹흐고

이 곳의셔 취침ᄒᄂᆫ지라 한님이 관한님 ᄌᆞ리의 누어 쾌히 ᄌᆞ고 ᄭᆡ니 비로쇼 동방이 긔빅이라 관쇼ᄒᆞ고 각당의

6면

신셩ᄒᆞ고 취전의 가 니슈를 불너 틱부인 긔침ᄒᆞ시믈 무르니 니쉬 ᄃᆡ왈 금일은 ᄃᆡ노애 틱부인긔 시침ᄒᆞ시니 지금 긔침 아니ᄒᆞ여 계셔이다 언파의 틱부인이 드러오라 ᄒᆞ니 한님이 입실ᄒᆞ여 상하의 국궁ᄒᆞ여 침슈를 뭇ᄌᆞ온ᄃᆡ 부인이 집슈 왈 엇지 이리 일즉 오뇨 무러 쓸 ᄃᆡ 업거니와 쇼위 신부란 거시 엇더ᄒᆞ더뇨 한님이 복슈ᄭᅴ슬 왈 제월환을 더져 남ᄌᆞ를 후리려 ᄒᆞᄂᆞᆫ 쇼힝을 다시 알 거시 잇ᄉᆞ오리가마ᄂᆞᆫ 쳔하 용물이라 더옥 놀납

7면

더이다 틱부인이 붓드러 다릐여 왈 늬 ᄋᆞ히 하히지량으로 무슴 닐을 못 싱각ᄒᆞ리오 져 녀지 그럴스록 네 ᄃᆡ졉이 평슌ᄒᆞ여야 상ᄉᆞ 원졍이 풀녀 이믜흔 셜시 무스홀 쥴 아ᄂᆞᆫ다 슌ᄋᆞᄂᆞᆫ 늬 말을 잇지 말나 한님이 어려셔 모비 회리를 써나 틱부인긔 흑양ᄒᆞ미 쳔뉸의 ᄌᆞ별ᄒᆞ여 우러ᄂᆞᆫ 정셩이 지극흔지라 믄득 가월을 빈츅ᄒᆞ고 ᄃᆡ왈 틱왕모 셩괴 여ᄎᆞᄒᆞ시니 쇼ᄌᆞ의 집이 츙효를 본을 ᄒᆞ와 효당갈녁ᄒᆞ여 부모를 효로 밧들고 네로 어든

8면

쳐실은 집을 졍ᄒᆞ여 규니 화평ᄒᆞ고 츌장입상ᄒᆞ여 빅만 ᄃᆡ군을 장즁의 호령ᄒᆞ며 ᄉᆞ일을 쇼탕ᄒᆞ고 드러난 졍승이 되여 셩쳔ᄌᆞ를 놉히 밧드러 졔후를 호령ᄒᆞ여 팔황을 진복ᄒᆞ여 위진히ᄂᆡ히고 명슈쥭빅ᄒᆞ며 가즁의 삼비칠회라도 ᄉᆞ양치 아닐 듯ᄒᆞ더니 야야의 엄훈을 밧ᄌᆞ와 식계를 몬져 금ᄒᆞᄉᆞ 만일 일회나 식념을 요동ᄒᆞ여 혹 음쥬ᄒᆞ여 가셩을 욕 먹이고 귀흠과 부ᄒᆞ미 욕심ᄂᆡ여 힝실이 방탕ᄒᆞ면 부ᄌᆞ쳔뉸을 단졀홀 쥴ᄂᆡ

9면

르시니 쇼손이 부형의 지극ᄒᆞ신 바를 져바리이잇고 왕뫼 엄괴 지슌ᄒᆞ시나 명을 밧ᄌᆞ

지 못ᄒᆞ옵고 또 공명을 구치 아니랴 ᄒᆞ엿ᄉᆞᆸ더니 쳔의ᄅᆞᆯ 녁지 못ᄒᆞ와 임의 몸을 나라히 미엿시니 부모 돈당의 동요로온 졍셩을 일위지 못ᄒᆞᆯ 거시오 또 뉘 됴손이 업ᄉᆞ리잇가마ᄂᆞᆫ 왕부의 ᄉᆞ랑ᄒᆞ시믄 쇼손이 과분황공ᄒᆞ온지라 쇼손이 이런 ᄌᆡ이 즁 나라히 몸을 허ᄒᆞ여시니 동셔로 분규ᄒᆞᆯ 뎍 부모 돈당의 불회 비경ᄒᆞ옵고 음녀 요식을 겻지어 가즁의 변이 ᄂᆞ오면 돈당

10면

부모의 니우ᄅᆞᆯ 쓰흘 곳시 업ᄂᆞᆫ지라 불효손이 져 음녀ᄅᆞᆯ 호싴ᄒᆞ고 졍실의 침닉ᄒᆞ와 부모 돈당의 니우ᄅᆞᆯ 끼치오면 이 죄 어느 형벌의 가ᄒᆞ리잇고 여ᄎᆞ 고로 돈당이 녜로 맛지신 쳐ᄌᆞᄅᆞᆯ 삼십을 기ᄃᆞ려 아직 부부 호합이 넘두의도 업ᄉᆞ거늘 번화의 씌온 쳡회로 화락이 돌연ᄒᆞ리잇가 연이나 져 물건이 다만 션남ᄒᆞᄂᆞᆫ 호승쁜 아냐 별악이나 업ᄉᆞ면 간간이 ᄎᆞᄌᆞ 하상지원이 업게 ᄒᆞ오련마ᄂᆞᆫ 무슴 흥ᄉᆞᄅᆞᆯ ᄒᆞᆯ 동 알 니 잇고 이 밧 타염이 업ᄂᆞ이다 틱부

11면

인이 고요히 듯기ᄅᆞᆯ 다ᄒᆞᄆᆡ 활연장탄 왈 한 달의 뫼아지 틱악을 넘쮜고 즁니 싱흔 비빅이라 녀부의 지효지우와 녀모의 효졀이 고릭의 희한ᄒᆞ고 너의 지덕셩회 너러치 아니리오 연이나 쳐변을 잘ᄒᆞ여 앗가온 안히게 원이 도라가게 말나 한님이 감ᄉᆞᄒᆞ여 쥬왈 셜시 몰몰치 아니ᄒᆞ올지니 쇼손은 쳔도 인ᄉᆞ의 되여감만 볼지니 슈연이나 졔 궤상육이 되여도 넘녀ᄒᆞᆯ 비 아니로쇼이다 ᄒᆞ니 셕의 상국이 틱부인 상하의 고요히 누어 한님의 동졍

12면

셜화ᄅᆞᆯ 드르니 이 곳 쵸왕으로 난부난지라 희열쾌락ᄒᆞ여 만심이 두굿기믈 니긔지 못ᄒᆞ더니 말단의 궤상육이 되여도 넘녀 업다 ᄒᆞᄂᆞᆫ ᄃᆡ 다ᄃᆞ라ᄂᆞᆫ 담박히 녀겨 넓더 안ᄌᆞ니로ᄃᆡ 너ᄅᆞᆯ 오 셰붓터 흑양ᄒᆞ되 져딕도록 모질믈 몰나도다 셜시 궤상육이 되여도 넘녀치 말난 말가 그리면 닉 쳔승을 바리고 손부ᄅᆞᆯ 닛그러 화쥐 ᄂᆞ려가 슬하 ᄌᆞ미ᄅᆞᆯ 숨아 여싱을 맛치리니 족히 두렵지 아니토다 ᄎᆞ시 한님이 심폐의 쇼회ᄅᆞᆯ 틱부인긔 뼈 ᄂᆞᆺᄂᆞᆺ치 알

13면

외미러니 왕뷔 씌여 셩음이 도도ᄒ시믈 보니 침쉬 놀나 씌신가 쑤러 되왈 앗가 말ᄉᆞᆷ
이 굿ᄒ여 졀노 ᄒ여곰 궤상육을 만드ᄌ ᄒᆞ미 아니오라 쳐실의 쇼쇼 악경을 봉친지
하의 우환을 숨을 빅 업ᄉ올 비요 쇼ᄉᆞᆫ이 됴궁의 일야를 머무오니 그 거쳐 음식이 인
신의 거쳐ᄒ올 빅 업ᄉᆞ오되 먹지 못ᄒ여습기로 허핍ᄒ여 쥬방의 냥 됴모긔 요긔ᄒ올
거슬 구ᄒ라 가옵다가 틱모 침슈를 뭇ᄌ오려 니르오니 드러오믈 명ᄒ시믹 시측ᄒ와
쇼얼

14면

의 현부를 올흔 딕로 알외옵노라 딕뷔 침쉬 불평ᄒ신가 황공ᄒᆞ이다 공이 말마다 두
굿겨 틱부인긔 고왈 이 ᄋ히 유시로부터 겻히셔 쥬졉 드리 봇치던 버르시 그져 잇ᄉ
와 쇼ᄌ를 보고 허핍ᄒ여라 ᄒ나이다 부인이 벼기 밋히 과합을 쥬어 왈 감귤 셋과 동
졍 홍시 다숫시니 이만 먹으면 요긔 될 거시니 그려도 헛헛ᄒ거든 네 한미다려 달나
ᄒ여라 한님이 쌍슈로 밧ᄌ와 먹는 거동이 그림으로 모ᄉ치 못ᄒ리러라 됸당의 한엽
슨 ᄉᆞ랑이 비길

15면

되 업더라 션싱이 왕이 숨 인을 거나려 됴알ᄒ고 ᄎ례로 남좌녀우를 분ᄒ여 뫼시니
광실이 돕은지라 신월 ᄀᆺ흔 손ᄋ들이 모다 교교흔 쇼리 운산봉두의 식는 날 신됴의
쇼리 ᄀᆺ흐니 틱부인은 놉흔 상 의지ᄒᆞ엿눈딕 ᄌᆞ손이 좌우로 버럿고 아쇼들은 치봉ᄀᆺ치
넘노니 상국이 션싱다려 우어 왈 현뎨 밤의 빅일졍의셔 무어슬 궁구ᄒ노라 날노 더
브러 연침을 아냐 손ᄋ의 아름다온 말을 못 드른가 나는 무심이 ᄌ다가 하 신긔ᄒ여
니러 안ᄌ노라 왕이 야야의

16면

침쉬 일쪽 안유치 못ᄒ신가 한님을 칙왈 작일 야애 틱왕모긔 시침ᄒ시니 닉 또 졍위
의 시침ᄒ엿더니 졍심당 아이 불안졀이 잇ᄉᆞ믹 게 가 시윗더니 무ᄉ 일 그리 일즉 와
덤벙여 엄하의 번거롭게 ᄒ누뇨 한님이 황공ᄒ여 딕홀 바를 아지 못ᄒ더라 공이 져
부ᄌ의 거동을 보고 만면의 두굿겨우믈 먹음고 왕을 향ᄒ여 우어 왈 너는 어룬 아ᄃᆞᆯ

을 두엇노라 크게 칙망흔다커니와 우리 부즈는 손으로 당치 못ᄒ리니 네 드러보라 인ᄒ여 싱의

17면

설화를 니르고 그 말단의 궤상육이 되여도 시하인이 쳐즈의 우환을 동념치 못ᄒ리란 말이 하 유독ᄒ기 놀나 니러 안즛지 제 인물이 엇지 상업시 굴니요 제 안히 쳐변이 실노 난쳐롭고 보신지칙이 업스니 즈별흔 빙가의 무안ᄒ믈 니르도 말고 셜형 부부의 늉산 딕은을 져바릴가 쥬야 우려ᄒ노라 이의 한님을 평신케 ᄒ여 겻ᄒ 안치고 스랑이 비무ᄒ니 션싱과 왕이 시로이 긔이ᄒ며 션싱이 딕찬 왈 딕지라 쇼오여 져 마음은 독히 곡

18면

경의 오히를 보젼ᄒ리져 상국이 더옥 회불즈승ᄒ고 한님이 쇼랑을 도라보아 왈 앗가 왕뫼 감귤 ᄂ출 쥬시니 먹엇더니마는 그져 허핍ᄒ니 무어슬 쥬쇼셔 쇼픠 ᄭᅮ지져 왈 어딕 가 허루즁을 들녀와 날다려 무어슬 달나 ᄒᄂᆫ뇨 진파 한미를 봇쳐여 구복이 ᄎ도록 먹으라 한님이 잠잠ᄒ고 진파의게 가 쇼찬을 만히 달나 ᄒ니 진픠 쇼왈 한님이 신낭 쇼임을 잘 못ᄒ고 왓ᄂ냐 엇지 진찬을 마니 달나 ᄒᄂᆫ뇨 ᄒ고 진슈감탕을 마니 쥬니 냥것 먹

19면

고 도라보니 영줘 안즛ᄂᆫ지라 우어 왈 그딕 허핍ᄒ여 ᄒ되 슉시 아모 것도 아니 쥬니 심히 뮈운지라 타일 딕군즈를 맛는 날 셜분코즈 ᄒ노라 영줘 붓그려 고기를 슉이니 영쥬의 ᄂᆞ히 구 셰라 상국의 풍영흔 미모를 습ᄒ여 덜셰ᄒ미 슉녀의 틀이 가즉ᄒ니 왕이 만금굿치 스랑ᄒ니 한님이 부왕의 우이를 감탄ᄒ여 영쥬 딕졉이 부슉으로 일반이라 금일 무스무려이 안즈시믈 보고 괴롱ᄒ니 영줘 붓그러 닉당으로 드러가니 한님이 딕쇼 왈 어

20면

ᄂᆫ 곳 유복흔 놈이 우리 영줘시굿치 졀묘그려흔 빈필이 될고 슉지 하 붓그려ᄒ니 닉

말을 노흐지 마쇼 어뮈 드르시면 범남타 칰흐시리라 영쥐 냥구 후 느족이 일오되 너
모 보치기를 심히 흐시니 비록 괴로오나 엇지 번득흐리잇고 아즈의 츠공즈를 쏘라
효장궁으로셔 봉뉴당의 갓다가 효장궁 되공지 긔린각과 봉황되를 잠간 귀경츠 흐시
거늘 쏘라갈싴 셜쇼졔 졍당으로 가신지라 춍망이 와 모친긔 뵈옵고 궁으로 가려 흐
느듸 무어슬

21면

어뎌 한님긔 드리리오 어셔 노흐쇼셔 어음이 낭낭흐고 유화 느족흐여 어엿부미 극진
흐니 한님이 더옥 칭이흐더라 이의 졍심헌의 가 쇼부긔 긔쳬를 뭇줍고 인흐여 뫼셧
더니 셔동 의산이 됴궁 쳥뉘를 고흐니 한님이 화풍경운이 변흐여 돈당의 드러가 품
흐되 됴궁 거믜 왓다 흐오나 계뷔 불안졀이 계시니 금야는 뫼실지라 인마를 환송홀
바를 고흐느이다 공이 졈두 왈 명일 신뷔 올지라 금일 가믜 불긴토다 션싱이

22면

쇼왈 삼 일 안 신낭이 녜를 폐흐믜 셜쇼부의 화근을 도도미니이다 상국이 불힝코 괴
로오믈 질기지 아니니 왕이 야야의 질기지 아니시믈 민망흐여 화열이 위로흐고 한님
은 밧긔 느와 됴궁 하리를 분부흐여 금일은 슉당 환휘 계시무로 가지 못흐믈 보흐라
흐고 드러가니 부믜 찬쇼 왈 현양의 불안졀이 창흥의게는 덕션이로다 쇼뷔 강잉흐여
신셩흐고 뫼셧더니 미쇼 왈 창질이 너모 엄웅늠늠흐여 악인을 진복지 못홀 위인이니
우민토쇼이다 부믜

23면

역쇼 왈 되장부의 힝시 광풍졔월 ㄳ흐리니 긔렴홀 바를 것츠로 지어 늬외를 달니흐
며 요인을 업누를 빅 업셔 졈졈 교긔를 도돌 분이니 츨하리 늬 눈을 더러이지 말고
마음을 어즈러이지 말지여다 좌즁의 공쥐 문안흐고 도라ᄂᆞᆫ지라 왕이 쇼왈 하 걸걸
흔 냥 마쇼 창완치 아니냐 창이 만일 졔 아즈비 ㄳ치 집미불통흐지 아니면 숄가의 무
어시 부둑흐여 쇼년 희거를 다 부린고 쵸방 계견의 진누봉쇼도 인인의 바라지 못흐
는 호시 아닌가 하 고로

24면

그리 우이 구러 덤벙여 결증이 뉴달나 권슐을 너무 쓰다가 필경은 뒤치여 두 닉상긔 쇼박 마져 아모 딕도 쓰이지 못ᄒ고 남은 그 나히 한 안히라도 유ᄌ셩녀ᄒ여 인눈을 츌히는디 홀노 이십 슌양이 되여 ᄯ또 무슨 일 그리 급히 셔드다가 쥬표가지 홀난이 씍 어 가지고 몟몟 일월의 동인 팔을 풀녓노라 ᄒ니 둠 공을 드런는가 관졔의 상표와 야 치의 혼동이 거셰롤 드레고 구줌쳔궐의 ᄉ못츌 젹 우형은 졍신이 홀난ᄒ되 ᄌ닉씨는 긔벽이 퍽 됴ᄒ되 관졔는 쳔흥

25면

을 보면 졔 공이라 ᄒ고 요공ᄒ니 나는 지쇼타 ᄒ닉 언파의 어리로이 부마롤 보며 미 미히 우ᄒ니 왕의 회언이 평싱 처음이라 일쵀 그 입을 우러러 신긔히 너기고 공의 형 뎨는 ᄋᄌ의 회언을 두굿겨 화긔 미우롤 동ᄒ고 틱부인이 쇼왈 닉 그씨 공쥬 일ᄉ롤 얼프시 드러시되 공쥬 환후로 황황ᄒ여 ᄌ시 뭇지 아냣더니 너희 말을 드르니 뎔도 ᄒ도다 너희 말이 번잡지 아니ᄒ고 보지 아니ᄒ엿기로 옴기는 거시 덜 우읍지 그 거 동이 오쟉ᄒ엿스랴

26면

일쵀 우으니 부민 참괴ᄒ여 왕을 딕ᄒ여 쇼이 딕왈 쇼졔 셜ᄉ 쇼년지싀 잇ᄉ온들 형 장이 져리 찰찰이 논힉ᄒ시니 우리 형장의 지공무ᄉᄒ신 셩덕이 다시 업슬가 ᄒ엿습 더니 금일 이후는 형장도 어린 ᄋ히 협계ᄒ시믈 아니이다 왕이 미쇼ᄒ고 부민 딕쇼 ᄒ니 쇼피 믄득 두 팔을 것고 닉드라 손으로 부마롤 굴으쳐 왈 음악 즈즐코 싀툿ᄒᆯᄉ 져 즁피 상공 혼닌을 쥬인ᄒ여 ᄌ미 보려 ᄒ다가 ᄒ 쟈미도 양가의 못 보고 익구진 이 아ᄌ미 졸닙도 졸닐ᄉ 우리 다 상

27면

공 ᄀᆺᄒ 셩덕현상일싀 뎌런 긔특ᄒ ᄋᄃᆯ을 두엇지 쳔흥씨 이 아기는 어딕로셔 낫슬 고 옥쥬 지덕으로 긔린 ᄀᆺᄒ ᄋᄃᆯ을 나하스니 챡흔 낭ᄒ여 져리 쥬젹이닉 상국 곤계 딕쇼 왈 누의 말을 드르니 우읍도다 틱부인이 딕쇼ᄒ며 부마롤 어루만져 왈 너의 셰 츠고 궤벽흔 인물을 진압홀 빅 업슬가 ᄒ더니 쳔되 유의ᄒᄉ 효장옥쥬 ᄀᆺᄒ 슉녀와

쇼시 굿흔 명염을 어더 너희 가시 징슈 굿ᄒᄆᆯ 노뢰 치하ᄒᄂᆞ노라 부미 계슈빅ᄉᆞᄒᆞ여 명을 듯줍고 좌의 드니

쇼뷔 부마를 향쇼 왈 쇼가 아ᄌᆞ미 무ᄉᆞ 일노 우리 즁시와 뎌러틋 ᄒᆞᄂᆞᆫ고 원간 관형이 합장도츅ᄒᆞ기를 잘ᄒᆞ시니 오날도 청ᄒᆞ여 살푸리ᄒᆞ여 달나 ᄒᆞ쇼셔 부미 쇼부의 살푸리 말의 ᄃᆡ쇼 왈 어ᄃᆡ로셔 귓것들닌 관형의 쑤어리는 괴괴히 구는 거시 이졔도 현뎨 어룬 형을 살푸리ᄒᆞ라 봇치니 니 아더냐 쇼가 아ᄌᆞ미ᄒᆞ고 너ᄒᆞ고 버려놋코 관형을 불너다가 화랑이 노르시나 시기고 덕담이ᄂᆞ ᄒᆞ라 션ᄌᆞ로 치고 호호히 우ᄉᆞ니 왕이 쇼왈 현양이 작히 잘 치

교훈 말일가 쾌훈 쳬ᄒᆞ고 말ᄒᆞ지 말나 그 말ᄃᆡ로 ᄒᆞ여야 슉ᄌᆞ의 말을 막으리라 좌즁이 일시의 헌화ᄒᆞ여 실즁의 츈풍이 무루녹ᄋᆞ 만화를 넛그럿더라 부미 냥 질녀를 ᄂᆞ오혀 ᄉᆞ랑ᄒᆞ니 하나흔 계츌흔 쵸왕이요 하나흔 어린 슉녈이라 좌즁의 ᄌᆞ랑 왈 이 ᄋᆞ히 여차 별니ᄒᆞ니 어ᄃᆡ 가랑을 어더 ᄌᆞ식을 뎌바리지 아닐고 ᄋᆞ녀도 범상치 아니니 낭ᄌᆡ를 유의ᄒᆞ나 눈의 드ᄂᆞ니 업ᄉᆞ니 민망토다 쇼뷔 쇼왈 혜질이 광치 너무 홀난ᄒᆞ니 ᄉᆞ오 년 ᄃᆡ양

이 잇슬 쥴 아르시ᄂᆞ니잇가 부미 왈 여언이 뎡합오의라 고로 이십을 기ᄃᆞ려 셩가ᄒᆞ여 츙년ᄃᆡ양을 방비코ᄌᆞ ᄒᆞ노라 틱부인이 경ᄋᆞ 왈 셰린이 그 엇진 말고 노뢰 쏠의 ᄌᆞ미를 모로고 여뫼 동시 쏠을 못 싱ᄒᆞ고 니 현뷔 겨오 유린을 눗코 쳔산이나 영줘 잇고 혜이 이어 잇셔 ᄌᆞ미를 보고ᄌᆞ ᄒᆞ거든 이십을 기다리면 영쥰은 삼십의 가ᄒᆞ리니 노뢰 싱젼의 ᄉᆞ회 엇는 ᄌᆞ미를 못 볼가 왕이 화열이 ᄃᆡ왈 ᄉᆞ졔의 말은 되지 아니ᄒᆞ오니 영줘는 쥬삼

공의 셔ᄌᆞ와 약혼을 구지ᄒᆞ엿ᄉᆞ오니 금년이라도 신낭을 마즐 거시오 월ᄋᆞ는 됴쵸 셩

네나 ᄒᆞ올지라 쓸이 용뫼 고와 ᄌᆡ앙이 만흐리라 ᄒᆞ고 됴혼을 아니리라 말을 잘못ᄒᆞ
이다 틱부인이 올타 ᄒᆞ더라 니러구러 됴군쥬의 힝녜일이 다다르니 굿ᄒᆞ여 빈긱을 쳥
치 아니나 인친가만 모화도 광실이 둅은지라 빅화헌과 녕광헌을 통기ᄒᆞ여 좌우로 진
셜ᄒᆞ고 북으로 홍옥교위를 놉혀 틱부인 좌를 이루고 외뎐의 됴상국 곤계 쥬벽의 좌
를

32면

일워 ᄎᆞ례로 뫼시고 제긱이 녈좌ᄒᆞᆯ시 상국이 골오ᄃᆡ 셩쳔지 금일 됴군쥬를 빈실노
마즈라 ᄒᆞ신 셩괴니 너ᄂᆞᆫ 맛당이 일승 죽교를 보ᄂᆡ여 다려오게 ᄒᆞ라 왕이 복슈문파
의 승명ᄒᆞ고 ᄂᆞ와 하관 한쥬부를 블너 분부ᄒᆞ여 죽교와 여간 하리를 다리고 됴궁으
로 가 군쥬를 다려오라 쥬뷔 슈명ᄒᆞ고 됴궁으로 나아가니라 ᄎᆞ시 옥션이 츈교의 셰
언의 졍신을 ᄎᆞ려 닉당의 니르니 부왕과 모비 야릭ᄉᆞ와 신낭이 쇼셰도 아니ᄒᆞ고 동
고를 응ᄒᆞ여 도라가

33면

믈 아ᄂᆞᄂᆞᆫ지라 왕이 마음이 알푸니 눈을 모호이 드러 기녀를 보니 푸른 운환을 헛트
러 쌍빈을 덥허시니 쵸뎍의 모운이 어린 듯 나뷔 눈셥을 괴로이 믜즈시니 아미산의
안기 몽농ᄒᆞ고 잉슌을 덕막히 다다시니 슈한이 빅두의 밋쳐시믈 알지라 앗기고 슬허
옥슈를 닛그러 슬하의 안치고 슈루 왈 너의 이러ᄒᆞᆯ 줄 나도 처음붓터 지긔ᄒᆞ엿거늘
너의 형뎨 부ᄃᆡ 져 어려온 임싱을 ᄯᆞ로려 ᄒᆞ다가 옥경의 견픽흠과 너의 판단흔

34면

형셰 불가형언이라 장문 기력이를 늣기고 호박침을 슬허흔들 뉘 타슬 슴으리오 즁의
파의니 ᄎᆞ라리 고요히 드러 슉덕힝신ᄒᆞ며 원군 셜시ᄂᆞᆫ 법문 슉녜라 너의 힝ᄉᆞ를 보
와 신셰를 건즐 빅 잇ᄂᆞ니라 군쥬 부왕의 ᄌᆞ이 가온ᄃᆡ ᄌᆞ긔 님한님 ᄯᅳ르믈 니르니 놋
치 달호이고 말단의 누쉬 쌍쌍ᄒᆞ여 왈 쇼녜 비록 일을 그릇ᄒᆞ여시나 님한님이 동시
도라보믈 닙지 못ᄒᆞ면 임셜의 원앙치를 버히고 굇발을 두루혀ᄂᆞᆫ 독독 임문 남녀노쇼
를 어육ᄒᆞ고

35면

임주를 올가 압히 쑬니고 어제날 우리 황가를 모욕혼 원을 슈죄ᄒ고 그 머리를 버혀 놉히 달면 그 날 죽어도 무한이로쇼이다 쵸왕ᄌᄂᆫ 본디 셩되 용녈혼 지라 녀ᄋᆡ 실 졍을 드르니 앗갑고 부릇ᄂᆞᆫ 듯ᄒ여 냥목이 두렷ᄒ더니 셰ᄌᆞ 경이 요망스러이 굴오디 여언이 쾌ᄒ다 병긔를 됴련ᄒ여 너ᄂᆞᆫ 션봉이 되고 나ᄂᆞᆫ 후진이 되어 임가의 죽고 남 은 미식을 늬 다 슈탐홀 거시니 너ᄂᆞᆫ 죽일 년만 죽이지 어엿분 겨집은 부디 날을 쥬 쇼 남궁비 ᄌᆞ

36면

녀의 말ᄒᄆᆞᆯ 듯고 심즁의 ᄎᆞ악경히ᄒ여 녀ᄋᆞ를 압히 쑬니고 디칙 왈 원닉 규슈의 너 ᄀᆞᆺᄒ니 어디 잇ᄂᆞᆫ뇨 부뫼 ᄯᆞᆯ이 ᄌᆞ라믈 보와 낭지를 굴히고 미작으로 통혼ᄒ여 냥가 의 ᄯᆞᆺ이 합당혼 후 문명납ᄎ̇ᄒ고 ᄉᆞ회를 싱관의 맛고 ᄯᆞᆯ을 빅냥의 올니믄 ᄌᆞ쳔ᄌᆞ로 지어셔인의 쎳쎳혼 비여ᄂᆞᆯ 너ᄂᆞᆫ 먼져 고루의 올나 외간 남ᄌᆞ의 풍치를 여허 월환을 더져 군ᄌᆞ의 더러이 너기믈 남은 ᄯᆞ히 업게 도로 넘으쳣거ᄂᆞᆯ 어닉 염치로 히연혼 병

37면

을 니루혀 용젼을 번거롭게 ᄒ고 황가의 빗츨 감ᄒ며 션남ᄒᄂᆞᆫ 누명이 장안의 회ᄌᆞ ᄒ고 겨오 됴ᄎᆞ미 부빈도 가지 못ᄒ고 금지옥엽을 굴ᄒ여 황고의 녀믹으로 빈실의 굴ᄒ니 붓그럽고 이돌온 줄 모로고 삼 일안 신뷔 신낭의 은졍 녀지 아니믈 발악ᄒ여 병잠긔를 비겨 젹국과 제 아비를 버히럇노라 ᄒ니 엇지 부모더런들 홀 말이리오 널 노 인ᄒ여 황가를 쳠욕ᄒ고 이미혼 부모를 짐쥬를 맛보게 ᄒ니 너 ᄀᆞᆺ혼 불쵸녀를 두 어시미 엇지 닉

38면

뫼 아니리오 도라 셰ᄌᆞ를 디칙ᄒ여 그 말이 무례픠힝이 녀ᄋᆞ로 일반이니 출하리 모 ᄌᆞ의 윤을 버혀 혼 그릇 짐쥬의 일즉 죽여 후환을 덜 거시로디 식부의 현쳘ᄒᄆᆞ로 너 ᄀᆞᆺ혼 경박ᄌᆞ를 맛나믈 가이ᄒ여 용ᄉᆞᄒᄂᆞ니 심당의 슈계ᄒ여 회과칙션ᄒ라 언파의 셰ᄌᆞ를 덕은 별실의 가두니 왕이 눈이 둥그러ᄒ여 문왈 무슴 별노 가도뇨 비 노긔 발 발ᄒ여 녀ᄋᆞ를 ᄭᅮ지져 물니치고 왕을 디ᄒ여 왈 만일 ᄯᆞᆯ의 악ᄉᆞ를 됴곰이나 참녜ᄒ

면 쳔벌을 바

39면
드리라 ᄒᆞ니 왕이 머리를 흔드러 왈 그런 무셔온 말 말나 엇지 참녜ᄒᆞ리오 ᄒᆞ더라 군
쥐 모칙을 듯고 침쇼의 도라와 악독을 머금고 안즛더니 신낭이 ᄯᅩ 오지 아니니 더옥
분ᄒᆞ여 막힐 듯 밋츨 듯ᄒᆞ나 겨오 밤을 지닉고 명됴의 군쥬의 헌구고지녜를 출힐ᄉᆡ
일궁이 진동ᄒᆞ니 왕비 왕을 딕ᄒᆞ여 미우를 씽긔여 왈 임상뷔 임의 녀ᄋᆞ를 탑젼의셔
빈실노 마즈믈 고ᄒᆞ엿거늘 무슴 헌구고와 금덩치픠 아란곳가 져 집 ᄒᆞ는 거동을 보
와 츌히라 ᄒᆞ니 왕

40면
이 묵연ᄒᆞ더니 믄득 날이 느진 후 과연 임부의셔 일승 교ᄌᆞ를 보닉여 군쥬를 다려갈
ᄉᆡ 하관 한쥬뷔 듕계의 ᄭᅮ러 왕의 말ᄉᆞᆷ을 알외되 혼녜를 다 쳔의의 슌슈ᄒᆞ엿ᄂᆞ지라
각별 더을 빈 업ᄉᆞ무로 일승 쥭교를 보닉ᄂᆞ니 이 ᄯᅩ 가엄이 탑젼의셔 완졍ᄒᆞ신 빈니
딕왕은 괴이히 너기지 마르쇼셔 ᄒᆞ시더이다 왕이 실노 붓그럽고 노ᄒᆞ나 ᄯᆞᆯ의 ᄒᆡᆼ실이
긔특지 아니니 발셔 탑젼의 언약이라 임왕을 한치 못ᄒᆞ여 딕답을 슌편이 ᄒᆞ여 ᄀᆞᆯ오
딕 임의 탑젼의셔 결

41면
단ᄒᆞᆫ 일이니 과인이 엇지 괴이히 넉이리오 명을 밧들ᄂᆡ이다 ᄒᆞ고 이의 군쥬를 단장
ᄒᆞ여 쥭교의 올니니 옥션이 무비딕악이나 모비 엄칙을 두리고 쳬면을 도라보와 흔
말을 못ᄒᆞ고 믹믹히 쥭교의 오르니 무슈 궁녜 교ᄌᆞ 압희 향을 줍ᄋᆞ 시위ᄒᆞ나 쵸쵸ᄒᆞᆫ
위의 거동이 쳔승 군왕지녜며 쳔승 상국의 며ᄂᆞ리 되는 졀ᄎᆞ 하나토 업고 한독이 쳘
쳔ᄒᆞ여 니를 갈고 벼르는 마음이 독ᄉᆞ의 마음이러라 임의 딕로로 ᄒᆡᆼᄒᆞ니 길ᄉᆞ룸이
셔로 가르쳐 우어 ᄀᆞᆯ

42면
오딕 됴군쥐 우리 셩현공 야야 측실 며ᄂᆞ리 되여 가는 위의 가쇼롭다 져 군쥐 님한님
참방 날 누상의셔 보고 월환을 더져 상ᄉᆞ 괴질을 어더 거즛 신몽으로 귀신이 봇친다

황야의 셩심을 운동ᄒ니 임상국이 뇌거ᄒ고 신몽이 거즛 거ᄉ로 셩춍을 긔망ᄒᄂᆫ 쥴 죠왕을 덜칙ᄒ니 팔ᄌ 스나온 ᄉ름은 죠왕이러라 겻히 ᄉ룸이 일오디 아모커나 심용이나 반듯ᄒ면 모로거니와 얼마나 쇼힝이 고으면 계집아히 외간 남ᄌ를 후리려고 월환을 더지고

43면

상ᄉ병이 드도록 ᄒ리오 ᄯ 일 인 왈 니 아즈미 됴왕궁 물 깃ᄂᆫ 쇼임을 당ᄒ여 그 혼인 날 ᄯ라가 보니 얼골은 달긔ᄀᆞᆺ치 곱더라마ᄂᆫ 눗치 모진 긔운이 덥혓더라 ᄯ 일 인 왈 그리면 우리 임상부의 달긔가 가셔 엇지 견딀고 됴마경을 빗최면 졔 아니 물너갈가 이리 슈답ᄒᄂᆫ 쇼리 교듕의셔 들니ᄂᆫ지라 군쥐 더욱 딘분디로ᄒ여 임문을 삼쳘 듯ᄒ고 엇던 놈이 공논ᄒᄂᆫ고 맛당이 타일 임문을 어육ᄒᄂᆫ 날 함긔 죽이리라 ᄒ고 교듕으로 너미러 ᄌ시 솔피더라 니러

44면

구러 임부 장현곡을 더위쥬으니 셰 쥴 금ᄌ어필이 광치 찬난ᄒ고 춍신효뎨와 덜효녀의 쳔츄셰감이 될지라 군쥐 교듕의셔 너미러보고 눗치 달호이니 졔 넘치라도 져의 힝ᄉ를 붓그리다가 다시 보니 ᄉ름이 말을 타고 감히 그 압흘 지ᄂᆞ지 못ᄒ여 하마ᄒᄂᆫ지라 군쥐 닝쇼ᄒ고 다시 보지 아니터라 임의 문의 드러 막ᄎᆺ의 ᄂᆞ리니 일긔 틱부인을 밧드러 남좌녀우를 분ᄒᆫ 후 군쥬의 녜를 바들ᄉᆡ 군계 쥬리를 ᄡᅴ어 틱부인 탑하의 셔셔 네슈를

45면

호창ᄒ니 한 쥴 옥져 쇼리 구을며 무슈 궁이 군쥬를 ᄡᅧ 드러 팔비를 맛치ᄆᆡ 군계 물너 쇼진 냥좌의 아릭 안즈니 경복누 ᄉ지관환 화교란이 황쥬리를 ᄡᅴ어 난두의 셔셔 상국 부긔 녜알을 호창ᄒ니 각각 팔비ᄒ고 ᄯ ᄯ로 한시긔 ᄉ비ᄒ고 ᄯ 군계의 지비ᄒ고 물너ᄂᆞ니 ᄯ 부마와 쇼부긔 지비ᄒ고 관환이 물너ᄂᆞ니 경운누 쥬지 치운이 셩싱 부부긔 네슈를 호창ᄒ니 ᄯ 각각 팔비ᄒ고 슉녈궁 ᄉ지관환 녈영이 쥬리를 ᄡᅴ어 난두의셔 호창ᄒ니 쵸왕 부

46면

부긔 각각 팔비호고 쇼양좌의 지비호고 물너셔니 임의 네필의 티부인이 희눈을 드러 신부를 보니 옥안취미 홀난셩영호미 무릉 삼식 도화 일지 니슬을 먹음어 됴양의 셜 첫는 듯 느뷔 눈섭의는 일곱 가지 살긔롤 씌엿고 한 쌍 츄파는 장셩징슈 굿호니 독긔 겻히 스름의 쌔의 스못츠니 이 진짓 녹디의 쥬 무왕을 즘간호던 달긔 후신이라 범안 은 신부 화용묘질을 칭찬호나 티부인으로부터 노쇼 업시 안식을 거두고 왕은 눈을 드는 빗 업스나 불힝

47면

호고 슉녈이 넉시 무스무례호여 오직 돈당을 공경호여 밧드러실 뜨름이오 왕이 부젼 의 쑤러 쥬왈 금일 됴군쥬와 식부 네로 보올지라 강등이 잇실쇼이다 공이 졈두호고 셔편 난간 압 홍옥교롤 가르치니 왕이 승명호여 물나 봉눈당 스지 미숭으로 호여 곰 돈명을 젼호여 장복을 가호게 한 후 다시 분부 왈 금일 되례는 오가 법졔라 현부 의 겸손으로 불열호려니와 네는 굽히지 못홀 거시오 존명이 느리신지라 쏠니 돈명을 봉승

48면

호고 우리 법졔롤 문허 바리지 말나 셜파의 좌의 드니 셜쇼졔 국궁 발취호고 신뷔 냥 안을 혼난이 둘너 독긔 두로 쏘일 듯호고 쇼졔 돈긔 냥 돈당의 품달호시믈 드르니 이 거됴의 즉긔 화란의 근본이 될 바롤 쇼연명각호나 명야며 쳔야라 돈명을 위월호여 조음시양이 우은지라 츳환의 인도호믈 인호여 장복을 가호미 금년을 쳔연이 옴겨 교 위 가의 느으가니 발 으릭 부용이 숏고 힝보가 흐르는 듯 홍금 즈라상이 부동호니 옥 쉬 풍젼의 흘너셧는 듯

49면

호니 구고 돈당이 바라보고 만금보옥굿치 넉이더니 쇼졔 교위 알픽 다다라는 유유지 지호여 안식의 황숭호미 닷타나니 교위의 오르지 못홀 형상이 더옥 졀승혼지라 왕이 긔의룰 지긔호고 더옥 이련귀즁호고 공이 쇼부룰 명호여 팔을 드러 오르게 호라 호 니 쇼졔 쳔만 부득이 교위의 오르니 미숭이 황쥬리롤 쓰을고 원군긔 팔비 힝녜홀 바

를 길게 호창ᄒ니 이씨 군쥐 정신을 정ᄒ여 겻눈으로 셜쇼져의 무궁ᄒ 졍긔를 구경ᄒ며 암

50면

암이 넉을 살오고 몸을 운동치 아니ᄒ더니 관환의 호창 일셩의 져의 교위의 좌ᄒ믈 바라보고 황홀ᄒ여 몸을 움죽이지 못ᄒ니 관환이 셰 번 녜믈 호창ᄒ되 군쥐 몸을 동치 아니터니 다시 길게 녜알을 부르니 졔 궁인이 겁결의 군쥬를 붓드러 팔비 디례를 식이니 군쥐 면치 못ᄒ여 임의 녜를 맛ᄎ믜 쇼졔 안셔이 ᄂ려 광슈를 놉히 드러 음양ᄒᄂ 졔되 진실노 규구의 합도ᄒ지라 군쥐 져 거동을 딕ᄒ믜 영원이 뛰노니 심즁의 싱각ᄒ되

51면

ᄎ인이 혈육지신이 뎌딕도록 ᄒ리오 효쟝 슉모 용식으로도 감히 결을 길 업순지라 늘노 더부러 슉셰 원업으로 ᄂ의 승ᄉ를 몬져 아ᄉ 나의 아홉 구븨 간쟝을 마듸마듸 슨코 이를 써ᄒᄂᆫ도다 썰ᄂᄂ 거술 앙그려 물고 쳥말의 좌ᄒ니 쇼졔 ᄂᄂ 드시 돈구 좌하의 뫼시니 왕의 형뎨 야야를 뫼셔 외젼으로 ᄂ아가니 쟝닉의 피ᄒ엿든 부인닉 ᄂ와 틱부인긔 신부의 교용을 일ᄏ고 시로이 셜쇼져의 규모와 셩덕문명을 칙칙 탄상ᄒ고 좌즁의 녀이공 부

52면

인 셜시 굴오딕 현뎨 엇지 쳐변을 쇼리히 ᄒ여 간인의 원독을 질ᄋ의게 쌘르게 ᄒ리오 부인이 쌍미를 빈츅ᄒ고 딕왈 구가 법냥과 션훈이 일돈ᄒ시니 딕ᄉ의 녀지 간예 홀 비 업고 비록 이 녜를 아니 쓰나 셜쇼뷔 간인의 독힉를 면홀 비 업스니 딕쳬로 법을 베퍼 우인으로 감히 우러러 보지 못ᄒ게 ᄒ미라 여ᄎ 고로 군후와 ᄋ즈의 쥬의 그런가 시부오이다 셜부인이 겸두ᄒ고 금일 왕의 ᄌ부 사랑이 쳔지만물의 비홀 비 업셔ᄒᆷ과 돈당 슉

53면

당이 일편 교익를 보건딕 물극지히를 면치 못홀지라 그 너모 위ᄋ드믈 민망이 너기

니 스졍이 지극ᄒᆞ믈 ᄡᅳ리더라 일모셔산ᄒᆞᄆᆡ 빈긱이 흣터지고 녀공 부인 고식이 경복누의 머물고 쥬상국 부인이 슉녈궁 봉눈당의 녀와 ᄌᆞ부 숀ᄋᆞ를 거ᄂᆞ려 머무더라 왕이 양뎨를 거ᄂᆞ려 닙닉ᄒᆞ니 쇼뷔 틴모긔 고왈 질ᄋᆞ 부뷔 유츙ᄒᆞ여 아즉 딘인졉믈과 뎍국을 거ᄂᆞ려 번화ᄒᆞ오니 신부 슉쇼를 홍믜각의 졍ᄒᆞ여 슉녈궁 봉눈당 길을 급히 알녀 부졀

54면

업ᄉᆞ오니 홍믜각이 빅슈의 계신 곳으로 요원치 아니ᄒᆞ오니 그리 졍ᄒᆞ쇼셔 질부의 겻히 요인이 감히 겻지게 말게 ᄒᆞ믹 올ᄒᆞ니이다 틴부인이 졈두ᄒᆞ니 부미 쇼왈 현낭이 졔방을 잘 ᄒᆞ노라 당스를 원녀를 두거니와 두통이 뎍지 아니ᄒᆞ도다 비록 슈슈 안젼의셔 작악을 ᄒᆞᆫ들 엇지 알니오 쇼뷔 미쇼 왈 연즉 셰월만 쳔연ᄒᆞ리로다 좌위 듯고 실쇠촉악ᄒᆞ고 왕은 냥뎨의 말을 드르나 미쇼무언이오 신부 슉쇼를 홍믜각으로 졍ᄒᆞ니 도라와 긴 단장을 벗

55면

고 홍군취슘으로 단좌ᄒᆞ여 셕상 일을 싱각ᄒᆞ니 부이 넘노라 옥슈로 가슴을 어루만져 니를 갈고 쇽으로 모질게 ᄶᅮ지져 왈 녀 셜셩염이 날과 삼싱 슈인으로 금셰의 ᄂᆞ의 원앙치를 아ᅀᅡ 금일 날노뼈 무궁ᄒᆞᆫ 욕을 보게 ᄒᆞ니 이 한은 빅골이 진퇴ᄒᆞ나 풀니지 못ᄒᆞ리라 널노 몬져 셤분을 민들고 됴쵸 임셜 냥문을 어육ᄒᆞ여 황가 욕ᄒᆞᆫ 원을 셜치ᄒᆞ리라 돌돌 한탄ᄒᆞ더니 츈긔 귀의 다혀 니로ᄃᆡ 금일 옥쥐 쳔되의 씻지 못홀 욕을 무슈이 보

56면

시나 월왕 구쳔의 ᄡᅳᆯ기를 맛보던 일을 효측ᄒᆞ여 잠잠코 아직 식을 지어 인심을 취합ᄒᆞ쇼셔 모ᄉᆞ 냥댱을 일위며 상공 은춍을 어드면 뎍국을 졔어ᄒᆞ여 통일쳔하ᄒᆞ시게 ᄒᆞ리이다 군쥐 슘을 둘너 니로ᄃᆡ ᄂᆡ 흉금이 답답ᄒᆞ더니 너의 상쾌ᄒᆞᆫ 말을 드르니 젹이 싀훤ᄒᆞᆫ 듯ᄒᆞ나 금일 셩염이 만좌 즁 삼즁셕을 도도고 ᄂᆞ의 졀을 바든 쥴 아모리 싱각ᄒᆞ여도 창ᄌᆞ히 터질 듯ᄒᆞ니 엇지 능히 참을쇼냐 괴 쇼왈 어ᄎᆞ어피의 상공 은춍을 먼져 취ᄒᆞ

57면

쇼셔 이 ᄀ온ᄃᆡ 목지란을 일위여 이 일을 비겨 크게 ᄒ여 셜시를 킹참의 모라너허 구고와 가뷔라도 그 죄를 벗길 길히 업게 ᄒ리이다 군쥐 올히 너겨 셔찰을 닷가 부왕긔 보ᄂᆡ고 셰ᄌᆞ의게 만편을 지어 목지형으로 친히 교도를 미ᄌᆞ며 미인을 ᄂᆞᆺ고와 ᄎᆞᄎᆞ 비계를 니르혀 쇼미의 분한을 푸르쇼셔 ᄒ여 만단 셔간을 봉ᄒ여 교를 맛지고 쵹하의 단좌ᄒ여 신낭 드러오기를 눈이 ᄲᅡᆫ지게 기다리더라 상국이 쳐ᄉᆞ로 더브러 틱부인긔 혼졍ᄒ고

58면

인ᄒ여 좌위 고요ᄒᄆᆞᆯ 타 션싱을 ᄃᆡᄒ여 탄왈 금일 신부를 보니 아심이 슷그러ᄒ고 오문을 한ᄭᅥᆺ 업칠 분 아냐 ᄂᆞ라의 화근이 밋고 말니니 쵸왕은 쓸 ᄃᆡ 업슨 무장호치공지러니 그 엇지 별물요졍을 ᄂᆞ하 오가의 화근을 끼치고 아비로 혁위케 ᄒ고 명일이라도 ᄂᆡ 벼술을 옥탑의 드리고 ᄌᆞ위를 밧드러 창ᄋᆞ 부부를 거ᄂᆞ려 화쥬로 ᄂᆞ려 묵은 밧츨 일워 흔가흔 빅셩이 되고 현데 ᄯᅩ흔 한가흔 몸이라 이 밧 계괴 업도다 션싱이 공의 ᄠᅳᆺ이 슌ᄋᆞ 부부 위

59면

흔 금심이 ᄉᆞ싱으로 ᄒ시ᄆᆞᆯ 보니 쳔뉴의 지난 자이라 감분ᄒ여 탄식 왈 쇼졔 셜쇼부의 입문 쵸일의 이런 화익을 당홀 쥴 아온지라 여ᄎᆞ 고로 쇼졔 형장 셩의 니러 ᄒ실 쥴 아라ᄂᆞ나 방금 국가의 위란이 북을 침노ᄒ니 명년은 벅벅이 친졍ᄒᆞᄉᆞ 북을 파홀 거시오 가락국 왕이 슈년을 됴공을 아니ᄒ여시니 미구의 쥼국을 침노흔 싹시니 히이 일시도 물너ᄂᆞ지 못홀 거시오 셰린이 ᄯᆞ를지라 셩상이 효장공쥬를 허치 아니시면 이도 난쳐흔 마ᄃᆡ요 우리

60면

곤계 창ᄋᆞ 부부만 다리고 가랴 ᄒ오나 유린이 ᄯᅩ흔 ᄯᆞ로지 못홀 형셰니 돌연이 하향치 못홀 거시오 화쥬로 니르지 말고 하늘 한 가의 간들 오ᄂᆞ 익은 셩인도 면치 못ᄒ여시니 가마니 안ᄌᆞ 쳔의를 보오리니 쇼부의 비상ᄒᆞ미 극히 요인을 졔어ᄒ려니와 요인이 흔ᄭᅥᆺ 셜ᄋᆞ부를 히홀 분 아니라 반ᄃᆞ시 합가를 어육ᄒ오리니 임의 맛ᄂᆞᄆᆞᆯ 불힝

이 ᄒᆞ엿스니 됴용이 바려두어 급히 쎠 오면 요인이 장구치 못홀 거시오 셜시ᄂᆞᆫ 화익
의 맛지 아니리이

61면

다 공이 고요히 듯기ᄅᆞᆯ 다ᄒᆞ민 활연이 탄식고 올타 ᄒᆞ더라 ᄎᆞ시 슉녈비 한님을 권ᄒᆞ
여 신방으로 가라 ᄒᆞ니 한님이 ᄃᆡ왈 져 요물이 오가ᄅᆞᆯ 업치리니 쇼지 엇지 삼위 왕뫼
질기시ᄂᆞᆫ 쎠 구구ᄒᆞᆫ 거름을 ᄒᆞ오며 쇼지 연긔 유치로 아직 왕부 회즁을 면치 못ᄒᆞ옵
거든 규방의 장젹ᄒᆞ리잇가 부인이 쌍으ᄅᆞᆯ 빈츅ᄒᆞ여 쥬비ᄅᆞᆯ 도라보와 왈 ᄎᆞ이 음녀ᄅᆞᆯ
셜ᄋ부ᄀᆞᆺ치 ᄂᆞ어리무로 금슬을 돈절홀진ᄃᆡ 음녀의 ᄃᆡ란이 더옥 아부의게 샌ᄅᆞ리로
다 ᄋᆞ히 쇼탈ᄒᆞ여 셜ᄋ

62면

부와 지금 금슬을 녀지 아냣ᄂᆞᆫ가 시부오니 졔 궤집을 셰울 젹 무죄ᄒᆞᆫ 안히ᄂᆞᆫ 고릭 싸
홈의 시오 죽으믈 면치 못ᄒᆞ오리니 다만 져의 쳐변을 볼 ᄯᆞ름이로쇼이다 녀노부인과
쥬후부인이 져 고식을 문답을 듯고 한님을 쓰다듬ᄋ 왈 너의 원ᄃᆡᄒᆞᆫ 식견의 무ᄉᆞ 일
을 동치 못ᄒᆞ리오 져 녀지 아시부터 궁금의 츌입ᄒᆞ여 궁인ᄂᆡ 봄을 늣기고 가을을 슬
허ᄒᆞᄂᆞᆫ 정틱ᄅᆞᆯ 익이 보고 풍뉴랑을 뉴의ᄒᆞ여 월환을 더져 너ᄅᆞᆯ 상ᄉᆞᄒᆞ여 방계곡경으
로 도라와 너의

63면

은졍을 닛지 못ᄒᆞ면 셜ᄋ부의게 화익이 급ᄒᆞ리라 너ᄂᆞᆫ 아직 드러난 죄 업시 원부 위
ᄒᆞᆫ 독을 일위지 말나 연이ᄂᆞ 네 셜공 부부의 은혜 틱산 ᄀᆞᆺ흐니 그 평ᄉᆡᆼ 쇼교의 일ᄉᆡᆼ
을 편케 ᄒᆞ미 아니 오르냐 한님이 계상비슈 왈 셩괴 맛당ᄒᆞ시나 쇼손이 ᄎᆞ마 음녀ᄅᆞᆯ
ᄀᆞᆺᄀᆞ이 못ᄒᆞ오리다 젼두ᄅᆞᆯ 불분이로쇼이다 부인 다시 니르지 못ᄒᆞ고 한곳 셜시ᄅᆞᆯ 위
ᄒᆞ여 근심이 유미ᄅᆞᆯ 좀가시니 국군 부인이 홀연 탄ᄋ슈셩의 왈 가란을 겨오 진졍ᄒᆞᆫ
가ᄂᆡ의

64면

화란이 다시 일게 되니 이 도시 덕양이로다 셕일 쥬형의 간장을 틱오게 ᄒᆞ믄 닉 지라

시로이 츄회 조과ᄒ여 쥬후부인긔 스례ᄒ니 쥬부인이 녀부인의 셰월이 오릴ᄉ록 진심 슈덕ᄒ믈 감복희열ᄒ여 ᄂ익 안주 집슈 칭ᄉ 왈 불가불가ᄒ니 왕ᄉᄂᆞᆫ 이의라 엇지 금일 시로이 조회ᄒ리오 현뎨ᄂᆞᆫ 츠후 이 다히롤 다시 일ᄏ지 말믈 바라노라 녀부인이 쥬후부인 어위ᄎᆞ믈 탄복ᄒ여 쌍뇌 현녕ᄒ니 한님이 ᄂ익가 한숨으로 조모 쳬루롤 씻

65면

고 어리로이 ᄂ출 가슴의 다히고 쥬왈 향ᄌ의 우리 아얘 무어시라 알외더니잇고 이리 마음을 슐탄ᄒ시니 야야롤 뫼셔 오리로쇼이다 ᄒ며 어리로이 위안ᄒ미 쵸왕의 형상이라 부인이 ᄉ랑홉고 귀즁ᄒ믈 니기지 못ᄒ여 쳬루롤 거두고 옥비롤 어루만져 왈 엇지 조식 효셩도 유별ᄒ여 무용ᄒᆫ 이 한미 일빈일쇼의 무심이 보는 일이 업ᄉ니 실노 도로혀 뮙도다 어린 쳬 그만ᄒ고 신방의 가 남의 가슴의 붓ᄂᆞᆫ 불이나 ᄭᅳ라 한님이 화

66면

ᄒᆫ 우음으로 됴모 ᄉ손을 밧들고 쥬왈 쇼손이 투미ᄒ와 당즁 쵸불도 못 ᄭᅳᄂᆞᆫ 지됴로 그런 더러온 불을 ᄭᅳ리잇가 금야란 쇼유졍의 가 의쳠으로 조려 ᄒᄂᆞ이다 녀이공의 부인이 탄왈 ᄒ이 즁장을 닙어 ᄉ싱이 위틱ᄒ거ᄂᆞᆯ 영디왕이 다려와 지셩구호ᄒ여 회쇼지경이 잇다 ᄒ더니 지금은 향ᄎᆞᄒᄂᆞᆯ뇨 한님이 공슈 디왈 희량이 지금은 쾌쇼ᄒ고 ᄉ리로 경계ᄒᄉ 계부의긔 맛지시니 근니ᄂᆞᆫ 회과ᄒ여 그런 호풍이 쇼삭ᄒ여 도로혀 어림졍이 되여 셩식의 눈을

67면

감으니 월익도 잇고 옥경도 싱각지 아니ᄂᆞᆫ 거시 눈의 뵈오ᄂᆞ 쏘 엇덜 동 알 니 잇고 원니 그 놈의 힝ᄉ 패심ᄒ오나 악장의 칙벌이 너모 즁ᄒᄉ 아됴 죽이기로 졍ᄒ시니 그런 경악ᄒ미 업더이다 셜부인이 디강 아라시나 조셰치 아니터니 한님의 말을 듯고 뎐후ᄉ롤 조셰 무르니 한님이 단슌호치 ᄉ이로 디강을 고ᄒᄂᆞᆫ 바의 일변 놀납고 일변 감은ᄒ여 탄식 왈 고어의 다남ᄌ 즉 다구라 ᄒ니 우리 형장 훈계 엄ᄒ시되 희익 방탕ᄒ여 뎌 한됴지

68면

녀를 연혼ᄒ니 엇지 통히치 아니리오 졔 비록 그런 힝실지라도 한됴지녜 아니면 거게 엇지 살즈코즈 하시리오 만안엄적지계니 ᄎ라리 ᄒᆫ 즈식을 죽여 문호를 쳠욕지 아닌 쥬의라 희량인들 한됴지녜믈 알면 엇지 유의ᄒ엿시리오 너의 디인긔 뵈와 질ᄋ의 호쳔지덕을 친히 스례코즈 ᄒ나 부인녀즈의 쇼디ᄒᆷ믈 우을가 못ᄒ노라 한님이 스스ᄒ고 쥬왈 희량의 힝시 스스의 이다로오니이다 우리 즁부 디인이 유ᄋ를 두시고 낭지를

69면

유의ᄒ여 굴히시더니 가엄이 의쳠을 쳔거ᄒ시니 즁부 디인이 이로스디 셜지 너모 말ᄉᆷ이 풍늉ᄒ고 긔운이 셰ᄎᆺ 활발ᄒ여 미인을 마니 모홀 상이며 긔위 쎡쎡엄웅ᄒ여 녀즈의게 편편치 못홀 위인이라 ᄒ시고 군즈의 풍이 아니라 ᄒ시니 엄위ᄒ시되 쳔의졍ᄒ여시며 이역쳔이라도 면치 못ᄒ다 ᄒᄂ니 너의 말고즈 ᄒ무로 가지 아니리라 ᄒ시니 즁뷔 웃고 셜즈와 녀이 년긔 상당치 아니코 녀이 심혼 약질이라 셜즈의 쥰걸

70면

을 능히 당치 못ᄒ리라 ᄒ시고 즁지ᄒ시더니 이번 화란이 ᄂ무로 다시 거론치 아니시니 이졔는 아됴 판단흔지라 우리 동미는 이른바 하날이 닉신 본셩지명홰라 셩인도 요됴슉녀를 오미스복ᄒ시니 졔 무슴 복으로 ᄋ미 ᄀᆺ흔 본셩지명화를 빗호리오 그 놈이 일이 졀졀이 통이ᄒ이다 언파의 쾌히 우으니 녀부인이 탄왈 스스의 막비쳔ᄋ니 져의 아름다온 셩품즈질은 하등이 아니로디 호화의 씌이여 마음을 활발이 먹음어 한번

71면

그런 데 ᄲᅢ져시나 회과칙션은 셩인도 허ᄒ신 비라 씩다르믈 굿게 ᄒ엿실진디 셩문의 입실ᄒ나 하즈를 눌다려 ᄒ리오 아직 쇼년지심이라 그러ᄒ나 타일 셜문을 놉힐 즈는 ᄎ이니라 한님이 셩의 맛당ᄒ시믈 일콧고 야심ᄒ믈 알외여 여러분이 침슈 평안이 ᄒ시믈 알외고 물너 쇼유졍으로 가더라 ᄎ시 옥션이 밤이 식도록 신낭을 현망ᄒ나 그림즈도 못 어더보고 간장의 불이 일어ᄂ 상의 구러졋더니 눌이 식ᄂ 쥴을 모로고 누어

72면

시니 츈교 등이 붓드러 단장을 일워 졍당의 니르니 발셔 문안이 느졋닌지라 쳥말의
좌ᄒ엿더니 졀승ᄒ여 니화 일지 츈우ᄅ 쒸엿ᄂ 듯 흘난흔 싴티 비연황후로 흡ᄉᄒ되
일신의 그린 거ᄉ 남히 명쥬와 벽히쥬ᄅ 스려시니 눈의 현황ᄒ고 좌우 무슈 궁이 시
위ᄒ여 ᄌ못 요란ᄒ니 샹국이 불열ᄒ여 왕을 도라보아 왈 오가ᄂ 본ᄃ 하쳔지기라
효장이 하가ᄒ시나 궁인비 감히 혼잡지 못ᄒ거ᄂ 챵ᄋ의 빈실이 엇지 삼가지 아닛ᄂ
뇨 왕이

73면

복슈쳥녕ᄒ여 군쥬의 좌우ᄅ 명ᄒ여 감히 돈젼의 궁인의 무리ᄅ 들네지 못홀 거시오
포의지가의 궁인의 뉴ᄅ 머무르지 못ᄒ리니 진슈히 도라보ᄂ고 분의ᄅ 삼갈 바로 슈
됴 말ᄉᆷ이 엄슉ᄒ니 군쥐 심즁의 양양ᄒ나 어ᄃ 가 요독을 발뵈리오 무류히 퇴ᄒ여
침쇼로 도라가 숀으로 뎡당을 굴쳐 악악히 ᄭ짓고 이의 궁인시ᄋ를 다 도라보ᄂ고
심복 시녀 십여 인과 보모 츈교ᄅ 머무르고 인ᄒ여 단장을 곳쳐 효장궁의 ᄂᄋ가 신
셩의 얼

74면

필 뵈나 ᄉ졍을 펴지 못ᄒᄆᆯ 일ᄏᆯ라 졍다히 뫼시니 공쥐 작일 군쥬 힝녜ᄅ 보지 못ᄒ
고 침병ᄒ고 궁의 잇더니 신셩의 드러 잠간 말셕의 안즌 거동을 보고 도라와 황가
ᄅ 쳠욕ᄒᄆᆯ 통한ᄒ더니 군쥬의 니르ᄆᆯ 고ᄒᄂ지라 명좌ᄒ고 쵸왕비의 긔거ᄅ 뭇고
츄파ᄅ 드러 술피니 팀되 흘난경쳡ᄒ고 만면 살긔 어릿여 독ᄉ의 긔운이 스룸의게
쑈이니 공쥬의 됴마경이 질녀의 요음흔 폐부ᄅ 빗쵤니 엇지 일호나 ᄉ친지졍이 ᄂ리
오

75면

침음탄식고 황가의 져런 요인이 나 금지옥엽의 빗츨 감홀 쥴 경악ᄒ여 이의 말ᄉᆷ을
길게 여러 됴용이 경계ᄒ니 아지 못게라 무슴 말ᄉᆷ으로 능히 군쥬의 마음을 두루현
가 ᄎ간하문 분히ᄒ라

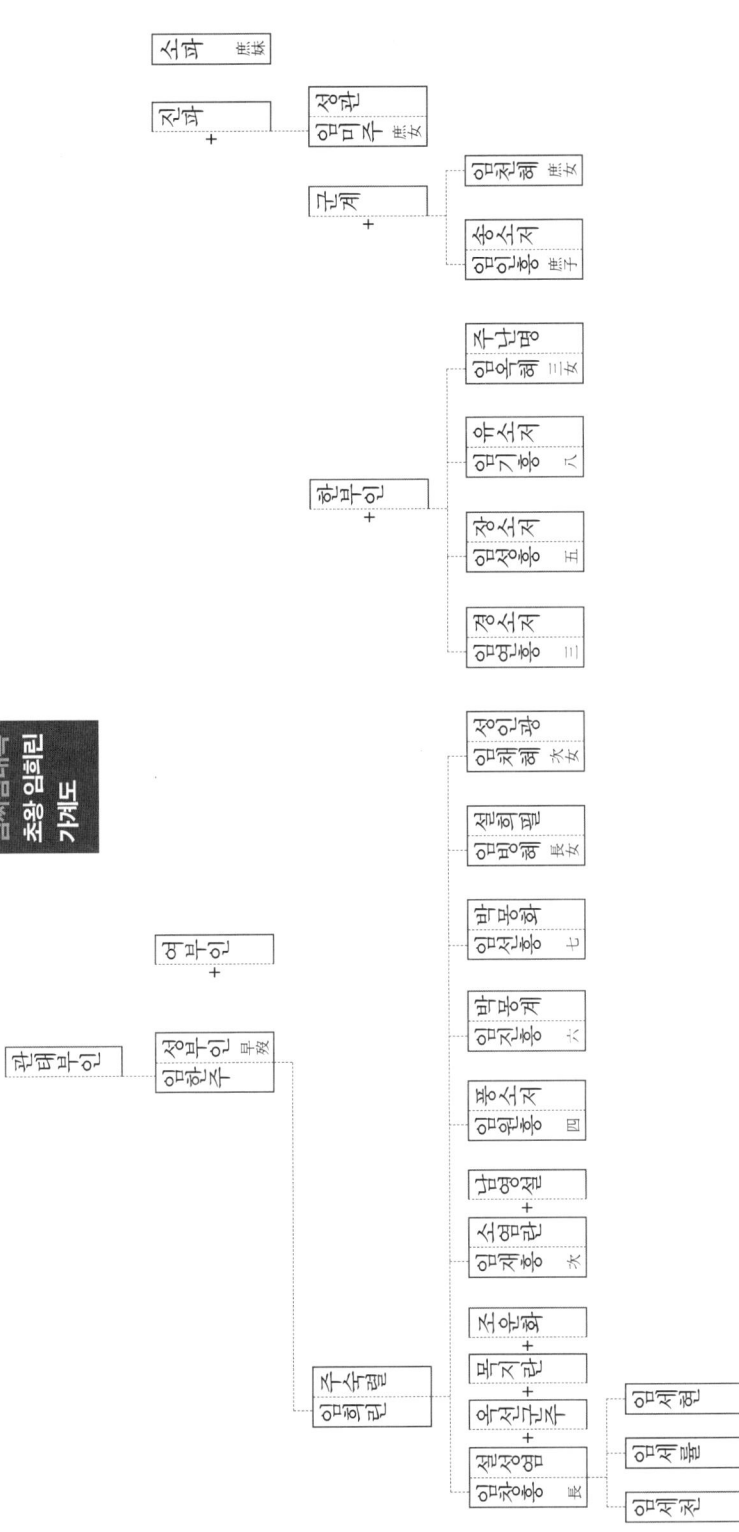

임씨삼대록
초웅 염희린
가계도

※ 임한주의 처 성부인은 『성현공숙렬기』에서 이미 죽었기 때문에 『임씨삼대록』에서는 등장하지 않는다.

※ 임희련의 六子 임진흥과 七子 임선흥은 쌍둥이이며, 그들의 처 박용화와 박용계도 쌍둥이이다.

※ 소씨는 임한주와 임한규의 庶妹이다.

※ 임창흥의 자녀 임세천과 임세룡은 쌍둥이이다.

※ 임양흥의 三子 임세웅은 『임씨삼대록』에서 임세영이라는 이름으로 제시된다. 여기서는 작품에서 처음에 제시된 임세현이라는 이름으로 표기했다.

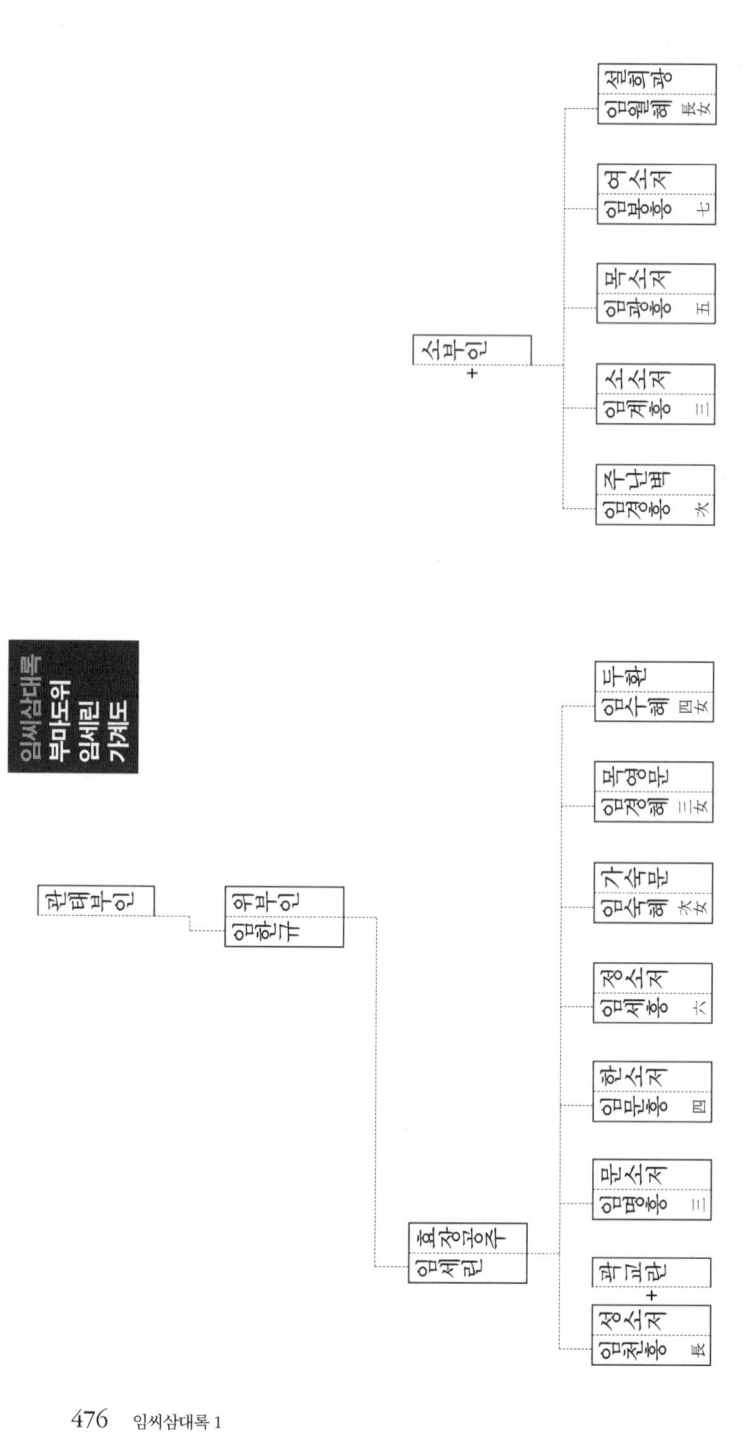

임씨삼대록 부마도위 임세린 가계도

※ 효장공주의 次子 임명홍과 소부인의 次子 임세홍은 『임씨삼대록』에서 모두 임세린의 三子로 소개된다. 작품에서 이들의 선후관계를 추정하기가 어려운데다가, 임문홍을 四子, 임광홍을 五子, 임세홍을 六子, 임봉홍을 七子로 소개하고 있어, 여기에서는 임명홍과 임세홍을 모두 三子로 표기했다.

※ 임세홍과 임광홍은 『임씨삼대록』에서 소부인의 소부인의 임세린의 次子라고 소개되고 있지만, 동시에 임세린의 임세홍은 임세린의 五子라고 언급되는 반면 임광홍은 임세린의 四子라고 언급되고 있어, 여기에서는 임광홍을 소부인의 소부인의 次子로 제시했다.

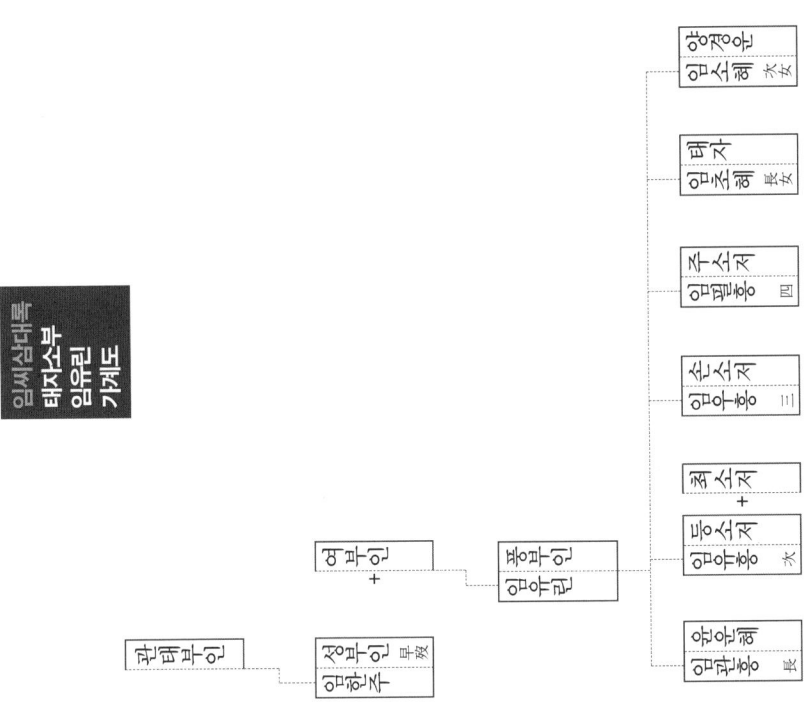

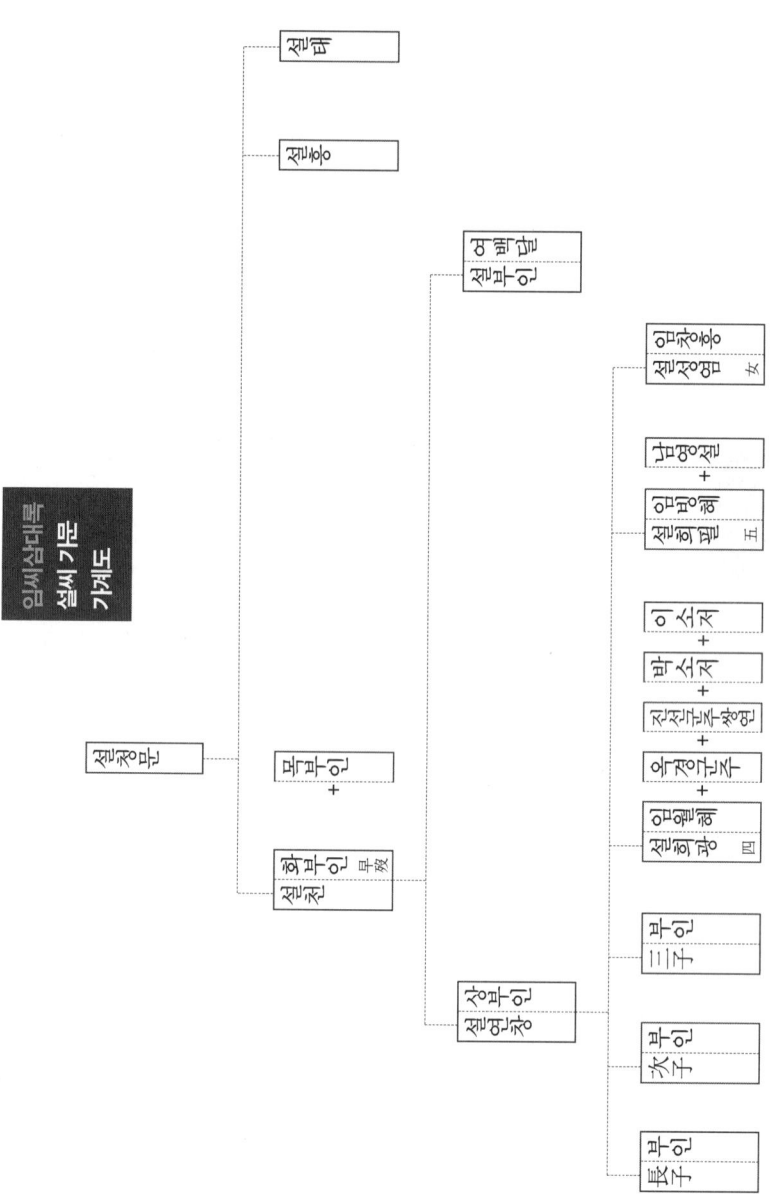

임씨삼대록
설씨 가문
가계도

※ 『임씨삼대록』에서 설연청의 長子, 次子, 三子와 그 처들에 대한 이름이 제시되고 있지 않기 때문에 여기에서는 그 순서와 혼인 여부만을 표시해 주었다.